Kylie Fitzpatrick

Der neunte Diamant

Kylie Fitzpatrick

Der neunte Diamant

Roman

Aus dem Englischen von
Ursula Wulfekamp

Marion von Schröder

Marion von Schröder ist ein Verlag der
Ullstein Buchverlage GmbH

ISBN 3-547-71069-3

Gesetzt aus der Sabon bei
Pinkuin Satz und Datentechnik, Berlin
Druck und Bindung:
Bercker Grafische Betriebe GmbH, Kevelaer
Printed in Germany

Für Nick und Saoirse

*I*n den Himmeln hängt ein weites Netz, das ganz aus Lichtfäden gesponnen ist. Das Netz hängt hoch über dem Palast Indras, der im Osten der König der Götter ist. Überall, wo sich in dem Netz Fäden kreuzen, sitzt ein Kristall, und jeder Kristall leuchtet nicht nur aus seiner eigenen Kraft heraus, sondern auch aus dem Licht aller anderen Kristalle, das er widerspiegelt, Spiegelungen von Spiegelungen, die einen unendlichen Kosmos umspannen. Ich bin ein solcher Kristall, ich stehe alleine und spiegele doch alle.

Häufig werde ich für den Planeten Venus gehalten, denn am Nachthimmel bin ich der hellste Stern. Den Römern war ich Amante de Dio, der Geliebte Gottes. In Indien bin ich Varga, ein Name, den ich mit dem Donnerschlag teile, denn wir sind beide gleich mächtig. Im Englischen heiße ich Diamant.

Wer Indras Netz näher betrachtet, könnte vermeinen, dass die waagerechten Fäden durch den Raum verlaufen und die senkrechten durch die Zeit. Das Messen der Zeit ist ein Verlangen der Menschen, für das sehr wenig spricht. Lasst uns also sagen, dass ich dort sitze, wo zwei Fäden sich kreuzen, ich verbinde zwei Zeiten und zwei Orte. Ich bin ihr Knotenpunkt, ihr Erzähler …

Devil's Acre, London, 1861

London war ganz anders, als Sarah es sich vorgestellt hatte. Aber sie hätte wissen müssen, dass sie Pa nicht glauben konnte. Er hatte gesagt, es wäre eine großartige alte Stadt, in der jeden Tag die Sonne schiene und wo alle sie mit offenen Armen aufnehmen würden. Er sagte, in London gäbe es keinen Hunger, sie würden jeden Abend Fleisch essen und nicht nur gekochte Kartoffeln und Sodabrot. Das war der eigentliche Grund, warum Sarah nicht davonlief und sich versteckte, bevor sie im Hafen von County Wicklow das Schiff bestieg. Nichts war schlimmer als Hunger. Der trübte den Verstand und machte die Menschen schlecht. Natürlich gab es vieles, das sie von Herzen gerne zurückließ – in Wicklow waren die Spuren der Hungersnot überall zu sehen: verlassene Höfe, Krankheiten und ganze Dörfer, die zugrunde gegangen waren.

Pa irrte in allem. Gleich am allerersten Morgen hatte Sarah unten am Fluss ein paar magere Straßenjungen um einen Brotkanten raufen sehen, und bislang hatte sie noch kein Stück Fleisch auf ihrem Teller gehabt, nur Haferbrei, Brot und Tee. Und in Devil's Acre konnte sie nicht sehen, ob die Sonne schien, weil die Gassen immer im Schatten lagen. Pa sagte, der Kellerraum wäre nur eine vorübergehende Bleibe, aber das hatte er auch behauptet, als er in Wicklow das Dach ihres Cottages mit Öltuch flickte. Und dass die Londoner sie mit offenen Armen aufnahmen – also, abgesehen von der Wirtin Ruby schien sich niemand um die neu Zugezogenen zu kümmern.

Aber von solchen Dingen ließ eine Sarah O'Reilly sich nicht bedrücken; außerdem hatte sie alle Hände voll zu tun. Sobald

Pa mit den Heringsbooten hinausfuhr (falls er nüchtern genug war) und Mam Näharbeiten annahm, kümmerte sie sich um ihre kleine Schwester Ellen. Und für Ellen war London der reinste Karneval, voll seltsamer Dinge und fremder Menschen. Da gab es Chinesen mit spitzen Hüten, pechschwarze Matrosen an den Docks, und die Boote auf dem Fluss waren voll besetzt mit Damen und Herren in prächtiger Aufmachung, dergleichen sie noch nie gesehen hatten.

Die Fleet Street und die Charing Cross Road mit ihren Buchständen, Druckern und Buchbindern hatten die beiden gerade erst entdeckt. Sarah hatte sich nie vorstellen können, dass es solche Geschäfte gab, aber jetzt, da sie von der Existenz dieser Welt wusste, strengte sie sich noch mehr an, gut Lesen zu lernen. In der Dorfschule war sie im Lesen und Schreiben besser als alle Jungen gewesen, weil sie sich von denen nichts vormachen lassen wollte, und wegen Mams Buch mit den Bibelgeschichten.

Wenn London die Stadt war, wo Bücher gemacht wurden, dann war sie doch nicht ganz so übel.

Oxford 2002

Susana erwartete eigentlich keinen überraschenden Fund, als sie die Bodleian Library der Universität Oxford aufsuchte, aber es tat ihr immer gut, ein paar Stunden oder gar einen ganzen Nachmittag am Radcliffe Square zu verbringen. Vielleicht beruhigten die gerundeten Wände der Bibliothek aus dem 18. Jahrhundert ihre Nerven, möglicherweise waren es auch die dunkle Holzvertäfelung und die hohen Fenster im Lesesaal. Durch diese Fenster waren einige der mittelalterlichen Collegegebäude zu sehen, deren honigfarbenes Gestein teils hinter grünrotem Efeu verborgen war. Hoch oben thronten Wasserspeier, die auf die heutige Generation von Oxford-Studenten herunterlachten.

Noch immer klopfte Susanas Herz vor gespannter Entdeckungslust, wenn sie durch das kunstvoll verzierte Portal in den Bibliothekshof trat. Hier lagerten Bücher, die das Wissen und die Geschichte nicht nur der modernen Welt bargen, sondern auch die der Antike.

Als Dozentin hatte Susana jetzt viel leichter Zugang zu Forschungsmaterial als früher, zumal sie nun auch die Archivare und Bibliothekare kannte. Trotzdem hatte es gut ein Jahr gedauert, bis ihre Idee zu einem Buch über Schriftstellerinnen des 19. Jahrhunderts über eine bloße Ansammlung von Skizzen hinausgekommen war. Einen neuen Motivationsschub hatte ihr schließlich ihre letzte Indienreise gegeben, und sie hoffte, dass der Fund einer aufmerksamen Archivarin – Briefe aus viktorianischer Zeit – ihr weiterhelfen würde. Eben wegen dieser Briefe war sie heute hierher gekommen; die Sammlung war der Bibliothek von einem längst aufgelösten Kollektiv feministischer Autorinnen vermacht worden und stand nach Ansicht der Archivarin mit Indien in Zusammenhang.

In der Zwischenzeit hatte Susana das Thema ihres neuen Buchs auf bisher unbekannte viktorianische Schriftstellerinnen in Indien beschränkt. Das war sicher ein etwas abwegiges Thema, aber aus ebendem Grund hatte sie sich dafür entschieden. Den Stimmen dieser Frauen wurde kaum Aufmerksamkeit geschenkt, weil sie scheinbar wenig hinterlassen hatten. Und gerade das bedeutete für Susana eine Herausforderung. Ihr Interesse galt nicht den bekannten Frauen, die als Pionierinnen in den Orient reisten, wie etwa Annie Besant, die in der nordindischen Stadt Benares wegen ihrer Arbeit mit der berüchtigten Spiritistin Madame Blavatsky fast als Ikone galt. Es hatte viele andere unkonventionelle Engländerinnen und Europäerinnen gegeben, die genügend Abenteuerlust und Energie besaßen, um im 19. Jahrhundert im Ausland zu leben. Schreiben hatte für eine viktorianische Frau beinahe schon als ehrbare Beschäftigung gegolten, vorausgesetzt, sie war nicht allzu intellektuell (was ihre Attraktivität extrem minderte) oder allzu politisch (was als regelrecht abstoßend bewertet wurde).

Während Susana am Fenster wartete, bis die Archivarin die Briefe aus dem Magazin holte, beobachtete sie die Studenten, die zum Lincoln und Brasenose College gingen. In der Kapelle des Lincoln College mit ihrem Holzwerk und den Bleiglasfenstern aus dem 15. Jahrhundert hatte sie nach Dans Tod viele Stunden verbracht.

In Oxford war Susana zu Hause, obwohl sie, solange Dan lebte, während des Semesters mit dem Zug nach London pendelte, um möglichst viel Zeit mit ihm in seiner Londoner Wohnung zu verbringen; den Rest der Zeit lebte sie bei ihren Eltern, die schon älter waren und am Rand des Universitätsparks im Norden von Oxford wohnten.

Als Tochter des Dekans am All Souls College war sie in ihrer Kindheit von Akademikern und von Geschichte umgeben, und so ergab es sich fast von selbst, dass sie sich schon früh gerne in Bücher vertiefte und später Geschichte des 19. Jahrhunderts studierte. Ihr Interesse an Women's Studies ging darauf zurück, dass sie während des Studiums vorwiegend von den Errungenschaften der Männer im Industriezeitalter gehört hatte, doch wenig von denen des weiblichen Teils der Bevölkerung. Und so lehrte Susana jetzt über Frauen des 19. Jahrhunderts und hatte bereits zwei Fachbücher über Schriftstellerinnen früherer Jahrhunderte verfasst.

Die klackenden Absätze der Archivarin unterbrachen ihre Gedanken, sie drehte sich um zu der Frau, die gerade eine kleine Holzkiste, eine Schublade aus einem Aktenschrank von etwa 1920, auf den runden Tisch am Fenster stellte. Bevor sie Susana allein damit zurückließ, wünschte sie ihr viel Glück. Susana atmete tief durch, bevor sie es wagte, das lose Blatt Büttenpapier zu lesen, das auf dem Stapel alter brauner Umschläge lag. Es war die Strophe eines Gedichts von Adela Florence Corey. Das musste ein gutes Omen sein, schließlich war Adela Florence eine der Frauen, die aus Abenteuerlust nach Indien gereist waren. Susana war im Zuge ihrer Recherchen bereits auf sie gestoßen.

Teil 1

Ich werde dich nie vergessen, niemals. Nie.
Das Gedenken an dich vergessen, das verwoben ist in die Schönheiten des Lebens.
Der unvermittelte Gedanke an dein Gesicht ist wie eine Wunde,
Wenn er ungerufen auftaucht
beim Duft von Jasmin, von Lilien oder fahlen Nachthyazinthen,
einer jeden süßen weißen Blüte,
Blüten, die ich so gern dir aufs Haar legte.

Adela Florence Corey

I

Gut durchfeuchtet und zu Brei gestoßen, mit Gummilösung vermischt und schließlich in einem Tontopf gekocht, gibt es nichts Besseres als *The Times*, um Löcher oder Ritzen in einem Kanu zu stopfen, und das ist, wie Mr Pepys sagen würde, eine höchst empfehlenswerte Eigenschaft einer Zeitung.

Mary Kingsley

Amen Corner, London, 1864

*I*m Teeraum im dritten Stock des *London Mercury* drehte sich Sarah O'Reilly aus ihrem Tabak der Marke St. Bruno Flake's eine streichholzdünne Zigarette und sah durchs staubige Fenster auf die Straße hinunter. Das waren ihr die liebsten Minuten am Tag, vor allem an Tagen wie diesem, wenn sie unendlich viele Botengänge für Septimus Harding erledigt hatte. Das bedeutete, dass sie ihre Zigarettenpause später einlegte als die anderen Setzer und den düsteren kleinen Raum für sich hatte. Außer einem schäbigen Holztisch, einigen Schemeln und einem Kupfereimer, in dem die Teebecher aufbewahrt wurden, stand dort nichts. An den Wänden hingen, mit Stecknadeln befestigt, Bilder aus den beliebten Groschenblättern, von Sonne und Tabakrauch vergilbte Zeichnungen von halb bekleideten Frauen, die für Spitzenkorsetts und Strümpfe Reklame machten.

Vom dritten Stock aus hatte man einen großartigen Blick auf die Paternoster Row, und wenn der Nebel sich lichtete auch auf das östliche Ende der Fleet Street. An diesem frischen Frühlingsnachmittag sah die Paternoster Row wie eine wirbelnde Spirale von Zylinderhüten und Schirmen aus, und der Anblick erinnerte Sarah an die schwarzen Räder der Dampfpressen unten im Kellergeschoss, die sie wiederum daran erinnerten, wie viel Glück sie hatte.

Der bitterkalte Winter des vergangenen Jahres, als sie auf der Suche nach Wärme über einem der Abzuglöcher oberhalb der Kellerräume in der Pasternoster Row kauerte, hatte sie hierher geführt. Die Maschinen der Druckerpressen unter ihr stampften wie eine Dampflokomotive, und Sarah stellte sich vor, wie behaglich es sein musste, die Wintermonate im Warmen zu verbringen anstatt auf der Straße, wo sie Äpfel und getrockneten Lavendel verkaufte, damit sie und Ellen nicht stehlen mussten, um zu überleben. Und wenn sie erst richtiges Geld verdiente, bräuchte Ellen sich nicht mehr auf der Straße herumzutreiben, sondern könnte zur Schule gehen.

Die Jungenkleidung trug Sarah, seit ein früherer Bewohner des White Hart – der Ginschänke, deren Kellerraum sie und Ellen jetzt alleine bewohnten – sie zurückgelassen hatte. Ruby, die Wirtin, sagte, der Junge sei beim Kaminkehren gestorben; er sei im Kamin stecken geblieben, ohne dass jemand davon wusste, und am Rauch des darunter entzündeten Feuers erstickt. Die Hosen waren stark versengt, aber die Stiefel passten ihr recht gut, und die Mütze war groß genug, um die Hälfte ihres Gesichts zu verbergen.

Also nannte sie sich Sam und wurde von Septimus Harding, dem Herausgeber des *London Mercury*, angestellt, um Botengänge zu erledigen und Dokumente und Manuskripte, sorgsam in braunes Papier gepackt und verschnürt, zuzustellen. Einmal hätte sie ihre Stellung beinahe verloren, und zwar aus Neugier – ihre Neugier würde sie noch mal das Leben kosten, hatte Pa immer gesagt. Aber war es nicht das irische Blut, das sie so wissbegierig machte? Das hatte er auf jeden Fall immer gesagt, wenn er dem Whiskey zusprach und weinerlich wurde und von Kartoffelfäule und Kobolden zu faseln anfing. War es das irische Blut in ihm, das Mam dazu trieb, wie der Teufel arbeiten zu müssen, wenn er zu betrunken war, um mit den Heringsbooten hinauszufahren? Sarah hatte das Gefühl, dass ihr Pa auf ein Leben im Rosenbett gehofft hatte, als er aus dem Boot stieg, das sie alle von Wicklow hergebracht hatte; dass er glaubte, in London würde er sein Glück machen, ohne sich überhaupt darum bemühen zu müssen. Bemüht hatte er sich jedenfalls nicht, allemal nicht, nachdem er einmal festgestellt hatte, wie das Leben hier lief. Ruby sagte, die Iren könnten auch mit weniger überleben, und hörte auf, Pa ihren guten Whiskey zu verkaufen. Er solle ihn woanders besorgen, sagte sie, sie würde ihm nicht helfen, das Essensgeld seiner Familie zu vertrinken.

Eines Abends also, als die Setzer schon nach Hause gegangen waren, trieb Sarahs Neugier sie dazu, im dritten Stock einen Setzkasten näher zu betrachten. Zuerst setzte sie ein kurzes Wort zusammen, das sie von einem noch am Tenakel befestigten Manuskript kopierte. Es folgte ein längeres Wort, dann ein ganzer Satz. Als schließlich der Nachtwächter kam, war sie so in die Lettern vertieft, dass sie das Klappern seines Schlüsselbunds nicht hörte. Wäre Septimus Harding kein Menschenfreund, hätte sie wieder auf der eisigen Straße gestanden. Stattdessen schlug er ihr vor, zweieinhalb Pennys mehr zu verdienen, und sie würden mal sehen, wie sie sich als Setzerlehrling machte.

Es dauerte nicht lange, bis der Herausgeber ihre Verkleidung durchschaute, und die Setzer auch – die allesamt Männer waren. Es gehe nicht an, wenn ein Mädel bei der Zeitung arbeite, sagte Mr Harding, aber er war mit ihrer Arbeit zufrieden und wollte nicht, dass ihr kluger Kopf versauerte, wie er sich ausdrückte. Also trug sie weiterhin ihre Hosen, und nach einer Weile schien sich keiner mehr darum zu kümmern.

Sie hatte Glück, dachte sie sich, als sie die tintenverschmierten Hände um die Blechtasse legte und auf die Straße hinunterschaute. Der Buchhändler bei W&H Smith hatte zum Schutz vor dem drohenden Regen die gestreifte Markise heruntergelassen und stand in Hemdsärmeln vor der Tür, obwohl noch der letzte Schnee auf den Pflastersteinen langsam zu rußigen Pfützen schmolz. Er hatte rote Wangen von dem Gläschen Rum oder zwei, das er sich zu seiner Schweinepastete genehmigt hatte. Sarah hatte ihn mehr als einmal dabei beobachtet, wenn er gleich nebenan in Dolly's Chop aß.

In dem Moment blieben zwei blonde Kinder vor einem Mann stehen, der vor Dolly's geröstete Maronen von seinem Karren weg verkaufte. Die Frau, die die beiden begleitete, trug die strenge marineblaue Uniform einer Gouvernante und wollte die Kinder weiterlocken, doch die beiden rieben sich die Hände über dem kleinen Kohlenfeuer, und das ältere Kind, ein lebhafter, hübscher Junge, bat sie inständig um ein paar Maronen. Seine Schwester verfolgte seine Dreistigkeit mit hoffnungsvollen Augen, blieb selbst aber so sittsam wie alle kleinen Mädchen ihrer Gesellschaftsklasse. Nicht zum ersten Mal war Sarah dankbar für die Freiheit, die sie genoss. Gleich nach ihrer Ankunft in London war ihr aufgefallen, dass die Mädchen, die durch Geburt und Wohlstand bevorzugt waren, eigentlich genauso gut in bequemen Gefängnissen leben könnten. Dieses kleine Mädchen mit den blonden Ringellöckchen hatte das Gesicht einer Porzellanpuppe und erinnerte Sarah an Ellen, oder wie Ellen aussehen könnte, wenn man ihr den Kohlenstaub und den Flussdreck abschrubbte, das blonde Haar kämmte und sie hübsch anzog.

Gerade als die Gouvernante kapitulierend ihre Börse öffnete, kam unter ratterndem Getöse ein von vier Pferden gezogener Omnibus zum Stehen und versperrte Sarah den Blick auf das Treiben unter sich. Als er wieder anfuhr, sah Sarah Mrs Korechnya. Sie wollte wohl Septimus Harding aufsuchen, wie sie es früher jede Woche einmal getan hatte. Den Winter über allerdings war sie nur selten gekommen; ihr Mann war gestorben, und sie hatte sich zurückgezogen.

Wenn es um Lily Korechnya ging, wuchs Sarahs Neugier ins Unermessliche, denn sie war anders als alle anderen Damen, die sie kannte. Nicht dass sie wirkliche, richtige Damen kennen würde, bis auf die Pfarrersfrau der christlichen Wohlfahrt, und die zählte nicht ganz, weil ihr auf dem Kinn Haare sprossen. Auf jeden Fall trug Mrs Korechnya weder eine Pelerine noch einen Hut. Sarah gefielen die Hüte nicht besonders, die derzeit in Mode waren, und aus der Höhe des dritten Stocks war dies der Bestandteil der Damenkleidung, der ihr am meisten ins Auge stach. Viele waren hässlicher als ein Taubennest, verziert mit Federn, glänzendem Plunder und bunten Schleifchen. Ein groß gewachsener Mann könnte manche der Hüte leicht für einen Nähkorb halten und sich dadurch von einem Heiratsantrag abhalten lassen. Und eine Hochzeit war das, was den mit diesen Hüten ausstaffierten Frauen, die hier und The Strand und die Oxford Street entlangflanierten, am meisten durch den Kopf ging. So viel zumindest wusste Sarah von ihnen.

Wie Sarah es sah, trug Mrs Korechnya genau deswegen eine Kapuze, um der Aufmerksamkeit der Herren zu entgehen. Ihr Aufzug unter ihrem Kapuzenumhang war schmal und schlicht, nicht ausladend und unbeholfen wie bei dieser dummen Krinolinenmode. Sarah fand Mode faszinierend, obwohl sie jetzt weniger Gelegenheit hatte, sie zu betrachten als früher, als sie mit ihrem Apfelkorb an der Cathedral Corner stand. Auch den anderen Setzern gefiel es, vom Rauchzimmer aus Damen zu beobachten, aber ihnen ging es nicht um den Schnitt eines Mieders; ihnen ging es darum, was sich darunter verbarg.

Sarah kippte den Rest des dünnen Tees hinunter. Er war immer noch dünn, obwohl er schon den ganzen Tag in dem großen Metallkessel zog. Und kalt war er obendrein. Sie stellte ihren Becher im Kübel ab und ging wieder in die Setzerei hinüber, um die fertigen Seiten nach unten zu tragen.

In dem großen Raum mit dem hohen Gewölbe und den blanken Holzdielen hallte die Geschäftigkeit, die im übrigen Gebäude herrschte, nur leise nach. Hier standen zwar keine der neuesten amerikanischen Setzmaschinen, aber der Raum hatte seine ganz eigenen Geräusche: Schemel wurden zurechtgerückt, Papier raschelte, Metall rieb gegen Metall, wenn Klischees geätzt wurden. Die rund zwei Dutzend Setzer und Klischeehersteller saßen in zweimal vier Reihen angeordnet über ihre Werkbank gebeugt. Sie achteten nicht auf Sarah (das taten sie aus Prinzip nicht), ebenso wenig wie auf die schwarze Ratte, die sie beim Schnüffeln an der Tür zum Teeraum überrascht hatte. Die Männer waren damit beschäftigt, schmale Kolumnen zu setzen – Imperial Parliament und Marlborough Street, Schiffsnachrichten, Annoncen und Nachrufe, Rezensionen und Meldungen über Verbrechen und Brände in Lagerhäusern. Es faszinierte Sarah immer noch, die flachen Satzschiffe zu sehen, die auf den langen Bänken standen, und die aufrechten Tenakel, an denen die Manuskripte hingen. Sie liebte den Geruch von Papier und Tinte und war stolz, Teil eines so intelligenten Gewerbes zu sein.

Dieser Raum war einmal ein Arbeitszimmer für »die Hingabe einer anderen Art« gewesen, wie Septimus Harding zu sagen beliebte. Früher einmal hatten die Paternoster, die Perlen für die St. Paul's Cathedral herstellten (bevor sie im großen Feuer zerstört wurde), hier gelebt. Und laut Mr Harding trug das kleine Straßendreieck seit der Zeit der Paternoster den Namen Amen Corner. Später habe hier eine Familie von Spitzenhändlern gelebt und gearbeitet, bis dann die vielen Verleger, Papierhändler und Buchbinder aus der Fleet Street auf die Pasternoster Row auswichen.

Den ganzen Tag hatte Sarah sich mit einer komplizierten Montage abgemüht, eine Anzeige für Perry's Cordial Balm of Syriacum. Es war die längste Annonce, die sie bislang hatte setzen dürfen, und sie war wild entschlossen, keinen Fehler zu machen. Sie wollte, dass Mr Harding mit ihr zufrieden war.

Während sie den Text langsam durchlas, stockte sie wieder einmal bei dem Wort »Spermatorrhö«. Welche Krankheit das auch sein mochte, sie bedurfte offenbar dringend der Heilung, da so viele Mittel dagegen angepriesen wurden. Eine einzige Dosis Perry's würde »Männer dazu ermächtigen, der heiligsten Pflicht des ehelichen Lebens nachzukommen und ihre Gesundheit, Virilität und Manneskraft zu erhalten«. Wenn eine Dose zwölf Shilling kostete, musste es sich wirklich um ein heiliges Heilmittel handeln, und Sarah konnte sich nur vorstellen, dass die Krankheit etwas mit Gott zu tun hatte, da es sich doch um eine »heiligste Pflicht« drehte.

Als schließlich alle Satzschiffe ordentlich aufeinander gestapelt für Sarah bereitgestellt waren und der großmäulige Jack Thistlewite ihr noch eine Nachricht für Septimus Harding gegeben hatte (er machte sich ein Vergnügen daraus, Fehler in den Manuskripten zu finden, dann kam er sich besonders klug vor), zog Sarah sich aus Gewohnheit die Mütze tiefer ins Gesicht und ging, die Satzschiffe im Arm, über die hintere Treppe nach unten. Die war ihr lieber als die zentrale Haupttreppe, und niemand benutzte sie außer dem Mädchen Nelly, wenn sie kam, um den Eimer mit Tassen abzuholen und den Teeraum zu fegen. Auf dieser Dienstbotentreppe rauchte Sarah auch ab und zu in Ruhe eine Zigarette, wenn die Unterhaltungen im Teeraum allzu unflätig wurden. Manchmal vergaßen alle, dass sie ein Mädchen war. Oder wahrscheinlich kümmerte es sie nicht.

Die Räume von Septimus Harding befanden sich im zweiten Geschoss. Im ersten Stock saßen die Sekretäre und Korrektoren, und da waren auch die Büros der regelmäßigen Schreiber sowie der Empfang, über den der Furcht einflößende Mr Parsimmons herrschte. Eigentlich war Mr Parsimmons harmlos; Furcht einflößend waren nur sein Äußeres und seine gelegentlich schlechte Laune. Er war außergewöhnlich dünn, hatte eine Hakennase, seine Gesichtshaut spannte sich straff über die Knochen und war von Pockennarben gezeichnet. Er hatte über ein Jahr lang ein schwarzes Halstuch getragen, was bedeutete, dass er um jemanden sehr Nahestehenden trauerte.

In Irland bedeutete Trauer etwas völlig anderes als hier, weil der Tod für die Iren eher etwas Alltägliches war. Sarah hatte schon viele Tote gesehen. Bei armen irischen Familien blieben sie im selben Raum wie die Lebenden, meist wurden sie auf zwei Stühle gelegt, weil der Tisch anderweitig gebraucht wurde. Pa lag noch eine gute Woche bei ihnen im Zimmer, nachdem er gestorben war, und Ellen versteckte sogar eine tote Maus, die sie behalten wollte, unter seinen Beinen. Bei Pa wäre es Sarah allerdings lieber gewesen, wenn er gleich am nächsten Tag zum Keller hinausgetragen worden wäre. Es gefiel ihr überhaupt nicht, ihn tot um sich zu haben. Sie und Ellen mussten den Stammgästen erzählen, er wäre nur auf einer seiner üblichen »Londonrunden«, wie Mam es immer nannte, wenn er ein paar Tage verschwand. Den Stammgästen im White Hart entging es natürlich nicht, dass Pa nicht am Tresen stand, wo er doch ständig prahlte und Geschichten erzählte und Witze riss.

Bei Mam machten sie's dann genauso, und es war ein Trost, sie noch eine Weile um sich zu haben. Das Neugeborene starb vor Mam, aber das wollte Sarah nicht im Zimmer behalten, sondern gab es Ruby, die es fortschaffte. Letztlich war es immer Ruby, die sich um die ganzen Leichen kümmerte.

Sie wurden alle in der Nähe des Seilerfelds beerdigt, auf einem Friedhof, wo es keine vornehmen Grabsteine und keine hübschen Engelstatuen gab, nur viele Reihen von Holzkreuzen, in die meist irische Namen geschnitzt waren. Da gab's jetzt drei Kreuze nebeneinander, auf denen O'Reilly stand. Sobald unter den Bäumen in den Watergate Gardens die ersten Veilchen blühten, pflückten Sarah und Ellen einen Strauß, aber sie waren schon verwelkt, als sie das Seilerfeld nach einer guten Stunde Fußmarsch endlich erreichten.

Einmal hatte Mr Parsimmons Sarah zu einem Warenhaus in der Regent Street geschickt, wo sie einen Karton mit schwarz gerandetem Papier abholen musste. Das Warenhaus hatte drei Geschosse, und sie musste ins oberste gehen, wo die Papierwaren verkauft wurden. Auf den anderen Stockwerken wurden schwarze Hüte und Umhänge verkauft, schwarze Taschentücher und Handschuhe, billiger Schmuck, Stiefel und Spazierstöcke und Damentaschen. Sogar Unterröcke und Pumphosen und Korsetts, alles in Schwarz oder zumindest mit schwarzem Band eingefasst. Und dann gab es große Ballen mit Seide, Krepp, Merino und Spitze, auch alles schwarz. Es dauerte eine Weile, bis Sarah klar wurde, dass diese ganzen Waren dazu dienten, den Tod zur Schau zu stellen, damit die Leute wussten, dass man traurig war.

Vom letzten Absatz der rückwärtigen Treppe konnte Sarah den Teil des Korridors sehen, der zu Septimus Hardings Büro führte. Hier stand sie immer, wenn sie ihre Zigarette rauchte, weil sie dort nicht zu sehen war, während sie selbst beobachten konnte, wer den Herausgeber aufsuchte und wer seine Räume verließ. »Wer seine Nase in alles steckt, fällt leicht auf dieselbe«, sagte Ruby immer, wenn sie Sarah im White Hart beim Lauschen ertappte.

In diesem Augenblick kam Inspektor Lark vom Revier Marlborough Street herein, und Mrs Korechnya ging gerade. Als sie sich im Korridor begegneten, lüftete der Inspektor seinen Hut und sagte: »Guten Tag«, und Mrs Korechnya sagte: »Guten Tag.« Sie hatte ihren Umhang unten im Büro gelassen, sodass Sarah ihr Kleid genau betrachten konnte. Es war aus Samt in der Farbe von Portwein mit einem unmodisch engen Rock, Kragen und Ärmel waren mit einer spinnwebenartigen Spitze in Lilabraun besetzt. Das Mieder war über und über bestickt in gedecktem Lila und silbrigem Grün, dazwischen winzige weiße Perlen, und es sah aus wie eine Wiese im Frühling. Kleidung, wie Lily Korechnya sie trug, hatte Sarah noch nie gesehen, aber die Setzer sagten immer, sie sei eine »Bohème«. Sarah wusste, dass Mr Korechnya aus Prag stammte; alles, was mit seiner Frau zu tun hatte, wurde bei den Zigarettenpausen im Teeraum immer wieder durchgehechelt. Mrs Korechnya war deshalb ein so beliebtes Gesprächsthema, weil sie eine der wenigen Schreiber war, die in den dritten Stock kamen, und von Nelly abgesehen die einzige Frau, die das tat. Und auch, weil sie kein Korsett trug und eine Schönheit war. Sie fasste ihr schwarzes Haar im Nacken immer mit einer schmetterlingsförmigen Spange aus Silberfiligran zusammen, die Flügel waren mit kleinen bunten Steinen besetzt, und sie duftete nach Rosenwasser. Lily Korechnya trug nicht Schwarz, obwohl ihr Mann noch kein Jahr tot war.

Inspektor Lark sah Mrs Korechnya nach, bis sie am Ende

des Ganges aus seiner Sichtweite verschwand, erst dann klopfte er an die Tür zu Mr Hardings Büro. Sarah fragte sich, ob er wohl wusste, dass Lily Korechnya mit der berühmten Barbara Bodichon befreundet war, die in Briefen an den *Guardian* forderte, dass das Gesetz eher zu Gunsten der Straßenmädchen als ihrer Kunden geändert werden sollte, die Eigentumsrechte für verheiratete Frauen verlangte und ebenfalls kein Korsett trug. Und sie fragte sich, ob das Inspektor Lark überhaupt kümmern würde, wo er doch die finstersten Winkel von London kannte und mit den verderbtesten Frauen zu tun hatte.

Sarah wartete kurz, bevor sie ebenfalls an die Tür des Herausgebers klopfte und Septimus Harding brummte, was so viel wie »Herein« bedeutete.

Sein Büro bestand aus zwei Räumen, die durch einen weiten Holzbogen verbunden waren. Nur im hinteren Raum war es sauber und ordentlich (im anderen Raum wagte Nelly nicht zu putzen), und dort hielt Mr Harding mit seinen Redakteuren Besprechungen ab. Dann saßen sie alle auf grünen, mit Leder bezogenen Stühlen um den niedrigen Tisch und redeten über Auflagen, Verkaufszahlen und worüber die anderen Blätter schrieben.

»Hmm, Sarah«, brummelte Septimus Harding, als Sarah hereinkam. Er sah sie über den Rand seiner halbmondförmigen Brille an, sein nicht mehr ganz weißes Halstuch war mit Pfeifenasche bestäubt. Er hatte das Tuch so um den Hals gebunden, dass er fast wie ein Geistlicher aussah, seine Hemdärmel waren mit Tinte verschmiert. Sarah bemerkte auch, dass der Knopf an seiner Weste, der seit Wochen über Gebühr beansprucht worden war, schließlich und endlich abgerissen war. Der Herausgeber sah immer etwas unordentlich aus, genau wie sein Schreibtisch, aber in seinen Gedanken herrschte nicht die mindeste Unordnung. Dort war alles pingelig aufgeräumt, und Sarah hatte immer das Gefühl, dass er redete, als würde er mit roter Tinte einen schlechten Text korrigieren. Er konnte schwerfällige Schreibe nicht leiden, ebenso wenig wie schwerfällige Sprache, und die seine war knapp und präzise.

Wenn ein Wort anstatt eines Satzes reichte, begnügte er sich damit, und mit einem Brummen, wenn es ein Wort ersetzen konnte.

Inspektor Lark nickte ihr zu. Er stand – er nahm nie Platz – und wärmte sich den Rücken am Feuer. Er war immer vornehm gekleidet, obwohl er nichts Dandyhaftes an sich hatte. Seine Augen, sein Haar und seine Gesichtsfarbe waren dunkel, aber trotzdem sah er nicht gut aus und manchmal sogar regelrecht hässlich. Sein Rock war gut geschnitten, wenn auch nicht nach der herrschenden Mode, und sein Schnurrbart stets sorgsam gestutzt. Am faszinierendsten allerdings war, dass seine Stiefel unweigerlich sauber waren. In Anbetracht des vielen Drecks auf den Straßen, durch die er immer ging, waren seine Stiefel in Sarahs Augen das reinste Wunder. Während sie die Satzschiffe auf den Schreibtisch des Herausgebers stellte, zündete der Inspektor sich einen Zigarillo an. Im Raum hing der Rauch von brennender Kohle und Pfeifentabak, rund um die Wände standen deckenhohe Regale voller Bücher und Akten. Sarah hatte noch nie derart viele Bücher an einem Ort gesehen, nicht einmal bei den Buchhändlern in der Fleet Street oder der Charing Cross Road. Im Büro des Herausgebers war es viel wärmer als oben im dritten Stock und außerdem viel interessanter. Sie war gerne hier.

»Sehr gut, sehr gut«, sagte Septimus Harding, kaute auf dem Mundstück seiner Pfeife und warf einen Blick auf die Satzschiffe. »Sonst noch was, Sarah?« Sie hatte sich nicht zum Gehen gewandt, sondern vielmehr die Mütze abgenommen.

»Du hast wohl eine Nachricht von oben?« Er blinzelte mit seinen blauen Augen, während er sie unter seinen buschigen schwarzen Augenbrauen ansah. Seine Haarmähne und der Schnurrbart waren fast schon grau, nicht aber seine Brauen.

»Ja, Sir. Mr Thistlewite hält den Text vom Schiffsredakteur für Schwachsinn.« Sie hörte Inspektor Lark leise auflachen.

»Wirklich? Und was meinst du?«

Sie zuckte mit den Achseln. »Ich weiß nicht, Sir – die Schifffahrt ist mir egal.«

»Und was ist dir nicht egal, Sarah?« Diese Frage kam von Lark.

»Mir? Wenn Mr Melville schreibt, dass Devil's Acre eine Kloake ist, wo sich alles mögliche nächtliche Ungeziefer rumtreibt, das ist mir nicht egal, Sir. Das ist echter Unsinn!«

»Du kennst also die Gegend von Devil's Acre?«

»Da wohn ich, Sir, und ich weiß genau, was die ganzen Wörter heißen.« Darauf war sie stolz, und sie würde dem Inspektor nur die Wahrheit sagen, wo er doch ein Polizist war. Und schließlich hatte er sie gefragt.

»Ich habe gehört, dass du lesen und schreiben kannst, und ich respektiere dich als Dame der Presse.«

Nicht so, wie er Mrs Korechnya respektiert, dachte Sarah. »Danke schön, Sir.« Sie wandte sich wieder an den Herausgeber. »Was ist ›Spermatorrhö‹, Sir?«

Septimus Harding verschluckte sich am Pfeifenrauch, und Lark lachte.

»Verflixt«, sagte der Herausgeber. »Wer hat dir gesagt, dass du die Annonce für Perry's machen sollst?«

»Sie, Sir.«

»Verflixt noch eins! Manchmal vergesse ich einfach, dass du ein Mädchen bist. Jetzt geh, ich habe mit Mr Lark etwas Wichtiges zu besprechen.«

»Ja, Sir. Geht's um 'nen Mord?« Lark sah aus, als würde er an einem Mordfall arbeiten. So hatte er schon einmal ausgesehen, damals, als in St. Giles zwei Prostituierten die Kehle aufgeschlitzt worden war. Er sah hässlich aus.

»Ja, genau.«

Widerstrebend setzte sie ihre Mütze auf; sie hatte überlegt, dass es wohl nicht die richtige Gelegenheit war, ihn noch mal nach dem heiligen Wesen von Spermatorrhö zu fragen. Sie wandte sich zum Gehen. Sofort war sie vergessen, denn Septimus Harding richtete seine ganze Aufmerksamkeit auf das, was der Polizist ihm zu sagen hatte. Sarah zog die Tür hinter sich nicht richtig ins Schloss, was aber keinem der Männer auffiel. Dann blieb sie im Flur stehen und lauschte.

»Das sind kleine Mädchen, Septimus, sie gehen zwischen Mitternacht und Morgengrauen auf der Betty Street auf und ab. Ihre Mütter schicken sie auf die Straße – wenn sie eine Mutter haben …«

»Ich weiß, John, ich weiß. Es ist ein verflucht dreckiges Geschäft. Ist sie vergewaltigt worden?«

Lark nickte und zündete sich einen weiteren Zigarillo an. »Sag Melville, er soll sich seine Melodramatik verkneifen, ja? Deine Leser sollen nicht denken, dass wir einen Zirkus veranstalten, anstatt die Mädchen zu beschützen. Schutz – dass ich nicht lache! Der ist sowieso unmöglich. Aber wir müssen im Denken der Bevölkerung zumindest präsent sein, auch wenn wir keine Kinderleben retten können.«

Inspektor Lark warf den Zigarillo ins Feuer, setzte den Hut auf und verabschiedete sich. Er verließ das Büro so rasch, dass Sarah gerade noch die Treppe hinaufhuschen und sich dort im Schatten verbergen konnte.

»Auf Wiedersehen, Sarah«, sagte er, als er schnell den Gang entlang verschwand.

Als Sarah am frühen Abend nach Hause ging, dachte sie an die Kinderbordelle in der Betty Street und in der Dock Street; die Dock Street lag ziemlich in der Nähe von Devil's Acre. Sie dachte daran, dass sie sich beinahe selbst in die Parade zwischen Piccadilly Circus und Waterloo Place eingereiht hätte; sie kannte den Preis, der für eine Jungfrau geboten wurde. Den hatte sie zufällig im White Hart aufgeschnappt. Als die Cholera ihre arme Mam und das neugeborene Brüderchen hinweggerafft hatte, waren sie und Ellen auf sich selbst angewiesen, und die Aussichten waren düster. Sie hatte Mädchen aus der Zündholzfabrik gesehen, deren Mund vom Gift weggefressen war, Phosphor hieß es, und einige starben davon.

Mam hatte gesagt, dass sie eher sterben würde, als ins Armenhaus zu gehen. Als der Whiskey Pa den Garaus machte, nahm sie einfach noch mehr Näharbeiten an. In der Modesaison zwischen April und Juli saß sie von morgens sechs bis Mitternacht am Tisch, nähte einen Samtkragen an ein weiß gestreiftes Taftkleid oder winzige Satinknöpfe an Baumwollhandschuhe. Mam war keine richtige Näherin, aber ein altes Kleid mit Rosetten, Fältchen oder Spitze und Seidenband auffrischen, damit es modischer aussah, das konnte sie gut. Manchmal bat sie Sarah, eins der Kleider anzuziehen, um zu sehen, wie es sich machte, und dann kicherte Ellen immer, weil ihre Schwester so schick aussah, ganz wie eine Dame, statt der üblichen Hosen und Mütze. Als Mam dann wirklich schwer krank wurde, nahm sie Sarah das Versprechen ab, dass sie und die kleine Ellen nie in ein Armenhaus gehen würden. Mam wusste, dass Sarah gut auf eigenen Beinen stehen konnte, aber um Ellen machte sie sich Sorgen, da sie allzu vertrauensselig war und einige höchst merkwürdige Angewohnheiten hatte.

Wenn Sarah an ihre Mutter dachte, dann sah sie sie mit einem feinen Stoff auf den Knien am Tisch sitzen und einen besorgten Blick auf das Talglicht werfen, wie lange es noch brennen würde und ob sie die Arbeit würde beenden können. Im Kellerraum war es immer dunkel bis auf das Licht von einem winzigen Fenster, durch das von der Gasse ständig Staub hereinrieselte. Mams kupferrotes Kräuselhaar fiel ihr ums Gesicht, und im Sommer, oder wenn es ihr nicht gut ging, klebte es ihr an der Stirn. Im vergangenen Jahr, nach Pas Tod, war es ihr nur selten gut gegangen, und dem Kleinen ging's auch nicht gut, weil sie nicht genug Milch für ihn hatte. Eigentlich war es kein Wunder, dass die Cholera sie beide gekriegt hatte.

Mam wollte bis zu Sarahs dreizehntem Geburtstag zwanzig Pfund gespart haben, damit sie bei einem Schneider in der Cheapside in die Lehre gehen konnte. Sie würde kein Geld dafür bekommen, nur Verpflegung und Unterkunft, und dafür würde sie Tag und Nacht arbeiten müssen und nur einen Sonntag im Monat nach Hause kommen dürfen. Und das hätte sie auch gemacht, bloß um Mam ein bisschen zu helfen. Aber das war alles vorbei und vergessen, und mittlerweile war auch Sarahs dreizehnter Geburtstag vorbei. Bei ihrem Tod hatte Mam gerade sieben Pfund und sechs Pennys gespart, und davon lebten Sarah und Ellen mehr oder minder, bis Septimus Harding ihr die Stelle gab.

Das alles ging ihr durch den Kopf auf dem Weg nach Puddle Dock, von wo sie dem Fluss folgte. Von Amen Corner führten viele Wege zu den berüchtigten Elendsquartieren von Westminster, die Devil's Acre hießen. Wenn Sarah auf dem Heimweg etwas erledigen musste, ging sie die Fleet Street und The Strand entlang; sie mochte das Treiben und dass die Straßen dort abends mit Gaslaternen beleuchtet waren, und sie mochte es auch, in die Schaufenster der Tuchhändler, der Kurzwarenläden und der Putzmacher zu schauen und die Kristallwaren aus Böhmen und das Porzellan aus China zu bewundern. Vor allem sah sie sich die kandierten Pflaumen in den Fenstern der Konditoreien an. Eines Tages, das nahm sie sich fest vor, würde sie Ellen eine solche kandierte Pflaume kaufen. Sie verfolgte auch die neueste Mode und beobachtete, wie die Geschäftsinhaber in ihren Schürzen auf die Straße hinausliefen, um den Verschlag einer Kutsche zu öffnen, und viel Aufhebens um eine Dame machten, einen Sack auf das dreckige Pflaster legten, damit ihre Seidenstiefel sauber blieben. Hier, so hieß es in Mr Melvilles Zeitungsschreibe, »überleben die mit schlauem Kopf und flinken Fingern durch alle Mittel, die ihr Verstand ihnen eingibt«. Sarah vermutete, dass mit »die mit schlauem Kopf und flinken Fingern« Menschen gemeint waren wie Ellens Freund Priester-Joe und die barfüßigen Gassenjungen mit schwärenden Wunden, die in den Docks herumstreunten und von Ladeninhabern vertrieben wurden, damit sie nicht die Damen in ihrem glänzenden Satin und weichen Pelz verschreckten. Sie würde Priester-Joe zwar nie als schlau bezeichnen, aber ein Dieb war er, daran ließ sich nichts deuteln.

Am Flussufer entlang war der kürzeste Weg nach Devil's Acre, auch wenn sie die Gegend nicht leiden mochte. Wenn, wie jetzt, Ebbe herrschte, stank es Ekel erregend, und zwischen Puddle Dock und Temple Lane bestand immer die Gefahr, ausgeraubt zu werden, selbst am helllichten Tag. In den Tavernen in der Nähe des West End und Westminster traf sich die Sorte Kriminelle, die sich für besser hielt als die ungelernten Langfinger im East End. Sie brachen Tresore auf, waren Falschmünzer und Fälscher und gerissene Taschendiebe und gaben sich nicht mit Lederschuhen und dergleichen ab. Die neuen Stiefel, die sie ihrer Schwester gekauft hatte, waren Ellen erst vergangene Woche direkt von den Füßen gestohlen worden, von einer Horde Jungen aus dem East End, die in den Docks herumlungerten. Nur gut, dass Ellen nicht gerne Stiefel trug, nicht einmal im Winter; sie wollte immer mal schnell ins Wasser gehen, wenn ihr etwas ins Auge stach, eine Flasche oder eine Papierblume von einem Damenhut, den der Wind in den Fluss geweht hatte. Meist war Ellen bis zu den Knien mit Schlamm bespritzt, und Pa hatte sie immer seine kleine Meerjungfrau genannt. Wahrscheinlich, dachte Sarah, war das der Grund, warum sie jetzt so gerne unten am Fluss spielte, weil sie oft zugeschaut hatte, wie er mit dem Boot hinausfuhr. Ellen war noch zu klein, um sich über die Trinkerei zu ärgern und dass Mam so schwer arbeiten musste. Elly und Pa waren unzertrennlich gewesen, und nachts im Schlaf weinte sie immer noch um ihn. Um Pa vergoss Sarah nicht allzu viele Tränen, sie weinte um ihre Mam.

Und da saßen sie, Ellen und Priester-Joe, auf den Whitehall Stairs, umringt von einer Bande zerlumpter Kinder und dem Inderbengel mit den dürren Beinen, mit dem Ellen sich angefreundet hatte. Sarah konnte sich nie seinen Namen merken, so fremd und seltsam klang er. Die Kinder versuchten reihum ihr Glück, mit Joes Steinschleuder ein vorbeifahrendes Dampfschiff zu treffen. Die kleine blonde Ellen mit ihren acht Jahren und der große ungeschlachte Joe, der Kinderaugen hatte und die Kraft eines Brauereipferds, waren ein seltsames Gespann. Ruby sagte, er sei älter als dreißig, aber noch keine vierzig, er selbst wusste nicht, wie alt er wirklich war, und auch sonst niemand.

Als Sarah näher kam, hatte gerade Ellen die Steinschleuder bekommen. Sie zielte und traf den Zylinder eines Passagiers. Priester-Joe schüttelte sich so vor Lachen, dass er fast von den

Stufen fiel, und der Inderjunge schaute Ellen überrascht und voller Respekt an. Der unglückselige Herr konnte nur zusehen, wie sein Zylinder von der Strömung fortgetragen wurde. Dann bemerkte Priester-Joe Sarah und klatschte in die Hände. Er war ein Einfaltspinsel und konnte kaum sprechen, aber er war nicht immer so gewesen, das sagte jedenfalls Ruby. Joe war früher ein Prediger gewesen und sehr klug und vernünftig, aber dann war ihm ein Nachtgeschirr auf den Kopf gefallen. Offenbar war der Person, die den Inhalt des Geschirrs aus dem Fenster kippen wollte, der ganze Topf aus der Hand gerutscht und direkt auf dem Kopf vom armen Joe gelandet, und danach hatte er den Verstand verloren.

Ellen schaute schuldbewusst auf; sie wusste nicht, wie lange ihre Schwester schon zuschaute. Sarah tat, als habe sie nichts bemerkt. Sie war eher erstaunt über Ellens Treffsicherheit als zornig auf Joe. Die Steinschleuder war sein Ein und Alles, schließlich hatte er sie selbst gebastelt und sogar seinen Namen hineingeschnitzt. Es ging ja noch an, auf Tauben zu schießen, die konnte man essen, aber nicht auf vornehme Leute, die ihnen Ärger einhandeln konnten. Sie streckte die Hand nach Ellen aus. »Komm, Küken, jetzt lass uns zu Abend essen. Igitt! Du stinkst ja, Elly. Wo bist du bloß gewesen?«

Ellen zuckte nur mit den Schultern und sagte nichts. Sie drückte Priester-Joe einen Kuss auf die Wange, und nach kurzem Zögern küsste sie auch den Inderbengel, bevor sie schließlich ihre verdreckte Patschhand in Sarahs tintenverschmierte Finger legte.

Eine Weile gingen sie schweigend am Ufer entlang, an den Heringsbooten vorbei, wo ein paar magere Katzen einen Haufen Fischgräten und Abfall durchwühlten. Als Ellen die Katzen sah, miaute sie leise und zog an Sarahs Hand, aber die zerrte ihre kleine Schwester einfach weiter. In ihrem Bettstroh lebten schon genug Flöhe.

»Wie heißt er noch mal, der Schwarze?« Sarah bemühte sich, einfach nur neugierig zu klingen. Sobald Ellen den mindesten Tadel in ihrer Stimme hörte, wurde sie verschlossen.

In letzter Zeit erzählte sie immer weniger, aber das hatte vielleicht auch damit zu tun, dass sie den ganzen Tag mit Joe zusammensteckte. Sarah störte es nicht, dass Ellen sich mit Schwarzen anfreundete, aber dass sie ständig seltsame Leute kennen lernte, oder vielmehr, dass die sich zu ihr hingezogen fühlten. Es überraschte Sarah immer wieder, wie viele Leute Ellen auf der Straße grüßten – Straßendiebe und Matrosen, Dirnen und Aufschneider. Einmal auf der Waterloo Bridge hatte sogar eine schielende alte Zigeunerin sie mit Namen angesprochen. Sie käme, verkündete Ellen stolz, von ganz weit weg, aus Rumänien.

»Victor heißt er«, sagte Ellen jetzt.

»Victor! Das ist ja ’n komischer Name für einen Schwarzen, oder?« Bestimmt war das nicht sein richtiger Name, aber das machte nichts.

Achselzuckend kickte Ellen einen Stein vor sich her.

»Du bist ja richtig gut mit der Steinschleuder, Küken.«

»Hat Joe mir beigebracht.«

»Hat Joe dir auch noch andere Sachen beigebracht?«

Darauf gab Ellen keine Antwort, sondern lief hüpfend voraus in das White Hart. Sarah seufzte. Wenn der Sommer vorüber war, würde sie genug Geld für neue Stiefel und ein wollenes Trägerkleid und Kreide und eine Tafel haben, und dann würde Ellen den ganzen Tag lang in der Schule sitzen.

Die Gintaverne White Hart gehörte zu den besseren Schänken in Devil’s Acre, aber das Haus selbst stammte aus der Zeit von Queen Anne, es war feucht dort und roch nach Hopfen und Menschen, die seit dem Sommer nicht mehr gebadet hatten. Oben gab es Zimmer um drei Pennys mit einem richtigen Bett und einem Stuhl.

Rubys Schankraum sah aus wie jeden Abend um diese Zeit. Die Dockarbeiter, die auf den Kohlenschiffen geschuftet und rußschwarze Haut hatten, saßen an dem langen Tisch und wärmten sich die wehen Knochen mit einem Krug Dunkelbier. Zwei Kartenspiele waren im Gang, und die Straßenmädchen saßen daneben, schauten zu und hofften, dass jemand ihre

Dienste in Anspruch nehmen würde. Ruby, die Wirtin, trug ein schwarzes Seidenband um ihren sommersprossigen Hals und ein rosafarbenes Kleid mit einer schmutzigen Rüsche um den Ausschnitt. Sie musste über vierzig sein, dachte Sarah, aber vielleicht war sie auch älter, bei den vielen Zähnen, die ihr fehlten. Das Alter von Damen zu schätzen war nicht ganz ihre Stärke.

Die Wirtin stand hinter dem Tresen, umringt von einer Schar Verehrer. Der Karnickelfänger war auch wieder da, und als Sarah und Ellen durch den Schankraum gingen, versetzte er einem Hund, der an seinen zwei erlegten Kaninchen herumschnupperte, einen Tritt. Genauso schnuppert er um Ruby herum, dachte Sarah. »Tag, Mädels«, begrüßte Ruby sie und warf Ellen eine Kusshand zu. Ellen erwiderte die Geste, was die Männer am Tresen in dröhnendes Gelächter ausbrechen ließ. Da streckte Ellen ihnen die Zunge heraus und verschwand die Kellertreppe hinab.

»Ja, zeig's ihnen nur, Mädelchen«, rief Ruby ihr nach. »Auf die musst du aufpassen, die ist keck«, sagte sie zu Sarah.

»Das weiß ich, Ruby. Aber bald kommt sie ja in die Schule.«

Im Keller standen Rubys kupferner Bottich zum Wäschewaschen, zwei riesige Holzfässer mit Messinghähnen und Tonnen und Eimer, um Gin zu brennen. Der Raum, in dem die beiden Mädchen wohnten, lag zur vorderen Gasse hin. Hinter dem White Hart verlief eine noch schmalere Gasse, an der eine Zeile verfallener Katen stand, gebaut aus alten Holzkisten und Bruchsteinen ohne Mörtel. So sahen in Devil's Acre die meisten Straßen aus.

Ellen leerte schon ihre Schürzentasche aus, als Sarah die Tür hinter sich zuzog. Hier unten war es gar nicht so kalt, wie man meinen konnte, wegen des vielen Fermentierens. »Das erwärmt die Luft«, hatte Pa immer gesagt. Er selbst rührte Gin allerdings nicht an, der habe nicht genug Feuer, sagte er.

»Und, hast du heute wieder ein paar Schätze gefunden, Elly? Wo seid ihr denn gewesen?«

»Überall.«

Rund um sie auf dem Boden lagen bunte Glasscherben, zwei Austernschalen, ein toter Käfer und ein glänzender neuer Jettknopf.

»Und was hat Joe gefunden?«

»Ein Buch.«

»Ein Buch? Was für ein Buch denn?«

Ellen zuckte mit den Schultern. »Mit Bildern.«

»Und wo?«

»In der Fleet Street.«

»Klaut Joe jetzt schon auf der Fleet Street?«

»Das hat er nicht geklaut, Sarah, er hat's gefunden. Er klaut nicht, wenn ich dabei bin. Du hast ihm gesagt, dass er das nicht darf, und deswegen tut er's auch nicht, wirklich ehrlich nicht.«

Ellen hielt eine blaue Glasscherbe ins Kerzenlicht und ließ einen blauen Stern über den Tisch zu der Zeitung tanzen, die Sarah gerade las. Es war der *London Mercury* von vergangenem Samstag; Mr Parsimmons gab ihr immer seine alten Ausgaben. Sie suchte nach Lily Korechnyas Kolumne, wobei sie herausgefunden hatte, dass Lily Mr Evans genannt wurde. Die Setzer, die den Klatsch der Zeitungsschreiber aufschnappten, sagten, sie hätte den Namen gewählt, weil die Schriftstellerin Mary Ann Evans sich George Eliot nannte. Seltsam, dachte Sarah, dass Frauen, die schreiben, sich Männernamen zulegen. Eines Tages würde sie einen Roman schreiben, aber sie würde sich Sarah O'Reilly nennen.

Ihr Zeigefinger blieb bei der Kolumne stehen: »Außergewöhnliche Frauen, von Mr Evans. Eine Abhandlung über George Sand.«

Noch eine George! Der Name musste bei Frauen wohl sehr beliebt sein. Die George, über die Lily schrieb, war eine merkwürdige Französin, die vor kurzem gestorben war. Sie hatte eine Reithose getragen und Zigarren geraucht und Gedichte geschrieben und im Alter von siebzig Jahren Liebesbriefe an Männer verfasst, die fünfzig Jahre jünger waren als sie. Woher wusste Mrs Korechnya all diese Dinge über George Sand, die jenseits der Meere gelebt hatte? Sie fragte sich, ob Lily wohl etwas über Irland wusste, dass es dort grüner war als grün und es Felder und Steinmauern und ururalte Bäume gab. Aber jetzt war Sarah eine Londoner Irin, und das gefiel ihr auch ganz gut.

II

Waterloo, London, 27. April 1864

Liebe Barbara,

ich sitze in meiner Bibliothek und schäme mich zu sagen, dass ich noch im Morgenrock bin. Ich preise mich glücklich, meinen Arbeitstag auf diese Art beginnen zu können, und kümmere mich in letzter Zeit immer weniger darum, ob ich mich ankleide, außer natürlich, wenn ich auf den Markt oder in die Redaktion gehe.

Es herrscht noch dicker Nebel, sodass die fliegenden Händler draußen sich nur als schemenhafte Gestalten abzeichnen. In den letzten Wochen habe ich die morgendliche Straße eingehend beobachtet, denn sie ist ein Theater, und mir fiel auf, dass der Junge, der Aal in Gelee feilbietet, seine Aufmerksamkeit regelmäßig auf eine bestimmte Milchmagd richtet. Das Mädchen kommt jeden Tag auf dem Heimweg, nachdem sie ihre Runde gedreht hat, zur selben Zeit hier vorbei. Ihre leeren Holzkübel baumeln von dem Joch über ihren Schultern, ihre breiten Hüften schwingen hin und her. Ich glaube, dass der Aal-in-Gelee-Junge es eigens darauf absieht, jeden Morgen um ebendiese Zeit vor meinem Fenster Position zu beziehen.

Das Viertel, in dem ich lebe, ist bei weitem nicht mehr so achtbar, seit die Waterloo Station gebaut wurde, und ich muss sagen, durch diesen Mangel an Achtbarkeit gefällt es mir hier umso besser. Ich lebe in der Nachbarschaft einiger der vornehmsten Hurenhäuser Londons, die ihre Salons diskret öffnen, damit die Kurtisanen von St. John's Wood mit ihren wohlhabenden Verehrern in Ruhe Champagner trinken und Austern essen können. Schriebe ich die Kolumne »Imperial

Parliament«, würde ich berichten, dass man nach Mitternacht in der Waterloo Street weitaus aufschlussreichere parlamentarische Aktivitäten beobachten kann als tagsüber in Whitehall.

Wenn wir den Zahlen Glauben schenken können, die kürzlich in *The Lancet* veröffentlicht wurden, so arbeiten in London mittlerweile 80 000 Prostituierte. Hast du dir überlegt, was das bedeutet – nämlich, dass jede sechzehnte Frau ihren Lebensunterhalt auf der Straße verdient? Jede sechzehnte! Die Kinder noch nicht eingerechnet! Ich kann mich des Eindrucks nicht erwehren, dass das Moralisieren seitens der Presse und von der Kanzel herab sich mehr gegen die Emanzipation der Frauen und deren materielle Unabhängigkeit richtet als gegen den Schaden an ihren unsterblichen Seelen. Missverstehe mich nicht, ich weiß, dass Frauen sich nicht aus freien Stücken für die Prostitution entscheiden, sondern nur der Not gehorchen, und dass dieses Gewerbe viele gesundheitlich zugrunde richtet und unglücklich macht. Aber wenn es eine gute Seite hat, dann die, dass die Prostitution es vielen Frauen ermöglicht, ein besseres Leben zu führen, sich weiterzubilden und Geld zu verdienen, um eine angesehenere Arbeit zu bekommen. Entsetzen dich meine libertären Gedanken?

Meine gute, alte Mutter war bestürzt, als sie mich letzte Woche besuchte und Männer hemdsärmelig auf der Straße Tabak rauchen sah. Ich konnte ihren Besuch nicht abwenden, sosehr ich es auch versuchte. Natürlich war ich angekleidet, aber nicht ihren Vorstellungen gemäß. Sie leidet große Christenqualen, dass ich meinem toten Ehemann nicht die entsprechende Reverenz erweise und mich nicht schwarz einkleide. Wie du weißt, ist sie stets peinlich berührt ob meiner unmodischen Aufmachung. Aber ich trage kein Schwarz, Franz liebte Farben. Farben und Licht. An nebligen Tagen wie heute pflegte er zu sagen: »Dieses Licht verdient es nicht, dass man dabei malt.« Und trotzdem wäre er in seinem Atelier, würde die Sonne mit Ölfarben auf die Leinwand herablocken, sein Kittel mit Farbe beschmiert, die weißen Strähnen fallen ihm in die Stirn. Ich möchte diese Woche zu Franz' Atelier nach Kensington fahren. Diesen Besuch habe ich allzu lange vor mir hergeschoben, aber es wäre töricht, immer weiter die Miete für das Haus zu bezahlen. Ich muss es ausräumen, doch wie graut mir davor.

Ich danke dir für deine trostreichen Worte, liebe Freundin. Deine Briefe sind wie Fackeln, die mir den Weg durch die Dunkelheit der Trauer weisen. Ich danke dir auch, dass du mir keine Lösung dafür anbietest. Mutter gab den Rat, dass Laudanum mir das Herz leichter machen würde; sie selbst nimmt es regelmäßig als Mittel gegen Melancholie und Angst. Ich will es nicht nehmen. Mir ist aufgefallen, dass es den Verstand trübt und den Körper betäubt. Dennoch wundert sie sich, dass ich die Gesellschaft meines Vaters meide, wo doch er es ist, der ihr dieses Gift verabreicht und der – wie alle angesehenen Mediziner – glaubt, dass eine Frau nur dann gesund ist, wenn sie demütig und, falls notwendig, sediert ist. Ich habe mein Medaillon mit einer Locke von Franz' Haar – das ist es, was mein Herz tröstet.

Sorge dich nicht, dass ich in dem leeren Haus in Gesellschaft von Mrs Vesper allzu viel alleine bin. Meine Haushälterin ist zwar in der Tat so schweigsam, wie du sie in Erinnerung hast, aber sie stört mich nie, wiewohl Besucher sie gelegentlich ein wenig eigenartig finden.

Allerdings kamen außer Mutter nur wenige Menschen zu Besuch, denn im Augenblick reizt mich nichts an den Gesellschaften, die Franz und ich früher so gerne gaben. Es kommt mir vor, als gehörten die Fröhlichkeit und Lebhaftigkeit solcher Abende einem anderen Leben an, und obwohl sie nicht lange her sind, scheinen mir seitdem Jahre, wenn nicht Jahrzehnte vergangen. Ich weiß, dass die Trauer im Laufe der Zeit schwinden wird.

Ich tauche meinen Kiel jedoch nicht in Tinte, um Melancholie zu verbreiten, und deshalb berichte ich dir lieber von meiner Begegnung mit Miss Herbert, der Schwägerin von Lady Cynthia Herbert, die in Bälde aus Indien zurückerwartet wird.

Sicher hast du von Cynthia Herbert gehört, sie war früher Mäzenin aller malenden Damen von Chelsea und Hampstead. Eine Weile sammelte sie Künstlerinnen wie Schmetterlinge, steckte ihnen Nadeln durch die bunten Flügel und bedeckte damit die Wände ihres Salons. Sie ist ungemein wohlhabend und eine Gönnerin von Lizzie Siddal und der Fotografin Julia Margaret Cameron. Hast du schon von Mrs Cameron gehört? Ich glaube, ihre Arbeiten würden dich begeistern; sie setzt die Fotografie auf eine sehr eigene Art ein. Meines Wissens ist sie eng mit unserem Laureatdichter Tennyson befreundet und hat vor kurzem eine Reihe fotografischer Tableaus begonnen, die seine Gedichte begleiten sollen. Doch weiter zu meinem Gespräch mit der Schwägerin Lady Herberts. Möglicherweise ist dir bekannt, dass Cynthia Herbert eine gerühmte Edelsteinsammlung besitzt. Ihr Geschmack ist erlesen, und sie verfügt über die entsprechenden Mittel, sich von ihm leiten zu lassen. Angeblich ist sie regelmäßig bei der Gold and Silversmiths Company in der Regent Street zu sehen.

Mir wurde gesagt, dass sie wegen dieser Sammlung große Sorge hat, denn vor Trauer wird sie gebrechlich, und offenbar ist sie seit dem Hinscheiden ihres Mannes Charles vor einiger Zeit nicht mehr dieselbe. Vor seinem plötzlichen Tod hatten sie zwei Jahre in Indien verbracht, und unter uns gesagt, als ich mit Charles' Schwester sprach, bekam ich den Eindruck, dass sie gewisse sonderbare Umstände in Zusammenhang mit seinem Tod verheimlichen wollte. Sie erwähnte keine Einzelheiten, gab mir jedoch zu verstehen, dass sie nicht genau wisse, woran er gestorben ist.

Offenbar fragte Lady Herbert nach Charles' Tod von Indien aus bei ihrer Schwägerin an, ob sie eine Dame kenne, die nach ihrer Rückkehr einige anspruchsvollere Schreibarbeiten übernehmen könne, die mit ihrem Schmuck in Zusammenhang stünden. Es war sehr freundlich von Miss Herbert, an mich zu denken; sie wusste von meinem Verlust und vermutete wohl, dass ich eine Stellung annehmen muss. Dabei hat Franzens Familie großzügig für mich gesorgt. Das Ansinnen meines Vaters, in sein Haus zurückzukehren, wie es sich für eine achtbare Witwe gehört, habe ich natürlich abgelehnt. Und wenn ich denn wollte, brauchte ich nie wieder zu arbeiten.

Lady Herbert trifft kommende Woche in London ein, und Miss Herbert machte den Vorschlag, ihre Schwägerin und ich könnten uns zum Tee treffen und darüber sprechen, ob ich einige Schreibarbeiten für sie übernehme. Sie war auch der Meinung, dass wir beide Trost in der Gesellschaft einer anderen Frau finden könnten, die denselben Verlust erlitten hat. Ich hatte nicht vorgehabt, neben dem Schreiben meiner regelmäßigen Beiträge für den *Mercury* und meiner Essays für das *Englishwoman's Journal* eine weitere Tätigkeit anzunehmen, doch Mrs Vesper hält mit ihrer Meinung nicht hinter dem Berg, dass ich gar zu viele Stunden in der Bibliothek zubringe. Sie erbot sich sogar, mir beim Ankleiden behilflich zu sein, was ihr sehr unähnlich sieht, denn als ich sie seinerzeit als Haushälterin engagierte, stellte sie unverblümt klar, dass sie kein Dienstmädchen sei. Und ich sagte ihr, dass ich eine derartige Person unter keinen Umständen benötige! Während meiner Trauer und Krankheit war Mrs Vesper mir dann weitaus mehr als eine Haushälterin, und mittlerweile bin ich praktisch verloren ohne ihre Gesellschaft und ihr gesundes Urteilsvermögen.

Septimus Harding möchte, dass ich meine Artikel über außergewöhnliche Frauen fortsetze. Er sagt, dass der *Guardian* Berichte über Frauen veröffentlicht, und deshalb müssten auch wir das tun. So bin ich auf der Suche nach geeigneten Personen und habe beschlossen, Julia Margaret Cameron aufzusuchen. Und könnte ich nicht auch über dich schreiben? Die berühmte Barbara Bodichon, Malerin, Gönnerin der Erziehung und der Künste, Verteidigerin unseres Geschlechts?

In der Hoffnung, dass bei dir und deinen Bemühungen alles zum Besten stehen möge.

In aufrichtiger Freundschaft,

Lily

III

Am Temple Pier am Ende der Strand Lane war das Themseufer an diesem Frühlingsabend gänzlich verwaist. Hier befanden sich die kleinen Frachthäfen und mehrere baufällige Hafengebäude. An Abenden wie diesem, wenn der Geruch des Flusses, der Raffinerie und der Gebäude sich nicht in den Dunst des kalten Nebels mischte, saßen die Dockarbeiter und die Hafenaufseher gleich nach Sonnenuntergang in ihren Stammtavernen und genehmigten sich einen Krug Bier oder zwei.

Herbert Peasey, untergeordneter Hafenaufseher, war noch nicht im Anchor, weil die Verwaltungsarbeit an diesem Tag überhand genommen hatte. Er war erschöpft vom Prüfen der Kisten mit Tee, der Säcke voller Getreide und dunkler, öliger Kaffeebohnen und vom Staub halb erstickt.

Er sah sich in der Lagerbaracke um und schauderte bei der Erinnerung an den Vorfall, der sich hier ereignet hatte. Als er vergangene Woche gerade Mittagspause machen wollte, legte am Temple Pier die kleine *Lakshmi* an. Wie immer, wenn ein Frachtschiff aus Bombay eintraf, herrschte großer Trubel. Die *Lakshmi* war offiziell ein Passagierschiff, aber eines, das nur eine kleine Anzahl ausgewählter Passagiere beförderte, also nur jene, die bereit waren, eine Suite zu bezahlen und nicht nur eine Kajüte auf einem der größeren Passagierdampfer. Das bedeutete, dass die *Lakshmi* in ihrem Laderaum auch Platz für exklusive Frachten hatte.

Es musste etwas ganz Besonderes an Bord gewesen sein, glaubte Herbert, als er nun darüber nachdachte. Alles hatte darauf hingedeutet. Auf den kleineren Handelsschiffen, die aus Indien kamen, befanden sich neben der Besatzung meist auch einige weitere Männer an Bord, dunkelhäutige, bedrohlich aussehende Einheimische, die sich die Überfahrt nach London verdienten, indem sie private Fracht beförderten. Wenn sie in die Stadt kamen, trugen sie ihre Habseligkeiten in Baumwollbündeln bei sich. Aber in diesen Bündeln konnten auch gewisse andere Dinge verborgen sein, sofern sie klein genug waren, etwa Edelsteine und Opium. Einige Kuriere waren kaum dem Jungenalter entwachsen, aber trotzdem wirkten sie auf ganz besondere Art bedrohlich, und so ging Herbert ihnen nach Kräften aus dem Weg. An Bord der *Lakshmi* war auch ein solcher Kurier gewesen, davon war Herbert überzeugt. Ein kleiner, O-beiniger Mann oder Junge – er hatte ihn nicht aus genügend großer Nähe gesehen, um sein Alter schätzen zu können –, der sich irgendwie von den anderen abhob.

Als die *Lakshmi* schließlich entladen wurde, gab es das übliche geschäftige Treiben, und wie fast immer war es eine Frau, die Herbert die Arbeit unnötig erschwerte. Sie war eindeutig eine Dame der Gesellschaft, das merkte man an ihrer Kleidung und ihrem Verhalten. Und sie war völlig in Schwarz gekleidet. Sie stand an den Docks und wartete (höchst ungewöhnlich für eine Frau ihres Standes) auf einen Inder, der vermutlich ihr Diener war. Als Herbert auf die Dame stieß, rang sie die Hände und erklärte verzweifelt, ihr Diener und der Schiffskapitän seien schon vor geraumer Zeit in eines der Lagerhäuser gegangen. Herbert vermutete, dass ihr Schmuck im Schiffstresor aufbewahrt worden war und dass der Kapitän, als sie ihn abholen wollte, auf einer höheren Bezahlung als ursprünglich vereinbart bestand. Sie flehte Herbert an, nach den beiden Männern zu suchen, und da er diese Bitte nicht abschlagen konnte, ohne als Hasenfuß zu gelten, hoffte er, dass sich die Sache von selbst erledigt haben würde, bis er eingriff. Und so ließ er sich gemächlich Zeit.

Vermutlich hatten die beiden Männer für ihre Unterredung die Lagerbaracke gewählt, weil es dort dunkel war und man auf dem morschen Holzboden herannahende Schritte hörte.

Herberts Schritte hörten sie allerdings nicht, denn der stämmige Kapitän mit dem Turban brüllte. Der andere Inder, der größer und heller war und, wie Herbert vermutete, der Diener der Dame, stand schweigend daneben. Oben auf einer Kiste war ein Stück Seide ausgebreitet, auf dem im trüben Licht Edelsteine glitzerten und funkelten. Derart schöne Steine hatte Herbert noch nie gesehen, und er konnte sie nur ehrfürchtig bestaunen. So wie sie schimmerten, mussten es Diamanten sein, aber er hatte noch nie Diamanten in derart vielen Farben gesehen.

Soweit er die Sache verstand, verlangte der Kapitän eine exorbitante Summe für den sicheren Transport der Steine, und während Herbert die Szene verfolgte, zog er einen langen, gekrümmten Säbel und drohte dem anderen Mann. Dann passierte alles so schnell, dass Herbert nichts gesehen hätte, wenn er nur einmal kurz geblinzelt hätte. Der Kapitän wurde entwaffnet, sein Säbel fiel scheppernd zu Boden, und im nächsten Augenblick hatte der schweigsame Inder ihn im Klammergriff. Herbert glaubte zu erkennen, dass er ein Seidentuch um den Hals des Kapitäns gebunden und so fest angezogen hatte, dass der nur noch um Gnade wimmern konnte. Der Angreifer zog das Tuch noch etwas fester, als wollte er seinen Gegner ersticken. Doch unvermittelt ließ er den Kapitän frei, der taumelte und sich fluchend den Hals rieb.

In dem Augenblick musste Herbert ein Geräusch verursacht haben, denn der Inder, der die Steine bereits wieder an sich genommen hatte, trat auf ihn zu. Herbert murmelte eine Entschuldigung – auch wenn nicht er es war, der hier nichts zu suchen hatte – und wich so hastig zurück, dass er mehrere Kisten umstieß. Der Kapitän lief, ohne auf Herbert zu achten, ins Freie, dann folgte gemächlicheren Schritts der seltsame Inder. Erst als die beiden außer Sichtweite waren, stolperte Herbert ebenfalls zur Baracke hinaus, stützte sich Halt suchend auf Kisten ab und tat sein Bestes, sie nicht wieder zu Fall zu bringen. Dann bemerkte er, wie der kleine O-beinige Inder, der ihm schon zuvor aufgefallen war, hinter ihm die Baracke verließ. Hatte der ebenfalls etwas mit der Sache zu tun? Aber vielleicht wollte er auch nur eine Hand voll Reis stehlen, das taten viele Matrosen, wenn sie angelegt hatten.

Als Herbert wieder im Tageslicht stand, war der Kapitän bereits verschwunden, vermutlich unter Deck der *Lakshmi*. Und der Inder, der ihn angegriffen hatte, stand neben der schwarz gekleideten Dame. Einen Moment später stiegen sie beide in eine wartende Kutsche.

Das Gefühl, dass die Augen des Inders noch auf ihm ruhten, ihm bis ins Herz blickten, ihn gar verdammten, dieses Gefühl ließ Herbert den ganzen Tag eiskalte Schauer den Rücken hinunterlaufen.

Herbert arbeitete seit zwei Jahren als Hafenaufseher, später wollte er zur See fahren. In zwei Jahren vielleicht, hoffte er. Die englischen Matrosen, die er in Temple Pier sah, waren aus groberem Holz geschnitzt als er, und ihm stand der Sinn nicht nach harter körperlicher Arbeit. Herbert hatte vor, zur Handelsmarine zu gehen und im Fernen Osten zu Wohlstand zu kommen. Er hatte viele Männer gesehen, denen das gelungen war, und sie kamen aus unterschiedlichsten Familien, nicht nur den besseren Kreisen.

Die Strand Lane war nur einen kurzen Spaziergang von seinem muffigen Büro entfernt, in dem er den ganzen Tag saß und das von einer übel riechenden Laterne beleuchtet wurde. Wenn er beim Notieren von Kosten, Gewichten und Anzahl der Kisten aufschaute, stellte Herbert sich vor, er sei ein erfolgreicher, wohlhabender Kaufmann, der sein Schiff verließ und zu The Strand schritt. Dort würde er mehrere modische Läden unterhalten, in denen er die Putzwaren feilbot, die er auf seiner letzten Fahrt erworben hatte. Dann würde sein Mädchen eine Brosche mit Diamanten tragen, wie die Klunker, die er in der Regent Street gesehen hatte.

Er war bei seiner Buchführung auf eine recht schlaue Idee verfallen, oder vielmehr, eigentlich war es Georginas Idee gewesen. Sein Gewissen drückte ihn weniger, wenn er sich sagte, dass sie die treibende Kraft hinter seinem neuen System war.

Eines Abends hatte sie ihm ungeduldig bei der Arbeit zugesehen, weil sie es sich in den Kopf gesetzt hatte, mit ihm ins Varieté zu gehen. Sie fragte ihn, was passieren würde, wenn er nicht alle Frachten notierte. Als er erklärte, dass dann keine Steuer auf diese Lieferung erhoben würde, meinte sie: »Na, das würde denen doch gefallen, oder, den Schiffern, wo sich für feine Pinkel halten. Die würden doch lieber dir für deine Mühe ein bisschen was zahlen als die ganzen Steuern.« Das könne stimmen, hatte er gesagt, erinnerte sie aber daran, dass er für das Schifffahrtsministerium arbeitete und dass einer von den hohen Tieren in Whitehall ihn einen Kopf kürzer machen würde, wenn er seine Pflicht nicht anständig erfüllte. »Und wie soll der davon erfahren?«, fragte Georgie und warf ihm das kecke Lächeln zu, das ihn immer danach verlangen ließ, ihr auf der Stelle die Röcke hochzuschieben. Noch am selben Abend nach dem Varieté heckten sie bei einem Gin den Plan aus.

An diesem Abend saß Herbert Peasey länger als sonst über der Arbeit, weil er mit der Schreibarbeit ins Hintertreffen geraten war. Ein Bier würde er sich im Anchor noch genehmigen, bevor er zu Georgina nach Hause ging. Alles lief nach Plan. Hin und wieder nahm er außer Geld noch etwas zusätzlich ein – eine Hand voll Kaffeebohnen, eine Elle Seide oder ein kleines Schmuckstück für Georgie. Er hatte sogar ein Auge zugedrückt, als in Temple Pier eine Fracht gelöscht wurde, die eigentlich nicht dort eingeführt werden durfte. Das war in seinen Augen nichts anderes, als die indischen Kuriere mit ihren Baumwollbündeln »nicht zu bemerken«. So hatte er eben auch mehrere Kisten voll Sandelholz und Elfenbein sowie viele Halbedelsteine nicht bemerkt. Er erniedrigte sich, das wusste er selbst, aber mittlerweile kamen ihm diese kleinen Unregelmäßigkeiten völlig normal vor, und er gewann an Selbstvertrauen. Und warum sollte er nicht für sich selbst sorgen? Genau das taten doch die in Whitehall auch.

Die Gasse, die zur Strand Lane und dem Anchor führte, lag immer in dunklem Schatten. Rechts und links standen Lagerhäuser aus altem Mauerwerk, die zum Teil abgebrannt und nie wieder aufgebaut worden waren. In den Ruinen lebten ein paar Vagabunden und Diebe. Es war ein finsteres Viertel, aber die Dockarbeiter und Matrosen hatten aufgrund ihrer Körperfülle und ihrer Verwegenheit hier Wegerecht. Hafenaufseher wie Herbert gehörten zwar nicht zu dieser Kategorie, aber bislang war er noch nicht überfallen worden, weil meist reges Treiben herrschte, wenn er durch die Gasse ging. Doch zu dieser späten Stunde war sie verlassen und so dunkel, dass Herbert sich wünschte, er hätte seine Laterne mitgenommen. Die Finsternis machte ihn furchtsam, sie kam ihm hier, so nah am Wasser, schwärzer, stiller und dichter vor als anderswo. Im Mondlicht konnte er gerade die schattenhaften Mauern der Lagerhäuser und ein oder zwei umherhuschende Ratten ausmachen. In den Baracken unten an den Kais waren die Ratten die schlimmste Plage, sie nagten Getreide- und Gewürzsäcke an, sodass er tagelang auf Reiskörner trat und ständig niesen musste wegen des Staubs von Pfeffer, Nelken und Zimt.

An diesem Abend aber waren ihm die Ratten eine willkommene Gesellschaft, da nicht einmal Gassenjungen herumstrolchten. Herbert tat sein Bestes, seine Angst zu unterdrücken, und dachte daran, wie gut das Bier munden würde, wenn er erst einmal im Anchor stand. Es stimmte schon, seit der seltsame Inder ihn letzte Woche angeschaut hatte, war ihm in der Dunkelheit unbehaglich. Die Augen hatten ihm das Gefühl vermittelt, dass jemand von seinen Unregelmäßigkeiten wusste, dass ein Verbrecher einen anderen erkannte (denn er ging davon aus, dass die Diamanten, die er gesehen hatte, Schmuggelware waren). Er hatte versucht, mit Georgina über seine Befürchtungen zu reden, aber sie hatte nur auf die ihr eigene Art verächtlich gelacht und gesagt, er sei ein Dummkopf. Dann hatte sie ihn die ganze Arbeit vergessen machen, und auf eine sehr schöne Art, das musste er schon sagen.

Als ein Schlag Herbert Peasey fast das Bewusstsein raubte,

dachte er zuerst, er sei gegen einen Baum gelaufen. Aber hier gab es nirgends Bäume, die nächsten standen in einer Meile Entfernung in den Watergate Gardens. Jetzt war er sich sicher, dass er auf dem Boden lag und die Augen geschlossen hatte, weil alles um ihn herum schwarz war. Und dann dieser Geruch – ein moschusartiger Duft, der ihm bekannt vorkam, obwohl ihm nicht einfallen wollte, woher er ihn kannte. Einen Augenblick lang war ihm dieser Geruch so angenehm und tröstlich, dass Herbert nur an die Lammkeule dachte, die er zum Essen bekommen würde, und an Georgies wunderschöne Beine.

Wenig später war außer dem Geruch auch ein Mensch da, oder womöglich sogar mehrere Menschen. Er konnte zwar immer noch nichts sehen, aber ein Luftzug war ihm übers Gesicht gestrichen, so leicht, dass ihm war, als habe jemand einen Umhang über ihn gebreitet. Jetzt war Herbert nicht mehr ruhig, er hatte die Augen halb geöffnet, und die Dunkelheit um ihn bewegte sich. Ob es einer oder mehrere Schatten waren, hätte er nicht sagen können, sein Sehvermögen war durch die lauten Trommeln beeinträchtigt. Zumindest klang es wie Trommeln, wie solche, von denen er sich vorstellte, dass Dr. Livingstone sie in Afrika gehört hatte. Dann war einer der Schatten direkt über ihm, und Herbert stieg wieder dieser Geruch in die Nase – was war es nur? Die Trommeln wurden noch lauter, und der Überdruck des Blutes in seinem Kopf ließ ihn denken, dass er die Sache mit der Verzollung doch nicht in die eigene Hand hätte nehmen sollen, dass der Herr der Dunkelheit ihn holte, dass er wegen seiner Sünden starb.

Herbert bekam keine Luft mehr. Es war, als hätte sich sein Hals von selbst zugeschnürt, und sein Herz schlug so wild, dass es dem Rhythmus der Trommeln folgte. Vielleicht war das über ihm ein Engel, der gekommen war, ihn in den Himmel zu bringen, und seine Sünden waren ihm doch vergeben. Zum Schluss, bevor er starb, sah Herbert Peasey sich auf einem Schiff, das nach Osten segelte, Sonne und Wind auf seinem Gesicht, und eine wunderschöne Dame namens

Georgina stand an seiner Seite. Nicht Wellen brachen sich am Bug seines Schiffes, es war ein Meer vielfarbiger Diamanten, die hell leuchtende Regenbogen zum Himmel warfen und ihm zuzwinkerten, als wären sie es, die ihn holten, als kennten sie sein Geheimnis.

IV

*I*nspektor Lark sah ausnehmend hässlich aus, fand Sarah, als sie ein Paket im Büro des Herausgebers abholte. Weder er noch Septimus Harding schienen zu merken, dass sie noch im Zimmer war (sie hatte sich gebückt, um den Schnürsenkel neu zu binden, bevor sie die Tür erreichte), und unterhielten sich, als wäre sie gar nicht da.

»Bislang ist es unmöglich, die Todesursache festzustellen. Ein höchst ungewöhnlicher Fall, und wie bereits besprochen, wäre es am besten, nur kurz und ohne jede Sensation darüber zu berichten. Ich würde gerne selbst mit Melville darüber reden.«

»Aber bitte, nur zu.« Septimus Harding lachte kurz auf, dann wurde er wieder ernst. »Aber eine Ahnung müsst ihr doch haben, Mann, was die Todesursache angeht! Das ist doch eure Aufgabe, oder nicht? Der Tod.«

»Septimus, ich bin kein Leichenbeschauer, auch wenn ich mir bisweilen wie einer vorkomme. Noch habe ich keine Meinung zu dem Fall, so etwas ist mir noch nie untergekommen.«

Sarah fand, dass Mr Harding Recht hatte. Lark war Polizist und sollte bei solchen Sachen Bescheid wissen. Wie sonst konnte er Ellen und ihresgleichen beschützen, und die Mädels auf der Betty Street? Der Inspektor drehte sich zum Kamin um und schaute in die Flammen. Langsam ging Sarah zur Tür.

»Er ist nicht erdrosselt worden, an seinem Hals sind keine Spuren, aber die Luftröhre ist zerquetscht. Und zwischen den Augen hat er eine hässliche Verletzung.«

»Gibt es ein Motiv?«

»Viele, sehr viele. Das Opfer arbeitete am Temple Pier.«

Sarah hatte die Tür erreicht und drehte gerade langsam und leise den Knauf, als von der anderen Seite forsch angeklopft und die Tür mit Schwung geöffnet wurde, sodass Sarah auf dem Boden landete. Gregory Melville trat über sie hinweg und baute sich vor dem Schreibtisch des Herausgebers auf. Sie erkannte an seinem Geruch, dass es Melville sein musste – er roch nach Brauhaus.

»Was, verflixt noch eins, hast du hier noch zu suchen, Sarah? Ich dachte, du hättest etwas für mich zu erledigen.«

»Ja, Sir. Ich hab etwas gesucht, ich hab vorhin was fallen lassen, einen Block. Aber ich kann ihn nicht finden. Also geh ich jetzt das Paket abgeben, Sir.« Schnell zog sie die Tür hinter sich ins Schloss. Ein Jammer, dass Melville in dem Moment hereinplatzen musste. Ein Schmierenschreiber war der, das hatte sie schon gedacht, noch bevor er den Blödsinn über Devil's Acre geschrieben hatte. Sie würde viel drum geben zu hören, was Lark ihm zu sagen hatte, denn es gefiel ihr, wenn der Inspektor sich erboste. Aber für heute hatte sie sich genug Ärger eingehandelt.

Die Zustelladresse für das Paket musste sie bei Mr Parsimmons erfragen, der an seinem Empfangstresen sitzend gerade zwischen seinen Zähnen stocherte. Mr Parsimmons' Zähne waren spitz und sehr, sehr gelb. Sarah wusste nicht genau, ob sein schwarzes Halstuch gut zu seinen gelben Zähnen passte, andererseits lächelte er nie, oder zumindest nicht so, dass sie es bemerkt hätte, also war es wohl eher gleichgültig.

»In die Waterloo Street, Sam, danke.« Er reichte ihr aus seinem Buch eine Visitenkarte. Mr Parsimmons nannte sie immer Sam. Sarah fragte sich, ob er überhaupt wusste, dass sie eigentlich ein Mädchen war. Aber darauf kam es für ihn wohl nicht an, solange die Arbeit erledigt wurde.

Auf der Karte standen in schnörkeligen Druckbuchstaben der Name und die Anschrift von Lily Korechnya. Sarah ging über die Docks zur Waterloo Bridge, der Weg am Fluss entlang war schneller als durch die Fleet Street und The Strand.

Dort wurde sie zu sehr abgelenkt, würde sich beim Buchhändler Romane ansehen, und dann vergaß sie Gott und die Welt. Das war ihr schon einmal passiert, und sie hatte Mr Parsimmons sagen müssen, dass sie sich verlaufen hatte. Er hatte ihr nicht geglaubt, und es stimmte ja auch, sie kannte jede Straße, jede Gasse und jeden Schleichweg von den vielen Abenden, an denen sie die Kneipen nach Pa abgesucht hatte.

Und heute wollte sie nicht trödeln, um nichts in der Welt, schließlich hatte sie ein Paket für Lily Korechnya. Regelrecht aufgeregt war sie, sie hatte noch nie wirklich mit ihr gesprochen, außer um sie zu grüßen. Lily sagte immer ein oder zwei Worte zu ihr, und offenbar meinte sie sie ernst. Sie war eine richtige Dame, dachte Sarah, auch wenn sie kein Korsett trug.

Am Ufer trieben sich Horden von Gassenkindern, Streunern und Fischverkäufern herum, eine Schar Matrosen von der Queen Mary war unterwegs in eine Taverne. Als Sarah sich dem Temple Pier näherte, fiel ihr ein, dass der Mord hier stattgefunden hatte. Sie würde Ellen sagen, dass sie jenseits der Waterloo Bridge nicht zum Fluss hinuntergehen durfte. Vielleicht war der Mörder ein Verrückter. Nach allem, was Melville sagte, trieben sich offenbar viele von denen hier herum. In ihrer Vorstellung war ein Mord, den ein Verrückter beging, viel blutrünstiger als der, den Inspektor Lark beschrieben hatte. Vielleicht war es ja gar kein Mord, sondern einfach ein Unglück? Sie fragte sich, ob er an die Möglichkeit gedacht hatte. Höchstwahrscheinlich schon, wo er doch ein Polizist war, aber sie könnte ihn trotzdem mal fragen, das würde nicht schaden.

Das sonst beständige Hin und Her auf der Waterloo Bridge war zum Erliegen gekommen, Pferde und Droschken hatten sich in einem wirren Durcheinander verkeilt. Die Kutscher von Ein- und Zweispännern saßen ergeben auf ihrem Bock und schauten auf den Fluss oder redeten beschwichtigend auf aufgebrachte Passagiere ein. Ein paar Zigeunergören schlugen zwischen den Kutschen und Hufen Rad und bettelten um

Kupfermünzen; an den Fenstern eines Omnibusses boten Straßenverkäufer Erdnüsse in Papiertüten und kandierte Früchte feil. Sarah bahnte sich einen Weg durch das Tohuwabohu, ging den turnenden Zigeunerbälgern und Kothaufen aus dem Weg. Es war ein schöner Frühlingstag, sie war im Freien und blickte auf die dahinfließende Themse. Zu ihrer Rechten standen die Houses of Parliament, der Turm der Westminster Cathedral ragte über dem Rauch auf, der aus Hunderten von Kaminen emporstieg. Zu ihrer Linken konnte sie die Themse entlang bis zur London Bridge einen Strom von Dampfern und Schiffen und Kähnen erkennen, Flaggen und Segel und bunte Buge.

Auf der anderen Seite der Waterloo Bridge, hinter der Queen Elizabeth Hall, fand sich die Erklärung für den stockenden Verkehr: Es war zu einer Auseinandersetzung zwischen mehreren Droschken, die die Waterloo Station verließen, und einer Trauerprozession gekommen, die aus mindestens einem Dutzend ebenholzfarbener Kutschen bestand. Jede wurde von vier Rappen gezogen, die mit tintenfarbenen Federbüschen geschmückt waren. Sarah hielt inne, um den Tumult zu verfolgen. Die Präsenz des Todes an einem Tag, der voller Leben schien, bestürzte sie ein wenig. Der Tod war immer gegenwärtig, das wusste sie, und selbst wenn sie ihn und ihre Mam eine Weile vergaß, rief irgendetwas ihn unweigerlich wieder in ihr Gedächtnis. Wenn nicht ein Leichenzug, dann ein Gesicht in der Menge. Der Tod war bei armen Leuten oft zu Gast, vor allem bei den Frauen. Doch Selbstmitleid brachte nichts. Heute war sie am Leben und Ellen auch, und sie war unterwegs zu Mrs Korechnya.

Lily Korechnya wohnte in einer erstaunlich wenig vornehmen Gegend. Sarah hatte sie vorgestellt, sie würde in Chelsea oder Hampstead leben, in einem Haus mit viel Personal und einem Garten, den ein Gärtner pflegte. Aber nicht in einem Reihenhaus, wo der Lärm und das Treiben direkt vor der Haustür begannen. Der Scherenschleifer und der Korbflicker mit seinem Binsenbündel versuchten, sich gegenseitig auszustechen, schrien um die Wette: »Ich wetz Ihnen die Messer, vier Stück ein Penny!« und »Kaputte Stühle wie neu!«, ein Junge mit einem Eimer voll stinkender Ochsenleber und Kutteln stimmte in das Gelärm mit ein, konnte sich aber nicht gegen die anderen durchsetzen.

Lily Korechnyas Haustür war smaragdgrün gestrichen und hatte einen glänzenden Klopfer aus Messing, nach dem Sarah gerade greifen wollte, als die Tür aufging und eine Frau, die Mr Parsimmons' Schwester hätte sein können, auf die Schwelle trat.

»Guten Tag, junges Fräulein. Du hast etwas für die Herrin? Von der Zeitung?«

Sarah war überrascht, noch niemand hatte sie je ein Fräulein genannt. Sie stellte sich gerne vor, dass alle sie für einen Botenjungen und Setzerlehrling hielten. Als Mädchen konnte sie weder das eine noch das andere sein. Sie hatte sich noch keine Gedanken darüber gemacht, was passieren würde, wenn sie sich nicht mehr als Junge ausgeben konnte, und dass ihr Körper sie früher oder später verraten würde, das wusste sie. Aber bislang hatte sie noch nicht einmal ihre Monatsblutung, und sie war für ihr Alter klein und mager, ebenso wie Ellen. Pa hatte immer gesagt, wenn sie in Irland aufgewachsen wären, wären stramme Mädels aus ihnen geworden – aber natürlich nur im Irland vor der Hungersnot. Er sagte, da läge etwas in der Luft, das einen stark und schön mache. Aber sie glaubte Pas Geschichten nicht, und außerdem war ihr aufgefallen, dass Irland immer großartiger wurde, je tiefer der Whiskeypegel in der Flasche sank.

»Ich nehme das Paket schon, Fräulein. Und ich gebe es ihr, sobald sie zur Tür hereinkommt.«

Sarah hob das Kinn ein wenig, um besser unter ihrer Mütze hervorsehen zu können. Diese Frau war ein Rätsel, denn sie sah kantig und streng aus und trug ein schlichtes braunes Gewand ohne alle Rüschen, aber sie war auch sehr freundlich.

»Sind Sie ihr Dienstmädchen?«

»Gütiger Gott! Ich bin doch kein Dienstmädchen, Kind!

Mrs Korechnya hat kein Dienstmädchen, sie kann sich sehr gut allein um sich kümmern.«

Sie streckte die Hand nach dem Paket aus, aber Sarah zögerte. Sie war bitter enttäuscht, Lily nicht persönlich zu Gesicht zu bekommen. »Ich soll es ihr selbst geben«, beharrte sie. Das war das Erstbeste, was ihr einfiel, und sie musste einfach Zeit gewinnen. Aber anstatt ihr zu sagen, sie solle nicht so dumm sein und ihr das Päckchen geben, lächelte die weibliche Ausgabe von Mr Parsimmons, und da bemerkte Sarah, dass ihre Zähne in weitaus besserem Zustand waren.

»Also gut, mein Fräulein, du findest Mrs Korechnya in Kensington. Komm kurz in den Flur, ich gebe dir die Adresse.«

Der Flur war riesig, dachte Sarah, wenn er nur dafür gedacht war, dass Menschen kamen und gingen. Er war größer als der Kellerraum, in dem ihre ganze Familie gehaust hatte – als sie noch zu fünft gewesen waren. Der Boden war mit gemustertem Linoleum ausgelegt, und an der Wand hing ein großes Bild. Sie machte einen Schritt darauf zu, während die Frau, die kein Dienstmädchen war, zu einem hübschen Holztisch ging.

Unvermittelt stand die Frau direkt neben ihr, Sarah hatte ihre Schritte gar nicht gehört. Sie schaute nach unten, ob die Frau vielleicht keine Schuhe anhatte, aber ganz im Gegenteil, es waren feste Schnürstiefel, die sie an ihren Füßen trug.

»Das ist ein Gemälde des Herrn«, sagte Leisetreterin und betrachtete das Bild ebenso wie Sarah. Darauf war eine Frau in einem Kleid, das aus einem Stoff war, wie Sarah ihn noch nie gesehen hatte, nur Silber, wie Spinnwebennetze in der Sonne, die vor Tausenden weißer Juwelen funkelten. Das rabenschwarze Haar hing ihr offen um die Schultern, ein Kranz weißer Blüten war hineingeflochten. Die Frau auf dem Bild hatte dunkle, mandelförmige Augen und eine Haut wie frische Sahne, dazu einen breiten, schönen Mund. Sie sah aus wie Mrs Korechnya, fand Sarah.

»Venus, so heißt die Dame«, erklärte Leisetreterin. »Und das Bild heißt *Die Venus von Waterloo.*«

»Der Maler ist aber tot, oder?«

»Das Lungenfieber hat ihn dahingerafft, vergangenen Winter war das. Nur körperlich natürlich, nur körperlich. Es ist ein weiter Weg nach Kensington, und ich vermute mal, dass sie dich bei der Arbeit zurückerwarten. Also müssen wir eine Droschke für dich finden.«

»Eine Droschke? Für mich? Nie im Leben.« Über die Idee musste Sarah lachen. Sie hatte noch nie in einem Einspänner gesessen, in keiner Art von Kutsche, das war ein Luxus, den sie sich überhaupt nicht vorstellen konnte. Die Frau war verschwunden, die Haustür stand offen. Bis Sarah auf die Straße hinaustrat, hatte Leisetreterin eine schäbige Droschke angehalten und verhandelte gerade mit dem dunkelhäutigen Kutscher. Sie steckte ihm eine Münze zu und winkte Sarah zu sich, dabei lächelte sie, als wüsste sie etwas Geheimes. Dann zog sie kurz an Sarahs Mütze, ging zur smaragdgrünen Tür und schloss sie hinter sich.

Auf der Brücke stand der Verkehr nicht mehr still. Die Droschke, in der Sarah nach Kensington gefahren wurde, roch nach Haarpomade und Pferdeleder, und durch die lackierten Bodenplanken zog feuchte Luft herein. Von diesem erhabenen Sitzplatz aus wirkte The Strand wie ein Karneval, bunt wirbelnde Krinolinen und Sonnenschirme, obwohl es gerade erst Mai war und die Sonne noch kaum wärmte. Ein Leierkastenmann verfolgte mit seinem räudigen Äffchen eine Gruppe Geistlicher, die Sonne spiegelte sich in blitzblanken Schaufenstern. Es war wirklich ein wunderbarer Tag, dachte Sarah, saß sie doch tatsächlich in einer Droschke und fuhr The Strand entlang. Ellen und Priester-Joe würden Augen machen, wenn sie ihnen das erzählte.

Nach den Toren vom Buckingham Palace und den königlichen Wachposten lehnte Sarah sich im Polster zurück und bestaunte die wunderschönen Häuser hinter kunstvollen Portalen und hohen Steinmauern. Überall wuchsen ausladende Bäume. Sie überlegte sich, was Leisetreterin wohl gemeint hatte, als sie sagte, Franz Korechnya sei nur körperlich tot. Tot war tot, außer man glaubte an den Himmel, und sie wusste nicht genau, ob sie das tat, auch wenn sie sich gerne vorstellte, dass Mam und Pa und der Kleine da oben waren, dass sie Apfelkuchen aßen und in Gesellschaft pausbäckiger Engel süßen Tee tranken.

Am Ende der Fahrt wurden die Tore und Mauern immer weniger, dafür sah sie ein oder zwei Felder und viele Obstgärten. Das Haus, vor dem der Kutscher anhielt, musste sehr alt sein, dachte Sarah, weil es ganz anders aussah als die anderen. Es war von Efeu und Kletterrosen überrankt, das Portal von halb verfallenen Tierstatuen bewacht. Und es sah nicht aus, als würde der große Haupteingang benutzt, denn er war halb von Efeu überwuchert, und so ging Sarah unter blühenden Bäumen hindurch zu den hohen Glastüren, die sich wie Fenster zum Garten hin öffneten.

Und dort saß Lily Korechnya, an einem Tisch in einem großen Raum, in dem kaum Möbel standen, nur eine Art Bett, das aber an einem Ende eine Armlehne und ein Kissen hatte. Wohl ein kaputter Sessel, dachte Sarah.

Lily schrieb gerade und war offenbar ganz in Gedanken versunken. Sarah betrat den Raum, ohne anzuklopfen, sie wollte nicht stören und versuchte, ganz leise aufzutreten, aber es war ein blanker Holzboden, und die Dielen knarzten unter ihren Stiefeln. Trotzdem schaute Mrs Korechnya nicht auf, und so hatte Sarah Zeit, sie genau zu betrachten. Ihr Kleid war waldgrün und aus indischer Baumwolle. Mit Baumwolle hatte Mam immer gern gearbeitet und gesagt, das sei ein guter Stoff. Auf den schmalen Ärmeln des Kleids prangte eine weiße Blüte, anmutig wie ein Schwanenflügel. In Sarahs Augen war es dieselbe weiße Blume wie im Haar der Frau, Venus, auf dem Gemälde.

Sarah sah sich im Raum um. Lily Korechnya schrieb noch immer, und sie wollte sie noch immer nicht stören, denn sie schien etwas Trauriges zu schreiben. Sie weinte zwar nicht, aber Sarah wusste trotzdem, dass sie traurig war, weil sie auf eine ganz bestimmte Art dasaß und sich mit der linken Hand über die Stirn fuhr und tief seufzte. An den Wänden lehnten lauter Bilder ohne Rahmen, mehr, als Sarah zählen konnte, und auf dem Boden neben dem Tisch stand eine große blaue Hutschachtel. Als sie wieder zu Lily schaute, sah diese sie geradewegs an, ein kleines Lächeln auf den Lippen, und ihre Trauer war wie fortgeblasen, aber vielleicht versteckte sie sie auch nur.

»Guten Tag, Sarah.« Sie deckte das Geschriebene mit einem Löschblatt ab, faltete das vornehme Büttenpapier sorgsam zusammen und legte es in die Hutschachtel.

Franz' »Atelier«, so habe Lily das Zimmer genannt, erzählte Sarah ihrer Schwester und Joe an dem Abend im Keller. Und wie sie von Kensington gemeinsam in einer Droschke zurückgefahren waren, während Mrs Korechnya die ganze Zeit mit ihr redete über Dinge, über die sonst keiner mit ihr sprach, wie Ausbildung und Gemälde und die Griechen und Römer, die mehr als nur einen Gott hatten, und einige davon waren sogar Frauen. Einer sei schlimm genug, hatte Sarah gesagt, und darüber hatte Lily gelacht. Sie hatte herausgefunden, dass Venus eine der Göttinnen der Römer war und dass Leisetreterin Mrs Vesper hieß und dass es keinen Mr Vesper mehr gab, weil der an Typhus gestorben war.

Priester-Joe und Ellen hatten Lumpen gesammelt und einem Mann bei den Whitehall Stairs etwas Spitze und ein paar Silberknöpfe verkauft. Nur ein paar Münzen, aber jede Summe half, und Ellen wollte gerne helfen. Sie und Joe hockten auf dem Boden und spielten ein Spiel mit Steinen und bunten Glasscherben. Priester-Joe war genauso vertrauensselig wie Ellen, und das machte Sarah Sorgen; andererseits konnte er Gefahr riechen, und er war stark, auch wenn er zum Kämpfen wenig taugte, weil er nicht schnell genug denken konnte. Ellen tagsüber in seiner Obhut zu lassen war fast genauso schlimm, als wäre sie allein unterwegs.

»Was für ein Buch hast du neulich gefunden, Joe, in der Fleet Street?«

Priester-Joe strahlte und steckte seine Pranke in eine Manteltasche. Ellen hielt den Mantel für einen Zaubermantel, weil Joe ständig kleine Schätze aus den Taschen hervorholte. Der Mantel habe einem Matrosen gehört, sagte Joe, wobei Sarah sich nicht sicher war, ob der Matrose tot oder lebendig war, als der Mantel in Joes Besitz überging.

»Bilderbuch«, sagte er mit einem so breiten Grinsen, dass sein ganzes Gesicht strahlte, und Sarah konnte ihm einfach nicht böse sein, gleichgültig, wie er an das Buch gekommen war. Er wollte niemandem etwas zuleide tun, er nahm sich einfach, was ihm gefiel, und das konnte er sehr gut. Sarah fragte sich manchmal, ob er diese Eigenschaft schon als Prediger gehabt hatte, bevor ihm das Nachtgeschirr auf den Kopf fiel. Joe reichte ihr das Buch, es war klein und hatte einen dicken Einband, der so dreckig und gelb war wie Mr Parsimmons' Zähne.

»Steht drauf, was drin ist? Kannst du's lesen?« Ellens Augen leuchteten vor Begeisterung, ebenso wie Joes, und Sarah freute sich nicht minder. Sie schlug den Einband auf, die Titelseite war fleckig von Regentropfen.

»Die kleine Meerjungfrau von Hans Christian Andersen«, las sie.

Entzückt klatschte Ellen in die Hände. »Das bin ich! Ich bin die kleine Meerjungfrau, stimmt's, Joe?«

Priester-Joe klatschte auch in die Hände, und die beiden rückten näher zu Sarah, die am Tisch saß, und ihre Gesichter strahlten vor Vorfreude. Sarah setzte sich aufrecht hin und hielt das aufgeschlagene Buch in beiden Händen. In ihrem Magen flatterte es komisch, wie an den Abenden, wenn sie auf der Suche nach Pa in einem fremden Stadtviertel unterwegs war. Sie hatte nur selten ein richtiges Bilderbuch zu sehen bekommen, und eins gelesen hatte sie noch nie. Solche Dinge gab es einfach nicht in der Dorfschule im irischen Wicklow.

Sarah atmete tief durch und räusperte sich, wie Septimus Harding, bevor er etwas zu lesen begann.

V

Waterloo, 7. Mai 1864

Liebe Barbara,

gestern traf ich mich mit Lady Cynthia Herbert im Chapter Coffee House in der Paternoster Row. Dies ist ein Etablissement, das ich, wie du weißt, unter normalen Umständen nicht betreten würde, denn dort begegnet man allzu leicht Herausgebern und den anderen Herren der Presse, die alle Frauen verachten, welche ihren Verstand zu benutzen wagen. Nicht dass ich fürchte, gesehen zu werden von denen, für die ich Essays schreibe, mir ist nur ihre Gesellschaft zuwider. Zweifellos wird der Tag kommen, an dem Mr Evans als Lily Korechnya offenbart werden wird.

Es kam mir vor, als gäbe es in dem Raum nichts als Männer, Zigarrenrauch und den Duft von Ingwerkuchen. Aber dann entdeckte ich Lady Herbert an einem Tisch in einer Ecke, abseits der gelben Gasflammen, die in hübschen Glaslaternen tanzten. Sie erhob sich, um mich zu begrüßen, und da sah ich, dass sie ganz in Schwarz gekleidet war.

Wie befürchtet, saßen an dem runden Fenstertisch die steifen Lektoren von Rivington, dem theologischen Verlag. Der Tisch verschwand unter Blättern, in der Mitte lag ein dickes, noch mit Schnur umwickeltes Manuskript, das Böses ahnen ließ. Ich versuchte mir nicht vorzustellen, was ein derart gewichtiges theologisches Werk enthalten könnte! Da ich notwendigerweise an dem Tisch vorbeigehen musste, nickte ich Rivington junior mit seinem grauen Backenbart und der randlosen Brille höflich zu; er ist ein ehemaliger Doktor und Kollege meines Vaters. Er wirkte überrascht, mich zu sehen, und war sicher noch überraschter, als Lady Herbert an meiner Seite erschien und mich am Arm nahm. Flugs entführte sie mich an ihren Tisch, der sich unter den vielen Kuchen bog; sie hätten einer ganzen Teegesellschaft genügt. Ich spürte Rivingtons Blick auf uns; sicher fragte er sich, was die Tochter Doktor Halls in einem Kaffeehaus zu suchen habe, noch dazu in Gesellschaft einer Bilderstürmerin.

»Sie sind die Rettung aus großer Not«, sagte Cynthia Herbert leise zu mir. »Es ist erschreckend, wenn man bedenkt, dass Herren wie diese es sich zur Aufgabe machen, die Moral der Mittelklasse zu heben. Tee?«

Als ich erklärte, dass mir der Sinn eher nach einem Glas Kaffee stünde, zog sie die stark gepuderte Nase kraus und meinte, das grauenvolle Getränk sei für ihren Zustand zu erschöpfend. Tatsächlich sah sie matt aus, als hätten Kummer und Sorge sie bis auf den Grund der Seele ermüdet. Vorbei sind die Tage, als Lady Cynthia Herbert einen Salon kluger Köpfe und ästhetischer Seelen unterhielt und sich zur Verteidigerin unseres Geschlechts aufschwang. Sie ist zu einer Einsiedlerin geworden und der vornehmen Gesellschaft überdrüssig – sie, der vor nicht allzu langer Zeit die ganze jugendliche Boheme Londons zu Füßen lag. Aber ach! Der Stein, der auf ihrem dunklen Mieder ruhte, versprühte das ganze Leben, das aus dieser ehedem großartigen Frau geschwunden ist.

Das Schmuckstück in der Größe einer Münze hing an einer Goldkette und machte das Licht tanzen. Es war ein wirklich außergewöhnlicher Stein, und als Lady Herbert bemerkte, dass er mir gefiel (um ehrlich zu sein, ich war hingerissen, denn er schien mir zuzublinzeln!), wirkte sie überaus erfreut.

»Meine Liebe, das ist ein Diamant, der zu gewissen Zeiten gefürchtet und begehrt war und nah am Herzen getragen wurde, um den Menschen unbesiegbar zu machen. Ich bin entzückt, dass Sie Edelsteine bewundern, und freue mich darauf, Ihnen meine Sammlung zu zeigen. Ich hielt es für das Beste, wenn wir uns erst einmal in der Öffentlichkeit begegnen, aber da ich Sie nun gesehen habe, bin ich vollauf beruhigt.«

Diese etwas verwirrte Aussage erstaunte mich; ich vermute, dass Lady Herbert ein Beruhigungsmittel aus Opium nimmt, denn ich kenne derartige Erscheinungen auch von meiner Mutter. Mein Verdacht bestätigte sich dadurch, dass Lady Herbert mehrmals nervös zu einem benachbarten Tisch hinüberäugte, an dem zwei Herren in ein Gespräch über die Vorteile von Espartogras vertieft waren und sich über dessen wirtschaftliche Vorzüge gegenüber Holzzellstoff bei der Papierherstellung ereiferten und die unsere Unterhaltung nicht im mindesten beachteten. Selbst der Kellner, der dienstbereit in der Nähe stand, schien Lady Herberts nervöses Misstrauen zu erregen.

Sie erzählte mir, dass sie im Winter nach Indien zurückzukehren hoffe, um den mit ihr befreundeten Maharadscha von Benares wiederzusehen, und auch, dass sie des Sanskrit mächtig sei und sich mit Bänden der heiligen hinduistischen Schriften beschäftige, die zwar bereits ins Deutsche, aber noch nicht ins Englische übertragen waren.

Ihrer Schilderung zufolge ist der Maharadscha ein kultivierter Mann, der große Bewunderung für die europäische Kunst hegt. Und da überraschte sie mich, denn sie sagte, sie kenne das Werk meines Mannes. Sie sei vor der Revolution, die Franz und seine Familie nach London brachte, in Prag gewesen und sei wegen seiner Begabung bereits damals auf ihn aufmerksam geworden. Des Weiteren erzählte sie mir, dass Prag, wie Benares, ein heiliger Ort sei, eine »Stadt des Lichts«. Das bedeute, klärte sie mich auf, dass diese Städte bei Mystikern als besondere Orte gelten, als Grenzbereich zwischen der Welt der Lebenden und der Toten. Dann betrachtete sie mich eine ganze Weile, ehe sie meinte, wenn ich denn möchte, würde sie mich in ihrem Kreis jederzeit willkommen heißen. Es hätte mich nicht überraschen sollen, dass die Dame sich dem Spiritismus verschrieben hat, denn sie weist alle Symptome eines Menschen auf, der durch seinen Verlust gebrochen ist. So höflich es mir möglich war, lehnte ich ihr Angebot ab.

Als ich, um das Thema zu wechseln, erklärte, dass sich

noch viele von Franzens Gemälden in meinem Besitz befinden, schien sie überaus interessiert. Sie erklärte auch, es sei empörend, dass ihm als Juden der Zutritt zur Royal Academy verwehrt gewesen sei. »Im Gegensatz zur Meinung der herrschenden Klasse muss ein Künstler nicht notwendigerweise ein Christ sein, um Talent zu haben«, sagte sie. »Er braucht auch keine weiße Haut zu haben oder aus einer angesehenen Familie zu stammen. Mein indischer Diener kann mit dem Bleistift besser umgehen als einige der Künstler, die Mitglied der Royal Academy sind.«

Ich versprach, ihr einige Bilder zu zeigen, denn ich wünsche mir sehr, dass Franz im Tod die Anerkennung findet, die ihm im Leben versagt blieb, und diesen Gedanken vertraute ich ihr an.

Wir vereinbarten, unser Gespräch kommende Woche in Herbert House fortzusetzen, denn sie wurde zunehmend erregt und außerordentlich wachsam, und immer wieder fasste sie mit ihren schwarz behandschuhten Fingern nervös an den großen weißen Diamanten an ihrer Brust. Um ihr Unbehagen zu überspielen, erzählte sie mir, dass sie sich kürzlich bei einem Essen mit einem Auktionator von Hanovers unterhalten habe, der ihr berichtete, dass man im Mittelalter geglaubt habe, ein Diamant schütze vor Geistern. »Mumpitz«, sagte Lady Herbert. »Meiner Erfahrung nach stimmt genau das Gegenteil – Diamanten locken Geister an!«

Jetzt fasziniert mich Cynthia Herbert noch mehr als zuvor, Barbara. Ich werde dich auf dem Laufenden halten, welche Ansinnen sie noch an mich heranträgt.

In Freundschaft,

Lily

VI

Bestochen werden kann er nicht,
gottlob!, der englische Journalist.
Doch lies, was unbestochen er schreibt:
Dafür wär kein Penny angezeigt.
Humbert Wolf

Sobald Sarah sah, dass Melville durch die Tür zur hinteren Treppe hereintrat, schweifte ihre Aufmerksamkeit ab von der Annonce für »Keatings hellen Lebertran aus Neufundland« (»Von beispielgebender Reinheit im Vergleich zu vielen anderen, die das Angebot bereithält«). Von ihrem Platz ganz hinten in der Setzerei hatte sie alle Besucher im Blick, die in den dritten Stock kamen. Es passte ihr gar nicht, dass Melville diese Treppe benutzte; die war ihrer Ansicht nach ihr und Nelly vorbehalten. Außerdem schlich er immer umher wie ein Straßenkater, der sich an eine Taube heranpirscht.

Kurz betrachtete sie den Sitz von Melvilles Rock. Er war immer makellos gekleidet, obwohl seine Garderobe eher einem Dandy zu Gesicht gestanden hätte als einem Pressevertreter. Fast konnte man ihn als gut aussehend bezeichnen, wäre seine Haut nicht so ölig und wächsern. Das hatte er mit allen Vertretern seiner Zunft gemein, da sie samt und sonders viel tranken und den ganzen Tag in geschlossenen Räumen verbrachten. Melville hatte ein Blatt Papier bei sich, und seiner Miene nach zu urteilen hatte er die Taube erbeutet und wollte sie gleich verschlingen.

Sarah zog sich die Mütze etwas tiefer ins Gesicht, damit sie ihn weiterhin beobachten konnte und dennoch den Eindruck erweckte, als arbeite sie an der Keatings-Annonce. Es war nun einmal so, dass Lebertran in Hülle und Fülle beworben wurde, und allmählich war sie es leid, derartige Salbaderei immer und immer wieder zu lesen – dass Doktor Ricards Lebensgeist die Virilität wiederherstelle und welch wundersame Wirkung Lamberts Asthmarezeptur habe …

Pa hatte immer gesagt, dass in den Groschenblättern nur Quatschkram stehe, und sie fragte sich, was er wohl dazu sagen würde, dass seine eigene Tochter bei einer Zeitung arbeitete. Mit Büchern hatte er auch nichts anfangen können. Es war Mam gewesen, die sie zum Lesen angehalten hatte, meistens in Mrs Beetons Nachschlagewerk der Alltagsküche, das bei Ruby in der Küche stand; die Wirtin war der Meinung, jeder anständige Haushalt müsse es haben. Ruby konnte zwar nicht lesen, aber ihr gefielen die Bilder. Mam hatte nie auch nur einen Penny gehabt, um ein Buch oder eine Zeitung zu kaufen. Deshalb besaß sie auch nur ein einziges Buch, das sie aus Irland mitgebracht hatte, mit einem zerschlissenen grünen Stoffeinband. Es war eine Sammlung von Geschichten aus der Bibel und Heiligenlegenden. Daraus hatte sie jeden Abend vorgelesen, bis Pa es zum Pfandleiher brachte, um sich Whiskey zu kaufen. Da war Sarah klar, dass er verloren war, denn er wusste genau, wie sehr ihre Mutter an dem Buch hing. Die Eheringe waren schon längst gegen Mehl und Tee und Winterstiefel versetzt worden, und Sarah erinnerte sich noch, wie traurig beide darüber gewesen waren. Bald würden sie ihre Eltern wieder besuchen, das hatte Sarah ihrer Schwester versprochen, auch wenn es ihr jedes Mal das Herz steinschwer machte, zu dem kleinen Gelände mit den vielen Holzkreuzen und all dem Unkraut hinter dem Seilerfeld zu gehen.

Als Melville an ihr vorbeiging, ließ er kurz den Blick über sie schweifen und sah dann fort, als sei sie seiner Aufmerksamkeit nicht würdig. Mehr Beachtung schenkte er ihr nie, und sie war dankbar dafür. Für ihn war sie immer noch der Botenjunge Sam, wie für die meisten, die unten arbeiteten, und damit weit unterhalb seines Standes; und obendrein noch ein Mädchen.

Bei Jack Thistlewites Tenakel blieb er stehen, und die beiden unterhielten sich über den neuesten Unfrieden, den der Journalist stiften wollte. Sarah wünschte sich, dass Mr Harding ihn den Unfug, den er für die Rubrik »Verbrechen« verfasste, nicht veröffentlichen ließe. Manchmal wollte der Herausgeber den Text gar nicht lesen und gab ihn einem Redakteur, der Schreibfehler ausmerzte. Vermutlich tat Mr Harding das, weil er seine Zeitung ungern besudelte; einmal hatte sie ihn zu Inspektor Lark sagen hören, dass er mit gewissen Berichten nichts zu tun haben wolle, die aber die Verkaufszahlen in die Höhe trieben, und der *Mercury* könne es sich nicht leisten, dass der Verkauf zurückging. Melville konnte gut Unfrieden stiften, er wusste, wie er die Leute dazu aufstachelte, nach einem besonders grausigen Verbrechen »Gerechtigkeit« zu fordern. Freilich, wenn eine Prostituierte oder ein armer Schlucker halb totgeprügelt wurde, saß der Übeltäter höchstens ein oder zwei Monate in Westminster Bridewell, aber wenn jemandes Hab und Gut beschädigt oder gestohlen wurde, war eine Hinrichtung fällig.

Sarah wusste, woher Melville seine Geschichten hatte: Er machte seine Runden durch die Kneipen rund um St. Giles und die Cheapside und mauschelte mit den besser gestellten Dieben, Langfingern und Fälschern, von denen er den üblen Klatsch erfuhr, den er hören wollte. Und bestimmt war dabei Geld im Spiel, davon war Sarah überzeugt. Im White Hart war Melville, bevor er den Humbug über Devil's Acre schrieb, nicht gewesen; Leute wie ihn ließ Ruby gar nicht erst rein. Er hatte die übleren Bierkneipen und Gintavernen rund um Westminster abgeklappert und seine üblichen Informanten ausgehorcht, damit er einen »wahren Bericht«, wie er es nannte, über dieses oder jenes Verbrechen schreiben konnte.

Normalerweise arbeitete Jack Thistlewite an Melvilles Artikeln, und zur Teestunde hörte Sarah dann ausführlich davon; um die Zeit war meist ein Kartenspiel im Gang und die Stimmung gehoben nach einem heimlichen Schluck aus irgendeiner

Flasche. Und die Männer prahlten damit, wie gut sie Bescheid über alles wussten wegen der Artikel, die sie setzten.

Mr Melvilles neueste Sensation war offenbar ein Hinweis auf den Mörder von Herbert Peasey, dem unglückseligen Hafenaufseher von Temple Pier, der vor zwei Wochen ins Jenseits befördert worden war. Peasey habe die Bücher frisiert, berichtete Jack im Rauchzimmer, und ein Auge zugedrückt, wenn ganz besondere Lieferungen verfrachtet wurden. Gregory, sagte er – es gefiel ihm, die über ihm Stehenden vor den anderen Setzern mit Vornamen zu nennen, nur bei Mr Harding hatte er es noch nicht gewagt, ihn als Septimus zu bezeichnen –, würde der Sache auf den Grund gehen, und es würde eine ganz große Geschichte werden. Bei Melville wurde immer alles eine ganz große Geschichte, und die musste es auch werden, unter dem tat Jack es nicht. Er war um keinen Deut besser als Melville, beide wollten immer Ärger aufrühren. Ihnen ging es nicht darum, eine Zeitung zu machen. Und dass Mr Melville es darauf abgesehen hatte, ein Sensationsreporter zu werden, der Damenherzen höher schlagen ließ, merkte man schon am Schnitt seiner engen Hose und seinem pomadigen Haar. Er sah sich als einen Mann, der tollkühn einen Bösewicht jagte, bis der in Bridewell hinter Schloss und Riegel saß, oder, schlimmer noch, in Newgate.

Nichts gefiel den Setzern besser als eine gute Hinrichtung. Sie zogen mit den anderen Schaulustigen zum Gefängnis von Newgate und waren ganz stolz, weil sie als Zeitungsleute dazu beigetragen hatten, den Übeltäter vor Gericht und an den Galgen zu bringen.

Für Sarah waren Hinrichtungen etwas Schreckliches, und an Montagen, an denen sie vollstreckt wurden, machte sie einen großen Bogen um den Old Bailey. Schon am Sonntag drängten sich die Menschenmengen auf dem Platz; dann wurde der lange Karren mit dem Galgen vor die Gefängnismauer gefahren, direkt vor die schwarze Tür, durch die am nächsten Tag in der Früh der gefesselte Gefangene mit gesenktem Kopf herauskam. Eine Hinrichtung war ebenso eine Sportveranstaltung und eine Kirmes wie ein Hunderennen oder ein Hahnenkampf. Mr Harding sagte, der einzige Unterschied zwischen einer Hinrichtung und den Rennen in Sandington sei, dass keine Wettmacher ins Spiel kamen, weil das Ergebnis schon von vornherein feststehe.

Jack ließ sich den ganzen Nachmittag über den Hafenaufseher aus und störte ununterbrochen die übliche Stille in der Setzerei, sodass Sarah sich wünschte, sie wäre ein Mann und könnte ihm sagen, er solle den Mund halten. Er sagte, Gregory würde einen sehr wichtigen Artikel über die fetten Gewinne jener Londoner Kaufleute schreiben, die wertvolle Lieferungen aus dem Fernen Osten in Empfang nahmen, das Sandelholz und Opium, die nie in den Rechnungsbüchern der Hafenbehörden auftauchten. Er sagte, Mr Melville sei ein aufrechter Londoner und verurteile eine solche unmoralische Gewinnsucht. Das kam Sarah eher unwahrscheinlich vor, aber ihre Meinung wollte sowieso niemand hören. Als dann der zweite Besucher des Nachmittags im dritten Stockwerk erschien, trug Jack beim Prahlen noch dicker auf.

Da Mr Evans' Kolumne über außergewöhnliche Frauen den Winter über nur unregelmäßig im *London Mercury* erschienen war, hatte man Mrs Korechnya in der Setzerei kaum gesehen. Seit Lily Korechnya mit ihr gesprochen hatte, war sie in Sarahs Augen die außergewöhnlichste Frau überhaupt, außergewöhnlicher noch als die Frauen, über die sie bei Mr Evans gelesen hatte, ob nun die kränkelnde Dichterin Elizabeth Barrett, Christina Rossetti oder die Malerin Lizzie Sonstwas. Jetzt wusste sie ein wenig über diese Frauen – es waren allesamt Damen, die Dinge taten, die sonst Männern vorbehalten waren. Wichtige und kluge Dinge, die Leute zum Nachdenken brachten oder sie aufmunterten, selbst wenn tage- und wochenlang die Sonne nicht schien.

Lily Korechnya trat durch die große Tür, die von der Haupttreppe in die Setzerei führte. Sie war elegant gekleidet, und die Setzer beäugten sie verstohlen. Lily Korechnya hatte einen schönen Gang, fand Sarah, als wäre sie eine Königin, selbst wenn sie so traurig dreinschaute wie Maria Magdalena, als Jesus ans Kreuz genagelt wurde. Das stand in Mams Buch mit den Bibelgeschichten und Heiligenlegenden. Nicht dass Magdalena eine Heilige war, ganz im Gegenteil, Sarah glaubte eher, dass sie ein Straßenmädchen war, weil Mam sie als »gefallen« bezeichnete. Das bedeutete aber nur, dass sie irgendwie Geld verdienen musste, wie Moll und Nancy im White Hart. Mam meinte, die seien auch »gefallen«, aber das schien die beiden gar nicht zu stören, immerhin lachten sie die ganze Zeit, und jeden Abend spendierten Matrosen ihnen einen Gin. Nein, nicht Maria Magdalena war die Heilige unter Jesus' Frauen, sondern Anna, schließlich hatte sie ihm das Blut vom Gesicht gewischt, als er auf dem Weg zum Kalvarienberg hinfiel. Es musste schrecklich sein, so am Kreuz zu sterben. Wenn man gehängt oder geköpft wurde, ging's wenigstens schnell.

Mrs Korechnya konnte nicht anders, sie musste mitbekommen, was Jack von Melvilles »großer« Geschichte faselte, und blieb höflich stehen, um zuzuhören. Jack fuhr sich durchs Haar, ohne es zu merken, und Sarah kam es vor, als würde Lily Korechnya das bemerken, weil sie ein bisschen lächelte, als wüsste sie, dass sie dem Prahlhans überlegen war. Und als er fertig war mit seinem Geplapper, sagte sie sehr freundlich und sehr damenhaft: »Es stimmt, was Sie sagen, Mr Thistlewite. London ist voller Waffenhelden und Diebe, aber denken Sie auch an das Land, in dem die geschmuggelte Fracht erbeutet wird. Kinder werden in den Bauch der Erde geschickt, damit eine elegante Dame in London hübsche Steine tragen kann. Wussten Sie, dass in Indien unter der britischen Herrschaft jeden Tag so viele Kinder verhungern wie im East End in einem Jahr?«

Das verschlug Jack die Sprache. Nicht, weil die hungernden Kinder ihm etwas bedeuteten, sondern weil Mrs Korechnya besser mit Worten umgehen konnte als er, und Sarah sah, dass er sich dumm vorkam. Das freute sie. Er hatte sowieso eine viel zu hohe Meinung von sich selbst, ohne jeden Grund,

und dann war's noch dazu eine Frau, die ihn vor allen bloßgestellt hatte.

Zu Sarahs großem Erstaunen kam Lily dann direkt zu ihrem Tenakel und schaute sich an, was sie da machte. Ihr Gewand war aus elfenbeinfarbenem Merino, das Mieder war bunt mit Blumen bestickt. Sie stand so nah, dass Sarah die versilberten Knöpfe sehen konnte, mit denen der Rock am Mieder befestigt war, und wie schmal ihre Taille auch ohne Korsett war. Sie senkte den Kopf und wühlte in den Lettern in ihrem Setzkasten. Auf einmal kam sie sich schüchtern und unbeholfen vor, ohne zu wissen, warum, schließlich war Mrs Korechnya immer sehr nett zu ihr. Sie roch das Rosenwasser in Lilys schwarzem Haar, das nur mit der Spange im Nacken zusammengehalten wurde. Sarah fand immer schon, dass es für eine Dame tollkühn war, das Haar so ungezähmt zu tragen.

Mrs Korechnya betrachtete die Anzeige für Keatings. Sarah meinte, dass sie immer noch amüsiert war über Jacks Dummheit, weil ihr breiter schöner Mund zu lächeln schien. Sie schob die Mütze mit einem tintenschwarzen Finger ein Stück höher. Auch Lily Korechnyas Augen lachten.

»Wie geht es deiner kleinen Schwester? Ellen heißt sie doch, nicht wahr?«

Sarah erzählte ihr von dem Plan, Ellen in die Schule zu schicken, und dann fasste sie Mut. »Ich schreib das doch alles richtig, oder?«, fragte sie.

»Aber ja. Ich glaube, wir müssen uns mit Mr Harding unterhalten, damit er dir anspruchsvollere Arbeiten gibt, als den Verkauf von Lebertran zu fördern. Außerdem ist es eine grausige Medizin, Sarah. Vom Geruch allein wird mir schon übel.«

Sarah senkte die Stimme. »Achten Sie nicht drauf, was Jack sagt, Mrs Korechnya. Der ist ein Großmaul. Er und Mr Melville glauben, dass sie demnächst wieder zu 'ner Hinrichtung gehen können, deswegen plustert er sich so auf.«

Da verschwand Lilys Lächeln. Ebenso leise wie Sarah antwortete sie: »Ich störe mich weniger an Mr Thistlewites Arroganz als an seiner Einstellung, Sarah. Ich missbillige öffentliche Hinrichtungen. Ich missbillige jede Hinrichtung.«

»Ich auch«, sagte Sarah und kam sich ganz erwachsen vor, weil sie derselben Meinung war wie eine so kluge Frau wie Mrs Korechnya.

VII

Waterloo, 24. Mai 1864

Liebe Barbara,

gestern fand meine Verabredung zum Tee in Herbert House statt, und davon will ich dir nun berichten.

Ich wurde um drei Uhr von einer schmucken Kutsche abgeholt, mit dem Herbert-Wappen in Gold und Weiß auf dem Schlag, der Kutscher in einem dunkelweinroten Rock und darunter eine erbsgrüne Weste. Wenn schon Lady Herbert Schwarz trägt, soll wohl zumindest ihr Personal sie mit Farben umgeben. Ich hatte meine Kleidung sorgsam ausgewählt und mich für ein Kleid in der Farbe dunklen Mooses entschieden, das im gotischen Stil geschnitten ist, wie Mr William Morris ihm wieder zu neuem Ansehen verholfen hat. Auf die Ärmel sind Lilien gestickt – ein Motiv, das mich immer mehr anspricht, hat doch Franz es mit großer Vorliebe gemalt. Die Lilie, so sagte er mir einmal, sei die heiligste aller Blumen; den Römern galt sie als Symbol der Hoffnung, den Christen als die Blume Mariens und der Mutterschaft, gleichzeitig aber auch als Blume des Todes und als weißer Stern der Auferstehung. Christina Rossetti sagt, dass eine Lilienblüte in der Dichtersprache für die Wiederkehr des Glücks steht, und so werde ich meine Namensschwester tragen, bis das Glück zu mir zurückkehrt.

Ich werde sentimental, Barbara, verzeih mir. Jetzt, da er fort ist, sind mir die Symbole und Angedenken unserer Liebe das Kostbarste, was ich habe.

Die Fahrt nach Hampstead in Lady Herberts Kutsche mit den samtenen Polstern war höchst komfortabel. Die Sitze sind mit einem Monogramm versehen, was mich ein wenig befangen machte. In Lady Herbert verbinden sich Prachtentfaltung und rebellischer Geist, eine recht eigenwillige Mischung; ihr Wesen ist höchst komplex und ungemein faszinierend.

Als die Kutsche die Themse überquerte, fielen mir zum ersten Mal seit vielen Wochen wieder der prächtige Blick auf die neue Tower Bridge auf und das Treiben auf dem Fluss. Möwen kreisten über einem mit Heringen beladenen Boot, Lastkähne voll Kohle, Handelsschiffe und ein Paddelboot, besetzt mit fremdländischen Herren, die seltsam geformte Hüte trugen und sich die Sehenswürdigkeiten Londons zeigen ließen, fuhren auf dem Strom.

Hampstead war gepflegt und ruhig, die Zweige immergrüner Bäume hingen über die kürzlich gepflasterte Straße. Die Ruhe gefiel mir, obwohl mir der Trubel der Waterloo Street lieber ist. Vor allem in dieser Zeit, in der Stille mich gar zu leicht in Kummer und Trauer verfallen lassen könnten.

Am Tor zu Herbert House stand ein junger Mann, adrett gekleidet in denselben Farben wie der Kutscher, und als er die Eisenriegel aufschob und das Tor leise aufschwang, sah ich einen parkartigen Garten. Ich merkte sofort, dass dieses Elysium einem östlichen Vorbild nachgestaltet ist, denn dort wuchsen Pflanzen, deren Namen ich nicht kenne, es gab Statuen exotischer Gottheiten mit vielen Armen sowie einen Teich, auf dem Seerosen trieben. Das Haus ist von einer imposanten Größe und auf elegante Weise symmetrisch, weiß mit vier römischen Säulen aus hellem Marmor, die glänzende schwarze Türen einrahmen.

Ein sehr alter Butler führte mich in Lady Herberts weitläufigen Salon, der spärlich möbliert ist, wo aber ungezählte Gemälde an den Wänden hängen – so viele, dass die Wand kaum zu sehen ist. Die Galerie berauschte mich, Akte neben Dämonen, Hindugottheiten inmitten niederländischer Meister. Die ganze Zeit stand ein Inder, allerdings nicht in die übliche Herbert-Tracht gekleidet, schweigend und wachsam in der Tür, wie eine aus hellem Mahagoni geschnitzte Skulptur.

Als ich eintrat, erhob sich Lady Herbert von ihrem weißen Diwan, und die siamesische Katze, die auf ihrem Schoß gethront hatte, sprang anmutig auf den Boden, zog sich auf einen vergoldeten Stuhl am Fenster zurück, kehrte mir den Rücken zu und betrachtete den Garten. Ein majestätisches Wesen, das meine Gegenwart zu verstören schien.

Um Lady Herberts Hals lag eine Kette aus großen rosafarbenen Edelsteinen, die das Licht auf eine Art spiegelten, wie wohl nur Diamanten es tun. Als ich mich danach erkundigte, freute sie sich, wie schon neulich, als ich ihren Schmuck bewunderte. Mit einem Nicken antwortete sie ein wenig kryptisch: »Das böse Auge kein Leid zufügen kann, dem, der trägt den Diamant als Talisman – kein Monarch wird seine Pläne queren, die Götter werden ihm alle Wünsche gewähren.« Dies, so klärte sie mich auf, seien die Worte eines anonymen römischen Dichters aus dem zweiten Jahrhundert vor Christus. Langsam fragte ich mich, ob Lady Herberts Interesse an Edelsteinen rein abergläubische Motive hatte, und um vom Thema abzulenken, erkundigte ich mich nach der Art meiner künftigen Arbeit. Lady Herbert möchte ein Inventar ihrer Schmuckstücke und Edelsteine erstellt haben, und zwar ausdrücklich nicht von einem Notar, Versicherungsagenten oder Juwelier, denn sie vertraut nur wenigen Menschen. Das hatte ich bereits bemerkt. Sie sagte auch, diese Aufgabe müsse von einer Frau durchgeführt werden, denn nicht nur hätten Frauen eine Vorliebe für edle Steine, auch die Steine selbst hätten eine Vorliebe für unser Geschlecht!

Sie ließ ein kleines Kristallglöckchen erklingen, und ihr Butler erschien mit dem Tee – ein Mann, der auf mich den Eindruck machte, er hätte schon vor einem halben Jahrhundert den Dienst quittieren sollen. Das Service war aus Silber und Kristallglas, es gab kleine Gewürzküchlein und exotisches Naschwerk in Rosensirup, und der Tee war mit Zimt und Nelken versetzt.

Die ganze Zeit blieb der Inder, den sie Govinda nannte, in unserer Gesellschaft. Ich könnte mir vorstellen, das er ihr mehr als ein Diener ist, aber da mag ich mich täuschen. Sein Teint ist heller als bei vielen seiner Landsleute, sein Wuchs höher, und er hat eine Eigenart, die ich dir nur schwer zu beschreiben vermag. Er ist höflich und zugleich wachsam, wirkt unschuldig und hat doch Augen, die auf eine dunkle Vergangenheit schließen lassen.

Lady Herbert erkundigte sich nach Franzens Gemälden, und ich schlug ihr erneut vor, ihr einige zu zeigen. Sie deutete an, dass sie möglicherweise den Verkauf des einen oder anderen Bildes vermitteln könne, da ihr Freund, der Maharadscha von Benares, ein Amateur-Kunstliebhaber sei, dem es insbesondere die Werke europäischer Maler angetan haben. Nach dem zu schließen, was Lady Herbert mir dann von diesem Maharadscha erzählte, vermute ich, dass er auch ein Amateur-Frauenliebhaber ist, denn mit den zahlreichen Gattinnen und Konkubinen seines Harems kann ihn kaum eine tiefere Beziehung verbinden. Ich wusste schon aus Büchern von dieser muselmanischen Sitte, und es sind ja nicht nur Prinzen und Fürsten, die mehr als eine Ehefrau haben. Lady Herbert schien fasziniert von diesem Brauch. »Seine neueste Erwerbung ist ein wunderschönes Dorfmädchen, das den Namen einer Göttin trägt: Sarasvati. Es ist höchst ungewöhnlich, dass ein Fürst ein Mädchen niederer Herkunft in einer anderen Funktion denn als Dienerin in seinen Haushalt bringt.« Fast kam es mir vor, als glaubte sie, der Maharadscha habe insgeheim ein besonderes Motiv dafür, denn ihr Tonfall war eindeutig verschwörerisch. Mehr wollte sie zu diesem Thema aber nicht sagen. Nachdem der Tee getrunken war, sagte sie Govinda, sie würde mir gerne die Sammlung zeigen, und er verließ den Raum. Als er wiederkam, hatte er nicht – wie ich erwartete – eine Schmuckschatulle bei sich, sondern nickte Lady Herbert zu, die sich daraufhin erhob und mich bat, ihr zu folgen. Govinda begleitete uns schweigend, was mich ein wenig verstörte, aber meine Gastgeberin schien ihn kaum zu bemerken.

Ich wurde eine breite Treppe aus schwarzem Marmor hinaufgeführt; an den Wänden ringsum hingen Landschaften, und ich erkannte einige Werke von Turner und Constable. Es freut mich, dass Lady Herbert vielleicht einen Vorschlag hat, was ich mit Franzens Gemälden tun kann. Bei einigen weiß ich, dass sie mehr als nur leidlich gut sind, insbesondere die Venus im Flur, für die ich Modell saß, und ein oder zwei andere.

Wir stiegen eine weitere Treppe hinauf und dann eine dritte, bis wir im obersten Geschoss des Hauses angekommen waren. Govinda holte einen Messingschlüssel aus der Westentasche und schloss damit eine der Türen auf, die vom Treppenabsatz abgingen. Der Raum, in den sie führte, war klein, die Wände nicht tapeziert, sondern zart amethystfarben gestrichen. Vor jeder Wand stand eine hohe Kommode mit zahlreichen kleinen Schubladen, die sich jeweils verschließen ließen. Sicher hatte Govinda sie alle aufgesperrt, bevor er uns holte, und nun stand er Habtacht bei der Tür, ruhig und unergründlich.

Den ganzen Nachmittag lang holte Lady Herbert aus den Schubladen ein erlesenes Stück nach dem anderen hervor – Bouquets aus Türkisen und Perlen, aus edelsten Korallen geschnitzte Rosen mit Blattwerk aus Jade, Kolliers aus champagnerfarbenen Diamanten und Armbänder aus Rubinen und Smaragden in schweres Gold gefasst. Da waren Ohrringe aus Saphiren, Broschen aus Gold und Obsidian und zahllose Ketten aus großen grauen Perlen. Ich konnte es gar nicht alles fassen. Und dann gab es noch die Steine, einige roh, denn wie Lady Herbert mich aufklärte, bewundern die Inder und Perser ungeschliffene Edelsteine, und im Orient beherrscht niemand die Fertigkeit, die mehr als fünfzig Facetten zu schleifen, die das Licht auf die uns bekannte Art einfangen und brechen.

Am Ende war ich derart benommen, dass ich keine Worte der Bewunderung mehr fand, denn jedes Stück erschien mir noch einmaliger als das vorhergehende. Natürlich entzücken mich Edelsteine, wie die meisten unseres Geschlechts, doch habe ich nie das Verlangen nach ihnen verspürt, das Cynthia Herbert an den Tag legt, noch den Wunsch, sie an mir glitzern zu sehen. Das wäre doch eine allzu große Ablenkung!

Als jede noch so kleine Schublade geöffnet und ihr Inhalt

vor mir ausgebreitet worden war, griff Lady Herbert nach meinem Medaillon.

»Das haben Sie von ihm bekommen?«, fragte sie leise, und ich konnte nur nicken. Dann öffnete ich es, um ihr die weiße Locke zu zeigen, die ich darin aufbewahre. Ich beobachtete sie, während sie mein Schmuckstück begutachtete, und so bemerkte ich den Blick, den sie Govinda zuwarf, auch wenn ich ihn nicht zu deuten wusste.

»Meine Liebe, warum lassen Sie die Locke nicht zu einem richtigen Trauerschmuck arbeiten? Es ist nicht gut, den Geist der Toten wegzuschließen.«

»Es ist nur das Haar meines Mannes«, antwortete ich, »nicht sein Geist.«

»Da täuschen Sie sich, Mrs Korechnya, denn unser Haar birgt die Essenz unseres Lebens. Haar enthält Kohlenstoff, ein unzerstörbares Element. Diamanten bestehen ausschließlich aus Kohlenstoff, sie nehmen Energie auf und lagern sie in sich ein. Sehen Sie, Diamanten entstehen wie andere Edelsteine tief in der Erde, wie Samen; sie werden vom Boden und den Sternen gegossen und genährt, sie verkörpern die reinsten himmlischen Mächte. Wie Heilkräuter und heilige Pflanzen besitzen Edelsteine, und insbesondere Diamanten, geheimnisvolle Eigenschaften und Kräfte.«

Derartige Ansichten erregen meinen Argwohn, Barbara, obwohl Franz mir immer wieder von Geschichten über Hexerei aus dem Prag vor der Revolution erzählte – eine Stadt, in der König Wenzeslaus einen Magier und Astrologen bei Hofe hielt, der ihm als Berater diente. Der Name der Stadt Prag an sich bedeutet so viel wie »Tor zwischen den Welten«. Franz war der Überzeugung, dass es solche Orte gibt, wenn auch nur sehr wenige. Unbeschwert einigten wir uns darauf, sollten wir je getrennt werden, würden wir uns dann an einem dieser Tore treffen. Ich war romantisch und sentimental, Barbara. Damals konnte ich nicht ahnen, wie sehr es mich einmal nach einem solchen Treffen verlangen würde.

»Die Kräfte, die Edelsteinen innewohnen, richten sich im

Großen und Ganzen nach der Absicht und der Willens- und der Charakterstärke dessen, der den Stein trägt. In Indien herrschen der Diamant und die Gottheit, die ihm zugeordnet ist, über den Planeten Venus, der das Herz beherrscht.«

Mir wurde erklärt, dass jemand, der einen Diamanten trägt, durch Reinheit des Herzens eine höhere Wissensstufe erreichen kann, doch sollte ein Mensch unlautere Wünsche hegen, könnten Dämonen losbrechen und Unheil bringen. Wenn man ihnen nur zu lauschen verstünde, könnte man das Elixier des Lebens selbst entdecken! Offenbar hat Lady Herbert dieses Elixier noch nicht entdeckt, denn sie wurde zusehends lethargisch und vermittelte einen Eindruck völliger Erschöpfung. Den Nachmittag über war mir wiederholt aufgefallen, wie schwer ihr der Atem ging und dass das Sprechen ihr Mühe bereitete. Und mir war aufgefallen, dass Govinda sie zunehmend beobachtete. Ich brauchte sie gar nicht zu fragen, welche Medizin ihr verordnet würde, denn es ist zweifelsohne Laudanum. Das betrachtet die Ärzteschaft ja als Allheilmittel für Frauen, deren Beschwerden auf »nervöse Störungen« zurückzuführen seien. Ich bin eher der Ansicht, dass die Mehrzahl nervöser Störungen, die Doktoren bei Frauen diagnostizieren, ausschließlich auf unterdrückte Intelligenz zurückzuführen sind sowie auf die Unmöglichkeit, ein Leben außerhalb des Salons und des Kinderzimmers zu führen. Täte eine Frau das, wäre das ihrem Gatten höchst unwillkommen, denn wer würde dann die Häuslichkeit aufrechterhalten, wer wäre der rettende Engel, wenn es ihm nicht gut ergeht, wer würde seine Kinder zur Welt bringen? Den Abhandlungen meines Vaters und seiner Kollegenschaft im Medizinjournal *Lancet* zufolge sind die gesellschaftlichen Konventionen, die das Leben der Frauen bestimmen, biologisch bedingt. Der Körper der Frau sei zur Fortpflanzung geschaffen, weshalb eine intellektuelle Entwicklung unmöglich sei, da andere Anforderungen ihre körperlichen Kräfte aufzehrten. Sollte sie auf die Fortpflanzungsmöglichkeit verzichten, vernachlässigt sie also ihre Pflicht der Menschheit gegenüber.

Ich schweife ab, liebe Barbara, und weiß doch, dass du meine Meinung teilst und keinerlei Aufklärung bedarfst über die Beschränkungen, die unserem Geschlecht auferlegt werden. Es genüge zu sagen, welch grausames Verbrechen es mir scheint, dass eine ehedem starke, lebensfrohe Frau wie Cynthia Herbert matt und lustlos geworden ist.

Nun habe ich dir ausführlich Bericht erstattet über alle Ereignisse, die seit unserer letzten Korrespondenz stattgefunden haben. Es würde mir gefallen zu hören, wie es mit deiner neuen Schule für Straßenkinder in Westminster steht, und habe dir doch noch nicht einmal gesagt, wie großartig deine Leistung ist, eine weitere Institution für die Erziehung sozial Benachteiligter zu eröffnen. Übrigens, die kleine Sarah O'Reilly, von der ich dir erzählte, hat eine jüngere Schwester, die den Unterricht dort besuchen wird, sobald er beginnt. Dann werde ich dir berichten können, wie ein Leben von deiner Großzügigkeit und deiner schweren Arbeit geformt wird.

Ich trage mich mit der Absicht, sobald ich den Essay über die Fotografin Julia Margaret Cameron abgeschlossen haben werde, über Elizabeth Blackwell zu schreiben. Miss Blackwells Hospiz für Frauen, das sie vor einigen Jahren in New York eröffnete, scheint eine großartige Einrichtung zu sein, und schließlich ist es ihr als erster Frau gelungen, Medizin zu studieren. Offenbar werden nun mehr und mehr Frauen am Geneva College zugelassen. Ein großartiger Schritt, nicht wahr?

In aufrichtiger Freundschaft,
Lily

VIII

Bin ich einst tot, Geliebter,
Dann traure nicht um mich;
Pflanz keine Rose auf mein Grab,
Noch schattige Zypressen:
Lass grünes Gras dort wachsen,
Benetzt von Tau und Regen,
Und wenn du willst, gedenke,
Und wenn du willst, vergiss.

Christina Rossetti

Sarah ging erst über eine Woche später mit Ellen zum Seilerfeld, und zwar an einem Montag. Es war am besten, den Armenfriedhof früh am Tag zu besuchen, da hatte das Licht etwas ganz Besonderes, und der Ort wirkte nicht gar so traurig. Mr Harding hatte ihr den Vormittag freigegeben, weil sie wegen einer Sonderausgabe der Zeitung am Sonntag gearbeitet hatte.

Sarah hatte ganz die Sache mit den Montagen in Newgate vergessen, und die beiden waren um acht Uhr schon fast am Old Bailey, als ihr einfiel, warum sich derartige Menschenmengen dort drängten. Zuerst hatte sie noch gedacht, es sei etwas zu früh am Tag, als dass ein Schausteller so viele Gaffer anlocken könnte. Aber es war eine Hinrichtung, die die Aufregung hervorrief, und in den Straßen und Gassen rund um Newgate herrschte eine Stimmung morbider Festlichkeit. Zwischen dem Galgen vor dem Gefängnis und dem Ende der Straße, wo Sarah und Ellen sich durch die Menschenmenge drängten, herrschte großes Getümmel. Dann blieben alle Zuschauer ohne Vorwarnung reglos wie eine Wand stehen, denn die schwarze Tür in der hohen Mauer wurde geöffnet. Sarah konnte den Gefangenen nicht sehen, eigentlich konnte sie gar nichts sehen bis auf den Balken mit dem herabbaumelnden Seil aus Galgengras. So hatte Pa den Hanf genannt, aus dem starke Taue gemacht wurden; Taue, die nicht rissen, wenn ein Toter daran hing. Fischer verwendeten solche Taue, um ihre Boote festzumachen. Das Seil des Henkers sah genauso aus wie die Baumschlange in der Geschichte von Adam und Eva in Mams Buch, fand Sarah.

Sie schaute zu Ellen hinunter, die sich mit aufgerissenen Augen ganz fest an ihre Hand klammerte. Ellen reichte Sarah gerade bis zu den Rippen, also sah sie nichts als Hosen und Schürzen. Aber sie spürte es, die gespannte Erwartung, die die Menschen rund ums Gefängnis ergriffen hatte, und sie hatte wieder ihren merkwürdigen Blick.

Mam hatte immer gesagt, dass Ellen ein bisschen das zweite Gesicht hatte. Ihre Großmutter, die am Hunger gestorben war, bevor sie das Schiff nach London besteigen konnte, hatte es auch gehabt; sie hatte direkt durch einen hindurchschauen können. Aber das zweite Gesicht nützte Ellen auch nicht viel; es brachte sie nur dazu, völlig abwesend in Zimmerecken zu starren. Manchmal wachte Sarah nachts auf, und dann saß ihre kleine Schwester im Dunkeln am Tisch. Saß nur da und starrte vor sich hin. Das tat sie, seit Mam gestorben war. Mit Pa hatte sie ewig weiter geredet, lange nachdem er tot war, als würde er noch im Zimmer sitzen und sie alle zum Lachen bringen. Oder zum Weinen. Als Ellen dann schließlich aufhörte, mit ihm zu reden, dachte Sarah, dass Pa wirklich fort war. Sarah mochte es nicht, wenn Ellen so still wurde, weil sie sich dann einsam fühlte. Und dann bekam sie auch Angst, ihre kleine Schwester könnte eines Tages weggehen und nie mehr wiederkommen. Ellen sei nur zum Teil ein Erdenmensch, hatte Ruby mal gemeint, und der andere Teil sei weiß Gott was.

Jetzt war Ellen auch weggetreten und starrte nur vor sich hin. Über die wartende Menge breitete sich gebanntes Schweigen. Hätte Sarah sich bewegen können, hätte sie Ellen einfach weitergezogen, weit weg von der Hinrichtung, und zwar so schnell wie möglich. Aber sie konnten sich nicht vom Fleck rühren, von allen Seiten waren sie von Menschenleibern eingepfercht. Es war, als wären die vielen Tausende, die sich für die Hinrichtung versammelt hatten, zu einem einzigen blutdurstigen Vieh geworden.

Es war schnell vorbei, das wussten sie, weil die Menge nur Sekunden später zu johlen begann, und dann setzten sich alle in Bewegung, und die fliegenden Händler und Hausierer priesen wieder lauthals ihre heißen Pasteten und Limonaden an. Sarah zog Ellen sacht an der Hand. »Komm, Küken. Hier wollen wir jetzt gar nicht sein. Lass uns zum Feld gehen.«

»Der ist tot, oder?«

»Freilich. Mausetot, so tot wie die Ratte, die du neulich bei Ruby in der Küche gefunden hast. Jetzt komm schon.«

»Wir müssen zu Priester-Joe, Sarah. Das haben wir versprochen.«

»Ja, das tun wir auch. Reg dich nicht auf. Der trinkt gerade einen im Stag. Wir gehen schon nicht ohne ihn, Dummchen.«

Der Stag war eine Taverne, die Sarah besonders übel fand. Überhaupt war die ganze Häuserzeile an der Lime Burner eine einzige Ansammlung von verkommenen Wohnungen und Keller-Bordellen. In diesem Stadtviertel, das hatte Mam gesagt, trieben sich Leute herum, die ihre Seele an Luzifer verkauft hatten. Nicht einmal Pa war bei seinen Ausflügen durch London hierher gekommen. Eigentlich war dieses Viertel gar nicht Priester-Joes Gegend, aber manchmal traf er sich hier mit Straßendieben, die »Verbindungen« hatten und alles weiterverkaufen konnten, das Joe gefunden oder geklaut hatte. Manchmal musste Sarah sich wundern über Joe; für einen vertrauensvollen, einfältigen Riesen verstand er es sehr gut, im Gewerbe von »wanderndem Besitz« Geschäfte zu machen. So nannte Septimus Harding die Transaktionen, die in bestimmten Schänken und Ginkneipen abgewickelt wurden.

Priester-Joe wartete vor dem Stag. Sarah war erleichtert, die verkommene Taverne nicht betreten zu müssen. Sie wusste, was sie drinnen erwarten würde, der Geruch von abgestandenem Schweiß und alten Klamotten und Hopfen, und ein paar Talgkerzen, die auf klebrigen Tischen herunterbrannten.

Joe war nicht allein; neben ihm stand der Inder mit dem komischen Namen. Sobald Ellen die beiden sah, ließ sie Sarahs Hand los, lief zu Priester-Joe und schlang ihm die Arme um die Knie. Er tätschelte ihr den Kopf, schaute aber nur auf den Inderjungen, der mit ihm redete. Als Sarah näher kam und den Schwarzen richtig betrachten konnte, stellte sie fest, dass er gar kein Junge war, sondern ein schmächtiger junger Mann, dem schon Flaum auf der Oberlippe wuchs. Sie verstand zwar nicht, was er sagte, aber offenbar glaubte er, dass Priester-Joe alle Tassen im Schrank hatte, so ernst, wie er auf ihn einredete.

Joe achtete aber schon bald nicht mehr auf ihn, weil Ellen die Taschen seines Zaubermantels nach neuen Fundstücken durchsuchte, und seine Miene war wieder die eines kleinen Kinds. Der Schwarze verkrümelte sich, aber erst nachdem Ellen ihn mit ihrem schönsten Lächeln bedacht hatte, die Art Lächeln, die sie nur Leuten schenkte, die sie ganz besonders gern mochte. Sarah konnte einen kleinen Seufzer nicht unterdrücken; Ellen wählte sich wirklich immer die seltsamsten Freunde aus.

»Kommt, ihr zwei, gehen wir zum Seilerfeld. Wir sollten über Ludgate Hill gehen, rund um den Old Bailey ist nach der Hinrichtung bestimmt viel Trubel.«

Das Seilerfeld war noch ein paar Meilen entfernt. Sie gingen bis zum Ende der Cheapside, dann über die Commercial Street, in der sich das nächtliche Gewerbe hinter verschlossene Läden verzogen hatte und nur ein oder zwei verschlafene Straßenfeger halbherzig ihre Arbeit machten. Sie mussten fast bis Whitechapel laufen, bevor sie über Spitalsfield zu dem kleinen Feld gelangten, auf dem sich der Armenfriedhof befand.

Die Wiese war ein einziges buntes Blütenmeer, und das Unkraut war seit ihrem letzten Besuch so hoch geschossen, dass sie kaum die Reihe schlichter Kreuze ausmachen konnten, wo über die Hälfte der Familie O'Reilly ihre letzte Ruhestätte gefunden hatte. Ellen riss sich von Priester-Joes Hand los und sprang vorneweg. Sie trug ein rotes Baumwollkleidchen, das sie von den Damen der christlichen Wohlfahrt in Westminster bekommen hatte. Sarah ging nicht gerne dorthin, weil sie zu sehr darauf achten musste, was sie sagte und wie, und die adretten, langweiligen Christendamen beteten immer und baten den Herrn, Kindern wie ihr und Ellen zu vergeben. Sie gingen einfach davon aus, dass es etwas zu vergeben gab, denn arme Seelen wie die O'Reilly-Mädchen konnten unmöglich ohne zu sündigen durchs Leben kommen. Trotzdem, bei der Wohlfahrt gab's immer eine Tasse Tee und ein süßes Brötchen, und die Kleidung brauchten sie auch. Die Frau des Pastors versuchte zwar immer wieder, Sarah in einen Rock zu stecken, aber bislang war es ihr jedes Mal gelungen, stattdessen eine Hose zu bekommen.

Ellens blondes Haar glänzte hell in der Morgensonne. Sie war stehen geblieben, um Gänseblümchen für die Gräber zu pflücken. Ihre bloßen Füße waren zerkratzt und dreckig. Bald würde wieder Rubys Waschseife ihren Dienst tun müssen.

Nachdem sie zusammen das ganze Unkraut ausgerupft hatten, legte Ellen die Gänseblümchen vor die Kreuze, ein paar vor jedes. Dann saßen sie eine Weile da, nur sie und Ellen; Joe war mit der Schleuder auf Kaninchenjagd gegangen.

»Erzähl mir doch mehr von dem Schwarzen, Küken. Hast du ihn in letzter Zeit oft gesehen?«

Ellen zuckte bloß mit den Schultern und schwieg so lange, dass Sarah glaubte, sie würde gar nicht mehr antworten. Als sie dann doch etwas sagte, war es solcher Unsinn, dass sie sich wünschte, sie hätte nie gefragt.

»Er wohnt in einem Palast jenseits der Meere, wie der Prinz der kleinen Meerjungfrau, und er ist bloß hier, weil eine indische Prinzessin ihn hergeschickt hat, damit er auf einen ganz besonderen Schatz aufpasst!«

»Aber hat er denn eine richtige Arbeit, Elly? Oder verdient er sein Geld wie Joe?«

»Nee, Sarah, er arbeitet. Er bringt vornehmen Leuten kleine Pakete.«

Sarah horchte auf. »Und was ist in den Paketen?«

»Medizin«, erzählte Ellen wichtigtuerisch.

Dann kam Priester-Joe mit einem erlegten Kaninchen, das er an den Hinterläufen hielt. Er hatte sein dämliches Grinsen aufgesetzt, und Ellen achtete gar nicht mehr auf sie, sondern erzählte Pa, dass Sarah ihr eine Geschichte vorlas, die *Die kleine Meerjungfrau* hieß, was doch komisch war, weil er sie immer so genannt hatte. Da zog Joe das Bilderbuch aus einer seiner Taschen und reichte es Sarah mit einem dümmlichen Ausdruck im Gesicht, und Ellen schaute sie sehnsüchtig aus ihren großen blauen Augen an. Sarah schlug das Buch bei der Seite auf, wo sie ein Stück Zeitung eingelegt hatte, und holte tief Luft. Sie war immer ganz ruhig, bevor sie anfing zu lesen, bis auf das Kribbeln im Bauch. Sie las, wie die alte Königin der kleinen Meerjungfrau eine weiße Lilienkrone aufsetzte und dass die Sonne gerade erst untergegangen war, als die kleine Meerjungfrau den Kopf über die Wellen hob. Aber alle Wolken strahlten rosafarben und golden, und der Abendstern funkelte klar und hell. Dann schwamm sie an ein Schiff heran und sah, dass von allen Männern an Bord der junge Prinz mit den großen dunklen Augen der schönste war.

Ellen war hingerissen, genauso wie Priester-Joe, und beide bettelten Sarah an, sie möge weiterlesen, als sie das Buch zuklappte.

»Ich geh die kleine Meerjungfrau besuchen und schau mir ihren Palast im Meer an«, sagte Ellen entschlossen.

»Sei nicht so dumm, Küken. Die gibt's nicht wirklich, bloß in der Geschichte. Und unten am Meeresboden findest du nur Fische und Schlamm.«

Das wollte Ellen nicht hören. »Aber wenn's in dem Buch steht, dann muss es doch stimmen!«

»Nicht alles, was geschrieben ist, stimmt auch wirklich, Elly. Nicht mal das, was in 'ner Zeitung steht.« Sie gab Joe das Bilderbuch zurück, der sie genauso empört anschaute wie

Ellen, dass sie es wagte, an der Existenz der kleinen Meerjungfrau zu zweifeln.

Urplötzlich bekam Sarah es mit der Angst zu tun. »Geh mir bloß ja nicht allein zum Fluss, Küken, hörst du? Wenn du magst, gehen wir ans Wasser und warten, bis sie auftaucht und nach dem Prinzen mit den großen dunklen Augen sucht.«

»Victor hat auch dunkle Augen, oder?«

Sarah gab keine Antwort. Bis jetzt war sie noch nicht auf die Idee gekommen, dass Ellen sich in den Inderjungen verliebt haben könnte. Sie musste den Schwarzen im Auge behalten, schließlich wusste sie immer noch nicht genau, ob sie ihm trauen konnte.

IX

Kensington, 25. Mai 1864

Mein Geliebter,

schließlich habe ich mich überwunden, den Ort aufzusuchen, an dem deine Gegenwart noch verweilt. Es ist erstaunlich, nicht wahr – meine Sehnsucht nach dir ist so groß, dass sie mir an Leib und Seele wehtut, und doch konnte ich die vergangenen drei Monate nicht den Raum betreten, in dem ich dich finden würde.

Ich schreibe, weil ich mich dir hier so nahe fühle wie damals, als du gegangen bist, und weil es noch immer Dinge gibt, die ich niemand anderem anvertrauen mag. Zuerst wollte ich nicht glauben, dass du fort warst, dann war ich zornig auf die grausamen Mächte, die dich mir so plötzlich entrissen haben. Was dann mit mir geschah, kann ich nicht sagen, ich weiß nicht, wie die Tage vergingen, den Winter hindurch konnte ich mich kaum aus dem Bett erheben. Ich habe unser Zimmer nicht betreten, seit sie dich hinaustrugen, und wohne seitdem im blauen Kabinett.

Keinen einzigen Morgen drängte Martha Vesper mich aufzustehen, sie drängte mich auch nicht zu reden, denn sie sah, dass es all meiner Kraft bedurfte, mich dem Morgen eines neuen Tages ohne dich an meiner Seite zu stellen. Sie blieb in meiner Nähe, machte Handarbeiten, bis ich eine Art Frühstück zu mir genommen hatte. Septimus Harding war nicht minder nachsichtig mit mir. Im *London Mercury* war zu lesen, dass Mr Evans' Essays aufgrund einer Erkrankung vorübergehend nicht erscheinen könnten.

Rund um mich herum stehen überall an den Wänden deine

Bilder, darunter unfertige, und auf dem Regal Gläser mit Tinkturen und Pulver und Leinöl sowie Kisten mit Borsten- und Zobelpinseln. Ich glaube, wenn ich sie berührte, würden sie mir die Finger verbrennen, obwohl die Brandstelle viel eher an meinem Herzen wäre. Wie sollte ich diese Gegenstände, durch die dein Herz seine Geheimnisse offenbarte, halten können?

Ich sitze am Tisch vor dem Fenster, wo ich oft arbeitete, solange du maltest. Hinter mir steht die Chaiselongue. Ich kann es kaum ertragen, sie anzusehen, ganz zu schweigen, darauf zu sitzen, denn sie beschwört allzu viele Erinnerungen herauf, Erinnerungen, an die ich nicht zu rühren wage vor Angst, sie könnten mich überwältigen.

Nun habe ich das Gefühl, dass ich wieder zu Kräften komme, im Körper, wenn auch nicht im Herzen, und so, Franz, mache ich die ersten Schritte in eine Welt, die nicht mehr die deine ist. Ich habe sogar eine Stellung angenommen und soll für eine Dame, die an die Existenz einer Geisterwelt glaubt, Schreibarbeiten erledigen. Es ist absonderlich, zum ersten Mal tröstet mich der Gedanke, dass es Menschen gibt, die den Glauben an eine solche Welt haben. Jetzt kann ich verstehen, warum die Witwen des Krimkriegs und des Aufstands in Indien an Geisterzirkeln teilnehmen; so wenig Zeit konnten sie mit ihren jungen Männern verbringen, dass sie alles tun, um ihnen jetzt nahe zu sein.

Während ich also bei Lady Herbert war, zeigte sie mir ein geheimnisvolles Schmuckstück, einen Anhänger, der, wie ich erfuhr, ausschließlich aus farbigen Diamanten gearbeitet ist; im Mittelpunkt prangt ein prächtiger roter Stein. Das erschien mir höchst ausgefallen, habe ich doch bei Diamanten nie derart leuchtende Farben (neun an der Zahl) gesehen. Ich wurde gebeten, keiner Menschenseele von diesem Schmuckstück zu erzählen, und erfuhr, dass es einen starken Hinduzauber berge und nicht katalogisiert zu werden brauche, da es ihrem Freund, dem Maharadscha, gehöre, und dass sie gelobt habe, es ihm zurückzubringen. Mir fiel auf, dass der indische Diener, der uns begleitete, angesichts dieses Geschmeides mit einem

Male erstarrte und wachsam wurde, und das nährte meine Neugier, um was es sich bei diesem eigenartigen »Zauber« handeln könnte. Abgesehen davon, dass Lady Herbert an die Existenz eines Jenseits glaubt, ist sie auch davon überzeugt, dass es physikalische Stoffe gibt, mittels deren man mit dem Jenseits in Kontakt treten könne; insbesondere Diamanten, so sagt sie, lockten Geistwesen an. Könntest du durch einen Diamanten zu mir zurückgeholt werden, Geliebter? Ach, wäre es nur möglich.

Auf immer deine

Lily

X

Ich sehe nicht die Schatten,
Fühl nicht den Regenfall,
Hör nicht die Nachtigall,
Die wie vor Schmerzen singt:
Und wenn ich träum im Zwielicht,
Das nicht kommt und nicht vergeht,
Mag sein, dass ich gedenke,
Mag sein, dass ich vergesse.

Christina Rossetti

Martha Vesper stammte aus einer Familie von Baumwollspinnern in Manchester und hatte wenig Erfahrung als Hausangestellte. Doch da sie von Natur aus praktisch gesinnt war und hart arbeiten konnte, war es ihr leicht gefallen, die Führung eines Haushalts zu übernehmen.

Sie hatte eine Annonce in der *Times* aufgegeben, da eine achtbare Hausfrau, die ihre Dienste benötigen könnte, dort suchen würde. Ihr war bewusst, dass viele Frauen weitaus qualifizierter für eine solche Stellung waren als sie, Frauen mit Referenzen von angesehenen Londoner Haushalten. Davon ließ Martha sich nicht abhalten. Sie war überzeugt, dass Häuser sich ihre Bewohner suchten, bis hinab zum Personal. Ein Haus, so glaubte sie, hatte seine eigenen Bedürfnisse, die nicht unbedingt mit denen der Herrschaften zu tun hatten und die es aus den Schatten, aus Geschirrschränken und in Fluren flüsterte. Martha hatte ein Gespür für solche Dinge.

Der Haushalt der Korechnyas in der Waterloo Street war zweifellos der ungewöhnlichste, den sie bei ihrer Suche nach einer Stellung betreten hatte. Bei ihrem Vorstellungsgespräch hatte sie sich in dem bohemehaften Salon umgesehen und erklärt: »Das Haus hat eine freundliche Atmosphäre, auch wenn es sehr bunt ist, und ich könnte in einem solchen Haus gut arbeiten, wenn ich das sagen darf.«

Mrs Korechnya stieß sich offenbar nicht daran, dass sie das sagte, und meinte vielmehr, sie sei entzückt über Martha Vespers offene Worte. Sie sagte, sie sei die kaum verhohlene Missbilligung ihres ausgefallenen Geschmacks leid, welche die erfahreneren Bewerberinnen an den Tag legten. Martha störte sich nicht an der unkonventionellen Einrichtung; ihr lag nichts an der jeweils gängigen Mode, und soweit sie es beurteilen konnte, lag ihrer jungen Herrin ebenso wenig daran. Bei den Korechnyas fühlte Martha sich wohl, weil sie wusste, dass sie ihre Arbeit ungestört und ohne jede Einmischung verrichten könnte.

Der Vormittag in der Waterloo Street verlief völlig anders als in den anderen Haushalten, die Martha Vesper kannte. Der Herr, Mr Korechnya, hatte, als er noch lebte, nie gefrühstückt, sondern nur in der Küche eine Tasse Schokolade getrunken und sich dabei das Gesäß am Herd gewärmt. Auf dem Weg ins Atelier kaufte er sich an der Waterloo Station bei einem deutschen Bäcker dunkles Brot und war schon lange fort, ehe seine Frau aufstand.

Jetzt, nach Mr Korechnyas Tod, war Martha erleichtert, den Stoff von Lilys Morgenrock auf der Treppe rascheln zu hören, denn es hatte viele Wochen gegeben, in denen ihre Herrin das Bett nicht verlassen mochte. An den Tagen war das Tablett mit Kaffee und frisch gebackenen Brötchen unberührt auf dem Nachttisch im blauen Kabinett stehen geblieben, und Mrs Korechnya hätte fast ebenso gut verstorben sein können, so still und leblos war sie. Ihr wunderschönes Haar hatte allen Glanz verloren und war von Silber durchzogen, obwohl sie gerade achtundzwanzig war. Der Herr hätte Tränen vergossen, hätte er seine Frau gesehen, denn ihre Haut war fahl, unter den Augen lagen schwarze Ringe, und sie hatte kein Fleisch an den Knochen, sodass das weiß geblümte Nachtgewand ihr in losen Falten um die eingefallene Brust hing. Und dort hing auch das goldene Medaillon, das eine Locke seines Haars barg. Martha Vesper war keine Frau, die zur Gefühlsseligkeit neigte, aber in jenen Wochen biss sie sich oft auf die Lippe, um nicht Tränen zu vergießen.

Um den Herrn selbst machte sie sich keine Sorgen, und sein Hinscheiden hatte sie auch nicht allzu sehr überrascht. Sie hatte den Schatten des Todes um ihn gesehen und versucht, ihn zu vertreiben. Aber sie war dem Sog von der anderen Seite nicht gewachsen und konnte den Herrn zum Schluss nur dazu überreden (denn er tat bis zum Ende, als sei er bei bester Gesundheit), einen Aufguss aus Lungenkraut und Huflattich zu trinken. Als sie beim Wäschewaschen die Blutflecken auf seinen Taschentüchern bemerkte, wusste sie, welches Ende er nehmen würde.

In den ersten Wochen nach seinem Tod sah sie seine Erscheinung oft im ehelichen Schlafzimmer, wenn sie es betrat, um die Vorhänge und die Wäsche fortzunehmen, den Kamin und die Feuerzange zu säubern und seine vielen eleganten Kleidungsstücke wegzuräumen. Er suchte nach Lily und stand verwirrt vor dem leeren Bett. Dann, an einem frühen Morgen in der sechsten Woche, als sie mit einer Stickarbeit bei ihrer schlafenden Herrin saß, sah sie Franz ein letztes Mal.

In der Nacht war Lily sehr unruhig gewesen. Ihr Schluchzen und Stöhnen hatten die Haushälterin geweckt, die fürsorglich die Tür einen Spalt hatte offen stehen lassen, damit sie hörte, wenn sie gebraucht würde. Sie strich Lily das Haar aus der schweißnassen Stirn und gab ihr etwas Mohn und Baldrian. Als Lily endlich einschlief, blieb Martha bei ihr sitzen und sah gelegentlich von ihrem Stickrahmen zu ihrer Herrin auf, wenn diese von Träumen gequält wurde. Und da stand Mr Korechnya, das weiße Haar offen bis auf die Schultern. Er war bei seinem Tod kein alter Mann gewesen, wie man seinem Schopf nach meinen könnte, auch wenn er einige Jahre älter war als Lily. Nein, sein weißes Haar war, so glaubte Martha, auf seine nervliche Disposition zurückzuführen, denn seine Haut in der

Farbe heller Walnüsse war noch glatt. Die groß gewachsene Gestalt beugte sich über seine schlafende Frau, er küsste sie auf den Mund und flüsterte ihr etwas ins Ohr, dann war er fort. Zurück blieb nur die Ahnung eines Lächelns auf Lilys bleichen Lippen. Da wusste Martha, dass ihre Herrin nun anfangen würde zu genesen, denn der Geist Franz Korechnyas hatte endlich seine Frau gefunden und dieses Haus wohl zum letzten Mal aufgesucht. Und so war es. Als Lily am folgenden Morgen aufwachte, aß sie das Frühstück und fragte sogar nach den Tageszeitungen.

Martha kaufte den *London Mercury* und den *Guardian* jeden Morgen von dem Zeitungsjungen, der rufend die Straße entlangging, selbst in den Wochen, in denen sie wusste, dass das Geld vergeudet sein würde. Aber jetzt verbrachte Mrs Korechnya die Tage wieder in der Bibliothek, in eines ihrer extravaganten orientalischen Hausgewänder gekleidet, die Haare fielen ihr offen herab. Notizbücher, Zeitungen und Bücher lagen auf dem Tisch neben dem Frühstückstablett. Lily nahm die Zeitungslektüre sehr ernst, bemerkte Martha Vesper nun, da sie ihre Herrin genauer beobachtete, und immer wieder schrieb sie seitenweise weiß der Herrgott was in ihr Notizbuch. Und sie öffnete die Post nie, bevor sie die Londoner Presse nicht durchgearbeitet hatte. Dass Damen Zeitungen lasen und in Notizbücher schrieben, war durchaus ungewöhnlich. Andere Damen, die Martha kannte, lasen nur *Pears* und das *Ladies Pictorial* und wollten eher etwas über die neuesten Hüte, über Blütenwasser und Puderdöschen erfahren als die öffentliche Meinung. Martha Vesper konnte zwar lesen und schreiben, hielt aber nichts von Zeitungen, und zuerst hatte sie es für eine Verschwendung gehalten, dass ihre Herrin zwei Pennys am Tag dafür ausgab. Aber mittlerweile war sie stolz darauf, im Dienst einer Frau wie Lily Korechnya zu stehen, denn die war eine unabhängige Person, schon vor dem Tod ihres Mannes.

Es war Juni, vor knapp drei Monaten hatte Lily das Bett verlassen, und seitdem hatte die Haushälterin es sich zur Angewohnheit gemacht, regelmäßig in der Bibliothek Staub zu wischen und zu polieren und das Feuer anzuzünden, damit es dort freundlich wirkte und damit sie in der Nähe ihrer Herrin war. Sie achtete darauf, Mrs Korechnya nicht zu stören, die gelegentlich von der Lektüre aufblickte und zum Fenster hinaussah. In letzter Zeit interessierte sie sich, aus welchem Grund auch immer, vermehrt für die Straßenverkäufer. Als Martha das Frühstückstablett vom Tisch räumte, las Mrs Korechnya gerade im *London Mercury*, und zwischen ihren dunklen Augenbrauen standen zwei feine Falten. »Mr Melville ereifert sich über diese Schmuggelgeschichten und nährt die dumme Vorstellung, dass sich alle Schatten der Welt über London zusammenballen.«

Mit einem Seufzen blickte sie zu Martha. »Das Zeitungsgewerbe lässt ein imaginäres London entstehen, in dem nicht nur die Unterwelt, sondern auch die Kanzel, das Varieté und Mr Darwins Gedanken über Affen und Fossilien in den Besitz der Redakteure übergehen. Sogar Septimus Harding, ein ehrenwerter Mann, druckt das, von dem er glaubt, dass seine Leser einen Penny dafür hinlegen. Unser Herz und unsere Geldbörse werden geködert, und ich bin mir nicht sicher, ob das klug ist, denn das weckt Ängste und falsche Vorstellungen.«

Martha Vesper trug das Tablett in die Spülküche; ihre lederbesohlten Schnürstiefel machten keinen Laut auf dem Dielenboden. Es störte sie nicht, wenn ihre Herrin ihr von ihren Besorgnissen um die Welt erzählte. Für Mrs Korechnya war es ebenso notwendig zu denken wie zu atmen. Marthas Meinung nach sollte die Welt allerdings genauso sein, wie sie war, und wenn sich irgendwelche Schatten über London versammelten, dann bedeutete das nur, dass das Licht ein Weilchen verborgen blieb. Wer Augen hatte, konnte sehen, dass Licht an den ungewöhnlichsten Orten auftauchte, es schlich am frühen Morgen eine verdunkelte Gasse entlang oder fiel auf die Fensterbank im Salon. Dieser Raum war seit den Gesellschaften, die vor dem Tod des Herrn regelmäßig stattgefunden hatten, nicht mehr benutzt worden. Er lag gegenüber der Bibliothek, wo

Mrs Korechnya jetzt den Tag verbrachte. Die Herrin vermied es, den Salon zu betreten, ebenso wie das obere Schlafzimmer, wo das Ehebett kalt und leer dastand.

Martha kehrte in die Bibliothek zurück, um die ohnehin makellos sauberen Regale abzustauben und die bunten Glasfacetten des Lampenschirms zu putzen, den sie erst am Vortag poliert hatte. Dann wandte sie sich dem Globus zu, der auf zierlichen Mahagonibeinen stand. Als sie die gewölbte Oberfläche mit dem Staubtuch bearbeitete, kreiste die Erdkugel um ihre eigene Achse. Martha legte eine Hand darauf, um sie zum Stillstand zu bringen, und polierte mit der anderen den Bronzemeridian, der den Globus umfing. Lilys Augen ruhten auf ihr, als sie die Hand fortnahm und schaute, welches Land darunter gelegen hatte. Dieses Spiel spielten sie häufiger.

»Auf welcher Nation sind Sie heute gelandet, Martha?«

»Das ist ja Indien, Madame. So was.«

»Indien! Dahin wollte Franz immer gerne reisen ... ich allerdings nicht. Mir liegt nicht so an Farben und an Licht wie ihm, es gefällt mir gut, Schattenfiguren im Nebel zu sehen, dann kann ich mir ausmalen, welche ... Was ist, Martha?«

Martha Vesper spürte wieder eine ihrer Ahnungen, und das hatte etwas mit dem Medaillon zu tun, das Lily immer trug. Meist war es unter ihrem Gewand verborgen, doch an diesem Morgen prangte es auf den gestickten Mohnblüten ihres Oberteils.

»Haben Sie die Locke aus dem Medaillon genommen, Madame?« Martha war nie eine Person gewesen, die ein Blatt vor den Mund nahm, und seit sie Lily durch ihren Kummer begleitet hatte, war sie noch freimütiger geworden.

»Aber nein, Martha. Ich könnte es nicht ertragen, sie nicht bei mir zu haben.«

Marthas ungute Ahnung wurde immer stärker, obwohl sie nicht benennen konnte, woher dieses plötzliche Unbehagen stammte; sie wusste nur, dass es etwas mit dem Herrn zu tun hatte – oder vielleicht nur mit seiner Haarlocke? Höchst sonderbar. In dem Augenblick ging draußen der Türklopfer, und Martha eilte hinaus.

Es war wieder das Mädchen, das Lausemädel von der Zeitung; sie stand mit einem kecken Lächeln im sommerprossigen Gesicht da, ein paar rote Haarsträhnen ragten unter der viel zu großen Mütze hervor. Was würde Martha darum geben, die Hosen und das Hemd mit etwas Seife bearbeiten zu dürfen! »Guten Morgen, Fräulein. Heute kein Päckchen?«

»Nein, Madame. Ich habe einen Brief von Mr Harding für Mrs Korechnya.«

»Einen Brief hast du? Na, dann solltest du reinkommen und ihn ihr geben.« Ein Strahlen zog über das Gesicht des Mädchens, so breit, dass Martha selbst lächeln musste. Sie führte sie in die Bibliothek, aber das Mädchen blieb im Flur kurz vor dem Venus-Gemälde stehen, nahm die Mütze ab und fuhr sich durchs Haar. Ihre Locken ließen sich allerdings nicht bändigen, und vorne standen sie ab wie ein Hahnenkamm. Sie war ein ungewöhnliches kleines Ding mit ihrem derben irischen Akzent und den flinken blauen Augen, die alles auf einmal zu sehen versuchten, als hätte sie Angst, etwas Wichtiges zu verpassen. Schlau ist die Kleine, dachte Martha, aber auch gutherzig.

»Guten Morgen, Sarah. Was für eine schöne Überraschung!« Lily erhob sich aus ihrem Stuhl und streckte ihr die Hand entgegen, die Sarah nicht schüttelte, sondern küsste. Sowohl Martha als auch Lily bemühten sich, nicht amüsiert zu lächeln.

»Setz dich, Kind, und gib der Herrin den Brief, während ich dir eine Tasse Schokolade mache.« Angesichts dieser unerwarteten Leckerei leuchteten die blauen Augen auf.

In der Küche suchte Martha überall nach dem Block dunkler Schokolade, die sie seit dem Tod des Herrn nicht mehr gebraucht hatte – im Gegensatz zu ihm machte Lily sich nichts aus Süßigkeiten. Kein Wunder, dass sie so schlank war wie eine Gerte, obwohl sie allmählich etwas runder wurde, seit Martha darauf achtete, dass sie mehr aß. Dieser sanfte Zwang war eine weitere Freiheit, die sie sich seit den dunklen Wochen herausnahm. Wenn Mrs Korechnya sich selbst überlassen blieb, vergaß sie das Essen und vertiefte sich derart in ihre Wörter, dass sie stundenlang in der Bibliothek saß und sich erst ankleidete, wenn sie auf den Markt ging, was noch immer selten vorkam. Und jetzt ließ der Herausgeber ihr auch noch Nachrichten zustellen, damit sie nicht die Redaktion aufzusuchen brauchte, wie sie es früher regelmäßig getan hatte. Er war ein rechtschaffener Mensch und meinte es gut, aber Martha beschloss, ihm einen Brief zu schreiben und mitzuteilen, was der Herrin ihrer Ansicht nach wirklich gut täte.

Eigentlich sollte die Schokolade eingewickelt in einem Tuch in der kühlen Speisekammer liegen, aber sie war nirgends zu finden, weder zwischen den Kuchenblechen und Ausstechformen noch in einem der Tongefäße oder einer der leeren Steingutflaschen, in denen sie Holunderblütenwein machte. Mit einem aufgebrachten Seufzen ließ Martha sich auf ihren Schemel am Herd fallen. Dort konnte sie immer am besten denken. Und plötzlich wusste sie, was mit der Schokolade passiert war, und sie lächelte in sich hinein und schalt sich, nicht schon früher auf die Idee gekommen zu sein. Natürlich hatte er sie verlegt. Aber wohin? Freilich, es gab nur einen Ort: die Abstellkammer in der Spülküche, wo seine Sachen jetzt verstaut waren, die Rollen mit irischem Leinen, aus dem er die Leinwände aufgespannt hatte, Gefäße mit farbigem Pulver und Gläser mit bernsteinfarbenem Leinöl. Dort standen auch seine Gemälde, diejenigen, die Lily aus Kensington mitgebracht hatte.

Weder die Herrin noch Martha hatten es bislang über sich gebracht, die Bilder richtig zu betrachten, und sie wussten auch nicht, was sie mit ihnen anfangen sollten. Es waren großartige Werke, das konnte jeder sehen, auch wenn sie nie, wie Lily erklärte, in der Royal Academy hängen würden, weil Franz Jude gewesen war. Die Porträts wohlhabender Londoner Jüdinnen hatte Lily jeweils den Modellen gegeben, selbst die unfertigen, und jede Bezahlung abgelehnt. Zurückgeblieben waren Bilder wie dasjenige im Flur, Bilder von Frauen, die aus längst vergangenen Zeiten oder fernen, erträumten Welten zu stammen schienen. Viele von ihnen sahen aus wie Mrs Korechnya.

Und da zwischen den Gefäßen und Flaschen lag, in der Tat, die Schokolade, eingewickelt in ein Tuch und mit Bindfaden verschnürt.

Als Martha wieder die Bibliothek betrat, waren Lily und Sarah so ins Gespräch vertieft, dass sie sie kaum bemerkten. Lilys Augen leuchteten vor Begeisterung, ihre Stimme klang neugierig. »... In der Geschichte gibt es viele Frauen, die sich die Freiheit nahmen, welche Männer durch Geburtsrecht erwerben, und die Großes vollbracht haben, sogar in militärischen Dingen. Hast du noch nie von Königin Boudicca gehört und von Johanna von Orléans?«

Sarah schüttelte den Kopf und runzelte die Stirn, als ginge ihr eine wichtige Frage durch den Kopf. »Wahrscheinlich ist Queen Victoria auch 'ne Frau, obwohl ich mir das nie so recht überlegt habe.«

Als Martha das Tablett auf den Tisch stellte, starrte das Mädchen die hübsche Porzellantasse mit der dampfenden Schokolade und den Teller mit Rosinenbrot und frischer Butter aus großen Augen an. Martha vermutete, dass sie hungrig war; zumindest sah es ganz so aus.

»Sarah und ich sprechen gerade über die grundlegenden Unterschiede zwischen Männern und Frauen, Martha. Sind Sie auch der Meinung, dass es sie gibt?«

»Aber sicher, Madame. Das sind zwei getrennte Spezies, da beißt die Maus keinen Faden ab.«

»Und wie würden Sie die beiden Geschlechter beschreiben, was macht sie im Kern aus?«

»Wenn Sie was über den Kern hören wollen, Madame – die heutigen Männer bestehen aus dreierlei: Wollen, Tun und vom Tun reden.«

Darüber musste ihre Herrin herzlich lachen, und Martha lächelte zufrieden. Die Kleine war Balsam für Lily.

»Und was ist mit den Frauen, Martha? Was sagen Sie über die heutigen Frauen?«

»Auch sie bestehen aus dreierlei: Denken, Fühlen, Arbeiten. Aber die sechs Teile passen doch gut zusammen, oder nicht, Madame?«

»Doch, das tun sie.«

Sarah war von diesem Wortwechsel nichts entgangen, ihre Augen schossen zwischen Lily und der Haushälterin hin und her, während sie die Schokolade trank. Der erste Schluck, den sie nahm, bot einen wundervollen Anblick; zuerst verzog sie erschrocken das Gesicht, dann schaute sie aus wie eine Katze, die eine Sahneschüssel leer schleckt. Als das Gespräch beendet war, wischte sie sich mit einem Herrentaschentuch die Butter vom Kinn. »Ich sollte mich auf den Weg machen, Mrs Korechnya. Mr Harding gibt mir den Hosenboden voll, wenn ich bis Mittag nicht mit Ihrer Antwort zurück bin.«

»Natürlich, Sarah, aber mach dir keine Sorgen. Ich werde Mr Harding sagen, dass ich dich aufhielt, weil ich mir meine Antwort so lange überlegte. Wenn es dir recht ist, möchte ich ihn auch bitten, ob ich dich einen Nachmittag ausleihen kann, damit du mit mir nach Kensington kommst. Was meinst du, wäre morgen ein guter Tag für diesen Ausflug?« Wieder musste Martha lächeln, denn das Sommersprossengesicht und die blauen Augen leuchteten bei diesem Vorschlag auf wie eine Laterne. Mrs Korechnya wirkte nicht minder erfreut. Die Haushälterin wusste, dass sie die Einladung ebenso um Sarahs willen als um ihrer Einsamkeit willen ausgesprochen hatte. Am morgigen Tag war ihr Hochzeitstag.

»Das schreibe ich ihm jetzt und willige ein, einen Aufsatz über Julia Margaret Cameron zu verfassen, ohne zu erwähnen, dass der Gedanke ursprünglich von mir selbst kam.«

»Ist sie eine von denen – von den außergewöhnlichen Frauen?«

»Genau. Mrs Cameron ist die erste Frau, die sich als Fotografin ihren Lebensunterhalt verdient. Sie hat Porträts von Mr Tennyson und Mr Dickens und George Eliot gemacht.«

»Die Dame George?«

Lily lachte amüsiert. »Genau, die Dame George.«

Während ihre Herrin dem Mädchen erklärte, wie klug und kühn die Dame George sei, weil sie Bücher schrieb und ihre Meinung in der Presse äußerte, zog Martha sich zurück, um ebenfalls einen Brief an Septimus Harding zu schreiben. Den steckte sie Sarah an der Haustür zu, sodass ihre Herrin es gar nicht bemerkte.

XI

> Jede Frau, die logisch, philosophisch oder naturwissenschaftlich denkt, weicht in ihrer physischen ebenso wie in ihrer geistigen Eigenart vom normalen Weibe ab.
>
> *The Lancet*, 1864

Am folgenden Tag, auf dem Weg zu Lily Korechnya, wirbelten Sarah lauter Gedanken und Fragen durch den Kopf. Seit sie das erste Mal mit Mrs Korechnya gesprochen hatte, empfand sie sich auf eine ganz unbekannte Art lebendig. Sie konnte sich das gar nicht erklären und wusste nur, dass sie sich seit Mams Tod nicht mehr so aufgehoben gefühlt hatte. Sicher, Mr Harding war freundlich zu ihr, genauso wie Ruby mit ihrer offenen Art, aber bei ihnen hatte Sarah immer das Gefühl, erwachsen sein zu müssen, weil sie ja der Familienvorstand war. Aber bei Lily konnte sie genau das sein, was sie eigentlich war, gerade mal halb erwachsen. Was immer es war, auf einmal schien die Welt zu leuchten. »Die Gnade des lieben Gottes«, hätte Mam gesagt, aber Sarah hatte ihre eigene Meinung über den lieben Gott, schließlich hatte der alte Knabe ihre halbe Familie sterben lassen. Außerdem sagte Mrs Korechnya, dass es jede Menge Wesen gab, die für Götter gehalten wurden. Sie trugen alle ganz unterschiedliche Kleider und hatten verschiedenste Hautfarben (einige aus Indien hatten sogar acht Arme und grüne und blaue Haut, wie Ellen von Victor gehört hatte). Gnade hin oder her, sie hatte Glück, und das durfte und wollte sie nicht vergessen.

Als Sarah nach ihrem Besuch in der Waterloo Street in die Redaktion zurückgekehrt war, saß der Herausgeber ganz allein in seinem unordentlichen Büro. Das kam nicht oft vor. Häufig war Inspektor Lark bei ihm, der suchte ihn praktisch jeden Tag auf. Sarahs Ansicht nach tat er das nicht nur, weil er ihm von allen Verbrechen berichten wollte, sondern auch, weil er mit Mr Harding befreundet war. Und dann gingen natürlich auch noch die vielen Redakteure und Schreiber bei Mr Harding ein und aus.

Er saß an seinem Schreibtisch, umgeben von Papierstapeln und aufgetürmten Aktenordnern und Hauptbüchern und Notizbüchern, einer Schale, die überquoll mit Pfeifenasche, einem Sherryglas und einer Teetasse. In diesem Zimmer war Nelly das Putzen untersagt. Einmal hatte sie einige Bücher weggeräumt, um unter ihnen Staub zu wischen, und sie nicht an den richtigen Platz zurückgestellt. Als Mr Harding dann ein bestimmtes Buch nicht finden konnte, hatte er sich derart ereifert, dass das Dienstmädchen jetzt Angst vor ihm hatte und seinen Tee immer auf einem Tablett vor die Tür stellte.

Als Sarah ihm sagte, sie habe außer dem Brief von Mrs Korechnya auch einen von ihrer Haushälterin dabei, zog Mr Harding seine buschigen Augenbrauen in die Höhe. »Ein Brief von Mrs Korechnyas Haushälterin, Sarah? Glaubst du, sie möchte auch für die Zeitung schreiben?«

»Das glaube ich eigentlich nicht, Sir. So kommt sie mir nicht vor.«

»Als was für eine Person kommt sie dir denn vor, diese Mrs Vesper?«

»Na ja, Sir, sie schaut aus wie Mr Parsimmons, aber sie ist nicht so traurig wie er. Ich würde sagen, sie ist klug, aber nicht klug wie Mrs Korechnya. Ich glaube, sie ist ganz zufrieden damit, sich um ihre Herrin zu kümmern, Sir.«

Septimus Harding hatte das Siegel auf dem Brief der Haushälterin als Erstes aufgebrochen und las, während er gleichzeitig Sarah zuhörte. »Eine Eigenschaft hast du zu erwähnen vergessen, Sarah, denn die gute Mrs Vesper ist auch vorlaut. Sie bittet mich, es ihrer Herrin nicht so einfach zu machen und sie nicht nur zu Hause arbeiten zu lassen. Sie meinte, dass Lily

Korechnya eher mehr als weniger Umgang mit ihren Kollegen braucht. Tja, ich sag's ja immer, Frauen sind eigenwillig, stimmt's? Und das wirst du eines Tages auch sein.«

Sarah sah ihn erschrocken an. »Nein, Sir, bestimmt nicht«, sagte sie, und ihr war ernst damit.

»Das werden wir ja sehen.« Kurz wurde das Gesicht des Herausgebers streng. »Wenn du was aus deinem Leben machen willst, Sarah, dann halte dich von Männern fern, denn es gibt wenige Ehemänner, die einer Frau gestatten, ihren Kopf zu benützen. Und du hast einen guten Kopf.«

Über diesen Rat dachte Sarah den ganzen Nachmittag nach, und auch jetzt wieder auf dem Weg zu Mrs Korechnya. Harding hatte das Siegel von Lilys Brief geöffnet, und daraufhin hatten seine Augen wieder gelächelt. Er erlaubte ihr, Mrs Korechnya nach Kensington zu begleiten, da ihm aufgetragen worden sei, das Wohl dieser Dame im Auge zu behalten und es darüber hinaus Sarah gut tun würde, in der Gesellschaft »einer der herausragendsten weiblichen Denker Londons«, wie er sagte, zu sein.

»Sind die denn anders, weibliche Denker, Sir?«

»Aber ja, Sarah. Meiner Ansicht nach haben einige kluge Frauen die Gabe, einfühlsam und objektiv zu sein, was großen Männern oft fehlt. Das solltest du jetzt aber nicht herausposaunen, verstehst du, denn das Zeitungswesen ist auf dem Geist und dem Fleiß von Männern aufgebaut, und eine untätige Frau ist das Schmuckstück eines jeden erfolgreichen Mannes.«

Als Sarah die Waterloo Bridge überquerte, verdunkelte sich der Himmel, und unvermittelt stieg eine kühle Brise vom Fluss auf. Fröstelnd sah sie zum Temple Pier hinab. In dem kleinen Hafen ging es so geschäftig zu wie eh und je, trotz des Mordes, der sich nur wenige Wochen zuvor dort ereignet hatte. Ein ausländisches Schiff lag am Ende des längsten Kais vor Anker, bunt bemalt in Gelb und Rot und Grün. Der Bug, der die Gestalt einer großen, wunderschönen Dame mit einer Haut von dunkler Holzfarbe und goldenen Gewändern hatte, deutete zur Brücke, auf dem Deck gingen dunkelhäutige Matrosen umher, und auf dem Anlegeplatz wuselte es vor Dockarbeitern. Sarah wusste von den Schiffsmeldungen, dass in Temple Pier ausländische Fracht angeliefert wurde, und eine Minute sinnierte sie darüber, wegen welcher verbotenen Schätze Herbert Peasey gestorben sein mochte. Schließlich behauptete Mr Melville jetzt ja, dass er ein ruchloser Mann gewesen und von anderen ruchlosen Männern umgebracht worden war.

Bevor Sarah an Lily Korechnyas smaragdgrüner Tür klopfte, wiederholte sie sich im Stillen noch einmal, was Septimus Harding zu ihr gesagt hatte: dass sie einen guten Kopf hatte. Und was Köpfe anging, da kannte er sich aus. Sie wollte Mrs Korechnya gegenüber nicht dumm wirken, und Mr Hardings Worte linderten ihre Aufregung.

Dass sie sich von Männern fern halten sollte, hätte Mr Harding ihr allerdings nicht eigens zu sagen brauchen, dachte sie sich, als sie den bronzenen Türklopfer betätigte. Das hatte sie sich schon selbst zusammengereimt. Schließlich war ihr Pa ein Ehemann gewesen und ihre arme, abgearbeitete Mam eine Ehefrau. Sie fragte sich, wie wohl Mrs Korechnyas Mann gewesen war. Er musste anders gewesen sein, und Mr Harding war ja auch verheiratet. Also gab es vielleicht doch Männer, die nichts gegen eine Frau einzuwenden hatten, die ihren Kopf gebrauchte. Aber Männer wie Jack Thistlewite glaubten, sie wüssten so gut wie alles, und wenn sie etwas doch nicht wussten, taten sie so, als wüssten sie's trotzdem.

Dann stand Leisetreterin in der Tür und wenig später auch Mrs Korechnya in ihrem dunklen Samtumhang. Eigentlich war es nicht so kalt, als dass sie einen Umhang brauchte, trotz des bewölkten Himmels, der ein nahendes Unwetter verkündete. Lily zeigte sich jedoch grundsätzlich nicht ohne Umhang und Kapuze in der Öffentlichkeit, das war Sarah schon aufgefallen. Das war allerdings ein Jammer, denn Mrs Korechnya trug die faszinierendsten Kleider, die Sarah je gesehen hatte. Als sie mit ihrem Korb voller Äpfel an der Cathedral Corner gestanden hatte, waren jeden Tag dieselben Damen vorbeiflaniert, und sie hatte sich ihre Aufmachung immer genau angeschaut. Einige kleideten sich an jedem Tag der Woche in einem anderen Stil, andere trugen tagein, tagaus dasselbe Oberteil und denselben Rock, dazu aber unterschiedliche Spitzenkrägen und Schleifen, und sie besaßen offenbar einen ganzen Putzmacherladen voller Hüte. Sarah hatte Mrs Korechnya nie mit Hut gesehen, immer nur mit der hochgezogenen Kapuze, als wollte sie sich vor der Welt verbergen. Auch das war schade, denn sie hatte ein wunderhübsches Gesicht.

Dann saßen sie beide in der Kutsche, und Mrs Korechnya schrieb in ihr Notizbuch und erzählte, was sie da schrieb.

Sarah tat ihr Bestes, die Oxford Street so zu sehen, wie Lily sie sah: »Eine Arterie, die das East End mit dem West End verbindet, wo die Geschäftsleute ihre eigene Form der Alchimie betreiben und die Langeweile und Sehnsüchte der Damenwelt in Gold verwandeln.«

Sie wusste, dass eine Arterie etwas mit den Tunnels zu tun hatte, in denen Blut durch den Körper floss. Das hatte sie in einer Ausgabe des *Lancet* gelesen, von dem sie immer geglaubt hatte, er sei viel zu klug, als dass jemand wie sie ihn lesen könnte. Bei Mr Harding im Zimmer stapelten sich Ausgaben des *Lancet* auf dem Boden, und sie hatte einmal die Nase hineingesteckt, als sie darauf wartete, dass er eine Besprechung beendete. Was Alchimie war, wusste Sarah allerdings nicht, und diese Frage fügte sie zu den vielen anderen hinzu, die sie sich für Mrs Korechnya zurechtgelegt hatte.

»Hier sieht man aber auch die Schattenseite dieser Parade von schimmernden Stoffen, Livreen und Geschmeiden«, las Lily, während sie rasch in gestochener Handschrift ihr Notizbuch füllte. »Die verblichenen, schäbigen Lumpen der Bettler und unbeschuhte Kinder mit Karren und Körben voller Waren.«

Es verblüffte Sarah, dass eine der herausragendsten Denkerinnen Londons über Straßengören schrieb. Sie hätte sich nie träumen lassen, dass die besseren Leute jemals so etwas würden lesen wollen.

»Ist das was für den *Mercury*, Mrs Korechnya?«

»Eher nicht. Manchmal schreibe ich nur, um meinen Kopf zu leeren, und manchmal, um mich weniger einsam zu fühlen. Sonst werden mein Denken, mein Fühlen und meine Erinnerungen ein großes Durcheinander.«

Also erzählte Sarah ihr, dass die vielen Nachrichten, die sie las, und die vielen Gedanken, die sie dabei anstellte, sie im Kopf so hibbelig machten, dass sie nachts manchmal vor lauter Denken nicht einschlafen konnte.

»Dann musst du schreiben, Sarah!«, sagte Mrs Korechnya, nachdem sie Sarah schweigend zugehört hatte. Da musste Sarah lachen – sie und eine Schriftstellerin? Das war bloß ein Traum, den sie manchmal träumte.

Durch das viele Reden verging die Fahrt zum alten Haus wie im Flug. Als Mrs Korechnya ihre Gobelintasche nach dem großen Bronzeschüssel durchsuchte, begann es zu regnen. Beide wurden nass, denn es tropfte von der Kletterrose, die über den Glastüren hing, auf sie herab. Die Blüten waren groß und voll und dufteten süß im Vergleich zur dreckigen Luft von Waterloo, und die Pflastersteine vor den Türen waren mit blassrosafarbenen Blütenblättern übersät, sodass der Boden wie ein Samtteppich wirkte. Schließlich schloss Lily Korechnya die Tür auf. In Franz Korechnyas Atelier standen weniger Gemälde als beim letzten Mal, als Sarah dort gewesen war, und im Licht des Gewitters wirkte der Raum gespenstisch. Lily schauderte ein wenig unter ihrem feuchten Umhang.

»Wir müssen Feuer machen«, sagte sie und verschwand durch eine Tür. Sarah folgte ihr auf den langen Korridor hinaus und stellte fest, dass von dort insgesamt vier Türen abgingen. Am Ende des Korridors führte eine breite Treppe zum oberen und unteren Geschoss.

Nachdem Sarah Holz aus dem Keller hochgetragen und Feuer gemacht hatte, war der Raum, in dem Franz Korechnya gemalt hatte, etwas wärmer und auch etwas wirklicher. Sarah ging Mrs Korechnya gern zur Hand, und sie freute sich nicht minder darüber, dass das Feuer so gut anbrannte, als darüber, dass Lily ihr eigenhändig die Mütze vom Kopf nahm und sie mitsamt dem feuchten Umhang zum Trocknen über den komischen Stuhl mit der einen Armlehne hängte. Dann öffnete Mrs Korechnya die Tür zu einer kleinen Bücherkammer und war eine Weile mit Kisten und Kästen zugange.

Es kam Sarah nicht so vor, als ob noch andere Menschen im Haus lebten, und sie wurde neugierig. Als Lily mit einer Hutschachtel in der Hand aus der Bücherkammer kam, fragte sie: »Und die anderen Zimmer? Sind die leer?«

»Früher haben auch andere Maler hier gearbeitet, aber den ganzen Winter war Franz alleine im Haus ... vor seinem Tod. Im Winter wird es in den Räumen sehr kalt, aber mein Mann achtete nicht darauf. Er würde auch jetzt hier malen, bei diesem Wetter, trotz der Dunkelheit und Kälte. Die Tür zum Garten stand immer offen, denn Franz fand nicht, dass es im Winter in London kalt ist – nicht so kalt wie in Prag. Wenn ich ihn besuchte, konnte ich oft kaum reden, so schlugen meine Zähne aufeinander, und erst dann schloss er die Tür und machte sich die Mühe, den Kamin anzuzünden. Wenn er arbeitete, bemerkte er die Kälte nicht.«

Wenn Lily von Mr Korechnya sprach, sah sie anders aus; als kehrte sie in die Zeit vor seinem Ableben zurück. Sarah konnte ihre Neugier kaum zügeln, und sie überlegte, ob es wohl schicklich wäre, nach der Zeit davor zu fragen.

»Er muss ein Mann gewesen sein, der Frauen mit einem klugen Kopf mochte«, sagte sie, weil sie sich an ihr Gespräch mit Mr Harding erinnerte und weil die Bemerkung harmlos erschien.

»In der Tat. Ich hatte nicht geglaubt, dass ich einen Mann kennen lernen würde, der mir die Freiheit meiner eigenen Gedanken zugesteht. Wenn ich die Augen schließe, kann ich fast ... O Sarah, entschuldige. Du bist zu jung, um eine romantische Tragödie zu hören. Die Maler, die sich die Bruderschaft nennen, die Präraffaeliten, stellen Frauen immer als schwermütig und unterwürfig dar, oder zumindest als verträumt. Mein Mann malte auch Frauen, aber er sagte, mit seinen Bildern wolle er die Weiblichkeit ehren und sie nicht zu einem Abbild der Trägheit und Tragödie machen.«

»Hat er gut ausgesehen?«

»O ja. Sein Haar war weiß wie Mondlicht und fiel bis auf sein Halstuch herab, das immer aus gemusterter Seide war.«

»Haben Sie ihn in London kennen gelernt?«

»Franz und ich sind uns bei einem Salon begegnet – weißt du, was das ist?«

Sarah schüttelte den Kopf.

»Ein Salon ist eine Art Gesellschaft – Menschen kommen zusammen, um über Philosophie zu reden, über Kunst und das sonderbare Jahrhundert, in dem wir leben. Der Salon war allerdings ein ganz besonderer, er fand im Haus von Gabriel Rossetti statt, einem Maler der Bruderschaft. Und der Salon wurde zum Gedenken an Lizzie Siddal abgehalten, Rossettis Frau und Modell, die auch eine Malerin war. Sie war kurz zuvor an einer Überdosis Laudanum gestorben.«

»Über die haben Sie doch geschrieben!«

»Ja. Der Abend war nicht so ernst, wie man meinen könnte, denn Wilkie Collins war da, der Schriftsteller, der den ganzen Tag in einer Gintaverne verbracht hatte und gehobener Stimmung war. Er war wahrscheinlich ebenso verliebt gewesen in Lizzie Siddal wie die Hälfte der anderen Männer auf dieser Totenfeier. Die Mitglieder der Bruderschaft glaubten, sie hätten eine neue Religion gestiftet, eine Religion der Schönheit, und eben das erklärte der Schriftsteller Mr Collins gerade Franz Korechnya, als ich ihn das erste Mal sah. ›Aber Schönheit ist nicht mit Reinheit des Herzens gleichzusetzen‹, hörte ich ihn sagen. Und dann meinte er, man könne Malern ihre romantischen Idyllen verzeihen angesichts der Landschaften, die von Ruß und Armut geschwärzt seien.

Mr Collins merkte, dass ich ihnen zuhörte, und sagte etwas Schmeichelhaftes über meine Artikel zu mir, obwohl er wahrscheinlich meine äußere Erscheinung weitaus anziehender fand als mein unabhängiges Denken. Ich nutzte die Gelegenheit, ihn zu fragen, warum er die Figur des Walter Hartwright in seinem neuesten Roman *Die Frau in Weiß* sich in die kleinmütige Miss Fairlie verlieben ließ und nicht in die lebhafte Miss Halcombe. Darauf antwortete er eisig: ›Ich stimme eher mit unserem brillanten Mr Ruskin überein – eine wahre Gemahlin ist im Haus ihres Mannes seine Dienerin; Königin ist sie nur in seinem Herzen.‹ Daraufhin brummelte Franz Korechnya etwas zur Verteidigung unseres Geschlechts, und da wurde ich auf ihn aufmerksam.

Ich sah ihm nach, wie er zur Wand ging und ein Gemälde von Rossetti betrachtete. Es zeigte Lizzie, wie so viele Bilder der Bruderschaft. Ihr viel besungenes Haar glänzte wie frisch poliertes Kupfer, ihre Augen schimmerten wie Achat. Wegen ihrer gerühmten gespenstischen Blässe wirkten ihre Lippen rot wie Wein. Zu guter Letzt konnte Lizzie Siddal ebenso wie Ophelia die Last des Lebens nicht mehr ertragen. Als ich Franz beobachtete, fragte ich mich, ob er wohl auch in sie verliebt gewesen war. Und in dem Augenblick drehte er sich um und sah durch den Raum zu mir herüber, und sein Blick hielt den meinen fest, wie mit einem Faden aus Licht. Ich kann dir unser Kennenlernen gar nicht beschreiben, Sarah, es war, als würden wir uns aus der Tiefe unserer Seele gegenseitig Gutes wünschen.

Beim Abendessen setzte er sich mit Bedacht neben mich, und wir unterhielten uns die ganze Nacht über Prag und die Salons in Berlin, wo es nicht diese erdrückende Trennung gibt wie hier in London. Dort begegnen sich Juden und Christen, Männer und Frauen, Adel und Mittelklasse als intellektuell Ebenbürtige. Sein Interesse an mir war nicht die Art, wie ich sie von Männern gewohnt war. Für ihn war mein unabhängiges Denken nicht abstoßend!«

Dann schwieg Mrs Korechnya und starrte ins Feuer. Die Flammen beleuchteten die dunkle Purpurfarbe ihres Kleids und ihr bleiches Gesicht. Ihr Haar war zerzaust von der Kapuze und dem Regen. Ihre Erinnerungen hatten sie wohl traurig gemacht, dachte Sarah.

»Hat er gleich an dem Abend um Sie angehalten?«

Lily lachte. »Nicht ganz. Am nächsten Tag hörte ich das Echo seiner Stimme, seine ungewöhnliche Art, Worte zu betonen. Ich sah die Kontur seiner Lippen, wenn er lächelte. Am Nachmittag besuchte er mich, und als er sagte, ich sei eine ungewöhnliche Frau, fragte ich ihn, ob er das abstoßend fände. Und da hielt er um meine Hand an.«

Lily erhob sich und fuhr sich durch das schwarze Haar. Sie wirkte verwirrt, spielte mit dem Medaillon, das ihr um den Hals hing. Sarah war aufgefallen, dass sie es im Verlauf des Nachmittags öfter betastet hatte.

»Weißt du, heute ist unser Hochzeitstag. Verzeih mir, deswegen bin ich sentimental geworden; ich wollte dich nicht belasten.«

»Das haben Sie gar nicht. Das belastet mich überhaupt nicht. Kein bisschen!«

Sie warf Sarah ein dankbares Lächeln zu, dann sah sie sich im Raum um. Unvermittelt war sie forsch, ohne jeden Anflug ihrer vorherigen Trauer.

»Also – ich möchte diese Bilder alle in die Waterloo Street mitnehmen. Ich habe eine vornehme Dame kennen gelernt, die die Werke meines Mannes sehen möchte. Vielleicht kannst du mir helfen auszuwählen, welche ich ihr zeigen sollte. Welche gefallen dir am besten?«

XII

Waterloo, 19. Juli 1864

Liebe Barbara,

kann wirklich so lange Zeit verstrichen sein, seit ich meiner liebsten Freundin schrieb? Mein letzter Brief stammt sicher vom Mai! Seither war ich häufiger in Herbert House und habe begonnen, den Katalog zu erstellen. Ich hatte mich anfangs gefragt, ob meine Unwissenheit bezüglich der Namen bestimmter Edelsteine nicht zum Problem werden könnte. Die Sorge hat sich aber erübrigt, denn im Amethystzimmer ist immer Govinda bei mir, der, was Steine betrifft, über ein immenses Wissen verfügt. Er ist nach wie vor sehr schweigsam und spricht nur, wenn ich eine Frage stelle, doch allmählich gewöhne ich mich an seine stille Anwesenheit. Immerfort sieht und hört er zu, seine Miene ausdruckslos. Wenn ich mich nach einem Stein erkundige, nennt er mir nicht nur dessen Namen, sondern auch seinen Zweck. Mittlerweile weiß ich, dass in seiner Kultur jedem Edelstein bestimmte Eigenschaften zugesprochen werden. So regen rote Steine wie Korallen, Kornelien, Rubine und Granate das Blut an und verleihen der Person Kraft. Allerdings nicht, wenn diese Person unausgewogen ist, wie Govinda betonte. Dann kann die »Hitze« eines roten Steins gefährlich werden und Aggressionen hervorrufen. Grüne Steine hingegen, etwa Smaragd und Jade, wirken beruhigend und aufbauend wie ein Spaziergang durch den Wald, wo das Licht durchs grüne Laubdach fällt.

Cynthia Herbert erzählte mir, dass Govinda einer besonderen Leibwache angehört, einem Orden hinduistischer Krieger, der zum Schutz des Maharadschas abgestellt ist. Die Maharadschas engagieren Männer wie Govinda, weil diese zum Morden ausgebildet sind und bedenkenlos einen Dieb oder Banditen töten, sollte er den Fürsten, seinen Palast oder seine Juwelen bedrohen. In Indien, so sagte sie, würde der Besitz ganzer Königreiche nicht auf der Bank verwahrt, sondern in Schatullen in steinernen Palastgewölben. Unter den Männern, die zur Bewachung dieser Schätze herangezogen werden, sind sogar solche, die der Bande der berüchtigten Thuggees angehörten!

Wenn mein Tagwerk im Amethystraum beendet ist, trinke ich mit Lady Herbert Tee im Salon, umgeben von der erstaunlichen Gemäldegalerie. Gelegentlich gesellt sich auch ihre Schwägerin Miss Herbert zu uns, die ebenfalls in Herbert House wohnt, doch sie ist eher zurückhaltend und meines Wissens eine fromme Christin, was bedeutet, dass es zwischen den beiden Damen eher wenig Gemeinsamkeiten gibt. Bei unserer letzten Zusammenkunft brachte ich eine Auswahl von Leinwänden aus Franzens Atelier mit. Als sie die Bilder entrollte, war ich recht nervös und versuchte, die Gemälde mit ihren Augen zu sehen. Das gelang mir aber nicht, zu vertraut ist mir jedes einzelne, und so konnte ich nur ihr Mienenspiel verfolgen und hoffen, dass die Gemälde sie ebenso bewegten wie mich. Sie ließ nichts erkennen, und erst als die letzte Leinwand ausgebreitet vor ihr am Boden lag, begann sie zu sprechen. »Sie sind großartig, und ich möchte gerne einige selbst erwerben. Wenn Sie gestatten, Mrs Korechnya, lasse ich die anderen nach Indien bringen, denn ich bin überzeugt, dass mein Freund, der Maharadscha von Benares, mit Freuden mehrere Werke eines derart herausragenden Malers entgegennehmen würde. Und nun müssen wir uns über die Bezahlung für Ihre Hilfe bei der Katalogisierung meiner Sammlung unterhalten.«

»Es genügt, dass Sie sich für das Werk meines verstorbenen Mannes interessieren«, sagte ich. »Ich könnte keine Bezahlung …«

»Unsinn!«, wehrte sie ab. »Ich schlage Ihnen Folgendes

vor: Es betrübt mich zu sehen, dass Sie die Locke Ihres Gatten verborgen halten«, und sie nahm das Medaillon, das mir um den Hals hängt, in die Hand. »Ich würde es gerne in ein modisches Trauergeschmeide umarbeiten lassen, damit sein Geist Sie freisetzen kann. Und das kann er nicht, solange Sie sein Haar vom Tageslicht fern halten!« Und dann warf Lady Herbert, wie schon beim letzten Mal, Govinda einen Blick zu, den ich nicht zu deuten vermochte. »Govinda ist ein hervorragender Zeichner, und als ich mit ihm über diese Angelegenheit sprach, meinte er, er könne etwas Entsprechendes entwerfen.« Es widerstrebt mir zwar, mit diesem Aberglauben zu tun zu haben, aber es ist zu großzügig von Lady Herbert, meinem Mann zu der Anerkennung zu verhelfen, die ihm zu Lebzeiten versagt blieb. Ich habe eingewilligt, aus der Locke seines Haares einen Trauerschmuck arbeiten zu lassen, und nachdem ich jetzt seit über einer Woche seine Haarlocke vermisse, kann ich es nicht erwarten, dass sein »Geist« zu mir zurückkehrt.

In aufrichtiger Freundschaft,

Lily

XIII

*H*atton Garden lag so nahe bei der Fleet Street und The Strand, dass man dort durchaus beim Einkauf gesehen werden durfte – insbesondere, da der Einzelhandel dort eher spezieller Natur war und, wie Joshua Finkelstein glaubte, vor allem wichtigerer Natur war, denn er betrieb sein Gewerbe mit großem Einsatz. Deshalb arbeitete er selbst nach Mittsommer bis in die Nacht hinein.

Das ganze Frühjahr hindurch hatte Joshua durch das kleine Fenster seiner Werkstatt im Souterrain beobachtet, wie die Säume der Damengewänder sich von Merinowolle zu Musselin wandelten und die Farbe der Stiefeletten von Schwarz zu Elfenbein. Das Trottoir war der einzige Teil der Straße, den er aus dem Kellergeschoss sehen konnte, und gelegentlich gestattete die Perspektive ihm durchaus einen erfreulichen Anblick, etwa wenn an einem böigen Tag eine Krinoline von einem Windstoß unversehens angehoben wurde. Dann erhaschte er einen aufreizenden Blick auf Strümpfe und Spitze und Pumphosen.

Wenn die Ladenglocke läutete, riss er sich die Lederschürze ab und lief flink wie eine Wiesel die Treppe hinauf ins Geschäft. Er war zwar kein junger Mann mehr, aber die Langsamkeit des fortgeschrittenen Alters war ihm erspart geblieben. Joshua war auch stolz darauf, dass er seine Manneskraft nicht eingebüßt hatte, so viel Ungemach sie ihm früher bereitet hatte.

Sein Juweliergeschäft bot gerade genug Platz für zwei Damen und zwei Herren oder für drei einzelne Damen, aber nicht für vier, nicht bis sich die Mode änderte und die Röcke schmaler wurden. Ausladender konnten sie kaum mehr werden. Dann würde Joshua es zwar bedauern, dass ihm an windigen Tagen keine Einblicke mehr geboten wurden, aber das würde durch die größere Anzahl der Kundinnen im Laden wettgemacht werden.

Das Geschäft lief gut, vor allem seit Lady Cynthia Herbert seine Kundin war. Ihr erster Besuch überraschte ihn, da sie bekanntermaßen bei Garrards, dem königlichen Juwelier, ein und aus ging. Die Schwierigkeit mit Garrards war, seiner Ansicht nach, dass es dort zu viele Gold- und Silberschmiede und zu viele Lehrlinge und Verkäufer gab, als dass Diskretion gewahrt werden könnte. Bei Joshua Finkelstein gab es nur ihn selbst, und ihm war es gleichgültig, ob Steine auf geregeltem Wege zu ihm gelangten oder nicht. Man kam zu nichts, wenn man allzu skrupulös war. Und Beschäftigte anzustellen konnte gleich mehrere Nachteile haben. Einmal hatte er einen Lehrling gehabt, der so wenig geschickt gewesen war und so viele feine Metallsägen zerbrochen hatte, dass er Joshua Geld kostete. Und so hatte er den Lehrling nicht ersetzt und war zu dem Schluss gelangt, dass es einfacher war, alleine zu arbeiten und Geschäfte nach Belieben zu machen, ohne sich um Indiskretionen sorgen zu müssen. Und dann gab es auch den Aspekt der gelegentlichen »Privatberatungen«, die er mit einer gewissen weiblichen Kundschaft unten in der Werkstatt durchführte und die sich einfacher gestalteten, wenn er den Raum für sich hatte. Kurtisanen wollte er diese Art Kundschaft nicht nennen, den Ausdruck fand er allzu derb.

Mittlerweile fasste er kaum noch Steine, sondern machte Reparaturarbeiten und verkaufte Schmuck, vorwiegend aus dem Orient, denn dieser Tage galt das »Exotische« als modern. Und da er der erste Juwelier in Hatton Garden war, der Rubine aus Burma im Angebot hatte, emaillierte Ohrringe und Ketten aus Indien und Broschen aus Ceylon, die aus Tigerklauen mit vergoldeten Spitzen gearbeitet waren, hatte er sich einen Namen gemacht. Und wie Joshua zu sagen pflegte, nichts war nützlicher, als einen Namen zu haben. Genau sein Ruf war es, der an jenem schönen Frühlingstag die bekannte

Lady Cynthia Herbert zu ihm geführt hatte. Das und ihr offenkundiger Wunsch nach absoluter Diskretion.

Joshua hatte Lady Herberts Auftrag angenommen, auch wenn er ihr nachdrücklich erklärte, dass er im Grunde keine Schmuckstücke mehr herstellte. Er nahm ihn an, weil sie ihm ein widersinnig hohes Honorar anbot und weil der Entwurf ihm vertraut war. Ein derartiges Geschmeide aus Indien hatte er schon einmal gesehen, und zwar an einem Händler, der ihm Gold aus Bombay verkaufte. Es war ein Anhänger aus neun farbigen, zum Kreis angeordneten Steinen. Als Joshua sich nach dem ungewöhnlichen Stück erkundigte, hatte der Händler gesagt, er trage es zum Schutz und damit die Götter ihm ihren Segen schenkten, insbesondere Liebe und Wohlstand. Joshua war überrascht, dass Lady Cynthia Herbert sich von einem solchen Talisman angesprochen fühlte; in seinen Augen wirkte er primitiv mit den vielen farblich unterschiedlichen Steinen. Er hatte etwas gegen Amulette und Talismane, sie gaben ihm ein unbehagliches Gefühl. Heidnisch war das Wort, das ihm dazu einfiel. Als der Händler ihm anbot, beim nächsten Mal einige solcher Amulette mitzubringen, hatte Joshua rundweg abgelehnt. Er war Jude, wie viele seiner Kundinnen, und brauchte sich nicht mit dem Aberglauben anderer Religionen abzugeben; das wäre nachteilig fürs Geschäft. Seine Kunden hatten es nicht nötig, noch wohlhabender zu werden, und Liebe brauchten sie auch nicht, denn zumeist waren sie verheiratete Damen, und in London heirateten Jüdinnen weitaus häufiger aus Liebe als Katholikinnen und Protestantinnen. Auch er hatte der Liebe wegen geheiratet, aber das lag jetzt alles in der Vergangenheit.

Lady Herbert hatte seinen Laden in Begleitung eines indischen Dieners betreten, der einen kleinen, mit Seide gefütterten Beutel bei sich trug. Bevor sie ihm den Inhalt des Beutels zeigte, hatte sie ihn gebeten, die Fensterläden zu schließen und die Tür zu verriegeln, damit sie nicht gestört würden. Er war ihrer Bitte nachgekommen, weil seine Neugier allzu groß war und weil er wusste, wen er vor sich hatte. Cynthia Herberts

Juwelen- und Edelsteinsammlung war legendär, und er ahnte, dass sie ihm etwas wirklich Erstaunliches zeigen würde.

Er wurde nicht enttäuscht, denn was sich aus dem kleinen Beutel auf die Glasvitrine ergoss, war ein Schatz, desgleichen er noch nie gesehen hatte, weder in seinen acht Jahren bei der Gold and Silversmiths Company an der Regent Street noch in den nahezu zwanzig Jahren, die er seinen eigenen Laden betrieb. Es waren Edelsteine der Art, die ihn nach Luft ringen und erbleichen ließ, sodass er die Kante des Tresens umklammern musste, um nicht das Gleichgewicht zu verlieren. Das entging Lady Herbert allerdings, denn sie achtete nicht auf ihn, sie schaute nur auf die Steine. Es waren neun an der Zahl, in neun unterschiedlichen Farben. Und obwohl Joshua von Diamanten in derartigen Farben gehört hatte, konnte er nicht recht glauben, dass er ebensolche vor sich sah. Doch ein Diamant war nicht zu verkennen, die kristalline Struktur war dreieckig, wie es ausschließlich bei Diamanten vorkam, und sie verlieh ihm eine Leuchtkraft, die kein anderer Edelstein besaß. Joshua hatte Diamanten in Blassrosa, Himmelblau und Champagner gesehen, aber nie in Smaragdgrün, in leuchtend Kupfer und vor allem nicht in feurigem Rot. Der rote Diamant war der bemerkenswerteste von allen und leuchtete so sehr, dass Joshua glaubte, er würde ihn bei der mindesten Berührung verbrennen. Doch berühren musste er ihn, und als er ihn dann in der Hand hielt, überkam ihn ein überaus merkwürdiges Gefühl, als würde der Stein das Blut in seiner Hand erhitzen, dann das in seinem Arm und seiner Brust, bis er ihn rasch fortlegte.

Jeder Stein hatte einen erlesenen Schliff, den Joshua für die Arbeit eines Meisters wie des Holländers Voorsanger hielt. Der besaß einen sechsten Sinn dafür, wo ein Diamant zerteilt werden musste, und sein Geschick als Schleifer war unübertroffen. Vor kurzem war Voorsanger sogar von der Königin nach London einbestellt worden, damit er den Koh-i-Nur schliff, den berüchtigten großen blauen Diamanten, den die East India Company ihr überreicht hatte. Und da Cynthia

Herbert bekanntermaßen mehr als nur einmal von der Königin zum Tee geladen worden war, konnte Joshua es nicht unterlassen, sie zu fragen, ob … »Ja, ja«, stimmte Lady Herbert ungehalten zu; natürlich habe Voorsanger die Steine für sie geschliffen – wer könnte ihm an Handfertigkeit das Wasser reichen, und an Diskretion?

Alle neun Diamanten waren zu Brillanten geschliffen, deren viele winzige Facetten das Licht in allen Farben des Regenbogens spiegelten. Die Steine wogen zwischen zwei und drei Karat und waren groß und rund wie Erbsen; für das bloße Auge sahen sie makellos aus. Unter der Lupe stellte Joshua später fest, dass einzig der rote Diamant wirklich rein war, und dieser Stein verblüffte ihn am meisten, fast machte er ihm Angst. Denn er loderte noch, selbst wenn alle Laternen und Kerzen gelöscht waren, er schien von innen heraus zu leuchten. Das ließ Joshua an das schimmernde Herz Jesu denken, das er in einem Salon in einem katholischen Haus an der Wand hatte hängen sehen (seiner Meinung nach waren die meisten Heiligendarstellungen der Katholiken grotesk). Natürlich wusste er, dass Diamanten leblos waren und unveränderlich, und hatte sich immer dagegen verwahrt, dass ihre Schönheit gelegentlich in den Götzendienst gestellt wurde.

Und noch etwas missfiel ihm an dem roten Diamanten: Sobald der Stein bei ihm lag, spürte er wieder das gefährliche Verlangen in sich aufsteigen, gegen das er sich immer zu wehren versucht hatte. Als junger Mann hatte es ihm oft genug Schwierigkeiten eingehandelt – das Feuer in den Lenden, die Huren und die Bilder, die seine Frau fand und die sie dazu veranlassten, zu ihrer Schwester nach Norden zu reisen und nie mehr zurückzukommen. Nun war Joshua ein alter Mann und beschied sich damit, unter Röcke zu linsen und verstohlen das Dekolleté einer Dame zu beäugen, wenn sie sich über die Glasvitrine beugte, um die dort ausgestellten Juwelen zu bewundern. Er legte die kostbarsten Stücke seiner indischen Sammlung absichtlich dort aus, denn er wusste, dass Frauen nicht umhin konnten, sich tief über einen funkelnden Stein zu beugen. Und jetzt gab dieser Brillant ihm wieder dieses seltsame Gefühl, als wäre er die Rundung einer Brust oder eines Schenkels, sodass Joshua sich überlegte, ob er auf dem Heimweg einen Umweg über den Haymarket nehmen sollte …

Als Lady Herbert ihn das erste Mal aufgesucht hatte, war sie gerade lang genug geblieben, um ihm zu erklären, wie das Schmuckstück genau auszusehen habe. Dazu zeigte sie ihm den Entwurf, der auf ungewöhnlich edles und eindeutig fremdländisches Papier skizziert war; rund um die Zeichnung rankten sich dekorative indische Schriftzeichen. Als er sie nach der Bedeutung dieser Zeichen fragte, antwortete sie ausweichend: »Das tut jetzt nichts zur Sache. Wie Sie auf der Zeichnung sehen, muss der rote Stein in der Mitte sein, die anderen werden um ihn angeordnet, und zwar genau wie hier dargestellt. Und wenn das Stück fertig ist, müssen Sie die Zeichnung vernichten.«

Joshua hatte nicht die Absicht, sie zu vernichten, dafür war sie zu erlesen und zu faszinierend. Der Gedanke, die Steine bei ihm zurückzulassen, machte Lady Herbert nervös, und sie bestand darauf, seinen Tresorraum zu sehen. Erleichtert seufzte Joshua auf, als sie und ihr schweigsamer Inder das Geschäft verließen. Früher war sie weitaus attraktiver gewesen und auch fülliger, aber seit ihrer Rückkehr aus dem Orient war sie in sich zusammengesunken (er hatte gehört, dass ihr Mann verstorben war), ihre Augen, die früher einmal gefunkelt hatten, blickten matt, und ihre Wangen, die Joshua von gesunder Röte kannte, waren bleich.

Er fasste die Diamanten genau so, wie sie es ihm aufgetragen hatte, und arbeitete Tag und Nacht an dem Geschmeide; eine Pause gönnte er sich erst, als Lady Herberts Diener das Stück – zu Joshuas großer Erleichterung – abholte. Solange der rote Stein in seinem Tresor lag, hatte Joshua das Gefühl, als sei ein Eindringling in seinem Laden, der ihn in seine Vergangenheit zurücklocken wollte. Das altbekannte Schuldgefühl stellte sich wieder ein, weil er sein Verlangen nicht zu beherrschen vermochte und wieder in die Arme der Huren am Haymarket zurückgetrieben wurde. Das war alles höchst sonderbar, dachte er, äußerst sonderbar.

Mittlerweile waren die Diamanten schon lange nicht mehr bei ihm, und es war ein wunderschöner, sonniger Morgen. Seit Wochen hatte Joshua keine Brust und kein Gesäß mehr angerührt, und allmählich bekam er das Gefühl, dass er wieder die Synagoge betreten und sich seinem Gott zeigen könne.

Die Ladenglocke läutete, als Joshua sich gerade über einen Ring beugte, den er für eine Witwe, deren Finger dicker geworden waren, weiten sollte. Das war der häufigste der vielen läppischen Aufträge, die er bekam, und sie erbosten ihn, da er nicht glaubte, einer treuen Kundin dafür Geld abverlangen zu dürfen. Wenn er mehr Gold einarbeiten musste, dann natürlich, aber einen Ring einfach nur weiter zu machen war ein zu kleiner Auftrag.

Joshua setzte ein freundliches Lächeln auf, bevor er den oberen Absatz der schmalen Treppe erreichte. Bestürzt stellte er fest, dass es sich bei dem Kunden um den schlanken, dunkeläugigen Inder handelte, den Diener Lady Herberts. Sein erster Gedanke war, dass das Geschmeide nicht ganz ihrer Vorstellung entsprach, und ihm sank das Herz. Er wollte nichts mehr mit dem Amulett zu tun haben. Und sie konnte doch gar nichts einzuwenden haben, schließlich hatte er sichergestellt, dass alle Chatonfassungen fest waren und dass das fertige Schmuckstück genau der Zeichnung entsprach, die sie ihm gegeben hatte und die er in einer Schublade aufbewahrte.

»Guten Morgen, Sir. Kann ich Ihnen behilflich sein?«

»Ja. Ich komme im Auftrag meiner Herrin.« Der Mann hatte die singende Aussprache all seiner Landsleute, doch davon abgesehen war sein Englisch nahezu perfekt. Sein kantiges Gesicht ließ sich nicht deuten, es wirkte gleichzeitig Furcht einflößend und Vertrauen erweckend. Er breitete zwei übereinander liegende Pergamentrollen auf der Theke aus. Joshua sah sich den oberen Entwurf lange und gründlich an. Es war ein Trauerstück, ein goldener Anhänger mit einer Jettscheibe, an die aus Haaren gearbeitete Blüten angebracht waren, Lilien, wenn ihn nicht alles täuschte. Darüber sollte, wie üblich, eine Glasabdeckung angebracht werden, um das zarte Haargewebe zu schützen. Das Haarbild konnte er nicht selbst machen; solche Arbeiten überließ er den Töchtern des Tuchhändlers in Holborn. Ihre Wirkarbeit war ebenso fein und zart wie ihre Stickereien, und er hatte einige wunderbare Miniaturen gesehen, die sie mit ihren geschickten schlanken Fingern gemacht hatten: Vergissmeinnicht aus dem feinen Haar eines verstorbenen Kindes, die an eine Elfenbeinkamee angebracht waren, und sogar eine Friedhofsidylle mit einer winzigen flachsblonden Trauerweide, die über einen Grabstein hing.

»Ja, das kann ich machen.«

Der Inder nickte und zog das obere Blatt fort; darunter lag eine weitere Zeichnung, die Joshua stirnrunzelnd betrachtete.

»Meine Herrin möchte auch, dass Sie bei dem anderen Schmuckstück diese Veränderungen vornehmen.« Die »Veränderungen«, die Lady Herbert sich vorstellte, verschlugen Joshua die Sprache.

»Können Sie das rasch machen?« Lady Herberts Diener blickte ihn scharf an, als wollte er ihn warnen, keine Fragen zu stellen. So kam es Joshua auf jeden Fall vor.

»Lady Herbert wird Sie für Ihre Mühe gut entlohnen, wenn Sie sich sofort an die Arbeit machen.«

Joshua überlegte rasch. Wenn er länger im Geschäft blieb, konnte er das Trauerschmuckstück noch am selben Tag fertig stellen. Die Haarblüten könnten länger dauern, je nachdem, wie beschäftigt der Tuchhändler war. Er würde ihn auf der Stelle aufsuchen.

»Sie haben das Haar dabei?«

Der Inder zog ein kleines, mit einer Schleife umwickeltes Leinenpäckchen aus seiner Westentasche. Er trug eine helle Kniehose und einen bordeauxroten kurzen Rock, der im Kontrast zu seiner dunklen Haut prächtig aussah. Zudem hatte er, recht ungewöhnlich für einen Diener, am Mittelfinger der linken Hand einen Ring. Joshua taxierte ihn. Es war ein Rubin, eher nachlässig geschliffen und gefasst, in indischem

Gold, das kräftiger gelb und weniger kostspielig war als italienisches; aber der Edelstein war erstaunlich groß und würde selbst nach einem erneuten Schliff noch einiges wert sein. Der Diener bemerkte Joshuas Blick. »Der Rubin ist der Stein der Sonne, des Lebensspenders.«

Trotz des Unbehagens, das diese Bemerkung ihm bereitete, musste Joshua nachfragen, denn er erinnerte sich daran, dass der mittlere Stein im Amulett des Goldhändlers damals ebenfalls ein Rubin gewesen war. »Der rote Diamant in dem Amulett ...«, setzte er an und verstummte dann, da der Inder abwehrend die Hand hob.

Joshua zuckte mit den Schultern. Das war alles zu fantastisch und allzu verstörend. Andererseits, überlegte er sich, war es denn etwas anderes, wenn ein Christ ein edelsteinbesetztes Kreuz trug oder ein Jude einen Davidsstern? Er beschloss, in die Synagoge zu gehen, um sein Seelenheil durch die ganze Geschichte nicht aufs Spiel zu setzen.

Joshua wusste nichts von den Sitten im Orient. Er machte Geschäfte mit indischen Händlern und gelegentlich mit einem tibetischen Juwelier, der für die indischen Fürsten in London tätig war. Aber sein Umgang mit dunkelhäutigen Menschen war stets auf höfliche Art distanziert. Das fand er auch angemessen, denn er ahnte, dass er sich ihre Länder selbst andeutungsweise nie würde vorstellen können, ja, dass er es nicht einmal wagte. Er hatte gehört, dass die Frauen dort Seidengewänder trugen, welche die Taille entblößten, und das war sein einziger Anreiz, den Osten zu bereisen.

Dieser Inder nun legte den kleinen Lederbeutel, den Joshua bereits kannte, auf die Theke. Darin lag das Amulett mit dem roten Diamanten. Joshua griff nicht sofort danach, und er meinte, dass der Inder seine Angst spürte, denn in dessen Augen leuchtete kurz ein gewisses Verständnis auf.

In seiner Verwirrung beugte Joshua sich über die beiden Entwürfe und vermied es, den ledernen Beutel anzusehen oder gar zu berühren. Es waren kunstvolle, sehr detaillierte Zeichnungen.

»Von wessen Hand stammen sie?«

»Diese Zeichnungen habe ich selbst gemacht.«

»Und die erste Zeichnung …?«

Der Mann nickte. »Ja, alle drei Zeichnungen.«

Als Joshua wieder aufsah, hatte der Inder den Laden lautlos verlassen, ohne eine weitere Erklärung für das seltsame Anliegen seiner Herrin zu geben.

Sofort nahm Joshua den Beutel mit dem Amulett auf, hielt ihn weit von sich, als enthalte er eine Giftphiole, und lief nach unten zum Tresor. Als er das Schmuckstück weggeschlossen hatte, war ihm etwas wohler, und doch erfüllte der rote Diamant ihn mit Unruhe.

Er schloss die Ladentür ab und ging zum Tuchmacher in Holborn. Die beiden Töchter saßen wie immer auf ihren Schemeln am Kamin, den Kopf über die Stickrahmen gebeugt. Ihr weißer Nacken schimmerte rosa von der Hitze des Feuers und war elegant wie ein Schwanenhals. Joshua wandte den Blick ab, bevor er sich von dem reizvollen Anblick bannen und an seine Sünden erinnern ließ.

Doch, sagte ihr Vater, die Mädchen könnten die Locke weißen Haares bis zum Abend zu winzigen Blüten weben. Wie viele er brauche?

»Neun«, sagte Joshua.

Der Tuchmacher versprach, neun kleine Lilien rechtzeitig bei Finkelstein anzuliefern, und Joshua verabschiedete sich, ohne noch einen Blick auf die hübschen jungen Frauen am Kamin zu werfen, die gar nicht bemerkten, welchen inneren Aufruhr sie bei ihm auslösten.

Er arbeitete die halbe Nacht. Jeder Auftrag dauerte immer länger, als er anfänglich glaubte, denn er war ein Perfektionist – eine Qualität, die er als unerlässlich für sein Handwerk erachtete. Und natürlich wollte er seine neue Kundin zufrieden stellen. Nicht nur, weil sie ihm das Zweifache dessen bezahlte, was er sonst für einen derartigen Auftrag erhielt, sondern auch, weil sie überaus anspruchsvoll war und damit seiner beruflichen Ehre schmeichelte. Er hatte ihr durch ihren Diener versprochen, dass das Schmuckstück am kommenden Morgen zur Abholung bereitliege. Fast war er fertig damit, er musste nur noch das Glas aufsetzen. Anscheinend hatte es noch einen Todesfall in Lady Herberts Familie gegeben, dachte Joshua, als er die Glasabdeckung sacht in den vollkommen geformten Goldrand drückte. Er wusste, dass ihr Ehemann Charles kein weißes Haar gehabt hatte, denn er hatte die beiden häufig gemeinsam bei der Gold and Silversmiths Company gesehen. Charles' Haar war karottenrot gewesen.

Seit Lady Herberts Diener am Vormittag aufgetaucht war, hatte Joshua mehrfach ein unbehagliches Gefühl verspürt, und ihm fiel keine andere Erklärung dafür ein als die Diamanten und der ganze abergläubische Unfug mit Göttern und Planeten. Die unheimliche Aura – und anders konnte er es nicht beschreiben – des verfluchten roten Diamanten war in sein Geschäft zurückgekehrt. Im Souterrain, wo das Amulett mit den neun blinzelnden Augen auf seiner Werkbank gelegen hatte, war sie am stärksten; Joshua hatte das Gefühl, als würde ständig jemand durch das kleine vergitterte Fenster spähen. Den ganzen Abend lang warf Joshua immer wieder einen Blick über die Schulter, weil es ihn an Nacken und Rücken schauderte. Natürlich war da niemand, und er kam sich auch töricht vor, aber trotzdem konnte er das Gefühl nicht abschütteln, dass er nicht alleine war.

Schließlich und endlich war die Glasabdeckung, die den winzigen Kranz weißer Lilien schützte, am Rand des großen Goldanhängers befestigt, und Joshua stieß einen Seufzer der Erleichterung aus. Er bedauerte nur, dass es zu spät war, um noch eine offene Taverne zu finden. Andererseits war er zu erschöpft, um durch den nächtlichen Dunst nach Hause zu gehen. Seine Augen waren gerötet und der Nacken verspannt, weil er sich so konzentriert über den Tisch gebeugt hatte, um die Lilien mit ruhiger Hand zu lackieren und sie in ihre Fassung zu setzen. Nachdem er sein Werkzeug beiseite gelegt hatte, musste Joshua einen Schluck Brandy trinken, so sehr hatte es ihn angestrengt, die Hand ruhig zu halten, während sein Herz heftig schlug und der Schweiß ihm über die Stirn lief. Dann ging er zu dem Feldbett, das in einer Ecke seiner Werkstatt stand. Es gab einen weiteren Grund, weshalb er zu dieser späten Stunde nicht nach Hause gehen wollte: Er hatte Angst.

Der Inder hatte ihm Bange gemacht, das war alles; das war der Grund, weshalb er das Gefühl hatte, jemand würde ihn beobachten. Alles nur Hokuspokus, dachte Joshua, und er kam sich vor wie ein Narr. Trotzdem vergewisserte er sich, dass die Ladentür richtig verriegelt war, und er brauchte noch einen zweiten Schluck Brandy, bevor er einschlief im sicheren Wissen, dass er mit der Sonne aufwachen würde. Das tat er immer. Dann würde der Diener den Anhänger abholen, und er würde den Tag am Haymarket verbringen – um sein Glück zu feiern, dass er Lady Herbert als Kundin gewonnen hatte, und weil der Anblick der Tuchmacher-Töchter ihn schwach gemacht hatte. Ein Mann kann nicht allen Versuchungen widerstehen, tröstete er sich beim Einschlafen.

Doch kaum waren ihm diese Gedanken durch den Kopf gegangen, wurde er von einem lauten Klopfen an der Ladentür geweckt; zumindest kam es ihm vor, als habe er gerade erst den Kopf aufs Kissen gebettet. Erzürnt stieg Joshua noch im Halbschlaf über die Treppe in den Laden hinauf.

Die Dunkelheit draußen war keine Nacht, stellte er fest, als er den Türladen öffnete, sondern rührte von einer dicken Wolkendecke her. Er erwartete, den Inder mit dem aufreizend ausdruckslosen Gesicht zu sehen, doch da stand niemand. Joshua sah sich verschlafen um und schloss die Tür auf. Vielleicht hatte sich die Person, während er den Laden öffnete, bereits wieder entfernt.

Joshua trat auf die dunkle Straße hinaus. Da war mehr als nur eine dicke Wolkendecke, der Nebel hing grün und dick wie Erbssuppe in der Straße, und ein scheußlicher Gestank lag in der Luft. Da verfaulte etwas, das musste es sein, und dazu der beißende Rauch der Kamine unten am Fluss. In seinem schläfrigen Zustand nahm Joshua undeutlich eine schattenhafte Gestalt im Nebel wahr. Sie regte sich nicht, wirkte aber fließend, als sei sie in einen großen dunklen Umhang gehüllt, aber das musste ein Phantom sein, das der Nebel und die Schlaftrunkenheit ihm eingaben.

Ohne erkennbaren Grund war Joshua Finkelstein schlagartig wach, und die Angst des vergangenen Abends kehrte zurück, aber sie war stechender und mit Galle vermischt, die von seiner Magengrube bis in seinen Hals aufstieg. Er spürte die Gefahr, die er empfunden hatte, als er in seinem Souterrain gearbeitet hatte, und jetzt war er schutzlos. Aber das war natürlich alles nur seine Einbildung, die war immer schon allzu lebhaft gewesen. Sie hatte ihn zu allen möglichen beschämenden Taten veranlasst, und nun quälte sie ihn mit Schatten und Mordgesellen. Trotzdem wich Joshua langsam vor der formlosen Gestalt im Nebel zurück, bis er auf der Türschwelle zu seinem Laden stand. Weiter kam er nicht, denn unvermittelt spürte er einen stechenden Schmerz zwischen den Augen, als hätte er einen Schlag bekommen. Auf der Schwelle stehend, fiel er vornüber, sein Kopf landete mit einem Krachen auf der gepflasterten Straße. Von dort nahm er wahr, dass die Erscheinung sich näherte. Oder waren es gar zwei? Und sie schien zu schweben, da er keine Füße sehen konnte. Vielleicht kam ihm das aber auch nur so vor, weil der Nebel sich an den Boden schmiegte und die Welt über ihm formlos und trüb war. Als er merkte, dass große schwarze Flügel ihn umfingen, roch er in der Luft eine rauchige Süße und nicht mehr den Gestank der Schlote und des Unrats. Es duftete, wie wenn die indischen Händler in seinem Laden ihre Holzkisten öffneten.

Er bekam keine Luft mehr, doch er wusste nicht, ob das die kalte Angst hervorrief, die ihn im Hals erstickte, oder ob diese Atemlosigkeit von etwas anderem herrührte. Plötzlich wurde ihm bewusst, wie kostbar der Atem war, der Odem, der Leben spendete und Leben nahm wie der Sonnengott, dessen Namen er nicht kannte. Wie der rote Stein des vermaledeiten Geschmeides. Aber er sollte jetzt nicht an heidnischen Zauber denken, und so zwang er sich, den Stern Davids vor sich zu sehen, den er früher unter seinem Hemd getragen hatte, aber nicht mehr, seit er sich der Schönheit des Sterns nicht mehr für würdig erachtete. Hinter seinen Augen schoss eine sengende Hitze empor und explodierte in Tausenden von Kristallen, wie Feuer, wie blutrote Diamanten …

XIV

Eine zynische, käufliche und bestechliche
Presse erzieht die Menschen dazu, ebenso niederträchtig zu werden wie sie selbst.

Joseph Pulitzer

Am Morgen, nachdem der Mord bekannt wurde, war Sarah früh auf den Beinen. Ihre Neugier trieb sie in die Gegend nördlich der Fleet Street, Richtung Holborn. Richtung Hatton Garden. Sie war noch nie in Hatton Garden gewesen, denn in dem Viertel gab es keine Tavernen, die irischen Whiskey ausschenkten.

Der ermordete Juwelier hieß Finkelstein, so viel wusste Sarah. Sie ging die Straße entlang und sah in die Fenster der hübschen Geschäfte, Juweliere und Uhrmacher, Putzmacher und Schuster. Noch waren die Läden nicht geöffnet, und wegen der frühen Stunde war kaum ein Passant unterwegs. Vielleicht hatten die Leute jetzt auch Angst wegen des Mörders. Sarah brauchte nicht lange nach Finkelsteins Juwelierladen zu suchen, denn gleich, als sie in die Straße einbog, sah sie Inspektor Lark.

Er stand vor dem Fenster des Geschäfts und blickte ins Innere. Neben ihm stand ein junger Polizist. Dass er ein Polizist war, erkannte Sarah an der schwarzen Wollhose und dem kurzen Rock, den die »Bow Street Boys« immer trugen – die Beamten, die in Westminster auf Streife gingen. In den Elendsvierteln waren sie nicht zu sehen. Ruby hatte mal gesagt, die Bow Street Boys würden zweimal bezahlt werden, einmal von den Herrschaften in Whitehall und einmal von den Straßenmädchen, denn wenn die Mädels nicht hinter Gittern landen wollten, mussten sie Geld hinlegen.

Noch war Sarah so weit von Finkelsteins Laden entfernt, dass Lark sie nicht bemerkte, aber mit seinen Adleraugen würde er sie sicher jeden Moment entdecken. Viele Versteckmöglichkeiten hatte sie nicht, also machte sie kehrt, ging ein Stückchen zurück und überquerte die Straße. Jetzt war sie auf derselben Seite wie Lark und der Polizist, und da wuchsen zwei große Bäume, hinter denen sie sich verstecken konnte. Sie stellte sich hinter den nächsten Stamm, weil die beiden Männer jetzt auf sie zukamen. Nur gut, dass sonst niemand unterwegs war, dachte Sarah; jeder Passant würde sich fragen, warum sie sich hinter einem Baum verbarg.

Schon hörte sie Larks Stimme und roch seinen Zigarillo.

»Ich will wissen, wer zu seinem Kundenkreis gehörte und ob er Verbindungen zum Schwarzmarkt für Edelsteine und Schmuckstücke hatte. Da stinkt etwas, Gerard. An dem Tag, an dem Peasey starb, war ein Schiff aus Bombay eingelaufen, und es sieht ganz danach aus, als hätte der Jude Verbindungen zur Werft in Temple Pier gehabt.«

»Mit Verlaub, Sir, solche Verbindungen haben die meisten Juweliere in London.«

»Das ist mir klar, Gerard, aber Finkelstein war als Importeur von indischem Schmuck bekannt. Außerdem will ich alles über seine letzten Aufträge wissen, und ob zum Zeitpunkt seines Todes etwas von besonderem Wert in seinem Laden war.«

»Von dem, was wir gefunden haben, war nichts …«

»Mir ist bewusst, dass nichts gefunden wurde, Gerard, das heißt, kein Schmuck, aber ich will seine Unterlagen sehen. Schick jemanden in den Laden, der die ganzen Rechnungsbücher und derlei zusammenpackt, du weißt schon, Briefe, Rechnungen, Zeichnungen. Und zwar sobald wie möglich.«

»Jawohl, Sir.«

Die beiden Männer gingen an Sarahs Baum vorbei. Sie sah ihnen nach. Der Polizist, Gerard, war jünger, als sie anfangs gedacht hatte, sein blondes Haar kurz geschoren. Sie hatte zwar sein Gesicht nicht richtig gesehen, aber er klang wie ein anständiger Kerl. Keiner, der sich von den Straßenmädels bezahlen ließ, aber andererseits konnte man das nie genau wissen. Lark sah aus, als hätte er lange nicht mehr geschlafen, und sein weißes Hemd unter der Weste war zerknittert, aber seine Stiefel waren blitzblank wie eh und je. Sarah war zu dem Schluss gekommen, dass er keine Frau haben konnte, denn er war ein Ehrenmann, und ein Ehrenmann würde, wenn er verheiratet wäre, Lily Korechnya nie so anschauen wie Lark es tat.

Als Sarah Inspektor Lark das nächste Mal sah, war er im Büro des Herausgebers. Und mit ihm Gregory Melville. Sarah dachte, sie hätte den Polizisten noch nie so hässlich gesehen und Melville nie so selbstzufrieden. Aber sie hatte auch nie gesehen, dass Septimus Harding derart gereizt war. Offenbar hatte sie sein Brummen missdeutet, denn sie hatte es als »Herein« verstanden, dabei war es ein »Bleib draußen«-Brummen gewesen. Also war es nicht wirklich ihre Schuld. Gregory Melville saß Mr Harding gegenüber, und Lark ging auf und ab. Sie wusste, dass Melville Oberwasser hatte, denn er hatte den Rücken halb vom Polizisten abgewandt, und so konnte sie seine schleimige Visage und sein verschlagenes Lächeln sehen. Wie immer hatte er zu viel Pomade auf den Backenbart aufgetragen und sein Halstuch damit befleckt. Der Kragen seines karierten Rocks war hochgeschlagen, wie bei einem Dandy, und seine Hose saß ganz eng um seine Beine.

»Nicht jetzt, Sarah. Komm nach dem Mittagessen wieder.« Sie wurde entlassen, noch bevor sie den Mund überhaupt aufgemacht hatte. Aber was immer hier vor sich ging, würde sie sich nicht entgehen lassen, nicht um alles in der Welt.

Draußen im Flur presste Sarah das Ohr ans Schlüsselloch; sie wagte es nicht, die Tür einen Spaltbreit offen zu lassen. Nicht, wenn Mr Harding so grimmiger Laune war und Lark ständig hin und her ging.

»Es gibt keinen einzigen Hinweis darauf, dass der Mord in Temple Pier mit dem in Hatton Garden zusammenhängt, und ich verlange, dass Sie eine entsprechende Richtigstellung Ihrer heutigen Kolumne schreiben.«

»Quatsch, Inspektor. Die Opfer hatten dieselbe Wunde an der Stirn, und laut dem Bericht des Leichenschauhauses über das erste Mordopfer bestand der Verdacht auf eine Erdrosselung. Wenn ich mich nicht irre, wurde Finkelstein auch erdrosselt.«

»Die Luftröhre war beschädigt, Melville, aber auf dem Hals waren keine Spuren zu sehen, und das bedeutet technisch keinen Tod durch Strangulierung. Und ich wäre Ihnen verbunden, wenn Sie mit mir Rücksprache hielten, bevor Sie das Leichenschauhaus aufsuchen. Ich kann nur mutmaßen, welche Methoden Sie angewendet haben, um an Ihre Information zu kommen, und das gefällt mir gar nicht, Mann. Das ist Aufgabe der Polizei …«

»Aufgabe der Polizei! Dass ich nicht lache! Aufgabe der Polizei ist es, Verbrechen zu verhindern und nicht, sie unserer Leserschaft vorzuenthalten. Wie sollen die Menschen sich schützen, wenn wir sie nicht über die Gefahren informieren, die auf der Straße lauern? Was denken Sie denn, warum Joshua Finkelstein, immerhin ein Juwelier, ermordet wurde, aber nicht ausgeraubt? Ich habe aus zuverlässiger Quelle erfahren, dass er im Schwarzmarktgeschäft tätig war. Ich weiß auch, dass die Methode, mit der die beiden umgebracht wurden, nur bei den indischen Assassinen bekannt ist, die dem Thuggee-Kult anhängen. Wenn Sie im Besitz von Information sind, die ich in meine nächste Kolumne einfließen lassen kann, wäre es mir natürlich ein Vergnügen, Ihre dienstliche Meinung zu veröffentlichen, aber gestatten Sie mir, dass ich meine berufliche Pflicht erfülle.«

»Ihr Thuggee-Kult ist reine Erfindung. Die Banditen gibt es selbst in Indien nicht mehr, ganz zu schweigen von London, und diese Geschichte hat mit ehrbarer Berichterstattung ebenso wenig zu tun wie Ihr anderes Geschmiere. Ich kann mir vorstellen, wer Ihre zuverlässigen Quellen sind, Melville, und ich freue mich auf den Tag, wenn sie in Bridewell hinter Schloss und Riegel sitzen.«

Sarah hörte, dass ein Stuhl zurückgeschoben wurde, und

flüchtete die Treppe hinauf. Im nächsten Moment stürmte Melville zur Tür heraus und den Flur entlang.

Während Sarah in den dritten Stock stieg, dachte sie über alles nach, was sie gehört hatte. Jeder Mörder, der was auf sich hielt, würde einen Juwelier doch bestimmt ausrauben, nachdem er ihm eins über den Kopf gezogen hatte.

Die Setzerei war leer; die Männer, die nicht zum Mittagessen nach Hause gegangen waren, saßen im Teezimmer und spielten Karten. Sarah schenkte sich einen Becher des ekligen Gebräus ein, das immerhin noch nicht ganz kalt war, und stellte sich ans Fenster. Dann holte sie die Dose aus ihrer Hemdtasche und wollte sich gerade eine Zigarette drehen, als sie sah, wie Inspektor Lark aus dem Gebäude trat und mit raschen Schritten Richtung Holborn ging. Sicher wollte er nach Hatton Garden. Seinen hochgezogenen Schultern entnahm sie, dass er ebenso wütend war wie Melville, und sie hatte das Gefühl, dass der Reporter ihn für seine Beleidigungen büßen lassen würde. Sarah empfand Mitleid mit dem Polizisten und musste plötzlich an die Geschichte vom heiligen Georg in Mams Buch denken. Lark war wie der heilige Georg, und der Drache waren die Londoner Straßen, nur würde dieser Drache nie erschlagen werden.

»Hast wohl was für'n Boss erledigt, wie, Sam?«, stichelte der wieselige Jack Thistlewite, den das langsame Spieltempo ärgerte.

»Ja, Jack, stimmt, und gleich muss ich zu ihm ins Büro.« Sarah tat gerne, als sei sie ständig beschäftigt; das war ihr einziger Schutz vor der beleidigenden Überheblichkeit der Setzer.

»Weswegen denn das?« Jack gab vor, ganz beiläufig zu fragen, aber Sarah merkte, dass er vor Neugier fast platzte und unbedingt herausfinden wollte, ob sie etwas aus erster Hand wusste.

»Nichts Besonderes. Bloß Arbeit.«

Jack Thistlewite warf den anderen Kartenspielern einen Blick zu, und alle lachten, was Sarah ärgerte. Wenn ihr bloß etwas einfiele, das die Männer wirklich beeindrucken würde.

»Ich bin mit Mrs Korechnya unterwegs gewesen.« Daraufhin schauten alle Kartenspieler auf und stellten sich eine nach Rosenwasser duftende Lily ohne Korsett vor.

»Mrs Korechnya, so so.«

»Sie schreibt einen Artikel über eine Fotografin.« Daraufhin brachen die Setzer am Tisch in lautes Gelächter aus.

»Damen machen keine Fotografien, Sam. Frag deine Mrs Korechnya lieber mal, ob sie das nicht erfindet.«

»Tut sie nicht, und der Herausgeber hat sie gebeten, das zu schreiben.«

»So was aber auch.« Jetzt grölten die Männer geradezu.

Sarah ging zum Tisch, um ihre Zigarette in der Blechdose auszudrücken, ohne Jack Thistlewite oder die anderen auch nur eines Blickes zu würdigen. Sie konnte das lüsterne Grinsen auf ihren Gesichtern und ihren Kleingeist nicht ausstehen. Abends war sie regelrecht froh, die Setzerei verlassen zu können – das Gefühl hatte sie sonst nie. Auch wenn die ganzen Annoncen für Stärkungsmittel und Elixiere und Tonika, mit denen Männer zu besseren Ehemännern wurden, sie allmählich anödeten (ihr war aufgefallen, dass es keine Mittel gab, die Frauen zu besseren Ehefrauen machten, aber vielleicht war das bei Frauen nicht so nötig), gefiel es ihr, zum Zeitungsgewerbe zu gehören. Gedruckte Worte hatten etwas an sich, das Sarah begeisterte, auch wenn die Worte manchmal unsinnig waren und nicht das Papier wert, auf dem sie gedruckt waren.

Ellen und Priester-Joe trieben sich nicht am Fluss herum. Sarah hoffte nur, dass die beiden nicht in Priester-Joes Absteige waren. Sie hatte Ellen eingeschärft, nicht dorthin zu gehen, denn jede Menge Gesindel trieb sich da herum, auch wenn's nicht so schlimm zuging wie in der Behausung, die er davor gehabt hatte – ein Haus in St. Giles, wo die Kinder in der Küche richtigen Unterricht bekamen, um Taschendiebe zu werden. In der neuen Absteige gab es sechs Zimmer, und in jedem schliefen dreißig Leute, manchmal vier oder fünf im selben Bett. Außerdem wimmelte es dort von Wanzen, Flöhen und Läusen. Vor kurzem hatte Ellen sie in der Kleidung und in den Haaren gehabt, und Ruby hatte sie von Kopf bis Fuß mit Kernseife abgeschrubbt, damit sie nicht den Keller verseuchte. Solches Kleingetier sei schlecht fürs Ginbrennen, sagte Ruby.

Die schmale Gasse, in der Priester-Joe wohnte, war eine der schlimmsten in den Elendsvierteln von Devil's Acre, voll Kot und Unrat, der aus den Wohnungen geworfen wurde. Sarah hasste es, dort langzugehen, weil ihr da mehr als in jedem anderen Teil von London auffiel, in welchem Elend einige Leute lebten. Meistens verbot sie sich, an die Menschen zu denken, die ins Armenhaus gegangen waren oder die elend verkamen vor Krankheit und Hunger. Ein oder zwei Mal hatte sie in der Gasse eine Leiche liegen sehen, ein Haufen stinkiger Lumpen, an dem die Ratten sich fett fraßen, weil niemand da war, der den Toten beerdigte.

Als sie Joes Absteige erreichte, pfiff sie laut. Das war ihr Erkennungszeichen. Einen Moment später steckte Joe den Kopf zum Fenster heraus, den Mund zu dem dümmlichen Lächeln verzogen, das seine wenigen noch verbliebenen Zähne entblößte.

»Ist Ellen bei dir, Joe?«

Priester-Joe schüttelte den Kopf und sah erschrocken drein. »Ellen nicht da.«

Sarahs Herz machte einen Satz. »Heißt das, dass du Ellen heute nicht gesehen hast, Joe?«

Priester-Joe nickte und zuckte mit den Schultern. »Keine Ellen. Joe allein.«

»Sie war nicht im White Hart?«

Bekümmert schüttelte Joe den Kopf.

»Jetzt komm mal runter, Joe. Ich weiß auch nicht, warum ich mir einbilde, du könntest auf sie aufpassen – wahrscheinlich nur, weil du so kräftig bist. Jetzt komm runter, und dann suchen wir nach der Streunerin.« Am liebsten wäre Sarah in Tränen ausgebrochen, aber das würde ihr auch nicht weiterhelfen. Als Joe neben ihr stand, sah er beschämt aus. Wie immer trug er seinen Matrosenmantel.

»Vielleicht steckt sie mit dem Schwarzen zusammen. Hast du den Inder heute gesehen, Joe? Diesen Victor?«

Priester-Joe schüttelte wieder den Kopf, dann legte er ihn in die Hände, und seine breiten Schultern bebten vor Schluchzen.

»Heiliger Strohsack, hör auf zu flennen, sonst fang ich auch noch an, und dann sind wir beide zu nix mehr zu gebrauchen. Jetzt komm, Joe, hilf mir überlegen, wo sie sein kann.« Es war reine Zeitverschwendung, Priester-Joe eine solche Frage zu stellen; das Nachdenken würde sie schon alleine anstellen müssen.

Zuerst suchten sie bei den Heringsbooten, die Ellen am liebsten mochte; Pa hatte sie immer dorthin mitgenommen. Dann gingen Sarah und Joe zu den Whitehall Stairs und den weiten Weg zum Puddle Dock jenseits der Waterloo Bridge. Als sie sich schließlich das Themseufer entlang auf den Rückweg machten, dämmerte es schon. Ellen kannte die Kinder, die an der Westminster Cathedral Korbwaren verkauften, aber auch dort hatte niemand sie gesehen, den ganzen Tag nicht. Allmählich verkrampften sich Sarahs Eingeweide, aber Priester-Joe sah aus, als würde er gleich wieder zu heulen anfangen, also behielt sie ihre Angst für sich.

»Lass uns zum White Hart gehen, Joe. Vielleicht ist sie schon zu Hause. Wenn nicht, hat Ruby vielleicht 'ne Ahnung, wo sie steckt.«

Ruby stand hinter dem Tresen und lachte gerade ihr lautes, heiseres Lachen, weil der Kaninchenfänger da war und sie ein paar Gläser intus hatte. »Tag, Sarah. Tag, Priester-Joe. Wo ist die Kleine?«

Sarahs Eingeweide krampften sich noch mehr zusammen. »Ich hatte gehofft, sie wär hier, Ruby. Joe hat sie heute den ganzen Tag nicht gesehen. Und du? Ist sie irgendwann mal hier aufgetaucht?«

»Nicht dass ich wüsste. Aber die huscht an einem vorbei wie ein Schatten, und wenn sie nicht gesehen werden will, sieht man sie auch nicht.«

»Dann geh ich noch mal raus. Kannst du Priester-Joe ein Bier spendieren, Ruby? Er ist die ganze Zeit mit mir rumgelaufen, und wenn wir jetzt noch weitersuchen ... Ich hole mir nur schnell meine Jacke.«

Und sie sollte auch die Münzen in die Dose stecken, überlegte Sarah. Heute war Zahltag gewesen, und da, wo sie jetzt nach Ellen suchen wollte, trieb sich viel Diebsgesindel herum. Auf dem Tisch im Kellerraum brannte ein Talglicht. Und da war auch Ellen, zusammengerollt auf der Matte in der Ecke, wo sie tief und fest schlief. Plötzlich wurden Sarah die Knie weich, und ihr war nach Lachen und Weinen gleichzeitig zumute, und dann wurde sie wütend, auf sich selbst, auf Ellen und auf Joe. Und aus keinem anderen Grund als dem, dass sie eine Zeit lang geglaubt hatte, sie hätte ihre kleine Schwester verloren, um die sie sich doch kümmern musste – das hatte sie Mam versprochen. Ohne Ellen wäre sie ganz alleine auf der Welt, und genau daran hatte sie denken müssen, als sie den Fluss entlangging und ins dunkle Wasser stierte, wo Ellen so gern spielte, und hatte sich grausame Sorgen gemacht.

Um an die Dose zu gelangen, musste sie einen zerbrochenen Ziegel aus der Wand hinter der Tür herausziehen. Langsam wurde die Dose schwer. Mehr denn je wünschte Sarah sich, dass Ellen zur Schule ging. Dazu würde sie sie überreden müssen und dann dafür sorgen, dass sie auch wirklich hinging und den ganzen Tag dort blieb. Als Sarah die Dose öffnete, fuhr sie vor Schreck zusammen. Zwischen den Kupferpennys und Silbershillings lag ein glänzender Sovereign.

Offenbar hatte das Geklapper der Münzen Ellen geweckt, denn als Sarah sich umdrehte, stand sie direkt hinter ihr.

»Verdammt, Küken«, fuhr sie erschrocken auf. »Schleich dich nicht von hinten an mich ran! Wo bist du denn bloß gewesen, Elly? Warum bist du nicht zu Priester-Joe gegangen? Das hattest du doch versprochen! Weißt du, wie viel Sorgen ich mir gemacht hab? Tu das nie wieder, hörst du? Nie, nie wieder.«

Ellens Unterlippe zitterte, das sah Sarah jetzt, und ihr kleines herzförmiges Gesicht war totenbleich; die Schatten unter ihren Augen sahen aus wie blaue Flecke.

»Was ist, Elly? Geht's dir nicht gut?«

Ellen schüttelte den Kopf, sodass ihr eine schmutzige blonde Locke in die Augen fiel. »War bloß beim Spielen. Ich hab dir keinen Schreck einjagen wollen, Sarah. Sei nicht sauer.«

»Hast du mit Victor gespielt?«

Ellen blieb reglos stehen, als überlegte sie, ob ihr die Antwort noch mehr Ärger einhandeln würde, dann nickte sie.

»Ich bin nicht mehr sauer, Küken. Du hast mir bloß einen solchen Schreck eingejagt, das ist alles.« Sarah strich ihr die Locke aus dem Gesicht und drückte sie fest an sich. Sie fragte sich, ob Ellen schon gestern und am Tag zuvor so blass gewesen war und ihr das einfach nicht aufgefallen war. »Wie wär's, wenn ich Joe holen gehe und ihn frage, ob ich euch weiter aus seinem Bilderbuch über die kleine Meerjungfrau vorlesen darf?«

Da leuchtete Ellens Gesicht auf, aber trotzdem, irgendetwas stimmte nicht mit ihr, dachte Sarah. »Wo kommt der Sovereign her, Küken?«

»Hab ich gefunden.«

»Wo gefunden?«

Ellen zuckte mit den Schultern und schaute auf ihre Füße, als wären ihre verdreckten Zehen das Spannendste auf der ganzen Welt. Sie spielte mit ein paar Perlen, die ihr um den Hals hingen.

»Was ist denn das, Elly?«

»Perlen. Von Victor.«

»Was für Perlen denn?«

»Sandalen.«

»Sandalen?«

Ellen nickte. »Sandalenholz.«

»Elly, Victor treibt sich doch nicht mit bösen Leuten rum, oder? Du hast doch nicht geklaut?«

Ellen schüttelte feierlich den Kopf. »Nee, der ist in Ordnung. Der kennt sich in London nicht so gut aus, und ich helf ihm einfach. Wirklich ehrlich.«

Als Sarah mit Priester-Joe und einer Schweinepastete von Ruby in den Kellerraum zurückkam, war die Wiedersehensfreude zwischen den beiden so groß, als wären sie jahrelang getrennt gewesen. Joe warf sie hoch in die Luft und erstickte sie fast mit Küssen. Nachdem Ellen und Joe ihre Taschen geleert und sich gegenseitig ihre Fundstücke des Tages vorgeführt hatten – Schnürsenkel, hübsche Porzellanscherben und eine Schnupftabakdose –, teilten sie sich Rubys Schweinepastete. Ellen aß wie ein Spatz, das fiel Sarah auf, und sie überließ den Großteil ihrer Portion Joe, der die ganze Pastete alleine hätte aufessen können und eine zweite noch dazu. Dann holte er das Bilderbuch aus seiner Tasche und überreichte es Sarah feierlich.

»Weißt du noch, wo wir beim letzten Mal aufgehört haben, Küken? Ich hab's vergessen.« Natürlich hatte sie es nicht vergessen, die Geschichte fesselte sie genauso wie ihre beiden Zuhörer, aber sie wollte, dass Ellen über Bücher nachdachte und sie ihr gefielen, dann würde es leichter sein, sie zur Schule zu überreden.

»Die kleine Meerjungfrau ist zur Seehexe gegangen, damit sie ihr einen Zauber gibt und sie eine unsterbliche Seele kriegt und der Prinz sie dann liebt. Was ist eine unsterbliche Seele, Sarah?«

»Die kriegst du, wenn du tot bist.«

»Hat Pa die auch?«

»Wahrscheinlich schon. Aber mir tun die armen Engel Leid, die den ganzen Himmel nach ihm absuchen müssen.«

XV

»Es geht doch nichts über einen
anständigen Mord.«
Zeitungsjunge, 1864

Martha Vesper las keine Zeitungen, aber sobald sie morgens die Zeitungsjungen rufen hörte, kaufte sie sie für Mrs Korechnya. Wenn etwas Blutrünstiges passiert war, riefen die Jungen umso lauter, denn je reißerischer die Nachrichten, desto besser verkauften sich ihre Blätter. In letzter Zeit hatten sie sich die Lunge aus dem Leib geschrien, also konnte Martha nicht umhin, von den Morden gehört zu haben. Mit Klatsch hatte sie wenig im Sinn und redete auch nicht mit den Wäscherinnen oder den fliegenden Händlern. Außerdem hatte sie zu viel zu tun, um ihre Zeit mit derlei Tändelei zu vergeuden. In diesem Moment backten zwei Kuchen im Ofen, und das Plätteisen war fast schon heiß genug für das Leinen. Das Silber hatte sie erst zur Hälfte poliert, und für das Abendessen musste sie noch eine Lammkeule schmoren, und zwar mit Salbei, weil das den Körper von Geistmaterie reinigte. Martha war der Überzeugung, dass der Geist von Verstorbenen am Körper derjenigen haftete, die um sie trauerten, und erst wenn die Lebenden von dieser lähmenden Präsenz befreit waren, konnten sie Frieden finden. Über diese Ansichten sprach sie mit ihrer Herrin allerdings nicht, obwohl sie bei ihrem Vorstellungsgespräch den Eindruck gewonnen hatte, dass Mrs Korechnya sehr liberal war.

Als die Herrin feststellte, dass ihre neue Haushälterin die Gegenwart »der anderen«, der unsichtbaren Wesen wahrnahm, fand sie diese Vorstellung eher fesselnd als befremdlich. Es war

Martha unmöglich gewesen, Lily ihre Anschauung zu verheimlichen, denn für sie waren die Geistwesen ebenso gegenwärtig wie die Lebenden. So kam es vor, dass sie mit der Luft sprach oder die Leere tadelte, Dinge im Salon umgestellt zu haben. Zum Thema des Spiritismus – so nannte ihre Herrin es – sagte sie lediglich, dass sie sich an der »Unwissenschaftlichkeit« der gegenwärtigen Mode für Ektoplasma und Tischerücken stieß, doch sie sei eine Beschäftigung für Frauen und Trost für alle, die einen geliebten Menschen verloren hatten. Und da sie diese beiden Umstände durchaus als wertvoll erachte, könne sie den Spiritismus nicht eigentlich missbilligen.

Martha Vesper dachte wieder an die Neuigkeiten aus den Zeitungsblättern. Irgendetwas an diesen beiden Verbrechen gab ihr ein ungutes Gefühl. Das letzte Opfer war ein Jude gewesen, und da der erste Tote ein Christ gewesen war, musste man einen Mord durch die Hand eines religiösen Fanatikers ausschließen. Der Jude hatte mit Edelsteinen und Schmuck zu tun gehabt, und jetzt wurde die gesamte unerquickliche Sache zu einer exotischen Geschichte von geschmuggelten Steinen aufgebauscht. Eben wegen solchem Unsinn war es eine Verschwendung, auch nur einen Penny für eine Zeitung auszugeben; sie, Martha Vesper, hatte keine Lust, sich den Kopf mit derartigem Mumpitz zu füllen. Wenn der Mörder es auf etwas Wertvolles abgesehen hatte, warum hatte er den Juwelier in Hatton Garden nicht ausgeraubt? Martha hatte eine ihrer »Ahnungen«, was diese Morde betraf, und das bedeutete, dass die Schatten der Toten in der Nähe waren. Das gefiel ihr überhaupt nicht. »Noch 'n schauriger Mord!«, riefen die Zeitungsjungen, und zur Abwechslung musste Martha ihnen Recht geben. Wer die Empfindsamkeit einer Martha Vesper besaß, wusste, dass Metalle und Edelsteine eine Verbindung zur Geisterwelt hatten. Das würde sie allerdings nie jedem x-Beliebigen sagen, denn dann würde es heißen, sie sei von Dämonen besessen. Der geistige Horizont der meisten Menschen war einfach sehr begrenzt. Aber wenn diese Morde tatsächlich mit Juwelen zu tun hatte, sah sie Böses kommen.

Martha sammelte die Silberleuchter im Salon zusammen, im Vorbeigehen strich sie die Vorhänge glatt. Ein Jammer, dass dieser Raum nicht mehr benutzt wurde, denn hier zeigte sich Mrs Korechnyas geschickte Hand mehr als überall sonst im Haus. An den Wänden hing eine von William Morris' exotischen Tapeten, auf der Pfaue mit gespreizten Schwanzfedern unter Bäumen stolzierten, deren Äste sich vor goldenen Birnen förmlich bogen. Die Vorhänge waren aus saphirblauer, mit Goldfäden durchsetzter indischer Seide. Die Füße des Diwans, der aus Prag stammte, erinnerte an die sehnigen Beine eines Berglöwen; über die scharlachrote Brokatlehne war ein bunt bestickter Schal drapiert. Früher einmal war der Diwan jeden Tag mit in Leder gebundenen Notizbüchern und Skizzen übersät gewesen, und im Kamin hatte immer ein Feuer gebrannt. Früher einmal war jeden Abend auf dem Klavier gespielt worden, und Martha Vesper hatte mit ihrer Stickarbeit am Küchenherd sitzend zugehört. Früher einmal hatte es Tage gegeben, an denen ihre Hände fast untätig waren, denn wenn die beiden Herrschaften zu Hause blieben, war es in den unteren Räumen still und leer geblieben. Dann gab es für Martha wenig mehr zu tun, als die Wäsche zu wechseln und das Waschwasser auszutauschen.

Jetzt saß Mrs Korechnya in der Bibliothek, hatte ihre Notizbücher aber nicht aufgeschlagen. Sie wirkte aufgewühlt; Martha hatte gesehen, wie sie den Brief, den Lady Herberts indischer Diener am Vortag gebracht hatte, immer wieder öffnete, ihn las und wieder zusammenfaltete. Derselbe Mann hatte in der vorhergehenden Woche auch den Anhänger mit den aus Franz' Haaren gearbeiteten Lilien geliefert. Er war ein sonderbarer Mensch, dachte Martha, aber vertrauenswürdig.

Seit dem Tag, an dem die Herrin Lady Herbert die Haarlocke aus dem Medaillon gegeben hatte, lag etwas Kaltes in der Luft. Martha vermutete, dass der Herr damit seine Missbilligung äußerte. Sie hatte gehofft, dass die Vergangenheit sich zurückziehen würde, wenn der Anhänger erst einmal wieder im Haus war, aber bislang war ihr nicht aufgefallen, dass die Luft sich verändert hätte.

In dem Augenblick klopfte es an der Tür. Martha stellte die Kerzenleuchter auf dem Flurtisch ab und richtete die Nadeln, mit denen ihre Leinenhaube festgesteckt war. Dass so viele Besucher in die Waterloo Street kamen, hatte sie seit dem Tod des Herrn nicht mehr erlebt. Sicher war es der Wildfang, dachte Martha, mit einer neuen Ausrede, warum sie Mrs Korechnya aufsuchen müsse. Doch auf der Türschwelle stand nicht Sarah, sondern ein Herr, den Martha nie zuvor gesehen hatte.

»Guten Tag«, sagte er. »Gehe ich recht in der Annahme, dass Mrs Korechnya hier wohnt?«

»Sie gehen recht, Sir. Und wen soll ich bei meiner Herrin melden?«

»Inspektor Lark von der Marlborough Street, wenn Sie so freundlich wären.« Der Inspektor war eine auffällige Erscheinung, obwohl sein Rock ein heißes Plätteisen vertragen könnte, wie Martha feststellte, und sein Backenbart ein Rasiermesser. Seine Stirn glänzte schweißnass, und sein dichtes schwarzes Haar war an den Schläfen feucht, denn an diesem Nachmittag herrschte eine drückende Schwüle. Doch davon abgesehen wirkte er völlig gleichmütig. Insgesamt hatte Martha einen durchaus vorteilhaften Eindruck von Inspektor Lark, trotz seiner fast schwarzen, halb geschlossenen Augen und seines dunklen Teints.

»Wenn Sie eintreten möchten, teile ich Mrs Korechnya mit, dass Sie gekommen sind, Sir.«

Mit einem Nicken trat er ins Haus. Martha ließ ihn allein zurück, bemerkte aber noch, dass er sich übers Kinn fuhr, als sei ihm soeben bewusst geworden, dass er einen Barbier hätte aufsuchen sollen, bevor er einer Dame einen Besuch abstattete.

Mrs Korechnya saß am Tisch, das Fenster hinter ihr stand offen, aber in der stickigen Luft regte sich keine Brise. Sie hatte ihre taillierte Bluse ausgezogen und trug lediglich ein ärmelloses, vorne aus Spitze gearbeitetes Mieder; das seidene

Tuch war ihr von den Schultern geglitten. Sie spielte mit dem Anhänger und schien völlig gedankenverloren. Martha musste sie zweimal ansprechen, bevor ihre Herrin aufhorchte.

»Ein Inspektor Lark ist gekommen, Madame, von der Marlborough Street. Er möchte sich mit Ihnen unterhalten.«

Lily hob die Augenbrauen, und ein Schatten zog über ihr Gesicht. »Was kann er von mir wollen, Martha? Hoffentlich nichts Schlimmes.«

»Das kann ich nicht sagen. Er gehört zu dem Menschenschlag, der sich nicht deuten lässt.«

»Vielleicht hat es etwas mit der Zeitung zu tun. Ich glaube, Inspektor Lark arbeitet eng mit Septimus Harding zusammen. Ich werde ihn empfangen müssen …«

»Madame, Ihr Tuch.«

Lily hatte ihre bloßen Schultern gar nicht bemerkt. »Aber ja, natürlich. Danke, Martha.«

Als die Haushälterin in den Flur zurückkam, betrachtete der Inspektor gerade das Venus-Gemälde. Sie hatte den Eindruck, als seien seine Züge weicher geworden, doch als er sich umdrehte, um ihr in die Bibliothek zu folgen, waren sie so undurchdringlich wie zuvor.

Die Herrin hatte sich das Tuch so umgelegt, dass es ihre Schultern und das Mieder bedeckte. Sie stand am Fenster. »Guten Tag, Inspektor Lark.«

»Guten Tag, Mrs Korechnya.«

»Wäre ein geeister Tee eine wohltuende Erfrischung an einem so heißen Tag?«

»Ein geeister Tee wäre eine Wohltat.«

Martha nickte und ging in den Küchengarten hinaus, um einige Zweige Zitronenmelisse zu holen. Sie war ganz und gar keine Person, die lauschte und spionierte, aber sie würde doch allzu gerne wissen, was der Polizeibeamte von Lily Korechnya wollte.

Als Martha ein lackiertes Tablett mit einem Krug Eistee und den guten Kristallgläsern in die Bibliothek trug, hatte Lily Platz genommen; das Tuch war ihr wieder von den Schultern geglitten. Offenbar merkte sie gar nicht, dass sie nur halb bekleidet war. Auf ihrem Gesicht lag ein Ausdruck ungläubigen Schocks.

Lark stellte Fragen nach Lady Herberts Schmuck. Er hatte die Augen fest auf seine Gesprächspartnerin gerichtet, als gebe er sich größte Mühe, nicht auf die Rundung ihrer weißen Schultern und den Spitzenbesatz am Dekolleté zu blicken. Marthas Ansicht nach bestätigte diese Zurückhaltung nur den ersten Eindruck, den sie von ihm gewonnen hatte: Der Inspektor aus der Marlborough Street war ein richtiger Gentleman. Ihre Herrin formulierte ihre Antworten mit großem Bedacht und, wie Martha zu hören glaubte, einer gewissen Vorsicht. Ja, sagte sie, sie sei in der Tat engagiert worden, um Lady Herberts Schmuck zu katalogisieren, doch sei die Arbeit noch nicht abgeschlossen, und somit könne sie nicht wirklich beurteilen, ob ein Stück fehle. »Das wäre unmöglich, Sir, denn Lady Herberts Juwelen füllen nicht ein Kästchen, sondern einen ganzen Raum.«

Daraufhin nickte Lark nur ernst und fragte dann, ob ihr irgendwelche Geschmeide indischer Machart aufgefallen seien, die besonders wertvoll oder schön waren. Darauf erwiderte Mrs Korechnya, sie sei keine wirkliche Kennerin, doch sei der gesamte Schmuck Lady Herberts erlesen, und in ihren Augen habe kein Stück herausgestochen. Martha bemerkte, dass sie mit ihrer Antwort ein wenig zögerte, was auch dem Inspektor nicht entging.

»Worüber ich mit Ihnen sprechen möchte, Mrs Korechnya, ist eine sehr gravierende Frage, die auch große Diskretion verlangt.« Diese Bemerkung genügte Martha als Aufforderung, den Raum zu verlassen. Sie wandte sich zum Gehen.

»Warten Sie, Martha. Mir wäre es lieber, wenn meine Haushälterin hier bliebe, Inspektor Lark. Einen aufrichtigeren und diskreteren Menschen können Sie nicht finden.«

Bei dieser Bemerkung wurde es Martha warm ums Herz. Natürlich wusste sie selbst, dass sie diese Eigenschaften besaß, dass sie weder eine Lügnerin war noch eine Klatschbase, aber das aus dem Munde ihrer Herrin zu hören, erfüllte sie mit Stolz.

»Gut«, sagte der Inspektor. Er holte eine Pergamentrolle aus seiner Tasche. Lily warf Martha einen Blick zu, und die Haushälterin verstand, dass ihre Herrin innerlich keineswegs so gefasst war, wie es nach außen den Anschein hatte. Sie fragte sich, welche beunruhigende Nachricht der Polizist der Herrin übermittelt hatte, während Martha den geeisten Tee zubereitete. Die Haushälterin gab ihr mit einer Geste zu verstehen, dass ihre Schultern bloß waren, und Lily zog das Tuch wieder um sich.

Martha trat einen Schritt näher, um das Blatt zu betrachten. Das wenige Geschriebene war in einer fremdländischen Schrift verfasst, doch in der Mitte war die detaillierte Abbildung eines Schmuckstücks zu sehen, dessen neun Steine, alle in unterschiedlichen Farben, zu einem kreisförmigen Anhänger gefasst waren. In der Mitte prangte ein roter Stein, der auf dem Bild noch stärker leuchtete als die anderen. Lily holte erschrocken Luft.

»Sie kennen den Entwurf?« Lark hatte sie nicht aus den Augen gelassen.

»Ja.«

»Ist Ihnen dieses Stück aufgefallen, als Sie Lady Herberts Sammlung sahen, Mrs Korechnya?«

Lily seufzte. »In der Sammlung befand sich tatsächlich ein solches Geschmeide, Inspektor. Ich wurde gebeten, nicht darüber zu sprechen … Wie mir zu verstehen gegeben wurde, handelt es sich bei den Steinen um Diamanten, und sie gehören dem Maharadscha von Benares.«

Lark hob die Augenbrauen, nickte aber nur. »Ich glaube, das Stück wurde von Joshua Finkelstein für Lady Herbert gearbeitet, dem Juwelier in Hatton Garden, der vor kurzem ermordet wurde.«

Lily erbleichte. »Wirklich?«

»Dieses Stück befindet sich nicht mehr in Lady Herberts Sammlung.«

Martha war erstaunt. Wozu befasste sich die Polizei mit Lady Herberts Schmuck? Lark konnte sie doch nicht verdächtigen, an den Morden beteiligt zu sein! Als sich der Blick des Inspektors zum Dekolleté ihrer Herrin senkte, fragte Martha sich, ob sie sich nicht doch in ihm getäuscht hatte.

»Ihr Anhänger ist ebenfalls auffällig, Mrs Korechnya. Würden Sie mir beipflichten, dass er höchst ungewöhnlich ist?«

»Er ist in der Tat ausgefallen.«

»Würden Sie sagen, dass es dergleichen kein zweites Mal gibt?«

»Er ist, das will ich nicht verschweigen, ein Geschenk von Lady Herbert und wurde eigens für mich gemacht von …« Lily fuhr mit der Hand zum Hals empor und umfasste den Anhänger, als sei ihr gerade ein unangenehmer Gedanke gekommen.

»In Finkelsteins Unterlagen fanden sich zwei Zeichnungen, die unverkennbar von derselben Hand stammten, und die zweite Zeichnung ist die Ihres Anhängers. Können Sie sich erinnern, an welchem Tag genau Sie ihn in Empfang nahmen, Mrs Korechnya?«

»Ja. Am Montag vergangener Woche.«

»Haben Sie das Stück selbst abgeholt?«

»Nein, es wurde mir gebracht, und zwar von Lady Herberts Diener.«

»Aha.« Lark nickte unmerklich. »Ich fürchte, ich habe Ihre Zeit über Gebühr beansprucht, Mrs Korechnya. Ich bin Ihnen für Ihre Hilfe verbunden.«

Der Inspektor verbeugte sich kurz vor Lily und wandte sich zum Gehen. Martha folgte ihm geschäftig und warf nur einen kurzen Blick zu ihrer Herrin, die totenbleich geworden war.

Während Martha den Inspektor zur Tür begleitete, überlegte sie, dass er vielleicht den Inder verdächtigte, was sein Interesse an Lady Herberts Schmuck erklären würde. Er sah erschöpft aus, als laste die Bürde seines Amtes schwer auf ihm. Seine Empfindsamkeit war ihr bereits aufgefallen, eine bei Männern seltene Eigenschaft, und noch seltener bei einem

Polizisten. Sie fragte sich, ob sie sich vielleicht doch in Lady Herberts Diener getäuscht haben sollte, denn sie hatte ihn für vertrauenswürdig erachtet.

Lily stand reglos wie eine Statue am Fenster und sah Lark nach, wie er die Waterloo Street hinunter entschwand. Als ihre Haushälterin eintrat, wandte sie sich um, und Martha bemerkte, dass sie den Anhänger abgenommen hatte und fest umklammert hielt.

»Darf ich ihn einmal halten, Madame?«

Lily gab ihn ihr. Der Anhänger war schwer und sah aus wie ein großes Goldmedaillon ohne Deckel, auf dem winzige Haarbild-Lilien um eine mittlere Blüte angeordnet waren. Die Arbeit war erlesen, und die Blüten lagen nicht auf der Jettscheibe auf, sondern waren etwas erhaben daran befestigt. Martha überfuhr ein kalter Schauder, vom Nacken bis zum unteren Ende der Wirbelsäule. Plötzlich wirkte es dunkler im Raum, als wäre eine schwarze Wolke vor die Sonne gezogen, obwohl es draußen ebenso hell war wie zuvor. Die Schatten, die sich im Raum versammelten, machten derart viel Lärm, dass Martha an sich halten musste, sie nicht anzuherrschen, sie sollten Ruhe geben. »Ist etwas nicht in Ordnung, Martha?«

»Sie sollten den Anhänger nicht tragen, Madame.«

»Ach, Martha! Das ist doch kein Grund, abergläubisch zu sein. Es wundert mich nicht, dass Lady Herbert mir nicht erzählte, es sei ihr Juwelier gewesen, der in Hatton Garden ermordet wurde …«

»Natürlich nicht. Sie wollte Sie nicht beunruhigen. Ich verstehe nur nicht, warum Inspektor Lark die Fragen, mit denen er Sie belästigte, nicht Lady Herbert selbst stellte.«

»Lady Herbert ist tot, Martha. Sie ist gestern Nacht gestorben, vielleicht von eigener Hand, denn sie hatte eine große Dosis Laudanum eingenommen. Das heißt, dass sie den Brief, den ihr Diener mir zustellte, kurz zuvor geschrieben hatte.«

XVI

Kensington, 3. August 1864

Geliebter Franz,

Mittsommer ist lange vorüber, allmählich verblassen die Tage, und die Schatten, die in Kensington auf den verwunschenen Garten fallen, werden schon früh am Tag länger. Und so verblasst auch die Erinnerung an die kurze Wegstrecke, die wir gemeinsam zurücklegten. Ich habe das Gefühl, dass ich mein gesamtes Leben in nur drei Jahren gelebt habe. Freundliche Seelen, die sich in eine Zurückgebliebene hineinversetzen mögen, sagen, dass die Schmerzenswunde mit der Zeit heilt, und wenn noch mehr Zeit verstreiche, schiene die Welt wieder bevölkert und voller Möglichkeiten, wie die Landkarte einer unbekannten Region. Ich gestehe, ich gewöhne mich an deine Abwesenheit, wiewohl ich es noch lange nicht wage, mir eine Zukunft ohne dich vorzustellen.

Seit ich dir das letzte Mal schrieb, hat sich in meiner ehedem ruhigen Welt vieles Bestürzende und Beunruhigende ereignet. Der Tod Lady Herberts vergangene Woche und das Eintreffen eines Briefes nur wenige Stunden zuvor veranlassten mich dazu, eine Entscheidung zu treffen. Ich weiß, dass du sie gutheißen würdest, wenn auch vielleicht niemand sonst. Lady Herbert hatte vorgeschlagen, dass ich in Begleitung ihres Dieners Govinda mit deinen Gemälden nach Indien reise. Ich hatte ihr erzählt, wie oft du von einer Reise dorthin geträumt hattest und dass du beteuertest, ich würde mich in das Land verlieben, trotz meiner Befürchtungen wegen Moskitos, drückender Schwüle und fehlender Wasserklosetts! Anfangs schlug ich das Ansinnen rundweg aus, hielt es für die Fantasterei einer gequälten Seele. Doch nun denke ich immer häufiger daran, ein Land zu besuchen, in dem mir alles fremd ist, die Hitze der Sonne ebenso wie der Duft der Blumen und die Farbe des Himmels. Und ich stelle mir auch vor, wie es sein wird, weit entfernt von dem Haus zu sein, von den Menschen und der Landschaft, die mich unentwegt an dich erinnern, Franz.

Und so habe ich beschlossen, gleich nach Ende der Regenzeit im Norden Indiens nach Bombay zu segeln und von dort mit dem Zug nach Benares zu fahren. Lady Herbert hatte dem Maharadscha bereits brieflich von mir und deinen Bildern berichtet und meinen Besuch in Aussicht gestellt, was wohl bedeutet, dass sie schon eine Weile über diese Angelegenheit nachgedacht hatte. Was mich letztlich zu meiner Entscheidung bewog, ist, dass Benares im hinduistischen Glauben eben eine solche Stadt ist, wie du es von Prag immer sagtest – ein Ort, an dem man am Tor steht zwischen dem Garten der Götter und Geister und dem, das uns Sterbliche bindet. Erinnerst du dich, wie wir uns gelobten, sollten wir je getrennt werden, so würden wir uns an einem solchen Ort treffen? Ach, wäre das doch nur möglich.

Jetzt, in deinem Atelier, tröstet mich das Wissen, dass hier dein Herz und deine Seele Ausdruck fanden. In der Waterloo Street kann ich weder den Salon noch unser Schlafzimmer betreten. Das sind die Räume, in denen Mrs Vesper am meisten mit sich selbst spricht, und wäre ich abergläubisch, würde ich sagen, dass Geister Räume bevorzugen, die Menschen lieber meiden.

Es ist später Nachmittag geworden. Ich werde nur ein einziges Mal noch herkommen, um das Haus endgültig zu verschließen. Es wird mir sehr fehlen, doch keiner deiner früheren Kollegen nutzt es noch, sie finden es zu verwahrlost und im Winter zu kalt. Wäre es meins, würde ich den Garten pflegen und die Schaukel unter der Magnolie richten. Ich würde die Mauern reparieren, durch die Zugluft und Feuchtigkeit dringt, und die kaputten Dielen ersetzen, doch der Besitzer sieht offenbar keine Veranlassung, ein altes Gebäude zu erhalten.

In einem Monat ist die Regenzeit in Benares vorbei, und ich habe noch vieles zu tun. Du bist stets bei mir, solange ich den Anhänger trage, selbst wenn ich diesen Ort verlassen muss, an dem ich Trost finde, seit wir getrennt sind.

Deine Lily

XVII

*I*n Devil's Acre hatte Vikram zum ersten Mal Londoner Elendsviertel gesehen, und als er nun das Themseufer Richtung Westminster entlangging, dachte er sich, dass er sich in dem Irrgarten von Wohnblocks und verkommenen Tavernen und Bordellen fast ebenso auskannte wie im Gassengewirr von Benares. Sein Schock hatte sich ein wenig gelegt, seit er vor mehreren Wochen von der *Lakshmi* an Land gegangen war, doch zuerst hatte es ihn entsetzt festzustellen, dass der Typus sauberer, adrett gekleideter Engländer, den er im Dienst des Maharadschas von Benares kennen gelernt hatte, nur einen kleinen Teil der Stadtbevölkerung ausmachte. Hier gab es Armut, Not und Verbrechen in einem Ausmaß, wie er es sonst nur von den schlimmsten Elendsvierteln in Kalkutta und Bombay kannte.

Der Maharadscha war in dieser Saison nicht nach London gereist, da Sarasvati, seine neueste Lieblingsfrau, ein Dorfmädchen war, das er nicht im Buckingham Palace vorstellen konnte. Warum die Engländer ein solches Getue mit ihrer Monarchin machten, verstand Vikram nicht, sie war eine stämmige, unansehnliche Frau, die immer nur Schwarz trug. Schlimmer noch, sie hatte Absichten, Kaiserin seiner Heimat zu werden – eine ebenso absurde wie beleidigende Vorstellung. Soweit Vikram wusste, war Queen Victoria kein einziges Mal in Indien gewesen, und sollte sie das Land je besuchen, hoffte er nur, dass sie etwas Buntes tragen würde, um einen besseren Eindruck zu machen.

Wie sehr ihm die Farben seiner Heimat fehlten, die Frauen in den leuchtenden Saris und die glänzenden Seidenstoffe von Benares! Gelb vermisste er am meisten, das war die Farbe, die Sarasvati immer trug. Sie hatte ihm wenig Beachtung geschenkt, seit sie von einer Tänzerin zur Konkubine aufgestiegen war, und behandelte ihn sogar mit Verachtung, denn selbst als Mitglied der Leibwache des Maharadschas war er ihr an Rang untergeordnet. Aber wenn sie erst herausfand, dass er ein Krieger Kalis war, würde sie freundlicher zu ihm sein, schließlich sprach sie doch ständig davon, dass man nie vergessen durfte, der Göttin Opfer darzubringen. Immer wieder rief Vikram sich ins Gedächtnis, dass Sarasvati ihm – und nicht jemand anderem – aufgetragen hatte, den roten Diamanten wiederzufinden, als sie entdeckte, dass er nicht mehr im Palast war. Das musste doch etwas zu bedeuten haben, sagte er sich.

Als Sarasvati in die Zenana gekommen war, die Frauengemächer im Palast, hatte sie von praktisch nichts anderem gesprochen als dem Juwel. Angesichts der überbordenden Redefreudigkeit der Frauen – insbesondere der Haremsdamen, die sonst nichts zu tun hatten – war es unvermeidlich, dass der Maharadscha davon hörte (was Vikrams Ansicht nach genau Sarasvatis Absicht war). Als überprüft worden war, dass sie tatsächlich die Wahrheit sagte und der Priester ihres Dorfes dem Maharadscha einen roten Diamanten verheimlicht hatte, brach ein Riesentumult aus. Vikram konnte gut nachvollziehen, warum der Priester das getan hatte – er hatte Angst, dass der Maharadscha sich, sobald er die neun Diamanten in den richtigen Farben beisammenhatte, ein Navaratna-Amulett anfertigen ließ. Dass dieser Wunsch für den Fürsten zur Besessenheit geworden war, wusste mittlerweile jedermann. Aber es war eine heilige Tradition, mit welchen Edelsteinen ein Navaratna gemacht wurde, und sie durften nicht durch Diamanten ersetzt werden. Also war es nicht verwunderlich, dass der Maharadscha in ganz Indien keinen Juwelier fand, der dieses Amulett für ihn arbeiten wollte.

Der Fürst forderte von seinen Untertanen absolute Gefolgstreue, und so hatte er einige Mitglieder seiner Leibwache in das Dorf geschickt, um den Stein zu holen und den Priester hinzurichten. Vikram war einer dieser Männer gewesen, er hatte gesehen, wie der alte Priester mit zitternden Händen – denn er wusste, was dann folgen würde – den roten Diamanten aus seinem Versteck im Dorftempel holte. Sonderbar wurde Sarasvati erst, nachdem Vikram ihr gesagt hatte, wo genau der Stein versteckt gewesen war. Trotzdem, für sie würde er alles tun.

Natürlich, Govinda hatte ihn auf dem Schiff gesehen, aber das machte nichts, denn es war bekannt, dass Vikram der Opiumhändler des Maharadschas war, und ebenso bekannt war, dass es in London einen Markt für diese Droge gab. Lady Herbert etwa war eine gute Kundin gewesen, bis sie zu weit gegangen war. Das hatte er öfter miterlebt, vor allem bei Menschen, die mit Opium Schmerzen lindern wollten, ob nun Schmerzen am Leib oder an der Seele.

Seufzend schüttelte er den Kopf. Er hatte Devil's Acre fast erreicht und hielt nun am Flussufer Ausschau nach Ellen. Sie waren sich durch Zufall begegnet – Vikram hatte sich in dem Viertel verlaufen und den einfältigen Joe nach dem Weg gefragt. Ellen hatte ihm angeboten, ihn bis zu The Strand zu bringen, und unterwegs hatte sie ihn mit Fragen überschüttet. Er erzählte, dass er mit einem Schiff angekommen sei, und sie sagte, das sei sie auch. Und dann wollte sie alles über das Land wissen, von dem er abgesegelt war. Ihre blauen Augen funkelten, als er ihr von den Palästen am Ganges erzählte und dass Tote nicht begraben, sondern auf breiten Steinplattformen am Flussufer verbrannt wurden. Ihre Keckheit hatte ihn beeindruckt und auch die Art, wie sie auf ihn zuging, wo doch so viele Londoner einfach durch ihn hindurchschauten, als könnten sie unter seiner dunklen Haut keinen Menschen wahrnehmen. Vikram war rasch klar geworden, dass Ellen ihm nützlich sein konnte, denn wenn er sich ständig verlief, brauchte er dreimal so lange, wie er sollte, um die Opiumlieferungen zuzustellen. Es half auch, dass Ellen ihn eindeutig für etwas Besonderes hielt, weil er Paläste gesehen hatte (Schlösser, wie sie sie nannte) und die Süßwasserdelfine, die sich im Ganges tummelten.

Obwohl London ihn in vieler Hinsicht immer noch faszinierte, wurde er die Engländer allmählich leid, die ganz offenbar keine Achtung vor heiligen Dingen hatten. Das merkte er in jedem Winkel der größten und wohlhabendsten Stadt Europas. Hier gab es mehr Gold, als es je in Konstantinopel oder in Delhi zur Mogulenzeit gegeben hatte. Der Unterschied war, dass es hier zu abstoßenden, lärmenden Fabriken und Maschinen wurde, die qualmenden Rauch hervorstießen, und nicht zu Goldstatuen und vergoldeten Palastkuppeln und Marmorpflaster.

Im Grunde fand er die Engländer eher langweilig. Londoner Männer trugen bis auf eine goldene Uhr oder Edelsteine an den Manschetten keinen Schmuck. In Indien hatten Edelsteine mehr als nur den Zweck, der Verschönerung zu dienen, und Vikram verstörte die unverhohlene Missachtung der heiligen Kostbarkeiten aus seiner Heimat, die hier zum letzten Modeschrei geworden waren. Das hing auch mit den kuriosen Christensitten zusammen; ihr einer Gott war weitaus weniger Furcht einflößend als die vielen Götter und Göttinnen in Indras Palast.

Die Diamanten hatte er noch nicht gefunden. Der Hafenaufseher hatte sie offenbar doch nicht an sich genommen, zumindest waren sie weder in seinem Büro noch an seiner Person zu finden gewesen. Und den Juwelier hätte er auch nicht zu töten brauchen, denn auf dessen Werkbank hatte nur ein eigenartiges Schmuckstück gelegen mit kleinen weißen, aus Haar hergestellten Blüten. Und doch war es notwendig gewesen, dass die beiden starben, denn niemand durfte von der Existenz des roten Steins wissen. Er könnte ein unstillbares Verlangen danach wecken, ihn zu besitzen oder anderen davon zu erzählen. Außerdem war es eine gute Übung. Einen Menschen zu töten, ohne Spuren an ihm zu hinterlassen, war eine Kunst, die nur wenige beherrschten und die immer wieder praktiziert werden musste. Den großen Aufruhr, den die Todesfälle hervorriefen, hatte Vikram allerdings nicht erwartet. In Indien wurde der Tod kaum beachtet.

Er schlief in den Stallungen der Londoner Residenz des Maharadschas von Benares, die in der Nähe des Hyde Park lag. Das weitläufige Haus eignete sich gut, um den Reichtum und die Pracht zu inszenieren, auf denen das Ansehen des Maharadschas und seiner Gemahlinnen beruhte. Die Engländer kannten das Wort Gemahlin nur in der Einzahl, aber in Indien wurden Ehefrauen auf weitaus weniger diskrete Art erworben als Engländerinnen von ihren Männern.

Von seinen hiesigen Kunden hielt Vikram wenig, vom jungen Fürsten von Jodhpur etwa und dem Nawab von Bahawalpur, die die Saison im Wohnsitz des Maharadschas verbrachten, Karten und Polo spielten und Herzoginnen und Baronessen Gesellschaft leisteten. Der einzige Zweck ihres Aufenthalts bestand darin, den Ruf der indischen Prinzen als exotische Wesen zu nähren und einen Reichtum zur Schau zu stellen, der die Mittel der Londoner Adeligen weit übertraf. Ob das nun der Wahrheit entsprach oder nicht, wer in der Londoner Gesellschaft etwas zählen wollte, ohne Christ zu sein oder eine weiße Haut zu haben, musste über die Maßen prunken.

Jedes Mal, wenn Vikram am schlammigen Themseufer entlangging, wo es nach verdorbenem Fisch und Unrat stank, sehnte er sich nach den heiligen Wassern des Ganges und den üppigen Gärten an seinen Ufern. Er träumte von Farnen und blühenden Orangenbäumen, von den glitzernden Kuppeln der Stupas, der kleinen Tempel, an denen die Gläubigen beteten und Opfergaben darbrachten. Dort hatte die Welt begonnen, dort lebten alle Götter und Göttinnen, und nur Yama als einzige Gottheit durfte die Stadttore von Benares nicht passieren. Vikram träumte davon, mit dem roten Diamanten nach Benares zurückzukehren und endlich Sarasvatis Herz zu gewinnen, auch wenn er im tiefsten Inneren wusste, dass sie sich für eine Prinzessin hielt und den Palast nie verlassen würde. Schließlich überschüttete der Maharadscha sie mit Juwelen, kleidete sie in gesponnenes Gold und steckte ihr

Leckerbissen zu wie Pfeilwurzhalva und Naschwerk, das vor Rosensirup troff.

Vikram hoffte, Ellen am Fluss zu treffen und ihr, wie versprochen, einen zweiten Sovereign zu geben, aber von Ellen war nichts zu sehen, auch nicht bei den Whitehall Stairs, wo sie sich sonst meist trafen. Wahrscheinlich war sie mit den Gören unterwegs, die sich in der Flussgegend herumtrieben und Tauben fürs Abendessen jagten oder sonst einen Unsinn im Kopf hatten. Er vergaß zu leicht, dass sie noch ein Kind war, sie hatte so viel Erwachsenes an sich.

Es war fast schon dunkel, und Devil's Acre lag im tiefen Schatten der Mietskasernen an der Westseite der Kathedrale. In das White Hart ging Vikram nie; die Wirtin war eine von denen, die direkt durch ihn hindurchschauten. Ellens Schwester war auch etwas abweisend ihm gegenüber, aber nicht, weil sie Angst vor ihm hatte, sondern weil sie glaubte, er führe nichts Gutes im Schilde. Er bemühte sich immer, besonders freundlich zu ihr zu sein, aber sie war genauso schlau wie Ellen. Er wusste, dass sie ihm nicht traute.

Eigentlich sollte er zu Priester-Joes Absteige gehen; der ewig lächelnde Riese würde ihm alles sagen können, was er wissen wollte. Vikram hatte von Joe schon einiges Nützliche erfahren und mittlerweile den Großteil seiner Sandelholzperlen an Händler verkauft, die nicht nach Einfuhrsteuern fragten. Vielleicht war Ellen sogar bei Joe, aber er war spät dran, und eigentlich durfte sie nach Einbruch der Dunkelheit nicht mehr draußen sein. Oder vielleicht versteckte sie sich irgendwo, das tat sie gerne, und würde jeden Moment hinter einer Tür oder aus einer Mauernische hervorspringen und ihn erschrecken. Das hoffte er nicht, ihm war sowieso schon unwohl in seiner Haut. In den Gassen rund um die Absteige war ihm immer etwas mulmig zumute, und wenn es dunkel wurde, trieben sich hier die übelsten Elemente herum. Nicht dass Vikram Angst vor ihnen hatte, mit Kämpfen hatte er Erfahrung und war flinker und wendiger als die meisten Kriminellen in London. Das Opium, das er verkaufte, rührte er nicht an, und er trank auch keinen Alkohol, denn beides benebelte die Sinne und machte ihn langsamer.

Als er jemanden hinter sich spürte und den Schatten sah, den eine Laterne warf, glaubte er sich gewappnet, aber dann umfing ein Arm seinen Hals, und ein fester Schlag zwischen die Augen brachte ihn zu Boden. Vikram empfand eher Überraschung als Angst, vor allem aber Verwirrung – weniger, weil der Schlag ihm Schmerzen verursachte, die sein Gehirn wie eine Kokosnuss aufplatzen und all seine Hoffnungen und Wünsche zerrinnen ließen, sondern weil niemals er ein Opfer werden sollte.

Es war gerade noch hell genug, dass Vikram den Boden sehen konnte, in den sein Gesicht gedrückt wurde, und er atmete den modrigen Erdgeruch ein. Gleich, in einem Moment würde er den Kopf heben können, aber noch nicht sofort, denn vom Schmerz war ihm ein wenig schwindelig. Eine kleine räudige braune Ratte turnte nur ein paar Zoll vor seiner Nase herum, die musste er im Auge behalten. Ratten traute er nicht über den Weg, die waren in ihrem Fressverhalten wenig wählerisch und nagten auch einen Arm an, wenn der dazugehörige Mensch lange genug reglos dalag.

In dem Moment, in dem die Ratte ihn ansah und wahrnahm, dass er eine mögliche Nahrungsquelle darstellte, fiel der Angreifer wieder über ihn her und presste ihm die Luft aus der Lunge wie aus einem Blasebalg. Auch jetzt war Vikram vor allem überrascht, aber plötzlich wusste er, dass er starb. Vielleicht war er sogar schon tot. Doch das war gleichgültig. So oder so, bald würde er ein wahrer Krieger Kalis sein, ein Sieger auf den Schlachtfeldern rund um Indras Palast. Als er zusah, wie seine irdischen Träume davonsickerten, sich mit der Erde vermischten, zu Erde wurden und sich auflösten, wünschte er nur, dass Sarasvati wissen würde, wie sehr er sich bemüht hatte …

XVIII

Sarah fühlte sich in den dämmrigen Gassen von Devil's Acre nicht mehr sicher, seitdem nur einen Steinwurf vom White Hart entfernt ein Schwarzer umgebracht worden war. Es war nicht so schlimm, wenn diese grausigen Sachen weiter flussaufwärts passierten; da konnte sie sich vorstellen, dass Schurken auf der Lauer lagen. Aber wenn so etwas direkt vor ihrer eigenen Haustür passierte, bekam sie Angst.

Sarah wusste von dem Mord, bevor er allgemein bekannt wurde, weil Inspektor Lark den ganzen vorherigen Tag mit Septimus Harding zusammengesessen und dem Herausgeber das Versprechen abgerungen hatte, dass Melville von diesem dritten Mord erst erfuhr, wenn die Polizei bereit war, die Geschichte zu verbreiten – ihre Geschichte.

Jetzt war es Dienstag in der Früh, zwei Tage zuvor war der Schwarze in der Gasse gefunden worden, das Gesicht in der Erde, die Luftröhre zerquetscht. Er hatte denselben dunklen Fleck wie die beiden anderen Ermordeten, auch wenn er nicht direkt zwischen den Augen war, und deswegen musste es derselbe Mörder gewesen sein. Das wusste Sarah alles, weil sie an der Tür zum Büro des Herausgebers gelauscht hatte, als sie eigentlich oben über ihren Bleilettern sitzen und die Annonce für eine Tinktur oder ein Elixier setzen sollte. Sie konnte sich nicht mehr erinnern, was genau es war. Die Polizei hatte auch eine Waffe gefunden, aber welche, das hatte sie nicht verstanden, und sie platzte vor Neugier.

Um diese Stunde an einem Spätsommermorgen ging es auf The Strand geschäftig zu, viele Dienstboten, Kesselflicker, Zeitungsjungen und Bettler waren unterwegs. Die Zeitungsjungen verkündeten noch nichts von einem Mord, und Sarah war erleichtert, weil dann die Setzer sich nicht darüber ereifern würden.

Sarah mochte die stillen Minuten auf dem Weg zur Arbeit und wieder nach Hause; dann hatte sie Zeit zum Nachdenken. In letzter Zeit dachte sie vor allem an Ellen, die in der kommenden Woche das erste Mal zur Schule gehen und mit Kindern ihres Alters zusammen sein würde, nicht mehr mit Priester-Joe und seinem unnützen Schutz. Mrs Korechnya hatte gesagt, die Schule für arme Kinder aus Westminster würde von Barbara Bodichon geleitet – die Frau, über die sich die Zeitungsleute und Setzer am allerliebsten lustig machten. Sarah freute sich; sie hatte das Gefühl, dass Frauen wie Barbara Bodichon alles daransetzten, dass Mädchen so viel lernten wie Jungen. Sie hätte auch nichts dagegen, auf eine solche Schule zu gehen, wo Mädchen lernten, warum Dampflokomotiven so schnell fuhren, und von Mr Darwins Unsinn hörten (so hatte Pa es genannt), aber sie war jetzt das Familienoberhaupt. Sie fand trotzdem, dass sie Glück hatte, sie hatte die Zeitung und Mrs Korechnya, von denen sie lernen konnte. Die Schule würde zwar einen Penny die Woche kosten, aber in der Blechdose lag genug Geld, selbst nachdem sie Ellen glänzende neue Stiefel und einen spitzen Bleistift und ein Heft gekauft hatte, in das sie Buchstaben und Zahlen schreiben konnte. Die Schule in Westminster nahm jedes Kind auf, das diesen Penny bezahlen konnte, und Mrs Korechnya sagte, es koste mindestens noch einen Penny pro Kind mehr, um die Schule zu unterhalten, aber das Fehlende steuerte Mrs Bodichon bei.

Sarah hatte Mrs Korechnya schon eine ganze Weile nicht mehr gesehen, denn Mr Harding hatte sich den Rat ihrer Haushälterin zu Herzen genommen und »Mr Evans« keine Nachrichten mehr zustellen lassen. Das hatte Lily allerdings nicht dazu veranlasst, die Räume des *Mercury* zu betreten und sich in Gesellschaft zu begeben, wie Mrs Vesper es sich erhofft hatte. Sarah hatte mehrmals an die smaragdgrüne Tür geklopft, wenn sie in der Nähe war, unterwegs nach Battersea oder zum Buchhändler am Bahnhof Waterloo. Dann bekam sie von Mrs Vesper ein Glas bittersüße Limonade, und Mrs Korechnya war unweigerlich lieb und freundlich zu ihr, aber sie sah immer aus, als versuche sie, etwas in weiter Ferne zu erkennen. Sarah dachte, das hätte immer noch etwas mit dem Jahrestag der Hochzeit zu tun, obwohl der schon einige Zeit her war. Immerhin, morgen würde sie mit Lily Korechnya zum großen Haus nach Kensington fahren, wenn auch zum letzten Mal, wie Lily gesagt hatte, und das betrübte Sarah ein wenig. Sie mochte das alte Haus, dort war es still, im Garten flatterten Vögel umher, die Räume hatten hohe Decken und offene Kamine. Außerdem gab es neben dem Keller auch einen Speicher, aber um den zu erforschen, hatte sie noch keine Gelegenheit gehabt. Sie mochte Speicherräume, obwohl sie nur einmal in einem gewesen war, und zwar oben im White Hart. Da war ein kleines Fenster, fast ganz mit Spinnweben verhangen, aus dem man den Turm der Westminster Cathedral sehen konnte und die Dächer der Häuser neben der Taverne. Wahrscheinlich hatte man vom Speicher im Haus in Kensington einen famosen Blick auf Felder und Bauernhöfe und wahrscheinlich auf mehr als nur einen Kirchturm.

Lark saß wieder beim Herausgeber im Büro, und diesmal war Melville auch da, was wohl hieß, dass der Mord morgen in der Zeitung stehen würde. Sarah hatte oben in der Setzerei zu viel zu tun, um an der Tür von Septimus Hardings Büro zu lauschen; sie war mit der Arbeit in Verzug, weil sie gestern genau das zu lange getan hatte. Sie konnte nur hoffen, dass Jack Thistlewite noch nicht von dem Mord gehört hatte.

Der Vormittag verging recht ruhig, aber nach der Essenszeit stolzierte Melville in den dritten Stock und unterhielt sich im Raucherzimmer mit Jack. Danach hörte Sarah brühwarm alles: dass der Mord an dem Inder die neueste in einer Reihe »geheimnisvoller und grausiger Hinrichtungen« war, als würden noch weitere folgen, und dass die Menschen sich vorsehen und die Türen und Fenster fest verriegeln sollten.

Als die anderen Setzer ihre nachmittägliche Zigarettenpause einlegten, las Sarah den Artikel, der an Jacks Tenakel steckte. Was da stand, behagte ihr kein bisschen – der Name des ermordeten Inders war Vikram, ein klein gewachsener, schmächtiger Mann, der wie ein Junge wirkte. Sie wusste nun, dass Victor in Wirklichkeit Vikram hieß. Wie viele schmächtige Inder namens Vikram mochten sich in Devil's Acre herumtreiben? Was dann kam, war noch viel schlimmer, denn laut Melvilles »Quellen« war der Ermordete ein Schmuggler und Opiumhändler gewesen. Und was Melville zum Schluss geschrieben hatte, würde Inspektor Lark überhaupt nicht gefallen: dass die Londoner Polizei nun völlig ratlos sei.

Auf dem Nachhauseweg war Sarah etwas flau im Magen. Wie sollte sie Ellen beibringen, dass ihr neuer Freund tot war? Und nicht bloß tot, sondern ermordet. Bestimmt würde Ellen sie fragen, ob er in den Himmel gekommen war, und Sarah wusste einfach nicht, ob Schwarze in den Himmel kamen. Ellen hatte ihr erzählt, dass Vikrams Götter Affen- und Elefantenköpfe hatten. Vielleicht kamen Schwarze woandershin? Ihre kleine Schwester hatte in ihrem Leben schon zu viel Tod erlebt, und Sarah auch.

Als sie in die dunkle Gasse einbog, die vom Fluss nach Devil's Acre führte, war Sarah angst und bang. Normalerweise kam sie direkt an der schmalen Gasse vorbei, in der Vikram ermordet worden war, aber jetzt nahm sie den Umweg, der an Priester-Joes Absteige vorbeiführte. Vor dem Haus herrschte Aufruhr, und aus der Ferne dachte Sarah zunächst, die betrunkenen Insassen würden dort herumgrölen, denn sie wurden vom Hausherrn regelmäßig zum Ausnüchtern auf die Straße geworfen. Dann sah Sarah Inspektor Lark und als Nächstes Priester-Joe. Und dann sah sie Ellen.

Ellen war weiß unter der Dreckschicht auf ihren Wangen, und ihre weit aufgerissenen Augen sahen aus, als würden sie jeden Moment herausfallen. Außer Lark waren auch einige Bow Street Boys da, und ein paar Männer aus Priester-Joes Absteige redeten aufgeregt durcheinander. Für Sarah sah es aus, als würde Priester-Joe verhaftet. Wahrscheinlich war er beim Klauen erwischt worden, und höchstwahrscheinlich war Ellen mit ihm unterwegs gewesen. Allerdings achtete niemand auf ihre kleine Schwester, die verstört an der Tür lehnte und jeden Augenblick zusammenzuklappen drohte. Sarah begann zu laufen, und in dem Moment gaben Ellens Beine nach, sie rutschte mit dem Rücken an der Tür herab.

Alles, was dann passierte, kam Sarah vor wie in einem Traum, aus dem man aufwacht und der trotzdem wirklicher erscheint als das, was man mit den Augen sehen und mit den Ohren hören kann. Die Bow Street Boys führten Priester-Joe ab, die Hände mit einem Lederriemen zusammengebunden, und Sarah schaute einfach zu und drückte Ellen fest an sich, damit sie nicht wieder wie eine Stoffpuppe in sich zusammensackte. Joe sah aus wie ein erschrecktes Karnickel, und in seinen Augen lag so große Angst, dass Sarah fast in Tränen ausgebrochen wäre.

Lark blieb vor der Absteige stehen, und als er Sarah und Ellen sah, kam er zu ihnen und fragte, ob sie den Verhafteten kannten. Sarah bejahte und sagte, er sei kein Schurke; er habe zwar nicht alle Sinne beisammen, aber böse sei er nicht. Sie fragte den Inspektor, was Priester-Joe denn getan habe, und als Lark erklärte, er stehe unter Mordverdacht, hätten beinahe Sarahs Knie nachgegeben.

Der Polizist begleitete sie und Ellen zum White Hart, und das letzte Wegstück trug er Ellen sogar, so jämmerlich sah sie aus. Als Sarah sich so weit gefasst hatte, dass sie halbwegs klar denken konnte, fragte sie, warum die Polizei Joe für den Mörder hielt. Weil die Bow Street Boys ein Katapult, in das sein Name geritzt war, neben der Leiche entdeckt hätten, antwortete Lark.

Sarah war so durcheinander und schockiert und elend, dass sie den Polizisten kaum richtig verstand. Sie wusste genau, dass Priester-Joe unfähig war, einen Mord zu begehen, und ging davon aus, dass die Polizei ihn freilassen würde, sobald ihnen das auch klar wurde. Vielleicht hatte Joe die Steinschleuder in der Gasse verloren, bevor Vikram gestorben war, denn wenn er sie hinterher hätte fallen lassen, hätte er die Leiche doch gesehen ... Und was, wenn Joe den Toten tatsächlich gesehen und es derart mit der Angst zu tun bekommen hatte, dass er seine Steinschleuder fallen ließ? Er gab sie kaum aus der Hand und würde sie ganz bestimmt nicht herumliegen lassen. Je mehr Sarah darüber nachdachte, desto weniger verstand sie.

Den Großteil der Nacht lag sie wach und passte auf die schlafende Ellen auf, die Gedanken wirbelten ihr durch den Kopf, und als sie endlich einschlief, ging sie im Traum durch die dunklen Gassen von Devil's Acre, und als sie aufwachte, war ihr kalt und sie hatte Angst. Dass Ellen nicht neben ihr lag, machte die Sache nicht besser. Dann merkte Sarah, dass die Sonne schon recht hoch stand, was bedeutete, dass sie spät dran war. Und wer würde auf Ellen aufpassen, solange sie in der Zeitung arbeitete, wo doch Priester-Joe jetzt im Knast saß? Das war ihr nächster Gedanke.

Ellen war oben bei Ruby in der Küche und hatte schon Wasser für den Tee aufgesetzt. Sie saß auf einem Hocker am Feuer, wo ein gehäutetes Kaninchen hing, das gleich in den Topf wandern würde. Ruby schälte Kartoffeln, verscheuchte einen räudigen Hund und rührte gleichzeitig in einem anderen Topf, und währenddessen redete sie die ganze Zeit, erzählte Ellen, dass es ein wunderschöner Tag werden würde und wie mager die Kohlernte des Nachbarn ausgefallen war. Ob Ellen ihr zuhörte oder nicht, war schwer zu sagen, sie schwang die Beinchen hin und her und summte ein Lied vor sich hin.

Sarah wünschte Ruby einen guten Morgen und ging zu Ellen. »Komm, Küken, lass uns frühstücken, ich bin spät dran.«

Es hatte nicht den Anschein, als habe Ellen sie gehört; vielleicht hatte sie auch gar nicht gemerkt, dass Sarah neben ihr stand. Sie summte nur immer weiter und schaute auf den Kessel, aus dem der Dampf aufstieg.

»Das ist Victor, der tot ist.«

Sarah brauchte ihre Schwester nicht zu fragen, woher sie das wusste. Wahrscheinlich war über den Mord gesprochen worden, als Joe verhaftet wurde.

»Das stimmt, ja.«

Ruby war verstummt und sah mit einer Kartoffel in der Hand ebenso gebannt zu Ellen wie Sarah.

»Und was wird mit Priester-Joe?«

»Ach, den lassen sie heute oder morgen wieder laufen, Elly. Sobald ihnen klar wird, dass er nichts wirklich Böses getan haben kann.«

»Aber es ist wirklich böse, oder?«

»Doch, das ist es. Aber jetzt ist es passiert, und wir machen weiter wie immer. Komm, Küken. Mir ist gerade erst eingefallen, dass ich heute ja mit Mrs Korechnya nach Kensington fahren soll. Da wirst du einfach mitkommen müssen.« Ruby hatte zu viel zu tun, um auf Kinder aufzupassen, und zur Mittagszeit öffnete sie ihre Schänke.

Den ganzen Weg die Themse entlang war Ellen in sich zurückgezogen und verhielt sich so, wie sie es immer tat, wenn sie mitten in der Nacht aufstand und in die Ecke starrte. Ständig wollte sie stehen bleiben und auf den Fluss schauen; wahrscheinlich hoffte sie, die kleine Meerjungfrau zu sehen, dachte Sarah. Sie musste sie hinter sich herziehen, und erst, als sie die Waterloo Bridge erreichten und nicht mehr am Wasser waren, ging Ellen etwas schneller.

Als Mrs Vesper die Tür öffnete und Ellen sah, hob sie zwar die Augenbrauen, sagte aber nur: »Guten Tag, ihr zwei beiden. Die Herrin wird gleich kommen, und ich habe frische Limonade für euch gemacht. Kommt herein.«

In Mrs Vespers Küche sah es ganz anders aus als in Rubys. Hier war es sauber, und Licht strömte durch das Fenster herein. Die hintere Tür stand offen, und Sarah konnte einen kleinen, von einer Steinmauer umgebenen Garten sehen. Dort wuchsen lauter niedrige Büsche in verschiedensten Grüntönen. Kräuter, vermutete Sarah.

Ellen schmeckte die Limonade von Mrs Vesper überhaupt nicht, sie war saurer als das Zitronenwasser, das die Geschwister sich gelegentlich am Piccadilly gönnten. Beim ersten Schluck verzog sie das Gesicht, und Mrs Vesper lachte und machte sich daran, eine Schokolade zu kochen. Sie goss Milch in einen Topf, der auf dem Herd stand, und rieb etwas Schokolade von einem großen Block, der wie trockener Schlamm aussah. Die schüttete sie in den Milchtopf, fügte etwas braunen Zucker hinzu und rührte alles um.

Ellens Miene war ein Gedicht, als sie davon trank. Sarah beobachtete sie aufmerksam und wusste, was passieren würde. Nach einem Schluck leuchteten ihre Augen auf, und sie lächelte so breit, dass alle lachen mussten. Dann kam Lily in die Küche, und als sie die beiden Mädchen sah, streckte sie der schokoladenverschmierten Ellen eine Hand entgegen und sagte: »Du musst Ellen sein!«

Zu dritt fuhren sie in der Droschke über die Waterloo Bridge, am Hyde Park und am Buckingham-Palast vorbei, und Ellen drückte sich die Nase am Fenster platt und gab keine Antwort, wenn sie angesprochen wurde.

Sobald sie das alte Haus erreichten, sprang sie hinaus und lief in den Garten. Mr Korechnyas Atelier war jetzt leer, alle Gemälde und Staffeleien waren fort, ebenso wie der Sessel mit der einen Lehne. Als Einziges stand noch Lilys kleiner Schreibtisch am Fenster und daneben die blaue Hutschachtel, in der sie ihre Papiere und Briefe aufbewahrte.

»Gibt es hier einen Speicher?« Die Frage war Sarah die ganze Zeit durch den Kopf gegangen.

»Ich denke doch. Sollen wir Ellen holen und uns auf die Suche machen?«

Aber Ellen wollte nicht ins Haus, im großen, verwilderten Garten schien die Sonne, und sie pflückte gerade Butterblumen und vierblättrige Kleeblätter.

Mrs Korechnya merkte, dass Sarah ihre Schwester nicht alleine draußen lassen wollte. »Hier passiert ihr nichts, Sarah, und sie ist glücklich. Komm, lass uns den Speicher suchen, ja?«

Mit einem letzten Blick auf Ellen folgte Sarah ihr ins Haus. Lily hatte Recht, das Küken sah wirklich glücklich aus.

Sie mussten in alle Räume im oberen Geschoss sehen, bevor

sie schließlich in einem Ankleidezimmer die Luke zum Speicher fanden. Man konnte ihn nur über eine Leiter betreten.

»Geh du voran, Sarah. Ich wünsche, ich hätte Hosen, wie du sie trägst. Das ist wirklich sehr viel praktischer.«

»Ich würde gar nicht wissen, was ich mit einem Rock anfangen soll, aber ich mag es, wenn er rauscht. Und Sie sehen immer so elegant aus, Mrs Korechnya.«

»Ich finde, du solltest mich Lily nennen. Wir sind doch jetzt Freundinnen, oder nicht?«

Sarah kam sich töricht vor, weil ihr Tränen in die Augen stiegen und ihr die Kehle eine Minute lang wie zugeschnürt war. Seit gestern war ihr ständig zum Weinen zumute, dabei war es doch überhaupt nicht traurig, dass Lily Korechnya ihre Freundin sein wollte! Nur gut, dass Lily unten an der Leiter stehend immer weiterredete, während Sarah hinaufstieg und heftig blinzelte, um die Tränen zurückzudrängen. Oben angekommen, stand sie tatsächlich in einem Speicherraum, der aber völlig leer war. In ihrer Vorstellung herrschte in einem Speicher immer ein Durcheinander von kaputten Möbeln, Kisten mit Stofflumpen, leeren Gläsern und Flaschen, die voller Verheißungen steckten. Hier war der Speicher bloß ein großer, staubiger Raum mit zwei Fenstern, blanken Bohlen und Spinnweben in den Ecken. Aber der Blick durch die Gaubenfenster machte die fehlenden Schätze mehr als wett – meilenweit sah man übers Land hinaus. Kirchtürme, genau wie in Sarahs Vorstellung, in der Ferne ein Wald, und die Themse zog sich wie ein silbernes Schleifenband durch die Landschaft. Als Lily sich neben sie stellte und sie beide über die grünen und gelben Felder und Wiesen hinausblickten, wusste Sarah, dass Lily Korechnya ihr gleich etwas Wichtiges erzählen würde. Sie hatte sich ständig auf die Unterlippe gebissen und dann tief durchgeatmet, ohne ein Wort zu sagen.

»Ich fahre weg. Ich muss etwas Geschäftliches erledigen. In Indien.«

»Oh«, sagte Sarah. Es kostete sie alle Mühe, die Tränen,

die sie die ganze Zeit schon verdrängte, nicht doch noch zu vergießen. »Für immer?«

»Um Himmels willen, nein, aber es ist eine weite Reise. Ich werde sicher einige Monate fort sein.«

»Etwas Geschäftliches für die Zeitung?«

»Nein, etwas anderes.«

»Weiß Mr Harding schon davon?«

»Bislang noch nicht. Irgendein Kummer bedrückt dich, Sarah.«

»Sie haben Priester-Joe eingesperrt, dabei weiß ich genau, dass er die Männer nicht umgebracht hat. Er ist nicht böse. Verstehen Sie, er hat halt mal was auf den Kopf bekommen. Früher war er ein Prediger, und er klaut nur, weil er arm ist, und nicht, weil er schlecht ist.«

Mrs Korechnya fragte, wer denn Priester-Joe sei, und als Sarah erklärte, er sei mit Ellen befreundet, wie auch der Schwarze, der gerade umgebracht worden war, nickte sie nur und schaute nachdenklich drein.

»Dann müssen wir mit Inspektor Lark sprechen und ihm sagen, dass Priester-Joe immer sehr gut zu Ellen war. Wenn erwiesen ist, dass ein Angeklagter einen guten Charakter hat, geht das Gesetz oft freundlicher mit ihm um.« Dann blickte Mrs Korechnya wieder eine Weile zum Fenster hinaus. Schließlich sah sie Sarah ernst an. »Und wir müssen der Lehrerin sagen, dass Ellen gerade ihre beiden besten Freunde verloren hat und besonders freundlich behandelt werden sollte.«

Danach ging es Sarah sehr viel besser. Lily würde der Polizei sagen, dass sie einen Fehler gemacht hatten, und sie würden Joe wieder auf freien Fuß setzen, und dann würde alles wieder sein wie früher, nur besser, weil Ellen dann zur Schule ging, wo eine Lehrerin sich um sie kümmerte.

Wieder unten im Atelier angekommen, stand Lily in der Mitte des Raums und betrachtete die kahlen Wände. Dann ging sie zu ihrem kleinen Tisch am Fenster und hob die Hutschachtel darauf.

»Hier drin ist Papier, Sarah, und ich lege dir auch ein Tintenfass und Federn hinein. Das kannst du nach Hause mitnehmen und mir schreiben, wenn ich fort bin. Wirst du das tun?«

Sarah konnte nur nicken, und dann kam Ellen rotwangig mit einem Wickensträußchen in der Hand und einem unbeholfen geflochtenen Gänseblümchenkranz auf dem Kopf hereingehüpft. Sie drückte Lily den Strauß in die Hand und rannte gleich wieder hinaus.

XIX

Waterloo, 29. August 1864

Meine liebe Barbara,

ein Herr hat mir ein Kompliment gemacht, und ich wusste kaum, wohin ich blicken sollte, so wenig bin ich derartige Schmeicheleien noch gewohnt. Es muss die Vorstellung sein, vor Wintereinbruch in die Ferne zu segeln, was meine Wangen wieder »rosenrot« macht und meine Augen »funkeln« lässt, denn das sind genau die Worte, die Inspektor Lark verwendete. Zufällig warteten wir beide im Büro von Septimus Harding, und der Inspektor erklärte, wie sehr ihn meine offensichtliche Genesung freue. Dann wandte sich unser Gespräch einem Thema zu, das allgemein Aufsehen erregt, nämlich die Tatsache, das der einfältige Priester-Joe noch immer inhaftiert ist. John Lark sagte, ihm sei das sanftmütige Wesen des Angeklagten aufgefallen, und er habe sich aus ebendiesem Grund für dessen Freilassung eingesetzt, ganz zu schweigen davon, dass es an Beweisen mangelt. Aber ganz London, von den Zeitungen bis hin zu den Gerichten, drängt derart darauf, einen Mörder zu verurteilen, dass sein Einfluss nicht genügt.

Zudem sprach ich mit Inspektor Lark über die zwei kleinen O'Reillys. Ich habe den beiden Waisenmädchen gegenüber mütterliche Gefühle entwickelt. Sarah zu sehen wärmt mir immer das Herz, und ich verstehe mich gut mit ihr. Sie ist ein außergewöhnliches junges Mädchen, und allmählich beginne ich zu ahnen, dass sie das Zeug zur Schriftstellerin hat. Ich bedauere es nicht, keine eigenen Kinder zu haben; weder Franz noch ich sehnten uns nach einer Familie, wie einige Eheleute es tun. Uns beiden genügte die Gegenwart des anderen vollauf.

Auch Inspektor Lark sind die beiden außergewöhnlichen Mädchen aufgefallen, und er sprach von seiner Bewunderung für Sarah, denn nur ihrem starken Charakter sei es zu verdanken, dass sie und ihre Schwester nicht dem Verbrechen anheim gefallen oder im Armenhaus gelandet sind, wie es unter solchen Lebensumständen nur allzu leicht der Fall ist.

Vielen Dank, dass du mich über Ellen O'Reillys Fortschritte an der Westminster School auf dem Laufenden hältst und die Rektorin gebeten hast, ihr besondere Fürsorge zu schenken. Sarah hat mir schon von ihrem Verdacht berichtet, dass Ellen nicht regelmäßig zur Schule geht und wenn doch, dass ihre Aufmerksamkeit zu wünschen übrig lässt. Offenbar schreibt sie in ihr Heft nichts von dem, was sie lernen soll, sondern füllt die Seiten mit Zeichnungen von Schlössern und Meerjungfrauen. Ich neige dazu, deinen Kolleginnen zuzustimmen, dass das Mädchen innerlich bedrückt ist, wenn sie tatsächlich mehr mit sich als mit anderen Kindern spricht und deshalb von gemeinsamen Spielen ausgeschlossen wird. Kinder haben selten Mitgefühl und passen sich allzu rasch den allgemeinen Umgangsformen an, wie ihre Eltern es ja auch tun. Ich glaube, Ellen hat in ihrem kurzem Leben mehr Trauer erlebt, als sie bewältigen kann, und ich mache mir Sorgen, dass das ihre Gesundheit beeinträchtigt. Ein Problem der institutionalisierten Erziehung ist, dass jeder kleine Mensch ein eigenes Wesen hat. Ich habe die Sorge, dass eine Schülerin mit Ellens Eigenarten bei einem Schulinspekteur leicht den verkehrten Eindruck erwecken könnte. Es gibt in London einige schauderhafte Heime für Kinder, die nicht der Norm entsprechen, und wir müssen zumindest diejenigen schützen, bei denen es uns möglich ist. Wie die Anstalten für Frauen mit »nervösen Beschwerden« sind diese Heime wenig mehr als ein Gefängnis, und ich bin überzeugt, dass sie mehr Schaden anrichten als Nutzen.

Ich trage den Anhänger mit Franzens Haar stets um den Hals und habe das Gefühl, als gäbe er mir dadurch Kraft, denn wenn ich ihn anlege, durchströmt mich eine Woge der Energie. Es ist ein wunderschön und erlesen gearbeitetes

Schmuckstück, trotz Mrs Vespers Misstrauen! Meine Haushälterin missbilligt, dass ich den Anhänger trage, davon bin ich überzeugt, obwohl ich den Grund dafür nicht weiß. Wenn ich sie nicht kennte, würde ich sogar sagen, dass sie Angst davor hat, denn als sie ihn einmal aufnahm, erblasste sie und legte ihn sofort wieder aus der Hand.

Ich reise in Begleitung des Inders Govinda nach Indien, der stets in Lady Herberts Nähe weilte. Zuerst hatte ich angenommen, er sei ihr Diener, habe aber mittlerweile herausgefunden, dass er im Dienst des Maharadschas von Benares steht. Da Lady Herbert verstorben ist, und da es im Rahmen der polizeilichen Ermittlung zu den Morden, die Priester-Joe zur Last gelegt werden, ohnehin bekannt werden wird, kann ich dir jetzt sagen, dass Lady Herbert ein sehr besonderes Juwel in ihrer Obhut hatte, das dem Maharadscha von Benares gehört und seit dem Tod des Juweliers in Hatton Garden verschwunden ist. Dieses Juwel besaß, wie Lady Herbert sagte, gewisse »Kräfte« und sollte dem Maharadscha zurückgebracht werden. Ich habe über diese Sache mit Govinda nicht gesprochen, denn meines Wissens tat das bereits Inspektor Lark, und insgesamt ist die Angelegenheit äußerst delikat. Wir haben uns lediglich über die bevorstehende Reise unterhalten, und er hat mir versichert, dass ich in der Residenz des Maharadschas ebenso willkommen sein werde wie dereinst Lady Herbert.

Meine Liebe, ich bin in Eile, denn es ist bereits Mittagszeit (Martha achtet darauf, dass ich keine einzige Mahlzeit ausfallen lasse), und an meinen letzten Tagen in London habe ich sehr viel zu tun.

Ich werde dir unfehlbar und in aller Ausführlichkeit von meinen Reisen berichten.

Wie immer in tiefer Freundschaft,

Lily

XX

*M*rs Vesper entzündete ein Feuer und zog im Salon die Vorhänge zu, damit die Laternen der Waterloo Street den Raum nicht erleuchteten. Die bunten Schwanzfedern der Pfaue leuchteten im Schein der Flammen, Schatten tanzten um sie herum. Sie hatte auf dem Blumenmarkt Madonnenlilien gekauft und sie in die puderblaue Wedgwoodvase aufs Klavier gestellt. Seit dem Tod des Herrn waren im Haus keine Lilien mehr gestanden, aber davor hatte ihr Duft in den Sommermonaten immer den Salon erfüllt.

Lily Korechnya bemerkte die Blumen sofort, als sie den Raum betrat. »Ich dachte, die Vase sei kaputt, Martha, denn ich habe sie eine ganze Weile nicht gesehen.«

»Nein, Madame, ich hatte sie nur verstellt.« Es war nicht notwendig, ihr zu erklären, dass die blaue Vase verschwunden war, bis Martha sie im Schrank des Herrn in der Spülküche wiederfand. Dabei hatte er nie etwas für englisches Steingut übrig gehabt und die Keramik aus Böhmen für weitaus hochwertiger erachtet. Es hatte den Anschein, als hafte der Geist des Herrn noch immer an diesem Haus.

Es machte Lily befangen, sich im Salon aufzuhalten, das entging Martha nicht. Sie schauderte sogar, obwohl es nicht kühl war und eigentlich noch zu warm, um den Kamin zu entzünden. Martha hatte das alles nur gemacht, weil es der letzte Abend war, den die Herrin in der Waterloo Street verbrachte, bevor sie nach Indien reiste, und bald würden alle Räume kalt und verlassen sein. Sie hatte so eine Ahnung, und sie wusste nicht, was sie bedeutete, aber etwas im Haus würde sich verändern und nichts würde mehr so sein, wie es gewesen war.

Martha steckte die Nadeln, die ihre Leinenhaube befestigten, neu, wie sie es in einer bestimmten Stimmung zu tun pflegte, und ihre Herrin kannte sie gut genug, um jede Geste zu deuten.

»Sie werden mir fehlen, Martha. Ich habe meiner Bank und meinem Anwalt geschrieben, dass Sie bis zu meiner Rückkehr die Vollmacht über all meine Angelegenheiten haben. Ich weiß, dass Sie alles, auch das Haus, in meiner Abwesenheit gut verwalten werden.«

»Das werde ich, Madame. Und ich werde mich freuen, wenn Sie wiederkommen.« Martha rückte erneut ihre Haube zurecht und stocherte im Feuer.

»Ich habe noch eine Bitte an Sie. Ich habe Sarah O'Reilly gesagt, dass sie zu Ihnen kommen darf, wenn sie und ihre Schwester in Schwierigkeiten geraten. Je länger Joe im Gefängnis ist, desto zurückgezogener wird die kleine Ellen. Zumindest haben sie ihn noch nicht nach einer Woche gehängt, was ja oft passiert, wenn die Bevölkerung lauthals Vergeltung fordert. Ich glaube, dass Inspektor Lark alles tut, um das Polizeigericht in der Bow Street von ihm fern zu halten. Er deutete an, dass Joe alles zugeben würde, wenn sie ihn noch einmal verhören, weil er wie ein Kleinkind weint, wenn sie auch nur in seine Nähe kommen.«

»Es ist eine schreckliche Geschichte, Madame.«

»Offenbar ist ihr einziger Beweis nach wie vor die Steinschleuder. Alle drei Opfer hatten den gleichen Fleck auf der Stirn, und die Polizei sagt, dass er von einem Stein aus einer Steinschleuder herrührt. Vermutlich wurde das Opfer damit betäubt, bevor ihm dann die Luftröhre zerquetscht wurde. Es ist zu schrecklich, sich vorzustellen, dass der Mörder oder, sollten es zwei Schuldige sein, sie beide noch die Straßen unsicher machen.«

»Dann glauben Sie nicht, dass der Einfältige die Morde begangen und das Juwel gestohlen hat?«

»Nein, das glaube ich nicht, und Inspektor Lark auch nicht. Dass das Geschmeide angeblich gestohlen wurde, ist pure

Sensationslust, und ich verstehe gar nicht, wie die Vermutung überhaupt in die Welt kam. Die Diamanten sind nicht gefunden worden, aber Lady Herbert hat sie vor ihrem Tod auch nie als gestohlen gemeldet. Meiner Ansicht nach weiß der Inspektor, wann er einen Mörder und einen gerissenen Dieb vor sich hat, und nach allem, was Sarah mir gesagt hat, ist der angeblich gefährliche Verdächtige ein sanfter Riese. Priester-Joe war als Kleinkrimineller bekannt, aber ich weiß, dass gewisse Zeitungsleute alles dafür tun, damit er als Mörder gehängt wird.«

Es hatte Martha nur mäßig überrascht, als die Herrin ihr erklärte, sie würde nach Indien reisen. Seitdem Mrs Korechnya Cynthia Herbert kennen gelernt hatte, war dieses Land in immer größere Nähe gerückt, und noch mehr, seitdem Lady Herberts Diener mehrfach gekommen war. Und jetzt sollte er ihre Herrin von Bristol aus an Bord der *Kenyon*, einem Passagierdampfer erster Klasse, nach Bombay begleiten.

Als die Haushälterin sich erkundigt hatte, ob Mrs Korechnya das Haus in ihrer Abwesenheit bewirtschaftet haben wolle, hatte sie erschrocken gerufen: »Aber Martha! Wenn Sie damit meinen, ob ich noch Ihre Dienste brauche, dann ja. Ich werde nur den Herbst und Winter über fort sein.«

Martha Vesper bedauerte, dass Mrs Korechnya das Haus nicht mehr so nutzte wie ehedem. Ein Haus brauchte Leben und Lachen, um heimelig zu werden, sonst wurde es unwohnlich für alle außer den Geistwesen. Trotzdem, wenn ihre Herrin weiterhin in der Waterloo Street wohnen und sie als Haushälterin behalten wollte, würde Martha mit Freuden dort bleiben. Und wenn die O'Reilly-Mädchen sie besuchten, umso besser, denn jemand musste sich ja um sie kümmern, vor allem um die Kleine. Sie war unglaublich empfindsam – ihr fehlte eine Hautschicht, so nannte man solche Menschen; und Martha vermutete, dass das Mädchen die anderen Wesen sah, aber sicher war sie sich noch nicht.

»Ich kümmere mich gerne um die Mädchen, Madame, und da sie beide eine Vorliebe für heiße Schokolade entwickelt haben, bin ich überzeugt, dass ich sie gelegentlich zu sehen bekommen werde.«

»Ich habe Sarah Papier und Tinte gegeben, und sie hat mir versprochen zu schreiben. Schicken Sie mir doch bitte ihre Briefe und dazu alle Neuigkeiten, die ich Ihrer Ansicht nach wissen sollte, solange ich unterwegs bin. Es werden aber nur wenige Schiffe fahren, die mir Post rechtzeitig vor meiner Rückkehr mitbringen könnten, und nach Neujahr sollten Sie mir nichts mehr schicken.«

»Gut, Madame. Seien Sie versichert, dass hier alles seinen geordneten Gang nehmen wird.«

»Daran zweifele ich nicht, Martha. Und jetzt muss ich mich zurückziehen, denn ich werde früh aufstehen, um nach Bristol zu fahren, und die Kutsche wird den ganzen Tag unterwegs sein.«

Einen Augenblick lang nahm die Haushälterin den Schatten ihrer Herrin wahr, und sie glaubte, dort neben der Gewissheit einer sicheren Überfahrt auch eine Gefahr aufflackern zu sehen.

»Geben Sie Acht, Madame, denn es gibt ungewöhnliche Glauben in dem Land, und ich habe gehört, dass allein stehende Frauen dort nicht sicher sind.«

»Eine allein stehende Frau ist in der Welt der Männer nie sicher, Martha. Govinda gibt auf mich Acht, und er wird sicher aufpassen, dass mir nichts zustößt. Ich glaube, er kehrt in den Dienst des Maharadschas von Benares zurück, da niemand hier ihn mehr benötigt. Gute Nacht, Martha. Sie brauchen nicht aufzustehen, um mich zu verabschieden.«

»Ich werde vor Morgengrauen auf sein, Madame. Es geht doch nicht an, dass Sie ohne Frühstück aufbrechen!«

Gerade als Lily den Salon verlassen wollte, wurde draußen an der Tür geklopft. Abrupt blieb sie stehen und sah stirnrunzelnd zu Martha.

»Wer sollte zu dieser späten Stunde noch kommen?«

Das fragte Martha Vesper sich auch, als sie den Riegel zurückschob und die Tür öffnete. Auf der Schwelle stand der

Inspektor aus der Marlborough Street. Er war rasiert und trug einen neuen Rock, sah aber so reserviert aus wie eh und je; heute jedoch lag auch eine gewisse Trauer auf seinem Gesicht.

»Ich entschuldige mich vielmals für die späte Stunde, Mrs Vesper, aber ich muss noch dringend mit Ihrer Herrin sprechen, bevor sie abreist.«

Es war in der Tat eine sehr vorgerückte Stunde, und jedem anderen Besucher, der eine Witwe um diese Zeit aufsuchte, hätte Martha die Tür gewiesen. Da es aber den Anschein hatte, dass der Inspektor in einer polizeilichen Mission kam, nickte sie und führte ihn in den Salon.

Nachdem Lark Lily einen guten Abend gewünscht hatte, entschuldigte er sich erneut. Martha Vesper blieb zögernd in der Tür stehen. Aus Vorsicht, wie sie sich sagte.

Im Schein des Feuers wirkte der Polizist regelrecht gut aussehend, denn die Makel, die das Tageslicht hervorhob, wurden von den Schatten weich gezeichnet. Mit einem raschen Blick nahm er die satten Farben und die edle Ausstattung des in Kerzenlicht getauchten Raums in sich auf; es schien, als würde das alles ihn besänftigen.

»Ich will Sie nicht lange aufhalten, Mrs Korechnya. Ich suche Sie auf, um Sie über den Fortgang im Fall des angeklagten Priester-Joe zu informieren. Es ist keine gute Nachricht, aber ich glaube, es ist besser, wenn Sie sie von mir erfahren und nicht durch andere Kanäle. Ich komme unmittelbar aus der Zelle des Gefangenen in Newgate, wo er gestanden hat, Mord in drei Fällen begangen zu haben. Unter diesen Umständen ist es mir nicht mehr möglich, mich für seine Unschuld einzusetzen, und wenn wir nicht durch ein Wunder den tatsächlich Schuldigen finden, wird er am Montag hingerichtet werden.«

Den Inspektor schien diese unglückselige Botschaft schwer zu bedrücken. Lily setzte sich und bedeutete ihrem Besucher, ebenfalls Platz zu nehmen. Er nickte zum Dank, blieb aber stehen.

Lily presste die Handflächen gegeneinander. »Und was ist

das Motiv, Inspektor? Wie soll ein einfältiger Mensch den Mord an drei Männern planen, die er nie gekannt hat und denen er nichts Böses wollen konnte?«

»Das dritte Opfer, den Inder, kannte Joe allerdings doch.« Lark seufzte. »Aber es ist bar aller Logik.«

»War es ein erzwungenes Geständnis? Ihrem ersten Bericht entnahm ich, dass gewisse einschüchternde Maßnahmen ...«

Lark schüttelte den Kopf. »Nach dem ersten Verhör habe ich sichergestellt, dass ich bei jedem weiteren anwesend war. Ich bin überrascht und fassungslos, anders kann ich es nicht sagen.«

Martha bekam den Eindruck, dass der Polizist noch etwas hinzufügen wollte, dass er am Feuer sitzen und sich seiner Bürde entledigen wollte. Sie hatte das Gefühl, dass die Last seiner Arbeit ihn mehr denn je ermüdete, ebenso wie die Ohnmacht der wenigen guten Menschen in einer Stadt voller Lügner und Diebe.

Ihre Herrin zögerte, als überlege sie ihre nächste Frage gründlich. »Und was ist mit dem Schmuckstück, das laut den Erkenntnissen der Presse die Ursache für all diese Todesfälle ist?«

»Ich komme mit meinen Ermittlungen nicht zum selben Ergebnis wie die Zeitungen. Es ist in der Tat so, dass eine Lieferung geschmuggelter Steine über die Werft bei Temple Pier nach London gelangte und dass ein Hafenaufseher, der bei solchen Einfuhren beide Augen zudrückte, das erste Opfer war. Es stimmt auch, dass der Juwelier Finkelstein ein besonders erlesenes Schmuckstück fertigte, möglicherweise aus ebendiesen Steinen. Ja, der Schmuck ist verschwunden, entweder seit dem Mord an Finkelstein oder seit dem Tod von Lady Herbert. Da das Stück nicht in ihrer Sammlung aufgelistet und beschrieben ist, kenne ich nur die Zeichnung, die ich Ihnen zeigte; die muss als Beweis seiner Existenz gelten. Wenn Priester-Joe daran beteiligt war, dieses Juwel zu stehlen, fresse ich einen Besen. Ich kann mir höchstens vorstellen, dass er ein Geständnis abgelegt hat, um jemand anderen zu schützen.«

»Und wenn das Schmuckstück gefunden würde – was dann?«

»Das könnte die Hinrichtung ein wenig hinauszögern, aber nicht lange, denn er hat die Morde gestanden.« Inspektor Lark sah ins Feuer und steckte geistesabwesend eine Hand in die Tasche, dann besann er sich eines Besseren.

»Wenn Sie möchten, dürfen Sie gerne rauchen, Inspektor. Tabakgeruch stört mich nicht im mindesten, mein Mann rauchte gerne.«

Er nickte dankbar und zog aus seiner Tasche ein dünnes Silberetui hervor, aus dem er einen Zigarillo holte und ihn an einer Kerze auf dem Kaminsims anzündete.

Einen Moment sagte keiner ein Wort, und Martha zog sich zurück. Wenn der Inspektor unter anderem auch deshalb gekommen war, weil er sich von Lily Korechnya verabschieden wollte, wie sie es vermutete, würde er das nicht in ihrer Gegenwart tun. Und es war offensichtlich völlig ungefährlich, die beiden alleine zu lassen.

Als Martha alles für den kommenden Morgen zurechtgelegt hatte, ging sie zu Bett. Vom Ende des Flurs aus konnte sie sehen, dass die Tür zum Salon noch einen Spaltbreit offen stand und dass im Raum offenbar noch Kerzen brannten.

XXI

Sarah wusste, dass sie den Tag nie vergessen würde, auch wenn er wie alle anderen begann. Sie hatte Ellen zur Schule gebracht und bei der frisch gestrichenen Holzpforte gewartet, bis die adrette Lehrerin ihre Schwester an der Hand nahm und sie in das schmucke Häuschen führte. Dann winkte sie Ellen zum Abschied noch einmal zu, tat, als bemerke sie den kummervollen Ausdruck in deren blauen Kulleraugen nicht, und ging The Strand entlang rasch zur Paternoster Row. Besorgt fragte sie sich, ob Ellen wohl den ganzen Tag in der Schule bleiben würde. Manchmal blieb sie, manchmal nicht. Den Weg am Fluss entlang nahm Sarah seit den Morden nicht mehr so gerne. Außerdem ließ das Wasser sie auch immer an den Schreck denken, als sie glaubte, das Küken sei hineingewatet, um die kleine Meerjungfrau zu suchen.

Auf dem Weg zur Arbeit dachte sie daran, dass Mrs Korechnya jetzt schon auf hoher See sein musste, da sie vor zwei Tagen abgesegelt war. Wie es wohl sein mochte, auf einem Schiff in ein fernes Land unterwegs zu sein? Sarah konnte sich nicht an den Gedanken gewöhnen, dass Lily Korechnya nicht mehr in der Waterloo Street war, denn in letzter Zeit hatte sie fast jedes Mal dort vorbeigesehen, wenn sie auf der anderen Seite des Flusses etwas zu tun hatte.

Nach dem letzten Besuch in Kensington hatte sie die blaue Hutschachtel nach Hause in das White Hart getragen und den ganzen Abend damit verbracht, die Papierbögen herauszunehmen und immer wieder mit der Hand über die seidige Oberfläche zu streichen. Sie rochen anders als das Papier aus Espartogras, auf das der *London Mercury* gedruckt wurde.

Das Büttenpapier roch sauber, ein ganz eigener Duft, der ihr ein kribbeliges Gefühl im Magen machte. Mrs Korechnya hatte auch ein Tintenfass und zwei hübsche Kiele mit Silberspitze und Ebenholzhalter in die Schachtel gelegt. Sarah war der Umgang mit Kielfedern noch nicht ganz vertraut, denn bislang hatte sie immer nur mit Bleistift geschrieben oder mit Kreide auf Schiefer, wie Ellen jetzt in der Schule. Sie hatte das Schreiben auf alten Zeitungen geübt, bevor sie es wagte, das makellose Papier hervorzuholen und ihren ersten Buchstaben darauf zu setzen.

Das Satinfutter der Hutschachtel, in dem der Stapel Büttenpapier lag, hatte eine Tasche für Handschuhe, die mit hübschen kleinen Knöpfen verschlossen wurde, und offenbar musste Lily etwas darin vergessen haben, denn die Tasche war nicht leer. Aber es lagen keine Handschuhe darin, sondern Briefe, die an Mr Korechnya adressiert und einzeln mit scharlachrotem Seidenband umwickelt waren. Sarah steckte sie in die Tasche zurück, ohne sie zu lesen, denn bestimmt waren sie sehr persönlich und kostbar.

Sie traf gleichzeitig mit Inspektor Lark bei der Zeitung ein. Der Inspektor war in solcher Eile und derart in Gedanken vertieft, dass er sie erst bemerkte, als sie »Guten Morgen, Sir« sagte.

»Guten Morgen, Sarah.«

»Ist bei Ihnen alles in guter Ordnung, Sir?« Sie verkniff sich die Frage, die sie ihm jedes Mal stellte, wenn sie ihn sah – er hatte ihr versprochen, ihr Bescheid zu geben, sobald er etwas über Priester-Joe erfuhr.

»Ich wollte mich gerne mit dir unterhalten.«

Das bedeutete schlechte Nachrichten, denn wenn es eine frohe Botschaft wäre, würde er sofort damit herausrücken. Sarah erwiderte nichts.

»Komm mit, ich gehe zu Mr Harding.«

Dem Herausgeber hing eine weiße Serviette um den Hals, und er aß gerade eine Schweinepastete. Er sah aus, als habe er die ganze Nacht am Schreibtisch verbracht, sein Kinn war unrasiert und der Backenbart stand struppig von seinen Wangen ab, wie immer, wenn er ihn nicht ölte. Natürlich wurden beim *London Mercury* bei Sonnenuntergang die Gaslampen entzündet und brannten dann bis zum folgenden Morgen, aber es war sehr ungewöhnlich, dass der Herausgeber die Nacht mit den Druckern und Schreibern verbrachte.

»Guten Morgen, Sarah, guten Morgen, John.« Er biss noch einmal in die Pastete und deutete auf die sterbende Glut im Kamin.

»Plötzlich ist es recht herbstlich geworden, nicht wahr?« Diese Worte richtete er an Sarah, die sich vor dem Feuer wärmte.

»Ja, Sir, das stimmt.« Da wusste sie, dass die beiden Männer ihr etwas wirklich Schlimmes sagen würden, denn sowohl Septimus Harding als auch Inspektor Lark beobachteten sie verstohlen und taten, als gäbe es nichts zu besprechen, während sie Sarah sonst einfach nicht beachteten und sich gegenseitig ins Wort fielen.

»Sie werden Priester-Joe hängen, nicht wahr?«

Lark stieß ein Seufzen aus, das seine Schultern erzittern ließ, und der Herausgeber schob seine halb gegessene Pastete fort und nahm die Serviette ab.

»Ja«, sagte Lark.

»Aber er war's doch gar nicht!« Sarah spürte Panik in sich aufsteigen, die ihre ganze Brust ausfüllte, sie merkte kaum, dass sie sich in den Stuhl gegenüber von Mr Harding fallen ließ, ohne dass er ihr den Platz angeboten hätte.

»Wir konnten nichts mehr tun«, sagte der Herausgeber.

»Sie haben Mr Melville die ganzen Lügen schreiben lassen, Sir.«

Kurz herrschte entsetztes Schweigen. Das war Sarah egal. Sie hatte bloß die Wahrheit gesagt.

»Der *London Mercury* druckt keine Lügen.« Septimus Harding war weiß um die Lippen, doch seine Stimme klang beherrscht wie immer. »Mr Melville ist ein altgedienter Schreiber dieser Zeitung, und auch wenn ich dir Recht gebe, dass seine Prosa … sehr farbig ist, wird ein Gefangener nicht durch die Presse angeklagt und verurteilt.«

Darauf gab Sarah keine Antwort. Sie hörte gar nicht richtig zu. Wenn Mr Harding mit dieser strengen Stimme sprach, hörte sie ihm nie zu.

Lark trat zu ihr und legte ihr eine Hand auf die Schulter. »Priester-Joe hat die Morde gestanden, Sarah.«

Das war zu viel. »Nein! Sie lügen! Nie im Leben hat er das!« Dann sprang sie auf, lief aus dem Büro und zum Gebäude hinaus. Mr Parsimmons rief ihr etwas nach, als sie an seinem Schreibtisch vorbeirannte, aber sie blieb erst stehen, als sie die Waterloo Bridge überquert hatte. Sie merkte gar nicht, welche Richtung sie eingeschlagen hatte, bis ihr einfiel, dass Lily Korechnya nicht in der Waterloo Street war. Fast hätte sie kehrtgemacht. Dass Lily nicht da war, machte alles noch viel schlimmer. Aber sie wusste nicht, wohin sie sonst gehen sollte, und so trat sie vor die smaragdgrüne Tür und klopfte mit gesenktem Kopf an.

Es kam ihr vor, als würde Leisetreterin sich freuen, sie zu sehen, und das erleichterte sie; sie hatte sich schon Sorgen gemacht, sie wäre mit ihren ewigen Besuchen eine Plage geworden. Anstatt sie wie sonst in die Bibliothek zu führen, nahm Mrs Vesper sie nach hinten in die Küche mit, wo in einem großen Kupferkessel auf dem Herd Wasser für die Wäsche kochte. Die Haushälterin stellte keine Fragen, sondern setzte nur den Milchtopf auf und bereitete eine Schokolade zu. Und als sie sprach, galt ihre erste Frage Ellen.

»Sie redet nicht viel, also weiß ich nie recht, wie's ihr geht, außer wenn ich's in ihrem Gesicht lesen kann oder merke, dass sie nachts wach ist.«

»Sie schläft also nicht besonders gut?«

»Manchmal ist sie nachts merkwürdig. In letzter Zeit immer öfter.«

»Dann bring sie doch mal her zu mir. Jetzt, da die Herrin fort ist, brauche ich etwas, um mir die Zeit zu vertreiben, und ich würde sagen, ihr beide könntet ab und zu ein gutes Essen vertragen, und deine Hosen sind jedes Mal, wenn ich sie sehe, noch mehr zerrissen.«

Darüber musste Sarah lächeln. Dann fiel ihr wieder ein, weshalb sie gekommen war. »Sie wollen Joe aufhängen.«

Die Haushälterin nickte nur und rührte in der Schokolade.

»Das haben Sie schon gewusst?«

»Der Polizist war hier und hat es Mrs Korechnya am Abend vor ihrer Abreise gesagt.«

Sarah ließ den Kopf sinken und starrte auf ihre staubigen Stiefel. Also wusste Lark seit mindestens drei Tagen Bescheid. Das bedeutete, dass Joe höchstwahrscheinlich am nächsten Montag gehängt würde. Sarah spürte, wie sich ihr Kummer und ihr Elend bis in die Magengrube ausbreiteten.

»Ellen weiß es noch nicht.«

»Dann müssen wir uns die richtige Zeit und den richtigen Ort überlegen und es ihr ganz sanft beibringen, und wir müssen zusehen, dass sie am Tag der Hinrichtung nicht in die Nähe von Newgate kommt. Ich würde sagen, dass diese Küche der richtige Ort ist, und zwar heute Abend nach einem guten Essen. Bevor wir morgen früh hören, wie die Zeitungsjungen die Nachricht herausposaunen.«

Sarah war vor der Mittagszeit wieder in der Paternoster Row. Sie ging über die Haupttreppe in den dritten Stock, um nicht das Büro des Herausgebers passieren zu müssen. Im tiefsten Inneren wusste sie, dass weder Mr Harding noch Lark etwas für Joe hätten tun können, aber sie war trotzdem wütend und fühlte sich verraten, und es gab niemanden sonst, dem sie Vorwürfe machen konnte. Als sie an Mr Parsimmons vorbeiging, schaute er auf, doch anstatt sie zu tadeln, wie er es sonst zu tun pflegte, warf er ihr sein freundlichstes Lächeln zu. Dabei zeigte er seine verfaulten Zähne, wodurch er noch hässlicher aussah als sonst. Bestimmt war er zu Mr Harding gegangen, um ihm von ihrem ungestümen Verhalten zu berichten, und der Herausgeber hatte ihm eingeschärft, sie nicht zu schimpfen. Das war immerhin etwas. Im dritten Stock waren sie weniger mitfühlend, denn Sarah hatte darauf geachtet, dass keiner der Setzer von ihrer Freundschaft mit Priester-Joe erfuhr. Früher oder später würden sie es allerdings von selbst herausfinden. Wenn man bei einer Zeitung arbeitete, blieb nichts für längere Zeit ein Geheimnis. Und wie sie befürchtet hatte, würde die morgige Ausgabe des *London Mercury* von Joes Geständnis und dem Tag der Hinrichtung berichten. Sie musste sehr an sich halten, den Tag zu überstehen, ohne Jack Thistlewite eine vor den Latz zu knallen, vor allem, als er meinte, er habe ja die ganze Zeit schon gesagt, dass Priester-Joe ein gemeingefährlicher Verbrecher war, und er es nicht erwarten konnte, ihn am Strick baumeln zu sehen. Am allerliebsten wäre sie zu Jacks Tenakel marschiert und hätte Melvilles Text in kleine Stückchen zerfetzt. Fast hätte sie es sogar getan – sie stellte sich vor, wie gut sie sich dann fühlen würde, und den Ausdruck auf seinem Gesicht, wenn ihm klar wurde, dass die neueste Sensation der Mordgeschichte nicht in der morgigen Zeitung stehen würde. Dann stellte sie sich Mr Hardings Gesicht vor, wie er ihr sagte, sie dürfe nicht mehr für die Zeitung arbeiten, und dass er ihr die Möglichkeit geboten habe, von der Straße wegzukommen, und dann konnte sie es doch nicht tun. Sie ging sowieso davon aus, dass sie früher oder später vom Herausgeber hören würde wegen ihres Benehmens am Morgen.

Aber er ließ sie den ganzen Tag nicht rufen. Sarah drehte sich gerade eine Zigarette für den Nachhauseweg, als seine rundliche Gestalt in der Tür zur Setzerei erschien. Totenstille breitete sich aus, als die Metteure Mr Harding bemerkten. Seit Sarah für den *Mercury* arbeitete, hatte sie ihn nie im dritten Stock gesehen.

»Guten Abend, die Herren.«

Ein Chor von »Guten Abend, Sir« ertönte.

»Ah, da bist du ja, Sarah.« Sie begegnete Jacks Blick und sah, dass seine Augen sich noch mehr weiteten – nicht nur, dass der Herausgeber in die Setzerei kam, er kam auch noch eigens wegen des Lehrlings.

»Kommst du zu mir ins Büro, Sarah?«

Sie nickte und folgte ihm zwischen den Tenakeln hindurch die Treppe hinab. Mr Harding sagte kein Wort, bis sie in seinem Büro waren und er die Tür hinter sich geschlossen hatte.

»Keine Angst, ich will dir keine Vorhaltungen über dein plötzliches Verschwinden heute Morgen machen. Die Umstände waren ... außergewöhnlich.«

»Ich hab keine Angst, Mr Harding.«

»Ja, das glaube ich gerne, obwohl ich mir nicht sicher bin, ob das immer so gut ist.« Er unterbrach sich und kniff die Augen zusammen. Es war, als versuchte er, ihr Gesicht zu lesen, aber sie würde sich hüten, sich anmerken zu lassen, wie schrecklich ihr innerlich zumute war.

»Ich bin mit deiner Arbeit sehr zufrieden, und auf Empfehlung von Mrs Korechnya habe ich mir überlegt, dich seriösere Texte setzen zu lassen.«

Sarahs Herz machte einen Satz. »Das würde mir gut gefallen, Sir.«

Mr Harding räusperte sich und rieb den Tintenfleck auf seinem Zeigefinger. »Ich hoffe, du denkst wegen dieser Sache nicht schlecht vom Zeitungsgewerbe. Eines Tages wirst du vielleicht erkennen, dass es dir doch viel Gutes zu bieten hat.«

»Nein, Sir, das tu ich nicht.«

Septimus Harding musterte sie eingehend. »Gut so, Mädchen. Gut, und jetzt sage ich dir, worüber ich mit dir reden wollte. Am Nachmittag habe ich einen Brief von Mrs Korechnyas Haushälterin bekommen, die, wie wir wissen, mit ihrer Meinung nicht hinter dem Berg hält. Sie hat mich gebeten, dir einen Tag freizugeben, am Montag, wegen ...« Er zögerte.

»Wegen der Hinrichtung.«

»Ja, wegen der Hinrichtung. Ich habe ihr geantwortet, dass du den Tag nach ihren Vorstellungen verbringen sollst. Ich kann dir auch sagen, dass Mrs Vesper an Inspektor Lark geschrieben hat und ihn bittet, sie sobald wie möglich aufzusuchen. Das wird allerdings kaum vor der Hinrichtung möglich sein, denn diese vermaledeite Sache beschert ihm viel Arbeit. Verstehe ich es recht, dass deine Schwester kränklich ist?«

»Nicht richtig krank, Mr Harding, aber ganz gesund ist sie auch nicht.«

»Na, dann musst du dich gut um sie kümmern. Ihr habt Glück, dass ihr Frauen wie Mrs Korechnya und Mrs Vesper kennt, die sich eurer annehmen.«

»Das denke ich auch, Sir, und das sage ich mir auch immer wieder.« In letzter Zeit hatte sie allerdings nicht das Gefühl, dass sie besonders viel Glück hatte, und sie musste sich immer mühsam ins Gedächtnis rufen, dass sie ein Dach über dem Kopf und eine Arbeit hatte und dass sie nicht hungern musste – das konnten nicht alle behaupten. Trotzdem, jedes Mal, wenn sie an Priester-Joe dachte, wie er allein in seiner Zelle saß und auf den Tod wartete, drehte sich ihr der Magen um, und sie wollte in Tränen ausbrechen, aber um Ellens willen zwang sie sich, ruhig zu bleiben.

Mit jedem Schritt, der sie Devil's Acre näher brachte, wurde Sarah beklommener zumute. Über den Gassen lag eine Stille, die sie vor Vikrams Tod und Joes Verhaftung nicht gekannt hatte. Türen waren geschlossen, die sonst außer in den dunkelsten Wintermonaten immer offen standen, und nicht einmal Bettler oder Hunde streunten herum. An diesem Abend war es allerdings nicht die Stille, die ihr so zu schaffen machte, sondern der Gedanke, ihrer Schwester die Sache mit Joe sagen zu müssen. Zumindest würde Mrs Vesper ihnen ein warmes Essen vorsetzen, das war doch etwas, worauf sie sich freuen konnte.

Ellen saß nicht bei Ruby in der Küche, also ging Sarah zu den Heringsbooten, und da war sie, hockte auf einem flachen Stein und sah ein paar Gassenjungen zu, die Steine im Wasser springen ließen. Einer von ihnen hatte eine Steinschleuder und starrte auf eine Möwe, die gerade an einem Heringsskelett herumpickte. Sarah musste daran denken, dass vielleicht einer von diesen Bengeln an dem Abend, an dem Vikram ermordet wurde, mit Joes Schleuder in der Gasse gespielt haben könnte.

Er ließ doch ständig alle möglichen Kinder mit den Sachen spielen, die sie in seinen Taschen fanden. Da sprang Ellen auf und lief zu Sarah, und die Möwe flog davon, bevor der Junge auf sie zielen konnte.

Als sie später über die Waterloo Bridge gingen, schien Ellen ganz zufrieden zu sein und lächelte sogar, als ein Kesselflicker vor ihr den Hut zog. Nur Sarah machte der Spaziergang keinen Spaß, obwohl der Himmel bei Sonnenuntergang wunderhübsch rosa und golden schimmerte. Ihre Gedanken überschlugen sich, hüpften von einer Sache zur nächsten, und hätte Ellen sie nicht gewarnt, wäre sie geradewegs in einen Haufen frischen Pferdedung getreten. Vor allem machte sie sich Sorgen, dass ihre kleine Schwester nicht stark genug sein würde, noch einen Schlag hinzunehmen, und sie wünschte sich, ihr nicht sagen zu müssen, dass Priester-Joe so gut wie tot war. Dann dachte sie über die Beweislage nach, die laut den Zeitungen »erdrückend« war. Vermutlich bedeutete das, dass Joe erwiesenermaßen ein Mörder war. Was, wenn es doch einer der Gassenjungen aus dem East End gewesen war, der mit Joes Steinschleuder herumgespielt hatte? Es würde Joe ähnlich sehen, die Schuld auf sich zu nehmen, weil er den Jungen, wer immer es gewesen sein mochte, kannte und ihn die Schleuder hatte nehmen lassen. Bestimmt hatte er nicht im Traum daran gedacht, dass er dafür am Galgen landen würde.

Als sie schließlich am Küchentisch in der Waterloo Street vor den gefüllten Tellern saßen, war es Sarah von den vielen Sorgen so flau im Magen, dass sie die Schweinekoteletts und den Talgpudding kaum essen konnte. Es gab auch Klöße und Erbsen, und Mrs Vesper sagte, das wäre genau das Richtige, damit sie beide etwas Fleisch auf die Rippen bekamen.

Gerade als die Haushälterin einen dampfenden Kirschauflauf aus dem Ofen nahm, klopfte es an der Tür, und Sarah fand, dass Mrs Vesper gar nicht überrascht wirkte. Dann kam sie mit Inspektor Lark in die Küche zurück. Sarah starrte ihn an, ohne zu wissen, was sie sagen sollte. Sie hatte ihn nicht mehr gesehen, seit sie neulich aus dem Büro gelaufen war. Sie hätte nicht geglaubt, dass sie sich freuen würde, wenn sie ihn wiedersah, aber jetzt freute sie sich doch. Vielleicht konnte er Joe ja trotzdem noch helfen. Lark setzte sich neben Ellen und aß mit den beiden Mädchen eine Portion Kirschauflauf, während Martha Vesper sich geschäftig daranmachte, das Geschirr in die Spülküche zu tragen.

Ellen hatte den Polizisten nicht aus den Augen gelassen, seit er den Raum betreten hatte, und nachdem er seinen Teller leer gegessen und Mrs Vesper gedankt hatte, sagte sie: »Die lassen Joe nicht raus, stimmt's?« Vor Schreck ließ Sarah ihre Gabel fallen, und Lark fegte weiter Krümel von seinem Rock.

»Warum glaubst du das, Ellen?«, fragte er nach einer ganzen Weile.

»Weil Sie traurig sind, und Sarah auch, und niemand hat nix von Joe gesagt, und deswegen sind Sie jetzt auch hier, oder?«

Dann erklärte Lark ihnen mit seiner tiefen, ruhigen Stimme, wie es sich verhielt: Sobald ein Angeklagter ein Schuldgeständnis abgelegt hatte, konnte man nichts mehr tun, denn niemand würde versuchen, ihm das Gegenteil zu beweisen. Aber über die Hinrichtung sagte er noch immer kein Wort.

»Aber er war's nicht!«, rief Sarah. Sie spürte, wie die Panik wieder in ihr aufstieg, versuchte aber, es sich nicht anmerken zu lassen. Ellen war schrecklich ruhig, was noch schlimmer war, als wenn sie gewütet und geweint hätte. Wenn sie bekümmert war, wurde sie nur immer stiller und zog sich zurück, und manchmal wünschte Sarah sich, sie würde öfter weinen.

Lark brachte sie nach Hause, und Ellen hielt sich an seiner Hand fest, was ihm anfangs offenbar etwas unangenehm war, wie Sarah glaubte, aber dann schien er sich darüber zu freuen. Auf der Waterloo Bridge blieben sie stehen und schauten auf die nächtlichen Fischerboote, die mit brennenden Laternen hinausfuhren. Nach einer Weile erzählte Sarah dem Inspektor von ihrem Verdacht mit der Steinschleuder und den Gassenjungen und meinte, vielleicht könnte er zum Fluss hinuntergehen und selbst mit ihnen reden. Er willigte ein, aber im Herzen wusste sie, dass es zu spät war. Ellen wusste es auch, sie hatte den eigenartigen Ausdruck im Gesicht, als hätte sie eine Vision gehabt.

»Es tut mir Leid«, sagte Lark, als sie das White Hart erreichten, und Sarah konnte sehen, dass er es ernst meinte.

Wie versprochen, kam der Inspektor am nächsten Tag, sobald Sarah von der Arbeit zurück war, zu den Docks. Sie gingen ein Stück am Fluss entlang zu drei Gassenjungen, die bis zu den Knien im Sand steckten und mit Stöcken im Schlamm herumwühlten.

»Guten Abend«, sagte Lark, und die Jungen schauten mit großen Augen zu ihm auf.

»Seid ihr Freunde von Priester-Joe?«

Bevor er ein weiteres Wort sagen konnte, waren die drei aufgesprungen und sausten davon. Lark rief ihnen etwas nach, aber davon ließen sie sich nicht aufhalten. Sie waren alle flinke Läufer, und sie wussten, wann sie einen Polizisten vor sich hatten, auch wenn er keine Uniform trug.

»Wahrscheinlich glauben sie, dass sie Ärger kriegen«, sagte Sarah. »Vielleicht hätten Sie nichts sagen sollen.«

»Und wie soll ich sie verhören, wenn ich nichts sage?«

Sarah zuckte mit den Schultern. Woher sollte sie das wissen? Er war doch der Polizist.

Sie gingen bis zur Waterloo Bridge, und bei jedem Schritt merkte sie, dass ihr die Verzweiflung wie Galle in die Kehle stieg. Sie konnte die Sache nicht begreifen, das war das Schlimmste. Als sie schließlich glaubte zu platzen, wenn sie die Frage nicht stellte, schoss es aus ihr hervor: »Warum hat Priester-Joe gesagt, er war's, wo er's doch nicht war?«

»Vielleicht hat ihm jemand zu viel Angst eingejagt, als dass er die Wahrheit sagen konnte, Sarah. Leute, die so vertrauensselig sind wie Joe, eignen sich gut als Faustpfand richtiger Verbrecher. Vielleicht wusste Joe nicht einmal, dass er etwas Falsches machte.«

»So einfältig war Joe auch wieder nicht. Sie haben ihn nicht gekannt – er wusste genau, was richtig ist und was falsch ...«

»Ein Dieb war er trotzdem, Sarah.«

»Ein Dieb ist etwas anderes als ein Mörder. Und es ist besser, einen Kanten Brot zu klauen als zuzusehen, wie die ganze Familie verhungert. Ich hab Glück gehabt, dass ich das nie habe tun müssen, aber das Glück hat nicht jeder. Und wie's aussieht, ist es mit Joes Glück jetzt endgültig vorbei.«

XXII

Südatlantik, 18. September 1864

Meine liebe Barbara,

seit über zwei Wochen sind wir bereits auf See, und dies ist der erste Tag, an dem meine Hand ruhig genug ist, um schreiben zu können. Ich bin sehr dankbar für den Komfort einer eigenen Kabine, denn der Seegang und das Wogen und Wiegen des Schiffs haben mir übel mitgespielt.

Ich hatte von Lady Herbert Ratschläge erhalten, die sich als unschätzbar erwiesen haben – Ratschläge, die sie mir gab in der sicheren Überzeugung, dass ich diese Reise tatsächlich antreten würde, und die sich auf die Gegenstände beziehen, die eine Dame für ein derartiges Unterfangen benötigt. Am willkommensten unter meinen Vorräten sind zwei Dosen mit einfachen Keksen, denn ich konnte bislang wenig anderes zu mir nehmen. Auf Lady Herberts Rat hin nahm ich auch gewürzten Tee mit sowie einen Petroleumkocher, auf dem ich ihn zubereiten kann, außerdem etwas Brandy, der sich gewiss als sehr nützlich erweisen wird, wenn meine Übelkeit vergangen ist!

Meine Kabine ist wenig mehr als ein Schrank und bietet Platz lediglich für meine Reisetruhe (auf der mein Tintenfass steht), eine Koje und den Eimer mit meiner Tagesration an frischem Wasser. Es genügt kaum zum Waschen, nachdem ich das notwendige Trinkwasser abgeschöpft habe, und ich habe mir rasch angewöhnt, bescheiden zu sein. Lady Herbert hatte mir auch empfohlen, die älteste Unterkleidung mitzunehmen, wofür ich ihr sehr dankbar bin. Ich werfe die getragenen Sachen einfach zum Bullauge hinaus, denn auf hoher See Wäsche zu waschen ist ein beschwerliches Unterfangen.

Wie es heißt, hatten wir günstiges Wetter, obwohl es mir von meiner Koje aus gelegentlich sehr stürmisch erschien, wenn ich durch das kleine runde Fenster erst die See, dann den Himmel und dann wieder die See erblickte. Offenbar ist der Südatlantik berüchtigt wegen der Winde und des wechselhaften Wetters, und der Kapitän ergötzt sich daran, Geschichten von unglückseligen Schiffen zu erzählen, die bis nach Südamerika abgetrieben wurden. Das ist aber die weitaus erfreulichere Variante im Vergleich zur Möglichkeit, an die felsigen Ufer von Afrika gespült zu werden, wo Überlebende laut meiner fragwürdigen Quelle gefangen genommen und zu Sklavenmärkten verschleppt werden. Der Kapitän, der mir bei unserer ersten Begegnung im Hafen von Bristol als wahrer Gentleman erschien, hat sich um 180 Grad gewandelt, seit wir Segel gesetzt haben. Sobald die Taue losgebunden waren, eignete er sich eine schier unglaubliche Härte und Missmutigkeit an. Einmal beobachtete er eine Passagierin, die, von Seekrankheit übermannt, sich weit über die Reling beugte, und ich hörte ihn sagen (wobei ich darauf verzichte, ihn wortwörtlich zu zitieren), welche Torheit es sei, Frauen an Bord zu lassen. Offenbar wurden mehrfach Klagen laut über die rüde Sprache und den starken Alkoholkonsum der Matrosen, und ich habe bemerkt, dass Prüderie die Laune des Kapitäns nicht eben hebt.

Ich halte mich von der Gesellschaft anderer fern, und das tun auch die wenigen Passagiere, die wohlauf genug sind, um sich an Deck zu ergehen. Vielleicht werden wir etwas geselliger, wenn wir bessere Seeleute geworden sind, denn der größere Teil der Reise liegt noch vor uns, und ohne Gesellschaft wird es sicher eintönig werden. Bislang empfand ich nur das Bedürfnis, mit meinem außergewöhnlichen Begleiter Govinda zu sprechen. Ich bin ihm sehr gewogen, seit er meine Unpässlichkeit bemerkte und mir ein Stück Ingwerwurzel gab, von dem ich eine Scheibe abschneiden, in kochendem Wasser ziehen lassen und dann trinken sollte – ein wohlschmeckender und heilsamer Sud.

Ich glaube, dass Govinda in einer der Hängematten schläft,

die abends für die Mannschaft an der Steuerbordseite aufgehängt werden. Die Tage verbringt er mit einem dicken Buch, das er, die Beine untergeschlagen, in einer ruhigen Ecke am Bug sitzend liest. Noch habe ich keine einzige Seite dieses Werkes zu sehen bekommen, denn er klappt es zu, sobald ich mich nähere, und auf dem Tucheinband steht kein Titel. Der Umschlag ist allerdings wunderschön, scharlachrote Seide mit goldenen orientalischen Schriftzeichen und Mustern. Wenn wir uns besser kennen, werde ich mich erkundigen, was er da liest, auch wenn ich mich frage, ob ich wohl je mit ihm vertraut sein werde, denn er erachtet es offenbar für überflüssig, Stille mit Worten zu füllen, und hat eine erfrischende Abneigung gegen müßiges Gerede.

25. September 1864

Eine weitere Woche ist vergangen, und wir segeln nach wie vor mit guter Geschwindigkeit – »Knoten«, wie Seeleute das Verhältnis von nautischen Meilen und notwendiger Zeit, sie zu überwinden, nennen. Gezählt werden sie anhand der tatsächlich in bestimmten Abständen in ein dickes Tau gebundenen Knoten, und dieses Tau wird, mit einem Gewicht beschwert, über die Seite geworden. Je schneller das Schiff fährt, desto schneller gleitet das Tau vom Deck. Es verlangt großes Können, ein Schiff bei Wind und Wetter zu navigieren, sodass ich große Achtung vor der Schiffsmannschaft habe, die manchmal tage- und nächtelang keine Rast hat. Jedes Schiff ist eine treibende Insel voller Männer, und wenn man sieht, wie sie ihr Schiff pflegen – wie sie das Messing polieren und die Segel ölen und flicken –, könnte man meinen, dass selbst die härtesten und verlebtesten Angehörigen des starken Geschlechts einen großen Hang zur Häuslichkeit haben. Die Decks werden mehrmals am Tag geschrubbt, doch habe ich erfahren, dass das mitnichten aus Gründen der Reinlichkeit geschieht, sondern um zu verhindern, dass die Planken durch die Hitze schrumpfen.

Den Äquator haben wir bei Gabun überquert, und die Temperatur ist in unvorstellbare Höhe geklettert. Ich, die ich keine größere Hitze als die im sommerlichen Italien und Spanien kenne, hätte mir nie die Gewalt des Mistrals von Nordafrika oder die sengende Sonne der südlichen Hemisphäre vorstellen können. Ich trage ausschließlich Baumwollkleider und werde mir wohl ein weiteres kaufen müssen, in einer hellen Farbe, sobald wir in Simonstown am Kap der Guten Hoffnung anlegen.

Mein Zustand ist so weit wiederhergestellt, dass ich mich an der Seeluft erfreuen kann, und ich habe einige Frauen kennen gelernt, deren Kajüten in meiner Nähe liegen (die Kojen für allein stehende männliche Passagiere befinden sich auf dem gegenüberliegenden Deck). Bei meinen Nachbarinnen handelt es sich um eine Schar Missionarinnen, die dasselbe Reiseziel haben wie ich: Benares. Drei aus der Gruppe heißen Mary, was bei unseren Unterhaltungen bisweilen eine amüsante Verwirrung stiftet. Benares, so habe ich erfahren, ist der heiligste Ort der Hindus, und eben von dort aus möchten diese gottesfürchtigen Damen die ganze Nation zum Christentum bekehren. Ein ehrgeiziges Ziel, und man muss die Standhaftigkeit ihres Glaubens bewundern, wenn auch nicht ihre Engstirnigkeit. Ihre Gesellschaft ist ein wenig bieder, aber nicht gänzlich fade, bis sie anfangen, von der immensen Bedeutsamkeit ihrer Mission zu sprechen. Ihre unverhohlene Missachtung für die uralte Religion des Hinduismus verstört mich. Als ich den Glauben als einen solchen bezeichnete, war eine der Marys schockiert, dass ich behaupten könnte, es gebe einen anderen Glauben als den biblischen.

Was meine Bekanntschaft mit Govinda betrifft, so habe ich Fortschritte gemacht und erfahren, dass sein Buch das heiligste aller hinduistischen Bücher ist, die *Bhagawadgita*. Diese Texte sind in Sanskrit verfasst, und deshalb bat ich ihn, mir die Unterschiede zu erklären, die zwischen seinem Glauben und dem, was er in England sah, bestehen.

Zuerst, so sagte er, müsse man verstehen, dass das »Brahman« die »göttliche Wirklichkeit« ist, die in allen Dingen existiert; und dass alles auf der Welt, jede Welle auf dem Meer, jede Brise, jedes Tier und jede Pflanze eine Manifestation des Brahman ist und somit ein Element des Göttlichen enthält. Dann wird die Sache weitaus komplexer, denn es gibt eine Vielzahl von Gottheiten. Drei von ihnen bilden das Trio der zentralen Götter – Brahma, Schiwa und Wischnu. Jeder von ihnen hat eine Gefährtin, und ich bin entzückt, dir berichten zu können, dass die Götter ihre Kraft von ihren göttlichen Begleiterinnen erhalten. Ich führe die Namen der Damen hier auf, denn wenn ich sie niederschreibe, prägen sie sich mir besser ins Gedächtnis ein, und zudem habe ich genügend Zeit. Brahma, der Schöpfer, ist mit der Göttin Sarasvati vermählt. Sie herrscht über den Bereich der Weisheit, des spirituellen Wissens, der schöpferischen Kraft und der Kunst. Sie kleidet sich ausschließlich in Gelb und sitzt auf einem Thron, der aus einer Seerose besteht. Lakshmi ist die Gemahlin Wischnus und Herrin des Glücks und des Wohlstands. Die schöne Paravati versüßt dem als Zerstörer bekannten Schiwa die Laune.

Es gibt eine Göttin, Kali, die mich überaus fasziniert. Meine Neugier wird nur verstärkt durch Govindas Bemühen, ihren Namen nicht auszusprechen, und durch die Tatsache, dass Kali als einzige der hinduistischen Göttinnen keinen männlichen Begleiter hat. Ebendiese erschreckende Gottheit ist die Stifterin des gefährlichen Kults des Thuggee, dessen Anhänger Menschen getötet haben, um die Opfer ihrer Göttin darzubieten.

Ich stelle fest, dass der Schlüssel zur indischen Philosophie nicht in der Logik liegt (jedoch ist dies ihre einzige Ähnlichkeit mit dem Christentum), sondern in der Überzeugung, dass Gott und Mensch eins sind.

Eine Besonderheit allerdings besticht mich über die Maßen, und zwar, dass die Zeit nicht linear verläuft, sondern dass Vergangenheit, Gegenwart und Zukunft nebeneinander bestehen. Dieses Mysterium heißt »Samsara« und ist der hinduistische Lebenszyklus von Leben, Tod und Wiedergeburt, wo alles Tun und Denken Folgen trägt. Govinda vergleicht das Denken mit einer Leinwand, auf der man ein Bild seines Lebens entwirft. Ich frage mich, ob er diesen Vergleich zieht, weil er weiß, dass in meinem Gepäck einige Bilder meines Mannes sind. In den modernen theologischen Werken zum Christentum, in denen ich zu blättern gezwungen war, steht nichts dergleichen, dass die Seele eine unsichtbare Energie ist, die ihre eigene Landschaft malt und ihr eigenes Schicksal webt. Ich muss gestehen, dieser Gedanke spricht mich sehr an.

Das wässrige Panorama, das mich in seiner Breite und seiner launischen Art anfangs ein wenig beängstigte, ist nun bisweilen eintönig, dann wieder berückender noch als die diesigen Landschaften, durch die meine Kutsche im ersten Morgenlicht nach Bristol fuhr. Ich habe das Meer so kalt und abweisend gesehen wie eine Stahlplatte, aber auch wie flüssiges Gold, wenn die Sonne beim Aufgehen und Sinken ihr Licht über das Wasser ergießt. Zu solchen Zeiten fühle ich mich der Gnade eines Göttlichen näher denn je in einer Kapelle oder Kirche, und ich fange an, die Verlockung des Meeres zu begreifen. Von meinen missionarischen Freundinnen habe ich erfahren, dass diese Pracht nicht zu vergleichen ist mit dem, was sie zu sehen hoffen, wenn die Verbindung vom Mittelmeer zum Roten Meer passierbar sein wird. Ganz London wartet ja gespannt auf die Fertigstellung des Suezkanals, aber bislang hatte ich dabei nicht die raschere Reisemöglichkeit ins biblische Land in Betracht gezogen!

Nur ein einziges Mal musste ich mich unter Deck wagen, um nämlich aus der Schiffsküche sauberes Wasser zu erbitten (das Wasser, das mir an dem Morgen im Eimer zugeteilt wurde, hatte die Farbe von schwachem Tee) – ein Ausflug, den ich nie wiederholen werde. Mir wurde unmissverständlich klargemacht, dass dies ausschließlich der Bereich des Kochs und seiner Männer ist, und hiermit nehme ich alle früheren Bemerkungen zurück, in denen ich mich anerkennend über die häuslichen Qualitäten des männlichen Geschlechts äußerte. Der Schiffsbauch ist, ganz abgesehen vom verwahrlosten

Zustand der Schiffsküche (ich sah eine Ratte, und du wirst mir sicher Recht geben, wenn ich behaupte, dass die Anwesenheit eines derartigen Nagetiers in einer Küche nichts Gutes verheißt), ein höchst unerquicklicher Ort. Hier drängen sich die unglückseligen Passagiere, die sich keine Kajüte an Deck leisten können. Privatheit bietet ihnen lediglich ein über einen Balken geworfener Vorhang. Der Gestank allein ist abstoßend, denn in nächster Nähe der menschlichen Unterkünfte liegen die Tierkäfige, in denen Enten und Hühner, Kühe und Schweine derart dicht gedrängt stehen, dass sie sich kaum bewegen können und die Begegnung mit dem Fleischerbeil sicherlich als Erlösung empfinden. Es gibt auch Pferde, die ich schnauben und stampfen hörte, und ich erfuhr, dass sie für ein Regiment in Bombay bestimmt sind. Wenn ich's recht bedenke, erinnert das Unterdeck mehr an eine Arche denn an einen Passagierdampfer.

Simonstown, Afrika, 11. Oktober 1864

Wir haben in Simonstown angelegt, und dort sitze ich nun an einem Tisch am Meer in einem hübschen, verträumten Fischerdorf. Ich kann gar nicht schildern, welche Freude es bereitet, auf festem Boden zu gehen, und habe meine Schuhe ausgezogen, um den Sand unter meinen Füßen zu spüren (was zwei holländische Damen am Tisch neben mir mit missbilligenden Blicken quittierten).

Die drei Marys und Co. haben eine Kutsche geheuert, um die Sehenswürdigkeiten in Constantia zu besichtigen, und schlugen mir vor, mich ihnen anzuschließen, aber ich begrüße die Gelegenheit, ihrer Gesellschaft zu entkommen. Stattdessen berichte ich dir von einem Gespräch, das ich eines Abends mit Govinda führte, als wir an Deck saßen und die Sonne flammend ins Meer sinken sahen. Als sie hinabgetaucht war, schimmerte das Meer wie eine Schale voll Juwelen, und ein Schwarm silberner Delfine tauchte am Heck auf und begleitete uns eine Weile. Sie wirkten so glücklich und verspielt, dass ich nicht umhin konnte, vor Freude zu lachen, als sie sprangen und tauchten. Ich bin überzeugt, dass sie von Natur aus kokett sind und sich an einem Publikum erfreuen.

An diesem Abend wollte mir das verschwundene Schmuckstück nicht aus dem Sinn gehen. Um ehrlich zu sein, hatte ich mir mehrmals überlegt, mich danach bei ihm zu erkundigen, und hatte insgeheim gehofft, Govinda würde von sich aus darauf zu sprechen kommen. Dieser Abend schien die richtige Gelegenheit, darüber zu sprechen, meine Neugier war einfach zu groß. So fragte ich Govinda, welche Bedeutung das Amulett habe, das ich einmal im Besitz Lady Herberts gesehen hatte. Ich erwähnte nichts von seinem Verschwinden oder dem vermuteten Diebstahl, das erschien mir allzu heikel. Seine stets gelassene Miene veränderte sich nicht, bis auf ein fast unmerkliches Zusammenpressen der Lippen. Diesem Hinweis konnte ich entnehmen, dass er mehr über das Schmuckstück wusste, als er Inspektor Lark gegenüber zugegeben hat. Er sagte, es sei aus einer bestimmten Kombination von neun farbigen Diamanten angefertigt und somit gefährlich für alle, die damit die himmlischen Wesen zu kontaktieren versuchten. Ich bat ihn, mir das näher zu erklären, denn mich verblüfft der Gedanke, ein Edelstein könne das berühren, was die Welt im Innersten zusammenhält. Doch Govinda sagte nur, dass Lady Herbert geglaubt habe, durch dieses Amulett Verbindung zur Geisterwelt und damit zu ihrem verstorbenen Ehemann aufnehmen zu können; er glaube sogar, sagte er, dass dieser Missbrauch der Steine sie letztlich das Leben gekostet habe. Er schien bedrückt von all dem, was er mir erzählte, und ich weiß, dass er selbst von diesem Aberglauben überzeugt ist.

In Simonstown ist es heiß und trocken, und die Sonne besitzt eine Leuchtkraft, die ich nie zuvor gesehen habe. Franz hätte diese Landschaft geliebt, wäre berückt gewesen, wie Blumen und Stoffe und die fremden Früchte auf dem Markt in diesem Licht leuchten. Die Menschen leben in frisch gestrichenen Bungalows aus Holz, und die afrikanischen Frauen tragen bunte, wallende Gewänder, sodass es scheint, sie seien in Regenbogen gehüllt. An den niederländischen Siedlern fallen vor allem ihre sehr weiße Haut und ihre helle Kleidung auf, und die breiten Strohhüte, aber sie versuchen nicht, das Land zu verändern, weder durch Kultur noch durch Architektur. Ich frage mich, wie viel England ich in Indien erleben werde. Ich fürchte, die Briten sind einheimischen Sitten gegenüber weniger rücksichtsvoll.

Nun haben wir die Südspitze Afrikas erreicht, die Hälfte der Strecke liegt hinter uns, und so richten sich meine Gedanken zunehmend auf das Kommende. Zum Teil fühle ich mich vom Unbekannten berauscht, zum Teil bin ich ein Nervenbündel. Erfreulicherweise habe ich Bekanntschaft auch mit einigen anderen Passagieren geschlossen und erfreue mich an der Gesellschaft unterschiedlicher Menschen. Es gibt einen Beamten der East India Company nebst Gemahlin, einen Pfarrer nebst selbiger und eine Gruppe Militärs, deren Ziel eine Garnison im bergigen Norden des Landes ist. Außerdem gibt es mehrere Frauen, die wie ich ohne Begleitung reisen. Eine kehrt zu ihrer Familie nach Bombay zurück, da sie das Queen's College in London abgeschlossen hat, eine ist ein Kindermädchen, das in Delhi in Stellung ist, und eine weitere ist mit einem moslemischen Inder verlobt. Diese Dame fasziniert mich am meisten, denn bald wird sie den Schleier tragen, mit dem Muselmaninnen das Haar und einen Teil ihres Gesichts bedecken müssen. Diese Aussicht erschreckt die junge Dame offenbar nicht, denn sie ist eindeutig verliebt, und der Himmel hängt für sie voller Geigen. Einige der Passagiere haben diese Reise bereits ein- oder mehrmals gemacht, und so habe ich zahlreiche Geschichten über Indien gehört, was meine Ungeduld, dort anzukommen, nur steigert!

Bombay, 15. November 1864

Wir haben Bombay erreicht, wo wir drei Nächte verbringen, bevor wir den Zug nach Benares besteigen. Wie mir gesagt wurde, dauert diese Reise eine Woche, und mir bleibt nur zu hoffen, dass die Missionarinnenschar einen anderen zeitlichen Reiseplan hat als ich!

Viele der Seiten, die ich dir in den letzten Wochen auf See schrieb, wurden vernichtet, als das Wetter plötzlich umschlug und eine ganze Kanne Tee über meine Reisetruhe verschüttet wurde, oder vielmehr: über meinen »Tisch«. Zum Glück drang die Flüssigkeit nicht in die Truhe ein, sie hätte sicherlich die weiße Baumwolle, die ich in Simonstown erstanden habe, ruiniert. Von diesem Zwischenfall abgesehen, verlief die zweite Hälfte der Überfahrt ohne besondere Vorkommnisse, und ich sehnte mich fast nach einem Piratenschiff, das der Eintönigkeit ein Ende bereiten würde.

Als endlich die Westküste Indiens in Sicht kam, bot sie einen höchst willkommenen Anblick, auch wenn sie anfangs kaum mehr als ein erhabener Schatten am Horizont war. Und als wir uns schließlich dem Hafen von Bombay näherten, drängten die Passagiere aufs Deck, beugten sich über die Reling, und alle waren sie gehobener Laune, sodass ich ganz frohen Herzens wurde.

Mein erster Eindruck dieser Stadt und dieses Landes waren die weißgoldenen Strände mit einem Fransensaum von Palmenwäldern. Mein zweiter Eindruck: der sehr ausgeprägte Geruch. Wäre ich ein Parfümier, könnte ich vielleicht versuchen, die einzelnen Duftstoffe zu identifizieren, die sich zu diesem betörenden Aroma vermischen, aber es ist zu vielfältig: die Schärfe unvertrauter Tabake und Gewürze, süß duftender Weihrauch und Jasmin, und darunter als feine Note der Geruch von Tieren. Hier laufen Kühe über die Straße in der Gewissheit, dass ihr Pfad ein heiliger ist. Zu sehen sind außerdem Kamele, Hunde, Elefanten, Pferde, Affen, und auf dem Markt entdeckte ich sogar einen Gepard an der Kette, der, wie mir gesagt wurde, zu verkaufen war!

Vom Taj Hotel, in dem ich für drei Nächte aufs Bequemste untergebracht bin, bietet sich ein grandioser Blick auf den Hafen mit all seinen Farben und seinem Treiben. Die Gebäude entlang der Promenade wurden von der East India Company errichtet und sehen entsprechend europäisch aus. Weiße Steinsäulen und neoromanische Pracht nehmen sich im sengenden

Sonnenlicht vor dem kornblumenblauen Himmel mehr als famos aus, obwohl die klassische Architektur inmitten von Pukha-Bungalows und Lehmhütten mit Palmdächern allerdings ein wenig fehl am Platz wirkt.

Im Hafen liegen große Dampfer, leuchtend bemalte Passagierschiffe und lange, schmale Fischerboote im kunterbunten Durcheinander vor Anker. Die Fässer, Kisten und Säcke werden von mehr Menschen be- und entladen, als ich je an einem Ort versammelt sah. Dunkelhäutige Fischer sitzen im Sand, nur mit einem Lendenschurz bekleidet, und flicken ihre Netze, während Frauen in limonengrünen und kirschroten Saris Körbe voll von Früchten oder Palmblättern auf dem Kopf tragen.

Auffällig ist die große Zahl von Männern, die nichts Dringlicheres zu tun haben, als den ganzen Tag am Boden zu hocken, Beteltabak zu kauen und immer wieder einen Mund voll leuchtend roter Flüssigkeit in den Staub zu spucken. Noch habe ich keine einzige Frau gesehen, die untätig gewesen wäre, und noch habe ich auch mit keiner einen Blick gewechselt, denn sie senken ihn scheu, wenn sie an mir vorbeigehen. Die Männer sind unverhohlener in ihrer Neugier, ich habe viele Augenpaare auf mir gespürt.

Es kommt mir vor, als wäre die Zeit hier weit weniger strukturiert, denn hier gibt es nicht die Geschäftigkeit und die zur Schau gestellte Emsigkeit, wie sie London prägen. Allein schon die Luft fühlt sich wie ein schwerer Umhang an und lässt mich träumen.

Mittlerweile ist es fast dunkel geworden, und mir wurde auf dem Balkon meines Zimmers ein Gin mit Zitrone serviert. Die vom Meer hereinkommende Brise ist lau, sie lässt die weißen Musselinvorhänge flattern, und die Düfte der Straße treiben zu mir herauf. Ich bin berückt von allem, das fremd und ungewohnt ist, und ich spüre schon jetzt neue Kräfte. In der Tat ist alles hier unvertraut, vom groben Stoff der Laken bis hin zum aromatischen Duft des Tees, der in einer zierlichen Kanne zieht. Hier erinnert nichts an mein früheres Leben.

Ich werde sicherstellen, dass dieser Brief auf das nächste Schiff gelangt, das nach London segelt, und mit etwas Glück wird er dich zu Weihnachten erreichen. Mit derselben Post schicke ich auch eine Karte an die Waterloo Street mit Weihnachtsgrüßen an Mrs Vesper und durch sie an Sarah und Ellen. Solltest du die Gelegenheit haben, sie von mir zu grüßen, dann tu das doch bitte. Vielleicht kannst du Sarah auch sagen, dass sie mir nur alles schicken soll, was sie schreibt, und dass ich ihr schreiben werde, sobald ich in Benares angekommen sein werde.

Ich hoffe, dass bei dir alles zum Besten steht. Es ist wohl kein Schaden, dass die mit Tee getränkten Seiten fehlen, denn dieser Brief ist auch so zu einer längeren Epistel geworden. Weitschweifig, wie er ist, war mir das Schreiben an eine liebe Freundin doch die beste Gesellschaft, und er übermittelt dir meine allerbesten Wünsche.

Lily

XXIII

Wenn der Tag anbrach, strömten Diebe, Huren, Raubeine und Vagabunden jeder Couleur an die Stätte der Hinrichtung und legten jede Abart von rüdem und abstoßendem Verhalten an den Tag. Prügeleien, Ohnmachtsanfälle, Pfiffe, grausame Scherze, lärmende Ausbrüche unanständiger Freude, wenn halb bewusstlose Frauen mit derangierter Kleidung von der Polizei aus der Menge geschleppt wurden, gaben dem allgemeinen Amüsement neuen Auftrieb.«

Charles Dickens über Hinrichtungen,
The Times

Sarah stand vom Tisch auf und schaute wieder nach Ellen. Wahrscheinlich war sie einfach keine gute Briefschreiberin. Die letzte Stunde war sie immer wieder aufgesprungen und hatte nur kostbares Papier mit unbrauchbaren Anfängen vergeudet. Jetzt brannte das Talglicht herab, und am liebsten würde sie zu ihrer anderen, weniger mühseligen Schreibarbeit zurückkehren und weiter ihre Schrift verbessern, indem sie Absätze mit den spannendsten und ausgefallensten Wörtern aus alten Ausgaben des *London Mercury* kopierte.

Alles wurde noch schlimmer dadurch, dass Ellen in letzter Zeit so ruhig schlief und Sarah es deshalb mit der Angst zu tun bekam. Immer wieder musste sie sich vergewissern, dass sich ihre Brust noch hob und senkte. Seit Ellen am frühen Abend auf die Bettstatt in der Ecke des Kellerraums gekrochen war, hatte sie sich nicht bewegt. Sobald sie von der Schule heimkam, legte sie sich nieder und blieb reglos liegen, die Augen in die Ferne gerichtet. Sie ging um keinen Deut lieber in die Schule als früher, aber zumindest streunte sie nicht mehr umher. Fast wünschte Sarah sich, dass sie es tun würde, dann wüsste sie wenigstens, dass ihre Schwester die Kraft hatte, sich am Fluss herumzutreiben und nach der kleinen Meerjungfrau Ausschau zu halten. Manchmal träumte Ellen schlecht und sagte dann Dinge, an die sie sich morgens gar nicht erinnern konnte. Das war nur gut so. Sarah wünschte sich auch, sie hätte einige der Dinge nicht gehört.

Bis auf den wirren blonden Schopf war von Ellen fast nichts zu sehen, alles war verborgen von dem neuen dicken Quilt aus bunten, zu hübschen Mustern arrangierten Quadraten. Er war ein Geschenk von Mrs Vesper, die ihn selbst genäht hatte. Sie hatte sie einmal besucht (was Sarah zu verhindern versuchte, aber Martha Vesper hatte eben einen Dickkopf) und ihnen danach neue Stiefel und Winterkleidung gegeben und eine hübsche Dose voll Schleifen für Ellens Haar. Außerdem kochte sie ihnen zweimal die Woche ein warmes Essen. Am liebsten würde sie die beiden wohl jeden Abend in der Waterloo Street haben, aber Sarah wollte nicht als Bettlerin dastehen. Trotzdem, dadurch hatten sie an den anderen Abenden mehr zu essen, und die Hosen schlackerten ihr nicht mehr so arg um die Taille. Ellen war allerdings nicht runder geworden, eher im Gegenteil, und ihre sonst so glänzenden Augen waren trüb, als würde ihre innere Lampe herunterbrennen.

Aber das Schönste, das Mrs Vesper ihr gegeben hatte, war ein Brief von Lily. Sie hatte ihn ihr feierlich überreicht, als sie gestern in der Waterloo Street gewesen waren. Es war ein dicker brauner Papierumschlag, und darauf stand in schwarzer Tusche und gestochener Schrift »Miss Sarah O'Reilly«. Überhaupt Post zu bekommen war aufregend genug, ganz zu schweigen davon, dass der Brief von Mrs Korechnya stammte und aus Indien kam. Das Papier war uneben und roch vertraut. Erst nach einer Weile fiel Sarah wieder ein, woher sie den Duft kannte – den hatten auch die Perlen verströmt, die Vikram Ellen geschenkt hatte.

Mittlerweile hatte Sarah Lilys Brief drei Mal gelesen, und das Schiff, das die letzte Post nach Indien bringen würde, die Mrs Korechnya noch vor ihrer Rückreise erreichte, würde bald ablegen. Aber Sarah fand einfach nicht die richtigen Worte. Der Gedanke, dass jemand – auch wenn es Lily Korechnya war – ihren Brief lesen würde, ließ sie erstarren, sodass sie nur dumme, einfältige Sätze zu Papier brachte, wie:

Liebe Lily Korechnya,
es ist komisch in London ohne Sie, und der Winter ist arg kalt.

Liebe Lily Korechnya,
der Palast des Maharadschas scheint großartig zu sein, und seinen Tiger würde ich nur zu gern sehen.

Liebe Lily Korechnya,
dies ist der allererste Brief, den ich je schreibe.

Sie musste daran denken, was Lily gesagt hatte damals, als sie zum ersten Mal nach Kensington fuhren – dass sie schrieb, um den Kopf zu ordnen. Aber Briefe waren eine andere Sache, das war das Problem. Sie würde Lilys noch einmal lesen, morgen nach der Arbeit, und dann würde sie ihr antworten. Irgendwie.

Zuerst war es ihr schrecklich schwer gefallen, die Tinte gleichmäßig von der Feder fließen zu lassen, und sie hatte gewünscht, sie würde einen Bleistift in der Hand halten. Wenn sie es sich nicht in den Kopf gesetzt hätte, dass Lily Korechnya eine schöne Handschrift zu lesen bekam, würde sie sich gar nicht mit der Feder abplagen. Aber jetzt hatte sie eine schöne Schrift bekommen, und falschen Stolz konnte man ihr wirklich nicht vorwerfen. Der war außerdem eine Sünde, wie Ruby sagte. Nicht dass Ruby sich allzu gut mit der Bibel auskannte; Sarah vermutete, dass sie ihre Kenntnisse über Sünde und Nichtsünde von Priester-Joe hatte, aus der Zeit, als er noch predigte. Von den Tagen sprach Ruby aber nicht; überhaupt hatte sie Joe seit der Hinrichtung kein einziges Mal erwähnt.

Seit Joe tot war, hatte Devil's Acre sämtliche Lebensfreude verloren. Es hatte zwar vorher nicht gerade davon gestrotzt, aber zumindest hatten die Leute früher keine Angst gehabt. Auch verhielten sie sich ihr und Ellen gegenüber jetzt anders, als wären sie sich nicht sicher, ob Joe nicht vielleicht doch ein Mörder war. Nur Ruby war die Alte geblieben, Gott sei Dank, und Sarah wusste, dass sie sich bemühte, munter zu sein, wenn sie Ellen sah, gleichgültig, wer am Tresen stand.

Seit einiger Zeit überlegte Sarah, welche Geschichte sich für einen Roman eignen würde, und hatte sich eine ausgedacht, die zumindest Ellen gut gefallen würde – von einem Mädchen mit blondem Haar, das einen indischen Prinzen kennen lernte und mit ihm fortsegelte, um weit weg vom tristen London in einem goldenen Palast zu leben.

Jetzt war sie erschöpft, und das Talglicht war fast heruntergebrannt. Sie holte ein neues Blatt Papier aus der Hutschachtel, tauchte die geschwärzte Silberspitze ins Tintenfass und schrieb eine ganze Seite voll, bevor die Flamme erlosch.

Als Sarah die Augen öffnete, saß Ellen auf der Kante des Bettes.

»Guten Morgen, Küken. Bist du mit den Hühnern aufgestanden? Wie wär's, wenn du raufgehst und den Kessel aufsetzt, damit wir Tee trinken können?«

»Tut es weh, wenn man gehängt wird?«

Sie hörte nie auf, an Joe zu denken. Am Sonntag vor der Hinrichtung hatte Mrs Vesper Ellen gefragt, wo sie am kommenden Tag hinfahren möchte, und Ellen hatte sich den Garten vom alten Haus in Kensington gewünscht. Sarah war erleichtert; sie hatte befürchtet, Ellen würde das Seilerfeld vorschlagen, und das war in der Nähe vom Old Bailey und dem Gefängnis von Newgate.

Selbst Kensington war nicht allzu weit vom Trubel der Hinrichtung entfernt, denn auf den Hausdächern und Balkons im Umkreis von einer Meile drängten sich Schaulustige, die für diese Plätze bezahlten. An allen Straßen, die nach Newgate führten, verkauften Händler gebratenen Fisch, Ingwerbier und Kirschpasteten. Ellen starrte bloß zum Fenster der Droschke hinaus und sagte kein Wort. Mrs Vesper war noch nie im alten Haus gewesen, und während Sarah ihrer Schwester half, ein vierblättriges Kleeblatt zu suchen, ging sie durch die Räume und blickte kopfschüttelnd durch die verstaubten Fenster nach draußen. Als sie wieder in den Garten kam, war sie in Begleitung eines großen Mannes, der einen vornehmen Anzug und einen Zylinder trug. Außerdem hatte er einen Schirm mit einem Messingknopf bei sich und eine große, flache Ledertasche. Er sah aus wie einer der Dandys, die immer auf den Stufen vor dem Old Bailey standen. Sarah konnte nicht verstehen, worüber die beiden sprachen, aber der Herr deutete mit dem Schirm auf das Dach und dann auf die Mauern des Hauses.

Als Sarah sich umdrehte, um nach Ellen zu schauen, war die Kleine nirgends zu sehen. Sarah suchte überall nach ihr, und gerade als sie in Panik geraten wollte, sah sie ihre Schwester reglos im hintersten Winkel des Gartens sitzen. Sarah fragte sich, ob sie wohl ein Kaninchen oder einen Fuchs entdeckt hatte, und trat extra vorsichtig auf. Als sie näher kam, öffnete Ellen zum ersten Mal an diesem Tag den Mund. »Jetzt ist er tot. Joe ist tot.« Das wiederholte sie immer und immer wieder, als müsse sie es sich ständig vorsagen, um es nicht zu vergessen. Sarah biss sich auf die Unterlippe, um nicht in Tränen auszubrechen. »Elly, komm her.« Mehr brachte sie nicht hervor. Als Ellen dann ihr Gesicht an Sarahs Brust vergrub, konnte sie die Tränen nicht mehr zurückhalten, und sie weinten beide, weinten und weinten – um Joe, um Mam und um Pa und wegen des ganzen Kummers, den sie in ihrem kurzen Leben gehabt hatten.

Schließlich richtete Sarah sich auf, rieb sich die Augen und sah Ellen an. Sie hatte sich nicht bewegt, schien aber ihre Frage nach dem Hängen vergessen zu haben. Zumindest etwas. Sie frühstückten, dann band sie Ellens Haar mit einer roten Schleife aus Mrs Vespers Dose zusammen, und an der Pforte zur Schule nahm sie sie fest in den Arm und schob sie auf den Hof.

Mr Harding hatte sein Versprechen gehalten, Sarah von Asthmatinkturen und Wunderelixieren zu befreien, aber in letzter Zeit freute sie sich trotzdem nicht auf das, was an ihrem Tenakel steckte. Ein paar Wochen hatte sie Vermietungen und Zimmer gemacht, Gesuche nach Schnupftabakdosenherstellern und Droschkenbauern, zu verkaufende elegante moderne Kutschen und hübsche braune Ponys sowie zahlreiche Gouvernanten »mit achtbaren Referenzen und von freundlicher Wesensart«, die nach einer Stellung suchten. Eine der jungen Damen, die eine solche Annonce aufgab, beschrieb sich als »ehrbare Offizierstochter mit höherer Bildung«. Sarah hatte den Eindruck, dass alle Frauen, die Arbeit suchten, auf ihre Achtbarkeit hinwiesen, während die Männer das offenbar nicht für nötig hielten. In der letzten Woche hatten das Kommen und Gehen reisender Würdenträger und die gesellschaftlichen Verpflichtungen der höheren Gesellschaft ihr das Leben schwer gemacht. Dabei war es ihr völlig egal, ob der Herzog von Cambridge am Freitag in seiner Residenz am Piccadilly ein Diner gab oder ob der Prinz von Preußen sowie ein Baron namens Oberlitz kürzlich die Gräfin Palmerston mit ihrer Gesellschaft beehrt hatten.

Im Zeitungshaus angekommen, blieb Sarah vor Mr Parsimmons' Empfangstresen stehen, tippte sich grüßend an die Mütze und wartete, ob er sofort einen Auftrag für sie hatte.

»Der Herausgeber will dich sehen, Sam«, sagte er, ohne eigentlich von seinem Rechnungsbuch aufzublicken. Es war sinnlos, ihn zu fragen weshalb, solche Informationen teilte er nie mit. Es gefiel ihm, geheimnisvoll zu tun, aber Sarah vermutete, dass er das nur machte, um überhaupt durchs Leben zu kommen. Wenn man so hässlich war wie Mr Parsimmons, musste man wenigstens eine Eigenheit haben.

Im Büro fand sie allerdings nicht den Herausgeber, sondern Inspektor Lark, der am Feuer stand.

»Guten Morgen, Sarah. Wahrscheinlich willst du zu Mr

Harding. Er ist in einer Minute wieder da. Komm, wärm dich am Feuer.«

Dann starrte er wieder in die Flammen. Sarah fand, dass er noch müder aussah als sonst. Er war die letzten Wochen sehr trübsinnig gewesen, was vermutlich mit Mrs Korechnya zu tun hatte und ihrem Fortsein, denn es passte nicht zum Inspektor, wegen einer Hinrichtung schwermütig zu werden. Dazu hatte er viel zu viele miterlebt. Sie wusste, dass er wegen Joe immer noch ein ungutes Gefühl hatte, weil er seit dem Tag damals an der Themse nicht mehr richtig mit ihr reden konnte. Sie wollte ihm sagen, dass sie ihm keine Schuld mehr gab. Sie wusste jetzt, dass er nicht für die Hetze gegen Priester-Joe verantwortlich war. Sie hatte doch gesehen, dass den Zeitungsjungen in der Fleet Street die Blätter aus der Hand gerissen wurden, wenn es um einen Mord oder eine Hinrichtung ging. Mr Dickens höchstpersönlich hatte an *The Times* geschrieben, um gegen das Treiben der Schaulustigen bei öffentlichen Hinrichtungen zu protestieren, und an einen Satz daraus erinnerte Sarah sich noch ganz genau, die »nach oben gereckten Gesichter der Zuschauer, so unsagbar abstoßend in ihrer grausigen Freude, dass ein Mensch allen Grund hat, sich zu schämen ob seiner eigenen Visage«.

Fieberhaft überlegte sie, wie sie Inspektor Lark wissen lassen konnte, dass sie ihn noch mochte. Er sah aus wie ein Mensch, der sich einsam fühlte. Dann fiel ihr ein, womit sie ihn aufheitern könnte. »Ich habe einen Brief von Mrs Korechnya bekommen.« Wie gehofft, wurde sein Gesicht bei der Erwähnung von Lilys Namen weicher.

»Geht es ihr gut?«

»Sehr gut. Sie hat Affen gesehen und einen Tiger, und der Prinz hält Frauen, als wären sie Pferde im Stall.«

Zu ihrer Freude musste der Inspektor darüber lächeln, aber bevor er eine Antwort geben konnte, trat Septimus Harding in den Raum.

»Ah ja, Sarah. Für dich habe ich heute einen ganz besonderen Auftrag.«

Sarah glaubte zu wissen, was sie erwartete.

»Du brauchst gar nicht so betreten dreinzuschauen, keine Sorge, dir bleiben die eintönigen Berichte über Wintergesellschaften erspart. Ich habe einen Artikel von Lily Korechnya bekommen, den wir als Beitrag zu Mr Evans' Kolumne ›Außergewöhnliche Frauen‹ bringen, obwohl es ein ungewöhnlicher Text ist. Höchst ungewöhnlich.« Der Herausgeber blickte ins Feuer, als überlege er, inwieweit es klug sei, ihr diese Arbeit zu überlassen, oder vielleicht auch, ob es klug sei, einen so ungewöhnlichen Text zu veröffentlichen.

»Ich soll ihn setzen, Sir?«

»Mrs Korechnya hat sich quasi zum Vormund deiner Entwicklung ernannt und hat ausdrücklich darum gebeten, dass du diesen Essay absetzt. Unter normalen Umständen würde ich das ablehnen, aber da in den laufenden Wochentagsausgaben kein Platz für neue Texte ist, kannst du ihn für die Samstagsausgabe machen.«

Sarah brachte kein Wort hervor.

»Ich gehe davon aus, dass du das tun möchtest?«

Sie nickte.

»Schön.« Er ging zum Schreibtisch und nahm mehrere beschriebene Blätter Papier in die Hand. »Die außergewöhnliche Frau, um die es hier geht, ist eine Hindugöttin namens Kali, Sarah.«

Als Sarah, Lilys Manuskript an die Brust gedrückt, das Büro verließ, nickte Inspektor Lark ihr lächelnd zu, und da wusste sie, dass zwischen ihnen wieder alles in Ordnung war.

XXIV

*M*artha Vesper hatte in ihrem Brief an Mrs Korechnya alles wiederholt, was der Immobilienmakler gesagt hatte. Er wirkte aufrichtig, und da Aufrichtigkeit eine in seinem Beruf seltene Eigenschaft war, hatte sie sich die Freiheit herausgenommen, sich mit Mrs Bodichon zu beraten, als die Freundin der Herrin einen Weihnachtsbesuch machte.

Mit Barbara Bodichons Zustimmung nahm Martha sich eine weitere Freiheit heraus und bat den Makler, den sie im alten Haus in Kensington kennen gelernt hatte, das Anwesen in der Waterloo Street zu begutachten.

Natürlich war ihr die Idee, die Waterloo Street aufzugeben, schon gekommen, noch bevor sie erfahren hatte, dass das Haus mit dem ehemaligen Atelier des Herrn zum Verkauf stand. Nicht ihretwegen, sie fühlte sich von den Anderen nicht gestört, aber wegen der Herrin, die unter ihrer Anwesenheit litt, auch wenn sie nie zugeben würde, dass sie nur deswegen bestimmte Räume nicht betrat. Martha war der Meinung, dass Mrs Korechnya ein ruhiges Zuhause brauchte und darüber hinaus eine neue Umgebung, und am besten wäre es, ihr während ihrer Abwesenheit ein neues Heim zu schaffen. Sie war sich sicher, dass die Herrin ihrem Urteil in diesen Dingen vertraute, denn als der Herr gestorben war, hatte sie notgedrungen die Leitung des Haushalts übernommen, und seitdem herrschte ein großes Vertrauensverhältnis zwischen ihnen.

Sobald sie Lilys Antwort erhalten hatte, die positiv war (sie schrieb, sie wünsche nicht, zu den Erinnerungen ihres früheren Lebens zurückzukehren), hatte Martha alles in Angriff genommen. In den Wintermonaten einen Dachdecker zu finden, war ein mühseliges Unterfangen gewesen, aber jetzt kamen die Arbeiten gut voran. Mit etwas Glück würde das Haus hergerichtet sein, bevor die Herrin Mitte März zurückkehrte. Die ganze Sache hatte Martha so auf Trab gehalten, dass sie schließlich die beiden O'Reilly-Mädchen um Hilfe beim Packen gebeten hatte. Jetzt stand der Salon voller Kisten und Bündel, und man musste aufpassen, um nicht die aufgestapelten Hutschachteln umzustoßen oder in eine Truhe zu laufen.

Sarah erhielt die Aufgabe, alle Bücher einzupacken, schließlich war die Bibliothek der Raum, den sie am liebsten mochte. Die Arbeit hatte das ganze Wochenende und drei Abende in Anspruch genommen, denn jedes Mal, wenn die Haushälterin den Kopf zur Tür hineinsteckte, sah sie Sarah in ein Buch vertieft auf dem Boden sitzen.

Die Kleine behielt Martha lieber in ihrer Nähe, um ein Auge auf sie haben zu können. Mittlerweile hatte sich ihre Vermutung bestätigt, dass Ellen die Anderen sehen konnte. Als sie gemeinsam die Gardinen im alten Schlafzimmer abnahmen, spürte das Kind die schattenhafte Gegenwart des Herrn sogar noch vor ihr. Martha hatte sich zu ihr umgedreht, weil sie in ihrer Bewegung einfach innegehalten hatte, und sah sie auf dem Bett sitzend in die Ecke starren. Und dort saß Franz in einem tiefen Sessel und spielte mit einem Schmuckstück. Zuerst hielt Martha es für eine Kette aus der Satinschatulle mit dem ganzen Schmuck, den Franz Korechnya seiner Frau geschenkt und den Lily seit seinem Tod nicht mehr angelegt hatte. Dann, als wollte er ihr einen besseren Blick ermöglichen, hielt er die Kette hoch, und Martha sah, dass es Lilys Haarbild-Anhänger war. Das war höchst erstaunlich. Die Haushälterin konnte es sich nur damit erklären, dass Mrs Korechnya ihn in Indien verloren hatte.

Trotz der vielen Mahlzeiten, der warmen Kleidung und der mütterlichen Zuwendung, die Ellen von Martha bekam, wurde sie nicht kräftiger, weder körperlich noch seelisch, und dazu hatte sie einen schlimmen Husten. Seit die Haushälterin die beiden gebeten hatte, ihr abends und an den Wochenenden zu helfen, lebten die Geschwister fast ausschließlich in der Waterloo Street. Martha war bewusst, dass Sarah viel zu stolz war, um etwas umsonst anzunehmen, und deswegen hatte Martha mehrmals betont, dass sie den Umzug von Waterloo nach Kensington unmöglich alleine bewältigen könne. Sie hatte noch weitere Pläne, was die Mädchen betraf, aber das musste bis nach der Rückkehr der Herrin warten.

Bevor die Packarbeiten begannen, sah die Haushälterin Sarah einmal neben Lilys Tisch in der Bibliothek stehen, auf dem ein großes Tintenfass stand. Sarah fuhr mit der Hand über die Lehne des Lederstuhls und beäugte sehnsüchtig das Fass.

»Du darfst dich ruhig hinsetzen, wenn du möchtest«, sagte sie, und Sarah fuhr zusammen.

»Nein, nein. Ich habe nur …« Ihr Wangen röteten sich ein wenig, und Martha lächelte freundlich.

»Die Herrin würde sich freuen, wenn dieses Zimmer in ihrer Abwesenheit benützt wird, denn hier wurde immer geschrieben.«

Damit ging sie hinaus. Als sie das nächste Mal den Kopf zur Tür hineinsteckte, saß Sarah mit einem Federkiel in der Hand am Tisch. Martha erkannte, dass sie einen inneren Drang hatte zu schreiben, und beschloss, einen weiteren Brief an Mr Harding zu verfassen und ihm mitzuteilen, dass sein Lehrling einer Ausbildung bedurfte und er sie von der Arbeit befreien solle, damit sie eine Schule besuchen könne. Dann würde wenigstens eine der beiden O'Reillys von dem neuen Gedanken profitieren, dass Mädchen einer Ausbildung würdig waren. Denn Ellen schien gar nichts von dieser Vorstellung zu halten, und seit einiger Zeit stand sie noch während der Schulzeit vor der Tür in der Waterloo Street. Bei einem Gespräch mit Mrs Bodichon einigten die beiden Frauen sich darauf, dass es für Ellens Gesundheit zuträglicher wäre, in der Gesellschaft der Haushälterin zu bleiben statt in der ihrer Mitschüler. Außerdem war sie so weit zurück, dass sie die Klasse im kommenden Jahr ohnehin würde wiederholen müssen.

Martha Vesper hatte nie eigene Kinder gehabt und glaubte, von ihren Eigenheiten wenig zu verstehen, aber dass mit der kleinen Ellen etwas nicht stimmte, merkte auch sie. Ihrer Ansicht nach hatte das auch nicht allein damit zu tun, dass das Mädchen seine Eltern verloren hatte und allzu dünnhäutig war. Vielleicht hatte Barbara Bodichon wirklich Recht mit ihrer Meinung, dass die Ermordung des Inders und Joes Hinrichtung eine viel zu große Last für das schmächtige Wesen waren. Martha konnte nichts anderes tun, als Ellen gut im Auge zu behalten und sie ständig zu beschäftigen, damit sie nicht zu sehr ans Jenseits dachte.

Bei Sarah verhielt es sich ganz anders. Die stand mit beiden Beinen fest auf der Erde und hatte einen gesunden Menschenverstand. Sie würde ihren Weg gehen, klug, wie sie war, und wissbegierig obendrein. Und in letzter Zeit sah sie auch eher wie ein richtiges Mädchen aus – seit dem Tag im Januar, als sie auf ihre nüchterne Art berichtet hatte, dass sie ihre Monatsblutung bekommen hatte. Sie schien stolz darauf zu sein, und dadurch fiel es Martha noch leichter, ihr zu zeigen, wo sie die Tücher auswaschen und wie sie aus getrockneten Himbeerblättern und Zitronenmelisse einen Sud gegen Krämpfe zubereiten konnte. Sarah trug zwar nach wie vor Hosen und eine wollene Mütze, aber sie ließ sich das Haar vom Barbier in der Fleet Street nicht mehr ganz so kurz schneiden, und mittlerweile fielen ihr ein paar Locken in das sommersprossige Gesicht. Und sie trug auch keine Männerhemden mehr, sondern gut sitzende Blusen, die Martha ihr aus blau gestreifter Baumwolle nähte, und dazu eine schwarze Samtweste, die schön zu ihren neuen schwarzen Stiefeln passte.

So war dieser Winter weitaus erfreulicher verlaufen als der vergangene, und Martha konnte kaum glauben, dass der Herr schon ein ganzes Jahr unter der Erde lag. Die ersten zwölf Monate waren immer die schlimmsten wegen der Jahrestage und der vielen damit verbundenen Erinnerungen. Sie hatte das Gefühl, dass Mrs Korechnya als neuer Mensch aus Indien zurückkehren würde, und freute sich, dass die Herrin nicht mehr die Räume mit den Schatten betreten musste. Die ließ man am besten einfach verblassen.

XXV

Kensington, 1. Mai 1865

Liebe Barbara,

ich hatte die feste Absicht, dir einen langen Brief zu schreiben, sobald ich festen Boden unter den Füßen haben würde, aber jetzt sind bereits sechs Wochen vergangen, bis ich heute zum ersten Mal ein bisschen Muße habe, mich hinzusetzen und mich meinen Gedanken zu überlassen.

Wie du weißt, ist die kleine Ellen O'Reilly von uns gegangen, bald nachdem Martha und ich die Mädchen bei uns aufgenommen hatten. Das war ein großer Schmerz. Ist es nicht grausam, dass diese Kinder den weiten Weg auf sich nahmen, um dem Hunger und der Armut in Irland zu entkommen, und hier nichts vorfanden als wieder Elend und Not? Aber dank ihres Verstandes und ihres Muts überlebten sie. Und in dem Augenblick, als Ellen einen Garten zum Spielen und warme Kleidung bekam, wurde sie uns genommen. Ich hatte nur wenig Zeit mit den Mädchen verbracht, aber ich sah sofort, wie krank Ellen war. Schon vor meiner Abreise war sie angegriffen an Körper und Seele, aber nach den sechs Monaten wirkte sie gequält. Martha kümmerte sich rührend um die beiden, und so war Ellens Tod ein schwerer Schlag für sie. Aber sie ist zu klug, um sich Selbstvorwürfe zu machen, und du weißt ja, dass sie ihre eigenen Ansichten über das Jenseits hat. Wer natürlich am meisten leidet, ist Sarah, und obwohl sie tapfer ist, merkt man doch, wie sehr ihre kleine Schwester ihr fehlt. Ich befürchte, dass sie ihrem entschlossenen Gesicht zum Trotz glaubt, sie habe nicht genug getan, um Ellen zu helfen. Aber niemand hätte das Kind retten können, und der Doktor erklärte uns, dass die Lungenentzündung rasch voranschritt und Ellen zu schwach war, um sich gegen die Krankheit zu wehren.

Sarah erzählte mir, dass Ellen keine Angst vor dem Tod hatte, und tatsächlich faszinierte sie das, was die Menschen nach dem Tod im Himmel tun, genauso wie das irdische Dasein. Martha ist überzeugt, dass sie die Gabe besaß, über das Diesseitige hinauszusehen. Bevor ich nach Indien fuhr, hätte ich diesen Gedanken vielleicht als Unsinn abgetan (denn ich hatte, wie viele von uns, Angst vor dem Tod). In Benares habe ich meinen Frieden mit dem Sterben geschlossen, denn dort betrachtet man es als Teil des Lebens, ebenso wie gewürztes Essen und den Duft von Sandelholz.

Es war Marthas Idee, dass ich die Vormundschaft über die O'Reillys beantrage und wir ihnen gemeinsam die Fürsorge geben, die ihnen seit dem Tod ihrer Mutter fehlte. Das schlug sie mir gleich an meinem ersten Abend in unserem neuen Zuhause vor. Ich hatte mir unterwegs bereits ähnliche Gedanken gemacht, sie aber nicht so weit verfolgt wie Martha: Bei meiner Rückkehr überreichte sie mir die entsprechenden Dokumente, die sie von meinem Anwalt hatte aufsetzen lassen. Sie versteht es besser, meine Angelegenheiten zu regeln, als ich selbst.

Sobald die Formalitäten erledigt sind – und das wird eine Weile dauern –, bin ich Sarah O'Reillys gesetzlicher Vormund, denn sie hat dem Vorschlag aus ganzen Herzen zugestimmt und wohnt seit einigen Wochen auch bei uns hier in Kensington. Sie bestand darauf, das Speicherzimmer zu bekommen, und dort verbringt sie viel Zeit mit Lesen und Schreiben als Vorbereitung auf das Queen's College für Mädchen, auf das sie im Herbst gehen wird.

Das Haus in Kensington ist kaum wiederzuerkennen mit den neuen Tapeten (Martha bat William Morris persönlich, zu kommen und die Farben für die Wände und Vorhänge auszuwählen) und den neuen Holzböden. Ich schreibe dir jetzt aus dem Zimmer, das früher Franzens Atelier war.

Durch die offene Tür sehe ich in den Garten hinaus, die Luft duftet süß. Als ich heute in der Frühe durch die hübschen Gässchen spazierte, pflückten Kinder Weißdorn- und Ulmenzweige, wie es sich auf dem Land traditionell am Morgen des ersten Mai gehört. Ich pflückte sogar selbst einen Zweig und stellte ihn in eine Vase auf unseren Tisch, auf dass er uns daran erinnern möge, jeden neuen Tag mit Dankbarkeit zu begrüßen.

Ich trage noch immer die schönsten Erinnerungen an Indien in mir, denn mir ist, als hätte ich einen Teil meiner selbst dort gelassen. Eines Tages werde ich dorthin zurückkehren, doch im Augenblick bin ich mit meinem neuen Heim sehr glücklich und freue mich an der Nähe geliebter Menschen.

In Freundschaft,

Lily

XXVI

*I*m tiefsten Inneren hatte Sarah gewusst, dass Ellen den Winter nicht überleben würde. Das Küken wollte nicht mehr leben, wo ihre Freunde und Mam und Pa und der Kleine da oben ohne sie im Himmel waren.

Es hatte ihnen nicht Leid getan, Devil's Acre zu verlassen, nachdem Joe hingerichtet worden war und alle Menschen, die früher freundlich zu ihnen gewesen waren, den Kopf abwendeten, sobald sie eine der Schwestern sahen. Es war Sarah gleichgültig; sie wusste, an wen sie sich wenden konnte, wenn es Schwierigkeiten gab. Ruby hatte nach Kräften versucht, ihnen das Gefühl zu geben, dass sie im White Hart noch willkommen waren, aber die Freunde eines Mörders als Untermieter zu haben war schlecht für ihr Geschäft.

Und jetzt war alles anders. Sarah hatte ein Zimmer ganz oben im Haus, wie sie es sich immer gewünscht hatte, und der Blick von ihrem Tisch am Fenster gab ihr das Gefühl, die ganze Welt würde vor ihr liegen. In einer Ecke unter dem schrägen Dach war ihr Bett, das sie ganz für sich alleine hatte, mit weißen Laken und Marthas Quilt (und ohne Wanzen in der Matratze), und auf der gegenüberliegenden Seite war ein Waschständer mit blauweißem Porzellan.

Einen Teil der Geschichte über das kleine Mädchen aus London, das sich in einen indischen Prinzen verliebte, hatte sie schon geschrieben, und Lily sagte, allmählich würde sie einen schönen Stil entwickeln, aber damit die Geschichte Leser auch wirklich ansprach, müsste sie etwas Besonderes haben, etwas, das sie zum Nachdenken oder zum Lachen anregte oder das ihnen Hoffnung gab. Und noch etwas müsste eine gute Geschichte sein: eine »Bildungsreise«, die dem Leser etwas über eine andere Zeit oder einen anderen Ort erzählte und die ihn weit weg entführte von seinem Platz im Zug oder auf dem Sessel, wo er las. Wenn Sarah über Indien schreiben wolle, müsse sie selbst dorthin reisen, und vielleicht könnten sie das ja gemeinsam tun, sobald Sarah das Queen's College beendet hatte. Bislang kannte Sarah das Land nur aus Lilys Brief mit ihren Beschreibungen von Tigern und Affen und Flüssen, in denen heiliges Wasser floss (viel mehr als in den kleinen Schälchen der Londoner Kirchen), und wo die Toten auf Goldtuch gelegt und durch die Straßen getragen wurden. Das fand Sarah eine sehr schöne Art, die Welt zu verlassen, obwohl sie nicht sicher war, ob sie wirklich zu Asche verbrannt werden und auf dem heiligen Wasser treiben wollte.

Lily hatte ihr erzählt, dass die *Woman's Weekly*, die gerade nach deutschem Vorbild in London gegründet worden war, und Barbara Bodichons *Englishwoman's Journal* jetzt beide auch Fortsetzungsromane veröffentlichten.

Nachdem Ellens Husten wirklich schlimm geworden war, ging Sarah nicht mehr zum *London Mercury*, aber Septimus Harding versprach ihr, dass sie die Beiträge von Mrs Korechnya setzen dürfte, sobald Lily wieder schrieb. Er sagte, er sei sehr stolz auf sie gewesen, als sie den Bericht über die Furcht einflößende Hindugöttin Kali beendet hatte, deren Ohrringe aus Totenschädeln bestanden und deren Tempel in Benares beinahe zerstört worden war, weil die Engländer auf dem Grundstück eine Pumpstation errichten wollten.

Sie hatte Mr Harding gesagt, dass sie das sehr gerne tun würde, lieber als alles andere, weil sie doch ihr eigenes Geld verdienen wollte und weil die Kolumne »Außergewöhnliche Frauen« von Mr Evans ihrer Ansicht nach das Beste war, woran sie arbeiten konnte. Septimus Harding wusste, dass sie im Herbst aufs College gehen würde, und versprach, wenn sie wolle, könne sie den ganzen Sommer über bei der Zeitung arbeiten und dass es dort immer einen Platz für sie gäbe. Sie hatte wirklich Glück, das hatte sie immer schon gesagt.

Der einzige Schatten auf ihrem großen Glück war, dass Ellen nicht mehr war. Manchmal konnte Sarah es noch immer nicht glauben, obwohl sie darauf bestanden hatte, dass der kleine Leichnam nicht gleich nach dem letzten Atemzug weggetragen wurde. Dazu hatte der Doktor geraten. Er wollte nicht, dass Ellen nach ihrem Tod noch im Haus blieb, aber schon bei seiner ersten Visite hatte er bemerkt, dass in diesem Haushalt die Frauen ihre eigenen Entscheidungen trafen. Trotz seiner Missbilligung hatte Martha der Kranken weiterhin die Kräutertees gegeben, die sie jeden Morgen frisch zubereitete. Und als Ellen dann tot war, bat Sarah darum, Ellen ein paar Tage in ihrem Bett liegen zu lassen, damit sie sich an den Gedanken der Trennung gewöhnen und sich richtig verabschieden konnte. Sie wusste, dass Lily und auch Martha diesen Wunsch höchst sonderbar fanden, aber sie erhoben keinen Einspruch. Drei Tage lang wich Sarah kaum von Ellens Seite und redete mit ihr, als würde die Kleine nur schlafen. Sie erzählte ihr, dass sie sich wünschte, sie hätte sich mehr um sie kümmern können, was aber nicht möglich gewesen war, weil sie Geld verdienen musste, und wie Leid es ihr tat, Ellen in die Schule geschickt zu haben; sie hätte es eine gute Idee gefunden und nicht gewusst, wie sehr das Küken den Unterricht hasste. Sie sagte, sie wünschte sich, sie hätte Joe retten können, und dass es ihr Leid täte, dass sie sich nicht mit Victor angefreundet habe. Sie hätte nur alles richtig machen und fürsorglich sein wollen.

Bevor sie ihre kleine Schwester schließlich neben Mam und Pa auf dem Seilerfeld zur letzten Ruhe legten (das hatte Ellen sich gewünscht), gelobte Sarah, dass sie ihr eine Geschichte schreiben würde. Denn bevor Ellen ihren letzten keuchenden Atemzug getan hatte, hatte sie Sarahs Hand fest umklammert und sie ganz nah zu sich hergezogen und ihr etwas Schreckliches ins Ohr geflüstert. Da verstand Sarah, warum ihre Augen ihren Glanz verloren hatten und warum sie die Sandelholzperlen in Rubys Küchenfeuer geworfen hatte, sodass es im White Hart zwei Tage wie in einem indischen Laden roch. Sarah konnte es keiner Menschenseele weitererzählen, denn

Ellen hatte sie schwören lassen, es niemandem zu sagen, aber sie hatte alles aufgeschrieben, sobald sie sich dazu überwinden konnte. Sie hätte alles früher erkennen sollen, aber das hatte sie nicht, und nun war es zu spät.

Jetzt neigte sich der erste Maitag dem Abend zu. Von ihrem Tisch aus konnte Sarah einen Teil von Marthas Küchengarten sehen, und Martha selbst, die gerade einige Kräuter für geeisten Tee schnitt. Im hinteren Teil des Gartens goss Mrs Korechnya, einen großen Strohhut auf dem Kopf, ihre Lilien. In dem Moment erschien Inspektor Lark, und Mrs Korechnya lächelte ihm zu. Seit Lily aus Indien zurückgekehrt war, besuchte er sie jede Woche. Jetzt ging er zu ihr, setzte sich auf die Schaukel unter der Magnolie und sah ihr zu, wie sie im Garten arbeitete. Dabei unterhielten sie sich. Lily setzte sich nicht zu ihm, das tat sie nie.

Mrs Vesper richtete sich auf und blickte zu Sarah hinauf, als hätte sie gewusst, dass das Mädchen alles von oben verfolgte. Sie bedeutete ihr, vom Fenster wegzutreten und nach unten zu kommen, damit Lily und ihr Herrenbesuch alleine wären. Die Haushälterin steckte die Nadeln ihrer Haube neu fest, wie sie es in einer bestimmten Stimmung zu tun pflegte, und da fragte Sarah sich, was Martha wohl glaubte, was mit Lily und Lark passieren würde.

Sarah legte ein Löschblatt auf die beschriebene Seite vor sich. Zum Schreiben hatte sie noch viel Zeit, jetzt hatte sie eine Gaslampe und brauchte sich nicht mehr zu sorgen, ob das Talglicht herunterbrennen würde, wenn sie abends mit ihren Gedanken länger aufbleiben wollte. Nachts war es friedlich im alten Haus, und manchmal, wenn es sehr spät und alles still war, kam es ihr vor, als wäre Ellen überhaupt nicht gegangen, als säße sie auf dem Bett und sähe ihr zu, wie sie es so oft getan hatte. Nur stellte Sarah sich jetzt vor, dass das Küken über sie wachte, und das war ein schönes Gefühl.

Teil II

Wie ich sie seh, so mal ich sie.
Zehn Mal sind die Lilien erblüht,
Seit sie im Sonnenlicht erglüht.

Ihr Gesicht ist rein wie Lilien,
Folgt mit seiner Lilienkontur
Der Schönheit eigenen Natur.

Trautes Reden mag sie wohl,
Gebadet in Blicken voll Innigkeit,
Mag Blumen und Lesen in Einsamkeit.

Perlend klar klingt ihre Stimme,
Plätschernd wie ein Silberbach,
Der im Sonnenschein hellwach.

Heilig fast erscheint ihr Lächeln,
Fern sind ihr heitere Scherzereien,
In Tiefe nur will sie gedeihen.

Kennte ein Dichter, ein Poet ihr Wesen
Besäng er sie in hehren Tönen
Wie Madrigale sie verströmen.

Und verzaubern würd er unwillkürlich
Ihr Antlitz zart und engelsmild,
Wenn ein Maler malt ihr Bild.

Elizabeth Barrett Browning

I

Benares, Indien, 2002

Das lange, schmale Fischerboot legte lautlos vom Gangesufer ab. In der tiefen Dunkelheit, die vor der Morgendämmerung herrschte, wirkte der Fluss wie Öl, schwarz und dickflüssig. Außer Susana saßen fünf weitere Passagiere im Boot, ein Paar sowie drei Frauen, die sie im Hotel kennen gelernt hatte. Die drei arbeiteten als freiwillige Krankenschwestern in Kalkutta und machten einen Kurzurlaub in Benares. Alle verfolgten schweigend, wie die flammende Sonnenscheibe langsam aus dem Horizont aufstieg, bis sie im rosa getönten Himmel zu schweben schien. Die Bootsfahrt bei Sonnenaufgang übertraf fast noch die Erwartungen, die die Beschreibung dieses Ausflugs als eine der ganz großen Sehenswürdigkeiten der Stadt weckte.

»Das ist ja magisch«, flüsterte eine der Krankenschwestern.

»Das stimmt«, pflichtete eine andere ihr bei, eine Schottin und die Redseligste der drei. »Aber sobald es heller wird und du das Wasser richtig sehen kannst, änderst du vielleicht deine Meinung.«

»Haben Sie die Fahrt schon mal gemacht?«, fragte Susana.

Die Schwester nickte. »Und Sie?«

»Nein.«

»Passen Sie auf, hier treiben Leichen im Wasser, und nicht nur die von Tieren. Manchmal leisten die Bestattungsfeuer nicht ganze Arbeit.« Es klang sehr nüchtern, wie sie das sagte. Susana schauderte.

»Sind Sie alleine unterwegs?« Die schottische Krankenschwester betrachtete sie mit unverhohlener Neugier. Eine allein reisende Frau in Indien hatte Seltenheitswert.

Susana nickte. »Ich bin zur Recherche hier.« Sie hoffte, keine weiteren Erklärungen abgeben zu müssen. Normalerweise horchten Leute interessiert auf, wenn sie sagte, dass sie ein Buch schrieb – bis sie erfuhren, um welche Art Buch es sich handelte.

Doch die Krankenschwestern sollten sich als Ausnahme erweisen. Sei es, weil man sich im ersten Morgenlicht gut das Benares des 19. Jahrhunderts vorstellen konnte, sei es, weil Susana mit solcher Leidenschaft von ihrem Thema sprach. Andererseits war es natürlich auch denkbar, dass ihre Mitpassagiere einfach höflich waren. Jedenfalls erläuterte Susana auf Drängen der schottischen Krankenschwester genauer, welches Anliegen sie hierher geführt hatte.

Als die Sonne höher stieg und der schweigsame Bootsführer sie an den vielen verfallenen Palästen vorbeiruderte, die das Ufer säumten, erzählte sie, wie sie vor ihrer Abreise im Archiv der Bodleian Library Briefe von Lily Korechnya gelesen hatte.

»Dann wollen Sie hier also mehr über diese Frau herausfinden?«, fragte die schottische Schwester.

»Das hoffe ich zumindest«, antwortete Susana. »Allerdings habe ich so gut wie keine Anhaltspunkte – nur die paar Briefe, die sie von hier nach England schrieb, und den Namen von jemandem in Benares, der sich angeblich für das 19. Jahrhundert interessiert.«

»Dann leisten Sie ja richtige Detektivarbeit«, warf eine der anderen Krankenschwestern ein.

Susana lachte. »Wenn Sie das so sagen, klingt es regelrecht glamourös.«

»Auf jeden Fall glamouröser, als in einem Krankenhaus in Kalkutta zu arbeiten«, meinte die Schottin trocken.

»Das stimmt vermutlich. Mir machen solche Projekte einfach Spaß, auch wenn man nicht unbedingt reich damit wird, Bücher über unbekannte viktorianische Schriftsteller zu schreiben, von Schriftstellerinnen ganz zu schweigen.«

»Dann sind Sie also keine berühmte Autorin?«

Die schottische Schwester klang ein wenig enttäuscht, als hätte sie geglaubt, einen Star der Literaturszene vor sich zu haben.

Susana schüttelte den Kopf. »Leider nicht. Ich habe Glück – ich habe eine Dozentenstelle an der Uni in Oxford und eine Lektorin beim University-Press-Verlag, die an mich glaubt. Für mein letztes Buch über viktorianische Dichterinnen habe ich ein Sabbatjahr von der Uni bekommen, um mich mit literarischen Frauen zu beschäftigen, die mutig genug – oder dumm genug – waren, nach Ostasien zu reisen. Selbst jetzt ist es nicht ganz einfach, als Europäerin allein in Indien unterwegs zu sein.«

Die Schottin nickte zustimmend. »Und viktorianische Frauen hatten bestimmt noch viel größere Schwierigkeiten – allein schon die beengende Kleidung!«

»Ja«, pflichtete Susana bei. »Und die Missbilligung der britischen Verwaltung bei jeder intellektuellen Aktivität, die übers Sammeln von Schmetterlingen hinausging.«

Ihre Liebesgeschichte mit dem Subkontinent hatte vor fast zwanzig Jahren begonnen, als sie aus Abenteuerlust und auf spiritueller Sinnsuche – also wegen allem, was ihr im London der achtziger Jahre fehlte – nach Indien fuhr. Später hatte sie festgestellt, dass es praktisch unmöglich war, die Philosophie des Ostens auf ein westliches Leben zu übertragen, aber in Indien hatte sie Dan kennen gelernt, ihren späteren Mann, und hier fühlte sie sich ihm noch immer am nächsten. Seit Dans Tod waren fast genau drei Jahre vergangen. Sie waren sieben Jahre verheiratet, als die Ärzte eine seltene Krankheit bei ihm feststellten, die Dan zusehends schwächer werden ließ. Wenig später starb er. Danach war Susana in eine Art Schock verfallen, und als der Schock abklang, empfand sie ein Jahr lang eine innere Leere, dumpf nahm sie Einladungen von wohlmeinenden Freunden und Kollegen zu Dinnerpartys und Festen an. Sie lebte wie im Traum, und erst als sie aufwachte, wurde ihr klar, dass sie diese Art geselliges Leben weder wollte noch brauchte. Das zweite Jahr war einfacher gewesen, sie wurde wählerischer, was Einladungen anging, und unternahm in den Sommerferien eine Reise nach Indien. Da fuhr sie zum ersten Mal nach Benares und machte sich Gedanken darüber, welches Buch sie als Nächstes schreiben wollte. Auf der Reise war ihr auch klar geworden, dass viele Frauen von Indien ähnlich berührt worden waren wie sie. Frauen wie Lily Korechnya.

Als das Boot zur Ablegestelle zurückkehrte, stand die Sonne schon so hoch, dass sie die Luft wärmte und die Landschaft in ein völlig anderes Licht tauchte. Auf den breiten Steinstufen, die zum Fluss hinabführten, herrschte geschäftiges morgendliches Treiben. Sobald die Passagiere ausstiegen, waren sie von Kindern umringt, die süßen, milchigen Chaitee aus großen Aluminiumkesseln anboten. Die Krankenschwestern wollten in einem Café am Fluss frühstücken und schlugen Susana vor mitzukommen, doch sie lehnte ab. Sie konnte es kaum erwarten, in ihr Zimmer zu kommen und den ersten der Briefe zu lesen, die Lily Korechnya aus Benares geschrieben hatte. Die Archivarin in der Bodleian Library war sich nicht sicher gewesen, wie der einzelne Brief an Sarah O'Reilly in die Sammlung geraten war, schließlich waren alle anderen an die Feministin Barbara Bodichon adressiert.

Lilys Briefe aus Indien hatte Susana sich eigens für Benares aufgehoben, und als sie schließlich in ihrem karg eingerichteten Zimmer den ersten Umschlag aus der Kartonmappe nahm, fröstelte sie ein wenig vor Erwartung.

Benares, 5. Dezember 1864

Liebe Sarah,

ich schreibe dir aus der Stadt des Lichts – so nennen die Hindus Benares nämlich. Ich kam am frühen Morgen hier an, als die Tempel und Heiligtümer zu beiden Seiten des Flusses in goldenes Licht getaucht waren. Auf den breiten Steinstufen, die zum Wasser hinabführen, baden die Menschen jeden Morgen bei Sonnenaufgang. Der Fluss heißt Ganges, und für die Hindus ist sein Wasser heilig, sie glauben, es besitze die Kraft, die Seele zu reinigen und den Körper zu heilen. An den Ufern stehen auch viele Paläste, denn die Fürsten aller indischen Staaten unterhalten hier Wohnsitze.

Ich wurde in einem Palankin vom Bahnhof abgeholt. Das ist ein Tragsessel, der wie eine sehr kleine Kutsche aussieht, nur ohne Pferde, und ich kam mir vor wie eine Prinzessin, als ich da auf weißen Seidenkissen saß und durch die bestickten Gazevorhänge schaute, während meine Träger sich durch die Menschenmengen woben und warteten, bis die gehörnten Rinder beiseite traten, damit wir in den engen mittelalterlichen Gässchen an ihnen vorbeikamen.

Mittlerweile ist mir der Irrgarten der dunklen Gassen und bunten Straßen von Benares etwas vertrauter geworden, doch anfangs überwältigte mich das Gewühl von Menschen und Tieren. Am besten lässt sich das farbenfrohe Treiben am Markt unten am Fluss beobachten, denn dort finden sich alle nur denkbaren Gestalten ein. Da gibt es heilige Männer, die sehr wild aussehen mit ihrem verfilzten Haar und dem bemalten Gesicht und die den ganzen langen Tag dort hocken und beten. Es gibt Schlangenbeschwörer, Teppich- und Schmuckhändler und muselmanische Frauen, die von Kopf bis Fuß schwarz verhüllt sind, und dazwischen Kinder, die gewürzten Tee in kleinen Tonschälchen feilbieten und Tagetes, die man zum Gedenken der Toten in den Fluss wirft. Und auch die Toten kommen am Markt vorbei, werden auf rot und golden drapierten Bahren vorbeigetragen, und ihnen folgen weiß gekleidete Trauernde, die klagend singen, bis sie eines der Steinpodeste am Fluss erreichen, wo die Leichen verbrannt werden. Dazwischen flitzen Affen umher, nichts als Unfug im Sinn. Eines Tages, als ich auf dem Markt war, wehte der Wind meinen Hut zu Boden, und sofort hat ein Äffchen ihn sich geschnappt. Als ich mir meinen Hut zurückerobern wollte, zog ein felliges Patschhändchen am Medaillon, das mir um den Hals hing!

Laut den heiligen Büchern der hinduistischen Religion begann die Welt in den Gärten dieser Stadt. Und die Anlagen um den Palast des Maharadschas von Benares, wo ich wohne, sind die zauberhaftesten Gärten überhaupt. Überall stehen Pagoden – kleine Tempel, die den vielen hinduistischen Göttern und Göttinnen geweiht sind –, dazwischen Pfaue und Affen und blühende Bäume. Der Maharadscha hat sogar einen zahmen Tiger. Ich kann dir gar nicht beschreiben, welchen Schrecken ich bekam, als ich die Raubkatze das erste Mal sah, denn ich hatte sie im Schlaf überrascht, und sie brüllte aufs Unfreundlichste. Ein Tiger ist viel drahtiger und sehniger, als ich es mir vorgestellt hatte, und das Fell glänzt wie flüssige Bronze. Zum Glück war Govinda bei mir, der sowohl den Tiger als auch mich bald beruhigt hatte. Als Govinda auf die Katze zutrat und sie streichelte, war ich gebannt; aber später erfuhr ich, dass sie nur wenige Zähne hat (sie wurden ihr gezogen, was ich grausam finde) und ihr die Krallen beschnitten werden. Der Maharadscha hat sie schon als ganz junges Tier bekommen.

Im Wohnsitz des Maharadschas gibt es eine verwirrende Anzahl von Räumen und Zimmern, und auch viele Bereiche, zu denen Frauen keinen Zutritt haben. Ich bin im Frauenquartier des Palasts untergebracht, wo ausschließlich Frauen und Kinder leben, bis auf die Wachposten, meines Wissens Araber, die pludrige Hosen tragen und einen Säbel im breiten, bunten Webgürtel. Dieser Flügel wird die Zenana genannt, und einen solchen Ort kannst du dir gar nicht vorstellen, denn hier leben sämtliche Gemahlinnen und Konkubinen des Maharadschas sowie all seine Dienerinnen. Überall wird geplaudert und geschwatzt, überall hängen edelste Stoffe, überall sitzen Kinder, die Sitar- und Tablaspielen lernen (das sind Instrumente, die an Mandoline und Trommel erinnern).

Oft verbringen die Frauen des Maharadschas Stunden mit Baden und Ankleiden. Sie waschen sich in Schüsseln voll duftendem Wasser, auf dem Blütenblätter von Magnolien und Frangipani treiben, und reiben sich mit aromatischen Gewürzen ein. Und sie tragen die erlesensten Seidensaris und

Goldketten um Hand- und Fußgelenke sowie um die Taille. Indische Frauen durchstechen sich nicht nur die Ohrläppchen, sondern auch die Nase, um Schmuck dort zu tragen, Goldringe zieren neben den Fingern auch die Zehen. Viele tragen zudem Glöckchenketten um die Fesseln, die beim Gehen leise klingeln. Und ich habe mehrere Kopftrachten aus Gold gesehen mit außerordentlichen Schmucksteinen, die sich prachtvoll von der dunklen Haut abheben. Wenn sich der ganze Harem für den Abend herausputzt, glaube ich fast, eine Gruppe edelsteinbesetzter Feen vor mir zu sehen, und komme mir selbst in meinem prächtigsten Gewand farblos und schlicht vor.

Wenn die Sonne hoch steht, sind die Räume rund um den großen Innenhof von blauem Licht erfüllt, und die Steinstückchen von Lapislazuli und Türkis im Bodenmosaik sehen aus wie das Meer. Überall sind die Wände vom Boden bis zur Decke mit kunstvollsten Fresken bemalt, sodass man vermeinen könnte, man schlendere durch Gärten, in denen Göttinnen nackt schwimmen oder auf dem Rücken eines großen Schwans durch den Himmel fliegen.

Ich denke oft an dich und Ellen und frage mich, ob du wohl das Papier verwendest, das ich dir geschenkt habe. Ich werde dir noch mehr berichten, aber jetzt muss ich meine Briefe dem Diener geben, der die Post zur Bahnstation bringt, von wo aus sie ihre lange Reise nach London antritt. London scheint eine ganze Welt und ein ganzes Zeitalter entfernt, und ich kann kaum glauben, dass es hier Winter sein soll, weiß ich doch, dass der Winter, den ihr verbringt, kalt und dunkel ist. Ich hoffe sehr, dass Ellen etwas zu Kräften gekommen ist und dass zumindest bisweilen die Sonne den Himmel aufheitert.

Alles Liebe dir, Sarah, und herzliche Grüße an Ellen.

Lily Korechnya

Während Susana auf dem Balkon saß und Lilys Brief an Sarah las, war die Sonne noch höher gestiegen und schien ihr jetzt voll ins Gesicht. Wie sengend sie war, merkte sie zuerst gar nicht, denn in Gedanken war sie noch bei den Palasträumen des Maharadschas und glaubte fast, das Klingeln der Fußkettchen zu hören, wenn die Haremsfrauen durch die Korridore wandelten.

Sie riss sich von ihrer träumerischen Stimmung los und zog sich in die relative Kühle ihres Zimmers zurück. Das Ghats Hotel gehörte zur mittleren Preisklasse und bot durchaus einen gewissen Komfort, doch nach englischem Standard hatte es höchstens einen seiner zwei Sterne verdient. Der Betonfußboden war mit einer Binsenmatte bedeckt, die rote Chenille-Tagesdecke wirkte etwas fadenscheinig. Im Bad war es düster, aber allzu genau wollte sie es ohnehin nicht inspizieren. Immerhin kam aus der Dusche gelegentlich warmes Wasser, obwohl das bei dieser Hitze nicht unbedingt nötig war. Susana gönnte sich zum dritten Mal an diesem Tag eine kalte Dusche, bevor sie aus dem Hotel ging und sich vom Treiben der Stadt mitreißen ließ.

Mit zunehmender Hitze schien die Luft zu dampfen. Durch die hohe Luftfeuchtigkeit, die in den Wochen vor dem Monsun herrschte, klebten ihr die leichte weite Baumwollbluse und die Hose am Leib. Die Zeilen baufälliger Häuser mit flachen Dächern backten in der Hitze, die aquamarinblau und grell rosafarben gestrichenen Fassaden warfen Blasen wie sonnenverbrannte Haut. Über den niedrigen, engen Türen hing ein Gewirr von Kabeln und gefährlich offen liegenden Elektroleitungen, die wie riesige Krähennester wirkten.

Für die Schar Betelnuss kauender Kaufleute, die am Boden hockten, und die wettergegerbten Bauern, die auf mit Stroh beladenen Ochsenkarren saßen, war sie unsichtbar, doch für die Gruppe gelangweilt dreinblickender Uniformierter vor dem Polizeirevier und für die jungen Rikschafahrer in Nylonhosen der 1970er Jahre war sie ein Objekt immenser Faszination. Auf ihrer ersten Indienreise hatte es sie sehr befremdet, dass Männer sie anstarrten, aber jetzt, bei ihrem vierten Aufenthalt, hatte sie sich allmählich daran gewöhnt; schließlich war sie eine allein reisende Frau. Außerdem kam ihr die unverhüllte Musterung nicht bedrohlich vor, nur aufdringlich und beleidigend, und am besten war es, sie einfach zu ignorieren. Sie selbst fand ihr äußeres Erscheinungsbild wenig attraktiv mit ihrem blassen Großstadtteint, und dazu war sie dünn wie eine Hopfenstange. Das einzig wirklich Schöne an ihr waren ihre Haare, fand sie, die ihr, wenn sie die Spange löste, in dicken rabenschwarzen Locken über den Rücken fielen.

Bei einem verhutzelten Mann, der am Boden kauernd Bidis feilbot, blieb Susana stehen, um sich eine Packung dieser dünnen, handgedrehten Zigaretten zu kaufen. Solche Bidi-Wallahs sah man in allen indischen Städten am Straßenrand sitzen. Einen Moment beobachtete sie, wie der Mann mit knochigen braunen Fingern geübt eine Prise Tabak in ein Bidiblatt krümelte und daraus eine Zigarette drehte. In dem Zustand konnte man Bidis allerdings nicht rauchen, da das grüne Blatt noch zu viel Feuchtigkeit enthielt. Susana kaufte eine kleine, konisch zulaufende Packung in rosafarbenem Papier, die bereits getrocknete Bidis enthielt. Neben dem Bidi-Wallah saß ein weiterer wettergegerbter Mann, der einen Topf mit »Choon« umrührte, die bittere weiße Kalkmasse, die zur Herstellung der mundgerechten Betelblatt-Portionen nötig war. Betel war ein mildes Beruhigungsmittel, das viele Inder kauten und das ihnen die Zähne und Lippen dauerhaft blutrot verfärbte.

Die Sonne brannte auf ihren bloßen Hals herab, und Susana fiel wieder einmal zu spät ein, dass selbst die Morgensonne ihre blasse Haut verbrennen konnte. Sie hielt eine Fahrradrikscha an, bei der das Dach aufgeklappt war, und bat den Fahrer, sie zum Manikarnika zu fahren, dem südlichsten Ghat. Ghats hießen die Steinpodeste, die überall am Gangesufer standen. Von dort wollte sie den Fluss entlang zum Hotel zurückgehen und die heißeste Zeit des Tages auf ihrem Zimmer verbringen.

Früher hatten auf allen Ghats Einäscherungen stattgefunden, aber heute dienten nur noch zwei diesem Zweck – Manikarnika am südlichen und Ram Ghat am nördlichen Rand des alten Stadtbezirks.

Susana hatte sich vorgenommen, sich ihre Angst vor den Bestattungsfeuern abzugewöhnen. Bislang hatte sie sie nur von der Ferne ihres Balkons aus gesehen und beschlossen, dass der zweite Sinn dieser Reise für sie darin bestehen sollte, sich mit dem Tod auseinander zu setzen. Schließlich gab es auf der ganzen Welt keine zweite Stadt, die so eng mit dem Tod verbunden war. Die Bemerkung der schottischen Krankenschwester über die halb verkohlten Leichen im Fluss hatte sie nicht gerade beruhigt. Allerdings hatte sie schon früher gehört, dass Familien, die sich nicht genügend Brennholz für eine Einäscherung leisten konnten, die Leichen manchmal dem Fluss überantworteten, lange bevor sie wirklich zu Asche zerfallen waren.

Als sie, in Manikarnika angekommen, den Rikschafahrer bezahlte, hallte vom Ghat ein Knall herüber. Sie fuhr zusammen, sodass der Rikschafahrer grinste. »Der Kopf macht wumm«, erklärte er und machte fuchtelnde Gesten um seinen Kopf. Das laute Geräusch entstand, wenn der Schädel der Leiche in den Flammen explodierte, und das bedeutete, so viel wusste Susana, dass die Seele aus dem Körper freigesetzt worden war.

Um Selbstbeherrschung ringend, ging Susana am großen Bestattungsfeuer vorbei. Ihre Angst war irrational und dumm, das war ihr klar. Dan war eingeäschert worden, aber zu sehen, wie ein Sarg in einer Wand verschwand, war etwas anderes, als zu verfolgen, wie ein Leichnam langsam von den Flammen verschlungen wurde.

Hier war der Tod allgegenwärtig, eine unerbittliche Macht, deren Präsenz nie geleugnet wurde. Seit ihrer Ankunft vor wenigen Tag hatte Susana den Gesang der Trauerprozessionen so oft gehört, dass sie ihn mittlerweile auswendig kannte: »Rama nama satya hai«. Sie hatte Gopal, den Mann an der Rezeption, nach der Bedeutung dieser Worte gefragt, und er hatte gesagt: »Der Name Gottes ist Wahrheit.« Vorzugeben, der Tod wäre kein wesentlicher Teil des Lebens, wie es im Westen getan wurde, war hier unbekannt, ebenso wie die Angst vor dem Tod. In Benares bedeutete das Sterben nicht nur eine Befreiung aus dem Zyklus der ewigen Wiedergeburt; in Benares zu sterben bedeutete für einen Hindu auch, die Gestalt eines Gottes anzunehmen. Aus diesem Grund strömten mehr Hindus zum Sterben in die heilige Stadt, als sie aufnehmen konnte. Das erschien Susana als Paradox, denn in jeder anderen Hinsicht kam ihr Indien von Besuch zu Besuch westlicher vor. Der zunehmende Wohlstand der Mittelschicht führte dazu, dass es immer mehr Mobiltelefone und Fernseher gab, aber weniger Sanskritschulen, weniger traditionelle Kleidung und weniger religiöse Verehrung.

Im Teppich aus Asche, den die vielen Feuer erzeugten, wühlte eine Schar rußgeschwärzter Kinder nach Tageteskränzchen, die nicht zertrampelt oder versengt und damit weiterverkäuflich waren. Susana warf einen kurzen Blick auf die Flammen und die wenigen weiß gekleideten Trauergäste, die singend um das Feuer standen, und befand dann, dass sie genügend Mut bewiesen habe. Rasch ging sie zum Fluss und ein Stück das Ufer entlang, bis sie endlich wieder frische Luft einatmete und keinen Rauch. Weiter flussaufwärts badeten und meditierten Menschen im seichten, schlammigen Wasser des Ganges. Saris in allen Farben des Regenbogens trieben in der sachten Strömung, wenn Frauen voll bekleidet in die Fluten wateten, um Körper und Geist im heiligen Wasser zu reinigen. Die Dobi-Wallahs, die Wäscher mit ihren Turbanen und kurzen Sarongs, schlugen Kleider und Bettlaken auf Felsen und breiteten die Wäschestücke dann zum Trocknen auf dem Kieselstrand aus. Susana war es noch immer ein Rätsel, wie Wäsche auf diese Art jemals sauber werden sollte, doch das wurde sie, auch wenn die Farben hinterher ein wenig verblasst und der Stoff etwas dünner war.

Gleichgültig, wie viele Menschen hier am Fluss ihren diversen Geschäften nachgingen, das Tempo war immer das einer bedächtigen Meditation, und zu bestimmten Tageszeiten konnte Susana fast glauben, wie die Hindus es taten, dass Benares nicht von dieser Welt war. Beim Gehen kehrten ihre Gedanken zu Lily Korechnya zurück und zu der Frage, wie dieser Ort sie berührt hatte. Dass Lily nach England zurückgekehrt war, wusste sie aus den Briefen im Archiv, aber sie hatte das Gefühl, dass Lily später eine weitere Indienreise unternommen hatte, wie auch sie selbst.

II

London, 2002

*D*ann erzähle ich dir, was passiert ist, als ich das letzte Mal in Indien war«, sagte Miranda und unterbrach den Direktor der Schmuckabteilung, bevor er die Möglichkeit hatte, sie weiter über den potenziellen Kunden in Benares zu informieren. »Ich bin drei Mal ausgeraubt worden, in meinem Hotelzimmer hausten Ratten – und mir graust vor Ratten – und riesige Spinnen, und dann bekam ich im Himalaja von Yakmilch eine Salmonellenvergiftung. Der letzte und schlimmste Taschendieb, der mich um alles erleichterte – inklusive Pass, Flugticket und sämtlichem Bargeld –, suchte sich ausgerechnet den Tag aus, an dem ich endlich nach Hause fliegen sollte, vierundzwanzig Stunden nachdem ich mich in Bombay endgültig von meinem Freund getrennt hatte. Also war's nicht verwunderlich, dass ich in Tränen ausbrach in dem Reisebüro, wo all die sauberen, wohlerzogenen Touristen aus Europa so taten, als würden sie nichts bemerken. Ohne Pass konnten sie mir angeblich kein neues Ticket ausstellen, und als ich erklärte, dass mir der Pass geklaut worden war, sagten sie, dann bräuchte ich eine polizeiliche Anzeige. Natürlich war der Polizei die ganze Sache genauso schnuppe wie den Leuten im Reisebüro, sie interessierten sich vor allem für mein Privatleben. Die erste Frage, die Inder einer Frau aus dem Westen stellen, ist, ob sie verheiratet ist. Also, da bin ich in die Luft gegangen!«

Kenneth wusste, was es bedeutete, wenn Miranda in die Luft ging, und sein Mitgefühl galt ganz dem unglückseligen, wenn auch sicher chauvinistischen Polizisten in Bombay. Miranda war ein Vulkan, angefangen von ihren flammend roten Haaren und den blitzenden saphirblauen Augen bis hin zu ihren roten italienischen Lederstiefeln. Vom Körperbau her war sie zart, doch in ihr steckte mehr Energie als in all seinen anderen Mitarbeitern zusammen.

»Spar dir dein Lächeln für später, Kenneth, es kommt noch schöner. Irgendwo in meiner Tasche hatte ich noch genügend Rupien, um mir ein Taxi zum britischen Konsulat zu leisten, und der Fahrer fragte mich, wie mir seine Heimat gefalle – und natürlich, ob ich verheiratet bin –, und da habe ich ihm in aller Deutlichkeit meine Meinung gesagt. Ich muss gerecht sein, es störte ihn nicht, dass ich ihm die Hälfte seiner Zigaretten wegrauchte, obwohl ich eigentlich ein paar Monate zuvor das Rauchen aufgegeben hatte. Die Mitarbeiter im Konsulat waren ganz nett, meinten aber, dass ich nie im Leben wieder rechtzeitig am Flughafen sein würde, um meinen Flieger zu erwischen, weil der in weniger als zwei Stunden abhob. Mit dem Bus braucht man zum Flughafen knapp eine Stunde – kilometermäßig ist es nicht besonders weit, aber man muss immer die Anzahl der Kühe einrechnen, die unterwegs auf der Straße stehen. Und als ich dachte, dass ich es vielleicht doch gerade noch schaffen könnte, sagten sie mir, dass ich ein Passfoto brauche, und du kannst dir wahrscheinlich vorstellen, dass ich ziemlich unter Strom stand, als ich dasaß, um das Bild machen zu lassen. Sie wollten mir die Haare kämmen, und ich habe den Kamm quer durchs Zimmer geschleudert. Das Foto war grauenvoll – ich sah aus wie eine Comicfigur, der nach einem Elektroschock die Haare zu Berge stehen. Natürlich habe ich den Flug verpasst, und der nächste ging zwei Wochen später.«

Mittlerweile grinste Kenneth amüsiert. Er hatte an diesem Nachmittag viele Termine vor sich und hätte keinem anderen Menschen gestattet, seine Zeit derart in Anspruch zu nehmen. Diese Wertschätzung Mirandas wurde von Roger, seinem Stellvertreter, nicht geteilt. Dass Miranda in wenigen Jahren fast mehr für die Schmuckabteilung bei Hanovers erreicht hatte als Roger in seinen zwanzig Jahren, war Kenneths

Ansicht nach einer der Gründe, warum Roger die junge Frau »missbilligte«.

Als könnte sie seine Gedanken lesen, sagte sie abschließend: »Außerdem ist das Rogers Gebiet – er ist der Fachmann für Asien.« Miranda wusste, wie jämmerlich diese Ausrede klang, aber immerhin war es ihr gelungen, mit ruhiger Stimme zu sprechen, obwohl ihr nach Weinen zumute war.

»Roger fährt nächste Woche in den Oman.« Kenneth war von ihren Einwänden offenbar nicht allzu beeindruckt, denn er erzählte ihr einfach weiter von ihrem Auftrag nach Indien. »Die Kunden sind in Benares – ich glaube, das liegt im Nordosten – und stammen angeblich aus einer sehr alten Familie. Sie haben Diamanten und auch einigen Schmuck, aber der Agent war vage, was das Alter betraf, also könnte alles möglicherweise zu alt sein, um legal exportiert zu werden. Aber du erkennst ja, wenn Antiquitäten vor dir liegen.« Er lachte. »Die Steine klingen allerdings sehr viel versprechend. Vielleicht sind ein paar schöne farbige Diamanten für die Auktion im Juli dabei.«

In den sechs Jahren, die Miranda Godfrey unter ihm arbeitete, hatte Kenneth gelernt, dass er gut daran tat, sie ihre Meinung äußern zu lassen, damit ihr scharfes Urteilsvermögen nicht durch aufgestaute Emotionen beeinträchtigt wurde. Miranda war ihren Vorgesetzten (ihm und Roger) gegenüber meist ebenso freimütig wie den Katalogmitarbeitern. Kenneth war bereit, gewisse Zugeständnisse an sie zu machen, weil sie ihre Arbeit sehr gut erledigte, und auch, weil sie eine Frau war. Eine der wenigen Frauen in ihrer Position sogar. Er war verheiratet gewesen, er wusste, dass Frauen von einer unergründlichen Gezeitenströmung getrieben wurden. Als er in jungen Jahren bei Sotheby's den Auktionshandel erlernte, hatte ein griechischer Diamantenhändler ihm etwas gesagt, das er nie mehr vergessen hatte: Frauen seien wie die Diamanten, die der griechische Liebesgott Eros als Pfeilspitze verwendete: das denkbar verführerischste Aphrodisiakum und von einer Liebesfähigkeit, die der der Venus gleichkam, aber gefährlich genug, um tödliche Verletzungen zuzufügen. Bevor Kenneth Miranda kennen lernte, hatte er nicht geglaubt, dass Frauen sich für das Auktionsgeschäft eigneten, aber sie schien darauf abzuzielen, ihn eines Besseren zu belehren. Ihr Erscheinungsbild war männlichen Kunden gegenüber unbestritten ein Vorteil, sie war immer wie aus dem Ei gepellt und überdies ausgesprochen attraktiv.

Kenneth räusperte sich. »Du weißt, Charlotte bucht die besten Hotels, und du reist natürlich erster Klasse. Außerdem fährst du gar nicht alleine – Giles, einer der Spezialisten von der Kunstabteilung, hat auch in Bombay und Benares zu tun.« Miranda blinzelte und versuchte, sich auf Kenneths Worte zu konzentrieren, anstatt an ihre letzte und, wie sie gehofft hatte, einzige Indienreise zu denken. Bis sie wieder einen klaren Gedanken fassen konnte, war Kenneth verstummt – das Zeichen für sie zu gehen.

»Tut mir Leid, Kenneth, das hat mich jetzt etwas erschüttert ... Eigentlich hatte ich zwei oder drei andere Reisen geplant. Können wir morgen noch mal darüber reden?«

Als sie zu ihrem Schreibtisch zurückkehrte, überlegte sie, dass Kenneth wirklich sehr ehrgeizige Pläne für die Auktion im Juli hatte. Allmählich fragte sie sich, ob er sie testen wollte, sie vor eine nahezu unmögliche Aufgabe stellte, an der sie sich beweisen sollte. Es war schwierig genug, eine Themenauktion innerhalb von drei Monaten zusammenzustellen, aber dass es dann auch noch eine Auktion seltener und ausgefallener Diamanten sein sollte, grenzte an Wahnsinn. Und er musste doch wissen, wie schwierig es für sie als westliche Frau sein würde, mit indischen Männern ins Geschäft zu kommen. Sicher, er konnte nicht ahnen, wie sehr ihr vor Indien graute, das einzige Land, das sie sich geschworen hatte nie, nie wieder zu besuchen. Natürlich könnte sie sich weigern, dazu hatte sie alles Recht der Welt, und nicht nur, weil Asien nicht zu ihrem Aufgabenbereich gehörte. Kenneth würde nicht insistieren, wenn sie ablehnte, davon war sie überzeugt. Meistens war er gerecht und sanftmütig – außer an Tagen, an denen seine

Exfrau anrief. Dann war er immer gereizt. Sie und Charlotte, die Verwaltungsdirektorin, erkannten seine Stimmung mittlerweile am Sitz seiner Fliege. Wenn sie schief saß, hatte »sie« wieder angerufen, denn Kenneth hatte die Angewohnheit, mit seiner Fliege zu spielen, wenn er sich erregte. Bei Kenneth waren jede Erregung und jede Unordnung höchst ungewöhnlich und meist auf diesen einen Grund zurückzuführen.

Das Büro war leer, es war kurz nach ein Uhr, alle anderen machten Mittagspause. Diese Stunde gehörte zu Mirandas liebsten Zeiten im Büro, ebenso wie vor neun Uhr morgens und nach fünf abends, denn die meisten Angestellten abgesehen von Charlotte, Kenneth und ihr hielten sich an geregelte Arbeitszeiten. Charlotte aß mittags oft nur ein Sandwich an ihrem Schreibtisch, aber heute war sie gar nicht da. Ihr Sohn hatte Geburtstag, und sie setzte sich tapfer dem Gedränge in der Oxford Street aus, um ihm ein Geschenk zu kaufen.

Miranda setzte sich in die Ecke ihrer Arbeitsnische, die durch Trennwände vom Großraumbüro abgeteilt war. Diese Wände reichten nicht ganz bis zur Decke, sodass sie keinen wirklich abgeschlossenen Raum für sich hatte, aber der Blick aus dem Fenster machte das Manko wieder wett. Sie sah auf die Rückseite der hohen Reihenhäuser im Regencystil, deren Fassaden zur New Bond Street hin gingen. In diesem Viertel hatten sich die Diamantenhändler und Juweliere schon im 18. Jahrhundert niedergelassen. Es war ein schöner Blick in Anbetracht der Tatsache, dass sie mitten in London saß, und die vertraute Aussicht beruhigte Mirandas Nerven ein wenig. Sie wusste zwar, dass sie ein gewisses Maß an Stress und Adrenalin brauchte, um ihre Arbeit machen zu können, aber jetzt war sie angespannt. Kenneths Vorschlag hatte sie aus der Bahn geworfen.

Sie trank einen Schluck von dem kalten Cappuccino, den sie sich geholt hatte, bevor Kenneth sie in sein Büro rief. Sie konnte es kaum erwarten, ihrer Nachbarin Tash von der möglichen Reise zu erzählen. Erst kürzlich hatte sie ihr ausführlich geschildert, wie sie im Alter von neunzehn Jahren zwei Wochen lang ganz allein und ohne einen Pfennig Geld in Indien auf einen Heimflug warten musste. Ihre Eltern überwiesen ihr zwar per Telex Geld, aber es dauerte praktisch die ganzen zwei Wochen, die angewiesene Bank in Bombay ausfindig zu machen und die Summe tatsächlich ausbezahlt zu bekommen. Überstanden hatte sie die Zeit nur dank der Großzügigkeit einer freundlichen Familie, die ihr erlaubte, in ihrer Pension abzusteigen und erst zu bezahlen, nachdem sie ihr Geld bekommen hatte.

Andererseits hatte Mirandas Liebe zu Edelsteinen genau in Indien begonnen – als sie und ihr Freund zwei Tage im Zug nach Agra gefahren waren, um den Tadsch Mahal bei Vollmond zu sehen. In dem Licht verströmte das marmorne Mausoleum seine größte Pracht. Die Mosaiken aus Halbedelsteinen und die marmornen Mauern schimmerten im Mondschein, als wäre der Bau der Palast des Götterkönigs Indra. Und genau dort hatte Miranda beschlossen, Gemmologie zu studieren. In Agra gab es, wie in vielen anderen indischen Städten, einen regen Edelsteinhandel. Sie hatten gemeinsam einige zweitklassige Steine gekauft, Sternrubine, und Mondsteine und schlecht geschliffene Saphire, im Glauben, sie seien »erste Qualität«, wie die Händler beteuerten.

In dem Moment kam Charlotte zurück und riss Miranda aus ihren Erinnerungen.

»Einer der seltenen ruhigen Momente für Miss Godfrey? Geh und hol dir was zu essen. Sonst kaufst du dir später eine Tafel Schokolade und wirst noch hyperaktiver, als du sowieso schon bist!«

»Ich habe keinen Hunger. Und du bist beim Einkaufen offenbar erfolgreich gewesen?«

Charlotte war beladen mit bunten Papier- und Plastiktüten, auf denen die Namen allseits bekannter Marken prangten.

»Es wird mit jedem Jahr unmöglicher zu wissen, was Luke gefällt, aber ich weigere mich, mir von ihm einen Wunschzettel schreiben zu lassen. Das nimmt einem Geburtstag doch die ganze Spannung. Also habe ich mich in die grauenvollsten, trendigsten Läden auf der Oxford Street gewagt und lauter Sachen gekauft, die ich abscheulich finde. Das ist eine Garantie dafür, dass er sie ganz toll findet. Unsere Streitereien über seine Kleidung haben sich also doch gelohnt! Aber sag mal, gab's in den siebziger Jahren auch praktisch nur Teenagerklamotten zu kaufen? Ich kann mich nicht mehr erinnern – es gibt mir eindeutig das Gefühl, steinalt zu sein.«

»Unsinn! Schau dich doch an! Dir nimmt man nicht mal einen Zehnjährigen ab, von einem Sechzehnjährigen ganz zu schweigen.« Das war zwar eine Übertreibung, aber keine große. Charlotte gehörte zu der kleinen, exklusiven Menschengruppe allein erziehender Mütter, die mühelos elegant wirkten. Aufgrund ihrer nervösen Energie war Charlotte schlank, ohne je ins Fitnessstudio zu gehen, und sie färbte sich alles Grau aus den kastanienbraunen Haaren. Das sei, sagte sie, für eine Frau die kosteneffektivste Art, ihr Alter zu verheimlichen. Sie war sechsundvierzig, konnte aber genauso gut als in Mirandas Alter durchgehen, wenn nicht noch jünger. Und sie war die einzige Frau in Mirandas Bekanntenkreis, der es gelang, das Dasein als allein erziehende Mutter attraktiv wirken zu lassen. Charlotte andererseits behauptete hartnäckig, ihre Kollegin mit der auffälligen (natürlichen) Haarfarbe, der Wespentaille und den schicken Kleidern gebe ihr das Gefühl, von transusiger Biederkeit zu sein. Miranda besaß die Fähigkeit, Preisschilder zu ignorieren, gleichgültig, welche Ziffern auf ihnen standen. Ihr letzter Freund hatte sich rasch abgewöhnt, nach dem Preis einer Neuanschaffung zu fragen, und beschlossen, dass er ihn lieber nicht wissen wollte.

»Du wirkst angespannt, Miranda. Sitzt seine Fliege schief?«

»Kenneth will, dass ich nach Indien fahre.«

Charlotte verzog keine Miene.

Miranda hob die Augenbrauen. »Du hast davon gewusst?«

»Natürlich. Er hat mich gebeten, die Reise zu budgetieren. Willst du denn nicht fahren?«

Kläglich schüttelte Miranda den Kopf und starrte zum Fenster hinaus.

»Warum denn nicht? Es ist eine großartige Chance, und Roger wird außer sich sein!«

»Ich bin schon mal in Indien gewesen. Das erzähle ich dir ein anderes Mal – ich glaube, ich gehe mir jetzt doch eine Tafel Schokolade holen.«

Die Sonne stand tief am Himmel, als Miranda am frühen Abend Hanovers verließ und durch die mit Messing eingefassten Panzerglastüren auf den breiten Bürgersteig hinaustrat. Es war März, das Wetter ungewöhnlich schön, ideal für Touristen. In der New Bond Street flanierte die anspruchsvolle Klientel – Menschen, die nicht im Traum daran denken würden, etwas anderes als Prada, Joseph oder Nicole Farhi zu tragen, die zu De Beers, Cartier, Rolex oder Tiffany strebten. Miranda ging an den Cafés vorbei, die im Lauf der zehn Jahre, die sie mittlerweile in London lebte, allmählich alle Straßenecken übernommen hatten. Sie hatte ihr Gemmologiestudium in Bristol sehr viel früher abgeschlossen, war aber dort geblieben und hatte im Einzelhandel gearbeitet, bis sie sich für London gewappnet fühlte. Hier hatte sie zunächst in kleinen Boutiquen gearbeitet, die mit Antikschmuck handelten, ehe sie sich schließlich für die Bond Street bewarb in dem Wissen, dass sie das entsprechende Rüstzeug hatte für die Stelle, die sie haben wollte. Sie hatte sich profiliert als Managerin für qualitativ hochwertige Ware, und sie kannte sich mit Edelsteinen aus. Außerdem wusste sie, wie man einem Ego schmeichelt, das sich den VIPs der Käuferschicht zugehörig fühlt.

Vor sechs Jahren hatte Kenneth sie für Hanovers eingestellt, und zwar als Katalogmitarbeiterin. Er hatte einen immensen Einsatz von ihr gefordert, den zu leisten sie seiner Ansicht nach instande war, und hatte sie immer weiter die Karriereleiter hinauf befördert, so ungewöhnlich es auch war, dass eine Frau so rasch derart viel Verantwortung übernahm. Er sah ihr Potenzial, das tat er immer noch. Das wusste Miranda, und sie wollte ihn nicht enttäuschen. Außerdem wäre sie mit einem Routinejob nie zufrieden, im Gegensatz zu Charlotte oder zu Erdmutter Tash, die im Haus nebenan lebte und mit ihren Kindern und ihrem Gemüsegarten mehr als glücklich und ausgefüllt war. Miranda hielt alles, was nicht ihren vollen Einsatz forderte, für langweilig, und Langeweile war für sie fast genauso schrecklich wie die Vorstellung, nach Indien zu fahren.

Allerdings war sie nicht darauf gefasst, welche Opfer der Ehrgeiz, im Auktionsgeschäft zu arbeiten, ihr abverlangen würde. Sie konnte nicht mehr zählen, wie viele Beziehungen sich im Sande verlaufen hatten, weil sie wegen einer Geschäftsreise oder Überstunden regelmäßig Verabredungen absagen musste. Sie wusste auch, dass weder ihre Eltern noch ihre Freunde ihr noch glaubten, wenn sie versprach, für ein Wochenende nach Hause zu fahren, nach Bath. Die großen Anforderungen an ihre Zeit und ihre Energie, das hektische Tempo und die Herausforderungen erfüllten sie mit nervöser Unruhe, andererseits liebte sie die Aufregung, den Lebensstil und das Geld, die dieser Job mit sich brachte.

Die U-Bahn-Station Bond Street erreichte sie per Autopilot, ohne jeden Einsatz ihres Kopfes. In dem ging Wichtigeres um, etwa die Auktion im Juli und wie es ihr gelingen konnte, sie zu einem Erfolg zu machen; der fünfte Geburtstag von Tashs Sohn Josh und das Geschenk, das sie noch nicht für ihn gekauft hatte. Und dann war da der rote Ledermantel, den sie neulich bei Harvey Nichols im Schaufenster gesehen hatte, und die Überlegung, wann sie Zeit finden würde, ihn zu kaufen, bevor eine andere Frau ihr zuvorkam. Der Mantel war ziegelrot, eine Farbe, die sich nicht mit ihren Haaren biss. Doch vorwiegend drehten sich ihre Gedanken um die Reise nach Indien. Beruflich wäre es dumm abzulehnen, aber es war eindeutig ein Angebot, kein Befehl. Sie verstand auch nicht, warum Kenneth nicht Roger bitten konnte, im Anschluss an den Oman nach Benares zu fahren. Ein Teil von Miranda war entsetzt über die Idee, sich Rogers größerer Erfahrung zu beugen, aber noch mehr entsetzte sie die Vorstellung, sich Indien ein zweites Mal auszusetzen. Sie war auf der schicksalhaften Reise zwar nicht in Benares gewesen, aber die Stadt war als eine der dreckigsten, übervölkertsten und überwältigendsten von ganz Indien verschrien. Der Meinung waren sogar die Inder selbst.

Im Stadtteil Highgate gelangte sie wieder an die Oberfläche und seufzte erleichtert auf. Vor ihr lagen der einzige Abschnitt des Heimwegs, den sie gerne mochte, und die einzigen Minuten am Tag, in denen sie sich bewusst machte, dass sie atmete. In der U-Bahn las sie immer, gelegentlich beobachtete sie ihre Mitpassagiere. Man wusste sofort, wer ein Londoner war und wer nicht. Alle, die aufrecht und mit leuchtenden Augen dasaßen, die Werbeplakate betrachteten oder nervös die U-Bahn-Streckenpläne oberhalb der Fenster studierten, kamen von außerhalb. Alle, die schliefen, die ausdruckslos vor sich hin starrten oder lasen, waren Londoner.

Ein Stück hinter der U-Bahn-Station Highgate bog Miranda in die Muswell Hill Road ein und gelangte in den Highgate Park. Hier war das Licht goldgrün gefiltert, die Luft sauerstoffgeschwängert. Im Sommer ging sie morgens und abends durch diesen städtischen Urwald, während der kurzen Wintertage nur morgens im ersten dunstigen Tageslicht. Es war zwar noch zeitig im Frühjahr und das Licht verblasste schon, aber sie wollte sich vom Wispern der Bäume beruhigen lassen.

In zehn Minuten hatte sie den Park durchquert, und Miranda war beinahe zu Hause. Zwei Straßen musste sie noch kreuzen, dann stand sie in dem winzigen Vorgarten ihres Hauses, ein Reihenhaus von etwa 1850, das sie vor drei Jahren gekauft hatte.

Sie schloss die Haustür auf und lehnte sich einen Moment dagegen, um den befriedigenden Geruch ihres Zuhauses einzuatmen, des Ledersofas und der eingetopften Kräuter, die hinten im Wintergarten standen. Den hatte sie im vergangenen Sommer anbauen lassen. Seitdem sie zwei Jahre zuvor zur leitenden Spezialistin befördert worden war, konnte sie nur selten einen Abend zu Hause verbringen, und fast wünschte sie sich, nicht mehr nach draußen gehen zu müssen, und sei es nur nach nebenan.

Von der alten Küche ging es jetzt direkt in den Wintergarten, der fast den ganzen Tag Sonne bekam. Früher war das Wohnzimmer mit der terrakottafarbenen Tapete und den cremeweißen Ledermöbeln ihr Lieblingsraum gewesen, aber jetzt saß sie am liebsten in ihrer grünen Oase. Sie zog ihre Tagesuniform aus, die wadenhohen Stiefel mit den Pfennigabsätzen und das kurze silbergraue Jackett, und ging in den mit Palmen und Farnen überwucherten Wintergarten. Durch den Anbau war der Garten zwar auf eine winzige Rasenfläche und zwei kleine Blumenbeete geschrumpft, aber durch die gläsernen Wände und das Glasdach holte sie sich die freie Natur ins Haus, die sonst einen Großteil des Jahres ausgesperrt war.

Miranda ließ sich auf die Kissen ihres alten Rohrsessels fallen, der beruhigend knarzte, und legte die Füße auf den kleinen Tisch, auf dem die Wochenendzeitungen lagen, noch gefaltet und ungelesen, obwohl es Donnerstag war. Sie hatte das Wochenende auf der Diamantenmesse in Antwerpen verbracht.

Vom Sessel aus sah sie nicht nur ihren eigenen Garten, sondern auch Tashs, kein Zaun trennte die beiden Grundstücke. Richard, Tashs Mann, arbeitete dort, wie so oft bei jedem Wetter und zu jeder Tageszeit, gekleidet in eine unförmige, von Motten zerfressene Strickjacke. Hellbraune Strähnen fielen ihm ins Gesicht, während er den Boden vorbereitete, um Pflanzen für die nächste Ernte zu setzen. Es gelang ihm, in dem kleinen urbanen Gärtchen eine unglaubliche Menge von Kräutern und Gemüse anzubauen. Miranda hatte Richard kennen gelernt, als sie eines Samstagmorgens im Morgenrock hinaustrat und die Teeblätter auf ihre Kamelie kippte. Richard, ebenfalls im Morgenrock, schnitt Kräuter – Salbei und Thymian, um einen Tee gegen die Erkältung seines Sohnes zu machen, und Zitronenmelisse für einen Aufguss, der ihn und Tash nach einer schlaflosen Nacht aufmuntern sollte. Er gab Miranda den Rat, die Kamelie nicht mit Teeblättern zu düngen, da sie zu säuernd seien; sie solle es lieber mit Pferdemist versuchen. Dann hatte er sie zu einer Tasse Kräutertee eingeladen. Sie war zwar nie ein Fan von Kräutertees gewesen, aber trotzdem war sie den ganzen Vormittag bei den beiden geblieben. Seitdem waren Richard und Tash zu ihren engsten Freunden in London geworden.

Bevor Miranda bei den Nachbarn klingelte, zog sie sich um; die traumatische Erfahrung, in einem weißen Leinenhemd nach nebenan zu gehen und mit einem Muster dreckiger kleiner Patschhändchen darauf zurückzukommen, war ihr eine Lektion gewesen. Das Baby und den Hund hörte sie schon, noch bevor Josh mit seinem täuschenden Engelsgesicht die Tür öffnete. Heute war die Latzhose des Vierjährigen mit kobaltblauer Farbe verschmiert, sein Gesicht mit Schokokuchenteig. Dicht hinter ihm folgte Tash mit Baby Rufus auf der Hüfte. Sie hatte einen kräftigen Knochenbau, dicke blonde Locken, die ihr bis auf die Taille herunterhingen, und lachende braune Augen. Sie trug ein eng sitzendes Batikoberteil und eine gestreifte Hüfthose, die ihren mütterlichen Busen und die breiten Hüften noch betonten. Seit Rufus' Geburt verkörperte sie die Erdmutter optisch noch mehr, aber sie versuchte nie, ihre Figur zu verhüllen; ganz im Gegenteil, in den letzten Wochen der Schwangerschaft hatte sie enge Kleider in allen Farben des Regenbogens getragen.

»Miranda! Komm schnell rein, bevor der Hund rausläuft.« Der Hund war ein Terrier, ein energiegeladenes Fellbündel, das fast ebenso viele Unfallverhütungsmaßnahmen verlangte wie Josh. Der Kleine packte den Hund am Schwanz, damit er nicht entwischte, und beide quietschten vor Vergnügen, während der Hund auf dem Flurteppich ausrutschte im Versuch, dem Jungen zu entkommen. Das Haus wurde gerade umgebaut, es herrschte das übliche Chaos. Sämtliche Gegenstände waren aus Rufus' Greifhöhe entfernt worden, sodass die beiden vorderen Zimmer eher einem riesigen Laufgitter glichen.

Miranda folgte Tash in den Raum, der gerade in eine Landhausküche verwandelt wurde; hier arbeitete Richard, der gelernter Kunstschreiner war. Inmitten der Holzbretter, die an der Wand lehnten, und halb kobaltblau gestrichener Wände fütterte Tash Rufus und machte gleichzeitig einen Geburtstagskuchen.

»Tee oder Chablis?«, fragte Tash, als sie Rufus in seinen Kinderhochstuhl setzte und dem Hund eine quietschende Plastikpuppe entriss. »Wir haben aber auch noch von Richards selbst gemachtem Holunderblütenwein ...«

»Chablis. Ich hol die Flasche. Darf Josh das denn?«

Josh war auf einen Hocker gestiegen und rührte mit einem großen Holzlöffel in der Kuchenmischung, die auf ihn und den Tisch spritzte.

Tash seufzte gutmütig. »Pass auf, mein Schatz.«

»Ich helf dir doch!« Josh drehte sich um und hielt den Holzlöffel gefährlich nah an Mirandas Haare. Sie tauchte weg und ging zum Kühlschrank; plötzlich brauchte sie dringend einen Drink. Sie schenkte zwei Gläser ein und beobachte Tash, die versuchte, dem sich wehrenden Rufus einen Löffel Brei in den Mund zu stecken.

»Ich an seiner Stelle würde den Mund auch nicht aufmachen. Was in drei Teufels Namen gibst du ihm denn da?«

»Eine meiner Spezialitäten, ein Püree aus Süßkartoffeln, Birnen und Avocado.«

»Igitt. Das arme Kind.«

Tash lachte gutmütig, Miranda schüttelte den Kopf. Die beiden warfen sich einen viel sagenden Blick zu, mit dem Miranda eingestand, dass sie nie leben könnte wie ihre Freundin, und dabei guter Laune bleiben. Andererseits konnte sie auch nicht so tun, als empfände sie nicht manchmal große Trauer, als frage sie sich nicht, ob sie nicht den größten Fehler ihres Lebens beging, wenn sie ihre Karriere zu Lasten von allem anderen, einschließlich Beziehung und Familie, an erste Stelle setzte. Am einfachsten war es, solche Anwandlungen auf die Hormone zu schieben und sich zu sagen, dass die geschlechtliche Fortpflanzung heutzutage nicht mehr die einzige Funktion einer Frau war.

Tash warf einen anerkennenden Blick auf Mirandas Jasper-Conran-Jeans und ihre schwarze Baumwollbluse. »Wie schaffst du's bloß immer auszusehen, als kämst du gerade von einer Wellnesswoche in Monte Carlo zurück, wo du nicht den mindesten Sport treibst und dich von Koffein und Zucker ernährst?«

Miranda zuckte mit den Schultern. »Nervöse Energie.«

»Und wie geht's in der Nervenmühle? Warst du in letzter Zeit irgendwo in der Exotik?«

»Am Wochenende in Antwerpen, das kann man wohl kaum exotisch nennen.« Sie hielt kurz inne, um die Spannung zu steigern. »Kenneth möchte, dass ich nächste Woche nach Indien fahre ...«

»Indien! Du machst wohl einen Witz? Ich dachte, dein Gebiet wäre Europa und New York.«

»Normalerweise schon. Die Sache ist etwas kompliziert.«

»Und? Wirst du fahren?«

»Eigentlich habe ich keine Lust.«

»Dann tu's nicht. Vergiss nicht, wenn du alles machst, was dir gesagt wird, verlierst du noch deinen Ruf als Aufsässige.«

»Hmm. Ich neige auch dazu abzulehnen. Andererseits klingt es interessant. Ich glaube, ich habe dir schon erzählt, dass wir für Juli eine große Diamantenauktion vorbereiten, und Kenneth will unbedingt, dass ich ein paar außergewöhnliche Steine für ihn auftreibe.«

Tash beobachtete Miranda aufmerksam, während diese erzählte.

»In meinen Ohren klingt es, als würden sie dir da eine unmögliche Aufgabe aufhalsen. Außerdem dachte ich, du hättest gesagt, du würdest nie wieder nach Indien fahren. Ach, apropos Juwelen – neulich habe ich etwas über mediale Menschen gelesen. Manche von ihnen können dir sagen, wem ein Schmuckstück vor dem jetzigen Besitzer gehörte.«

Miranda nickte. »Ja, das nennt sich Psychometrie. Eine ziemlich wissenschaftlich klingende Bezeichnung für solchen Hokuspokus.«

Tash achtete nicht auf den zynischen Einwand. »In dem Artikel ging's auch um Haare, ein anderer Gegenstand, aus dem medial Begabte etwas lesen können. Da musste ich an den ganzen unheimlichen Trauerschmuck denken, den du sammelst, mit den ganzen alten Haaren … wahrscheinlich wimmelt's bei dir drüben von Gespenstern!«

Miranda lachte. Sie war Tash dankbar für ihre gute Laune. »Zumindest erwarten sie nicht, dass ich für sie koche, sie lassen den Klositz nicht hochgeklappt und schauen nicht das ganze Wochenende Fußball.« Tash hatte es aufgegeben, Rufus mit Brei zu füttern, und ihm Rinden von Toastbrotscheiben überlassen, die er vergnügt in sich hineinstopfte. Mehrere hatte er bereits abgekaut, und die klebten ihm jetzt am Kinn und am Lätzchen. In Momenten wie diesen tat es Miranda gar nicht Leid, ihre mütterlichen Instinkte zu ignorieren. Mit einem Schauder stellte sie sich Joshs schokoladeverschmierte Hände auf ihrem cremefarbenen Ledersofa vor. »Und sie sind keine Dreckschweinchen, die mehrmals nachts aufwachen!«

Als Miranda am nächsten Morgen durch das Foyer von Hanovers ging, empfand sie immense Erleichterung und ebenso großes Unbehagen über ihren Entschluss, Kenneth mitzuteilen, dass sie auf keinen Fall nach Indien fahren wollte, auch wenn sie sich damit unreif, unprofessionell und vor allem feige verhielt. Die prachtvollen Antiquitäten, die sie beim ersten Mal eingeschüchtert und überwältigt hatten, nahm sie gar nicht mehr wahr. Das Auktionshaus war in den 1830er Jahren gegründet worden und hatte seinen Sitz immer dort beibehalten. Der Boden war aus Marmor, der rund um den Empfangsbereich mit der Reproduktion eines osmanischen Seidenteppichs in verschiedenen Persischblautönen bedeckt war. An den Wänden standen Vitrinen, in denen Kostbarkeiten ausgestellt wurden, Porzellan aus der Mingzeit, Silber aus der Belle Epoque und Textilien aus der Mogulzeit. Miranda kam an zwei Showrooms vorbei, bevor sie über die breite Treppe in den ersten Stock mit der Schmuckabteilung gelangte. Rechts war die Möbelabteilung – auf Hochglanz polierte Kommoden im Louis-seize-Stil, Stühle aus der Zeit Jakobs I. und viktorianische Tische, jeweils durch goldene Seile voneinander getrennt, die an glänzenden Messingpfosten hingen. Linker Hand war Kunst, Tudorzeit bis Impressionismus. In beiden Showrooms standen Angestellte, makellos gekleidet, die Hände hinter dem Rücken verschränkt. Miranda warf Stephen von der Kunst im Vorbeigehen ein Lächeln zu, und er grinste zurück. An diesem Tag, fand sie, sah er mit dem fuchsienroten Hemd und der lila Seidenkrawatte zu einem schwarzen Paul-Smith-Anzug besonders verwegen aus. Eine der Katalogmitarbeiterinnen hatte sich in Stephen verliebt, und bislang hatte Miranda es noch nicht übers Herz gebracht, ihr zu sagen, dass er schwul war.

Charlotte saß bereits an ihrem Schreibtisch. Gleichgültig, wie früh Miranda zur Arbeit kam, Charlotte war immer schon am Telefon. Sie schaute auf eine der fünf Uhren, die an der Wand hinter ihr hingen und verschiedene Zeitzonen anzeigten: New York, Tel Aviv, Kuala Lumpur, Bombay und Tokio. Charlottes Arbeitsplatz war als Mittelpunkt angelegt, um den herum ihre Sekretärin, zwei Assistentinnen und drei Katalogmitarbeiterinnen saßen.

Als Miranda vorbeiging, winkte Charlotte ihr geistesabwesend zu. Mirandas Telefon läutete, sobald sie sich an den Computer setzte. Der Klingelton sagte ihr, dass es ein interner Anruf war. Sie holte tief Luft – das musste Kenneth sein, der die verstörende Fähigkeit besaß zu wissen, wann sie das Gebäude betrat. Er hatte ihr einmal gesagt, er erkenne sie am Klacken ihrer Absätze auf dem gefliesten Flurboden, wenn sie an seinem Büro vorbeiging. Aus dem Grund war sie vorhin praktisch auf Zehenspitzen daran vorbeigeschlichen.

»Miranda Godfrey.«

»Guten Morgen, Miranda.« Es war Roger.

»Ach, guten Morgen, Roger.«

»Sie klingen enttäuscht. Erwarten Sie vielleicht einen Anruf von einem Verehrer?«

»Um ehrlich zu sein, erwarte ich den Anruf eines Kunden. Geht's um etwas Wichtiges?« Das mit dem Anruf war zwar gelogen, aber sie hatte keine Lust, mit Roger zu reden. Allein die aufgesetzt nasale Stimme, mit der er immer sprach, machte sie an diesem Morgen krätzig.

»Eine viel beschäftigte Frau, ich verstehe. Also, kommen wir gleich zur Sache. Es ist in der Tat etwas Wichtiges. Wie ich gehört habe, hat Kenneth Ihnen angeboten, mich nächste Woche zu vertreten, da ich wegen Oman nicht nach Indien fahren kann. Ein reiner Höflichkeitsanruf, um Ihnen zu danken, dass Sie für mich einspringen. Ich könnte mir vorstellen, dass die Aussicht Sie etwas überwältigt – eine junge Frau, die mit der islamischen Elite Geschäfte treibt. Sie sollen wissen, dass Sie mich jederzeit um Rat fragen können, ich habe ja jahrelange Erfahrung ...«

»Es tut mir Leid, Roger, auf der anderen Leitung ist ein Anruf für mich.« Sie legte auf und stieß sich mit solcher Wucht vom Schreibtisch ab, dass sie auf ihrem Bürostuhl über den Boden rollerte, bis sie gegen die rückwärtige Trennwand prallte. Dann fühlte sie sich besser. Forsch stand sie auf, zog ihr Jackett und den passenden knielangen Rock gerade, sodass die Nadelstreifen in perfekten Linien verliefen, und marschierte durchs Großraumbüro. Sie würde sich nicht einer irrationalen Angst beugen, und sie würde Roger auch keinen Grund liefern, noch selbstgerechter und herablassender zu werden. Als sie an den beiden Katalogmitarbeiterinnen vorbeiging, tauschten sie einen wissenden Blick. Sie waren beide Anfang zwanzig und hatten große Achtung vor Miranda – die war selbstbewusst und elegant und obendrein noch freundlich. Zumindest zu ihnen war sie freundlich, und zur neuen Sekretärin war sie auch nett, obwohl die regelmäßig Dummheiten machte. Manchmal war sie etwas ungehalten mit ihnen, aber nur, weil sie perfektionistisch war, und da der Katalog das Aushängeschild der Kundenpflege war, musste er tipptopp sein. Der einzige Mensch, zu dem Miranda nicht immer nett war, war Roger, und das war schade, weil er doch so lieb war und ihnen ständig kleine Geschenke zusteckte und sie zum Mittagessen ausführte.

Kenneth öffnete die Tür seines Büros, bevor Miranda anklopfen konnte. Er hatte ihre raschen, lauten Schritte gehört, ein Indiz ihrer Stimmung. Er wich zurück, damit sie eintreten konnte, und schloss dann die Tür. Sie setzte sich in den schwarzen drehbaren Ledersessel gegenüber seinem Schreibtisch und wirbelte sofort zu ihm herum.

»Bist du schon mal in Indien gewesen, Kenneth?«

Er schüttelte den Kopf.

»Das solltest du mal – vor allem jetzt, wo Christie's in Bombay und in Delhi Niederlassungen eröffnet hat. Für Frauen ist es dort allerdings nicht recht viel anders als in arabischen Ländern – ich hätte genauso gut an Rogers Statt in den Oman fahren können. Sagen wir mal so, es würde mich wundern, wenn die Kunden in Benares mich ernst nehmen.«

»Den Zahn wirst du ihnen sofort ziehen, davon bin ich überzeugt«, sagte Kenneth trocken. »Außerdem ist es höchst unwahrscheinlich, dass du mit dem Kunden selbst zu tun haben wirst. Wenn in Asien alter Schmuck und antike Edelsteine verkauft werden, wird meistens ein Agent dazwischengeschaltet. Das macht es leichter, das Gesicht zu wahren. Vielleicht würde ein Gespräch mit Roger dir …«

»Ich habe nicht die mindeste Absicht, mit Roger zu reden. Ich packe die Sache lieber auf meine eigene Art an. Ich werde versuchen, noch ein paar andere Kunden zu finden, damit sich die Reise auch wirklich lohnt.«

Sie erhob sich, zog den Rock glatt und strich sich eine Strähne aus dem Auge. Kenneth musste ein Lächeln unterdrücken. Das war genau die Reaktion, die er sich erhofft hatte: Miranda brodelte über vor Empörung und war wild entschlossen, die neue Herausforderung anzunehmen, so viel Angst sie ihr auch bereiten mochte. Ihre blauen Augen blitzten elektrisiert, ihr kleines, herzförmiges Gesicht war eine Maske wütender Entschlossenheit.

»Ach, und noch etwas: Im späten Frühjahr ist in Nordindien Monsunzeit, das heißt, dass jeder, der es sich leisten kann, sich südlich vom Äquator verzieht, und zwar schnell.« Es würde in Benares nicht nur von Toten und Sterbenden wimmeln, es würde auch erdrückend schwül sein, und Kenneth sollte wissen, dass sie an einen Ort fuhr, der seinesgleichen auf Erden suchte. »Unter diesen Umständen solltest du mich vielleicht zum Mittagessen ins Ivy einladen und mich ausführlich über die Medici von Benares aufklären, oder wer immer sie sind.«

III

Benares, 11. Januar 1865

Liebe Barbara,

während ich dies schreibe, sitze ich in einem Garten, wie du ihn dir nicht vorstellen kannst, eine Oase mit exotischen blühenden Bäumen, Springbrunnen und versteckten Tempeln. Ein Heer von Gärtnern mit weißen Turbanen jätet jeden Tag die Beete in den ausgedehnten Palastanlagen, und es fasziniert mich zuzusehen, wie sie flink die höchsten Palmen erklimmen, deren Stamm völlig glatt ist und keinerlei Fußstütze bietet, um abgestorbene Wedel zu entfernen.

Ich sitze in einem Sommerhaus aus reinstem weißen Marmor, ein Gestein, das kaum Hitze aufnimmt. Die Wände sind außen mit vielen bunten Halbedelsteinstückchen eingelegt, und wenn sich das Licht darin bricht, erinnert es mich an die sonnenbeschienene See auf meiner Überfahrt nach Bombay.

Hier gilt es nicht als schändlich, barfuß zu gehen, und der glatte Marmor kühlt meine Füße aufs Angenehmste. Stünde mir der Sinn danach, könnte ich mir von einem Diener mit einem großen Schilffächer Luft zuwedeln lassen, doch bislang habe ich diesen Luxus noch nicht in Anspruch genommen. Da fühlte ich mich zu sehr wie die englischen Damen auf dem Basar, die sich unablässig über die Hitze und den Lärm beschweren und keinen Schritt gehen können, sofern nicht zwei Bedienstete sie stützen.

Mittlerweile bin ich bereits seit einigen Wochen Gast des Maharadschas, habe den Fürsten jedoch noch nicht kennen gelernt. Das mutete mich zunächst befremdlich an, bis ich erfuhr, dass er mit seinem Gefolge im Norden in den Bergen weilt, um seine Tee- und Indigoplantagen zu inspizieren und auf Tigerjagd zu gehen. Nun ist er seit einigen Tagen zurückgekehrt, doch noch hat er mich nicht empfangen. Ich kann es kaum erwarten, ihn kennen zu lernen und ihm Franzens Gemälde zu zeigen; allerdings wurde mir gesagt, dass er sich meiner Anwesenheit bewusst ist und zu gegebenem Zeitpunkt nach mir rufen wird.

Das Spektakel anlässlich seiner Rückkehr werde ich meiner Lebtage nicht vergessen. Zuerst wurde dem Haushalt dieses Ereignis durch das Dröhnen einer immensen Messingzimbel mitgeteilt, das vom Hof durch die zahllosen Räume des Palasts hallte. Sofort war die gesamte Zenana in helle Aufregung versetzt, Frauen liefen kopflos umher, kämmten und ölten sich das Haar, schminkten sich die Augen mit schwarzem Kohlstift und kleideten sich und ihre Kinder in die edelsten Gewänder.

Muselmaninnen dürfen die Zenana nur mit Erlaubnis des Maharadschas verlassen, und auch dann nur in Begleitung, doch gehört zu ihren Gemächern ein Dachgarten, von dem aus man die zum Palasttor führende Straße sehen kann. Aus luftiger Höhe also verfolgten wir eine Prozession mit über einem Dutzend Elefanten, auf deren Rücken über bunt gewebten Teppichen kleine elfenbeinerne Sänften thronten. Der Elefant des Maharadschas war der größte von allen und mit glitzerndem Zaumzeug und leuchtenden Federn geschmückt. Der Fürst – erkennbar an den üppigen Juwelen, die seinen Turban und seine Gewänder zieren – saß unter einem roten Seidenschirm. Aus der Ferne konnte ich seine Züge nicht gut erkennen, aber er wirkte jünger, als ich vermutet hätte.

Die Wochen sind mir nicht lang geworden, zumal ich sie großteils in der Gesellschaft einer ungewöhnlichen jungen Frau namens Sarasvati verbracht habe. Sie ist der Inbegriff der Lieblichkeit, mit großen, dunklen, mandelförmigen Augen, einer hohen Stirn und einer zarten Nase, die wie ziseliert aussieht. Überhaupt wirkt sie durch ihre braune Haut und die fließenden Gewänder wie eine antike Holzstatue, die zu Leben erweckt wurde. Ihr Körperbau ist halb der einer Frau, halb der eines Mädchens, mit langen, anmutigen Gliedmaßen. Sie ist eine Hindu und darf im Gegensatz zu den Muselmaninnen tun, was ihr beliebt. Bevor Sarasvati eine Konkubine des Maharadschas wurde, war sie eine Tänzerin, und sie erzählte mir, dass sie auf Aufforderung des Fürsten auch jetzt noch für ihn tanzt. Um den Hals trägt sie Schnüre aus winzigen Gold- und Sandelholzperlen, deren Moschusgeruch sie stets umgibt. Dieses Schmuckstück erweckte meine Neugier, da es sehr schlicht ist, wo sie doch jede nur erdenkliche Kostbarkeit wählen könnte. Da erfuhr ich, dass Sandelholz gegen alle Geister schützt, die ihr Böses wollten!

Diese exotische junge Dame ist gerade siebzehn Jahre alt und trägt den Namen einer Göttin. Wie ich dir bereits schrieb, ist Sarasvati die Begleiterin Brahmas, des Haupt- und Schöpfergottes der Hindus. »Meine« Sarasvati ist stets goldgelb gekleidet, was all ihre »Untertanen«, wie sie mich aufklärte, daran gemahnt, dass sie die irdische Verkörperung ihrer göttlichen Namensgeberin ist. Derlei Äußerungen führe ich teils auf Sarasvatis Fantasie zurück, teils aber auch auf eine Unausgewogenheit in ihrem Wesen, die sich aus ihrem raschen gesellschaftlichen Aufstieg erklärt. Schließlich stammt sie, wie ich erfuhr (wenn man etwas auf Frauenklatsch gibt), aus einem Dorf und gilt deshalb der Aufmerksamkeit des Maharadschas als unwürdig, zumal der großen, die er ihr als seiner Lieblingsfrau schenkt. Dies ist durchaus ungewöhnlich, denn kaum ein indischer Fürst nimmt eine Frau derart bescheidener Herkunft in seinen Harem auf, und ich habe das Gefühl, dass bei dieser Verbindung gewisse Verwicklungen ein Rolle spielen.

Ich hatte das große Glück, die Schmucksammlung der Maharani sehen zu dürfen, zu der Sarasvati als einzige Frau aus dem Harem Zutritt hat, wie sie mir sagte. Sie führte mich zu einem kleinen Tempel tief im Labyrinth der marmornen Korridore und Treppen des Palasts und sprach dort mit den Männern, die an der Tür postiert waren – zwei Furcht einflößende Gestalten, die, wie ich später erfuhr, zur Leibwache des Maharadschas gehörten. Zwar konnte ich nicht verstehen, was gesagt wurde, doch war es offensichtlich, dass Sarasvati sie überredete, uns Einlass zu gewähren. Einer von ihnen bekam sogar einen ängstlichen Gesichtsausdruck, was meine Neugier weckte – was sie ihm wohl gesagt hatte? Der Tempel war leer bis auf ein üppig besticktes Bild und die schwarze Steinstatue einer erschreckenden Göttin, die die Zunge herausstreckt und deren Gürtel aus Menschenarmen besteht. In der Luft hing der Rauch der Weihrauchzylinder, die zu ihren Füßen brannten.

Man kann den kleinen, fensterlosen Raum, in dem der Schmuck aufbewahrt wird, nur durch eine niedrige Tür betreten, die hinter dem herabhängenden Bildteppich verborgen ist. Es ist eine wahre Schatzkammer, die mich in sprachloses Staunen versetzte, und das Funkeln der vielen Edelsteine blendete mich förmlich! Sie liegen in goldenen Truhen, die über und über mit Halbedelsteinen verziert sind. Ich fühlte mich in die Höhle eines Märchendrachen versetzt. Wie Sarasvati mir erklärte, gehören einige Stücke dem Maharadscha persönlich, während andere Geschmeide im Besitz des Staates sind und bei offiziellen Anlässen von seinen Gemahlinnen getragen werden.

Wenn ich Ausflüge zu den Ghats unternehme oder die Stadt in einem Palankin erkunde, werde ich meist von Sarasvati begleitet, die unverkennbar meine Gesellschaft sucht. Sie stellt unendliche Fragen über London, und ich bekomme den Eindruck, dass sie England für ein wunderbares Land hält, das sie nur allzu gerne besuchen würde. Sie erzählte mir, dass sich momentan eine Person in London aufhalte, die sich für ihre Belange einsetzt. Das erscheint mir merkwürdig. Welche Belange sollte ein Dorfmädchen in einer Stadt wie London haben?

Bei solchen Anlässen werden wir von zwei Palastwachen begleitet. Laut Sarasvati ist dies eine Vorsichtsmaßnahme des Maharadschas zum Schutz seiner Frauen. Es missfällt mir, für eine Frau des Maharadschas gehalten zu werden, denn er hat wahrlich bereits mehr als genug.

Bei unserem letzten Ausflug war unter anderem Govinda zu unserer Begleitung abgestellt. Er begegnete zwar meinem Blick und begrüßte mich mit einem Nicken, sprach jedoch nicht so freimütig wie auf unserer Überfahrt. Wir besichtigten einen der ältesten Tempel von Benares, der in einiger Entfernung vom Fluss in einer Gegend steht, die mir mittlerweile recht vertraut geworden ist. Der Tempel, der einer Göttin namens Kali geweiht ist, wurde errichtet, bevor die Mogulfürsten im 15. Jahrhundert den Islam nach Indien einführten, die Stadt plünderten und viele Hindutempel dem Erdboden gleichmachten. Jetzt ist die heilige Stätte erneut von der Zerstörung bedroht, allerdings nicht durch Eroberer, sondern durch die britischen Verwaltungsbeamten. Sie möchten auf ebendiesem Tempelgelände eine Pumpstation errichten, um das primitive Abwassersystem zu verbessern. Das bedarf zwar dringend der Sanierung, doch dafür ein jahrhundertealtes Heiligtum zu zerstören ist nicht nur eine grobe Beleidigung des hinduistischen Glaubens, sondern auch eine Schändung. Es mangelt den britischen Beamten an Vorstellungsvermögen, was passieren könnte, wenn sie einen heiligen Ort entweihen. Als ich den Tempel betrat, brachte der bloße Gedanke daran mein Blut in Wallung.

Der Kalitempel ist ein großer, kuppelförmiger Bau mit Steinstufen, die zu einem Portikus hinaufführen. Innen befindet sich ein höhlenartiger Raum mit glatten Wänden, verziert mit alten Reliefs von männlichen und weiblichen Gottheiten, die sich verlustieren, und von Schlachtszenen. Das einzige Licht werfen kreisförmig auf dem Boden angeordnete Kerzen. Am prachtvollsten sind die Reliefs am Altar, wo eine majestätische sitzende Skulptur der Göttin steht; sie streckt ihre Zunge heraus, ihre Augen scheinen jedem zu folgen, der ihren Tempel zu betreten wagt. Kali ist wahrlich eine Furcht einflößende Gottheit, denn sie ist schwarz wie Pech, zum Schmuck trägt sie Schädel und Gliedmaßen ihrer Menschenopfer, Blut tropft ihr von den Lippen, und unter ihren Füßen liegen die hingemetzelten Krieger, die es wagten, sich ihr zu widersetzen. Es ist dieselbe Göttin, die auch die Geschmeide des Maharadschas hütet. Mir fiel auf, dass Sarasvati zitterte, als sie vor der Göttin stand, die vielen Goldreifen an ihren Armen klingelten. Sie begann fast lautlos zu flüstern, als würde sie beten, wiederholte unablässig dieselben Worte. Govinda trat näher zu ihr und wurde noch wachsamer, bis wir schließlich gingen.

Vor dem Tempel stießen wir auf die Frau eines britischen Beamten, die sich mir sofort vorstellte, meine Begleiter aber geflissentlich übersah (dieses Verhalten ist nur eines von vielen, das mir an den Briten hier missfällt), und sich höchst positiv über das Bauvorhaben äußerte, ohne darauf einzugehen, dass ich anderer Meinung bin.

Bislang ist es mir mehr oder minder gelungen, die Gesellschaft meiner Landsleute zu meiden, aber ich vermute, dass mir dieser segensreiche Umstand nicht mehr lange vergönnt sein wird. Gestern begegnete ich auf dem Basar einer der Marys. Sie lud mich morgen zum Tee in die Mission ein, und da mir nicht sofort eine gute Ausrede einfallen wollte, werde ich mich morgen um drei Uhr dort einstellen.

Jetzt muss ich unterbrechen, denn am heutigen Abend findet eine Festivität statt. Sie heißt Gangaur und ist eine Feier zur Vermählung des Gottes Schiwa mit der Göttin Parvati. Ich werde mit der Maharani und den anderen Frauen speisen und muss mich sorgsamer kleiden als sonst – die ganze Zenana stand heute Kopf. Zuerst kamen die Händler, die die Frauen zwar nicht sehen, aber durch einen Seidenschirm mit ihnen sprechen und ihnen prachtvolle Goldkettchen für die Füße und exotische Düfte anbieten dürfen. Nachdem die Käufe getätigt waren, begann das aufwendigste Baderitual, das ich je erlebt habe. Dienerinnen füllten drei Silberschalen mit verschiedenen Ölen, eines für das Gesicht, eines für den Körper und ein weiteres für das Haar. Dann wurden vier Kupfergefäße mit vier unterschiedlichen, allesamt betörend duftenden Kräuterwassern gefüllt. Zuerst ließen sich die Damen das Haar mit einer aromatischen grünen Paste waschen, die aus zerstoßenen eingelegten Thaliblättern besteht, und anschließend mit

Kokosöl kämmen. Als Nächstes wurde der Körper mit einem Schwamm aus einer mir unbekannten Baumrinde gewaschen, zunächst mit einem hellen Kichererbsenpulver und dann mit einem leuchtend roten Wasser. Zu dessen Herstellung wird offenbar die Rinde von vierzig unterschiedlichen Bäumen benötigt. Das Gesicht wird mit Öl gewaschen, das mit Safran versetzt ist (was unerwünschten Haarwuchs unterbindet). Schließlich und endlich wird das Haar in duftendem Rauch getrocknet, der aus einer mit heißer Kohle und getrockneten Kräutern gefüllten Schale aufsteigt.

Mir wurde angeboten, an dieser Badezeremonie teilzunehmen, doch ich beschied mich mit meinem Birnen- und Rosenwasser, das ich zu meiner Freude hier auf dem Markt fand.

Nun muss ich eilen, liebe Freundin, denn im Hof werden bereits die Fackeln entzündet, und ich möchte mich nicht verspäten.

Der Brief an Barbara Bodichon ging noch einige Seiten weiter, aber Susana wollte erst das bisherige Geschriebene auf sich wirken lassen, bevor sie ihn zu Ende las. Außerdem war das Frühstück, das sie schon vor einiger Zeit bestellt hatte, noch nicht gekommen. Möglicherweise hatte Gopal, der Nepali am Empfang, es einfach vergessen, weil er mehrere Aufgaben erfüllte und nebenbei nicht nur für den Zimmerservice verantwortlich war, sondern auch für Wartungsarbeiten und das Zubereiten des Frühstücks. Andererseits konnte es auch sein, dass er einfach eingeschlafen war, denn nach seinem langen Arbeitstag in der Pension studierte er abends Geschichte. Susana hatte gehört, dass um diese Jahreszeit mindestens die Hälfte der Hotelangestellten nach Hause geschickt wurden, da bald die Regenzeit einsetzen würde und folglich weitaus weniger Touristen nach Benares kamen.

Der alte Kalitempel, den Lily erwähnte, klang interessant. Susana nahm sich vor, Gopal zu fragen, ob er noch stehe oder tatsächlich abgerissen worden war. Gopal war eine Fundgrube, wenn es um die Geschichte von Benares ging, und ließ sich mit Begeisterung auf jedes Gespräch darüber ein. Wie aufs Stichwort klopfte es an Susanas Tür, und der vielseitige Rezeptionist trug lächelnd ihr Tablett herein.

Doch, sagte er, es gebe noch einen Kalitempel aus dem 13. Jahrhundert, der in den 1860er Jahren fast zerstört worden war, aber dann doch erhalten blieb, auch wenn er keine Einzelheiten wüsste, und ja, Susana könne ihn besichtigen.

»Der muss doch eins der ältesten Bauwerke in Benares sein?«, fragte Susana.

»Nein, Madam.« Gopal machte eine verneinende Geste. »Benares wurde im 2. Jahrhundert von den Ariern gegründet und war schon im 7. Jahrhundert eine bedeutende Stadt. Sie war ein Handelszentrum, gerühmt für ihr Elfenbein, ihre Edelsteine und Seidengewebe, denn in Benares überquerte die Nördliche Straße den Ganges, und das waren die zwei wichtigsten Handelsroute in Indien. Sogar der Buddha hielt hier seine erste Predigt.«

»Wird der alte Tempel noch benutzt, Gopal?«

»Aber ja, Madam. Kali hat noch zahlreiche Anhänger – viele Leute, die vom Land in die Stadt kommen, verehren sie. Es werden ihr auch noch immer Blutopfer dargebracht, damit sie freundlich bleibt.«

»Blutopfer?«

Gopal grinste vergnügt angesichts Susanas erschreckter Miene.

»Es ist kein Menschenblut mehr, Madam, auch wenn es heißt, dass die Thuggees Kali noch Menschenopfer darbringen. Haben Sie schon einmal von den Thuggees gehört?«

Susana nickte. Angeblich war dieser vandalische Kult Mitte des 19. Jahrhunderts von einem britischen Beamten ausgemerzt worden. Sie hatte Geschichten über die grausamen Tötungsmethoden der Thuggees gehört, die ihr das Blut in den Adern gerinnen ließen: Zuerst wurde das Opfer erdrosselt, dann wurden ihm Kopf und Arme abgeschnitten, die Kali mit neuem Schmuck ausstatteten. Aus einem Susana unerklärlichen Grund glaubten die Hindus, dass die Menschheit in die

Daseinsphase eingetreten war, die sie Zeitalter der Kali nannten, in dem das Bewusstsein seinen Tiefststand erreichte und Materialismus die neue Religion war. Wann genau dieses Zeitalter begonnen hatte, war unklar, aber es herrschte Übereinstimmung, dass die Ignoranz und Habgier, die dieses Zeitalter prägten, erst ein Ende finden würden, wenn das dritte Auge Kalis, die höhere Weisheit, wieder klar sehen konnte.

Gopal stellte Susana das Frühstückstablett auf den Balkontisch. Als er sich aufrichtete, grinste er immer noch. »Keine Sorge, Madam, Indien ist nicht so verrückt wie London. Wissen Sie, was Mr Gandhi sagte, als die Engländer ihn fragten, was er von der westlichen Zivilisation hielt?«

»Nein. Was denn?«

»Er sagte: ›Eine gute Idee.‹«

Susana lachte. Bevor Gopal verschwand, fragte sie ihn nach dem Weg zu der Adresse, die ihr am Telefon genannt worden war. Eine der Archivarinnen in der British Library hatte Susana auf einen gewissen Mr Schiwati aufmerksam gemacht, der hier lebte und einen historischen Abriss über die Zeit der britischen Verwaltung in Benares geschrieben hatte. Er hatte Susana für den heutigen Tag eine Audienz gewährt.

Eine Stunde später rutschte Susana unbehaglich auf ihrem Gesäß hin und her und widerstand dem Drang, auf ihre Armbanduhr zu schauen. Auch wenn sie schon bei ihrer letzten Indienreise Yogaunterricht genommen hatte, konnte sie immer noch keine Stunde mit verschränkten Beinen auf dem Boden sitzen, ohne dass ihr diverse Körperteile taub wurden.

Zumindest gab es reichlich zu sehen. Auf dem Boden des weitläufigen Raums lag ein verblichener Seidenteppich von der Größe eines halben Tennisplatzes. Das Mobiliar war vorwiegend orientalisch, aber es gab auch zwei viktorianische Anrichten, die prächtig mit antiken hinduistischen Reliefs und silbernen Huka-Pfeifen verziert waren. An den Wänden hingen Porträts von uniformierten Indern mit Turbanen sowie eine Sammlung von Tigerköpfen, die zwar Staub angesetzt und vergilbte Reißzähne hatten, aber mit dem aufgerissenen Rachen dennoch bedrohlich wirkten. Draußen vor der breiten, hohen Terrassentür standen zahllose Vogelkäfige mit bunt gefiederten Bewohnern, dahinter begann ein Wildwuchs exotischer Blüten, den die niedrigen Mauern kaum bändigen konnten.

Gegenüber von Susana saß ein gnomartiger Mann im traditionellen weißen Gewand, der von seiner Gemeinschaft verehrt wurde als Ältester und als bedeutende gesellschaftliche und spirituelle Führergestalt. Zweifellos verdiente Mr Schiwati einigen Respekt, auch nach eigenem Ermessen, doch bislang hatte er ihr mit ihren Nachforschungen kaum weitergeholfen. Wider Willen hatte sie sich in seine Anhängerschar eingereiht, die er nun mit Geschichten seiner zahlreichen Heldentaten unterhielt, wobei nicht nur er selbst sie zum Besten gab, sondern auch seine Schüler. Seit Susanas Eintreffen hatten drei Männer Mr Schiwati aufgesucht, und jeder von ihnen hatte sich vor ihm auf den Boden geworfen und ihm die Füße geküsst.

Susana war mit den Sitten der Hindus hinlänglich vertraut, um zu wissen, dass einem reifen und geachteten Mann wie Mr Schiwati eine derartige Ehrerbietung durchaus zustand, trotzdem kam es ihr auch recht melodramatisch vor. Selbst der Dalai-Lama erwartete nicht, dass man ihm die Füße küsste. Immerhin war die Stunde nicht völlig umsonst gewesen, zumindest hatte sie erfahren, dass das kleine Archiv, in dem die viktorianischen Schriften der Universität aufbewahrt wurden, »zu seinem großen Bedauern«, wie Mr Schiwati betonte, momentan unauffindbar sei. Soweit Susana ihn verstand, bestand das so genannte Archiv ohnehin nur aus einem Schuhkarton voller Briefe und Artikeln aus Lokalzeitungen.

Sein einziger Fingerzeig war pure Fantasterei: Seiner Meinung nach könnten nur die Nachkommen des Maharadschas ihr möglicherweise mehr über Lily Korechnya sagen. Diesen kleinen Hoffnungsschimmer machte er allerdings sofort wieder zunichte, indem er meinte, dass es so gut wie unmöglich sei, Kontakt zu dieser Familie aufzunehmen, die sich insbesondere westlichen Journalisten gegenüber außerordentlich misstrauisch zeige. Dies sei darauf zurückzuführen, dass sie in der Vergangenheit einen Gesichtsverlust erlitten hatten, weil die Medien nachteilig über eine Auktion von Kunstwerken der Maharadschas berichtet hatten.

Susana erklärte, dass sie keine Journalistin sei, sondern eine Autorin mit akademischem Anspruch, doch daraufhin zuckte Mr Schiwati lediglich mit den Schultern und meinte: »Das läuft auf dasselbe hinaus. Sie sind eine ausländische Autorin, und ausländische Autoren haben Indien nie in einem günstigen Licht dargestellt.«

Bei der nächsten Pause, die er in der Beschreibung eines Monuments für seinen Vater machte, erhob Susana sich und dankte dem Ältesten höflich für die Zeit, die er sich für sie genommen hatte.

»Aber Sie haben gar keine Notizen gemacht!«, empörte er sich.

Susana fasste sich an den Kopf. »Mein Gedächtnis ist sehr gut.«

Mr Schiwati lachte. »Maya maya thagini ham jani«, sagte er. »Das ist ein Ausspruch des benarischen Dichters Kabir. Er besagt: ›Illusion ist wie ein weiblicher Thuggee.‹« Seine Anhängerschar lachte lauthals.

Als Susana das verwahrloste Kolonialhaus verließ, in dem Mr Schiwati lebte, fühlte sie sich eher erleichtert als erleuchtet. Es hatte sie angestrengt, als einzige Frau in einem Raum voller Männer zu sitzen, die sie unverkennbar als minderwertig betrachteten. Ihr wurde bewusst, dass Mr Schiwatis abschließende Bemerkung nicht als Beleidigung gedacht war, sondern als Erinnerung daran, dass das Leben aus Illusionen und Wahnvorstellungen bestand. Niemand erwartete von einer Frau, ein Thuggee zu sein.

Die nächste Stunde schlenderte sie enttäuscht umher und blieb schließlich neben einer zerfallenen Stupa im Schatten eines Frangipanibaums stehen, um ein Bidi zu rauchen. Das Viertel, in dem Mr Schiwati wohnte, war ruhiger und etwas ländlicher als das Marktviertel um die Ghats. Die von Palmen gesäumten Straßen und die heruntergekommene Eleganz der viktorianischen Häuser bargen die Verheißung, dass sie möglicherweise doch noch etwas über Lily Korechnya herausfinden würde. Susana betrachtete die Ziegelsteine unter dem rissigen Putz, das rostige Gitterwerk schmiedeeiserner Terrassengeländer und die dicke gelbe Staubschicht auf den Palmwedeln und fragte sich, wie es hier wohl im Jahr 1864 ausgesehen hatte.

Am liebsten wäre sie zu Mr Schiwati zurückgegangen und hätte ihm gesagt, dass ausländische Autoren Indien deshalb in wenig günstigem Licht darstellten, weil die Menschen hier den Motiven der Europäer misstrauten. Hier pulsierte unter einer Fassade von Trägheit ein starker spiritueller Geist, während es sich im Westen genau entgegengesetzt verhielt. Der Westen stellte sich als wohlhabende und technologisch fortschrittliche Gesellschaft dar, doch seine Seele flackerte wie eine herabgebrannte Kerze. Das war der Grund, warum so viele Menschen aus dem Westen nach Indien kamen – nicht aus einem Gefühl von Überlegenheit und Selbstgerechtigkeit heraus, sondern um die geheimnisvolle Weisheit des Ostens zu erfahren. Das war mittlerweile zweifellos zum Klischee geworden und noch weniger greifbar als in den 1860er oder selbst den 1960er Jahren, doch für sich persönlich hatte Susana das Gefühl, dass sie hier noch etwas erwartete, dass sie noch eine Entdeckung machen sollte.

IV

*A*uf der langsamen Zugfahrt vom Flughafen durch die Dörfer am Stadtrand von Benares tauchten in Miranda die Bilder Indiens wieder auf, als blättere sie in einem Fotoalbum. Die Bilder waren so zeitlos, dass sie ebenso gut vor erst wenigen Monaten entstanden sein könnten und nicht schon vor zwei Jahrzehnten.

Ihre Nerven lagen bloß, sobald sie die klimatisierte Flugkabine verließ und in den Flughafen kam. Der ewige Staub, das Gedränge und der Duft exotischer Gewürze erschienen ihr allzu vertraut. Während die langen Schlangen der Passagiere durch die schäbigen Kabinen der Passkontrolle geschleust wurden, hatte sie ein wenig Zeit, sich auf das Land einzustellen. Trotz der Hitze lief Miranda ein kalter Schauer über den Rücken. Seitdem sie eingewilligt hatte, diese Geschäftsreise zu machen, hatte sich die Vergangenheit wie ein Schatten über sie gelegt, und es war ihr nicht gelungen, das Gefühl abzuschütteln, dass dieser zweite Indienbesuch sich als Nemesis erweisen könnte. In diesem Land hatte sie sich verletzlicher gefühlt als je zuvor, nirgendwo hatte sie mehr Angst dabei empfunden, völlig auf sich gestellt und ohne jedes Gefühl von Sicherheit zu sein. Es lag am Wesen dieses Landes, dass man sich entblößt fühlte; die überall spürbare Macht des Jenseits war wie ein Anschlag auf die Sinne und ließ keinen Raum für etwas anderes als die bloße Seele.

Nach der Abfertigung hatte sie die relative Sicherheit des Flughafens verlassen müssen, Seite an Seite mit Giles, dem leitenden Spezialisten aus der Kunstabteilung. Der hatte sich seit dem Abflug in Heathrow als idealer Begleiter und hundertprozentiger Gentleman erwiesen, hatte Miranda ihren Gedanken (und ihren Ängsten) überlassen und wurde erst aktiv, als es darum ging, vor dem Flughafen ein Taxi zum Bahnhof anzuheuern. Da bahnte er ihnen selbstbewusst den Weg von den Flughafentüren zu den Taxiständen und wehrte mannhaft die Horde junger Männer ab, die sich darum rissen, ihnen das Gepäck zu tragen, ihnen die Sehenswürdigkeiten zu zeigen oder ein Hotel zu empfehlen.

»Sie sind also auf Schatzsuche?«, fragte Giles nachdenklich, als sie sich schließlich im Zug nach Benares gegenübersaßen. »Es ist mutig von Ihnen, in Indien Diamanten kaufen zu wollen.«

»Warum mutig?« Miranda kam sofort der Verdacht, dass er damit sie als Frau herabsetzen wollte, und ging in die Defensive.

»In Indien sind Diamanten potenziell gefährlich. Meines Wissens führen die Händler den ganzen Ärger im Haus Windsor darauf zurück, dass die East India Company den Koh-i-Nur-Diamanten aus Indien stahl und Queen Victoria schenkte.«

Giles' Ton klang nicht belehrend, sondern beiläufig. Miranda fühlte sich beschwichtigt. »Es klingt, als kennen Sie sich ein bisschen mit Diamantenhandel in Indien aus.«

»Eigentlich nicht. Mich interessiert mehr das Mythologische daran. Es ist unmöglich, mit asiatischen Skulpturen zu handeln, ohne die hiesigen Aberglauben und Volksmärchen zu kennen. Die Leute hier glauben, dass der Koh-i-Nur der allererste Diamant war, den der Sonnengott Surya einem großen König gab zum Dank, weil der ihn verehrte. Jetzt ist der Stein im Londoner Tower eingesperrt und gilt als Symbol der Eitelkeit und des Reichtums, nicht der Größe.«

Miranda schwieg eine Weile. Das war nicht die Art Wissen, die sie von einem Kunsthistoriker erwartet hätte.

»Und dann gibt's natürlich noch den Hope-Diamanten ...«

Miranda lachte. »Ich weiß nicht, ob jetzt der geeignete Moment ist, mich an das ganze Unglück zu erinnern, das Diamanten angeblich verursacht haben!« Jeder, der im Edelsteingeschäft arbeitete, kannte den berüchtigten Hope-Diamanten, den der französische Juwelier und Abenteurer Tavernier aus Indien nach Frankreich brachte. Einige sagten, Tavernier habe den Hope aus dem Auge einer Statue des Gottes Ram Sita entfernt, der daraufhin aus Rache den Diamanten mit einem Fluch belegte. Auf jeden Fall ging Ludwig XIV., der den riesigen tiefblauen Diamanten erwarb, elendiglich an Pocken zugrunde. Als Nächstes trug ihn Marie Antoinette, die guillotiniert wurde. Als der Edelstein in den Besitz der Familie Hope überging, folgten weitere Katastrophen – vorzeitiger Tod, gescheiterte Ehen, Bankrotterklärungen. Bis das Juwel schließlich vom französischen Juwelier Pierre Cartier erworben wurde, hatte es einen Mord, einen tragischen Unfall und eine Revolution »verursacht«.

»Wenn ich schon nicht die Finger von der Diamantenjagd lassen kann – haben Sie einen Rat, den Sie mir geben können?«

Giles lächelte. »Ich würde Ihnen empfehlen, sich eine eher indische Einstellung zuzulegen. Wenn etwas nicht so läuft, wie Sie es sich vorstellen, lenken Sie ein. Es ist gut möglich, dass das Schicksal Ihrer Auktion schon vorherbestimmt ist!«

»Von den Göttern, meinen Sie?«

»Genau«, sagte Giles und lächelte derart rätselhaft, dass Miranda nicht wusste, ob er das im Ernst oder im Scherz meinte.

»Aber sonst weiß ich wenig über Diamanten«, fuhr er fort. »Außer dass hier früher viel mit ihnen gehandelt wurde, jetzt aber nicht mehr.«

Miranda nickte. »Die farbigen und die ganz großen Rohdiamanten gibt De Beers an Händler in New York, weil die Nachfrage in den USA besonders groß ist und weil die dortigen Schleifer ihr Handwerk so gut verstehen. Der Diamantenhandel ist jetzt auf Gebiete aufgeteilt, die von De Beers kontrolliert werden. Rohdiamanten gehen an die CSO – die De Beers Central Selling Organisation – in London, wo sie gewogen, gewaschen und sortiert werden. Die CSO regelt den Diamantenpreis international und entscheidet, welche Länder welche ungeschliffenen Steine bekommen. Nach Indien gehen meist die kleinsten, weil die Schleifer in Bombay Meister im Schliff winziger Facetten sind. Außerdem werden in Indien mehr kleine Steine verkauft als sonstwo auf der Welt.«

In dem Moment betrat ein indisches Ehepaar den Waggon und packte aus einem Korb das mitgebrachte Abendessen aus. Es war ein wahres Festgelage mit Gläsern voll unbekannter Gemüsesorten, Linsen- und Kichererbsendal, winziger Gefäße mit Pickles und Chilis und genügend Reis für eine große Familie. All diese Gerichte wurden in getrennte Mulden zweier hübscher Metallteller gelöffelt, und bald erfüllte der Duft von Kardamom und Kurkuma die Luft. Die Frau, die sich durch ihre lange Tunika, die Hose und den Schal, der ihre Stirn, Haare und Schultern bedeckte, als Moslemin auswies, vermied es scheu, Mirandas oder Giles' Blick zu begegnen. Ihr Mann bot ihnen mit rührender Großzügigkeit Chapatis, Kekse und Bananen an. Miranda lehnte die Einladung dankend ab und kaufte stattdessen einen winzigen Plastikbecher mit gewürztem Tee von einem Jungen, der barfuß durch den Zug lief und seine Ware mit »Chai! Chai!«-Rufen anpries. Giles hingegen folgte der Einladung, kostete von allem und begann dabei eine Unterhaltung mit dem Mann, während seine Frau verstohlen Mirandas militärisch gefärbte Hose und das ärmellose Baumwollhemd beäugte.

Mit halbem Ohr verfolgte sie das Gespräch zwischen Giles und dem Inder, während sie Tee trinkend das ländliche Panorama zwischen dem Flughafen und Benares an sich vorbeiziehen ließ. Der Mann arbeitete als Verkäufer in der Informationstechnologie, die in Indien einen rasch wachsenden Industriezweig darstellte. Fasziniert ließ er sich von Giles' Beruf erzählen und meinte dann, dass in seiner Heimat niemand das Alte mehr zu schätzen wisse und sein Land beweisen wolle, dass es im 21. Jahrhundert angekommen sei – zum Nachteil für alles Historische. Giles hörte ihm interessiert zu und pflichtete ihm bei, dass man dem »alten Indien« mit Respekt begegnen müsse, sonst werde die jahrtausendealte Kultur bald untergehen. Da musste der Mann lachen und sagte: »Mutter Indien wird ihre Seele nie ändern. Wir beten noch zu denselben Göttern und halten die Familie in Ehren. Das ist im Westen ganz anders, oder?«

Miranda schaute gebannt auf die ständig wechselnde Szenerie vor dem Fenster: eine kleine Karawane von Kamelen, die Sonne, die hinter den Reisfeldern unterging, eine Kokosnussplantage, eine Herde wilder Schweine mit gebogenen Hauern, ein Wasserbüffel, auf dessen Rücken eine Krähe hockte. Am Rand eines Dörfchens, das nur aus Lehmhütten bestand, saßen ein paar Frauen unter einem Baum, flochten Schilfgras zu Matten und schwatzten; die bunten Farben ihrer Saris leuchteten inmitten der staubig grauen Landschaft. Mehrere Züge kamen ihnen entgegen, Menschentrauben klammerten sich von außen an die ohnehin überfüllten Waggons. Miranda wusste, dass sich in der zweiten und dritten Klasse ganze Familien auf zwei Sitzplätzen zusammendrängten, mitsamt ihren Kisten mit Bantamhühnern oder quiekenden Ferkeln, Körben voll Papaya und Kohl.

Irgendwie beruhigten diese Szenen sie, und dann wurde ihr bewusst, dass in ihren Gedanken schon lange keine solche Ruhe mehr geherrscht hatte. In London hatte sie das Gefühl, ständig körperlich und geistig aktiv sein und sich an die Identität klammern zu müssen, die sie sich als Schutzschild geschaffen hatte. Vielleicht war das der Grund, weshalb Indien ihr als Angriff auf ihr innerstes Selbst erschien: Hier fühlte sie sich, anders als in Europa und Amerika, ihrer Identität beraubt, der Rüstung aus Kleidung, Beruf und Besitztümern, die ihre Existenz begleiteten. Jetzt, in diesem Zug nach Benares, kam ihr der Wunsch nach dem roten Ledermantel bei Harvey Nichols banal vor; jetzt schien das Vordringlichste, alles in Frage zu stellen.

Das erste zarte goldene Abendlicht fiel auf Dachterrassen, wo bunte Saris zum Trocknen über bloßen Zementmauern hingen, und Wälder von Strommasten, überschirmt von einem Kabelverhau. Zwischen dem Häuserlabyrinth war gelegentlich ein Blick auf die Landschaft zu erhaschen, doch der Zug näherte sich unverkennbar einer Großstadt.

Giles beugte sich mit einem ironischen Lächeln zu ihr und unterbrach ihre Gedanken. »Ich muss Sie warnen. Ich habe einem der Wachposten gesagt, dass Sie meine Frau sind, da er sich allzu aufdringlich nach Ihrem Ehestand erkundigte. Ich hoffe, Sie haben nichts dagegen?«

Miranda lachte. »Das war sehr schlau. Ich meinerseits muss Sie warnen, dass ich zu keinem Mann höflich sein werde, der mir dumme Fragen stellt.«

»Dann sind Sie also schon mal in Indien gewesen?«

Miranda nickte. »Vor langer, langer Zeit. Eigentlich wollte ich nie wieder herkommen, aber jetzt bin ich hier und wild entschlossen, es allen heimzuzahlen.«

Giles nickte verständnisvoll. Dann rief er den Teejungen herüber und kaufte zwei Becher mit Chai.

»Früher wurde der Tee in kleinen Tongefäßen verkauft. Die konnte man einfach aus dem Fenster werfen, und sie kehrten zur Erde zurück. Das einzige Problem war, dass man den Tee schnell austrinken musste, weil sich sonst der ungebrannte Ton darin auflöste!« Giles war ein eleganter älterer Herr, etwa sechzig, wie Miranda vermutete, und hatte etwas Viktorianisches an sich, aber nichts von Rogers Arroganz. »Waren Sie damals auch in Benares, Miranda?«

Sie schüttelte den Kopf.

»Ich möchte mich keinesfalls aufdrängen, aber wenn Ihnen nach Gesellschaft ist, rufen Sie einfach an. Ich muss mich mit einem Londoner Kunden treffen, der schon in Benares ist, und werde ein paar Händler aufsuchen, die sich auf Hinduskulpturen spezialisieren, aber mein Terminkalender ist flexibel. Wir wohnen im selben Hotel, übrigens ein sehr gutes – eine wunderbare Zuflucht vor der Hektik auf den Straßen, und es liegt direkt am Ganges.«

Sobald der Zug seine Fahrt verlangsamte, stand Miranda auf, um sich die Beine zu vertreten. Viele Passagiere umlagerten schon die Tür am Ende des Waggons. Miranda stellte sich an ein offenes Fenster, betrachtete die niedrigen Gebäude, Tempel, staubigen Bäume und räudigen Hunde, an denen sie vorbeifuhren, und wappnete sich innerlich gegen den unvermeidlichen Überfall, dem sie am Hauptbahnhof ausgesetzt sein würde. Überall war zu erkennen, mit welcher Eile diese alte Kultur der modernen Zeit entgegenstrebte. Neben den traditionellen Basaren ragten die Gebäude internationaler Banken und Fünfsternehotels auf, zwischen alten Moscheen und den Türmchen der Kolonialarchitektur warben knallfarbige Plakate mit den Gesichtern von Bollywood-Stars. Da wurden Mobiltelefone und die Produkte großer amerikanischer Konzerne angepriesen, die sich auf den billigen indischen Arbeitsmarkt gedrängt hatten. Ein glänzender weißer Mercedes überholte einen Ochsenkarren, eine junge Frau in Jeans und hochhackigen Schuhen überquerte die Straße gemeinsam mit einer Moslemin, die von Kopf bis Fuß unter einer schwarzen Purdah verschwand.

Es bereitete Miranda großes Vergnügen, die Plakate zu lesen: ein gut aussehender weißer Mann, der sich in die Brust warf, warb für »Hosen von Howards für den aufrechten Mann«; bei den Instantnudeln von Maggi wurde die »ansprechende mikrowellengeeignete Verpackung« angepriesen; die Bank HDFC machte mit Zinssenkungen auf sich aufmerksam und erklärte: »Nie war die Zeit günstiger, sich ein Mäuschen zu kaufen«. Darüber musste Miranda ebenso lächeln wie über den trompetenden Elefanten, der für einen Handyhersteller Reklame machte.

Als der Zug in den Bahnhof einfuhr, sprang ein kleiner Junge in den Waggon und durchwühlte den Abfalleimer nach Essbarem. Außer Miranda achtete niemand auf ihn. Auf dem Bahnsteig warteten Scharen von Gepäckträgern, erkennbar an ihren roten Hemden, auf den ersten Reisenden, dem sie die Koffer abnehmen konnten – notfalls mit Gewalt.

Miranda kehrte in ihr Abteil zurück, wo Giles ihr Gepäck bereits aus dem Netz gehoben hatte.

»Hier am Bahnhof gibt es auch einen staatlichen Taxistand, aber wenn ich mich recht erinnere, ist er noch weniger effizient als der am Flughafen. Soll ich die Sache in die Hand nehmen?«

Miranda nickte, holte tief Luft und folgte ihm auf den Bahnsteig. Sofort waren sie und Giles von Gepäckträgern umringt, darunter auch ein kleiner, sanft wirkender Mann mit betelnussrot verfärbten Zähnen. Seine zurückhaltende Höflichkeit fiel inmitten der drängelnden Passagiere, die sich durch die Menge zum Ausgang schoben, und der aufdringlich schreienden Rothemden wohltuend auf. Er erbot sich, Miranda und Giles zum Taxistand zu dirigieren, wo sie, wie er ihnen versicherte, den festen Preis für die Fahrt zu ihrem Ziel erfahren würden.

Fast devot führte er sie vor das Bahnhofsgebäude. Dort hing der Dieselgestank einer ganzen Flotte von Taxis in der Luft, die im Chaos verkeilt schienen und jeden Quadratzentimeter einnahmen, einschließlich der Bürgersteige. Miranda fragte sich, wie die Autos sich jemals von der Stelle bewegen sollten.

Der Verschlag, der nach Auskunft ihres Führers die staatliche Taxistelle darstellte, war geschlossen und erweckte den Eindruck, als sei er schon länger nicht mehr geöffnet gewesen. Der Mann deutete auf eine verblichene Tafel mit unentzifferbaren Zahlen und Buchstaben im wirren Durcheinander. »Sehen Sie, das sind die festen Preise für Fahrten innerhalb von Benares.«

»Aber das Büro ist geschlossen«, sagte Miranda.

»Ja, es ist immer geschlossen. Aber ich mache Ihnen einen guten Preis. Suchen Sie ein Hotel?«

Giles schüttelte den Kopf. »Wir haben schon ein Hotel, das Raja in der Nähe von Dasaswamedh Ghat.«

»Das ist kein gutes Hotel. Mein Fahrer bringt Sie zu einem besseren.«

Angesichts Giles' Ruhe zwang Miranda sich, den Mund zu halten.

»Wir haben im Raja reserviert, aber wenn Ihr Fahrer uns nicht dorthin fahren kann, nehmen wir ein anderes Taxi.«

»Das Raja ist direkt am Fluss, in das Stadtviertel kann man nicht mit dem Taxi fahren. Ich bringe Sie zu einem sehr guten Hotel ...«

»Wir haben in dem Hotel Zimmer reserviert«, wiederholte Giles, ohne die Stimme zu heben. »Wie viel verlangen Sie, um uns zum Tor der Altstadt zu bringen? Von dort nehmen wir dann eine Rikscha.«

»Das sage ich Ihnen, wenn wir dort sind.«

»Wir würden uns lieber jetzt auf einen Preis einigen.«

»Okay.« Der Mann schwieg eine Weile. »Hundertfünfzig Rupien.«

»Das kommt nicht in Frage«, sagte Giles. »Die Fahrt darf nicht mehr als fünfzig Rupien kosten.«

Der Mann blickte betroffen drein, offenbar geknickt, dass seine Passagiere nicht so unerfahren waren, wie er gehofft hatte.

Giles gab Miranda mit einem Blick zu verstehen, dass es an der Zeit war, den Rückzug anzutreten, doch kaum hatten sie sich mit ihrem Gepäck ein paar Schritte entfernt, kam der Mann ihnen nach.

»Okay, okay, mein Fahrer bringt Sie zum Tor der Altstadt für ganze achtzig Rupien. Ich bin ein zugelassener Führer und zeige Ihnen unterwegs Sehenswürdigkeiten, die Sie ...«

Miranda konnte nicht länger an sich halten. »Fünfzig, sonst bekommen Sie gar nichts von uns«, sagte sie und spürte, wie ihr das Blut in die Wangen stieg. »Und wir brauchen keinen Führer und wollen auch keinen!«

Der Mann achtete überhaupt nicht auf sie, sondern schaute nur zu Giles, als sei dies reine Männersache. Miranda trat näher zu ihm und wiederholte die angebotene Summe in ihrer herrischsten Stimme, wobei sie ihm direkt in die Augen sah. Doch der Mann schaute unverwandt zu Giles. Miranda schoss das Blut in den Kopf.

»Bitte sehen Sie mich an, wenn ich mit Ihnen spreche. Ich

sagte fünfzig Rupien, und wenn Sie das Geld nicht wollen, suchen wir uns ein anderes Taxi.«

Der Mann seufzte schwer und warf Giles einen enttäuschten Blick zu, als verstehe er nicht, wie ein Mann sich von seiner Frau ein solches Verhalten bieten lassen könne. Giles schaute zu Miranda. »Ich glaube, gleich gehen Ihre Haare in Flammen auf«, sagte er schmunzelnd.

Sie verstauten das Gepäck in ein rostiges Gefährt der Marke Ambassador, die früher als einzige in Indien hergestellt wurde und, da sie mit ihren barocken Formen sehr robust und eigens für indische Straßenverhältnisse konzipiert war, entsprechend häufig gekauft wurde. Mittlerweile waren allerdings mindestens ebenso viele Fahrzeuge ausländischer Hersteller auf den Straßen unterwegs. Mirandas und Giles' Führer setzte sich neben den Fahrer, einen untersetzten, unrasierten Mann, der tödlich gelangweilt wirkte. Der Motor sprang erst beim dritten Anlassen an, starb aber wieder ab, sobald der Fahrer den ersten Gang einlegte. Beim nächsten Starten holperten sie ruckartig einige Meter vorwärts, ehe der Motor erneut abstarb. Das passierte mehrere Male, bis der Motor schließlich rund lief und der Fahrer sich mit wildem Gehupe einen Weg durch die Menschenmenge bahnte.

Als sie sich im Schneckentempo vom Bahnhof entfernten, war Miranda überzeugt, dass sie eine Einbahnstraße in der verkehrten Richtung befuhren, denn ihnen kam nur Verkehr entgegen, und kein anderes Fahrzeug folgte ihnen. Den Fahrer beirrte das jedoch nicht im Mindesten. Als der Wagen im Gewühl stecken blieb, stieg er aus und schlug schreiend auf die Motorhauben anderer Autos ein, bis eine Gasse für sein Taxi frei gemacht wurde.

Sobald sie dem Stau rund um den Bahnhof entkommen waren, fragte der Führer seine Passagiere über London aus, und Giles, wie immer zuvorkommend, unterhielt sich mit ihm. Miranda kurbelte das Fenster hinunter und wurde von einem Schwall heißer, staubiger Luft überwältigt, in der der Duft von reifen Früchten, stark gewürztem Kochöl, Kuhdung und Weihrauch mitschwang. Auf den Straßen wimmelte es von motorisierten Rikschas, Motorrollern, die wie Rasenmäher knatterten, und schwerfällig dahintrottenden Rindern. Fußgänger traten mit Todesverachtung vor Lastwagen auf die Straße, klappernde Fahrräder entgingen um ein Haar dem Zusammenstoß mit Ochsenkarren, alle Hupen und Klingeln wurden gleichzeitig betätigt. Der Lärm war ohrenbetäubend.

Am Straßenrand fanden große, bunte Märkte statt. Schneider mit antiken Singer-Nähmaschinen und Schuhputzer offerierten ihre Dienste, und Händler boten, auf Decken am Boden sitzend, alles von unidentifizierbaren Maschinenteilen bis zu Erdnüssen in dreieckigen Zeitungspapiertüten feil. Eine bucklige alte Frau warf Miranda einen Blick zu, ehe sie in einem niedrigen, dunklen Tempeleingang verschwand.

Miranda lehnte sich in das aufgesprungene Sitzpolster und wünschte, sie müsste das Taxi erst direkt vor dem Hotel wieder verlassen. Giles hatte ihr erklärt, dass in den engen Gassen der Altstadt kein Fahrzeug fahren konnte, das breiter war als eine Rikscha. Offenbar waren auf den Straßen dort auch die dreiräderigen motorisierten Rikschas verboten, doch die Polizisten am Tor zur Altstadt würden sie gegen eine »Sondersteuer« von zehn Rupien passieren lassen – die sofort in ihre eigenen Taschen wanderten.

Als das Taxi an der Altstadtmauer stehen blieb und Miranda die Straße jenseits des Tors sah, warf sie Giles einen entsetzten Blick zu. Sie hatte sich vorgestellt, dass es in den Straßen des alten Viertels ruhiger und weniger turbulent zugehen würde, doch das wirre Chaos vor ihr ließ die soeben überstandene Taxifahrt wie ein Kinderspiel erscheinen. Die Straße, die zum Ganges hinabführte, war eine schier undurchdringliche Masse Rad fahrender und gehender Menschenleiber, über die sich eine stickige Staubwolke breitete.

Giles machte dem Fahrer einer Fahrradrikscha ein Zeichen und warf das Gepäck auf den Boden der Passagierkabine. Der Mann bedachte sie mit einem zahnlosen Grinsen und schien sehr zufrieden mit dem Preis, den Giles ihm nannte. Er war dünn, aber drahtig, und bald waren sie inmitten des Gewühls Richtung Ganges unterwegs.

»Mein Rat für diesen Teil der Fahrt ist, keine Extremitäten über die Rikscha hinausragen zu lassen. Der Verkehr sieht beängstigend aus, aber es passieren erstaunlich wenig Unfälle. Das gehört alles zur Chaostheorie, die integraler Bestandteil des Hinduismus ist. Und vergessen Sie nicht: Im Raja kann man alkoholische Getränke bekommen, im Gegensatz zu den meisten anderen Etablissements. Stellen Sie sich einfach vor, dass Sie bald mit einem Gin Tonic in der Hand auf Ihrem Balkon stehen und auf den Ganges schauen, und halten Sie sich an dem Gedanken fest!«

V

Als die Sonne unterging, schlenderte Susana die Ghats entlang, vorbei an den gewaltigen, längst verwaisten Palästen, die den Fluss zu beiden Seiten säumten. Ein in Lumpen gekleideter Junge mit einer Webtasche voller Holzflöten kam ihr entgegen und spielte auf einem der Instrumente, die er feilbot. Die geisterhafte Melodie trieb in der Luft, noch lange nachdem er verschwunden war, und vermischte sich berauschend mit dem Duft von Sandelholz und Jasmin aus einem Tempel. Fast vermeinte Susana, viktorianische Damen in weißen Baumwollkleidern mit Sonnenschirmen an den ehemals prachtvollen Bauten vorbeispazieren zu sehen.

Der Palast, in dem Lily Korechnya gewohnt hatte, war in ein Museum verwandelt worden; es stand am gegenüberliegenden Ufer und war nur über eine morsche Ponton-Brücke zu erreichen. Bevor Susana Benares am Ende der Woche verließ, wollte sie den Palast besichtigen. Noch hatte sie die Hoffnung nicht aufgegeben, etwas mehr über Lily herauszufinden. Im Augenblick schien das allerdings eher unwahrscheinlich, zumal Mr Schiwati gesagt hatte, dass es praktisch unmöglich sei, Kontakt zu den Nachkommen der Maharadschas aufzunehmen. Vermutlich hatten sie ihren Palast ebenso aufgegeben wie die enterbten Fürsten von gut fünfhundert anderen indischen Staaten. Früher hatten alle Maharadschas während der zahlreichen heiligen Festtage in Benares Hof gehalten, aber mittlerweile waren ihre Residenzen mehr oder minder verfallen. Vor einigen Fassaden hingen riesige Plakate, auf denen es hieß, der Bau sei dem Archaeological Survey überantwortet, der wenig einflussreichen und finanzschwachen indischen Institution zur Konservierung historischer Gebäude. Die Aussicht, dass sie je restauriert würden, war gering.

»Das Venedig Indiens«, so hatte Emma Roberts, in den 1830er Jahren Herausgeberin des *Oriental Observer*, Benares bezeichnet, aber heute war der Stadt nichts von ihrer einstigen Pracht anzusehen. Die wenigen Bäume ließen sich an einer Hand abzählen, und selbst die waren grau und von Staub und Abgasen in Mitleidenschaft gezogen. Das Problem bestand zum Teil darin, dass nur ein relativ kleines Viertel unter dem angeblichen Schutz der Götter stand. Benares hatte nicht nur den Beinamen »Kashi«, was so viel wie »Stadt des Lichts« bedeutete, sondern auch »Varanasi«, ein Name, der den heiligen Stadtbezirk bezeichnete, der von zwei Nebenflüssen des Ganges begrenzt wurde – im Norden die Varuna, im Süden die Assi. In der hinduistischen Mythologie hieß es, dass diese beiden Flüsse von den Göttern geschaffen worden seien, um den heiligen Ort vor Bösem zu schützen.

Um diese Tageszeit beobachtete Susana meist den Sonnenuntergang, der sich golden im Fluss spiegelte, doch heute achtete sie kaum auf die Fischerboote, die auf dem sich kräuselnd schimmernden Wasser trieben. Vor ihrem geistigen Auge sah sie das Benares des 19. Jahrhunderts, die steinernen Pagoden, uralten Tempel und Ziergärten, die Brüstungen und Minarette der zahllosen Paläste. Im Universitätsmuseum hatte sie Radierungen der Ghats aus dem frühen 19. Jahrhundert gesehen, als ein Großteil der heutigen Stadt noch Wälder und Felder war. Aus irgendeinem Grund hatte dieses Bild Susana neue Hoffnung gegeben, als hätte jemand ihr ein Fenster gezeigt, durch das sie einen Teil von Lilys Welt erblicken könnte. Das musste doch etwas zu bedeuten haben!

Als Susana durch das neonerleuchtete Foyer der Pension ging, grüßte sie Gopal, der von seinem Buch aufsah und ihr ein verschlafenes Lächeln zuwarf.

»Hatten Sie heute mehr Glück mit Ihren Nachforschungen, Mrs Susana?«

Sie schüttelte den Kopf und ging weiter. Das »Mrs« ging

auf ihr erstes Gespräch mit Gopal zurück, als er sie fragte, ob sie verheiratet sei. Ausnahmsweise ärgerte sie sich nicht über diese Frage – die ihr seit ihrer Ankunft in Indien allzu oft gestellt worden war –, weil Gopal sich mit aufrichtigem Interesse erkundigte. Als sie ihm erklärte, dass ihr Mann vor einigen Jahren gestorben war, sagte er mitfühlend: »Das tut mir sehr Leid für Sie, Mrs Susana.« Sie störte sich nicht an der Anrede, die ihr durchaus respektvoll erschien.

In ihrem Zimmer angekommen, schälte sie sich aus ihrer staubigen Kleidung und duschte, bevor sie eine saubere Baumwollbluse anzog und sich einen Sarong um die Taille band. Als sie dann auf ihrem kleinen Balkon stand, war der Abendhimmel zartrosa getönt, alle Fischerboote lagen am Ufer. Zu einer Seite von Susanas Hotel stand eine billige Pension der Art, in der sie bei ihrer ersten Indienreise übernachtet hatte. Dort saßen auf der Terrasse junge Rucksackreisende, schrieben Tagebuch und rauchten Ganja. Solche jungen Menschen waren zuhauf im Labyrinth der Gassen unterwegs, ein paar indische Instrumente bei sich, ein Baumwolltuch um Hals oder Kopf geschlungen, die Sandalen und gewebten Taschen mit einer Staubschicht bedeckt. Viele von ihnen waren auf einer persönlichen Pilgerfahrt hier, suchten nach einem Gott oder einem Sinn des Lebens. Sie erinnerten Susana an sich selbst auf ihrer ersten Reise. Seltsamerweise war Benares trotz oder gerade wegen der vielen Menschen, des Drecks, der vielen Gefahren und des Totenkults der Ort, an dem man am ehesten zu innerem Frieden finden konnte. Vielleicht war es reine Notwendigkeit, denn der einzige Ruhepol im Chaos und Tumult des heiligsten Ortes der Hindus war mitten im Auge des Sturms.

Auf der anderen Seite von Susanas Hotel erhob sich das Raja, das einzige Fünfsternehotel im alten Viertel. Aufgrund der dichten Bebauung entlang der Ghats stand es so nah an ihrem Hotel, dass sie die Personen auf den Balkonen gut sehen konnte. Jetzt fiel ihr eine elegante Frau ins Auge, die vermutlich in ihrem Alter war und eine leuchtend rote Mähne hatte.

Wie Susana lehnte sie sich ans Geländer, aber sie schien dort eher Halt zu suchen, als dass sie einen besseren Blick auf den Sonnenuntergang bekommen wollte. Susana spürte ihre Anspannung selbst über die Entfernung hinweg. Die Frau sah herüber, bemerkte Susana und lächelte nervös.

Mit nachlassendem Tageslicht wurde das Treiben auf dem Hauptbasar von Dasaswamedh Ghat noch geschäftiger. Eine kleine Gruppe Brahmanenpriester hatte sich, umringt von ihren Anhängern, eingefunden, um zu beten und das abendliche Ritual am Fluss zu vollziehen. Seit Susana eine Woche zuvor angekommen war, war diese Zeremonie für sie zum Signal geworden, dass sie die Arbeit für beendet erklärte und zum Fluss hinabging, um den Kopf durchzulüften. Auf dem Ghat stand das halbe Dutzend rot und safranfarben gewandeter Priester aufgereiht nebeneinander und sah auf das dunkle Wasser des Ganges. Alle sangen und schwenkten einen Gegenstand, der wie ein schwarzer Staubwedel aussah, spiralförmig durch die Luft. Dies, so hatte Susana erfahren, sollte böse Geister vertreiben, als hafteten sie an den Luftpartikelchen. An diesem Schauspiel erfreute sie sich jeden Abend, bevor sie mit dem Notizbuch unterm Arm ihr Lieblingsrestaurant aufsuchte.

Als Susana, umgeben von singenden Hindus, auf den Stufen des Ghats saß, bemerkte sie die rothaarige Frau vom Balkon des Raja, die wie benommen durch die Andächtigen wanderte. Wieder begegnete sich ihr Blick, und diesmal war es Susana, die als Erste lächelte. Die Frau wirkte sichtlich erleichtert, ein halbwegs bekanntes Gesicht zu sehen. Offenbar fühlte sie sich völlig verloren, und ohne zu überlegen bedeutete Susana ihr, näher zu kommen.

»Guten Abend. Sind Sie gerade erst angekommen?«

Die Frau nickte und setzte sich neben sie. Sie wirkte nach wie vor sehr angespannt.

»Die Fahrt war anstrengend?«

»Ja. Der Taxifahrer war schlechter Laune und der Rikschafahrer verrückt.«

Susana nickte verständnisvoll.

Die Frau streckte die Hand aus. »Miranda Godfrey.«

»Schön, Sie kennen zu lernen. Ich heiße Susana. Susana Harris.«

»Machen Sie hier Urlaub?«, fragte Miranda.

Susana schüttelte den Kopf und erzählte kurz von dem Projekt, das sie hierher geführt hatte.

»Das klingt ja spannend«, sagte Miranda. Zu Susanas Überraschung klang sie aufrichtig beeindruckt.

»Für mich ist es auf jeden Fall spannend. Interessieren Sie sich für Geschichte?«

»Ich arbeite für ein Auktionshaus und habe Tag für Tag mit den Überresten der Geschichte zu tun. Ich stelle mir gerne die Welten und Menschen vor, denen die Sachen gehörten ...«

Miranda wurde unterbrochen von einem kleinen Mädchen, das ihr eine Tagetesblumenkette um den Hals hängte, um sie ihr zu verkaufen. Schnell nahm Miranda die Kette ab und hängte sie dem Mädchen selbst um. »An dir sieht sie viel hübscher aus, außerdem sind zehn Rupien viel zu viel. Und jetzt lauf zu deinen Freundinnen!« Das Mädchen lachte und deutete auf die Blumen und dann auf Mirandas Haare, die genau dieselbe Farbe hatten. Und dann hüpfte sie ohne weitere Umstände tatsächlich davon.

»Offenbar waren Sie schon einmal in Indien.«

»Einmal, ja. Vor zwanzig Jahren. Ich hatte geschworen, nie wieder herzukommen.«

Susana lachte. »Und jetzt sitzen Sie hier.«

»Nicht ganz freiwillig. Ich bin auch aus beruflichen Gründen hier.«

Susana gefiel diese lebhafte, zierliche Frau, die zwar unverkennbar angestrengt war, aber doch eine schier unbezwingliche Energie ausstrahlte – die Art Energie, die lebensbejahend und ansteckend wirkte. Normalerweise verbrachte Susana ihre Abende gerne alleine und hatte sich im Lauf der Jahre immer mehr mit ihrem Dasein als Einzelgängerin angefreundet. So überraschte sie sich fast selbst, als sie impulsiv vorschlug: »Ich kenne in der Nähe ein nettes kleines Restaurant, wo ich gerade zum Essen hingehen wollte. Hätten Sie vielleicht Lust mitzukommen?«

»Das würde mir gefallen«, antwortete Miranda sofort. »Gibt es da auch Alkohol? Ich habe gehört, dass Trinken in Benares nicht so gerne gesehen wird ...«

»Es gibt Tigerbier und einheimischen Whiskey. Vom Whiskey würde ich abraten, aber das Bier ist manchmal sogar fast kalt. Hier fällt ständig der Strom aus, deswegen funktionieren die Kühlschränke nicht richtig.«

Um zu dem Lokal zu gelangen, mussten sie einige besonders düstere Gässchen hinter dem Markt passieren. Als wenige Zentimeter vor ihnen eine Ratte aus einem Berg verrottetem Gemüse über den Weg huschte, schlug Miranda sich die Hand vor den Mund, um nicht laut aufzuschreien.

»Entschuldigen Sie. Ich kann Ratten nicht ausstehen.«

In genau dem Moment fiel der Strom aus, nicht einmal das wenige Licht, das sonst durch geöffnete Fenster und Türen fiel, erhellte die Gasse noch.

»Sind Sie noch da?«, hörte Susana ihre Begleiterin flüstern.

»Ja. Warum flüstern Sie?«

»Ich weiß nicht«, wisperte sie zur Antwort.

»Das Beste ist, wir bleiben einfach stehen und warten, bis die Generatoren angehen, sonst treten wir noch in etwas höchst Unerquickliches.«

»In Ordnung. Gibt's hier viele Ratten?«

»Äh – wollen Sie eine ehrliche Antwort hören oder eine beruhigende?«

»Ich verstehe.«

»Das passiert laufend. Es dauert keine Minute, dann ist der Strom wieder da.«

Kurz herrschte Stille.

»Sind Sie noch da?« Mirandas Stimme klang derart kindlich, dass Susana am liebsten gelacht hätte.

»Ja.«

»Vielleicht sollten wir uns unterhalten, um die Ratten zu vertreiben.«

Susana lächelte. »Welche Arbeit führt Sie denn hierher?«

»Ich soll mich mit dem Agenten einer Familie treffen, die ein paar Edelsteine und Schmuckstücke versteigern lassen will.«

»Ich vermute, es handelt sich um alten Schmuck?«

»Hoffentlich nicht zu alt. Wenn er älter ist als hundert Jahre, darf er nach dem indischen Gesetz nicht exportiert werden. Was mich mehr interessiert, sind die Edelsteine. Ich stelle eine große Diamantenauktion zusammen.«

»Das klingt ja schick.«

Miranda lachte. »Angesichts unserer gegenwärtigen Lage kann ich nur sagen, dass mein Job nicht immer so schick ist, wie er klingt!«

Mit einem knallenden Getöse erwachten die Generatoren zu Leben, und plötzlich gab es wieder Licht. Susana glaubte zu bemerken, dass Miranda noch blasser geworden war. »Vielleicht ist ein Whiskey doch keine schlechte Idee«, sagte sie.

Sie erreichten das Lokal ohne weiteren Zwischenfall und stiegen ins oberste Stockwerk eines heruntergekommenen viktorianischen Hauses, das in schäbige Wohnungen umgebaut worden war. Susana führte Miranda zu einem Tisch draußen auf dem Balkon, dessen rostiges Geländer nicht allzu vertrauenerweckend wirkte. Von oben sah man auf die Dasaswamedh Ghat Road hinab, die breite Straße, die zum Fluss führte. Dort herrschte ebenso reges Treiben und Gedränge wie bei Tag. Eine Weile beobachteten die beiden Frauen die fliegenden Händler und Bettler, die eine kleine Touristengruppe umlagerten.

»Von den offensichtlichen Gründen mal abgesehen – warum wollten Sie nicht wieder nach Indien kommen, Miranda?«

Miranda seufzte. »Weil bei der Reise damals einfach alles schief ging. In Bombay habe ich mich sehr dramatisch von meinem Freund getrennt, und an dem Tag, als ich heimfliegen wollte, wurde mir alles geklaut, wirklich alles. Ich habe das Flugzeug verpasst und musste warten, bis meine Eltern mir per Telex von England Geld schickten. Es dauerte zwei Wochen, bis ich einen neuen Pass und ein neues Ticket nach London hatte. In den zwei Wochen wurde ich jedes Mal, wenn ich mich aus dem Haus wagte, von lüsternen Männern umzingelt, die glaubten, dass ich als allein stehende Frau nichts dringender suchte als ihre Gesellschaft. Es war grauenvoll.«

Kein Wunder, dass sie so angespannt wirkte, dachte Susana. Vermutlich erwartete sie, dass jeden Moment eine Katastrophe über sie hereinbrach. »Es muss Sie einige Überwindung gekostet haben, wieder herzukommen.«

Miranda nickte. »Ehrlich gesagt, letztlich habe ich's gemacht, weil ich es nicht mag, vor etwas Angst zu haben, und um ganz ehrlich zu sein auch, um einem älteren Kollegen zu beweisen, dass ich genauso fähig bin wie er. Der ist nämlich unerträglich arrogant.«

Susana musste lachen. »Wenn Sie mich fragen, ist das ein herausragender Grund. Und wenn Sie sich das erst einmal selbst bewiesen haben, ist es völlig egal, was andere denken.«

»Ein anderer Grund ist die Auktion«, räumte Miranda ein. »Ich muss zugeben, ich würde alles tun, damit sie ein Erfolg wird. Und dafür muss ich etwas ganz Besonderes finden, ein Geschmeide, das einer Prinzessin würdig ist ...«

Die Ähnlichkeit mit ihrer eigenen Hoffnung, die sie an Benares knüpfte, ließ Susana einen Schauer über den Rücken laufen. »Das ist seltsam. Wissen Sie, ich habe ein paar Briefe von einer Frau aus viktorianischer Zeit gelesen, Lily Korechnya hieß sie, die nach Indien gereist ist. Eine Schriftstellerin, die eine Weile beim damaligen Maharadscha von Benares zu Gast war und durch einen glücklichen Zufall seine Schmucksammlung sehen durfte.« Susana seufzte. »Leider heißt es, dass die Nachkommen dieses Maharadschas sehr zurückhaltend und abweisend sind. Dabei hatte ich gehofft herauszufinden, ob von dieser Lily noch ein paar schriftliche Aufzeichnungen hier sind.«

Miranda warf ihr einen sonderbaren Blick zu, und Susana fragte sich, ob sie sich wohl allzu sehr in ihr Thema vertieft hatte. Doch Mirandas nächste Frage überraschte sie wieder.

»Was glauben Sie, warum wir uns so für Geschichte interessieren?«

Über diese Frage brauchte Susana nicht lange nachzudenken; sie hatte sie sich oft genug selbst gestellt. »Weil die Vergangenheit immer unschuldiger und romantischer erscheint als die Gegenwart. Die Geschichte ist doch wie ein einziger langer Roman, der kein Ende hat. Und er fing an, als wir zum ersten Mal geschichtliche Ereignisse aufschrieben. Jeder liebt einen dicken, spannenden Roman!«

Miranda lächelte. »Das haben Sie schön gesagt. Ich sammle Trauerschmuck, vor allem Haarbilder. Viele Leute finden das ein bisschen morbid, aber mir gefällt das Geheimnisvolle daran, und ich stelle mir gern vor, von wem die Haare stammen und in welcher Beziehung er oder sie zu der Person stand, die das Stück machen ließ. Haarbilder sind wie winzige Denkmäler für jemanden, der geliebt wurde.«

»Das ist wirklich sehr romantisch!«

Dann wendete sich das Gespräch persönlicheren Dingen zu. Susana wurde bewusst, dass Mirandas Leben mit den vielen Reisen zwar beneidenswert klang, ihr aber keine Zeit für die einfachen Dinge ließ, die für Susana die schönsten waren – einen ganzen Nachmittag im Garten zu arbeiten oder einen Sonntag damit zu verbringen, die Wochenendzeitungen von vorne bis hinten zu lesen. Doch in anderer Hinsicht war Miranda ihr durchaus ähnlich. Wie Susana hatte sie sich völlig anders entwickelt als ihre Freundinnen aus der Schul- und Studentenzeit; Ehefrau und Mutter zu sein gehörte nicht unbedingt zu ihrem Lebensplan. Susana hatte auch Recht mit ihrer Vermutung, dass Miranda in ihrem Alter war und keine Kinder hatte. Mirandas Mutter hatte, ähnlich wie Susanas, mit Anfang zwanzig geheiratet und war in ihrem Dasein als Hausfrau aufgegangen. Susana bewunderte ihre Mutter dafür, dass sie klaglos die Rolle erfüllte, die die Gesellschaft der fünfziger und sechziger Jahre ihr vorschrieb, und Mann und Kind als ihre Karriere betrachtete. Vielleicht bedauerte sie es, dass ihr nicht dieselben Möglichkeiten offen gestanden hatten wie ihrer Tochter, aber das erwähnte sie mit keinem Wort. Miranda allerdings ärgerte sich, dass ihre Mutter sich mit Heim und Herd begnügt hatte, und fand ein solches Leben erniedrigend.

»Wahrscheinlich habe ich genau dagegen protestiert«, sagte sie. »Sobald ich alt genug war, um auf einen Stuhl zu klettern und Geschirr zu spülen, habe ich mir vorgenommen, dass mein Leben aufregender sein würde, als nur zum Küchenfenster hinauszublicken und mir zu überlegen, was ich meinem Mann zum Essen vorsetze. Und wohin hat das geführt? Dass ich meistens nicht mal die Zeit habe, mir selbst etwas zu essen zu kochen!«

Sie lachte, als sie das sagte, aber Susana fragte sich trotzdem, ob Miranda wirklich glücklich war mit ihrem Leben, sosehr ihre Arbeit sie als Workaholic – der sie zweifellos war – befriedigte. Aus irgendeinem Grund musste sie an das Zeitalter Kalis denken und dass die schwarze Göttin angeblich eine befreiende Gottheit war und lehrte, nur derjenige sei wirklich frei, der die Leere der eigenen Wünsche und Sehnsüchte erkannte.

VI

Miranda saß im eleganten Foyer des Raja und wartete auf Mr Vaidya. Sie hatte ihn am Vortag angerufen und vorgeschlagen, dass er zu ihrer ersten Besprechung ins Hotel käme. Welche Rolle er eigentlich hatte, war ihr nach wie vor unklar – er konnte ebenso gut der Anwalt der Familie sein wie der Privatsekretär, ein Kollege oder ein Freund. Er nannte seine Auftraggeber stets nur »mein Kunde«.

Rund um sie wuselte ein Heer weiß bejackter Hotelangestellter, fegte und schrubbte Böden und Oberflächen, putzte und polierte Türklinken und Geländer. Das Raja war ein Monument der britischen Herrschaft in Indien, und das prächtige Interieur stand in krassem Gegensatz zur Armut direkt vor der Tür. Miranda war von vergoldeten Statuen, seidenen Teppichen und Wandbildern umgeben, unter denen die Ebenholzbüste der Queen Victoria etwas fehl am Platz wirkte. An den hohen prachtvoll verzierten Decken surrten leise Ventilatoren aus Messing und Peddigrohr.

»Guten Morgen, Miranda.« Die kultivierte Stimme, die hinter ihr erklang, gehörte unverkennbar Giles. Lächelnd drehte sie sich um.

»Guten Morgen, Giles. Wagen Sie sich in die Welt hinaus?«

»Ja. Ich bin einigen ausgefallenen Steinskulpturen auf der Spur und treffe mich heute mit einem Kunden, einem Londoner Sammler, der es sich zum Ziel gesetzt hat, sich mit Angehörigen des gesamten Pantheons der Hindugottheiten in Lebensgröße zu umgeben. Er hat eine Statue der Göttin Kali gesehen und mich um meine professionelle Meinung gebeten.«

»Sind solche Kunstwerke hier in Privatbesitz?«

»Oft schon. Aber man muss wissen, wo man danach sucht. Viele wurden aus Tempeln gerettet, die entweder von den Briten oder den Moslems zerstört wurden. Mein Kunde ist sehr wohlhabend und auch sehr exzentrisch und will einen zweiten ›Garten Kashi‹ anlegen.«

»Kashi?«

»Kashi ist der alte Name für Benares. Der Überlieferung zufolge ist der Garten Kashi der Ort, an dem die Schöpfung ihren Anfang nahm, und dort weilen alle hinduistischen Gottheiten, oder vielmehr alle außer Yama, dem Gott des Todes, der die Stadt nicht betreten darf. Deswegen kommen Hindus oft zum Sterben her. Yama kann ihnen hier nichts anhaben, und deshalb können sie gefahrlos von dieser Welt zur anderen Seite hinübergehen. Und wie kommen Sie voran, Miranda?«

»Das werde ich gleich feststellen. Ich erwarte jede Minute den Agenten meines geheimnisvollen Kunden.«

»Dann überlasse ich Sie Ihrem Glück. Vielleicht sehen wir uns heute Abend in der Bar?«

»Ja. Viel Glück mit Ihrer Göttin. Wie heißt sie noch mal?«

»Kali. Die furchteinflößendste aller Gottheiten.«

Kaum hatte Giles sie verlassen, trat ein kleiner, adretter Mann im braunen Anzug mit einer abgetragenen braunen Aktentasche in der Hand auf sie zu. Er hatte das schwarze Haar geölt und aus dem schmalen Gesicht gekämmt.

»Miss Godfrey?«, fragte er mit einer hohen Stimme.

»Ja. Sie müssen Mr Vaidya sein.« Miranda streckte die Rechte aus. Mr Vaidya zögerte fast unmerklich, bevor er sie ergriff. Miranda schloss daraus, dass er nicht an einen geschäftlichen Umgang mit Frauen gewöhnt war. Er setzte sich auf die Kante eines der thronartigen Korbstühle. Die scharfen Bügelfalten in seiner Hose verloren nichts von ihrer Akkuratesse, als er seine Aktentasche öffnete und einige Papiere hervorholte.

»Hier ist eine Beschreibung der Sammlung meines Kunden. Vielleicht möchten Sie sie lesen, bevor Sie sie ansehen.«

Miranda nahm die Unterlagen entgegen und blätterte sie

kurz durch. Es sah aus, als sei die Liste die Fotokopie eines handschriftlichen Inventars, das vor langer Zeit erstellt worden war – möglicherweise sogar mit Federkiel. Sie war nicht mehr ganz lesbar. Miranda legte die Blätter beiseite. »Wenn Sie nichts dagegen einzuwenden haben, wäre es mir lieber, mir die Sammlung einfach anzusehen.«

»Natürlich. Wenn Sie wünschen, können wir uns sofort auf den Weg machen. Wir müssen mit einer motorisierten Rikscha fahren, denn das Haus meines Kunden ist auf der anderen Seite des Flusses.«

»Und wie kommen wir über den Fluss?«

»Es gibt eine Brücke.«

Die »Brücke« hatte weder ein Geländer noch eine sonstige Absicherung und war so schmal, dass rechts und links der dreiräderigen Rikscha kein Meter Platz blieb. Immer wieder ächzten die morschen Holzplanken, als würden sie jeden Moment unter dem Gewicht des Fahrzeugs brechen. Die Planken waren mit Seilen und einigen verrosteten Bolzen an schwimmenden Fässern befestigt. Zu Mirandas Schrecken beschleunigte der Fahrer das Tempo jedes Mal, wenn sie eine besonders morsche Planke erreichten.

»Uns kann nichts passieren«, sagte Mr Vaidya, als die Brücke einmal besonders laut knarzte, sodass Miranda erschrocken Luft holte und sich an die Metallstange hinter dem Fahrer klammerte. Es gelang ihr nicht, aus ihrem Kopf das Bild zu verbannen, wie die Rikscha ins dreckige Wasser fiel. Der aufgedunsene Kadaver einer Kuh, der in dem Moment vorübertrieb, tat das Seinige, ihr Vertrauen noch weiter zu erschüttern.

»Könnten Sie den Fahrer bitten, etwas langsamer zu fahren?«

Mr Vaidya beugte sich vor und sagte dem Mann etwas auf Hindu, was diesen zum Lächeln brachte, aber nicht dazu veranlasste, das Tempo zu drosseln.

Als sie sich dem jenseitigen Ufer näherten, konnte Miranda die Fassade des Gebäudes erkennen, das bislang durch den Staub kaum mehr als ein schattenhafter Umriss gewesen war.

»Das war früher der Palast des Maharadschas von Benares«, erklärte Mr Vaidya. »Heute ist es ein Museum.«

Aus der Ferne hatte es den Eindruck, als sei der Palast in weitaus besserem Zustand als die fürstlichen Residenzen am anderen Flussufer. Miranda fühlte sich an die Bilder in einem Buch persischer Märchen erinnert, aus dem ihre Mutter ihr als Kind vorgelesen hatte. Beim Näherkommen verblasste die Bilderbuchillusion jedoch, die Fassade mit ihren vielen überkuppelten Säulengängen und den Balkonen mit kunstvollen Gusseisenverzierungen war stark von Verfall gezeichnet. An vielen Stellen hatten Wetter und Abgase das dekorative orientalische Steinwerk schwarz korrodiert, die Mosaike auf den Kuppeln waren zerbrochen. Trotzdem sah Miranda, dass der Palast früher außergewöhnlich beeindruckend gewesen sein musste. Das Anwesen war von einer hohen roten Steinmauer umgeben, um die sich ein kleines Dorf angesiedelt hatte.

Als die Rikscha von der Brücke wieder auf festen Boden fuhr, atmete Miranda erleichtert auf und nahm die Hände von der Metallstange.

»Und hier wohnt Ihr Kunde?«, fragte sie. Es überraschte sie, dass eine Familie, die Diamanten und antiken Schmuck verkaufen wollte, in einem einfachen Dorf wohnte, wo die Menschen ihren Lebensunterhalt unverkennbar mit dem Tourismus verdienten. Mr Vaidya nickte.

Die Rikscha blieb vor den gewaltigen Palasttoren stehen. Das mittlere gewölbte Portal war so hoch, dass selbst ein Elefant mühelos hindurchschreiten konnte. Und das Gemäuer war ebenso wie die Fassade über und über mit Türmchen, Kuppeln, Kolonnaden und Gitterwerk verziert.

Miranda folgte dem Agenten. Offensichtlich ging er davon aus, dass sie den Palast besichtigen wollte, bevor sie den Kunden aufsuchte. Jenseits des Tors befanden sie sich in einem weitläufigen Hof, um den mehrere palastartige, aber renovierungsbedürftige Gebäude standen sowie einige weniger prachtvolle Bauten neueren Datums. Zielstrebig steuerte Mr Vaidya auf einen davon zu, ein schlichtes, weiß getünchtes zweistöckiges Haus, das eher wie ein Londoner Reihenhaus des frühen 20. Jahrhunderts aussah als der Palast eines ehemaligen Maharadschas.

»Vielleicht können wir zuerst Ihren Kunden aufsuchen, bevor wir ins Museum gehen?«

»Es ist nicht möglich, meinen Kunden zu treffen, Madam.«

»Dann könnten wir jetzt vielleicht die Sammlung sehen. Ich bin nicht hier, um Sehenswürdigkeiten zu besichtigen.«

»Ja, Madam, wir sehen uns jetzt die Sammlung an.«

»Und Ihr Kunde lebt hier?« Sie standen auf der Treppe des weißen Hauses, und Mr Vaidya hatte auf eine Glocke gedrückt.

»Hier befindet sich die Sammlung.«

Als die Tür nach längerem Warten nicht geöffnet wurde, läutete Mr Vaidya erneut. Wieder warteten sie eine Weile, bis Miranda schließlich sagte: »Vielleicht funktioniert die Glocke nicht.«

»Ja, das stimmt, die Glocke funktioniert nicht«, pflichtete Mr Vaidya ihr bei.

»Sie wussten also, dass sie nicht läutet?«

»Ja. Aber es lohnt sich, es zu probieren. Vielleicht ist sie in der Zwischenzeit repariert worden.«

»Also, ich würde sagen, dass sie immer noch kaputt ist.«

»Ja, das stimmt in der Tat.«

Am liebsten hätte Miranda den Kopf geschüttelt oder laut geseufzt, untersagte sich aber beides. Stattdessen hämmerte sie mit der Faust gegen die Tür.

Sofort wurde sie von einem älteren Dienstboten geöffnet, der ein langes weißes Hemd und dazu einen karierten Sarong trug. Seine braunen Füße waren bloß. Als er Mr Vaidya erkannte, neigte er den Kopf, würdige Miranda aber keines Blickes.

Sie wurden in einen großen, von Antiquitäten überquellenden Raum geführt, an dessen Wänden allüberall Bilder hingen, sodass er trotz seiner Weitläufigkeit klein wirkte.

»Bitte, setzen Sie sich doch«, sagte Mr Vaidya und deutete auf einen geschnitzten Tisch mit Perlmuttintarsien, um den mehrere passende Stühle mit goldgemustertem Polster standen.

Kaum hatte der Diener sie in den Raum geführt, zog er sich wieder zurück, und sobald Miranda sich setzte, ging auch Mr Vaidya hinaus. Angesichts der zahllosen Objekte fühlte sie sich überwältigt. Um sich ein wenig zu sammeln, stand sie auf und trat ans Fenster, vor dem zum Schutz vor dem grellen Tageslicht reich bestickte Gardinen halb zugezogen waren. Unten im Hof lehnten bewaffnete Wachposten träge an den Mauern, vor ihnen im Staub spielten zerlumpte Kinder, während ein paar Touristen umherschlenderten und sich mit Broschüren Luft zufächelten.

Bislang hatte Miranda Mr Vaidyas Kunden nicht mit dem Maharadscha von Benares in Zusammenhang gebracht, oder vielmehr dem ehemaligen Maharadscha, und sie hatte das Gefühl, hintergangen worden zu sein. Dieses Haus auf dem Palastgelände, das voll antiker Möbel und Kuriositäten war, gehörte zweifelsohne einer ehemaligen Fürstenfamilie. Ob diese Familie noch hier lebte, konnte sie nicht sagen. Vielleicht wurde hier lediglich ein Teil ihres Besitzes aufbewahrt, der jetzt verkauft werden sollte, um das Museum oder eine ähnliche Institution zu finanzieren.

Als Mr Vaidya wiederkam, war er in Begleitung von drei Dienern. Der Mann, der die Tür geöffnet hatte, hielt in den Händen ein Tablett, auf dem farbige Glastassen sowie eine samowarähnliche Teekanne standen. Ihm folgten zwei jüngere Männer, die zwischen sich eine Art Aktenschrank aus geschnitztem, mit Perlmutt und Elfenbein eingelegtem Holz trugen.

Mr Vaidya bedeutete ihnen, das Schränkchen auf den Tisch zu stellen und den Raum zu verlassen. Sobald sie fort waren, holte er aus seiner Tasche einen Schlüssel hervor, doch bevor er die oberste Schublade aufschloss, wandte er sich zu Miranda und sagte feierlich: »Mein Kunde hat angeordnet, dass die Sammlung nicht getrennt werden darf.«

»Aber wenn die Stücke versteigert werden, müssen sie einzeln angeboten werden! Das muss ihm doch klar sein.«

»Ja, das ist ihm bewusst. Aber er wünscht, dass die gesamte Sammlung von Hanovers verkauft wird, Schmuckstücke und Edelsteine zusammen.«

»Darauf kann ich Ihnen erst eine Antwort geben, wenn ich alles gesehen habe. Möglicherweise ist der Schmuck zu alt, um exportiert zu werden«, erklärte Miranda mit einem gewissen Unbehagen. Was waren denn das für Bedingungen?

»Natürlich, Sie müssen die Stücke erst sehen«, stimmte Mr Vaidya zu und machte sich daran, die oberste Schublade zu öffnen. Sobald Miranda die drei schweren, mit Edelsteinen besetzten Goldketten sah, die auf dem Seidenfutter der gepolsterten Schublade lagen, wusste sie zweierlei: Zum einen stammten sie aus der Mogulzeit und waren damit über zweihundert Jahre alt, und zum anderen, dass es sich dabei zweifellos um Schmuckstücke einer Maharani handelte.

»Ist Ihr Kunde ein Nachkomme des letzten Maharadschas von Benares?«

»Mein Kunde ist sehr auf seine Privatsphäre bedacht«, antwortete Mr Vaidya darauf nur. Mit einem zweiten Schlüssel öffnete er die nächste Schublade. Sie enthielt zueinander passende Halsketten, Armbänder und Ohrringe, die mit Smaragden und Rubinen in Kastaniengröße eingelegt waren, dazu schwere diamanten- und perlenbesetzte Kolliers und Armreifen, von denen lange Schnüre aus Gold- und Diamantperlen herabhingen. In der dritten Schublade lagen Diamantringe und eine Reihe edelsteinbesetzter und emaillierter Nadeln, Nasenringe, Gürtelschnallen, Broschen und Sarpeche – Broschen, die eigens zum Befestigen von Turbanen dienten. Zu diesen Stücken gehörte auch ein Anhänger, der Miranda sofort ins Auge fiel, obwohl er versteckt unter den weitaus kostbareren Stücken lag. Es war ein viktorianischer Trauerschmuck, wenn auch von höchst ungewöhnlicher Art: ein schwerer Goldanhänger, auf dem mehrere Haarbild-Lilien kreisförmig eine zentrale Lilie umgaben. Die gesamte Anordnung lag unter einer flachen Glasabdeckung, die es unmöglich machte, den Anhänger näher zu untersuchen. Die Lilien selbst waren etwas erhaben, als säßen sie auf kleinen Stiften auf.

Miranda nahm den Anhänger in die Hand. Er war aus massivem Gold, zweiundzwanzig Karat, und auf der Rückseite befand sich in kleinster Schrift ein Stempel. Sie holte die Lupe aus ihrer Tasche und erkannte die Initialen »J.F.« – ein ihr unbekannter Stempel.

»Das ist ein ungewöhnliches Stück für eine derartige Sammlung«, sagte sie, mehr zu sich als zu Mr Vaidya. Dieser nickte lediglich und schien ungeduldig, mit der Präsentation fortzufahren.

Es blieb nur noch eine Schublade, und wie Miranda erwartet hatte, enthielt sie die Edelsteine. Als sie sah, was dort auf der karmesinroten Seide lag, hätte sie beinahe aufgeschrien – Diamanten, wie sie sie nie zuvor zu sehen bekommen hatte, die zu finden sie nicht in ihren kühnsten Träumen erwartet hätte. Sie hätte sich glücklich geschätzt, wenn die Diamanten, für die sie diese weite Reise auf sich nahm, acht oder neun Karat gehabt hätten, aber ihrer Schätzung nach wog der größte in dieser Sammlung, ein smaragdgrüner Diamant, zwölf Karat.

Sie schwieg eine lange Weile, bevor sie zu Mr Vaidya sagte: »Wir werden diese Steine bei einer Auktion sicher verkaufen können, aber Sie müssen Ihrem Kunden sagen, dass wir unmöglich die gesamte Sammlung nehmen können. Wie er sicher weiß, ist es nicht erlaubt, alten Schmuck aus Indien auszuführen.«

»Mein Kunde hat mich beauftragt, Ihnen zu sagen, dass Sie einen Weg finden müssen, wenn Sie einen Teil der Sammlung haben möchten.«

»Das ist absurd!«, ereiferte Miranda sich. »Hanovers hat einen tadellosen Ruf. Am besten wäre es, wenn ich persönlich mit Ihrem Kunden spreche und ihm die Sachlage erkläre.«

»Das ist unmöglich.«

»Warum?«

»Das ist nicht der übliche Gang der Dinge.« Mr Vaidyas Gesicht blieb ausdruckslos. Dieses Mal machte Miranda sich nicht die Mühe, ihr Seufzen zu unterdrücken.

»Wenn es mir möglich wäre, mit Ihrem Kunden zu sprechen, könnten wir vielleicht einen Weg finden. Zum Beispiel könnte ich die Kommission verringern, wenn er einwilligt, die Sammlung zu teilen …«

»Das ist nicht möglich.«

Miranda verstand, dass sie auf dieser Ebene nicht weiterkommen würde. Kurz fragte sie sich, ob sie mit ihren Überredungskünsten mehr Erfolg hätte, wenn sie ein Mann wäre. Doch sie weigerte sich zu überlegen, wie Roger in dieser Situation reagieren würde. »Bitte richten Sie Ihrem Kunden aus, dass mir in dieser Sache die Hände gebunden sind. Sie müssen ihm verständlich machen, dass ich eine Vertreterin meines Arbeitgebers bin und es nicht in meiner Macht steht, ein Geschäft außerhalb der bei Hanovers üblichen Bedingungen abzuschließen. Wenn er einwilligt, nur die Diamanten zu verkaufen, werden wir natürlich veranlassen, dass sie nach London geschickt werden. Sie sollten ihm auch klar machen, dass er kein einziges Londoner Auktionshaus finden wird, das diesen Schmuck aus Indien ausführt. Unsere Kommission ist der übliche Satz, siebzehneinhalb Prozent für beide Parteien, den Verkäufer und den Käufer.«

Bevor Mr Vaidya die Schublade schloss, warf Miranda einen letzten Blick auf die Diamanten. Die größeren Steine waren zumeist weiß, aber es befanden sich außer dem grünen noch andere in ungewöhnlichen Farben darunter, Rosenrot, Kupferbraun und Indigoblau. Allein durch diese würde die Auktion im Juli zu einer Sensation werden. Seitdem der Gedanke einer Themenauktion geboren war, weil eine ältere jüdische Dame dem Haus ein halbes Dutzend hochkarätiger Diamanten angeboten hatte, hatte Miranda einen Traum: einen großen Diamanten in jeder Farbe zu finden, die es bei diesem Edelstein gab. Sie ahnte, dass diese Hoffnung wohl ein Traum bleiben würde, denn rote Diamanten waren höchst selten, und von den sehr wenigen, die Miranda gesehen hatte, wogen die größten lediglich zwei Karat.

»Ich habe hier noch etwas anderes zu erledigen«, sagte Mr Vaidya. »Vielleicht möchten Sie ins Museum gehen? Ich treffe Sie dann vor dem Tor.«

Miranda war nicht in der Stimmung für einen Museumsbesuch und schlenderte stattdessen durch die weitläufigen Anlagen. Fast konnte sie sich vorstellen, wie prachtvoll sie in ihrer Blütezeit gewesen sein mussten, auch wenn die Gärten jetzt überwuchert waren und ein ehemals elegantes Sommerhäuschen halb verfallen dastand. Als sie wieder in den Hof kam, verließ Mr Vaidya gerade das weiße Haus, und flüchtig sah sie die Gestalt eines anderen Mannes in westlicher Kleidung in der Tür stehen.

»Ich habe mit meinem Kunden telefoniert«, sagte Mr Vaidya, als sie die Brücke hinter sich gelassen hatten und er sich Mirandas Aufmerksamkeit sicher sein konnte.

»Ja?« Sie hatte das Gefühl, dass Mr Vaidyas geheimnisvoller Kunde der Mann war, den sie eben kurz in der Tür gesehen hatte.

»Er sagt, dass er die Diamanten nur mit dem Schmuck zusammen verkaufen will, weil sich antiker Schmuck in Indien nicht verkaufen lässt – alle wollen nur noch modernen Schmuck.«

»Ihr Kunde wird akzeptieren müssen, dass die Sammlung getrennt wird. Das kann nicht meine Sorge sein.« Aber noch als Miranda das sagte, wusste sie, dass es sehr wohl ihre Sorge war. Hier stand mehr auf dem Spiel als nur der Erfolg der Auktion – es ging um ihren Ruf. Sie wollte im Triumph nach London zurückkehren. Sie wusste, dass Kenneth sie wieder einmal auf den Prüfstand stellte. Zwar gab es in Benares noch einen weiteren Händler und einen zweiten Kunden, die sie aufsuchen wollte, aber dass sie noch einmal etwas in dieser Größenordnung zu sehen bekam, erwartete sie nicht, weder auf dieser Reise noch jemals später.

»Ich bin nur noch drei Tage in Benares. Bitte machen Sie das

Ihrem Kunden klar. Wenn wir handelseinig werden wollen, müssen wir die Formalitäten übermorgen erledigt haben.«

Mr Vaidya nickte nur, und zum ersten Mal sah sie ein Zucken in seinem Gesicht, aber Miranda wusste nicht, ob es Enttäuschung oder Ungläubigkeit bedeutete.

Aus der Rikscha betrachtete sie das Treiben an der Benares Hindu University. Ihr fiel ein, dass Susana unter anderem hier nach Aufzeichnungen ihrer Lily Korechnya gefahndet hatte. Miranda hatte sich von ihrer Begeisterung für unbekannte Schriftstellerinnen des 19. Jahrhunderts anstecken lassen; wie ihr eigenes Interesse an Trauerschmuck barg das Thema etwas Rätselhaftes und Intimes. Als die palmengesäumte Straße, die das Universitätsgelände teilte, in ihr Blickfeld kam, fiel Miranda noch etwas ein: Susana hatte erzählt, dass Lily Korechnya Gast des Maharadschas von Benares gewesen war, Susana aber auf eine Mauer des Schweigens gestoßen war, als sie versuchte, mit den Nachfahren der Fürstenfamilie Kontakt aufzunehmen. Nun ja, dachte sie sich in einer Aufwallung von Hoffnung, wenn Mr Vaidyas Kunde tatsächlich ein direkter Nachkömmling der Familie war, konnte sie Susana einen heißen Tipp geben, an wen sie sich wenden musste.

VII

Benares, 18. Januar 1865

Nun setze ich diesen außerordentlich langen Brief fort, Barbara, und hoffe, dass er dich nicht zu langweilen beginnt. Gestern lernte ich schließlich und endlich den Maharadscha kennen. Ich wurde in den »Thronsaal« gerufen, den zu sehen ich mit Spannung erwartet hatte. Dies ist der einzige Raum, den selbst Sarasvati in der Abwesenheit des Maharadschas nicht betreten darf. Sie war gekränkt, mich nicht begleiten zu können. In letzter Zeit hat der Fürst ihr nicht die gewohnte Aufmerksamkeit geschenkt und ihr aufgetragen, in ihren Räumen zu bleiben.

Der Thronsaal befindet sich im Herzen des Ostflügels und ist so groß wie das gesamte Erdgeschoss in meinem Haus in der Waterloo Street. Die Wände sind in Gold gehalten und tauchen durch die Spiegelungen den gesamten Raum in ein gelbes Licht, obwohl es keine Fenster gibt. Auf dem Boden liegt ein riesiger Seidenteppich in den Farben Dunkellila, Indigo und Kupfer. Der Fürst sah imposant aus, wie er auf seinem mit Edelsteinen und Email besetzten Stuhl saß (der seinerseits wiederum auf dem Fell eines Tigers stand, dessen Rachen unter den Füßen des Maharadschas weit aufgerissen war). Rechts und links von ihm waren Männer postiert, die ich an den Uniformen als Mitglieder seiner Leibwache erkannte. Auf dem Boden zu seinen Füßen saß ein in Orange gekleideter Mann, den ich für einen Priester hielt, denn sein Gesicht war wie das der Sadhus bemalt, die den ganzen Tag am Fluss sitzend meditieren und singen.

Bis auf den Umstand, dass der Fürst meine Gestalt unverhohlen von Kopf bis Fuß musterte, kann ich von seinem Wesen nur das Beste berichten. Er fragte mich über London aus, wo er offenbar am Hyde Park einen Wohnsitz unterhält. Mein Eindruck bei seiner zeremoniellen Heimkehr hatte mich nicht getrogen, er ist in der Tat kein alter Mann, vielleicht gut fünfzig, obwohl es in Indien schwer ist, das Alter der Menschen zu schätzen, da ihre Haut unweigerlich glatt ist und sie sich selbst in vorgerückten Jahren noch anmutig und geschmeidig bewegen. Dies führe ich auf eine Disziplin namens Yoga zurück, die sie täglich praktizieren und die sie nicht nur körperlich, sondern auch geistig beweglich hält. Wäre die Nase des Maharadschas nicht so sehr groß und wären seine Lippen nicht allzu dünn, könnte man ihn sogar gut aussehend nennen.

Er überraschte mich, als er sich über meinen Anhänger äußerte, ihn für höchst ungewöhnlich befand und mich bat, ihn näher betrachten zu dürfen.

Nur widerstrebend öffnete ich den Verschluss. Natürlich wäre es ungehörig gewesen, das Ansinnen abzulehnen, aber ich nehme ihn ungerne ab. Ich stimmte dem Fürsten zu, dass das Schmuckstück in der Tat sehr ausgefallen ist, und erklärte ihm die englische Tradition, die Haare eines Verstorbenen zum Gedenken bei sich zu tragen. Als ich mich näherte, um dem Maharadscha das Geschmeide zu reichen, atmete ich den sauren Geruch von Alkohol ein, was mich verwunderte, denn Inder trinken eigentlich nicht.

Ich erklärte ihm, dass Cynthia Herbert mir den Anhänger geschenkt habe. Einen Augenblick starrte er ihn reglos an, und einer der mit Pluderhosen bekleideten Leibwachen spielte aufreizend mit seinem Säbel, sodass mir der Gedanke kam, ich hätte Lady Herberts Namen nicht erwähnen dürfen. Natürlich fragte ich mich, was er zum Verlust seines Juwels mit den neun Steinen sagte, das Lady Herbert ihm persönlich zurückgeben wollte. Das unbehagliche Schweigen vermittelte mir in der prachtvollen Umgebung das Gefühl, ich wäre in die Seiten von *Tausendundeine Nacht* geraten. Bei diesem Gedanken hätte ich fast gelacht, doch das wäre höchst unschicklich gewesen.

Der Fürst reichte mir den Anhänger zurück und machte dabei zum Priester eine leise Bemerkung in seiner eigenen Sprache. Vermutlich waren sie bestürzt ob der sentimentalen Tradition, fanden sie vielleicht sogar abstoßend, werden die Toten hier doch verbrannt, auf dass ihr Geist ins nächste Leben entlassen werde, und die Überlebenden bewahren keine sterblichen Überreste auf. Dann plötzlich war die Spannung wie fortgeblasen, der Fürst sprach in höchsten Tönen über Cynthia Herbert und schien ihren Tod aufrichtig zu bedauern. Ich kann nur mutmaßen, dass Govinda ihn über die Vorkommnisse mit dem Geschmeide unterrichtet hat, und musste wieder an die Geheimnisse denken, die sein Verschwinden umranken. Ich komme von dem Gedanken nicht los, dass die Morde in London tatsächlich etwas damit zu tun hatten, Barbara, obwohl ich vermutlich eine Närrin bin zu glauben, was in den Zeitungen gedruckt steht!

Dann bemerkte ich, dass der Fürst wieder meine Gestalt betrachtete, als würde ich ihn zu einer Inspektion auffordern allein durch die Tatsache, dass ich nicht jeden Zoll meines Fleisches bedeckte, wie die Frauen des moslemischen Glaubens es tun. Ich blickte ihm nur fest in die Augen, damit er merkte, dass ich auch andere Gaben und Talente besitze. Die Missachtung der männlichen Muselmanen für die geistigen Fähigkeiten einer Frau ist himmelschreiend. So rückständig die englische Gesellschaft in dieser Hinsicht sein mag, du wärst empört über die Behandlung von Frauen nach moslemischer Sitte. Schon der Brauch, dass sie ihr Gesicht hinter einem Schleier verbergen, ist ärgerlich, da man nie das Mienenspiel der Person sehen kann, mit der man sich unterhält. Dass alle Frauen mit Einsetzen der Pubertät in ein Gefängnis gesperrt werden und ihnen die weite Welt verwehrt wird, ist in meinen Augen ein schändliches Verbrechen.

Da demütiges Warten mir nicht im Wesen liegt, fragte ich den Maharadscha offen, ob er sich einige Gemälde ansehen wolle, die ich aus London mitgebracht hatte. Ich klärte ihn nicht auf, dass es sich bei dem fraglichen Künstler um meinen verstorbenen Mann handelt; es erschien mir klüger, als Agentin aufzutreten und nicht als Ehefrau. Offenbar war dem Fürsten gar nicht bewusst, welche Fracht ich über die Meere mitgebracht hatte. Er schlug vor, wir sollten uns »bald« wieder treffen, da er großes Interesse an den Werken britischer und europäischer Künstler habe. Ich erklärte, dass dieser Künstler aus Prag stammte und kürzlich verstorben war. Wir vereinbarten allerdings keinen neuen Termin, und so werde ich wohl warten müssen, bis ich wieder in seine Gegenwart gerufen werde.

Ich habe dir noch nicht von meinem Besuch bei der Missionsstation meiner christlichen Reisebegleiterinnen erzählt. Er war unbeschreiblich öde. Das Haus – ein Bungalow mit einer breiten Veranda – war dunkel und abweisend. Viele Kinder waren da, angeblich Waisen, die fadenscheinige englische Kniehosen trugen und Bibelgeschichten und Gebete lernten und denen die Gesellschaft der Missionarinnen nicht minder fade schien wie mir. Zumindest nutzte ich die Gelegenheit, mich nach Neuigkeiten über den Kalitempel zu erkundigen, und hatte Recht mit meiner Vermutung, dass diese Geschichte die Damen ungemein fesselt. Wie ich erfuhr, ist der Abriss noch nicht beschlossen, und zwar wegen der Proteste von Seiten der Anhänger Kalis, die in Gewalt ausgeartet sind. Trotzdem geht man davon aus, dass die Briten das Grundstück unter irgendeinem Gesetz, das mir sehr fragwürdig erscheint, beschlagnahmen werden. Finanziert werden soll das Projekt durch eine Erhöhung der Wassersteuer für die Einheimischen. Dies, so räumte eine der Marys ein, sei natürlich beschämend, da der Tempel in einem armen Viertel liegt, doch über die Zerstörung der »heidnischen Stätte« selbst waren alle hochauf zufrieden. Ich erkundigte mich, ob sie den Tempel denn besichtigt hätten, und erhielt, nicht überraschend, einen negativen Bescheid. Dann äußerten sie sich schockiert über die »lüsternen Steinbilder« an den Wänden anderer Hindutempel. Ich weiß mittlerweile, dass der Kalitempel als ungemein Furcht erregend und schauerlich gilt, aber bei diesen gottesfürchtigen Damen bemerkte ich noch eine andere Angst – die vor einer allmächtigen weiblichen Gottheit. Nach dieser Visite begann ich, für den *London Mercury* einen Artikel über Kali zu schreiben, den ich mittlerweile fast beendet habe.

Als ich den Thronsaal verließ, suchte ich Sarasvati auf. In den vielen Stunden, die ich bislang mit den Bewohnerinnen der Zenana verbracht habe, habe ich einiges mehr über diese ungewöhnliche junge Frau erfahren. Sarasvati ist nicht besonders beliebt bei den Muselmaninnen des Harems, die ihr Leben zwar innerhalb der vier Wände der Zenana verbringen, aber durchaus »Spione« haben, die ihnen von allem berichten, was draußen vor sich geht. Das Ausmaß an Intrigen und Skandalen übersteigt deine kühnsten Vorstellungen! Sarasvati ist Hindu, was den Muselmaninnen als heidnischer Glaube gilt, und überdies spricht sie nicht die Hofsprache Urdu. Mich überraschte, wie gut sie Englisch beherrscht, und da erzählte sie mir, dass Cynthia Herbert sie »in den korrekten Gebrauch der Grammatik« eingewiesen habe! Allerdings konnte sie bereits ein wenig Englisch, ehe sie nach Benares kam, denn unsere Sprache breitet sich überall dort, wo Repräsentanten der East India Company auftreten, rasch aus. Und da Sarasvatis Dorf wegen des Vorkommens von angeschwemmten Diamanten berühmt ist, sind natürlich viele Europäer aus geschäftlichen Gründen dort gewesen.

Mittlerweile habe ich mich häufig mit Sarasvati unterhalten und weiß, dass englische Damen großen Eindruck auf sie machen und dass sie Cynthia Herberts Verhalten während deren Besuch eingehend studierte. Als ich sie fragte, ob sie etwas über die Umstände von Charles Herberts Tod wisse, schaute sie kurz beiseite, was ich als Zeichen zu deuten gelernt habe, dass eine Unwahrheit folgt. Sie schüttelte den Kopf, dann begegnete sie wieder meinem Blick. Ich finde dieses Kind (denn sie ist mehr ein Kind als eine Frau) zunehmend faszinierend, und mir ist verständlich, warum der Fürst ihr seine besondere

Aufmerksamkeit schenkt: Nicht nur ihre Schönheit ist betörend, auch das Mystische, das sie umgibt. Um ehrlich zu sein, Barbara, glaube ich, dass sie verstörter ist, als ich anfangs vermeinte, denn schon an dem Tag, als wir den Kalitempel besuchten, bemerkte ich etwas Merkwürdiges, fast Beängstigendes an ihr, und dann wieder, als ich sie in ihren Räumen besuchte. Ich habe den Verdacht, dass Sarasvati Opium nimmt, denn als ich ihr Zimmer betrat, tanzte sie wie zum Rhythmus einer Tablatrommel, die nur sie allein hören konnte. Bekleidet war sie lediglich mit ihren Sandelholzperlen und einer Dopatta (das ist der Schleier, den Muselmaninnen über ihren Seidenbrokatpyjama legen). Die Dopatta ist aus weißer Gaze genäht und gänzlich transparent bis auf eine goldene Stickerei und lange Goldfransen. Sarasvatis Augen waren fast schwarz, und sie sah aus, als wären ihr Körper und ihr Verstand von einem Dämon besessen – obwohl mir jetzt, da ich es hinschreibe, auffällt, wie theatralisch das klingt. Seit ich Sarasvati kenne, habe ich diesen Schatten mehrmals bemerkt; er lauert hinter ihrem Charme und ihren kindlich-weiblichen Reizen. Dieses Mal nun kam sie mir vor wie in Trance, sie wiederholte immer wieder einen Satz auf Hindi, als würde sie etwas rezitieren oder singen. Dann fiel mir plötzlich eine kleine Statue auf, die ich zuvor nicht bemerkt hatte. Es war die schwarze Göttin Kali. Aus irgendeinem Grund lief mir ein Schauer den Rücken hinab. Mir kam der Verdacht, als würde Sarasvatis Schatten nur in Gegenwart der Göttin erscheinen. Ich sah auch, dass sie einen roten Stein, womöglich einen Rubin oder einen Granat, vor die Göttin gelegt hatte. Ich war neugierig, und da ich mich nicht von meiner törichten Angst einschüchtern lassen wollte, fragte ich Sarasvati, wofür der Stein stehe. Schließlich weiß ich, dass Edelsteinen im hinduistischen Glauben eine ganz besondere Bedeutung zukommt.

»Nur ein roter Stein kann ein Blutopfer an Kali ersetzen«, sagte sie. Ich musste an mich halten, um nicht auf der Stelle aus dem Raum zu flüchten.

Jetzt hast du, liebe Barbara, bestimmt schon mehr als genug Geschichten aus Indien gehört, und ich kann mir vorstellen, dass du, wenn du diese Zeilen in deinem englischen Salon liest, dich fragst, ob die Hitze nicht meinen Verstand beeinträchtigt. Sorge dich nicht, seit Franzens Tod ging es mir nicht mehr so gut.

Wie immer in tiefer Freundschaft,

Lily

Allmählich fragte Susana sich, ob sie nicht völlig umsonst nach Benares gekommen war. Um nicht in die Mittagshitze zu geraten, hatte sie das Hotel am frühen Morgen verlassen und den ganzen Vormittag in den Räumen diverser unbedeutender akademischer Institutionen und historischer Vereine verbracht, deren Interesse an der britischen Herrschaft in Indien zum Teil sehr gering war. Kein einziger ihrer Gesprächspartner hatte je von Lily Korechnya und ihren Schriften gehört. Als Susana jetzt auf ihrem Balkon saß und einen weiteren Brief Lilys las, wuchs ihre Zuversicht wieder – möglicherweise würde der Kalitempel ihr weiterhelfen. Wenn Lily tatsächlich daran beteiligt gewesen war, dieses Heiligtum vor dem Abriss zu bewahren, und wenn ihr Artikel über die Göttin wirklich im *London Mercury* erschienen war, musste er zu finden sein. Und vielleicht würde er Lily Korechnyas Ansehen über das einer »wenig bekannten viktorianischen Essayistin« hinaus heben. Langsam stieg in Susana der Verdacht auf, dass sie im Londoner Zeitungsarchiv in Colindale eher fündig werden würde als hier in Benares.

Der ganze Nachmittag lag vor ihr, die Hitze wurde erdrückend, und fast fühlte sie sich versucht, im Schatten ihres Balkons zu bleiben und Lilys nächsten Brief zu lesen. Nur die Tatsache, dass sie noch nicht gefrühstückt hatte und es mittlerweile Mittagszeit war, trieb sie in die Schwüle hinaus. Der kleine Empfangsraum schien verwaist, aber Susana hatte bemerkt, dass Gopal tagsüber oft auf dem Boden hinter der Rezeption schlief. Sobald er ihre Sandalen auf den Fliesen hörte, hob er seinen zerzausten Kopf über den Rand des Tresens und warf ihr ein breites Lächeln zu. Er schien sich immer zu freuen, sie zu sehen. Vielleicht, weil sie kein unbequemer Gast war und sich nicht ständig über die vielen Stromausfälle, die dreisten Affen und das Eigenleben der Warmwasserversorgung beschwerte. Außerdem war sie offenbar einer der wenigen Gäste, die sich gerne mit ihm unterhielten.

»Guten Morgen, Madam«, strahlte er.

»Es ist Mittag, Gopal!«

Lachend wiegte er den Kopf. »Hier ist es immer Morgen! Ich wache den ganzen Tag auf.«

Sie lächelte, ohne weiter auf seine eigenwillige Tageseinteilung einzugehen.

»Sind Sie heute bedrückt?«

Überrascht sah Susana ihn an; sollte er tatsächlich ihre Stimmung bemerkt haben?

»Nein, nicht bedrückt, aber vielleicht enttäuscht.«

»Das geht vorbei«, meinte er weise und unterdrückte ein Gähnen. »Der Buddha sagt, dass alles vorbeigeht.«

»Gopal, wo genau ist der alte Kalitempel? Der, nach dem ich Sie schon einmal gefragt habe? Ist er leicht zu finden?«

Gopal bedeutete ihr, zur Rezeption zu kommen, und zeigte ihr die Rückseite einer Visitenkarte, wo auf einem vereinfachter Stadtplan die Lage der Pension verzeichnet war.

»Das ist der Weg in die Altstadt«, sagte er und deutete auf eine Straße, die über den Rand der Karte hinauslief. »Gehen Sie die immer weiter, dann kommen Sie ins Juwelierviertel. Ganz in der Nähe ist der Kalitempel.«

»Gibt es von der Altstadt einen Stadtplan?«

Gopal lachte. »Nein. Bei den vielen Gässchen ist das unmöglich.«

Susana ließ die Visitenkarte liegen, die würde sie vermutlich nur verwirren. Sie wusste ungefähr, in welcher Richtung das Juwelierviertel lag. Sie war einmal aus Versehen dort gelandet, als sie sich im Labyrinth der Altstadt verlief. Dort wurde man nicht nur ins 19. Jahrhundert zurückversetzt, sondern gleich ins Mittelalter.

Als Susana sich nun auf den Weg machte, tauchte sie fast unmerklich in Lilys Welt ein. Zwar war das verschwundene Schmuckstück mit den neun Steinen und dessen Verbindung zu mehreren Morden – was Lily in ihrem Brief ja andeutete – für ihr Buch eigentlich unerheblich, aber sie war doch neugierig geworden. Hatten die Morde Lily vielleicht persönlich betroffen? Wurde das Schmuckstück je wiedergefunden?

Als Susana unter einem ausladenden, knorrigen Kampferbaum hindurchging, dessen Wurzeln eine bröckelnde Steinmauer umschlangen, bekam sie einen kleinen Schlag auf den Hinterkopf. Sie sah auf und schaute in das kleine Gesicht eines Spinnenäffchens, das lauter Erdnussschalen in der Pfote hielt. Herausfordernd erwiderte es Susanas Blick. Jenseits des Baums stand ein zweigeschossiger Ziegelbau, der bessere Tage gesehen hatte; die Veranden verfielen, auf dem Dachgarten wucherte Unkraut. Dieses Überbleibsel aus der Zeit der britischen Herrschaft in Indien diente jetzt nur noch Affen als Zuhause. Das freche Äffchen warf Susana einen letzten trotzigen Blick zu, ehe es sich auf einen höheren Ast schwang und von dort in die Sicherheit der Veranda entschwand. Sie lächelte. Irgendwie ermutigte diese kleine Begegnung sie, den Kopf nicht hängen zu lassen und die Hoffnung nicht aufzugeben.

Im Terrassenlokal über der Dasaswamedh Ghat Road herrschte Hochbetrieb. Susana sah sich nach einem Tisch um und entdeckte Miranda in der Ecke sitzend, vor sich ein Mobiltelefon und ihr Adressbuch. Das Kinn in die Hand gestützt, betrachtete sie das Chaos auf der Straße. Mit dem großen Strohhut, der weiten Baumwollhose und dem losen Hemd sah sie kühl und elegant aus, wie eine Frau aus einem Film der 1940er Jahre. Als Susana näher kam, drehte Miranda sich lächelnd um. »Gerade dachte ich, dass ich mich nie mehr über das Gewimmel von Fußgängern in London beschweren werde.«

Susana lachte. »Ich wette, sobald du ein paar Tage wieder in London bist, sehnst du dich hierher zurück!«

»Ich glaube, da täuschst du dich. Magst du dich nicht zu

mir setzen? Ich kann dir etwas erzählen, das dich interessieren dürfte.«

Nachdem Miranda ihr von den Erlebnissen des Vormittags berichtet hatte, wurde Susana regelrecht aufgeregt bei der Vorstellung, dass Mirandas geheimnisvoller Kunde mit der früheren Fürstenfamilie von Benares verwandt sein könnte. Schiwati hatte ja angedeutet, dass die Familie möglicherweise Aufzeichnungen von Lily Korechnya und ihrem Aufenthalt im Palast haben könnte. Sicher war der Besuch einer westlichen Schriftstellerin als Ehre betrachtet worden.

»Und das war bloß der frühe Vormittag!«, fuhr Miranda fort. »Hinterher habe ich versucht, das Juwelierviertel zu finden, und habe fast geglaubt, ich müsste den Rest meiner Tage durch die Gassen von Benares irren. Doch das Komische war, sobald meine Panik aufhörte und ich mich damit abfand, dass ich die Orientierung komplett verloren hatte, stand ich unten am Fluss.«

Susana nickte verständnisvoll. »Wenn man aus Indien heimkehrt und nicht ein ganzes Stück gelassener ist als vorher, dann ist die indische Kultur wohl völlig an einem vorbeigegangen. Übrigens suche ich nach einem Tempel, der angeblich ganz in der Nähe des Juwelierviertels ist. Wir könnten ja den Nachmittag damit verbringen, uns gemeinsam zu verirren …«

Miranda stimmte begeistert zu. »Großartig. Nach dem Rattenerlebnis und dem Stromausfall gestern Abend und der haarsträubenden Fahrt über die morsche Brücke heute fühle ich mich sogar ziemlich abenteuerlustig.« In dem Augenblick wurde Mirandas Bestellung serviert, ein Teller voll gehäuft mit Reis und dazu eine ebenso große Portion von unidentifizierbarem Gemüse in einer grell kurkumafarbenen Soße sowie eine Schüssel mit suppigem Linsendal. Erschreckt riss Miranda die Augen auf, sodass Susana lachen musste. »Wenn du das alles bestellt hast, bist du wirklich abenteuerlustig!«

Der Weg zum einstigen Zentrum von Benares führte an uralten schiefen Gebäuden vorbei, die aussahen, als drohten sie jederzeit einzustürzen. Da Susana das Juwelierviertel westlich von Dasaswamedh Ghat vermutete, gingen sie in die Richtung, aus der die frühe Nachmittagssonne schien. Das funktionierte, bis die Straßen so eng wurden, dass kein Sonnenstrahl mehr hineinfiel.

Selbst in den kleinsten Gassen gab es Stände, an denen Seide verkauft wurde, und Händler buhlten um die Aufmerksamkeit der Passanten und priesen die exquisite Qualität ihrer Ware an. Benares war seit Jahrhunderten das bedeutendste Handelszentrum für indische Seide, und die leuchtenden Farben und die fließende Pracht der Stoffe staffierten die Gassen zur Theaterkulisse aus. Immer wieder riss Miranda widerstrebend den Blick von den verlockenden Auslagen los, bis sie dem Drang schließlich nachgab und an einem Stand stehen blieb, der mit schimmernden goldbesetzten Sariseiden drapiert war.

»Warum lehrt der Buddhismus nicht, dass es der Seele gut tut, schöne Dinge zu kaufen?«, fragte sie, während sie einen Ballen gelber, mit zartesten rosa Tönen durchsetzter Seide befühlte. »Dann wäre ich eine große Heilige.«

»Wenn dir etwas gefällt, dann kauf's gleich. Wir finden diesen Stand nie wieder, auch wenn wir tagelang herumlaufen und schwören, dass wir uns an den Weg erinnern.«

Miranda nickte. »Und einen Moment der Zurückhaltung zu bereuen kann sehr schmerzlich sein!«

Der Preis, auf den sie und der Händler sich schließlich einigten, lag nicht weit unter dem ursprünglichen, denn in diesem Fall war die Beteuerung, es sei Seide »von höchster Qualität«, nicht gelogen. Als die beiden Frauen sich entfernten, rief der Mann ihnen nach: »Die Farbe Gelb bringt Glück, es ist die Farbe von Sarasvati!«

»Wer ist Sarasvati?«, wollte Miranda wissen, als sie unschlüssig an einer Kreuzung stehen blieben.

»Sarasvati ist die Göttin der Künste und der Literatur, und ich glaube, sie hat auch eine große Vorliebe für Edelsteine und Juwelen. Und laut Lilys Briefen war Sarasvati auch der Name einer der Lieblingskonkubinen des Maharadschas.«

»Und hatte sie eine Vorliebe für Schmuck?«

»Sie trug wohl gerne Sandelholzperlen – das soll vor bösen Geistern schützen. Es scheint, sie war ein faszinierendes Persönchen, wenn auch etwas verwirrt ...« Susana brach ab. Der Weg, den sie eingeschlagen hatten, erwies sich als Sackgasse. Als sie zu der Kreuzung zurückkehrten, sah sie anders aus als in ihrer Erinnerung, und die beiden gingen mehrmals in die Irre, bevor sie schließlich den richtigen Weg fanden. Dabei wurden sie einmal um ein Haar von einem galoppierenden Bullen niedergetrampelt, der einem Motorradfahrer nachjagte. Nach einer Weile gelangten sie in ein moslemisches Viertel, wo eine Reihe kleiner Jungen in langen Tuniken vor der Tür einer Moschee wartete. Von außen sah der Bau wenig beeindruckend aus, doch durch das kleine Portal, das von bewaffneten Männern mit Turbanen bewacht wurde, konnten sie einen Blick ins Innere erhaschen. Dort knieten Männer auf einem bunt leuchtenden Mosaikboden, über ihnen spannte sich eine gewölbte, goldschimmernde Decke.

Auf vielen Umwegen gelangten sie schließlich ins Juwelierviertel. Das merkten sie sofort an den zahllosen Ständen im überdachten Basar, in denen Edelsteine glitzerten und funkelten. Susana schaute sich nach dem Tempel um, ohne ihn zu entdecken, und fragte dann eine Gruppe junger Männer in schwarzen Hosen und weißen Hemden, die untätig herumstanden. Einer deutete auf einen niedrigen Torbogen, der in eine Höhle zu führen schien. Susana atmete zufrieden auf. »Ich kann's gar nicht fassen, dass wir ihn gefunden haben. Fast habe ich geglaubt, wir hätten uns in dem Labyrinth doch verirrt.«

»Wir müssen immer noch den Rückweg finden«, meinte Miranda trocken. Ihre Augen wanderten über den Stand direkt neben sich. Wenn sie auch nur einen Händler nach Diamanten fragte, würde der gesamte Basar wissen, worauf sie aus war, und dann würden die jungen Männer in den weißen Hemden und schwarzen Hosen ihnen unerbittlich durchs ganze Viertel folgen – denn in den kleinen flachen Lederbeuteln, die sie ihnen auffordernd hinstreckten, waren kleine weiße Diamanten. Nicht von schlechtester Qualität, sagte Miranda im Flüsterton, aber trotzdem nichts von Interesse für sie. Sie war nur aus Neugier zum Juwelenmarkt gekommen, nicht um etwas zu kaufen. Die Steine, um die es ihr ging, würde sie weder auf dem offenen Markt noch auf den Straßen finden. »Jeder im Diamantenhandel weiß, dass es einen regen Markt gibt, den De Beers nicht kontrollieren kann. Die Golconda-Minen hier in Indien sind zwar so gut wie erschöpft, aber es werden noch genügend alluviale, also angeschwemmte Diamanten gefunden, die fast alle auf dem Schwarzmarkt landen.«

Es dauerte nicht lange, bis sich herumgesprochen hatte, dass die beiden Frauen keine potenziellen Käufer waren, und die jungen Männer in den weißen Hemden zogen sich zurück.

Langsam schlenderten Susana und Miranda durch den Basar, wo in endlosen Glasvitrinen geschliffene und rohe Edelsteine und Halbedelsteine auslagen, blutrote Rubine aus Myanmar, Berge von gleichförmig geschliffenen kleinen Smaragden und Saphiren. Susana feilschte einige Minuten mit einem Händler um den Preis einer Türkiskette, aber da sie sich nicht einigen konnten, ließ sie ihn stehen und ging zu Miranda. Die bewunderte an einem anderen Stand gerade traditionellen indischen Schmuck. Ein Anhänger mit einem roten Stein in der Mitte, um den kreisförmig andersfarbige Steine angeordnet waren, hatte es ihr besonders angetan.

»Ein ungewöhnliches Stück«, sagte sie zu dem Händler, einem alten Mann mit verblüffend klaren Augen und einem glatten, in sich ruhenden Gesicht.

»Das ist ein Navaratna«, sagte er. »Sehr mächtig.«

»Kann ich es sehen?«

Nach kurzem Zögern reichte der Händler ihr den Schmuck.

»In welcher Hinsicht mächtig?«, fragte Miranda, als sie das Geschmeide umdrehte.

»Navaratna heißt neun Steine, neun Planeten und neun Götter«, erklärte der Mann, als läge diese Erklärung auf der Hand.

»Das alles in einem Wort?«

»Nava heißt neun, ratna heißt Edelstein. Die Steine haben dieselbe Substanz wie die Götter und die Planeten. Wer einen solchen Schmuck trägt, muss Acht geben, was er sich wünscht!«

»Das heißt, jeder Stein steht für einen Planeten?«

Der alte Mann nickte, und Miranda sah ihn erstaunt an. Als er das Schmuckstück in die Vitrine zurücklegte, spürte Susana eine Hand auf ihrer Schulter. Es war der Türkishändler. Da sie glaubte, er willige in ihren Preis ein, folgte sie ihm zu seinem Stand zurück. Doch er erklärte lediglich, dass nepalesische Türkise sehr selten geworden seien, weil sie im Himalaja nicht mehr abgebaut würden. Selbst Türkise aus Mexiko, die früher überall zu haben waren, seien nur noch selten zu finden.

Später bestätigte Miranda ihr, dass der Händler die Wahrheit gesagt hatte, auch wenn sein Preis maßlos überhöht gewesen war. Susana fragte sich, ob sie die Kette nicht trotzdem hätte kaufen sollen, auch wenn sie in London nur unwesentlich mehr dafür bezahlen würde.

Miranda nickte mitfühlend. »Es ist schwer zu sagen, was ein wirklich fairer Preis ist. Früher habe ich mich so über die aufdringlichen Verkäufer geärgert, dass ich aus reinem Trotz gefeilscht habe.«

Wie zum Beweis begann in dem Moment ein Chor flehender Stimmen: »Nur anschauen, Madam, ja?« »Madam! Mondsteine, Granate, Amethyste ...«

Gopal hatte Susana gesagt, dass der Kalitempel mitten im ältesten Teil von Benares stand, wo sich die Arier, ein kriegerisches Volk aus Nordindien, niedergelassen hatten. Dass es sich bei ihnen um eine Herrenrasse handelte, die übernatürlich gesegnet war mit Schönheit, Intelligenz und politischem Geschick, war mittlerweile allerdings in den Bereich des Mythos verbannt worden.

Als die beiden Frauen sich dem niedrigen Tempeleingang näherten, hatte Susana den Eindruck, als sei Miranda geistesabwesend. »Ist alles in Ordnung?«, fragte sie, bevor sie den Tempel betraten.

»Ja, alles in Ordnung. Entschuldige. Ich habe nur gerade über etwas nachgedacht ... Als ich das Navaratna-Amulett in der Hand hielt, habe ich mir etwas gewünscht, und jetzt ist mir wieder eingefallen, was der alte Mann sagte – dass man Acht geben muss, was man sich wünscht. Dumm, aber jetzt wünsche ich, ich hätte es nicht gemacht ...« Susana erkundigte sich nicht, was Miranda sich gewünscht hatte; das ging sie nichts an.

Kaum hatten sie den niedrigen Eingang passiert, standen sie im Säulengang des alten Tempels. Wie schon bei der Moschee verbarg sich auch hier hinter der unscheinbaren und verwahrlosten Fassade ein eindrucksvolles Heiligtum. An den Wänden zogen sich Steinreliefs von Göttern und Göttinnen hin, die sich liebten, tanzten, Feste feierten und sich gegenseitig verstümmelten. An manchen Stellen waren die Reliefs verwittert und zerbrochen, dann wieder waren Spuren der leuchtenden Farben zu sehen, in denen sie ursprünglich bemalt waren. Rundum standen am Boden brennende Kerzen, die flackerndes Licht auf die Reliefs warfen und tanzende Schatten erzeugten, die die Abbildungen fast zum Leben zu erwecken schienen.

Susana und Miranda gingen langsam um den Tempel, bis sie schließlich den Mittelpunkt erreichten, den der Göttin Kali geweihten Altar. Dort standen zwei Männer und bestaunten die riesige schwarze Steingöttin. Einer der beiden drehte sich um.

»Guten Tag, Miranda.«

»Oh, guten Tag, Giles. Was für ein Zufall.«

»In der Tat. Darf ich Ihnen meinen Kunden Louis vorstellen?«

»Ich glaube, ich habe Sie ein paarmal bei Auktionen gesehen, kann das sein?«, sagte Miranda und gab Louis die Hand. Susana fand, dass Louis wie ein wohlhabender Bohemien aussah. Er trug einen weißen Kaftan aus feinster indischer Baumwolle mit Stickerei um den Ausschnitt und an den Ärmeln, an seinen Fingern steckten mehrere Ringe, von denen einer zweifellos ein Diamant war. Er war durchschnittlich groß und hätte trotz seiner Aufmachung und dem ergrauten Pferdeschwanz unauffällig gewirkt, hätten seine Augen nicht diesen durchdringenden Blick gehabt. Susana fühlte sich ein wenig davon verunsichert, denn er schien sie erforschen zu wollen. Nach einem Moment intensiven Unbehagens wandte sie sich ab und betrachtete die Statue. Die war noch beängstigender als Louis, gut vier Meter hoch, mit weit aufgerissenen, wilden Augen und einer herausgestreckten Zunge, von der karmesinrotes Blut tropfte. Um den Hals trug die Göttin eine Kette, die offenbar aus winzigen Menschenschädeln bestand.

»Affenschädel, keine Angst«, sagte Louis, als er bemerkte, worauf Susana ihren Blick richtete. »Der Legende zufolge trägt Kali eine Halskette aus den Schädeln getöteter Krieger, Ohrringe aus Schädeln von Kleinkindern und einen Gürtel aus Menschenarmen. Immer wieder hört man Geschichten, dass Thuggees ihren Opfern Arme und Kopf abhacken, um sie ihrer Herrin darzubringen.«

»Ein seltsames Frauenbild, das da angebetet wird«, flüsterte Miranda; ihr war eindeutig unwohl in der Gegenwart dieser grausigen Ikone.

»Es sind Kalis Kraft und Vitalität, die als Qualität des Wandels gesehen werden – nur ihr gelang es, Schiwa im Kampf zu besiegen«, erklärte Louis. »Schiwa ist der mächtigste Gott der Hindus. Es ist auch kein Zufall, dass die Diamantenhändler und der Edelsteinbasar ganz in der Nähe dieses Tempels liegen, denn einer anderen Kalilegende zufolge kann man die Göttin nur mit Blut und Diamanten beschwichtigen ... oder mit einem Diamanten in der Farbe von Blut.«

»Wissen Sie etwas vom Zeitalter Kalis?«, fragte Susana impulsiv. Sosehr Louis' esoterisches Gehabe ihr missfiel, die Mythologie faszinierte sie.

»Natürlich. Die Hindus glauben, dass sich Kalis drittes Auge geschlossen hat, was bedeutet, dass wir den Kontakt zu unserem inneren Ich verloren haben und uns derart von unserem wahren Wesen und dem wahren Sinn des Lebens entfernt haben, dass …«

»Nun ja, Louis«, unterbrach Giles ihn freundlich. »Nicht alle Menschen befinden sich auf einer derart hehren Suche wie Sie.«

Das war in Susanas Augen nur eine höfliche Art zu sagen, dass nicht jeder so verrückt war, wie Louis es mit seinen hochtrabenden Vorstellungen, dem durchdringenden Blick und der extravaganten Kleidung zu sein schien.

»Ah, das sollten sie aber – wie sollen wir uns sonst retten?«

Ehe er weiterreden konnte, berührte Miranda Susana an der Hand.

»Mir ist nicht gut, ich brauche frische Luft.«

Auch Susana empfand plötzlich den dringenden Wunsch, den Tempel zu verlassen. »Ich komme gleich nach.« Als Miranda fort war, sagte sie zu Louis: »Glauben Sie wirklich, dass diese mythischen Gottheiten das Leben der Menschen beeinflussen können?«

»Natürlich sind sie Symbole. Die Vielgötterei ist im Wesen des Heidentums verankert. Jede Gottheit repräsentiert einen Aspekt der Menschheit. Wer etwa Kali verehrt, erkennt neben den hellen auch die dunklen Aspekte seiner Persönlichkeit an. Dadurch werden die moralischen Krisen vermieden, die Christen durchmachen, wenn sie eine Sünde begehen.«

»Nicht schlecht, wenn damit auch alle Arten von Fehlverhalten gutgeheißen werden«, warf Giles lächelnd ein. »Andererseits darf man nicht vergessen, dass man durchs Karma immer noch für alles bezahlen muss.«

»Kein Wunder, dass die aufrechten und gottesfürchtigen Engländer des 19. Jahrhunderts so wenig vom Hinduismus hielten«, sagte Susana nachdenklich. Louis warf ihr einen sonderbaren Blick zu, und da sie befürchtete, er wolle zu einer weiteren philosophischen Erörterung ausholen, verabschiedete sie sich rasch und ging hinaus. Draußen seufzte sie erleichtert auf; erst da merkte sie, wie angespannt sie im Tempel gewesen war.

»Tut mir Leid«, sagte Miranda. »Ich hatte das Gefühl, dass ich mich gleich übergeben muss. Vielleicht war es das Mittagessen …«

»Oder Kali!«

Miranda schauderte. »Vielleicht. Louis war etwas heftig, fandest du nicht? Giles ist einer meiner Kollegen bei Hanovers, und Louis muss der Kunde sein, von dem er mir erzählte. Offenbar sammelt er Statuen aller wichtigen Gottheiten im Hinduismus.«

»Lebt er in Indien?«

»Nein, in London.«

Susana konnte nicht sagen, warum es ihr lieber wäre, wenn Louis nicht in London lebte. Es gab keinen Grund zu vermuten, dass sie ihm je wieder begegnen würde, aber irgendwie hatte sie das Gefühl, dass es doch dazu kommen würde. Der Gedanke war so irrational, dass sie über sich selbst gelacht hätte, wäre sie nicht so erschüttert gewesen.

VIII

Am Morgen nach dem Besuch des Kalitempels wachte Miranda früh genug auf, um die Sonne über dem Ganges aufgehen zu sehen. Auf dem Fluss waren bereits einige Boote mit Pilgern, Reisenden und Touristen unterwegs. Am Ufer versuchten unbeschäftigte Bootsmänner jedem, der ziellos umherschlenderte, eine Gangesfahrt aufzuschwatzen. Die Zahl der Bootsleute überstieg die der potenziellen Passagiere ums Vielfache, was erklärte, warum kein Weißer durch eine indische Stadt gehen konnte, ohne ständig von Händlern oder Bettlern belagert zu werden. Es gab einfach nicht genügend Arbeitsplätze für die ständig wachsende Bevölkerung. Schon fünf- oder sechsjährige Kinder liefen mit Kesseln voll Chai, Körben mit orangefarbenen Tagetessträußchen und kleinen Kerzen das schlammige Ufer entlang und winkten die Bootsführer näher, damit sie den Passagieren ihre Waren anbieten konnten.

Miranda saß, in einen Schal gehüllt, auf ihrem Balkon und verfolgte das Treiben, bis volles Tageslicht herrschte und die morgendliche Geschäftigkeit ihren ersten Höhepunkt erreichte. Sie sah mehrere kleine Trauerprozessionen, die mit glitzernd rotgoldenem Tuch drapierte Bahren zum Ghat trugen. Seit Sonnenaufgang hatte sie die Feuer brennen sehen, hatte verfolgt, wie der Fluss die Asche der Toten davontrieb. Es kam ihr vor, als sei London Lichtjahre entfernt und gehöre zu einer anderen Galaxie. Die Vorstellung, dass Anglikaner in der Themse badeten und meditierten, bevor sie zur Arbeit gingen, wie gläubige Hindus es im Ganges machten, ließ sie lächeln. Einige tranken sogar eine Hand voll des heiligen Wassers, dem trotz der Verschmutzung durch Abfälle, Tierkadaver und eingeäscherte Leichen reinigende Kräfte zugesprochen wurden.

Irgendwie hatte sie in ihrer Angst vor dem unvermeidlichen Ansturm auf ihre Sinne völlig vergessen, dass Indien noch etwas anderes bedeutete, und dieses Andere war ihr wieder eingefallen, als sie am Tag zuvor mit Susana durch die Altstadt geschlendert war. Unter dem Wahnsinn, unter den bunten Farben, den fremden Düften und dem Lärm der Straßen pulsierte der Takt eines mystischen Landes. Die vielen nomadisierenden Stämme, die in Indien eingedrungen waren, hatten das Land nicht nur ausgeplündert, sondern auch bereichert und Elemente ihrer jeweiligen Kulturen hinterlassen. Zuerst die dunkelhäutigen, geheimnisvollen Draviden, dann die Völker aus dem hohen Norden, und dann die moslemischen Eroberer, die Moguln.

Miranda duschte und holte das Frühstückstablett herein, das vor ihrer Zimmertür abgestellt worden war. Es war keine schlechte Kopie eines europäischen Frühstücks, auch wenn der Kaffee nach Zichorie roch und die Croissants sich durch die elastische Konsistenz von Chapatis auszeichneten. Als sie gegessen hatte, bereitete sie sich mit einer zweiten kalten Dusche auf den kommenden Termin vor. Sie wusste, sobald sie auf die Straße trat, würde sie ein Opfer des Staubs und der schwülen Luft werden. Sie schlüpfte in ein langes, loses Liberty-Kleid, das sie seit Jahren nicht mehr getragen hatte. Es gehörte zu einem anderen Leben und war neben ein paar anderen femininen Accessoires eines der wenigen Dinge, von denen sie sich nicht trennen konnte. Das Kleid war rosenfarben, mit winzigen Blüten übersät und mit etwas Spitze besetzt. Vom vielen Tragen war es leicht verblichen und fühlte sich wunderbar vertraut an. Zudem waren die schmalen Ärmel ellbogenlang, sodass sie sich nicht eigens die Schultern zu bedecken brauchte.

Im Foyer traf Miranda auf Giles, der vor einem hohen Glas Papayasaft saß und die Zeitung las. »Guten Morgen, Miranda. Sie sehen höchst elegant aus, wenn ich das sagen darf.«

»Natürlich dürfen Sie das. Elegant ist okay, aber nicht ›hübsch‹ – das wäre nämlich nicht professionell, Sie verstehen.«

»Ich verstehe«, erwiderte er, erweckte aber nicht den Eindruck, als begreife er auch nur ein Wort.

»Wie kommen Sie bei Ihrer Suche nach den Gottheiten voran?«

»Leider nicht so gut, aber anderes war auch nicht zu erwarten. Um ehrlich zu sein, etwas zu erwarten ist generell ziemlich dumm, aber in Indien ganz besonders. Ich will Sie nicht mit Details langweilen. Und wie kommen Sie voran?«

»Wie Sie. Ich wage mich jetzt hinaus, um mich wieder hoffnungslos zu verlaufen.«

»Wenn Sie heute Abend nichts anderes vorhaben – vielleicht haben Sie Lust, mit Louis und mir zum Essen zu gehen? Er bat mich, Sie und Susana einzuladen, als seine Gäste.«

Miranda zögerte.

»Ich weiß, dass er etwas seltsam wirkt, aber er ist harmlos und kann spannend erzählen.«

»Ich komme gern, aber Susana muss ich erst noch fragen. Ich weiß nicht, ob sie Zeit hat.«

Zwei Straßenzüge vom Hotel entfernt in die Richtung, in der ihrer Ansicht nach die Dasaswamedh Ghat Road mit den vielen Rikschas lag, stellte Miranda fest, dass sie wieder im Gewirr der uralten Gassen gelandet war. Bald gelangte sie zu einem kleinen Platz, an dessen Rand Holzbuden im kunterbunten Durcheinander standen, und war von der Geschäftigkeit eines kleinen Basars umgeben. An den Ständen wurden billige Plastikschuhe verkauft, aber auch Gemüse und Fisch, überall lärmte es, überall lockten bunte Farben, überall hing der Duft von Gewürzen und Weihrauch in der Luft. Es gelang Miranda, einem Sadhu auszuweichen, der ihr süße Samen aufdrängen wollte, um ihr dann ein Almosen abzupressen. Die Kinder abzuwimmeln war schwieriger; sie zogen an ihrem Kleid und bettelten um ein paar Rupien, steckten den Finger in den Mund zum Zeichen, wie hungrig sie waren. Allerdings war es unwahrscheinlich, dass die Kinder tatsächlich Hunger litten; zumindest einige von ihnen stammten aus Familien von professionellen Bettlern, Dieben und Betrügern. Andererseits hatte Miranda auch gesehen, dass ganze Familien, die auf der Straße lebten, sich vom Betteln ernährten, und sie wusste, dass ein paar Rupien für solche Menschen ein kleines Vermögen darstellten. Das Problem war, wenn sie ihre Geldbörse hervorholte, würde sie die Schar der Bittsteller den ganzen Vormittag nicht abschütteln können.

Eine Gasse glich einer wahren Schatztruhe von Ledergürteln und -sandalen, Schnitzereien, Schmuckstücken und bestickten Stoffen. Als sie an einer Zeile von Juwelierständen vorbeikam, wanderte ihr Blick wie von selbst über die vielen Halbedelsteine. Einer der Händler stürzte sich auf sie und deutete auf die Stücke, von denen er glaubte, Miranda würde sie näher ansehen.

»Ich will mich nur umsehen, danke«, sagte sie mit fester Stimme.

»Aber bitte doch, Madam. Gefällt Ihnen vielleicht das?« In seiner Hand lag eine Türkiskette.

»Ja, sie ist hübsch, aber danke, ich will nichts kaufen.«

»Ich mache Ihnen heute einen wirklich guten Preis. Türkise aus Nepal sind besonders gut – sie kommen aus dem gewaltigen Himalaja. Die geben Ihnen Kraft und Mut. Heute geht das Geschäft schlecht. Wie viel möchten Sie dafür bezahlen?«

Miranda nannte eine Summe, die nur die Hälfte seines Gebots darstellte, und dachte, dass er nie im Leben einwilligen würde; wenn aber doch, würde Susana sich vielleicht über die Kette freuen. Sie ging davon und hoffte, dass ihr Gegengebot allzu niedrig ausgefallen war und er sie in Ruhe lassen würde. Er rief ihr nach: »Da zahle ich ja noch drauf, Madam! Was ist Ihr bester Preis?«

»Das ist mein bester Preis!«, erwiderte sie, ohne stehen zu bleiben. Nach einigen Metern holte der Mann sie keuchend ein. »Hier, nehmen Sie sie – zu Ihrem Preis.«

Schließlich gelangte Miranda zur Dasaswamedh Ghat Road

mit ihrem heillosen Gewühl von Rikschas, Rindern und Radfahrern. Offenbar glaubte ihr Rikscha-Wallah, sie habe Angst, als sie in das Verkehrschaos eintauchten, denn er sagte: »Keine Bange, Madam, das ist in Benares ganz normal!«

Er setzte sie vor dem Haus ab, dessen Adresse sie ihm genannt hatte, dem Haus eines gewissen Mr Patel. Ein Londoner Händler hatte Miranda an ihn verwiesen, über den Mann aber lediglich zu sagen gewusst, dass er gelegentlich als Agent vermögender indischer Familien fungierte, die Schmuck verkaufen wollten. Überrascht bemerkte sie das Schild, das an der Fassade des ehemals herrschaftlichen Hauses mit seinen rostigen Balkonen hing: Dr. Patel, Astrogemmologe.

Dr. Patel erwies sich als verhutzeltes Männchen, das lispelte und eine schwarzrandige Brille trug. Er gab Miranda einen trockenen Händedruck und führte sie in einen Raum, in dem es keinerlei Möbel gab außer einem Seidenteppich, auf dem hier und da große Webkissen lagen, und einem niedrigen geschnitzten Tisch.

»Ich hoffe, Sie können bequem auf dem Boden sitzen, Miss Miranda? Ich habe keine Sitzmöbel.«

»Der Boden ist wunderbar.«

»Darf ich Ihnen Tee anbieten?«

Dr. Patel schenkte ihr aus einer Edelstahlkanne, die auf dem Tisch stand, süßen Chai in eine henkellose Porzellantasse ein. Erst nachdem Miranda Platz genommen und den ersten Schluck Tee getrunken hatte, sprach er weiter.

»Sie hoffen also, heute Diamanten mitzunehmen?«

Miranda lächelte über seine Ausdrucksweise. »Ja.«

Er schüttelte bedauernd den Kopf. »Aber es ist eine schlechte Zeit für Diamanten – wissen Sie das nicht?«

»Was meinen Sie mit einer ›schlechten Zeit‹?«

»Wenn Sie auf große Diamanten aus sind und nicht auf diese Winzlinge, die einem auf der Straße überall angeboten werden, dann werden Sie in Indien jetzt nicht viele Menschen finden, die sich von ihnen trennen. Natürlich gibt es hier große Diamanten, ich habe sie selbst gesehen, wenn auch schon länger nicht mehr. Früher war es anders. Als die Maharadschas noch an der Macht waren, vor der Unabhängigkeit 1947, trugen sie ausschließlich Ringe mit großen Steinen, weil die am mächtigsten waren. Als 1971 der endgültige Erlass kam, dass die Fürsten auf ihr Staatseinkommen verzichten mussten, wurden viele dieser Diamanten verkauft. Oder sagen wir, sie wurden verkauft von Familien, die in geschäftlichen Dingen wenig Erfahrung hatten und keine andere Möglichkeit sahen zu überleben.«

»Sie wollen also sagen, dass es seit den siebziger Jahren eine schlechte Zeit für Diamanten ist?«

»Nicht ganz, Miss Miranda. Jetzt ist es eher kosmologisch eine ungute Zeit. Verstehen Sie, was ich meine?«

Miranda schüttelte den Kopf.

»Früher glaubte man, dass das Pulver eines makellosen Diamanten, das eingenommen wurde, ein langes Leben und Glück bescheren würde. Heute gilt es als tödliches Gift. Verstehen Sie meine Metaphorik?«

»Hmm, ich glaube ...«

»Das Zeitalter, in dem wir jetzt leben, ist das der Göttin Kali. Es gibt eine Legende: Ein einfaches Dorfmädchen aus der Nähe von Benares fand einen roten Diamanten, den Kali für sich forderte. Aber das Mädchen brachte den Stein dem Maharadscha, der sich von ihr und dem Stein verführen ließ. Beide fanden ein schlimmes Ende. Kali war so zornig, dass sie alle verfluchte, die den Diamanten begehrten, und schwor, dass sie Feuer und Blutvergießen über die Menschen bringen würde, bis er ihr zurückgegeben würde.«

Miranda war ein wenig verwirrt, nicht zuletzt, weil sie alles andere als eine Einführung in die mystische Bedeutung von Diamanten erwartet hatte. Wäre die Situation nicht so frustrierend, müsste sie lachen. Dann erinnerte sie sich an Giles' Rat – sich nicht gegen das Schicksal aufzulehnen –, und fügte sich in die Situation. »Warum gilt der rote Diamant als gefährlich?«

»Rote Steine sind das Feuer und Blut der Mutter Erde. Diamanten sind die mächtigsten aller Steine, sie verleihen Hellsehern Klarsicht und führen dazu, dass kriegerische Schlachten geführt werden. Das ist eine verheerende Kombination.«

»Aber heißt das, dass alle Diamanten verflucht sind?«

»Alle Diamanten sind eins, denn sie werden vom selben Gott beherrscht. Genauso wie menschliche Seelen eins sind und einem Gott unterstehen, gleichgültig, welchen Namen dieser Gott annimmt. Bis der Diamant an Kali zurückgegeben wird, werden alle Diamanten nur Schwierigkeiten verursachen, außer sie sind in den Händen einer Person, die dem Wunsch widerstehen kann, sie zu besitzen. Verstehen Sie?«

Eigentlich konnte Miranda nicht sagen, dass sie seine Ausführungen wirklich verstand, trotzdem nickte sie, um zu verhindern, dass Dr. Patel zu weiteren Erklärungen ansetzte. Sie trank den Tee aus und dankte ihm für seine Gastfreundschaft.

Draußen ging sie ein Stück die Straße entlang, um das benommene Gefühl abzuschütteln; die viele Blicke, die ihr zugeworfen wurden, bemerkte sie gar nicht. Ein roter Diamant war überaus selten, und so stand zu vermuten, dass er Kali nie zurückgegeben würde. Bedeutete das, dass die Göttin sich auf die eine oder andere Art rächen würde? Würde das Zeitalter Kalis zum Armageddon des Neuen Testaments werden, zur letzten Schlacht zwischen den Mächten des Guten und des Bösen, und das nur wegen der Gier nach einem Diamanten? Natürlich war Dr. Patels Geschichte ein Märchen, aber sie hatte Miranda fast ebenso verstört wie seine Aussage, dies sei eine schlechte Zeit für Diamanten – und das schien sich zu bewahrheiten. Wenn sie nicht bald von Mr Vaidya hörte, würde sie mit leeren Händen nach London zurückkehren.

An einer Garküche wurden gewürztes Chapati-Brot und Duftreis auf Palmblättern verkauft, es roch verführerisch. Aus Vorsicht widerstand Miranda der Versuchung, merkte aber, wie hungrig sie im Grunde war. Sie beschloss, in das Terrassenlokal zu gehen und dort etwas zu essen.

Wie sie gehofft hatte, war Susana schon dort. Sie trug wieder eine Punjabi-Tunika mit langer, schmaler Baumwollhose. Der Aufzug war klug gewählt, denn die Tunika verhüllte Susanas weibliche Formen und lenkte von der Tatsache ab, dass sie eine Weiße war.

Susana schrieb gerade in einem großen Notizbuch und bemerkte Miranda erst, als diese sie ansprach. »Stört es dich, wenn ich mich zu dir setze?«

»Ach, Miranda, hallo. Ich war Lichtjahre weit weg.«

»Wenn du arbeiten willst, kann ich …«

»Nein, nein, setz dich doch.«

»Deine Arbeit ist sehr einsam, oder? Ich glaube, ich würde durchdrehen, wenn ich den ganzen Tag allein mit meinen Gedanken verbringen müsste.«

»In gewisser Hinsicht schon, aber irgendwie begleiten mich die Geister der Menschen, über die ich schreibe … es ist schwer, das zu erklären …«

»Hast du schon viele Bücher geschrieben?«

»Dies ist mein drittes – alle über Schriftstellerinnen. Das erste war eine Biografie von Aphra Behn.«

Miranda hatte das Gefühl, dass der Name ihr etwas sagen sollte, er klang vertraut.

»Sie lebte im 17. Jahrhundert, eine Dichterin und Dramatikerin, die mit sechsundzwanzig Witwe wurde und als allererste Frau ihren Lebensunterhalt mit Schreiben verdiente. Virginia Woolf sagte einmal, dass Aphra Behn den Weg für Frauen wie Mary Wollstonecraft ebnete und für die Romanautorinnen des 18. Jahrhunderts wie Jane Austen und die Brontë-Schwestern. Virginia Woolf sagte: ›Geld adelt das, was als nebensächlich gilt, wenn man nicht dafür bezahlt.‹«

Miranda hob die Augenbrauen. »Dazu kommt, dass eine Frau, die ihr eigenes Geld verdient, kein schlechtes Gewissen zu haben braucht, wenn sie es für etwas Nebensächliches ausgibt! Das ist doch bestimmt, was Virginia Woolf damit meinte.«

»Eher nicht. Sie trug dicke braune Strümpfe und vernünftige Schuhe.«

Miranda schauderte übertrieben. »Was ist es, das dich an Lily Korechnya so fesselt?«

»Vielleicht, dass sie eine Witwe war, wie Aphra Behn, obwohl ich nicht den Eindruck habe, dass sie finanziell aufs Schreiben angewiesen war. Weil sie über Frauen schrieb, die es wagten, mehr als nur Hausfrau und Mutter zu sein zu einer Zeit, als das die absolute Ausnahme war.«

»Das heißt, du identifizierst dich mit ihr?«

Plötzlich kam Miranda der Verdacht, Susana könnte sich bei Lily mit mehr identifizieren als nur ihrem Interesse an frauenspezifischen Themen – das würde die verhaltene Sehnsucht erklären, die vage Trauer, die sie manchmal in ihren Augen bemerkte.

»Ja. Mein Mann ist vor drei Jahren gestorben. Aber das liegt in der Vergangenheit, und ich habe mich damit abgefunden. Wenn du so willst, fühle ich mich wohl in der Gesellschaft von Geistern.«

Darauf wollte Miranda keine rechte Antwort einfallen. Also kramte sie in ihrer Tasche nach der Kette, die sie auf dem Basar erstanden hatte, und legte die kleine Tüte vor Susana auf den Tisch.

»Was ist das?« Susana schien überrascht.

»Nur etwas, das ich heute zufällig gefunden habe.«

Sobald Susana die Türkise aus der Tüte nahm, strahlte ihr Gesicht vor Freude. »Ach, die ist ja wunderschön! Vielen Dank.« Und sie legte sich die Kette um den Hals.

Auf einmal war Miranda verlegen und vertiefte sich in die Speisekarte. Dann fiel ihr Giles' Einladung ein. Zu ihrem Erstaunen willigte Susana sofort ein, den Abend mit Giles und Louis zu verbringen.

»Um ehrlich zu sein, hat Louis mich gestern im Tempel etwas überwältigt«, sagte sie lachend. »Und das will ich nicht auf mir sitzen lassen. Das wird eine gute Gelegenheit sein, ihn ins Kreuzverhör zu nehmen!«

Nach dem Mittagessen kehrte Miranda ins Hotel zurück und hinterließ an der Rezeption eine Nachricht für Giles wegen des Abendessens. Für sie war kein Anruf gekommen, keine Botschaft von Mr Vaidya. Am folgenden Tag würde sie nach Hause fliegen. Jetzt bereute sie, dass sie sich von Kenneth hatte überzeugen lassen, einige wenige Tage in Indien würden genügen, um ihr Ziel zu erreichen. Kurz überlegte sie, unangekündigt zum weißen Haus auf dem Palastgelände zu fahren und nach ... ja, nach wem? nach einem Mr X zu verlangen? Sie kannte ja nicht einmal seinen Namen. Sie hatte auch keine Adresse von Mr Vaidyas Büro, nur eine Visitenkarte mit einer Telefon- und einer Faxnummer. Das war natürlich beabsichtigt, eine Schutzmaßnahme vor Leuten wie ihr und vermutlich auch der Presse.

Selbst wenn sie die Fahrt über die Brücke noch einmal auf sich nahm, war ungewiss, ob Mr X überhaupt da sein würde. Sie wusste ja nicht einmal, ob der Mann, den sie flüchtig mit Mr Vaidya gesehen hatte, tatsächlich der geheimnisvolle Kunde war. Außerdem wäre das ein höchst unprofessionelles Gebaren, und selbst wenn der Unbekannte bereit sein sollte, sie zu empfangen, war es unwahrscheinlich, dass sie ihn dazu überreden könnte, die Diamanten vom übrigen Schmuck zu trennen. Die einzig andere Möglichkeit bestand darin, die gesamte Sammlung zu erwerben, sie illegal in die Schweiz auszuführen, wo keine Fragen über Herkunft und Alter gestellt wurden, und die Diamanten von dort nach London zu bringen. Miranda wünschte sich im Moment nichts sehnlicher, als dass die Auktion ein Erfolg wurde, aber doch nicht so sehr, dass sie dafür ihre Karriere aufs Spiel setzen würde. Es überraschte sie, dass sie überhaupt auf den Gedanken gekommen war. Vielleicht enthielt der Aberglaube doch einen wahren Kern – dass ein Diamant ein gefährliches Verlangen weckte ...

Für den Rest des Nachmittags zog Miranda sich auf ihr Zimmer zurück, um im kühlenden Luftwirbel des Deckenventilators ein Buch zu lesen. Stunden später wachte sie auf, verwirrt von einem Traum, an den sie sich gar nicht erinnern wollte; sie ahnte, dass er sie allzu sehr verstören würde. Aber sie konnte die schattenhaften Erinnerungen nicht abschütteln, auch nicht, als sie sich für das Abendessen herrichtete, duschte und das weiße Etuikleid anzog, das ihre makellose Haut ins rechte Licht rückte und ihr Haar wie Kupfer glänzen ließ.

Susana, Giles und Louis saßen bereits an der Bar oberhalb des Foyers, als sie sich schließlich zu ihnen gesellte.

»Oh, Miranda, heute Abend sehen Sie wirklich sehr elegant aus«, sagte Giles, worüber sie lächeln musste.

»Entschuldigt, dass ich spät dran bin. Ich bin heute Nachmittag einfach eingeschlafen.«

»Haben Sie etwas geträumt?«, fragte Louis. Sie warf ihm einen scharfen Blick zu. Er hatte sich etwas dezenter gekleidet als im Tempel, ein lilafarbenes Seidenhemd und eine weite weiße Hose. Dazu trug er mehrere Ringe mit Steinen, darunter auch den mit dem großen Diamanten, der ihr bereits aufgefallen war, schwere indische Silberketten um den Hals und zwei kleine Diamantohrstecker.

»Ja, ich habe einen Traum gehabt«, sagte sie und hielt seinem durchdringenden Blick stand. »Aber ich kann mich nicht daran erinnern, außer dass er nicht sehr schön war.«

»In Benares träumt man oft viel heftiger als zu Hause«, meinte Louis. »Champagner, Miranda?« Schon schenkte er ihr ein Glas aus einer sündhaft teuer aussehenden, eisgekühlten Flasche ein.

»Wieso sagen Sie das?«, fragte Susana. Als Miranda zu den anderen gestoßen war, hatte ihre neue Freundin einen sehr gelassenen Eindruck gemacht in der Gesellschaft zweier ihr völlig unbekannter Männer. Und sie sah wunderschön aus, fand Miranda, in einer weinroten Seidentunika und farblich passender Hose.

»Weil Benares der Ort der Toten ist und Träume zum Reich der Toten gehören. In den Träumen können die Verstorbenen zu uns zurückkommen und mit uns sprechen. Sind Sie sicher, dass Sie sich nicht an Ihren Traum erinnern?« Louis' Interesse an dem Traum wirkte fast schon aufdringlich, und Miranda wurde etwas unbehaglich.

»Aber manche Träume sind einfach sehr persönlich, finden

Sie nicht?«, kam Susana ihr zur Rettung. »Louis, ich wollte Sie noch nach dem Zeitalter Kalis ausfragen …«

Und da fiel Miranda schlagartig ihr Traum wieder ein. Die schwarze Göttin. Sie hatte die Ausmaße von King Kong angenommen und alles verschlungen, was Mirandas Leben ausmachte, ihr Zuhause, ihren Arbeitsplatz, Harvey Nichols, den Zug nach Bath … und dann, kurz bevor sie aufwachte, hielt die zerstörerische Göttin die große Holzschatulle in Händen, in der Miranda ihren Trauerschmuck aufbewahrte.

Und jetzt erzählte Louis von genau dem Schatten, der sie nicht loslassen wollte.

»… Es ist eine Zeit der Dunkelheit«, sagte er gerade. »Eine Zeit, in der die Menschen den Kontakt mit dem Reich des Spirituellen verloren haben und sich nur noch mit dem Physischen beschäftigen und mit ihren Wünschen, mit der materiellen Welt. Ein Zeitalter der Ignoranz, könnte man sagen.«

»Und warum wird Kali mit diesen Eigenschaften in Verbindung gebracht?«, erkundigte Miranda sich und versuchte, den symbolischen Gehalt ihres Traums zu verdrängen.

»Der dämonische Aspekt Kalis lehrt uns, dass Tod und Zerstörung nicht überwunden werden können, indem wir sie ignorieren oder leugnen. Wenn wir unsere Möglichkeiten als Menschen verwirklichen wollen, müssen wir alle Dimensionen einbeziehen, müssen Tod und Schmerzen annehmen und das Ego überwinden.«

»Und wieso hilft es uns, wenn wir unsere Sterblichkeit akzeptieren?«, fragte Susana.

»Weil wir dann nicht Sklaven der Angst sind, sondern frei sein können. Stellen Sie sich ein Leben vor, in dem es keine Angst vor dem Tod gibt – dann tritt man wirklich ins Reich der Götter ein. Sehen Sie, die Götter leben nur für den Moment, denn sie sind unsterblich. Deswegen werden sie auch immer tanzend dargestellt, beim Liebesakt und wie sie Dämonen töten.«

»Kennen Sie die Geschichte von Kali und dem roten Diamanten?«, fragte Miranda.

»Aber ja«, antwortete Louis. »Und an der Geschichte ist einiges dran, wenn man den alten Männern Glauben schenkt, deren Familien seit Generationen als Juweliere in Benares arbeiten.«

»Was sagen sie denn?« Susana war neugierig.

»Dass der Diamant verschwand, weil der Maharadscha ihn zu einem gefährlichen Schmuckstück verarbeiten wollte, zu einem Navaratna-Amulett, das nur aus farbigen Diamanten bestehen sollte.«

»Das Navaratna – das ist das Amulett aus neun Steinen! Gestern habe ich eines gesehen …«

Louis nickte. »So wie die Edelsteine angeordnet sind, sind sie eine Metapher für das Universum. Der Sinn ist, das Bewusstsein zu wecken, den Einzelnen zu ermutigen, seine wahre Identität zu ergründen. Jeder der neun Steine steht für eine hinduistische Gottheit, und wer ein Navaratna trägt, kann die Götter um Schutz und Beistand anrufen.«

Miranda fiel auf, dass Louis Susana nicht aus den Augen ließ, während er das Geschmeide beschrieb, als erwarte er eine bestimmte Reaktion. Doch wenn Susana etwas über dieses Amulett wusste, ließ sie es sich nicht anmerken.

IX

Benares, 3. Februar 1865

*E*s ist noch dunkel. Ich wachte vor Sonnenaufgang auf, auch wenn ich nicht weiß, was mich weckte. Vielleicht ein Traum, den ich mittlerweile vergessen habe, oder auch nur ein Windstoß, denn die Fenster in meinem Zimmer stehen immer offen, und als ich die Augen öffnete, bauschten sich die zarten Vorhänge rund um mein Bett. Vor meinem Zimmer liegt der Garten der Zenana, der durch eine Mauer von denen des Palasts getrennt ist. Im Grunde ist er wenig mehr als ein großer Hof, sehr hübsch und weitaus lieblicher als der Dschungel der weitläufigen Palastanlagen. Es sind ausschließlich Gärtnerinnen, die hier die Rosen und den Jasmin in ihren Töpfen pflegen, die kleinen Palmen und zahllosen duftenden und blühenden Pflanzen. In der Mitte des gepflasterten Hofs steht ein Brunnen in der Form einer großen Seerose, deren Blütenblätter aus Rosenquarz, die Blätter aus Jade geschnitzt sind.

Von meinem Zimmer kann ich die jungen Mädchen und Dienerinnen im Hof beobachten, die durchs Fenster zu mir hereinäugen und kichern, wenn ich mich anziehe. Meine fremdartigen Kleidungsstücke amüsieren sie, und offenbar verblüfft sie die viele Wäsche, die eine englische Dame unter ihrer Garderobe trägt. Mittlerweile habe ich mir angewöhnt, mich hinter einem Wandschirm anzuziehen, ebenso um des Anstands wie um meines Friedens willen.

Jetzt graut fast schon der Morgen, und noch immer liege ich in meinem großen geschnitzten Bett und finde keinen Schlaf. Auf dem kleinen Elfenbeintisch neben mir stehen mein Tintenfass sowie eine Silberschale für meinen Schmuck. Darin liegt eine Kette aus Sandelholzperlen, die Sarasvati mir geschenkt hat. Der Duft des Sandelholzöls hängt nun überall, haftet an den Laken und Wandbildern ebenso wie an meinen Kleidern. Mich beruhigt der Geruch, aber er stimmt mich auch ein wenig melancholisch. In der Schale liegt zudem mein Haarbild-Anhänger, den ich beim Schlafen nicht mehr trage, denn sonst kommt Franz im Traum zu mir und fehlt mir beim Aufwachen umso mehr. Ich fragte mich, ob vielleicht ein Traum von Franz mich geweckt hatte, doch als ich die wehenden Vorhänge betrachtete und durch das geöffnete Fenster den fast vollen Mond, der die Perlenarbeit auf den Wandbildern wie Sterne funkeln ließ, hörte ich von draußen Stimmen, die einer Frau und die eines Mannes. Zuerst unterhielten sie sich leise und ruhig, dann stieg die Stimme der Frau an, und ich erkannte, dass es Sarasvati war.

Ich schlich zum Fenster und blieb im Schatten stehen. Dort draußen stand tatsächlich Sarasvati, und neben ihr Govinda. Sie sprachen auf Hindi, aber Sarasvati sagte immer wieder zwei Worte, die ich verstand: »mera varga«, was »mein Diamant« bedeutet. Sarasvati wiederholte auch den Namen eines Mannes, »Vikram«. Es dauerte einen Moment, ehe mir einfiel, woher ich den Namen kenne – so hieß der Inder, der in Devil's Acre ermordet wurde.

Benares, 5. Februar 1865

Gestern Vormittag wurde ich wieder in die Gegenwart des Maharadschas bestellt, doch dieses Mal trafen wir uns nicht in der Strenge des goldenen Thronsaals. Ich wurde in den Westflügel des Palasts geführt, in einen Raum, den ich noch nie betreten hatte. Er war zweimal so groß wie der Thronsaal, und die Wände waren fast zur Gänze mit kleineren und größeren Gemälden bedeckt. Ich war sehr beeindruckt von dieser Galerie, denn ich hatte nicht so viele Werke berühmter Maler erwartet; ich erkannte Ingres und Delacroix und das gespenstische Licht Caspar David Friedrichs, den Franz so bewunderte.

Ich hatte drei Bilder meines Mannes bei mir, denn ich wollte dem Maharadscha nicht alle auf einmal zeigen, sondern zuerst abwarten, ob er sich tatsächlich für sie interessierte. Als ich die erste Leinwand entrollte, beugte er sich darüber, und wieder roch ich den Alkohol in seinem Atem und bemerkte die feinen roten Äderchen auf seiner Nase. Und ich fragte mich, was ihn wohl dazu veranlasste, bereits morgens trinken zu müssen.

Dieses erste Gemälde war das aus dem Salon in der Waterloo Street. Es ist mein Lieblingsbild, denn für die Venus darauf saß ich Modell, aber jetzt macht es mich traurig, denn ich sehe in ihren Augen, die den meinen so ähnlich sind, die Liebe, die ich empfand.

Der Fürst blickte vom Gemälde zu mir und sagte: »Das gefällt mir. Zeigen Sie mir die anderen.«

So entrollte ich die anderen und ließ auf seinen Wunsch hin auch die restlichen holen, die in ich meiner Reisetruhe aufbewahrt hatte. Der Maharadscha sagte nicht, dass er die Frau mit dem Lilienkranz im Haar erkannte oder die anderen Figuren aus der griechischen, römischen und persischen Mythologie, die Franz so gerne malte und deren Züge an meine erinnern. So wie der Fürst mich ansah, vermeinte ich, dass er die Gemälde nicht nur um ihrer eigenen Schönheit und der Fähigkeit des Malers willen haben wollte, sondern auch, weil er damit Porträts von mir erwarb! Hätte ich das geahnt, so hätte ich die Gemälde nie mitgebracht, aber nun ist es zu spät, der Fürst will sie alle kaufen.

7. Februar

In gut einer Woche reise ich ab, und nun wird mir die Ruhe in meiner Seele bewusst. Ich habe das Gefühl, die Sorgen des Geistes und des Verstands abgeschüttelt zu haben. Vielleicht ist der Fatalismus dieses Landes, das ich anfangs nie zu begreifen glaubte, auf mich übergegangen. Was ich dir hier darzulegen versuche, ist zutiefst persönlich, Barbara, und bitte verzeih, wenn ich dabei ungeschickt vorgehe.

Ich saß viele Tage in dem marmornen Sommerhaus, ohne auf die gelegentlichen Visiten von Bediensteten zu achten, die noch immer nicht gewohnt sind, eine Frau schreiben zu sehen. Mittlerweile sind einige Wochen vergangen, seit ich den Essay über das traurige Los des Kalitempels schrieb, und als ich ihn beendet hatte, überkam mich ein Gefühl großer Erleichterung. Zuerst hielt ich es für Erleichterung darüber, dass ich den Artikel abgeschlossen hatte, denn ich hatte nie zuvor über das Gebaren der Briten in Indien geschrieben, noch über die Götterwelt, die Benares bevölkert. In meinen Augen spiegelt sich jeder Aspekt der Göttin Kali, von Inspiration und Schöpfung zu Verrat und Zerstörung, in der menschlichen Geschichte wider. Kali ist die einzige weibliche Gottheit, die keinen männlichen Begleiter hat, sie schöpft ihre Kraft allein aus sich. In diesem Gedanken erkannte ich den Aspekt meiner selbst, in dem der furchtsame Schatten meiner Trauer weilt.

Seit also der Essay fertig ist (damit er im Dezember veröffentlicht werden konnte, expedierte ich ihn über Land nach Konstantinopel, von wo es eine telegrafische Verbindung nach London gibt), wurde mir bewusst, dass ich nicht nur das geheimnisvolle Wesen der schwarzen Göttin besser verstehe, sondern dadurch auch zu einer mir bislang unbekannten Abgeklärtheit gefunden habe. Ich bleibe gelassen im Tumult der Basare und auch, wenn bettelnde Kinder an meinen Röcken ziehen, und die prächtige Umgebung des Palasts versetzt mich nicht mehr in Ehrfurcht.

Nordindien, 14. Februar 1865

Nun habe ich dir vom Schiff geschrieben und aus dem Palast, und so möchte ich dir doch auch noch vom Zug aus schreiben, in dem ich jetzt sitze und der mich von Benares nach Bombay bringt.

Die Landschaft, durch die ich fahre, betört mich, und ich kann stundenlang einfach zum Fenster hinausblicken. Ich habe Wasserbüffel mit langen Hörnern gesehen, die halb in Mangrovensümpfen versinken, und Frauen bei der Feldarbeit, deren bunte Saris sich wie Juwelen vor dem goldenen Getreide abheben. Zerlumpte Kinder spielen neben den Gleisen, hocken sich reglos nieder, die Augen weit aufgerissen, wenn der Zug vorbeifährt, und beobachten mich ebenso wie ich sie. Überall liegt feiner, heller Staub, auf den Dächern und Blättern und auf der Haut. Ich habe noch keine Gegend gesehen, die nicht bewohnt wäre. Auf jedem Bahnsteig wimmelt es von Familien, die große Tuchbündel tragen, krummbeinigen Bauern, auf deren Turbanen Kisten voller Hühner balancieren, verhutzelten Chaiverkäufern und dunkelhäutigen Menschen, die alle Arten stark gewürzten Essens und glänzender Stoffe verkaufen. Das geschäftige Treiben so vieler farbenfroher Menschen (im Vergleich zum Bahnsteig einer indischen Kleinstadt wirkt Waterloo Station geruhsam) ist wie ein Kaleidoskop.

Mit dieser Fahrt beginnt meine Heimreise, und der Komfort freut mich nicht minder als bei der Herfahrt. Die Waggons sind geräumig und bequem, meine Kabine ist dreimal größer als auf dem Schiff und weist ein Ankleidezimmer auf, ein Waschbassin und einen kleinen Tisch. Vor den Fenstern sind Jalousien angebracht, die den Staub und die Sonne nach Kräften fern halten. Der Speisewagen ist groß und mit neuen Polstern ausgestattet, und dort sitze ich viele Stunden lang, trinke Tee und tauche glücklich die Feder ins Tintenfass.

Während meiner letzten Tage im Palast ereignete sich viel Bestürzendes, und ich hatte wenig Zeit, darüber nachzudenken. Am Morgen nach dem Tag meines letzten Schreibens holte ich Sarasvati in ihren Räumen ab, da wir einen Ausflug machen und ein letztes Mal den Kalitempel aufsuchen wollten, der vor Einsetzen des Sommermonsuns abgerissen werden soll.

Als ich die hohe bemalte Holztür vor ihren Räumen erreichte, stand Govinda dort Wache. Mir war schon aufgefallen, dass er besondere Acht auf Sarasvati gibt, vermutlich im Auftrag des Maharadschas. Dass derart viele Wachposten und Bedienstete im Palast arbeiten, verstörte mich ein wenig, denn sie waren allüberall, die Säle und Gärten bildeten fast eine eigene kleine Stadt, in der allzu viele Menschen sich um allzu wenige andere kümmern.

Sarasvati war aufgelöst und sah aus, als habe sie zu wenig geschlafen. In meinem Beisein kleidete sie sich in ihren gelben Georgettesari, und dabei bemerkte ich an ihr eine gewisse, mir nicht unbekannte Zurückhaltung. Sie bot mir Naschwerk und gewürzten Tee an, der auf einem goldenen Teller bereitstand, und obwohl ich zu der frühen Stunde nicht an derlei gewohnt bin, nahm ich davon.

Der Tag erschien mir um einiges heißer, als ich bislang erlebt hatte, und als wir schließlich den Tempel erreichten, schwamm mir der Kopf. Begleitet wurden wir von Govinda, dessen Wachsamkeit und beruhigende Art mir in meinem kraftlosen Zustand eine große Hilfe bedeuteten. Allerdings folgte er uns nicht in den Tempel, sondern blieb vor der Tür stehen. Im Inneren war ich mir meiner Umgebung durchaus bewusst, doch kam sie mir vor wie im Traum. Vielleicht war alles ein bloßer Traum, ich weiß es noch immer nicht. Am Heiligtum stand eine alte Frau, die zwischen den Augen einen roten Punkt trug, und obwohl ich dieses Stirnzeichen schon vielfach gesehen habe, machte diese Frau mir Angst mit ihrer dunklen Kleidung und der gebeugten Haltung. Unvermittelt fröstelte ich, und während ich reglos dastand, begann Sarasvati sich vor der Statue der erschreckenden Kali zu wiegen und schwenkte ein leuchtend rotes Seidentuch durch die Luft. Mittlerweile frage ich mich, ob nicht ich es war, die schwankte, denn ich hörte das unverkennbare Geräusch von Trommeln, bis mir klar wurde, dass es lediglich mein Herzschlag war, der mir in den Ohren dröhnte.

Je länger Sarasvati tanzte, desto mehr schwindelte mir, und so mag ich mich irren in meinem Eindruck, dass sie um mich zu kreisen begann und immer näher kam, bis ich die weiche Seide ihres Tuchs an meinem Hals fühlte. Dann hatte sie es um meine Kehle gebunden, wie eine Liebkosung, und ich sah ihr Gesicht als hässliche Fratze und hatte das Gefühl, dass das

Tuch sehr eng um meinen Hals lag. Und da kam durch die geöffnete Tür eine Männergestalt herein, die Gestalt meines verstorbenen Mannes. Franz trat auf mich zu. Jetzt kann ich nur glauben, dass das eine Erscheinung gewesen sein muss, die durch eine Sinnestäuschung hervorgerufen wurde. Er wurde vom Licht, das zur Tür hereinfiel, von hinten beleuchtet, sodass ich sein Gesicht nicht erkennen konnte, aber die Haltung seiner Schultern, sein Gang, das silbergraue Haar – ich könnte schwören, dass er es war. Als er mich erreichte, konnte ich sein Gesicht noch immer nicht sehen, aber er berührte mich am Hals, seine Finger waren kalt.

Danach erinnere ich mich an nichts, bis ich in meinem Zimmer im Palast zu mir kam. Als ich die Augen öffnete, sah ich Sarasvati, die mich ängstlich beobachtete. Ich hatte geträumt und konnte nicht mehr unterscheiden, welche Erinnerungen aus dem Schlaf und welche aus dem Wachzustand stammten.

Ich bat sie, mich allein zu lassen, hatte ich doch den Eindruck, dass sie etwas mit meinem Zustand zu tun hatte. Später schöpfte ich im Garten frische Luft und traf auf Govinda. Er saß im Sommerhaus, als erwarte er mich dort, zu seinen Füßen lag erschreckenderweise der Tiger des Maharadschas. Govinda streichelte ihm das glänzende Fell, als wäre er eine Schoßkatze.

Da ich alles noch wie durch einen Schleier wahrnahm, fragte ich ihn unvermittelt, welcher Geist sich Sarasvatis bemächtigt habe, als sei das die natürlichste Frage der Welt. Govinda erklärte nur mit einem Seufzen, dass es Mächte gäbe, die nicht an die Gesetze unserer Welt gebunden seien, und dass die Menschen, die kürzlich in London ermordet wurden, ebenfalls dieser zerstörerischen Macht zum Opfer gefallen waren. Für ihn war unwesentlich, wie und durch wen sie zu Tode kamen, denn, so sagte er, alle seien von Habgier besessen gewesen und von ihr zerstört worden. Doch worauf richtete sich diese Habgier?, fragte ich. Darauf erwiderte er nichts, doch ich vermute, dass es sich um das Juwel handelte.

All dies verwirrt und verstört mich, zumal ich seit dem Tempelbesuch meinen Anhänger nicht mehr habe. Ich weiß nicht, was sich ereignete, und kann nur vermuten, dass die goldene Kette einem geschickten Dieb ins Auge stach und ich in meinem geschwächten Zustand nicht bemerkte, wie er sie mir abnahm. Ich fühle mich verloren ohne den Anhänger, glaube aber andererseits auch, dass ich allzu sehr an ihm hing und das Schicksal mich nun zwingt, mein Leben alleine weiterzuführen. Da siehst du, wie der Fatalismus dieses Landes mich ergriffen hat! Als ich Sarasvati nach meinem Schmuck fragte, schüttelte sie den Kopf, doch ihre Augen blickten kurz beiseite, wie immer, wenn sie lügt oder Angst hat. Vor meiner Abreise habe ich sie nicht wiedergesehen; mir wurde gesagt, sie sei unpässlich.

Doch all das liegt nun hinter mir, und ich muss sagen, ich freue mich auf die Heimreise. Sobald ich in Bombay eintreffe, schicke ich dir diesen Brief über die Konstantinopel-Route, sodass er bei dir eintrifft, bevor ich wieder in London bin.

In tiefster Freundschaft,
Lily

Als Susana den letzten Brief von Lily an Barbara Bodichon zu Ende gelesen hatte, fiel ihr ein, dass auch Miranda auf dem Rückweg nach London war. Es tat ihr Leid, dass ihre neue Freundin schon abreisen musste, aber sie hatten Telefonnummern ausgetauscht, und Susana war entschlossen, den Kontakt nicht abreißen zu lassen. Dafür würde vermutlich sie sorgen müssen, denn Mirandas Leben drehte sich praktisch nur um die Arbeit. Es kam nicht oft vor, dass Susana jemanden traf, mit dem sie sich auf Anhieb so gut verstand, eine Frau, die ähnlich unabhängig war wie sie und eine ähnliche Lebenseinstellung hatte. Gerade am vergangenen Abend war sie sehr dankbar gewesen für Mirandas Gegenwart, denn gemeinsam hatten sie Louis' eindringliche Art, die ihr ein wenig unbehaglich war, besser parieren können. Nachdem noch einige Champagnerflaschen geöffnet und geleert waren, hatte er sich nach ihrer Arbeit erkundigt, und sie erzählte ihm von Lily und von ihrer Hoffnung, noch mehr von ihren Aufzeichnungen zu finden. Fast kam es ihr vor, als sei Louis auf der Suche nach etwas, von dessen Existenz Susana gar nichts wusste. Sie fragte sich, ob das wohl auf ihr Interesse an dem Diamanten-Navaratna zurückzuführen war, das der Maharadscha der Legende zufolge hatte anfertigen lassen wollen. Aus Lilys Briefen an Barbara Bodichon, die Susana schon in London gelesen hatte, wusste sie, dass eine vermögende Londonerin namens Lady Cynthia Herbert eine Weile im Besitz eines Geschmeides aus neun farbigen Diamanten gewesen war, das im Grunde dem Maharadscha von Benares gehörte und ihm zurückgegeben werden sollte. Dieses Schmuckstück erwähnte sie erst wieder, nachdem sie sich auf dem Schiff nach Bombay mit Govinda darüber unterhalten hatte. Da berichtete sie aber lediglich in dürren Worten, dass das Schmuckstück in der Zwischenzeit abhanden gekommen sei. Nun wusste sie auch, dass Lily eines Nachts aufgewacht war, weil Sarasvati und Govinda sich vor ihrem Fenster über einen Diamanten unterhielten. Vielleicht ein Diamant, der Sarasvati gehörte?

Jetzt war die Zeit gekommen, das Versprechen zu erfüllen, das sie Miranda gegeben hatte, und herauszufinden, ob der geheimnisvolle Mr X tatsächlich ein Nachfahre der indischen Fürstenfamilie war und ob er ein Büro oder sogar einen Wohnsitz auf dem ehemaligen Palastgelände hatte. Bevor Miranda nach London zurückflog, hatte sie Susana erklärt, dass dieser Unbekannte ihrer Ansicht nach in Wirklichkeit Ravi hieß. Diese Information war Ravis Agenten offenbar entschlüpft, als es Miranda eine Stunde vor ihrem Abflug endlich gelang, ihn zu kontaktieren.

Susana wusste nicht, was sie sich von diesem Unternehmen erwarten sollte. Eigentlich glaubte sie nicht, dass es im Palast noch greifbare Hinweise auf Lilys Besuch gab. Zumindest wusste sie aber, was sie erwartete, als die dreiräderige Rikscha die schwimmende Gangesbrücke erreichte; Miranda hatte ihr die Überfahrt drastisch und in allen Einzelheiten geschildert.

Als sie das jenseitige Ufer erreichten, war Susana etwas flau im Magen, aber das führte sie mindestens ebenso sehr auf das bevorstehende gewagte Unternehmen zurück wie auf die überstandene Gefahr, durch eine morsche Planke ins verseuchte Wasser zu fallen.

Sollte es ihr wirklich gelingen, mit Mr Ravi zu sprechen, und sollte er tatsächlich noch Schriftstücke von Lily Korechnya haben, musste sie ihm vor Augen führen, dass derartige Dokumente von großem Wert wären – weniger für ihre eigene Arbeit als für britische Kultur- und Geschichtsinstitutionen. Sie hatte nicht vergessen, dass er eine Abneigung gegen Journalisten hegte. Nach allem, was Miranda ihr von ihren Verhandlungen mit Ravis Agenten erzählt hatte, stellte Susana sich einen profitsüchtigen Dilettanten vor, und wenn er ihr die Dokumente wirklich aushändigen sollte, würde das Wort »Wert« ihn zweifellos am meisten beeindrucken. Miranda war frustriert und enttäuscht gewesen, dass ihr potenzieller Kunde von ihr erwartet hatte, das Gesetz zu brechen und ihre Reputation aufs Spiel zu setzen, indem sie Schmuck exportierte, der unter das Ausfuhrverbot fiel. Susana hatte sie daran erinnert, dass man in Indien nur dem Zollbeamten eine entsprechende Summe zustecken musste, damit er beide Augen zudrückte, weshalb Menschen in Indien nicht dieselbe Achtung oder gar Angst vor dem Gesetz hatten wie in Europa.

Als die Rikscha vor dem Palast vorfuhr, atmete Susana tief durch, um ihre Nerven zu beruhigen, und lenkte sich ab, indem sie die Türmchen und Balustraden des Eingangsportals bewunderte. Sie versuchte sich vorzustellen, wie der Palast ausgesehen hatte, als er im vollen Glanz der wohlhabenden Fürsten ausgestattet war. Wie bei allen Bauwerken herrschender Geschlechter war die Befestigungsanlage, so baufällig sie sein mochte, am beeindruckendsten, denn sie hatte dem Zweck gedient, den Bauern in Erinnerung zu rufen, dass der Maharadscha der irdische Stellvertreter ihrer Götter war.

Susana stand im gewaltigen Palasthof und sah sich um, als suche sie nach Geistern, nach dem Gefühl und der Aura einer anderen Zeit. Doch sie spürte nichts als die sengende Sonne und die neugierigen Blicke der Palastwachen. Der Hof lag nahezu verlassen da. Das weiße Haus stand, wie Miranda gesagt hatte, ihr fast direkt gegenüber. Offenbar hatte das Museum noch geöffnet, und um sich eine Galgenfrist zu geben, beschloss sie, zuerst das Museum zu besichtigen. Die Ausstellung begann im Kutschenhaus, wo eine Reihe fürstlicher Fahrzeuge zu sehen waren, von Palankins aus Elfenbein und Kutschen aus Ebenholz bis hin zu alten Rolls-Royce-Modellen. Daran schlossen sich mehrere höhlenartige und staubige Räume mit feuchten Wänden und bröckelndem Putz an. Dort waren eine Vielfalt mottenzerfressener Textilien ausgestellt, krumme Kerzenständer und Vitrinen, die ein Sammelsurium britischer und asiatischer Keramik- und Kristallwaren bargen. Überall war eine Atmosphäre trägen Verfalls zu spüren, und dieses Gefühl wurde noch gesteigert durch die gelangweilt dreinschauenden Aufseher, die sich erboten, Susana die Objekte gegen ein kleines Entgeld zu erläutern.

Enttäuscht schlenderte sie durch die Räume. Die Ausstellungsstücke an sich waren drittklassig und regten nicht einmal die Fantasie an. Vermutlich waren die wahren Schätze der Maharadschas verkauft und versteigert worden, notfalls auf dem Schwarzmarkt. Nach einem raschen Blick auf den letzten Raum, der eine große Anzahl von Feuerwaffen beherbergte, wappnete Susana sich innerlich und ging über den Hof.

Auf ihr Klopfen hin wurde die Tür des weißen Hauses von einem Mann mit Turban geöffnet, dessen Lippen leuchtend rot verfärbt waren. Es war nicht auszumachen, ob es ihn überraschte, eine weiße Frau auf der Schwelle stehen zu sehen. Allerdings hatte er, seinen roten Augen nach zu urteilen, vor kurzem Ganja geraucht, sodass seine mangelnde Verwunderung Susana nicht weiter erstaunte.

»Ich habe einen Termin mit Mr Ravi«, sagte sie kühn und zwang sich, selbstbewusst zu klingen.

Nach einem sehr langen Moment, in dem er Susana anstarrte und den Kopf etwas zur Seite legte, ließ er sie eintreten und führte sie in einen Raum, der überquoll vor Antiquitäten, sodass kaum Platz zum Stehen blieb. Dann verschwand er auf leisen Sohlen. Susana sah sich ehrfürchtig um.

Hier waren die Kostbarkeiten, die ins Palastmuseum gehörten! Die Wände waren fast vollständig von üppig bestickten Stoffbildern bedeckt, auf denen Golddraht und winzige Perlen glänzten. An der einzigen freien Wand hing eine Reihe von edelsteinbesetzten Säbelscheiden, die kaleidoskopartig glitzerten in dem Sonnenstrahl, der durch die halb vorgezogenen Gardinen fiel. Überall standen Möbel, die mit Mosaiken aus Halbedelsteinen, aus Perlmutt und Elfenbein eingelegt und mit Silberschmiedearbeiten verziert waren, dazwischen Statuen zahlreicher Gottheiten, manche aus Jade geschnitzt, andere vergoldet.

Susana ging zu einer Vitrine hinüber, in der eine prachtvolle Tunika hing; das Kleidungsstück war derart mit Edelsteinen und Golddraht durchsetzt, dass sie sich fragte, wie ein Mensch es jemals hatte tragen können.

»Das wurde einem meiner Vorfahren vom Mogulkaiser Aurangzeb geschenkt.« Susana wirbelte herum und fragte sich, wie lange der Mann wohl schon dort in der Tür stand und sie beobachtete. Er trug legere westliche Kleidung, und sowohl seine Aussprache als auch sein Erscheinungsbild gaben zu erkennen, dass er eine englische Erziehung genossen hatte – durchaus üblich in indischen Adelskreisen.

»Ach. Es ist wunderschön.«

»Verzeihen Sie, dass ich Sie erschreckt habe.« Er trat in den Raum und reichte ihr eine Hand. »Ich bin Ravi.«

»Susana Harris.«

»Sie kommen vom Auktionshaus?«

»Nein.«

Ravi hob eine Augenbraue. Er war ein außergewöhnlich attraktiver Mann, und Susana misstraute automatisch jedem Mann, den die Natur derart ungerecht bevorzugt hatte. Am auffälligsten waren seine Augen, groß und von der Farbe dunklem Bernsteins, mit dichten schwarzen Wimpern.

Bevor Ravi sie fragen konnte, weshalb sie seinem Diener eine Lüge erzählt hatte, begann sie: »Ich recherchiere gerade für ein Buch, das ich schreibe, und habe erfahren, dass Sie möglicherweise etwas über eine der Personen wissen, die mich interessieren. Sie heißt Lily Korechnya und war in den 1860er Jahren eine Weile hier, meines Wissens als Gast des damaligen Maharadschas von Benares.«

»Sie kommen also nicht von Hanovers? Mein Diener ... nun ja, das macht nichts.«

»Nein.« Susana beschloss, die Situation nicht komplizierter zu machen, indem sie erklärte, dass sie Miranda durchaus kannte. Wenn der Diener, der ihr die Tür öffnete, seinem Herrn gesagt hatte, dass sie die Frau vom Auktionshaus war, dann musste er unter sehr starken Drogen stehen. Immerhin war Miranda gut fünfzehn Zentimeter kleiner als Susana und hatte leuchtend rote Haare. Aber vielleicht sahen für ihn auch alle weißen Frauen gleich aus.

Ravi schüttelte den Kopf. »Ich bin nicht die Person, die etwas darüber wissen könnte. Im 19. Jahrhundert sind Tausende von Engländern nach Benares gekommen, und viele von ihnen waren beim Maharadscha zu Gast. War sie die Frau eines britischen Adeligen?«

»Nein. Sie war eine Schriftstellerin, verwitwet. Ich habe Kopien der Briefe, die sie während ihres Aufenthalts hier schrieb. Wenn mich nicht alles täuscht, kaufte der Maharadscha einige Bilder ihres Mannes, der ein Maler war. Er hieß Franz Korechnya.«

Ravis Miene wurde lebhafter. »Die Gemälde sind alle versteigert worden. Möglicherweise waren einige von einem Franz Korechnya darunter – der Name kommt mir bekannt vor. Sie wurden letztes Jahr von Hanovers erworben, sehr öffentlichkeitswirksam.«

Susana bemerkte den bitteren Tonfall in seiner Stimme und musste daran denken, was jemand ihr erzählt hatte: Wenn eine angesehene indische Familie gezwungen war, sich von ihrem Besitz zu trennen, bedeutete das einen erheblichen Gesichtsverlust. Es war unverkennbar, dass Ravi keine weitere Medienaufmerksamkeit wünschte.

»Ich glaube, Lily Korechnya war auch maßgeblich daran beteiligt, den alten Kalitempel im Juwelierviertel zu retten ...« Susana warf wahllos Köder aus in der Hoffnung, irgendetwas könnte Ravis Interesse wecken. Zumindest hatte sich sein anfängliches Misstrauen gelegt.

»Sie sind also eine Autorin, keine Journalistin?«

»Ich unterrichte in Oxford Viktorianische Studien und recherchiere im Augenblick für ein Buch. Wenn Sie eine Referenz sehen möchte, ich habe einen Brief meines Verlegers ...« Sie hielt die Luft an.

»Das ist nicht nötig«, antwortete Ravi. Er setzte sich und zündete eine Zigarette an. Bis jetzt hatte er sich noch nicht als der arrogante und berechnende Geschäftsmann gezeigt, den Susana erwartet hatte. »Oben in meinem Büro steht ein ganzer Schrank mit verschiedensten Dokumenten, die zum Teil in Englisch verfasst sind. Ich wollte sie schon lange mal sichten und sehen, ob etwas Wichtiges oder Interessantes darunter ist ...«

Susana wartete und flehte darum, dass Ravi sagen würde, was sie hören wollte, bereitete sich aber auf eine Enttäuschung vor. Er schwieg eine lange Weile.

»Es ist durchaus möglich, dass diese Dokumente in England als sehr wertvoll gelten könnten«, sagte sie. Sie spielte ihre Trumpfkarte so gelassen wie möglich aus.

Ravi warf ihr einen gekränkten Blick zu. »Es ist nicht meine Absicht, alles von Wert, das ich besitze, zu verkaufen, Miss Harris, sondern nur das, was ich nicht benötige. Ich bin kein Fürst, ich brauche mich nicht mit Wohlstand zu umgeben, um mich als Mensch zu fühlen.« Er machte eine umfassende Geste, die den Hof und die Palastgebäude einschloss. »Was Sie hier sehen, ist ein Unternehmen, das sich nicht selbst trägt. Alles muss renoviert werden, sonst ist es in wenigen Jahren unwiederbringlich verloren.«

Susana nickte. Sie war noch zu keinem schlüssigen Ergebnis

gekommen, ob Ravi wirklich wohlhabend, einflussreich, gut aussehend und anständig obendrein war, aber sie konnte ihm seinen Konflikt nachempfinden. Kein Wunder, dass er sich gewünscht hatte, Miranda würde die ganze Sammlung – die Edelsteine mitsamt dem Schmuck – nehmen. Ravis linkes Auge verengte sich ein wenig, als würde er sie abschätzen, aber nicht auf die Art, die sie sattsam von seinen Landsleuten kannte. Es war unverkennbar, das er eine englische Privatschule besucht hatte, das bewiesen schon seine einwandfreien Manieren.

»Der Schrank wurde seit vielen Jahren nicht mehr geöffnet. Ich fürchte, vieles wird angefressen und von Feuchtigkeit beschädigt sein. Es wäre ein Wunder, wenn sich auch nur ein Dokument findet, das noch intakt und leserlich ist.«

Susana bemühte sich um eine ausdruckslose Miene, auch wenn die Spannung sie zunehmend nervös werden ließ.

»Sie können ja einen Blick darauf werfen«, meinte Ravi schließlich. »Aber das müsste noch heute Nachmittag sein, morgen reise ich ab. Bald setzt der Monsun ein, und Ende dieser Woche schließt das Museum.«

Vor Erleichterung hätte Susana am liebsten gelacht. »Danke, vielen Dank«, sagte sie inbrünstig.

Ravi zuckte mit den Schultern. »Ich bezweifle, dass Sie irgendetwas Interessantes finden, aber einen Versuch ist es wohl wert. Sagen Sie, warum wollen Sie über diese Frau schreiben?«

Susana zögerte. »Wenn ich sentimental werden darf – weil sie ihrem eigenen Herzen gefolgt ist. Wenn jemand das tut, bleibt er unvergessen und kann folgenden Generationen eine Inspiration sein.«

Ravi hörte ihr aufmerksam zu und nickte dann. »Ich wünschte, ich könnte dasselbe über meine Vorfahren sagen.«

Susana betrachtete die vielen Kunstschätze um sich, und Ravi folgte ihrem Blick.

»Das wurde alles aus dem Museum entfernt, weil immer mehr wertvolle Gegenstände einfach abhanden kamen. Wenn ich das Gebäude renovieren und richtige Sicherheitsvorrichtungen einbauen kann, wird alles dorthin zurückkehren.«

»Das ist eine gewaltige Aufgabe«, sagte Susana mitfühlend.

Ravi seufzte. »Ja, in der Tat. Und jetzt, wenn Sie mir folgen möchten, zeige ich Ihnen den Schrank.«

»Wohin fahren Sie?«, fragte sie, als sie mit ihm die breite polierte Treppe ins nächste Stockwerk hinaufstieg.

»Ich habe in der Schweiz zu tun.«

Das restliche Haus war spärlich möbliert. Als sie den Flur im ersten Stock entlanggingen, kamen sie an einem Raum vorbei, der wohl Ravis Schlafzimmer sein musste. Die einzigen Möbel waren ein Bett mit kunstvoll eingelegtem Kopfbrett und eine Kleiderstange. Auf dem Boden stand ein offener Koffer. Es sah aus wie das Zimmer eines Menschen, der sehr wenig Zeit zu Hause verbrachte.

Das Büro bot einen völlig anderen Anblick, es war unverkennbar, dass Ravi sich den Großteil seiner Zeit hier aufhielt. Auf dem mit Papieren übersäten Schreibtisch stand ein Laptop, auf dem Boden stapelten sich Kartons voller Akten. Der Schrank erstreckte sich über eine halbe Wand, reichte fast bis zur Decke und war einen Meter tief – wesentlich größer, als Susana ihn sich vorgestellt hatte. Als die großen geschnitzten Türen mit einem Quietschen aufgingen, sank ihr das Herz. Selbst eine Woche wäre zu kurz, um das alles zu sichten, ganz zu schweigen von einem Nachmittag. Dann bemerkte sie, dass jedes Regal mit einem beschrifteten und datierten Etikett versehen war, zwar vergilbt und brüchig, aber noch lesbar.

»In den siebziger Jahren wurden die Unterlagen in eine gewisse Ordnung gebracht«, erklärte Ravi. »Als die indischen Fürsten ihr Staatseinkommen verloren und Steuern zahlen mussten.« Damit überließ er sie ihrem Glück und verschwand.

Auf dem Regal mit der Datierung »1860-1890« reihten sich endlos Kartons aneinander, die teils beschriftet waren, teils auch nicht. Susana zog einen mit der Aufschrift »Korrespondenz« heraus und entdeckte darin einen Wust von Dokumenten auf Sanskrit und Urdu; einige allerdings, die sich auf juristische Fragen bezogen, waren in einem sehr förmlichen, altmodischen und grammatikalisch schauderhaften Englisch abgefasst. Außerdem enthielt der Karton einige langweilige Briefe an den Maharadscha, in denen es um den Kauf mehrerer Elefanten ging. Aber nichts, was auch nur von geringstem Interesse für Susana war. Erst als sie den dritten Karton ins Regal zurückstellte, entdeckte sie die Hutschachtel, die hinter einem anderen Karton verborgen war. Sie nahm sie, setzte sich auf den Boden und schaute eine ganze Weile auf die runde Schachtel mit dem zerschlissenen dunkelblauen Seidenbezug. Früher hatte sie zweifellos einer viktorianischen Dame gehört, doch stand kein Name darauf. Susana dehnte den Moment der Spannung immer weiter aus, ehe sie, auf eine Enttäuschung gefasst, den Deckel öffnete.

X

Wer sich von allen Wünschen lossagt,
Auf dass er kein Verlangen mehr kennt,
Wer nie denkt, »Ich bin dies«,
Oder »Dies ist mein«, der findet Frieden.

Bhagawadgita

Als sich das Flugzeug am Sonntagabend im Anflug auf Heathrow befand, war Miranda seit fast vierundzwanzig Stunden wach, trotz des bequemen Sitzes und der gepflegten Stille in der ersten Klasse. Ihre letzte Nacht in Indien hatte sie in einem Hotel am Flughafen Mumbai verbracht, ihr Flug ging am folgenden Tag sehr früh. In dem zwölfgeschossigen Hotel hatte sie das unbehagliche Gefühl, der einzige Gast zu sein, vielleicht, weil der Hotelmanager ihr das Shampoo, um das sie gebeten hatte, persönlich brachte, oder weil der Junge, der ihr Tee aufs Zimmer servierte, so lange stehen blieb und sein Englisch mit ihr übte, dass sie ihn schließlich bitten musste zu gehen.

Als sie am folgenden Morgen im Flughafencafé eine Tasse Kaffee trank, der offenbar tagelang gebrüht hatte, und sich gerade vom Anblick einer schwarzen Ratte erholte, die durch ein Loch in der Decke verschwand, bemerkte sie am Nachbartisch einen jungen Mann, der ständig zu ihr herübersah. Nach einer Weile war sie derart entnervt, dass sie seinen Blick erwiderte. Doch davon ließ er sich nicht im Mindesten einschüchtern.

»Guten Morgen, Madam. Können Sie mir sagen, wie lange Sie den Stein schon tragen?« Er schaute auf den Amethystring, den ihre Mutter ihr geschenkt hatte.

»Warum?«

»Das ist ein schlechter Stein.«

»Der Stein ist überhaupt nicht schlecht«, sagte Miranda.

»Der lila Stein hat eine schlechte Energie. Sie werden sehen, dass kein Inder ihn trägt.«

Wie sich herausstellte, studierte der junge Mann Naturwissenschaften und erwies sich, von seinem Aberglauben bezüglich Edelsteinen abgesehen, als freundlich, rational und sogar ein wenig konservativ. Im weiteren Gespräch erklärte er, dass man durch das Tragen des richtigen Steins am entsprechenden Finger seine Gesundheit fördern, das Liebesleben verbessern und allgemein sein Glück vergrößern könne.

»Und was ist mit Diamanten?«, wollte Miranda wissen.

»Ein Diamant ist ein gutes Heilmittel gegen Wahnsinn und Impotenz«, antwortete er ernst.

Als das Flugzeug den Landeanflug begann, leerte Miranda den Cognac, bevor die blonde Stewardess ihr das Glas wegnehmen konnte. Erstaunlicherweise waren alle Stewardessen auf diesem Flug blond, und im Verlauf der letzten zehn Stunden hatte Miranda immer wieder versucht herauszufinden, welche von Natur aus blond waren. Nach dem dritten Cognac hatte sie mit dem Gedanken gespielt, selbst eine Blondine zu werden, dann aber beschlossen, dass es auch ohne blonde Haare als Handicap schwer genug war, sich als Frau in der Arbeitswelt zu behaupten.

Durchs Fenster jenseits der silbernen Tragfläche funkelten die Lichter Londons entlang der dunklen, sich schlängelnden Themse. Miranda schloss die Augen und versuchte, an etwas anderes zu denken als den kommenden Arbeitstag und das unvermeidliche Gespräch mit Kenneth. Sie rief sich ins Gedächtnis, dass sie überaus fähig war in ihrem Job, dass sie von Schiffsreedern und Bankiers ganze Sammlungen erworben hatte und auch von schwerreichen Frauen, die allmählich den Schmuck und die Edelsteine verkauften, die sie in den vierziger Jahren aus Osteuropa geschmuggelt hatten. Überdies erfüllte sie ihre Arbeit mit weiblichem Einfühlungsvermögen (eine Qualität, die Roger nie begreifen würde); sie verstand, welche Gefühle viele Kunden mit ihrer Sammlung verbanden. Schließlich war sie selbst eine Sammlerin. Und bei Schmuck waren Menschen oft noch sentimentaler als bei anderen Antiquitäten, vermutlich, weil sie ihn selbst getragen hatten. Ein Großteil der Schmuckstücke, die zur Versteigerung kamen, waren seit Generationen in derselben Familie, waren ein Geschenk oder stammten aus einer Zeit, als die Besitzerin noch jung und schön gewesen war. Manchmal war der Schmuck, den Hanovers erwarb, lachhaft protzig und kitschig, aber alles fand Abnehmer, sofern die Edelsteine schön waren und das Stück aus einem angesehenen Haus wie Cartier oder Tiffany stammte. Zumindest in Europa waren die besten Sammlungen meist schon so lange bei Händlern und Sammlern im Umlauf, dass die wenigsten Stücke nicht mindestens einmal katalogisiert worden waren.

Am Montagmorgen in der U-Bahn wünschte Miranda, sie hätte nicht eingewilligt, gleich am Tag nach ihrer Rückkehr zur Arbeit zu gehen. Sie war viel zu entgegenkommend, das wusste sie ebenso wie die Tatsache, dass Kenneth ein Opportunist war und ihr nie nahe legen würde, sich nicht zu übernehmen. Das war ihre eigene Schuld. Vermutlich fühlte sie sich unter permanentem Beweiszwang, dachte sie gähnend. Als sie die anderen Fahrgäste betrachtete, von denen viele auch gähnten, kam ihr der Gedanke, dass womöglich nicht genügend Sauerstoff in der Luft war, damit sie alle wach blieben. Das öffentliche Verkehrssystem von London litt unter denselben Problemen wie die indischen Züge – es gab einfach zu viele Menschen. Sie musste an Susanas Worte denken, dass sie sich nach einer Woche nach Benares zurücksehnen würde. Sie musste lächeln. Bislang fehlte ihr das Chaos der Dasaswamedh Ghat Road nicht, aber sie trug Indien noch in sich.

An der Bond Street Station stiegen die meisten Passagiere aus, und Miranda ließ sich mit dem Menschenstrom treiben. Die Masse der Arbeitenden bewegte sich wie Ameisen, dachte sie, die durch unterirdische Gänge laufen, über Stufen und

Rolltreppen hinauf zur Straße. Dort ging jeder seinem Tagesgeschäft nach, um später in die Gänge zurückzukehren ... Miranda schüttelte den Kopf. Es musste am Jetlag liegen, dass ihr solche Gedanken durch den Kopf gingen und ihr tatsächlich auffiel, was um sie her vorging, als wäre sie zu Besuch auf einen fremden Planeten. Nach einem Cappuccino würde sie wieder normal sein.

Sobald sie Hanovers betrat, setzte sich ihr professionelles Ego wieder durch, und sie vergaß ihre Ameisenfantasie. Sie warf der jungen Frau am Empfang und Stephen in der Kunstabteilung ein strahlendes Lächeln zu; sie wollte die Fassade ihrer üblichen Lebensfreude aufrechterhalten, trotz Jetlag und dem Grausen vor der Besprechung mit Kenneth. Sie hatte festgestellt, dass es half, sich munter zu geben, selbst wenn ihr innerlich nicht so zumute war.

Stephen bot wie immer ein Bild der Eleganz. An diesem Tag trug er zu seinem schwarzen Anzug ein scharlachrotes Hemd und eine gedämpft orangefarbene Krawatte. »Guten Morgen, Schöne. Giles hat mir am Telefon erzählt, dass Sie in Benares keinen Erfolg hatten. Das tut mir Leid für Sie. Ich hatte letztes Jahr mit demselben Agenten zu tun – wir haben für seinen Kunden ein paar Gemälde aus dem 19. Jahrhundert verkauft, einige davon liegen noch unten im Lager. Ach, eins hängt sogar im Showroom, von einem eher unbekannten jüdischen Maler von etwa 1860. Möchten Sie es sehen? Es ist faszinierend.«

Nach einem kurzen Blick auf die Armbanduhr folgte Miranda Stephen über das glänzende Parkett. Kenneth würde sie sicher schon erwarten, aber es schadete nicht, ihn ein wenig warten zu lassen. Stephen blieb vor einer großen Leinwand mit einem prachtvollen Goldrahmen stehen. Das Bild zeigte eine Frau, deren Haut ebenso schimmerte wie der Kranz aus Madonnenlilien auf ihrem rabenschwarzen Haar. Die Farben im Hintergrund waren satt, die Details wunderschön ausgearbeitet, aber irgendwie hatte das Ganze etwas Ätherisches, Geheimnisvolles – die Art, wie das Licht aus einer unsichtbaren

Quelle von oben auf sie schien, der bläuliche Stich der Lilien, fast wie ein Heiligenschein. Das Kleid, das die Frau trug, war ebenfalls weiß und wirkte wie Spinnfäden, in denen winzige Juwelen funkelten.

Miranda betrachtete das Bild. »Warum faszinierend?«

»Schauen Sie doch mal näher hin – ihre Augen und wie sie den Maler ansieht. Die Frau ist nicht bloß sein Modell gewesen.«

»Aber haben die Maler nicht alle mit ihren Modellen geschlafen?«

»Von den Präraffaeliten sagt man das, obwohl's wahrscheinlich nicht ganz so romantisch ablief, wie wir uns das vorstellen. Dieses Bild stammt aus derselben Zeit, aber der Maler gehörte nicht zu der Bewegung. Die Frau ist nicht passiv wie bei den Präraffaeliten. Ich würde sagen, dass sie verliebt ist – finden Sie nicht? Das Bild heißt übrigens *Die Venus von Waterloo*.«

Miranda sah genauer hin und stellte fest, dass die Frau tatsächlich auf rätselhafte Art lächelte und die Augen verführerisch halb geschlossen hatte. Es war, als würde sie dem Betrachter mit ihrem sinnlichen Blick direkt in die Augen sehen.

»Wie heißt der Maler?«

»Franz Korechnya. Die meisten seiner Bilder wurden bei der letzten Auktion verkauft, vielleicht ist dies sogar das einzige, das wir noch von ihm haben.«

»Korechnya. Seltsam.«

»Wieso seltsam?«

»Ach, nichts. Ich muss los, Stephen – ich werde im Büro der Allmacht erwartet.«

»Oooh – waren Sie unartig?«

»Nein, aber ich arbeite dran!«

Das Porträt der Frau mit den Lilien im Haar erinnerte Miranda an das Haarbild mit dem Lilienkranz. Dass sie es nicht gekauft hatte, tat ihr fast ebenso Leid wie die Tatsache, dass sie die Sammlung nicht bekommen hatte. Es kam nicht oft vor, dass sie sich so stark zu einem Trauerschmuck hingezogen fühlte.

Charlotte sprach am Telefon, ein zweites Telefon klingelte. Von der neuen Sekretärin war nichts zu sehen. Charlotte schaute auf, als Miranda an ihrem Schreibtisch vorbeiging, deutete auf Kenneths Büro und machte eine Geste, die Miranda als Andeutung einer schief sitzenden Fliege interpretierte.

Kenneths Fliege saß nur metaphorisch schief, wie Miranda feststellte, sobald sie sein Büro betrat. Er war sichtlich erleichtert, sie heil und ganz vor sich zu sehen, und da sie ihm von Benares aus einen Bericht gemailt hatte, hatte er sich an den Gedanken gewöhnt, dass sie mit leeren Händen zurückkehrte. In ihrer Abwesenheit hatte es jeden Tag eine Krise gegeben, meist verursacht von der neuen Sekretärin, die Charlotte am Freitag gefeuert hatte. Der schlimmste Zwischenfall war, dass eine Sammlung perfekt passender hochkarätiger Diamanten an den Antwerpener Händler zurückgeschickt wurde, obwohl sie bei einer Auktion einen Käufer gefunden hatte. Somit konnten dem saudischen Kunden die Diamanten im Wert von 1,5 Millionen Pfund, die er für das Hochzeitskollier seiner Tochter ersteigert hatte, nicht in seiner Residenz am Hyde Park zugestellt werden. Als sie nicht eintrafen, schickte er zwei stämmige Araber in Armanianzügen und gestreiften Turbanen zu Hanovers, um sich nach dem Verbleib zu erkundigen.

Darüber hinaus war Kenneth mitgeteilt worden, dass die Themenauktion um einen Monat vorverlegt werden musste. Der zentrale Auktionsraum, der größte und eleganteste im ganzen Gebäude, war doppelt gebucht worden, und die Schmuckabteilung hatte gegenüber der Kunst den Kürzeren gezogen. Das bedeutete, dass die Diamantenauktion nicht wie geplant im Juli, sondern bereits im Juni stattfinden würde.

Kenneth war ein noch größerer Perfektionist als Miranda, und er hatte ein Ziel: Er wollte die Diamantenauktionen, die Sotheby's und Christie's vor kurzem abgehalten hatten, in den Schatten stellen. Doch im Katalog klafften noch riesige Lücken.

»Leider setzt uns das unter noch mehr Druck, Steine zu finden«, sagte er, nachdem er Miranda alle Katastrophen der vergangenen Tage geschildert hatte.

»Du meinst, das setzt mich unter mehr Druck.«

»Nein, ich meine uns. Wir sind ein Team, vergiss das nicht.«

Miranda hörte einen gereizten Unterton in seiner Stimme. Auch seine erregte Art zu sprechen deutete darauf hin, dass ihr Misserfolg ihn mehr enttäuschte, als er ihr gegenüber zugab. Sie wünschte, er würde ihr sagen, dass es nicht ihre Schuld war; dass Roger, wäre er nach Indien gefahren, auch mit leeren Händen zurückgekommen wäre.

»Ja, ich weiß, dass wir ein Team sind. Es tut mir Leid, Kenneth. Ich bin genauso enttäuscht wie du. Aber wir werden ein paar wirklich gute Diamanten für die Auktion haben, das verspreche ich dir.«

»Miranda, ich will einen Hingucker – entweder eine seltene Farbe, also einen richtigen Fancy, oder etwas mit mehr als dreißig Karat. So etwas wie der braune Diamant mit hundertelf Karat, den die Baumgold Brothers in New York geschliffen haben, das wäre genau das Richtige.«

Miranda wusste, dass Kenneth das nur halb im Scherz sagte. Bei dieser Auktion ging es um Prestige, ging es darum, ebenso opulent und glamourös dazustehen wie die Konkurrenz. Er wusste ebenso gut wie sie, dass es praktisch unmöglich war, einen außergewöhnlichen Diamanten zu finden, ob nun gefasst oder ungefasst, geschliffen oder roh, der noch nicht im Handel zirkuliert war. »Vielleicht solltest du deine Erwartungen etwas herunterschrauben, Kenneth. Ich fahre übernächste Woche nach New York, um zu sehen, woran die Schleifer dort arbeiten.«

»Warum fährst du nicht dieses Wochenende? Dann wärst du gleich am Montagmorgen dort.«

Miranda fielen viele Gründe ein, warum sie nicht am kommenden Wochenende fahren wollte. Sie hatte seit Wochen keine Wäsche mehr gewaschen und ebenso lang nicht mit ihrer

Mutter telefoniert, sie wünschte sich nichts sehnlicher, als einen Samstagabend im Schlafanzug vor dem Fernseher herumzugammeln. Normalerweise fuhr sie gerne nach New York, aber nach Bombay und Benares würde sie das Wochenende lieber auf der Couch verbringen als in Manhattan.

Kenneth durchwühlte eine Schublade und klopfte dann geistesabwesend seine Jacketttaschen nach Zigarren ab. Eigentlich herrschte bei Hanovers striktes Rauchverbot, aber im Büro des Direktors der Schmuckabteilung trat diese Vorschrift außer Kraft.

»Miranda, wenn du ständig den Mund auf- und zuklappst, siehst du aus wie ein Fisch. Willst du etwas sagen oder nicht?«

Sie schüttelte den Kopf. Was Kenneth am allermeisten an ihr schätzte, war ihre Professionalität. Wenn ihr also nach Weinen zumute war, war sie gut beraten, das Feld zu räumen.

Als sie in das Großraumbüro zurückkehrte, jonglierte Charlotte noch immer mit zwei Telefonen, und Roger schlich herum, um die hübschere der beiden Assistentinnen zu überreden, einen Brief für ihn zu schreiben. Miranda nickte ihm im Vorbeigehen kurz zu und bat die Assistentin, mit ihr das Inventar des bisher zusammengestellten Katalogs durchzugehen. Das könnte zwar noch warten, aber es machte Miranda Spaß, Roger zu ärgern. Von seiner Arroganz einmal abgesehen, beurteilte er Menschen nach ihrer Herkunft und nicht nach ihren Fähigkeiten. Nie würde er Miranda als ebenbürtig betrachten, obwohl sie jetzt dieselbe Jobbezeichnung hatte wie er – leitender Spezialist – und seit einiger Zeit auch dasselbe Gehalt.

Aber Roger ließ sich nicht so leicht abwimmeln.

»Ein kurzes Gespräch unter vier Augen, Miranda, bitte. Ich würde gerne Ihren Indien-Bericht hören – vielleicht können wir herausfinden, was Sie falsch gemacht haben, damit das nicht wieder passiert. Wenn möglich, irgendwann im Lauf des Tages. Ich fahre morgen nach Moskau.«

»Bitte behandeln Sie mich nicht wie Ihren Zuträger, Roger.

Ich habe in Indien nichts falsch gemacht. Ich hatte bloß keine Lust, das Gesetz zu brechen und den Schmuck aus dem Land zu schmuggeln. Hätten Sie das vielleicht gemacht?«

Sie wartete seine Antwort gar nicht ab, sondern machte auf dem Absatz kehrt und marschierte davon, die Assistentin im Schlepptau. Sie hatte laut genug gesprochen, dass das ganze Büro sie hören konnte. So scharf war sie ihm noch nie in die Parade gefahren, aber er war auch noch nie derart herablassend zu ihr gewesen. Fast kam es ihr vor, als würde er sich an ihrem Versagen weiden, weil sie endlich den Beweis erbracht hatte, dass Frauen sich nicht zum leitenden Spezialisten eigneten. Zumindest hatte sie die Genugtuung, ihn gedemütigt zu haben. Er strich das Revers seines marineblauen Doppelreihers glatt – dessen goldfarbene Knöpfe sich mit dem blass senfgelben Halstuch bissen – und räusperte sich. Um seinen Ärger zu verbergen, starrte er auf seine glänzenden Schuhe.

Die Assistentin lächelte Roger entschuldigend zu, um ihn wissen zu lassen, dass sie den Brief mit Vergnügen für ihn geschrieben hätte, auch wenn das nicht zu ihrem Aufgabenbereich gehörte. Das ärgerte Miranda ebenso wie das Wissen, dass Roger sie dann zum Dank zu einem teuren Mittagessen eingeladen hätte.

In ihrem kleinen Büro gab Miranda sich keine Mühe, ihr selbstzufriedenes Lächeln zu verbergen.

»Sie mögen ihn nicht, stimmt's?« Die hübsche Assistentin sah Miranda verständnislos an – dass jemand Roger nicht mögen konnte!

»In meinen Augen ist er ein arroganter Prahlhans, und an Ihrer Stelle würde ich mich nicht allzu oft von ihm zum Essen ausführen lassen. Als ich hier anfing, wollte er das mit mir auch machen, bis ich ihm drohte, ihn wegen sexueller Belästigung anzuzeigen. Aber das bleibt unter uns, ja? So, und jetzt nehmen wir uns mal den Katalog vor.«

Bis zur Mittagszeit hatte Miranda mit einem Händler in Sydney gesprochen und sechs farblich passende pinkfarbene Diamanten aus der Argyle-Mine in Australien aufgespürt. »Intensiv pink« nannte er sie, was bedeutete, dass sie nach dem roten Diamanten die wertvollsten Steine waren. Zwar wogen sie alle jeweils nur zwei Karat, würden bei der Auktion aber dennoch einen guten Preis erzielen; immerhin hatte im Jahr zuvor ein intensiv pinkfarbener Diamant von drei Karat bei Christie's für eineinhalb Millionen Pfund den Besitzer gewechselt.

Am Nachmittag telefonierte Miranda noch mit ihrem festen Stamm von Händlern in Antwerpen und einem ihr bislang unbekannten Makler in Genf und ließ sie wissen, dass Hanovers auf der Suche nach einem Schaustück war und man sie zu jeder Tages- und Nachtzeit per Handy erreichen konnte. Als sie schließlich kurz vor sieben Uhr abends nach Hause ging, war sie ganz zufrieden. Sie hatte sogar den Nerv, im Hinausgehen bei Kenneth vorbeizusehen und ihm zu sagen, dass die Reise nach New York eine Woche warten musste. Kenneth stimmte zu, ohne nach dem Grund zu fragen, was ihre Vermutung bestätigte, dass seine gereizte Laune am Vormittag auf ein Gespräch mit seiner Exfrau zurückzuführen war.

Selbst am Samstag war ein Teil von ihr noch in Indien mit seinen vielen Farben, sie glaubte, den Duft von Sandelholz zu riechen und fremde Klänge zu hören, sodass sie beim Aufwachen länger als sonst im Bett liegen blieb. Normalerweise wurde sie rastlos, sobald sie mehrere Minuten nichts tat, aber nicht an diesem Morgen. Alles schien eine langsamere Gangart einzuschlagen, und sie kam sich seltsam losgelöst vor vom üblichen hektischen Wirrwarr in ihrem Kopf. Sie schob das auf ihre Erschöpfung, das Einzige, was sie je innehalten ließ. In ihrem Schlafzimmer sah es aus wie in der Theaterrequisite, Kleider hingen über der offenen Schranktür, lagen auf Stühlen und fielen aus dem überquellenden Wäschekorb. Sie hatte zum Schlafen den größten und hellsten Raum im Haus gewählt, die Wände sandfarben tapeziert und weiße Vorhänge angebracht. Das Zimmer ging nach Süden, und an diesem Morgen fiel strahlendes Frühlingslicht durch die Fenster. Es war der erste Mai, und er versprach ein schöner Tag zu werden.

In der Küche machte Miranda sich eine Kanne Tee, ignorierte das dreckige Geschirr ebenso wie den Staub im Flur und ging in den einzigen Raum, in dem Ordnung herrschte. Dort ließ sie sich auf die schwarzweiß gestreiften Kissen des Ledersofas fallen, legte die Füße auf den gefliesten marokkanischen Couchtisch und betrachtete die große Holzschatulle vor sich, in der sie ihre Schmucksammlung aufbewahrte. Ihre Liebe zu viktorianischem Trauerschmuck ging viel weiter zurück als ihre Arbeit bei Hanovers. Schon mit neun hatte sie begonnen, die Schränke ihrer Mutter nach Accessoires zum Verkleiden zu durchsuchen. Wenn ihre Mutter außer Haus war, durchstöberte sie kühn deren Make-up und Schmuck, sprühte sich Parfüm auf die Arme und malte sich die Lippen rot an. Eines Nachmittags entdeckte sie in einer Schublade mit Unterwäsche eine kleine chinesische Lackdose, die bunten Schmuck enthielt. Viel später stellte sie fest, dass einige der Stücke durchaus wertvoll waren, doch der Großteil hatte vor allem sentimentalen Wert, die Art Schmuck, die im 19. Jahrhundert als Inbegriff des Modischen galt. Eben in diesem Kästchen sah Miranda zum ersten Mal ein Haarbild, eine große Silberbrosche mit Glasabdeckung, die ihr wie eine Vitrine in Miniaturformat vorkam. Unter dem Glas lag ein Gewebe aus braunem Haar, auf die Rückseite waren die Worte graviert: »Nach kurzem Schlaf erwachen wir zur Ruh«. Kein persönliches Memento, nur die Zeile eines Sonetts von John Donne über die Vorstellung, dass der Tod nur ein Einschlafen ist, bevor die ewige Flamme wieder zu brennen beginnt. Diese Brosche war das erste Stück in Mirandas Sammlung geworden. Mittlerweile besaß sie über hundert Haarbilder, Ringe, Broschen, Ketten und Armbänder.

Die morbide Romantik ewiger Trauer sprach sie ebenso an wie der Schmuck selbst, die Tatsache, dass es früher als schick galt, die Locke eines Verstorbenen zu tragen, um mit ihm auf diese Art körperlich verbunden zu bleiben. Im 19. Jahrhundert war ein Menschenleben oft so kurz, dass der Bereich des Spirituellen eine greifbare Dimension darstellte. Miranda fiel der verstörende Traum ein, in dem Kali ihre Sammlung verschlang, und ein Schauder lief ihr über den Rücken. Der Fluch der schwarzen Göttin galt doch sicher nur dem Verlangen nach Diamanten und nicht dem nach jedem Schmuck? Miranda wollte keine Diamanten, zumindest nicht, um sie zu besitzen. Nur, um sie zu versteigern.

Als das Telefon läutete, ließ sie den Anrufbeantworter rangehen; es könnte Kenneth sein, der allzu gerne vergaß, dass sie auch ein Leben außerhalb Hanovers hatte. Manchmal fragte sie sich allerdings, ob sie das wirklich hatte. Aber es war Susana. Miranda brauchte einen Moment, um ihre Stimme zu erkennen, dann nahm sie den Hörer ab. Susana war am Abend zuvor aus Indien zurückgekommen und schlug Miranda vor, sich zu treffen, sie wolle ihr etwas zeigen. Miranda warf ihren Wunsch, im Pyjama fernzusehen, spontan über Bord und lud sie zum Essen ein.

Susana klingelte, als Miranda gerade die Lilien auf dem Couchtisch arrangierte, die letzte Vorbereitung nach ihrer hektischen Putzaktion. Knapp zwei Stunden hatte sie dafür gebraucht, eine Stunde mehr, als sie Hausarbeit normalerweise ertragen konnte.

Sie führte Susana ins Wohnzimmer, wo auf dem Tisch eine geöffnete Flasche Rotwein und zwei langstielige Gläser standen, dazu eine kleine Schale mit marinierten Oliven, etwas Brot und Käse.

»Der Raum ist ja wunderschön!«, schwärmte Susana, als sie sich aufs Ledersofa sinken ließ und sich umsah.

»In letzter Zeit habe ich ihn leider schmählich vernachlässigt.« Miranda schenkte zwei Gläser Wein ein und reichte Susana eines. »Ich kann's gar nicht erwarten, was du zu erzählen hast. Hast du Mr X getroffen? Hast du mehr über Lily herausgefunden?«

Susana nickte lächelnd. »Ja auf beide Fragen. Ich habe eine Hutschachtel entdeckt mit ein paar Schriftstücken darin, die Lily gehört haben müssen, und Ravi hat mir erlaubt, sie nach England mitzunehmen. Wir haben uns darauf geeinigt, dass ich, wenn ich etwas Wertvolles oder historisch Bedeutsames finde, mich in seinem Namen an die Bodleian Library oder die British Library wende.«

»Das war sehr vertrauensvoll von ihm. Wie fandest du ihn denn so?«

»Hmm, ich weiß nicht recht. Sehr gute Manieren, etwas distanziert ... Ich hatte keine Gelegenheit, länger mit ihm zu reden.«

»Und sieht er so gut aus, wie ich aus der Ferne dachte?«

Susana lachte. »Ja, er sieht sehr gut aus, aber das ist mir immer suspekt ...«

»Na, auf jeden Fall musst du ihm gefallen haben, sonst hätte er dir nie einen Karton mit möglicherweise wertvollen Dokumenten überlassen. Du hast also die Hutschachtel nach London mitgebracht?«

»Ja. Sie lag die ganze Zeit auf meinem Schoß.« Susana holte aus ihrer Tasche ein kleines, in braunes Papier gewickeltes Päckchen hervor. »In der Schachtel waren lauter Bündel mit Briefen und Dokumenten, die ich noch in Benares durchgegangen bin, aber richtig gelesen habe ich nichts. Außerdem lag in der Schachtel ein Buch, ein Roman von Sarah O'Reilly, die wohl Lilys Mündel war. In dem Buch habe ich einen Brief gefunden, den Lily ihrem Mann nach seinem Tod schrieb. Es klingt, als wollte sie sich dem einzigen Menschen anvertrauen, von dem sie wusste, dass er ihr Geheimnis hüten würde.« Beim Reden hatte Susana das Päckchen ausgewickelt und legte jetzt ein dünnes Buch auf den Tisch. Miranda nahm es in die Hand. Es hatte einen dunkelroten Einband, auf dem Rücken stand in goldfarbenem Prägedruck: »Die indische Prinzessin – von Sarah O'Reilly«. Innen lag ein Leinenumschlag, der ein Blatt Büttenpapier enthielt. Vorsichtig faltete Miranda es auf, das Herz klopfte ihr zum Zerspringen.

Benares, 14. Juni 1868

Mein Geliebter,
als ich heute erwachte, spürte ich dich bei mir, und so schreibe ich dir und vertraue dir, wie früher so oft, meine Geheimnis-

se an. Wie jeden Tag sitze ich im Sommerhaus inmitten der Pracht des Palastgartens und schreibe Briefe. Dabei stärke ich mich mit einer großen Kanne duftenden Tees, der, wie mir gesagt wurde, von Plantagen in den Bergen im Norden Assams stammt. Um das Sommerhaus blühen zahllose Kamelien, eine Magnolie steht in Blüte, die sanfte Brise trägt den schweren Duft von Jasmin und Frangipani herüber. Zu einer Seite wächst ein Bambuswald, aus dem jeden Augenblick der Haustiger des Maharadschas auftauchen kann, doch mittlerweile fürchte ich mich weniger vor dem Raubtier, ein paar Mal streichelte ich ihm sogar übers Fell.

Geistig bin ich gesund und munter, doch körperlich leide ich an einigen Beschwerden, die nach Meinung eines hiesigen Ayurveda-Arztes auf zu große Hitze in meinem Blut zurückzuführen sind. Als ich dir das letzte Mal schrieb, vor gut drei Jahren, war ich nur ein Schatten der Lily, die du kanntest und liebtest. Wer hätte geglaubt, dass Kummer einem nicht nur den Lebensmut rauben kann, sondern auch alle körperliche Kraft, sodass selbst das Ankleiden, die physische und geistige Anstrengung, zur Feder zu greifen und zu schreiben, zu einer Mühe wird, die einen halben Tag in Anspruch nehmen kann.

Als ich dein Atelier das letzte Mal besuchte, kam es mir kalt vor, und da wusste ich, dass dein Geist endgültig von dort verschwunden war. Ich muss dir gestehen, ich hoffte, dass ich hier an diesem Ort, der für die Hindus eine Tür zwischen den Welten darstellt, dich finden würde, doch stattdessen fand ich meine Kraft. Endlich kann ich solche Sätze schreiben, ohne befürchten zu müssen, dass sie mich melancholisch stimmen.

Und nun lass mich dir das anvertrauen, was ich keiner Menschenseele erzählen kann. Du erinnerst dich wohl, ich schrieb dir einmal von einem Amulett aus neun Diamanten, das ich in der Sammlung Lady Cynthia Herberts sah. Dieses Schmuckstück verschwand auf rätselhafte Weise und stand, wie die Londoner Presse und auch Inspektor Lark glaubten, mit den drei Morden in Zusammenhang, die sich 1864 in London ereigneten. Jetzt endlich habe ich erfahren, warum dieser Schmuck so außergewöhnlich war, obwohl noch immer ungeklärt ist, was aus ihm geworden ist. Was ich weiß, habe ich von Govinda erfahren, den ich endlich dazu überreden konnte, mir die Geschichte der neun Diamanten zu erzählen, über die er sich bislang ausgeschwiegen hatte. Und nun folgt, was er mir sagte:

Der Maharadscha von Benares hatte über viele Jahre hinweg farbige Diamanten gesammelt in der Hoffnung, eines Tages alle neun Farben beisammenzuhaben, um ein für Hindus heiliges Schmuckstück anfertigen zu lassen; ein »Navaratna« nannte Govinda dieses Geschmeide. Alle, die von diesem Wunsch des Maharadschas wussten, waren in großer Sorge, denn für ein Navaratna-Amulett müssen traditionell ganz bestimmte Steine verwendet werden, die Kraft der Diamanten könnte dieses mächtige Amulett zu etwas sehr Gefährlichem machen, und die Idee allein war ein Sakrileg. Im Lauf der Jahre fand der Maharadscha Diamanten in jeder benötigten Farbe, nur in einer nicht, nämlich in Rot. Das ist der mittlere Stein des Navaratnas, der »Sonnenstein«. Niemand glaubte daran, dass der Fürst diesen Stein finden würde, denn rote Diamanten gab es angeblich nur in Legenden und Märchen. Aber wie durch ein Wunder fand sich doch ein roter Kristall. Trotzdem konnte der Maharadscha das Schmuckstück nicht anfertigen lassen, denn in Benares wollte kein Juwelier mit einer derart gefährlichen Zusammensetzung von Steinen zu tun haben. So wurden Kundschafter nach Delhi, Bombay und Kalkutta geschickt, doch auch sie konnten nichts ausrichten. Herkömmlich besteht ein Navaratna aus einem weißen Diamanten, Smaragd, Saphir, Perle, Rubin, Topas, Koralle, Beryll und Tigerauge. Jeder dieser Steine wird von einem Gott und einem Planeten beherrscht, und wer immer ein solches Amulett trägt, kann die Götter um Beistand anrufen. Die Planetenanordnung, die das Amulett nachahmt, ausschließlich mit Diamanten zu machen stört das, was Mr Mesmer das Magnetfeld des Menschen nennt, aber auch die Götter nehmen daran Anstoß.

Als Lady Cynthia Herbert und ihr Mann Charles nach Benares kamen, waren sie bei den Diamantenhändlern bald bekannt, denn sie gingen häufig auf den Basar, um Steine zu kaufen. Als Gäste des Maharadschas wurde ihnen auch sein Schmuck gezeigt, einschließlich der farbigen Diamanten, und Lady Herbert ließ sich für die Idee eines Diamanten-Navaratnas begeistern, schließlich war sie selbst von der Kraft von Diamanten überzeugt. Sie glaubte, wenn sie ein solches Amulett besäße, wenn auch nur für kurze Zeit, könne sie Kontakt zur Geisterwelt aufnehmen. Also schlug sie vor, die Diamanten nach England mitzunehmen und das Amulett von einem Londoner Juwelier anfertigen zu lassen. Der Maharadscha willigte ein, schickte aber Govinda als Bewacher der Steine nach London mit. Lady Herbert wurde eingeschärft, dass Sarasvati nichts von diesem Plan erfahren dürfe, denn keinen Stein aus der Sammlung des Maharadschas begehrte sie mehr als den roten Diamanten, und sie hatte gelegentlich »unschöne Anwandlungen«. Ich hatte Sarasvati seit meinem letzten Besuch nicht mehr gesehen, ja seit unserem Ausflug zum Tempel nicht, und als ich mich in der Zenana nach ihr erkundigte, stieß ich auf taube Ohren. Ich stellte mir vor, dass sie möglicherweise gar nicht mehr im Palast war, bis ich sie letzte Woche bei Vollmond sah. Ich saß hier draußen im Sommerhaus und bestaunte den Nachthimmel. Die Venus leuchtete wie ein roter Kristall, eine leise Brise wehte. Ich hörte den Bambus rascheln, und dann erschien Sarasvati, etwas ungepflegt und mit einem dunklen Blick, als würden zwei Geister in ihrem Körper wohnen, ein unschuldiger und ein zerstörerischer. In den Armen hielt sie etwas, das ich zunächst für ein Kind hielt, aber als sie näher kam, sah ich, dass es ein kleiner Affe war. Er war tot, und nicht nur das, er war verstümmelt. Ich kann dir nicht sagen, welches Grauen ich empfand, als ich ihren wunderschönen gelben Georgettesari in Blut getränkt sah, und dass dem Affen Kopf und Arme fehlten. Mir wurde klar, dass sie Kali ein Opfer dargebracht hatte.

Als Govinda mir alles erzählt hatte, sagte ich: »Aber Sarasvati weiß doch seit einigen Jahren, dass der rote Diamant verschwunden ist, oder nicht?« Er meinte, sie hätte es gewusst, sobald der Diamant den Palast verließ, denn sie besäße eine unheimliche Fähigkeit, derartige Dinge zu spüren.

Ich fragte Govinda, ob Charles Herberts Tod etwas mit den Diamanten zu tun habe, und er bejahte. »Ihr Verlangen nach Diamanten war zu groß«, sagte er kopfschüttelnd. Offenbar wurde Charles getötet, als die Reisegruppe bald nach ihrem Aufbruch von Benares von Banditen überfallen wurde. Mehr wollte er mir über diesen Zwischenfall nicht erzählen.

Trotzdem glaube ich, dass es lediglich die Schönheit der Diamanten war und kein Fluch, der zu alldem führte, denn ich sah sie mit eigenen Augen und muss gestehen, dass ich in der Natur nie etwas Vollkommeneres gesehen habe.

Nun habe ich die Bürde meines Geheimnisses mit dir geteilt, und mir ist leichter, wie mir nach jedem Brief an dich auch der Kummer leichter wurde. Ich bin zu Kräften gekommen, aber ach, Franz, wie sehr fehlst du mir. Wache über mich und gib mir Kraft, wie du es zu Lebzeiten tatest.

Deine Lily

Miranda faltete den Brief zusammen, steckte ihn in den Umschlag und reichte ihn Susana zurück. Eine Weile sagte keine ein Wort.

»Es stimmt also, was Louis über das Diamanten-Navaratna erzählte«, brach Miranda schließlich das Schweigen.

Susana nickte. »Kein Wunder, dass er so aufhorchte, als ich ihm erzählte, dass Lily im Palast zu Gast war und ich hoffte, noch ein paar Sachen von ihr zu finden. Vielleicht hat er genau dasselbe gehofft!«

»Wahrscheinlich wurde das Amulett gestohlen«, meinte Miranda nachdenklich. »Und die Morde hatten tatsächlich etwas damit zu tun.«

Susana sah bestürzt drein. »Was ist es bloß mit Diamanten, dass sie so viele rätselhafte Ereignisse verursachen? Ich persönlich wollte nie einen haben.«

Miranda lachte. »Genau dasselbe habe ich mir vorhin auch gedacht. Das bedeutet wahrscheinlich, dass wir nicht in Gefahr sind, wenn nur solches Verlangen Kali Macht über einen verleiht – wenn wir es mit den Hindus halten. Ich kann dir nur sagen, dass Diamanten geologisch gesehen außergewöhnlich sind. Sie sind der härteste Stoff, den es überhaupt gibt. Man kann einen Diamanten nicht verkratzen, und die Anzahl der Atome pro Einheit ist dichter als bei jeder anderen Materie. Diamanten sind noch hitzebeständiger als selbst Silikon. Sie sind wirklich eins der großen Wunder der Natur. Aber ich glaube, selbst Naturwissenschaftler müssen zugeben, dass ihre wahre Macht in ihrer Schönheit liegt.«

»Obwohl Lady Herbert offenbar glaubte, dass ihre wahre Macht im spirituellen Bereich liegt.« Susana war aufgestanden, lehnte jetzt mit ihrem Glas Rotwein in der Hand am Kaminsims und betrachtete die Drucke von Klee und Chagall, die an den Wänden hingen. Miranda fand, dass sie in ihrer Londoner Aufmachung sehr anders aussah, mit dem kurzen Jeansrock, den hohen schwarzen Stiefeln und einer schlichten schwarzen Bluse. Aber sie trug auch die Türkiskette, die Miranda ihr in Benares geschenkt hatte. Die Haare hatte sie zum Zopf geflochten, der ihr über den Rücken fiel. Sie wirkte selbstbewusst, hatte aber eine Weichheit an sich, die Miranda in Indien nicht an ihr bemerkt hatte. Vielleicht weil eine Frau in Indien ständig auf der Hut sein musste. Susanas Blick wanderte zur Schmuckschatulle auf dem Sofatisch. »Das ist ja ein sehr großes Kästchen.«

»Das stimmt. Das ist meine Sammlung von Trauerschmuck.« In dem Augenblick läutete Mirandas Handy. Bevor sie aus dem Zimmer ging, sagte sie, Susana könne sich den Schmuck gerne ansehen.

Der Anruf kam von dem Makler in Genf, der sich entschuldigte, sie an einem Samstagabend zu stören, aber er bekomme einige Steine herein, die von Interesse für sie sein könnten, und wenn sie am Montag in Genf wäre, würde er sie ihr exklusiv zeigen. Und damit ist das arbeitsfreie Wochenende dahin, dachte Miranda, als sie ins Wohnzimmer zurückkehrte. In Gedanken war sie bereits am Planen, was sie noch alles tun musste, um am Montag in dem ersten Flugzeug nach Genf zu sitzen.

Susana hatte mehrere Schubladen der Schatulle geöffnet und betrachtete gerade eine Brosche, die sehr zarte Miniatur einer Urne und einer Trauerweide, die kunstvoll aus Haar geflochten unter einer Glasabdeckung lagen.

»Einige sehen aus, als seien sie sehr viel älter und nicht erst aus viktorianischer Zeit«, sagte sie, legte die Brosche beiseite und nahm einen Siegelring zur Hand, dessen Goldreif zerbrechlich dünn wirkte.

»Das stimmt. Trauerschmuck wurde schon im 17. und 18. Jahrhundert viel getragen und kam dann Mitte des 19. Jahrhunderts wieder in Mode.«

»Ich frage mich, ob er wirklich Trost bot.« Susana klang sehr nachdenklich. Plötzlich fiel Miranda ein, dass ihr Mann ja nicht mehr lebte.

»Wie lange ist dein Mann schon tot?«, fragte sie.

»Dan ist vor drei Jahren gestorben. Wir haben uns in Indien kennen gelernt, und ich glaube, ein Teil von mir ist da geblieben.«

»Wie bei Lily«, sagte Miranda.

»Ja, wie bei Lily.«

XI

Kensington, 12. Oktober 1870

Liebe Lily,

ich sitze vor meinem Fenster oben im Haus und blicke übers Land hinaus. Es ist, als wäre ein neuer Teppich ausgebreitet worden, alles ist Gold und Rot und nicht mehr das moosige Grün des Sommers. Die meisten Bäume haben ihr Laub verloren, nur hier und dort steht eine Eiche, deren Äste noch voller Kupfer hängen, wie eine Börse mit glänzenden neuen Pennys.

Ohne dich ist Kensington einfach nicht dasselbe, und ich weiß, dass Mrs Vesper dich genauso vermisst wie ich, auch wenn sie es nie zugeben würde. In letzter Zeit ist sie sogar regelrecht merkwürdig geworden und nicht mehr zu ihrem Kreis gegangen, bis schließlich eine der Damen vorbeikam und sie anflehte wiederzukommen, weil die Geister ohne Martha nicht in Erscheinung träten. Sicher glaubst du, ich wäre zu neugierig gewesen, aber wirklich ehrlich (wie Ellen immer sagte), ich habe das rein zufällig gehört, weil ich in der Bibliothek saß und die Dame so aufgelöst war, dass sie nicht auf das Volumen ihrer Stimme achtete!

Außerdem hat Martha die Vorhänge vom Salon zweimal gewaschen, einmal vergangenen und einmal diesen Mittwoch, und es ist ihr gar nicht aufgefallen. Das mag natürlich damit zusammenhängen, dass Mr Smythe, der Gärtner vom Herrenhaus, an beiden Waschtagen zu Besuch da war, und ich hörte zufällig, wie er Martha fragte, ob sie nicht mit ihm ausgehen wolle! Du darfst ihr nie sagen, dass ich dir das erzählt habe. Es ist sehr sonderbar, Martha Vesper mit diesem bewussten Lächeln herumgehen zu sehen – allerdings nur, wenn sie denkt, ich bemerke sie nicht.

Sicher möchtest du von dem neuesten Buch Mr Wilkie Collins' erfahren. Es heißt *Der Monddiamant*, und im Mittelpunkt steht ein seltener und wertvoller Diamant, der von der Statue einer indischen Göttin gestohlen wurde! Mr Collins bringt mehrere Todesfälle mit diesem Mondstein in Verbindung – bestimmt wurde er dazu inspiriert von Melvilles Artikeln über die Morde und den verschwundenen Diamantenschmuck, deretwegen der arme Priester-Joe gehängt wurde!

Aus dem Büro des *London Mercury* gibt es wenig zu berichten, bis auf die Tatsache, dass Mr Harding eingewilligt hat, mir so viel zu bezahlen wie dem zweiten neuen Schreiber, der der Sohn des Redakteurs für Schiffsmeldungen ist. Mr Harding schien erstaunt, dass ich dasselbe Gehalt verlangte, aber nach einigem Überlegen meinte er, das sei wohl nur recht und billig. Schließlich war er es, der die Veröffentlichung von *Die indische Prinzessin* in die Wege leitete, also kann er nicht abstreiten, dass ich jetzt eine Schriftstellerin bin.

Inspektor Lark habe ich schon eine ganze Weile nicht mehr gesehen, seit Anfang September nicht, um genau zu sein. Mr Harding sagte, er sei krank. Zwischenzeitlich wird er ersetzt durch seinen Assistenten Sergeant Gerard. An Gerard erinnere ich mich von vor sechs Jahren, als ich den Inspektor und ihn am Tag nach dem Mord vor Finkelsteins Juwelierladen sah. Zufällig hörte ich ihr Gespräch mit (wobei ich nicht leugnen will, dass ich mich hinter einem Baum versteckte, denn sicher fragst du dich, wie ich das zufällig gehört haben will!) und weiß noch genau, was sie sprachen. Sie wollten das Geschäft nach Unterlagen durchsuchen, die als Beweismittel dienen könnten. Natürlich hätte ich das Gespräch nicht hören sollen, aber wie gelangt eine Schriftstellerin sonst an Informationen?! Ich erinnere mich deshalb so gut an Gerard, weil ich glaubte, dass Mr Melville, als er den ganzen bösartigen Unfug über die Morde schrieb, seine Kenntnisse vom Sergeant oder von einem seiner Männer haben musste, die ihm die Infamitäten über Juweliere vom Schlage Finkelsteins erzählten – du erinnerst dich sicher, es kam ja heraus, dass er oft Schmuck aus Steinen anfertigte, die nach London geschmuggelt oder auf dem Schwarzmarkt erstanden worden waren. Mittlerweile bin ich zu dem Schluss gekommen, dass es nicht Gerard gewesen sein kann, weil er genauso aufrecht und ehrlich ist wie Inspektor Lark und weil der Inspektor keinen Kollegen haben würde, dem er nicht vertraut.

Nur deswegen willigte ich ein, mit Gerard in die Kakaostube im Paddington Station zu gehen, als er das letzte Mal beim *Mercury* war. Keine Sorge, ich habe nicht die mindeste Absicht, mir einen Liebsten zuzulegen. So schnell vergesse ich nicht, dass es ein Mann war, der meine Mam dazu brachte, sich nächtelang die Augen auszuweinen, und der Ellen und mich am Hungertuch nagen ließ. Nein, ich willigte ein, mit Sergeant Gerard auszugehen, weil ich hoffte, er könnte mir sagen, ob sie denn damals tatsächlich etwas in Finkelsteins Laden fanden. Die Frage ging mir immer im Kopf um, und die Lehrerinnen am Queen's College haben mir zwar meine Umgangssprache ausgetrieben, nicht aber meine Neugier. Wie du merkst, bin ich immerhin zu einer Briefschreiberin geworden. Als ich dir damals, bei deiner ersten Indienreise, von Devil's Acre aus schreiben wollte, hatte ich Angst, das Papier mit der Feder zu verschandeln, und zwischen dem Nachdenken und dem Eintauchen des Kiels in die Tinte lösten sich alle Worte aus meinem Kopf einfach in Luft auf. Damals hatte ich noch nicht dieselbe Übung wie heute und konnte nicht gleichzeitig überlegen und schreiben. Ich kann immer noch nicht so gepflegt reden, wie ich mittlerweile schreibe, aber da ich ja eine Schriftstellerin bin, sind die auf Papier gebannten Worte meine Stimme, und niemand braucht zu wissen, dass ich gelegentlich fluche, dass ich Hosen trage und rauche.

Aber zu meiner Verabredung mit Gerard. Er sagte, seines Wissens gebe es keine Vorschrift, dass er nicht über die Beweismittel in einem bereits abgeschlossenen Fall reden dürfe. Und so erzählte er mir, dass der Laden tatsächlich von jemandem durchsucht worden war, den Dieb kurioserweise aber der Schrank mit den Zeichnungen und Dokumenten am meisten interessierte. Keiner von Finkelsteins Edelsteinen fehlte, auch kein Schmuck, bis natürlich auf das Diamantenjuwel, an dem er mutmaßlich in der vorhergehenden Nacht gearbeitet hatte. Den Schluss zogen sie, weil der Juwelier die Zeichnung für das Amulett mit den neun Diamanten in der Westentasche bei sich hatte. Gerard sagte, Lark habe sich gefragt, ob die Person, die den Laden durchsuchte, nicht nach ebender Zeichnung in Finkelsteins Tasche gesucht habe, und das führte ihn zu dem Verdacht, dass es sich beim Mörder und beim Dieb womöglich um zwei unterschiedliche Personen handelte! Warum allerdings jemand die Zeichnung haben wollte, war Sergeant Gerard schleierhaft. Er sagte, es gäbe Anzeichen dafür, dass es in dem Laden zu einem Handgemenge gekommen sei, doch Finkelsteins Leiche lag draußen auf der Straße, und es hatte nicht den Anschein, als habe er sich in irgendeiner Weise gewehrt. Dies, so Gerard, deute darauf hin, dass die Rauferei zwischen zwei – oder mehreren – anderen Personen stattfand.

Mir fiel wieder ein, was du mir von deinem Haarbild-Anhänger erzählt hattest – dass Inspektor Lark an dem Tag über ebendiese Punkte mit dir sprach. Ich fragte Gerard nach dem Grund, und er erklärte, dass eine zweite Zeichnung – die für deinen Anhänger – auf Finkelsteins Werkbank lag, als habe er in derselben Nacht auch daran gearbeitet. Weshalb, hat Lark nie verstanden, und genauso wenig fand er je heraus, wann das Haarbild abgeholt wurde. Er verhörte Lady Herberts Diener, der ihm erklärte, er habe das Haarbild am Nachmittag vor dem Mordtag abgeholt, aber in Finkelsteins Büchern tauchte keine Notiz darüber auf, nur ein nicht näher benannter Auftrag von Lady Herbert, der an dem Nachmittag zugestellt – und nicht abgeholt! – wurde.

Was deinen Anhänger betrifft, frage ich mich immer noch, wie er abhanden gekommen sein kann.

Gerard sagte, dass sie Vikram als Mörder verdächtigten, bis

er selbst getötet wurde. Er stand unter Beobachtung, weil die Polizei von den Dockarbeitern am Temple Pier wusste, dass er mit Opium handelte und man ihn in der Nähe von Hatton Garden gesehen hatte.

Ellen erzählte mir einmal, dass es eine Prinzessin gäbe, der »Victors« (Vikrams) große Liebe galt und für die er alles tun würde. Ich weiß noch, ich fragte sie, woher sie wisse, dass Victors Liebste eine Prinzessin sei, und sie meinte, das Mädchen sei wunderschön und lebe in einem Schloss, obwohl sie früher ganz arm gewesen sei. Ich glaube, in ihrem wirren Köpfchen wünschte Ellen sich, dass sie diese Prinzessin wäre, so wie sie sich ja auch wünschte, sie wäre die kleine Meerjungfrau. Sie hätte alles darum gegeben, dass Vikram sie mit nach Indien nahm, sie merkte nicht, was für ein Mensch er in Wirklichkeit war. Vikram erzählte Ellen, dass seine Prinzessin von der Göttin auserkoren sei, ihren Schatz zu hüten, und deshalb wusste Elly, dass sie eine ganz besondere Person sein musste. Er sagte, sie müsse haben, was immer ihr Herz begehre, denn sonst würde sie sehr böse. Ellen dachte, dass Vikram Angst vor seiner Prinzessin hatte, denn manchmal war das Küken überhaupt nicht wie ein Kind, sondern konnte in Menschen hineinblicken, als habe sie viel länger auf dieser Welt gelebt als nur einige wenige Jahre. Das ist alles in *Die indische Prinzessin* eingeflossen.

Es erscheint mir Ewigkeiten her, dass Ellen und ich in dem Kellerraum im White Hart lebten und die schreckliche Sache mit Priester-Joe geschah. Selbst jetzt wird mir das Herz schwer und wund, wenn ich an ihn denke, denn er wurde zu Unrecht angeklagt. Ich weiß, dass Joe kein Verbrechen beging. Ich habe all die Jahre ein Geheimnis gehütet, seit dem Tag, an dem Ellen starb, und ich kann dir nur sagen, wenn du *Die indische Prinzessin* gelesen hast, kannst du vielleicht erraten, was wirklich mit Vikram passierte, den wir als Victor kannten. Irgendwann einmal erzähltest du mir, du schriebest, um deinen Kopf zu leeren, wenn alle Gedanken und Erinnerungen wild durcheinander purzeln. In meinem Kopf herrschte auch ein heilloses Wirrwarr, bis ich den Roman fertig geschrieben hatte, und jetzt ist es, als hätten die Erinnerungen einen anderen Ort, an dem sie weiterleben können – ich brauche sie nicht mehr in meinem Kopf herumzutragen. Ich weiß, dass Elly das versteht und dass ich ihr Geheimnis nicht verraten habe. Mehr will ich darüber nicht sagen.

Ich warte begierig auf dein Urteil über meinen Roman. Vielleicht findest du, dass die Atmosphäre nicht richtig getroffen ist, dann sage mir das bitte. Ich habe so viele Bilder im Kopf von deinen Briefen und Artikeln, und auch von Julia Margaret Cameron, die mir mit dem Auge der Fotografin ihre Kindheitserinnerungen an Kalkutta schilderte. Sie meinte, womöglich könnte ich auch dort einen Verleger finden; offenbar gibt es in Kalkutta viele Drucker, sodass dort jedes Jahr Hunderte von Büchern und Kurzgeschichten und Gedichten auf Englisch erscheinen. Ich schreibe dir vor Weihnachten noch einmal, Lily.

Alles erdenklich Gute und Liebe,
Sarah

Susana steckte den Brief in den Leinenumschlag zurück, der wie das Büttenpapier in erstaunlich gutem Zustand war. Vermutlich hatte niemand ihn mehr in die Hand genommen, seit Lily ihn mit den anderen Briefen zum Bündel gelegt und mit schwarzem Satinband umwickelt hatte. Jedes Bündel in der Hutschachtel trug ein Datum, das Lily selbst auf ein Gepäcketikett geschrieben und an die Schleife geknotet hatte. Das war sehr nützlich, fast, als wolle Lily ihr die Arbeit erleichtern. Sarahs Brief war der erste, den Susana von Anfang bis Ende gelesen hatte, nachdem sie mehrere andere nach den ersten Zeilen als belanglos beiseite gelegt hatte.

Offenbar hatte Lily in späteren Jahren von Indien aus mit mehreren Leuten korrespondiert, obwohl Susana noch immer nicht wusste, ob Lily in der Zwischenzeit nach England zurückgekehrt oder einfach dort geblieben war. In vielen Briefen, die ihr an den *London Mercury* geschickt wurden, kam entweder Zustimmung oder Missbilligung über ihre »orientalischen

Schreibereien«, wie eine ältere Frau es abschätzig nannte, zum Ausdruck. Vermutlich hatte jemand bei der Zeitung, vielleicht sogar Sarah, die Post an Lily weitergeleitet. »Mr Evans« hatte also aus dem Ausland weiterhin Beiträge geliefert, womöglich mittels der damals schon bestehenden telegrafischen Verbindung zwischen Indien und England. Dem empörten Ton einiger Leserbriefe nach zu urteilen, äußerte Lily sich darin eher kritisch über die britische Herrschaft in Indien.

In diesem Bündel gab es einen zweiten Brief, den Susana zum Lesen beiseite gelegt hatte, nachdem sie ihn überflogen und die Unterschrift gesehen hatte. Er stammte von John Lark und fesselte Susana sofort. Lark war der Inspektor, den Sarah O'Reilly in ihrem Brief erwähnte und der offenbar auch mit der Aufklärung der Morde beauftragt war.

Susana warf einen Blick auf Larks Brief, der in einer ordentlichen, steilen Handschrift auf schlichtem elfenbeinweißem Papier verfasst war. Jetzt wusste sie genau, wonach sie im Zeitungsarchiv suchten musste: Der *London Mercury* hatte über die Morde berichtet, und sie hatten 1864 stattgefunden. Der zuständige Journalist hieß Melville, und Lilys Pseudonym war Mr Evans. Sie nahm Larks Brief zur Hand und legte ihn dann wieder fort; noch konnte sie sich nicht darauf konzentrieren.

Das Licht des frühen Frühlingsmorgens fiel in ihren kleinen Garten. Während sie in Indien war, hatten eine Vielzahl später Frühlingsblumen den Rasen in eine bunte Wiese verwandelt, und das hatte ihre Heimkehr noch schöner gemacht.

Susana schaute auf den Tisch, auf dem sie mittlerweile den ganzen Inhalt der Hutschachtel ausgebreitet hatte. Wegen des Jetlags war sie früh aufgewacht und hatte sich sofort auf die Briefe gestürzt; erst etwas später wurde ihr klar, dass sie Gefahr lief, sich allzu weit vom Thema ihrer Recherche zu entfernen. Seit Lily Korechnya ihre Neugier geweckt hatte, beschäftigte sie sich kaum noch mit ihren anderen Schriftstellerinnen. Eine Rohfassung des ersten Kapitels, in dem sie ihre Protagonistinnen vorstellte, lag unter einem Bündel von Lilys Briefen vergraben. Durchaus symbolisch, dachte sie.

Sie hatte derart viel Material über die unterschiedlichsten unkonventionellen Frauen gesammelt, die alle nach Indien gereist waren, dass ihr die Entscheidung schwer gefallen war, welche sie in ihr Buch aufnehmen sollte. Zu guter Letzt hatte sie beschlossen, sich auf Schriftstellerinnen aus viktorianischer Zeit zu beschränken, was viele Kandidatinnen ausschloss, weil sie entweder ihre Indienreisen außerhalb der Regierungszeit Queen Victorias unternahmen oder weil sie nicht schrieben. Bei einigen war es ihr sehr schwer gefallen, auf sie zu verzichten, so sehr hatte sie sie ins Herz geschlossen. Die Irin Margaret Noble etwa, die in Kalkutta lebte und deren Post von der Polizei abgefangen wurde, weil sie die radikalen Nationalisten in Indien unterstützte. Aber auch Lady Hailey, eine herausragende Schützin, die mit ihrer 22-Kaliber-Waffe Blumen pflückte und sich zusammen mit ihrem zahmen Bären in der Rikscha herumkutschieren ließ. Dann gab es noch eine Mrs James Hall, die im Militär des Nizam von Hyderabad gedient hatte. Sie hatte in der Kleidung eines Mogulkriegers ein Frauenbataillon kommandiert, das den Harem des Nizams bewachte, und war ins Gefängnis gesperrt worden, weil sie einen Dieb erschlagen hatte.

Wenn sie eine Kopie von Lily Korechnyas Artikel über den Kalitempel fand, dann, so hoffte Susana, hätte sie ein Gegengewicht zu den zynischen Essays von Emma Roberts, die die Hindus als »bigotte Anbeter Brahmas« bezeichnete. Roberts war Journalistin und Herausgeberin des in Kalkutta erschienenen *Oriental Observer* gewesen und hatte immer wieder den zivilisierenden Einfluss hervorgehoben, den die Briten auf die »Eingeborenen« hatten. Im Gegensatz zu Emma Roberts und vielen anderen ambitionierten Frauen, die sich zu Indien und zum Schreiben hingezogen fühlten, hatte Lily weder die britische Verwaltung in Indien bewundert noch die Gesellschaft, die die Beamten bildeten. Ihre Briefe verdeutlichten, dass sie die Einmischung der Briten in die regionale Verwaltung missbilligte und auch wenig von den christlichen Missionsstationen und Waisenhäusern hielt. Was Lily ansprach und faszinierte, war vielmehr das Neue und Fremdartige. Nur eine von Susanas Frauen war der Seele Indiens ebenso verfallen wie Lily, und das war Adela Florence Cory, die ebenfalls unter einem männlichen Pseudonym schrieb.

Adela Florence hatte sich in einen Colonel der bengalischen Kavallerie verliebt und ihn vom Fleck weg geheiratet. Als unentwegte Abenteurerin war sie, als Junge verkleidet, ihrem Mann auf einer gefährlichen Mission an die Grenze zwischen Indien und Afghanistan gefolgt. Unter dem Namen Laurence Hope veröffentlichte sie den Gedichtband *The Garden of Kama*, den Susana in einem Antiquariat auf der Charing Cross Road gefunden hatte. Als sie nun in dem Band blätterte, stieß sie auf ein Gedicht, das sie mittlerweile auswendig kannte:

> Und doch, von Kummer und Trauer umgeben,
> Schenkt ein Gedanke mir stets Trost:
> Ich durfte einst ein Seelenglück erleben,
> Dein Herz, es ward von mir liebkost.

Sie hatte das Gedicht zum ersten Mal kurz nach Dans Tod gelesen, davor hatte sie noch nie von Adela Florence Cory gehört. Später stellte sie fest, dass deren Leben ebenso exotisch und romantisch war wie ihre Gedichte. Es schien nur passend, dass sie kurz nach dem Tod ihres Mannes Selbstmord beging, zwei Jahre nach Erscheinen von *The Garden of Kama*. Als die Archivarin in der Bodleian Library Susana die Schublade mit Lilys Briefen gab, hatte obenauf ein Gedicht von Adela Florence gelegen. Das war eine merkwürdige Fügung.

Susana fuhr sich durchs Haar und betrachtete den Tisch. In Momenten wie diesem erschien ihr die Aufgabe, die vor ihr lag, wie ein unüberwindlicher Berg. Zumindest hatte sie mittlerweile genügend Erfahrung, um den emotionalen Anteil bei der bevorstehenden Arbeit zu kennen. Gut die Hälfte dessen, was zu tun war, hatte sie getan, und jetzt kam es ihr vor, als würde sie auf der Stelle treten. Das Buch war erst bruchstückhaft in ihrem Kopf vorhanden, doch die anfängliche Aufregung, an einem neuen Projekt zu arbeiten, hatte sich gelegt. In dieser Phase konnte sie nie glauben, dass sie je den Faden finden würde, um alles zusammenzuführen. Und was noch schlimmer war, im Augenblick konnte sie sich nicht auf Emma Roberts und nicht einmal auf Adela Florence konzentrieren, weil sie nur darauf brannte herauszufinden, was aus Lily Korechnya und Sarah O'Reilly geworden war.

Widerwillig faltete sie Larks Brief zusammen; den zu lesen, gestattete sie sich erst, wenn sie mit ihren anderen Recherchen ein Stück vorangekommen war. In einer halben Stunde öffnete das Zeitungsarchiv in Colindale, und sie hatte noch nicht einmal gefrühstückt.

XII

Als Miranda im Taxi durch Genf fuhr, machte die Stadt einen sehr sauberen Eindruck auf sie. Die Straße am baumbestandenen See entlang erschien ihr eine passende Adresse für das Hauptquartier der Weltgesundheitsorganisation, des Weltkirchenrats und des Nestlé-Konzerns. Letztgenannter mochte, was moralische und ethische Gesichtspunkte anging, weniger »sauber« sein, doch da das Unternehmen vorwiegend für seine Schokolade bekannt war, konnte man sich vorstellen, dass in den Räumen die hygienischen Zustände einer Konditorei herrschten und die Mitarbeiter mit weißen Kitteln und Gesichtsmasken umhergingen.

Gähnend betrachtete Miranda den Springbrunnen, angeblich der größte der Welt, aus dem eine Fontäne weißes Wasser hoch in die Luft stieg und fächerförmig auf die glasklare Seefläche zurückfiel. Sie hätte nicht so lange mit Tash aufbleiben und reden sollen, wenn sie sich schon einen Platz auf dem frühesten Flug von Heathrow nach Genf gebucht hatte.

Den ganzen Sonntag war sie unzufrieden gewesen, ohne den Grund dafür zu kennen. Nachdem sie Tash von dem Druck vorgejammert hatte, die Auktion zu einem Erfolg zu machen, war ihr schließlich klar geworden, dass die Arbeit ihr einfach nicht mehr so viel Spaß machte wie früher. Ihr Schwung war dahin. Und sofort bekam sie ein schlechtes Gewissen wegen ihrer Leidensmiene. Im Grunde könne sie sich nicht beklagen, sagte sie zu Tash, und sobald die Auktion vorüber sei, würde sie wieder zu ihrer alten Lebens- und Kampfeslust zurückfinden.

In diesem Moment wollte sie nicht darüber nachdenken,

wovor Tash sie gewarnt hatte. Sie sagte sich, dass sie doch gefeit war gegen die Anfälligkeit anderer beruflich ehrgeiziger Frauen an der Grenze zu vierzig, die die biologische Uhr ticken hörten. Sie brauchte doch keinen Partner und kein Kind, sie hatte einfach nicht die Zeit für die Unannehmlichkeiten, die das alles mit sich brachte. Ihre Erschöpfung rührte einfach daher, dass sie dringend einen Urlaub brauchte. Seit sie aus Indien zurückgekommen war, blitzten in ihrem Kopf mit der Regelmäßigkeit von Neonreklamen die Plakate auf, die sie in Benares am Flughafen gesehen hatte und die für die Malediven und Goa warben. Am meisten drängten sich ihr diese Bilder auf, wenn sie morgens in der U-Bahn saß, umgeben von anderen Pendlern, die schon erschöpft aussahen, noch bevor sie das Büro erreichten.

Miranda seufzte tief, und der Taxifahrer warf ihr im Rückspiegel einen Blick zu. Vielleicht fragte er sich, warum jemand, der hier zu Besuch war, seufzen sollte. Schon bei früheren Reisen in die Schweiz war ihr aufgefallen, welche Wirkung die politische Neutralität des Landes und der große Wohlstand auf die Bevölkerung hatten. Hier gab es keine Armut, keine rostigen Autos waren auf den frisch geteerten Straßen und Autobahnen unterwegs, nirgends sah man vernachlässigte Häuser, Brachlandschaften oder Graffiti, die öffentliche Gebäude entstellten. Folglich wurden die Schweizer weit weniger von den Ängsten heimgesucht, die den Großteil der westlichen Welt quälten. Vielleicht sollte sie sich nach einem Job in Genf umsehen …

Das Taxi setzte sie vor einem dunkel verglasten Bürogebäude im verkehrsberuhigten Stadtzentrum ab. Hier befand sich das Hauptquartier des renommierten Genfer Diamantenhandels. Eine ganze Etage wurde von der Edelsteinbörse eingenommen, darüber befanden sich die Räumlichkeiten mehrerer Händler, einiger Makler und exklusiver Einzelhändler.

Als die Drehtür Miranda lautlos in das Gebäude beförderte, hatte sie das Gefühl, in eine Festung geraten zu sein. Überall standen Sicherheitsposten, jeder Eingang war von

Wachleuten flankiert. Miranda bemerkte zwei Männer, die mit ihren kleinen Funksteckern im Ohr, den dunklen Anzügen und dem stämmigen Körperbau an die Hollywoodausgabe von CIA-Agenten erinnerten. Mehrere Leute betraten oder verließen das Gebäude, einige kamen ihr bekannt vor, obwohl sie nicht sagen konnte, wer sie tatsächlich waren. Auf Geschäftsreisen begegnete sie häufig denselben Menschen, die zum Teil wie sie für Auktionshäuser arbeiteten, teils Händler oder Sammler waren. Besonders häufig begegnete sie diesen vertrauten Unbekannten auf Diamantenmessen. Sie fragte am Empfang, auf welcher Etage Mr Ariels Räume lagen, und drückte dann auf den beleuchteten Plexiglasknopf, um den Lift zu holen.

Von Mr Ariels Büro schweifte der Blick über den Genfer See und die schimmernden französischen Alpen im Hintergrund. Kurz gab Miranda sich der Vorstellung hin, sie bräuchte sich jetzt nicht förmlich hinzusetzen und Geschäftliches zu besprechen, sondern könnte sich mit einem Cappuccino in die riesige schwarze Ledercouch sinken lassen und zum Fenster hinausschauen.

»Guten Morgen, Miss Godfrey«, begrüßte der Makler sie zuvorkommend. »Darf ich Ihnen einen Kaffee anbieten? Sie haben London heute Morgen doch bestimmt vor dem Frühstück verlassen!«

»Ein Kaffee wäre großartig. Ich frühstücke normalerweise überhaupt nicht, aber der Kaffee im Flugzeug ist ungenießbar.«

»Das ist überhaupt kein Kaffee«, sagte Mr Ariel abschätzig und gab damit deutlich zu erkennen, dass er Franzose war. »Bitte, nehmen Sie doch Platz.« Er deutete auf das Sofa, und dankbar setzte Miranda sich. »Ich bitte meine Sekretärin, uns etwas Genießbares zu holen. Möchten Sie einen Espresso, einen Café au lait, einen Cappuccino …?«

Miranda lachte. »Wahrscheinlich sollte ich Ihnen das nicht sagen, aber gerade habe ich mir gewünscht, auf diesem Sofa zu sitzen und einen Cappuccino zu trinken!«

»Ihr Wunsch ist mir Befehl«, sagte Mr Ariel und deutete eine Verbeugung an. Dann griff er zum Hörer und bestellte auf Französisch einen Cappuccino und einen Espresso.

»Sind Sie erst seit kurzem in Genf?«, fragte Miranda gesprächshalber, als er sich zu ihr aufs Sofa in gebührendem Abstand setzte.

»Ja. Früher war ich in Antwerpen, aber hier gibt es mehr Möglichkeiten.«

Miranda nickte. Genf war eine Freihandelszone für Importe aus aller Welt. »Wie ich schon am Telefon sagte, ich möchte einige Steine kaufen, die nicht bereits auf dem Markt waren …«

»Natürlich«, meinte der Makler mitfühlend.

»… vor allem Fancys, und wenn möglich, größer als zehn Karat.«

Einen Moment schwieg Mr Ariel. »Ich fürchte, ich habe Sie unter falschen Voraussetzungen hergelockt, Miss Godfrey. Ich sollte heute Vormittag einige außergewöhnliche Diamanten bekommen, aber offenbar gab es ein kleines Missverständnis, was den Preis betraf … Der Verkäufer war von meinem Gebot nicht sonderlich beeindruckt. Bei ein paar Diamantschmuckstücken konnten wir uns zwar auf einen Preis einigen, aber sie sind aus der Mogulzeit und damit zu alt …«

»Mogulschmuck?«

Ariel nickte. »Natürlich ist er nicht ganz legal, bis er in der Schweiz ist. Das ist einer der Gründe, warum ich mein Unternehmen nach Genf verlegt habe.«

»Ich bin gerade selbst aus Indien zurückgekommen und habe dort einige wunderschöne Schmuckstücke gesehen«, sagte Miranda verständnisvoll. »Es tat mir sehr Leid, dass ich keine Mittel und Wege finden konnte, um die Antiquitäten zu exportieren. Dürfte ich den Schmuck sehen?«

»Aber natürlich. Und dann zeige ich Ihnen die Diamanten.«

Miranda nickte und machte Anstalten aufzustehen.

»Bitte, bemühen Sie sich nicht, Sie sitzen behaglich.« Der

Makler ging zu seinem Schreibtisch und steckte eine Sicherheitskarte in ein Schloss. Einen Augenblick später rollte er ein elegantes Safe zur Couch hinüber. Hinter der Tür des Safes verbarg sich eine Art Aktenschrank. Miranda vermutete, dass in seinem Tresorraum viele dieser schwarzen Schränke standen. Als Mr Ariel die erste Schublade öffnete, wusste Miranda sofort, von wem er den Schmuck erworben hatte: Ravi.

»Den Schmuck kenne ich.«

»Ah. Und Sie konnten ihn natürlich nicht exportieren.«

»Nein.«

»Aber hier werden keine Fragen gestellt.«

»Aus genau dem Grund habe ich mir einmal überlegt, mich in der Schweiz selbständig zu machen, Mr Ariel, aber ich bin mir nicht sicher, ob ich mich wirklich dafür eigne. Wenn ich Gesetze breche, werde ich nervös.«

»Aber weder Sie noch ich brechen hier das Gesetz; wir kaufen und verkaufen doch nur. Wenn diese Stücke ...«, der Makler deutete auf die offenen Schubladen, in denen es wie von Lichtfunken glitzerte, »... nicht hier wären, würde niemand sie je sehen und würdigen können. Ich stimme nicht überein mit denen, die fordern, dass alle Schätze im Land ihrer Herkunft bleiben sollen. Was würde dann aus den Kunstgalerien und Museen werden? Die Menschen haben die Kunstgegenstände anderer Völker ge- und verkauft, schon lange bevor die Römer glaubten, den Handel zu erfinden!«

Seine Sekretärin brachte ein Lacktablett herein, auf dem Kaffee und Gebäck auf feinstem rubinrotem Porzellan standen. Sie wirkte auf eine mühelose Art elegant und anmutig, und Miranda war froh, dass sie sich für ihren schwarzen Hosenanzug von Armani entschieden hatte. Nachdem die Sekretärin gegangen war, trank Miranda von ihrem Cappuccino, biss in ein Nusshörnchen und beschloss, ohne Umschweife zur Sache zu kommen.

»Mr Ravi hat die Diamanten also noch?«

»Ah, Sie kennen sich also.«

»Nicht wirklich. Ich bin nach Indien gereist in der Hoffnung, ein paar Diamanten zu kaufen, aber Mr Ravi wollte sich nicht von ihnen trennen.«

»Soweit ich weiß, hat er die Steine noch, aber wer weiß, wie lange. Ich hätte sie gerne genommen, sie sind wirklich außergewöhnlich, aber seine Preisvorstellung war exorbitant. Eine sechsstellige Summe ginge noch an, aber eine siebenstellige übersteigt meine Möglichkeiten. Andererseits sind die Diamanten natürlich unbezahlbar, und vermutlich wird er recht bald einen Käufer finden. In Genf ist nichts unmöglich.«

Miranda schaute zu den Bergspitzen der Alpen am Horizont, auf denen trotz der Wärme der letzten Wochen noch Schnee lag. Ihr vorherrschendes Gefühl war Frustration. Warum hatte Ravi die Diamanten nicht von der übrigen Sammlung trennen wollen, wenn es für ihn so einfach war, den antiken Schmuck in die Schweiz zu bringen und hier zu verkaufen? Er wurde ihr immer unsympathischer. Dann fiel ihr etwas anderes ein. Es konnte nicht schaden, danach zu fragen. »Mr Ariel – als Mr Ravi Ihnen die Sammlung zeigte, haben Sie da einen viktorianischen Anhänger mit einem Haarbild gesehen?«

Überrascht blickte Ariel zu ihr und schüttelte den Kopf. »Ich glaube nicht. Das wäre mir unter den funkelnden Fußkettchen und Nasenringen der Maharani bestimmt aufgefallen.«

Miranda nickte. Eine tiefe Enttäuschung machte sich in ihr breit. »Vielleicht sollte ich mir jetzt Ihre Diamanten ansehen.«

Als sie schließlich das Gebäude verließ, hatte sie zwei passende gelbe Diamanten von zwölf Karat im Tafelschliff und einen etwas kleineren Brillanten erworben, der eine ungewöhnliche Amethystfärbung hatte. Die Steine würden rechtzeitig für die Auktion zu Hanovers geschickt werden. Es war ein kleiner Deal angesichts dessen, was Miranda in den kommenden drei Wochen noch bewältigen musste, aber der Abschluss ließ sie doch positiver in die Zukunft sehen.

Sie rief Charlotte an, um ihren Erfolg zu vermelden und zu sagen, dass sie die Nacht in Genf bleiben würde, um einer weiteren Spur zu folgen, und sich im Marriot ein Zimmer genommen hatte. Von ihrer Suite im elften Stock bot sich Miranda das Panorama der Alpen dar, und sie war erfüllt von der Weite der Natur und dem Gefühl, dass alles möglich sei.

Mit dem Hörer in der Hand setzte sie sich auf das breite Bett und ließ sich – nachdem sie sich vergewissert hatte, dass Mr Ravi nicht ebenfalls im Mariott abgestiegen war – von der Vermittlung mit einem internationalen Hotel nach dem anderen vermitteln. Er hatte sich in keinem der üblichen Fünfsternehotels einquartiert, und nach einer halben Stunde begann Miranda das Herz zu sinken; vielleicht hatte sie ihn verpasst, und er war bereits wieder auf dem Heimweg? Aber nein, dort hatte mittlerweile die Regenzeit begonnen. Wahrscheinlicher war, dass er irgendwo in Europa eine Zweitwohnung hatte.

Die Dame an der Vermittlung schlug ihr schließlich vor, es doch bei den kleineren, exklusiveren Hotels zu versuchen. Und tatsächlich, beim dritten Anlauf wurde Miranda fündig – in einem Luxushotel am Rand der Stadt hatte in der Tat ein gewisser Mr Ravi ein Chalet gemietet. Im Moment hielt er sich allerdings nicht dort auf, also hinterließ Miranda eine Nachricht und ihre Handynummer. Dann widerstand sie der Versuchung, unter die luxuriöse Satindecke zu schlüpfen, und ging zum Mittagessen hinaus.

Sie befand sich in einem Teil von Genf, der sie nicht zum Einkaufen lockte. Louis Vuitton und Gucci waren nicht ihr Stil, sie mochte weder Pelzmäntel noch Accessoires aus Krokoleder, und Uhren interessierten sie ausschließlich als Gebrauchsgegenstand. Überhaupt gab es hier derart viele Uhr- und Juwelierläden, dass sie sich fast in die New Bond Street versetzt fühlte. Nach einem Lunch, bestehend aus geräuchertem Lachs, Frischkäse und warmem, knusprigem Brot, spazierte sie am See entlang, bis sie eine Bank in der Sonne fand. Dort ließ sie sich nieder und beobachtete die Schwäne, die majestätisch an ihr vorbeiglitten im sicheren Bewusstsein, dass sie weitaus schöner waren als Enten. Dabei überlegte Miranda, wie sie die Zeit, in der sie auf Ravis Anruf wartete, füllen sollte. Erst da fiel ihr ein, dass sie morgens noch schnell *Die indische Prinzessin* eingesteckt hatte, sich den Flug aber mit *Vanity Fair* und *Harper's* vertrieben hatte.

Miranda holte das Buch von Sarah O'Reilly hervor, das Susana in einen Schutzeinband aus Plastik gesteckt hatte. Das tat sie vermutlich automatisch, da sie ständig mit alten Büchern zu tun hatte. Miranda schlug es auf. Die Seiten waren dick und sehr klein bedruckt und rochen etwas muffig. Das erste Kapitel begann auf halber Höhe der Seite unter zwei geschwungenen Federn rechts und links der Überschrift.

Sarasvati wollte nicht die Frau eines Fluss-Wallahs sein. Sie träumte davon, zur legendären wilden Frauenarmee zu gehen, der Zuffar Plutun. Einmal hatte sie die Kriegerinnen gesehen, wie sie durch ihr Dorf ritten, das Haar unter einem weißen Turban verborgen, blitzende Dolche und Säbel am Gürtel. Als sie vorüber waren, feixten die Männer über den breiten Rücken der Frauen, ihre leuchtenden Tuniken und Beinlinge aus Yakhaut, aber das wagten sie erst, nachdem die Zuffar Plutun fort waren.

Sarasvati hatte keiner Menschenseele von ihrem Traum erzählt, ein anderes Leben zu führen als das, was ihr Vater für sie bestimmte, doch in ihrem Herzen wusste sie, dass sie frei war, wenn sie nur wagte, frei zu sein. Als sie zum ersten Mal an Diwali, dem Lichterfest, tanzte und die Geschmeidigkeit ihrer Hände Bewunderung hervorrief und ebenso die Art, wie ihre Gliedmaßen sich fließend im Rhythmus der Trommelschläge bewegten, befand ihr Vater, dass sie Unterricht nehmen müsse. Tänzerinnen machten oft gute Partien oder wurden als Konkubinen an wohlhabende Männer verkauft, und Sarasvati war nun schon dreizehn und alt genug, um zu heiraten.

Den Maharadscha, für den die Fluss-Wallahs sich plagten und dem die ganzen Schätze des Wassers gehörten, hatte sie noch nie gesehen. Die Frau des Dorfpriesters sagte, die Wände seines Palastes seien mit Mosaiken aus Lapislazuli und Diamanten bedeckt, die wie der Sternenhimmel funkelten. Sie sagte auch, dass er einen Diener habe, der einen Kristall zu schleifen vermochte, bis er wie die Träne eines Gottes glitzerte. Das hielt Sarasvati für eine Lüge. Die Götter vergossen keine Tränen – worüber sollten sie denn weinen?

Sie hieß Sarasvati nach dem Fluss und dessen Göttin, weil sie an seinen Ufern geboren worden war, ganz plötzlich, als ihre Mutter dort hockte und auf den Steinen Wäsche wusch. Sarasvati glitt aus ihr heraus ins Wasser und sei, so berichtete ihre Mutter, ganz zufrieden dort herumgeschwommen, bis die anderen Frauen kamen. Die Dorfbewohner glaubten, dass der heilige Wasserweg Sarasvati, der verlorene Fluss der heiligen Schriften, ebendieser Strom war, dem sie ihren Lebensunterhalt verdankten, doch in Nordindien gab es viele Stämme, die dies von ihren Flüssen behaupteten. Die Dorfbewohner hielten die angeschwemmten Diamanten für den Beweis, dass die Flussgöttin hier lebte, denn sie war mit Juwelen behängt, als sie dem Munde Brahmas entsprang. Und sie war in Gelb gekleidet.

Wenn Sarasvati nachts im Fluss badete, wünschte sie sich sehnlich, einmal den scharfen Rand eines Kristalls unter der Fußsohle zu spüren. Das nächtliche Bad im Fluss nahm sie immer, wenn Venus aufging, denn das war die beste Zeit, einen Diamanten zu finden. Sie wusste, ein kleiner Stein konnte eine arme Familie zu Wohlstand bringen, wenn sie wagte, ihn zu behalten. Sarasvati überlegte, wie es möglich wäre, einen Kristall zu verstecken, mit ihm nach Benares zu gehen und ihn einem Edelsteinhändler zu verkaufen. Dann würden sie und ihre Familie ihren Reis aus goldenen Schüsseln essen, und sie würde parfümiertes Öl auflegen und aus Seide gewebte Saris tragen. Dann endlich wäre sie jemand.

Mirandas Handy läutete.

»Miss Godfrey? Hier ist Shival Ravi.«

Miranda atmete tief durch und ermahnte sich, gelassen und direkt zu sein.

»Mr Ravi, vielen Dank, dass Sie zurückrufen. Könnten wir

vielleicht einen Termin für heute vereinbaren und uns über eine Auktion Ihrer Diamanten unterhalten?«

Eine kurze Weile herrschte Stille. »Darf ich Sie fragen, woher Sie von den Steinen wissen?«

»Ich komme von Hanovers in London. Vor kurzem war ich in Benares und habe mich dort mit Ihrem Agenten getroffen. Heute Vormittag sah ich den Schmuck, den Sie Mr Ariel verkauft haben, und erkannte ihn wieder.«

»Und dann haben Sie mich aufgespürt?« Er klang belustigt.

»Ja. Verstehe ich es recht, dass die Diamanten noch zu verkaufen sind?«

»Zu verkaufen ja, aber nicht bei einer Auktion.«

Sie gestattete sich nicht, ihrer Enttäuschung nachzugeben. »Darf ich nach dem Grund fragen?«

»Mir ist davon abgeraten worden.«

Bleib gelassen, schärfte sie sich ein.

»Mr Ravi, darf ich vorschlagen, dass wir uns treffen – vielleicht heute Abend, wenn Sie Zeit haben?«

»Ich habe Zeit. Kennen Sie das Hotel du Lac?«

Als das Gespräch beendet war, galt Mirandas erster Gedanke ihrer Garderobe. Sie hatte nichts dabei, das sie für ein Abendessen in einem Restaurant wie dem Hotel du Lac anziehen konnte. Sie erinnerte sich vage, im mittelalterlichen Viertel von Genf ein paar kleine Boutiquen gesehen zu haben, deren Kollektionen nicht allzu konservativ waren. Eigentlich brauchte sie keinen Grund, um sich etwas zum Anziehen zu kaufen, aber wenn doch, dann gab es keinen besseren als eine abendliche Verabredung mit dem Nachkommen eines indischen Fürsten im Hotel du Lac. Fast konnte sie es rechtfertigen, dafür ihre Spesenkreditkarte zu belasten. Fast.

Die schiefen Häuser oben am Berg thronten über der sauberen, modernen Stadt wie eine Festung, die sich gegen die Belagerung der neuen Welt zur Wehr setzen wollte. Dies war ein Viertel von Kirchen und Türmchen, geheimnisvollen, dunklen Gassen und kleinen Läden, die traditionelles Kunsthandwerk verkauften, Holzspielzeug, farbenfrohe Textilien, Kuhglocken und handgemachte Pralinen.

In einer kleinen Boutique, die versteckt in einer niedrigen Häuserzeile zwischen zwei wuchtigen alten Bauten lag, fand Miranda schließlich das perfekte Outfit. Es stammte von einer deutschen Designerin, die sich gerade selbständig gemacht hatte, wie die Verkäuferin erklärte. Der militärisch geschnittene nachtblaue Satinmantel reichte ihr bis knapp übers Knie, ebenso wie der enge Rock, und dazu gehörte ein silbergraues Mieder-Oberteil, das vorne mit winzigen Knöpfen geschlossen wurde. Zusammen mit den hochhackigen schwarzen Schuhen, die Miranda ohnehin trug, war die Wirkung umwerfend. Das bestätigten auch der leise Pfiff der Verkäuferin und ihre Versicherung, »er« würde höchst beeindruckt sein. Bei den Worten wurde Miranda klar, dass sie genau das beabsichtigte – obwohl der Abendtermin strikt geschäftlicher Natur war.

Das Hotel du Lac war ein prachtvolles weißes Gebäude mit hochbarocken Stilelementen. Miranda fand, dass der Architekt ein wenig über die Stränge geschlagen hatte, in ihren Augen sah der Bau wie ein gigantischer Hochzeitskuchen aus. Breite Marmorstufen führten zu dem Portal hinauf, dessen getönte Glastüren von livrierten Pagen aufgeschwungen wurden, sobald Miranda den obersten Absatz erreichte.

Als sie durch das Foyer zum Restaurant schritt, war sie froh, sich das neue Outfit gekauft zu haben. Das Gefühl des Satins auf ihrer Haut gab ihr die extra Portion Selbstbewusstsein, die sie brauchte, um Shival Ravi zu überreden, seine Diamanten doch versteigern zu lassen.

Sie sah ihn sofort, er saß in einem schwarzen Anzug und offenem weißen Hemd an der Bar beim Eingang und trank einen Martini. Als sie näher kam, erhob er sich und streckte die Hand aus.

»Miss Godfrey?«

»Bitte, nennen Sie mich doch Miranda. Ich hätte nicht erwartet, dass Sie mich erkennen.«

Einen Moment wirkte Ravi fast, als habe sie ihn ertappt.

»Ich muss gestehen, ich habe Sie neulich in Benares beim Museum gesehen. Als Sie gingen.«

Sie wusste nicht, ob ihre Aufmachung ihn beeindruckte, aber sie wusste, dass er ihr sehr gut gefiel. Allerdings tat sie ihr Bestes, sich das nicht anmerken zu lassen.

»Sollen wir erst an der Bar etwas trinken?«

Miranda nickte und ließ sich von ihm einen Martini bestellen. Bei näherem Betrachten war sein äußeres Erscheinungsbild doch nicht makellos; mit einem Auge schielte er ein wenig, seine Nase war zu lang und der Mund etwas schief. Insgesamt fand sie ihn dennoch sehr attraktiv, und trotz des Silberblicks waren es genau seine Augen, die das Faszinierendste an ihm waren, hell goldbraun mit langen, dunklen Wimpern. Intelligent. Sie war froh, nicht sofort aufs Geschäftliche kommen zu müssen, und merkte, dass er sich bemühte, eine möglichst entspannte Atmosphäre zu schaffen. Jetzt verstand sie gut, warum Susana gemeint hatte, dass sie ihm nicht ganz vertrauen konnte. Seine Manieren waren perfekt, und er war derart charmant und gewinnend, dass er unmöglich obendrein auch noch anständig sein konnte. Zuerst stellte er ihr ein paar persönliche Fragen, woher sie komme, wie sie ihre Stellung bei Hanovers bekommen habe, wie es ihr in Indien gefallen habe (so überlegt sie auf diese Frage auch antwortete, er musste doch lächeln). Dann erfuhr sie einiges über ihn. Er hatte in Cambridge Anthropologie studiert und gehofft, eine akademische Laufbahn einschlagen zu können, doch als sein Vater starb, wurde sein älterer Bruder Mönch in einem Kloster im Himalaja, sodass er die Verantwortung für das »Familienunternehmen« übernehmen musste.

»Haben Sie Hunger?«, fragte er, nachdem Miranda sämtliche Snacks auf der Theke probiert hatte. »Sollen wir essen?«

Der Tisch stand etwas versteckt in einer Nische zwischen zwei eleganten Säulen und war dezent beleuchtet. Miranda fragte sich, ob Shival Ravi wohl eigens diesen Platz verlangt hatte. Bislang hatte keiner von ihnen die Diamanten auch nur mit einem Wort erwähnt. Miranda überlegte, wann wohl der beste Zeitpunkt wäre, das Thema anzuschneiden, aber Mr Ravi nahm ihr die Entscheidung ab. Sobald sie bestellt hatten und der Wein gebracht worden war, lehnte er sich zurück und sah ihr direkt in die Augen.

»Vermutlich fragen Sie sich, warum ich meine Meinung geändert habe und die Sammlung doch getrennt verkaufe.«

»Ja, in der Tat.«

Ravi nickte. »Mein Finanzrahmen ist ziemlich ausgelastet. Haben Sie das Museum besucht, als Sie im Palast waren?«

Miranda schüttelte den Kopf.

»Die Gebäude müssen dringend renoviert werden. In Indien gibt es keine zahlungskräftige Denkmalschutzbehörde, und es ist praktisch unmöglich, private Investoren für die Restaurierung alter Gebäude zu gewinnen. Jeder, der Geld hat, verschreibt sich dem Neuen, will Indien in ein modernes Land verwandeln, das hoch erhobenen Hauptes auf den Weltmarkt tritt. Deswegen wollte ich die Sammlung auch nicht trennen, denn aus demselben Grund ist es fast unmöglich, in Indien antiken Schmuck zu verkaufen.«

»Aber Sie müssen doch gewusst haben, dass jemand wie ich, die in einem angesehenen Auktionshaus arbeitet, nicht einwilligen würde, verbotenerweise Antiquitäten zu exportieren!«

Ravi lachte. »Einen Versuch war es allemal wert. Ich dachte, wenn Sie die Diamanten wirklich haben wollen, könnten Sie es so machen wie ich – den Schmuck in der Schweiz zwischenlagern …«

»Es ist immer noch illegal.«

Ravi machte eine unbekümmerte Geste. »In Indien ist das Gesetz ein recht flexibles Instrument, und ich stehe vor folgender Situation: Ich habe entschieden, welche Restaurierungsarbeiten am dringendsten gemacht werden müssen, und habe vor diesem Hintergrund eine bestimmte Summe für die Diamanten festgesetzt. Ich möchte nicht das Risiko eingehen, dass diese Summe bei einer Auktion verfehlt wird, deswegen suche ich jetzt hier und in Antwerpen, London und New York eine Reihe von Händlern auf.«

»Wir könnten einen Preis festlegen, unter dem sie bei der Auktion nicht verkauft werden.«

»Danke für das Angebot, aber ich habe hier schon so viele Interessenten gefunden, dass ich das nicht für nötig halte. Es tut mir Leid, Sie enttäuschen zu müssen.«

Mit Mühe gelang es Miranda zu verbergen, wie groß ihre Enttäuschung tatsächlich war und dass sie wegen der Auktion allmählich in Panik geriet. Stattdessen täuschte sie Begeisterung vor ob der raffiniert angerichteten Vorspeise, die mittlerweile aufgetragen worden war – ein gaumenschmeichelndes Arrangement von Farben und Aromen, präsentiert auf edelstem weißen Porzellan. Sie trank einen Schluck Wein.

»Wissen Sie, vermutlich könnten Sie bei einer Auktion einen höheren Preis erzielen als den festgelegten. Die Londoner Sammler werden seit Jahren nichts gesehen haben, das Ihren Diamanten auch nur nahe käme. Ich kann Ihnen garantieren, dass sie ziemliches Aufsehen erregen. Wir haben auch schon begonnen, für diese Auktion zu werben ...« Miranda verstummte. Ravis Miene brachte deutlich zum Ausdruck, dass er seine Meinung nicht ändern würde. Ihre Worte waren vergeblich.

»Es tut mir Leid«, wiederholte er nur.

Miranda schob das Essen mit der Gabel auf dem Teller umher. »Als ich die Sammlung sah, ist mir ein ungewöhnliches Stück aufgefallen, ein viktorianischer Haarbild-Anhänger ... Er war aber offenbar nicht bei dem Schmuck, den Sie Mr Ariel verkauft haben.«

Ravi sah überrascht auf. »Ich hielt ihn nicht für besonders wertvoll. Sollte ich mich getäuscht haben?«

Miranda schüttelte den Kopf. »Nein. Trauerschmuck gilt eigentlich nicht als wertvoll, außer bei Sammlern wie mir. Ich frage mich nämlich, ob Sie bereit wären, mir den Anhänger privat zu verkaufen.«

Er legte das Besteck beiseite und sah sie mit einem Ausdruck an, den sie nicht zuvor an ihm gesehen hatte und den sie nicht deuten konnte.

»Sie sind eine Sammlerin?«

»Sie scheinen überrascht.«

»Ja, aber nur, weil Sie ... so getrieben wirken.«

»Sammeln und Ehrgeiz passen für Sie nicht zusammen?«

Ravi lächelte. Es hatte den Anschein, als gefalle ihm diese Art von Gespräch. »Nun ja, der Inbegriff des Sammlers ist ein zurückgezogen lebender Exzentriker oder, wie meine Vorfahren, ein wohlhabender Müßiggänger.«

»Also, ich bin weder wohlhabend noch neige ich zur Muße – tut mir Leid, Ihre Theorie zu zerstören.« Er war einfach zu cool, fand Miranda. Auf alles hatte er eine Antwort, mochte es auch nur ein rätselhaftes Lächeln sein, und bislang hatte er nicht die mindeste Andeutung von mangelndem Selbstbewusstsein gezeigt. Das verunsicherte sie. »Und Sie wirken nicht wie ein studierter Anthropologe, dem eine akademische Laufbahn vorschwebte.«

»So eindimensional zu sein wäre mir schrecklich. Ich glaube lieber, dass mir das ganze Leben noch offen steht. Wenn ich das nicht glaubte, hätte ich nicht die Energie zu tun, was ich im Augenblick tun muss. Zur Zeit dreht sich mein Leben um baufällige Häuser, und die Metapher gefällt mir nicht unbedingt. Sobald ich die Schwierigkeiten mit dem Museum gelöst habe ...«, Ravi pausierte, und Miranda fragte sich, ob er wohl abwägte, inwieweit er sie ins Vertrauen ziehen konnte, »... werde ich es wahrscheinlich verkaufen.«

Miranda sah ihn genauer an und bemerkte zum ersten Mal die leicht graue Haut unter seinen Augen und die silbernen Fäden in seinem Haar. Für den Bruchteil einer Sekunde wirkte er verletzlich. Doch der Moment war sofort vorüber, er hatte sich wieder gefasst, und seine wunderschönen goldfarbenen Augen lächelten.

»Sie würden Ihr Familienunternehmen verkaufen?«

Ravi zuckte mit den Schultern. »Natürlich. Es ist ja nicht so, als hätte meine Familie ein bestimmtes Gewerbe erlernt, das immer wieder an die nächste Generation weitergegeben wurde. Es ist kein Unternehmen, das auf schwerer Arbeit aufgebaut wurde, sondern auf den Steuern, die den Armen abgepresst wurden.«

»Ich habe gehört, dass einer Ihrer Vorfahren sich ein heiliges Amulett aus neun farbigen Diamanten machen ließ.« Es stand ihr nicht zu, Ravi von Lilys Briefen zu erzählen; das sollte Susana tun.

»Ja, die Geschichte habe ich auch gehört, und mein Vater erzählte mir, dass das Leben ebendieses Vorfahren ein böses Ende nahm. Er entwickelte eine allzu große Vorliebe für Bier und Champagner und Gin und machte es den Engländern zum Vorwurf, dass sie ihn seiner traditionellen Aufgabe beraubt hatten: dem Kämpfen. Er starb nicht auf dem Schlachtfeld, sondern im Bett.«

»Glauben Sie, dass wirklich das Diamantenamulett für sein Schicksal verantwortlich war?«

»Das ist durchaus möglich, aber auf andere Art, als Sie vielleicht meinen. Jede Besessenheit – sei es mit Diamanten oder, sagen wir, mit Kuchen oder einem Partner – ist ungesund und führt zu Problemen. Menschen führen ihr Unglück schon seit Jahrtausenden gerne auf Diamanten zurück, aber ich sehe mir lieber den Menschen selbst an. Es gibt viele Geschichten von indischen Fürsten, die Diamanten auf sehr exzentrische Art verwendeten. In Hyderabad gab es einen Nizam, der einen Diamanten von hundertzweiundachtzig Karat kaufte und dann keinen anderen Verwendungszweck dafür fand, als ihn als Briefbeschwerer zu benutzen. Eine Weile später legte er ihn in die Schreibtischschublade und vergaß ihn. Jahre später fand sein Sohn ihn in der Spitze eines Schuhs.«

Miranda lachte. »Also, das ist genau das, was ich brauche, damit diese Auktion ein Erfolg wird: einen diamantenen Briefbeschwerer!«

»Sie scheinen der Auktion recht gelassen entgegenzusehen. Vermutlich haben Sie schon einen ganzen Katalog voll außergewöhnlicher Steine.«

»Lassen Sie sich nicht täuschen von meiner kühlen Fassade. Darunter brodelt es immer panisch – das gibt mir die Energie, die ich brauche. Und von einem ganzen Katalog voll außergewöhnlicher Steine kann wirklich nicht die Rede sein! Im Gegenteil, momentan sieht es aus, als würde die Auktion ein absoluter Reinfall werden.« Sobald Miranda das gesagt hatte, wurde ihr bewusst, dass sie allzu offen gesprochen und sich wenig professionell verhalten hatte. »Aber das habe ich nicht gesagt, um Ihnen ein schlechtes Gewissen zu machen!«

»Das habe ich auch nicht. Geschäft ist Geschäft. Ihnen hat also der Haarbild-Anhänger gefallen?", fragte Ravi nachdenklich. »Wahrscheinlich ist er noch bei den Stücken, die wir als unverkäuflich aussortiert haben. Ich frage meinen Assistenten danach. Haben Sie eine Karte?«

Miranda reichte ihm ihre Visitenkarte. Als er sie in seine Brieftasche legte und sie sah, wie viele andere Karten dort steckten, fragte sie sich, ob sie je wieder von ihm hören würde. Da beschloss sie, den Abend einfach zu genießen und zu sehen, wie lange es ihr gelingen würde, nicht an die Arbeit zu denken. Immerhin aß sie mit einem gut aussehenden Fürsten zu Abend!

XIII

The London Mercury, 9. Juni 1864

»Mörder verhaftet«

Schließlich und endlich können wir braven Bürger von London beruhigt zu Bett gehen, denn der abgefeimte Mörder, der nicht weniger als drei Menschen den Tod brachte, ist nach Bridewell abgeführt worden, von wo er zur rechten Zeit ins Gefängnis Newgate gebracht werden wird. Und dort wird er zweifellos der Hinrichtung entgegensehen – ein Ereignis, an dem sich alle ergötzen werden, denen es Genugtuung bereitet zu erleben, dass ein heimtückischer Schurke seiner gerechten Strafe zugeführt wird.

Der Angeklagte, der sich Priester-Joe nennt, ist allgemein als Dieb und gerissener Betrüger bekannt. Er ist ein kräftiger, bedrohlich aussehender Mann, der stets mit einer Steinschleuder anzutreffen war. Damit betäubte er seine Opfer, ehe er sie erdrosselte.

Die Polizei in Marlborough Street ist davon überzeugt, dass der Mörder eine Diamantensammlung zu stehlen beabsichtigte, die Anfang des Jahres aus Indien kommend in Temple Pier eintraf. Zu diesem Zwecke tötete der Meuchelmörder erst den Hafenaufseher Herbert Peasey, der die Diamanten ohne Kenntnis der Hafenbehörde nach London gelangen ließ. Es wird davon ausgegangen, dass der Heimtückische dem Angestellten entlockte, wo die Diamanten sich befanden, bevor er ihn erwürgte. Als Nächstes tötete er den Juwelier Finkelstein, der, nach Auskunft von Marlborough Street, aus den Steinen ein Amulett anfertigte. Das letzte Opfer war ein aus Indien

Gebürtiger, der mit dem Angeklagten bekannt war, sodass man davon ausgehen kann, dass er in dessen finstere Geheimnisse eingeweiht war.

Das Rätsel, wo der Mörder das Diamantenamulett versteckt, das wohl bei Finkelsteins Tod gestohlen wurde, ist noch ungeklärt.

Susana schaltete das Licht des Mikrofilm-Lesegeräts aus, um ihren Augen eine Erholungspause zu gönnen. Sarah O'Reilly hatte in ihrem Brief an Lily erklärt, dass Priester-Joe unschuldig war, aber er war zweifellos hingerichtet worden – in Sarahs Augen für Verbrechen, die er nicht begangen hatte. Als das Diamantenamulett erwähnt wurde, war ihr eine Gänsehaut über die bloßen Arme gelaufen.

Mittlerweile war praktisch niemand mehr im Zeitungsarchiv, bis auf einen Mann, der in einer anderen Kabine saß und ihr vage bekannt vorkam. In zwanzig Minuten würde auch sie gehen müssen. Sie knipste das Licht wieder an und schaute auf die abfotografierten Ausgaben des *London Mercury* vom Jahr 1864, die auf dem Mikrofilm wenig mehr Platz als eine Briefmarke einnahmen. Susana ließ endlose Kolumnen der Zeitung hinunterscrollen, bis sie erst einen, dann einen zweiten und schließlich einen dritten Artikel mit der Überschrift »Außergewöhnliche Frauen von Mr Evans« sah. Rasch druckte sie alle drei aus, um sie mit nach Hause zu nehmen, warf immer wieder einen skeptischen Blick auf ihre Armbanduhr und scrollte so schnell weiter, dass die Schrift beinahe verschwamm.

In dem Moment, als eine Archivarin auf sie zukam, fand sie genau das, wonach sie gesucht hatte. Sie erklärte der Frau, dass sie gerade noch etwas ausdruckte und eigentlich schon am Gehen sei. Die Archivarin ging weiter zu dem Mann, der einige Kabinen von ihr entfernt saß, und als er sich umdrehte und sie ihn genau zu sehen bekam, erkannte sie ihn. Es war Giles, der sie im selben Moment auch erkannte. Als sie ihre Unterlagen zusammenpackte, kam er auf sie zu.

»Sie sind doch Susana?«

»Guten Abend, Giles. Was tun Sie denn hier?«

»Ich schaue in eine Geschichte von Verkaufs- und Auktionsberichten. Vielleicht eine etwas einsame Art, sich die Zeit zu vertreiben.«

Susana lächelte. »Überhaupt nicht. Mir kommt das völlig normal vor. Suchen Sie nach etwas Bestimmten?«

»Heute nicht. Ich überprüfe einfach nur, welche Skulpturen und Statuen es in Privatsammlungen noch geben könnte.« Giles schaute über ihre Schulter auf den letzten Artikel, den sie vom Mikrofilm ausgedruckt hatte – Lily Korechnyas Essay über Kali.

»Die schwarze Göttin scheint im Moment wirklich überall aufzutauchen. Ich bin gerade erst aus Indien zurückgekommen, wo ich endlich eine Kalistatue für Louis' Sammlung gefunden habe.«

Einen Stapel bedruckter Blätter unterm Arm, verließ Susana zusammen mit Giles das Mikrofilmarchiv. Sie war froh, der beengten Kabine zu entkommen. Als könnte er ihre Gedanken lesen, sagte Giles: »Im Zentralraum des Archivs arbeitet es sich viel besser, finden Sie nicht auch?«

In der Tat, der große Raum neben dem Mikrofilmarchiv hatte hohe Fenster und lange Holzbänke, wo man sitzen und alte Ausgaben der meisten etablierten Londoner Zeitungen lesen konnte, die zu riesigen Lederbänden gebunden waren. Leider war der *London Mercury* nur auf Mikrofilm archiviert worden.

Vor dem Portal verabschiedete Giles sich von ihr und wünschte ihr viel Glück bei ihren Recherchen. Als Susana zum Bahnhof ging, dachte sie sich, dass die Wahrscheinlichkeit, einen Menschen im Zeitungsarchiv wiederzusehen, den sie in Benares kennen gelernt hatte, doch sehr gering sein musste. Wenigstens war es nicht Louis gewesen.

Sobald ihr Zug aus Colindale hinausfuhr, holte Susana den Artikel, den sie als letzten ausgedruckt hatte, aus der Plastikmappe, die all ihre Funde des vergangenen Tages enthielt.

The London Mercury, 6. Dezember 1864

»Außergewöhnliche Frauen von Mr Evans«

Die außergewöhnlichste aller Frauen

In unserem Zeitalter der Industrie und der menschlichen Errungenschaften, der Moral und der nüchternen Gottesfürchtigkeit vergisst man allzu leicht die großen Mythen und Legenden, auf denen unsere Zvilisation aufbaut. Vielleicht bereitet es unseren Geistlichen ein gelindes Unbehagen, dass das dauerhafteste und mächtigste Bild, das in der Geschichte praktisch jeder Kultur und jeder Religion auftaucht, das einer weiblichen Gottheit ist, der großen Mutter. War es nicht auch die Jungfrau Maria, die Jesus zur Welt brachte?

Über die gefürchtetste aller Hindu-Gottheiten, die Muttergöttin Kali, gibt es eine erstaunliche Legende. Der zufolge erhielt ein König namens Ramaditya von Kali die Herrschaft über das Weltreich, aber nur bis ein göttliches Kind von einer Jungfrau geboren würde, dessen Vater ein Zimmermann sein würde. Nachdem König Ramaditya eintausend Jahre gelebt hatte, entsann er sich dieser Prophezeiung und machte sich auf die Suche nach diesem Kind, auf dass er es töten und sein Reich behalten könne. Der König wurde von einem Rivalen besiegt und erschlagen, und damit begann das Zeitalter Kalis.

Doch es gibt noch mehr erstaunliche Ähnlichkeiten in der Gedankenwelt der religiösen Traditionen von Hindus und Juden. Es gibt einen hinduistischen Gesetzesstifter namens Menu, der in Wesen und Gestalt stark an Noah erinnert; der große Schöpfer Brahma könnte, wenn man die Buchstaben seines Namens umstellt, Abraham sein; und dessen Gefährtin Sarasvati lässt an Abrahams Gemahlin Sarah denken.

Christen und Juden mögen dagegenhalten, dass die mythologischen Figuren von ihrer Religion entlehnt wurden, aber möglicherweise ist es klüger, das größere Alter und die längere Geschichte des Hinduismus zu bedenken und sich zu fragen, ob nicht er die großen Religionen der westlichen Welt beeinflusste.

Während meines Aufenthalts in Benares, der heiligsten Stadt der Hindus, weckte die genannte Göttin Kali meine Neugier, denn sie ruft als einzige unter allen Gottheiten dieser komplexen Religion Angst und zugleich Ehrfurcht hervor. In Indien heißt es, dass Kalitempel stets in gebührender Entfernung zu Dörfern und Städten errichtet werden müssen, aber in der Nähe von Einäscherungsstätten, denn dort weilt Kali: ein Ort, an dem die physikalischen Elemente aufgelöst werden. Im Hinduismus bedeutet eine Einäscherung die Auflösung der Empfindungen, die die Menschen binden, insbesondere Angst, Zorn und Verlangen. Alle Begrenzungen, alle Torheit wird im Feuer verbrannt und durch das Feuer des Wissens ersetzt, das allein Kali zu spenden vermag.

Im Herzen von Benares steht ein solcher Kalitempel, der errichtet wurde, lange bevor die Stadt das quirlige, dicht besiedelte Handelszentrum war, das sie heute darstellt. An dieser Stätte ehren die Andächtigen, Männer wie Frauen, ihre große Mutter, bitten sie insbesondere um einen Sieg bei der Schlacht, sei er körperlicher oder geistiger Art.

Und nun wird in Benares selbst eine Schlacht ausgetragen, und zwar zwischen der britischen Verwaltung, die ein Darlehen zur Sanierung des Abwassersystems aufgenommen hat, und der hinduistischen Bevölkerung. Diese Schuld soll abgezahlt werden, indem die Steuern erhöht werden für Menschen, denen es schon jetzt am Nötigsten zum Leben fehlt. Und nicht nur das: Der Ort, an dem diese Pumpstation gebaut werden soll, ist ebender Ort, an dem der Kalitempel steht, das älteste aller Heiligtümer in Benares.

Menschen, die den Plänen der britischen Verwaltungsbeamten kritisch begegnen, sagen, dies sei ein bewusster Angriff auf den Hinduismus und eine unmittelbare Beleidigung der Mutter Kali. Tausende von Eingaben wurden gemacht, um den Tempel vor der Zerstörung zu bewahren, doch die Pläne schreiten immer weiter voran.

Fast könnte man meinen, der Tempel werde abgerissen, weil die Göttin Kali bei den Briten in Indien große Angst hervorruft, denn sie weilt dort, wo das Physische zu existieren aufhört – und ist dieses unser neues Zeitalter der Industrie nicht rein physisch? Kali ist eine Gottheit, die angesichts menschlicher Schwächen in Gelächter ausbricht, angesichts Bindungen, Angst und Verlangen. Ebendies sind die Eigenschaften, die die mächtigsten Maschinen der Industrie antreiben.

Mit einem Lächeln faltete Susana die Seite zusammen. Das war genau das, was sie sich erhofft hatte, etwas weniger Konventionelles als Emma Roberts' konservative Berichte über den Hinduismus. Jetzt hatte sie zumindest Stoff für ein längeres Kapitel über Benares. Immerhin hatte diese Stadt die Frauen, die im 19. Jahrhundert nach Indien kamen, am meisten fasziniert, sowohl die Schriftstellerinnen als auch die Frauen der Beamten. Allerdings lag die Schuld für die Prüderie und die Bigotterie, die den Briten die größten Probleme einhandelte, einschließlich des indischen Aufstands, vorwiegend bei genau diesen Gemahlinnen des Imperiums. Ihre christliche Überheblichkeit und die Verachtung, mit der sie der indischen Kultur und den indischen Sitten begegneten, lösten letztlich die Revolte unter den Sepoys in den britischen Kasernen aus. Gerüchte machten die Runde, nach denen der wahre Grund für die Präsenz der Briten in Indien darin bestehe, dass sie den Hinduismus durch das Christentum ersetzen wollten. Zumindest auf die Missionare traf das durchaus zu, und es stellte für die Hindus eine unverzeihliche Kränkung dar. Mittlerweile hatte Susana viele Briefe und Artikel entsetzter Christinnen gelesen, die »die Eingeborenen« bestenfalls für pittoresk und schlimmstenfalls für unanständig, unzivilisiert und heidnisch hielten.

Es war fast dunkel, als Susana zu Hause ankam, und ihre Augen waren müde. Bei Sonnenaufgang aufzustehen war schön und gut, wenn man mit den Hühnern wieder zu Bett ging, aber das würde sie nicht tun. Sie betrat die Wohnung im Erdgeschoss und ließ im Wohnzimmer ihre Tasche auf den

Boden fallen. Der Anrufbeantworter blinkte, aber sie wollte gar nicht wissen, wer ihr eine Nachricht hinterlassen hatte; vielleicht fühlte sie sich dann genötigt zurückzurufen.

In der Küche machte sie sich rasch Nudeln mit rotem Pesto und schenkte sich ein Glas Chianti ein, der offen auf der Arbeitsfläche stand. In Gedanken war sie nur mit Diamanten und Morden beschäftigt. Gleich nach dem Essen ging sie mit ihrem Weinglas ins Wohnzimmer. Fast gelang es ihr, sich am blinkenden Anrufbeantworter vorbeizustehlen, doch dann gab sie mit einem Seufzen ihrer Neugier nach.

»Guten Tag, Susana, hier ist Louis. Sie erinnern sich vielleicht, wir haben uns vor kurzem in Benares kennen gelernt. Das Thema Ihres Buches interessiert mich sehr, und ich würde mich freuen, wenn wir unser Gespräch über die Viktorianer und den Hinduismus fortsetzen könnten.« Louis erklärte nicht, wie er an ihre Telefonnummer gekommen war, hinterließ aber, bevor er auflegte, seine Nummer. Susana notierte sie nicht. Allmählich hatte sie das Gefühl, als befände sie sich in einer Spirale des Zufalls: Zuerst hatte Miranda mit derselben Familie in Indien zu tun wie sie, dann erschienen Giles und Louis auf der Bildfläche und suchten nach einer Kalistatue, und jetzt waren sie wieder alle in London ... Wäre sie abergläubisch, würde sie das alles für eine Fügung des Schicksals halten. Louis war zweifelsohne einer der interessantesten Männer, denen sie in letzter Zeit begegnet war, aber sie verspürte nicht den Wunsch, ihn näher kennen zu lernen. Wenn es tatsächlich nur um eine fachliche Unterhaltung ging, die sicher aufschlussreich sein würde, dann wäre die Sache einfach. Was sie nicht mochte, war die Erwartungshaltung, die sich einstellte, sobald sich jemand für sie interessierte. Wenn sie ihn treffen könnte und es ihr freistünde, sofort wieder zu verschwinden; wenn sie sich nicht verpflichtet fühlen oder sich sorgen müsste, dass er sie bedrängen könnte, würde sie ihn anrufen. Aber vielleicht war sie auch überheblich. Vielleicht ging es Louis wirklich nur um ein Gespräch über Frauen des 19. Jahrhunderts ...

Der Tisch sah genauso aus, wie sie ihn am Morgen zurückgelassen hatte. Überall waren Notizen, Handbücher und Briefbündel aus der Hutschachtel verstreut. Schon vor einiger Zeit hatte der Tisch seinen eigentlichen Zweck als Esstisch eingebüßt, und in dem kleinen Arbeitsraum wurde mittlerweile jeder Quadratzentimeter von Kartons voller Bücher eingenommen. Eines Tages würde sie deckenhohe Regale hier aufstellen, sodass sie ständig all ihre Bücher vor Augen hatte. Im Moment drohte das Wohnzimmer sich in eine Bibliothek zu verwandeln, denn das Bücherregal an der einen Wand quoll über, und auf dem Boden und dem Tisch stapelten sich weitere Berge. Susana fühlte sich wohl in dieser Umgebung und in der Gesellschaft von Büchern. Auch wenn sie nicht jedes Werk von vorne bis hinten gelesen hatte, wusste sie, welches Wissen und welche Gedanken es vermittelte. Außerdem war es spannend, sich vorzustellen, dass sie ein Buch zur Hand nehmen könnte, um ein Datum oder eine bestimmte Stelle nachzulesen, und dann auf etwas völlig anderes stieß, eine Geschichte oder eine Person, die sie fesselte und ihre Gedanken in eine andere Bahn lenkte.

Sie setzte sich an den Tisch und holte Inspektor Larks Brief aus der Plastikmappe.

10. Juli 1878

Liebe Lily,

es herrscht frühe Abenddämmerung an einem Tag auf der Höhe des Sommers, und zum Glück bin ich nicht im Dienst, denn der Geruch, der von den Straßen und vom Fluss aufsteigt, ist wegen des drückenden Wetters ungewöhnlich stark. Seit Ausbruch meiner Krankheit bin ich sehr empfindlich für den muffigen Geruch bestimmter Viertel geworden – eine Krankheit, die mit dem Beruf des Polizisten gar nicht vereinbar ist. Es gibt viele Stadtteile in London, wo stets der Geruch von Blut und Tod in der Luft hängt, vor allem in den Gefängnissen. Früher einmal bemerkte ich das kaum, denn der Gestank in den dunkelsten Winkeln war mir ebenso vertraut wie der Geruch von Papier und Tinte beim *London Mercury*, aber nun bereitet er mir Übelkeit. Es ist eine beklemmende Beeinträchtigung, und leider kennt man sein Glück, bei guter Gesundheit zu sein, nicht, bis man es verloren hat.

Ich stelle fest, dass ich immer noch freimütig mit Ihnen reden kann, wie immer seit dem Abend vor vielen Jahren in der Waterloo Street, damals vor Ihrer ersten Abreise nach Indien. Ich weiß noch, dass ich an jenem Abend etwas rührselig war, kam ich doch gerade von dem verurteilten Priester-Joe aus dem Gefängnis Newgate. Der Fall belastet mich noch immer, denn nicht nur wurde ein Unschuldiger gehängt, es bereitete auch den beiden O'Reilly-Mädchen großen Kummer und trug womöglich zu Ellens Tod bei. Doch das gehört der Vergangenheit an, Lily, und in ihr verweile ich allzu oft. Worauf ich hinausmöchte, ist, dass die Leichtigkeit, die ich in Ihrer Gegenwart empfand, genau der Grund war, warum ich fälschlicherweise hoffte, Sie könnten eines Tages meine Frau werden.

Als ich Ihren wunderbar gefassten Brief erhielt – wunderbar gefasst im Geist und in der Wortwahl –, empfand ich Erleichterung, dass die Wartezeit vorüber war, denn ich ahnte bereits, dass Sie meinen Antrag ablehnen würden. Und Sie lehnen ab aus denselben Gründen, für die ich Sie bewundere und um Ihre Hand anhielt. Sie sind wie die Vögel, die zum Wechsel der Jahreszeiten auf Wanderschaft gehen. Sie lassen sich nicht auf einen Ort beschränken, vielleicht auch nie mehr auf die Gesellschaft nur eines Menschen. Zwar waren Sie zu taktvoll, es mir zu schreiben, doch weiß ich wohl, dass kein Mann Franz Korechnya ersetzen kann, obwohl das zu tun nie in meiner Absicht lag. Als Sie das letzte Mal aus London abreisten und erklärten, Sie bräuchten Zeit, um meinen Heiratsantrag zu überdenken, wusste ich sofort, dass ich einen Fehler gemacht hatte, und quälte mich monatelang mit Reuegefühlen, bis ich Ihren Brief erhielt. Ihr gütiges Angebot einer Freundschaft, das Sie trotz meines schlechten Urteilsvermögens machen, wird dankbar angenommen.

Bisweilen treffe ich in der Zeitung Sarah O'Reilly. Es ist erstaunlich, die junge Frau zu sehen, zu der dieser Wildfang geworden ist. Ich hatte mich gefragt, ob das Queen's College sie möglicherweise zähmen könnte, und war entzückt festzustellen, dass das nicht der Fall ist, wiewohl Sarah es gelernt hat, ihre neuen Kenntnisse bezüglich Etikette und Sprache zu ihrem Vorteil einzusetzen. Septimus Harding zeigte mir ihre neuesten Essays, die im *Mercury* erscheinen werden unter dem Titel *Ein Paar Blaustrümpfe* und die jede Woche die kurze Biografie von zwei Frauen schildern. Ich hörte, diese Kolumne solle bis zu Mr Evans' Wiederkehr erscheinen? Die ersten Frauen, mit denen Sarah sich beschäftigte, waren Ida Lewis und Alice Tubbs. Miss Lewis ist eine Leuchtturmwärterin, die zu Ruhm kam, weil sie bei stürmischster See im Ruderboot hinausfuhr, um drei irische Schäfer aus den Klauen Poseidons zu retten. Wenn ich es recht verstehe, ist diese Dame auch ein Fachmann für ertrinkende Matrosen, haben doch bislang mindestens ein halbes Dutzend ihr das Leben zu verdanken. Bei der zweiten Dame handelt es sich um eine frühere englische Rose, die im Wilden Westen Amerikas als Poker-Alice bekannt ist aufgrund ihrer Vorliebe fürs Kartenspiel, das Rauchen von Stumpen und das Tragen einer geladenen Pistole. Diese Waffe setzt sie, so Sarah (auch wenn ich mir nicht vorstellen kann, woher sie dieses Wissen bezieht), ein, wenn sie einen Mitspieler ertappt, der beim Geben die Karten von unten aus dem Stapel zieht!

Es tut mir Leid, dass ich rasch ermüde und Ihnen nicht, wie Sie es tun, Seite um Seite schreiben kann. Ihre Schilderungen von Ausflügen auf Elefanten und Wanderungen im Himalaja entzückten mich, und es erfüllt mich noch immer mit großer Achtung, dass der uralte Tempel, für dessen Erhalt Sie sich so lange einsetzten, schließlich und endlich gerettet ist, auch wenn es dabei zu Blutvergießen kam.

Ich freue mich darauf, weitere Nachrichten aus Ihrem Leben in Indien zu erhalten, obwohl viele Monate vergehen werden, bevor mir diese Freude vergönnt sein wird. Ich hoffe, Sie wiederzusehen, Lily, und sollte mir dieser Wunsch nicht erfüllt werden, so mögen Sie den Rest Ihrer Tage frei wie ein Vogel fliegen.

In aufrichtiger Freundschaft,

John Lark

XIV

*D*as Päckchen war in Genf abgestempelt, und eine Schrecksekunde dachte Miranda, es könnte die Diamanten enthalten. Doch den Gedanken verwarf sie sofort, Mr Ariel würde die Edelsteine natürlich mit Sicherheitszustellung anliefern lassen und nicht in einem einfachen Postpaket. Neugierig riss sie den wattierten Umschlag auf und holte ein gut eingewickeltes kleineres Päckchen heraus. Es fühlte sich an wie ein Schmuckstück. Ihre Spannung stieg, ungeduldig riss sie mehrere Lagen Seidenpapier auf. Als ihr das Stück dann in den Schoß fiel, schnappte sie nach Luft.

»Ist alles in Ordnung?«, rief Charlotte hinter der Trennwand herüber. Es war Mittagspause, und wie üblich waren nur sie beide im Büro.

Da Miranda nicht sofort antwortete, kam Charlotte zu ihr.

»Guter Gott, was ist denn das?«

»Ein Trauerschmuck. Die Lilien sind aus Haar gearbeitet.«

Charlotte schauderte. »Igitt. Wo kommt das denn her?«

»Das ist eine ziemlich lange Geschichte.« Charlotte hörte sich an, was es mit dem Anhänger alles auf sich hatte, und zog schließlich die Augenbrauen hoch.

»Das heißt, der Mann, dem du vorwirfst, deine Karriere zu ruinieren, hat sich die Mühe gemacht, dir ein Stück für deine Sammlung zu schicken! Du musst ihm ja gefallen haben, auch wenn er dir nicht gefällt.«

»Wahrscheinlich hat sein Assistent es geschickt. Außerdem habe ich nicht gesagt, dass er mir nicht gefällt …«

»Ah ja.« Charlottes Gesichtsausdruck war spöttisch und wissend zugleich.

»Aber ich habe auch nicht gesagt, dass er mir gefällt. Wir haben gar nicht über einen Preis gesprochen, also wundert es mich, dass er es mir einfach schickt … Jetzt hör auf, mich so anzuschauen!«

»Liegt denn kein Brief dabei?«

Miranda äugte in den Umschlag und stellte ihn auf den Kopf. Nichts kam zum Vorschein.

»Du wirst bestimmt wieder von ihm hören«, meinte Charlotte süffisant. »Übrigens, ich habe dir den Flug nach New York für Donnerstag gebucht.«

»Donnerstag? Aber das ist ja schon morgen!« Miranda blätterte in ihrem Terminkalender. »Mist. Ich hatte meinen Eltern ganz fest versprochen, sie am Wochenende zu besuchen.«

»Armes Kind. Weißt du, dieser Job wird nie Rücksicht auf dein Privatleben nehmen. Nach der Diamantenauktion wird es ein paar Tage ruhiger zugehen, aber wenn sie ein Erfolg ist, wird Kenneth sich etwas noch Grandioseres einfallen lassen, bevor sein Stern wieder sinkt.«

»Sein Stern«, wiederholte Miranda empört. »Findest du es nicht unverschämt, wenn du die ganze Arbeit machst und jemand anderes dafür die Lorbeeren einheimst?«

»Ich kann's mir nicht leisten, das unverschämt zu finden – das finanziert mir schließlich das Dach überm Kopf!«

»Entschuldige, Charlotte. Du hast Recht. Ich sollte mich nicht beschweren, immerhin darf ich mit Klunkern jonglieren und auf Reisen …«

»Guter Gott, nur zu, beschwer dich ruhig! Ich würde nie im Leben tun wollen, was du machst – viel zu viel Verantwortung. Ich könnte nachts kein Auge zutun, wenn ich wüsste, dass der Erfolg einer Auktion in Millionenhöhe auf meinen Schultern ruht!«

»Danke, dass du mich daran erinnerst.«

Charlotte zuckte mit den Schultern. »Pass auf, dass du nicht deine Munterkeit verlierst, Miranda. Du musst dich wehren, bevor Kenneth die Schraubzwinge zu fest zieht. Ich habe miterlebt, wie er Leute, die das Doppelte deiner Größe hatten, zu Staub zerquetscht hat!«

Trotzig stand Miranda auf und schwang die Haare über die Schultern zurück. »Die Gefahr besteht bei mir absolut nicht! Ich habe gleich nach dem Mittagessen eine Besprechung mit ihm. Jetzt gehe ich raus und besorge mir Munition – ein Stück Schokoladenkuchen und einen dreifachen Cappuccino.«

»Genau das wollte ich hören.«

Als Charlotte zu ihrem Schreibtisch zurückging, betrachtete Miranda den Anhänger genauer. Er war wunderschön gearbeitet, nur die Art, wie die Haar-Lilien auf der Jettscheibe unter der Glasabdeckung befestigt waren, wirkte etwas unbeholfen. Sie waren nicht auf den Jett, sondern offenbar auf einen unsichtbaren kleinen Sockel gesetzt, sodass sie fast dreidimensional wirkten, und es sah aus, als wären darunter winzige Stifte angebracht worden. Ohne nachzudenken legte Miranda sich die Kette um den Hals und machte den Verschluss zu. Das Gold fühlte sich warm auf ihrer Brust an, das Gewicht hatte etwas Beruhigendes, als trüge sie eine Rüstung. Sie steckte den Anhänger unter die Bluse und knöpfte sie höher zu, damit er nicht zu sehen war.

Kenneth rauchte einen Zigarillo und drehte sich lässig auf seinem Stuhl, als Miranda sein Büro betrat.

»Na, jetzt ist Mrs Polasky also nicht mehr sicher, ob sie ihre Ringsteine versteigern lassen will?«, sagte er zur Begrüßung. Miranda ging sofort in Verteidigungshaltung. Am Vormittag hatte sie Mrs Polasky getroffen, eine exzentrische Jüdin. Wie erwartet war die ältere Dame mehr als enttäuscht, dass nicht Roger selbst sie hofierte. Miranda weigerte sich zwar, ihr zu schmeicheln – das war Rogers Ressort –, zeigte sich aber als Inbegriff der Geduld und des Charmes. Trotzdem wollte Mrs Polasky sich nicht von ihren berühmten Ringsteinen trennen – ebendiejenigen Diamanten, die überhaupt den Anstoß zu der Auktion gegeben hatten. Die Polasky-Sammlung war ihnen für die Auktion als sicher versprochen worden. Es waren insgesamt fünf Steine, wobei der prächtigste ein neunkarätiger grüner Diamant war. Miranda hatte von ihm gehört, ihn aber nie zuvor gesehen, und er war sogar noch erlesener, als sie sich vorgestellt hatte. Aber dann war jeder Diamant, der meisterlich geschliffen und lupenrein war, von unübertroffener Schönheit. Eben ein solcher Stein war der grüne Diamant. Er hatte einen Smaragdschliff, oben flach und an den Seiten gestuft, und wegen der Farbe konnte ein Laie ihn tatsächlich für einen Smaragd halten, aber kein Smaragd war so durchscheinend, keiner reflektierte das Licht so kaleidoskopartig. Wenn Miranda einen Fehler beging, dann den, dass sie sich vom Stein verführen ließ, oder vielmehr, dass sie Mrs Polasky merken ließ, wie sehr der Stein ihr gefiel. Hätte sie den grünen Diamanten nicht gesehen, hätte sie auch die anderen Ringsteine als Trümpfe für die Auktion betrachtet. Sobald Mrs Polasky daran erinnert wurde, welche Macht die Steine hatten und wie begehrt sie waren, machte sie einen Rückzieher. Diese fünf Diamanten waren die Prunkstücke ihrer Sammlung, und obwohl sie Mitte achtzig war und keine Angehörigen mehr hatte, denen sie die Steine vererben konnte, wurde sie nostalgisch und brachte es nicht über sich, sich von ihnen zu trennen. Miranda saß eine Stunde bei ihr und hörte sich die Geschichte ihrer Flucht aus Warschau im Jahr 1943 an. Mrs Polasky hatte ihr Mantelfutter sorgsam aufgetrennt und von innen Gardinenband angeheftet, in dessen Schlaufen sich winzige Gegenstände wie etwa Diamanten verstecken ließen. Das Mantelfutter wurde wieder eingenäht, und Mrs Polasky kam nach England mit dem gesamten Vermögen ihrer wohlhabenden Familie am Leibe. Dass ihr Boot auf der Überfahrt von Frankreich beinahe im Ärmelkanal gekentert wäre, war nur ein weiteres kleines Detail ihrer abenteuerlichen Rettung. Ihre Eltern hatten den Krieg nicht überlebt, ebenso wenig wie ihr Mann.

»Wahrscheinlich glaubst du, dass Roger Mrs Polasky umgarnt hätte, bis sie uns ihre Diamanten doch überlässt«, sagte Miranda nach einer längeren Pause, die Kenneth zwang, sich vom Fenster zu ihr umzudrehen. Miranda weigerte sich, zu seinem Rücken zu sprechen.

»Also, Miranda, der Tonfall ist wirklich überflüssig. Ich weiß doch, was ich an dir habe.«

Warum hatte sie dann das Gefühl, dass sie ihn enttäuschte?

»Der Katalog geht wie geplant nächste Woche in Druck. Ich verlasse mich darauf, dass du bis dahin in New York etwas gefunden hast. Falls später, nach der Drucklegung, noch etwas hereinkommen sollte, wird es eben ohne Vorankündigung versteigert.«

»Es irritiert mich, wenn du meine Bemühungen als ›unsere‹ bezeichnest, Kenneth.« Beim Sprechen hatte Miranda das Gefühl, als höre sie ihre eigenen Worte wie ein Echo. Es war nicht ihre Absicht gewesen, ganz so scharf zu klingen. Oder doch? »Bisher habe ich die ganze Arbeit alleine gemacht, und die Tatsache, dass der Katalog eher mager ist, hat nichts mit mangelndem Einsatz meinerseits zu tun. Und dass Aquisitionen nicht im Katalog erscheinen, ist nicht gerade ideal …«

»Miranda, bitte mäßige dich.«

Miranda sprach unbeirrt weiter, als hätte Kenneth gar nicht gesprochen.

»Wir wissen beide, dass Privatkäufer, ob nun Sammler oder Händler, lieber im Voraus wissen, was zur Auktion kommt und wie hoch das Mindestgebot ist. Dann können sie entscheiden, wofür sie bieten wollen und wie viel.«

Kenneths Miene und Stimme waren eisig. »Falls tatsächlich später noch irgendwelche Objekte hereinkommen, werden sie mit den anderen nach Vereinbarung besichtigt werden können.«

Als Miranda sein Büro verließ, glimmte ihr Zorn verhalten, und gleichzeitig spürte sie eine neue Energie. Zumindest war sie nicht explodiert. Überhaupt war sie seit dem Zwischenfall mit dem Taxi am Bahnhof von Benares erstaunlich gelassen. Außer bei dem kurzen Gespräch mit Roger natürlich, aber das zählte nicht; Roger verdiente es, hin und wieder beleidigt zu werden. Miranda atmete tief durch und fasste nach dem Anhänger um ihren Hals. Sie brauchte frische Luft.

Stephen im Showroom sah regelrecht verwegen aus mit einem weißen Hemd mit hochgezogenem Kragen und Manschetten, die fast wie Rüschen unter den Ärmeln seines eleganten schwarzen Jacketts hervorschauten. Er sprach gerade mit Giles und einem Mann mit Pferdeschwanz, der mit dem Rücken zu Miranda stand. Die drei betrachteten ein Bild. Als Miranda vorbeiging, winkte Stephen ihr zu. Da bemerkte auch Giles sie und rief sie herüber. Beim Näherkommen erkannte Miranda, dass der andere Mann Louis war. Er trug einen lilafarbenen Samtanzug, dazu einen bestickten Fez und goldene Ohrreifen. An seinen Händen glitzerten mehrere große Steine. Das Gemälde, das sie betrachteten, war die *Venus von Waterloo*, die Frau mit Lilien im Haar.

Louis begrüßte sie mit einem Nicken und stutzte dann, den Blick starr auf ihr Dekolleté gerichtet. Instinktiv legte Miranda die Hand auf den obersten Blusenknopf. Er war in der Tat aufgegangen, sodass der Anhänger sichtbar war, und genau der erregte Louis' Neugier.

»Ein sehr ungewöhnliches Stück. Darf ich es sehen?«

Dieses Ansinnen konnte sie nicht ablehnen, so gern sie es getan hätte. Sie öffnete den Verschluss und reichte Louis den Anhänger.

»Sehr ungewöhnlich«, wiederholte Louis nachdenklich. »Woher haben Sie es?«

»Ich habe es privat gekauft«, sagte sie. Es widerstrebte ihr, Louis mehr davon zu erzählen. Am liebsten hätte sie ihm den Schmuck aus der Hand gerissen und wie ein Kind gezetert: »Das ist meins!« Stattdessen sagte sie: »Ich sammle Trauerschmuck.«

»Es heißt ja, dass Haare Erinnerungen in sich bewahren – wie Steine, Metalle, Kohlenstoff, Kristall und so weiter …«

Miranda lachte gezwungen. »Sagen Sie das nicht, ich möchte mir die vielen Geister, die bei mir wohnen, gar nicht vorstellen. Ich lebe lieber alleine!«

Louis lächelte. »Es geht eher darum, dass diese Stoffe lebende Organismen sind und somit ihr eigenes Energiefeld haben.«

Miranda schauderte. »Heißt das, dass ich eine … eine Art Erinnerung wahrnehmen könnte?«

»Wenn Sie sensitiv wären oder gelernt hätten, Ihre medialen Gaben einzusetzen, dann ja. Hmmm«, sagte er, als er den Anhänger umdrehte.

»Was?«

»Ich rate generell davon ab, Haarbilder zu tragen, und ganz besonders dieses Stück.«

»Warum?« Louis' fast verschwörerischer Tonfall ärgerte Miranda.

»Weil mit sentimentalem Schmuck meist mehr Gefühle verbunden sind als mit anderen Stücken, er birgt den Abdruck der Person, die ihn früher trug. Sie könnten sogar sagen, dass der Schmuck auf eine verquere Art Sie gewählt hat!«

»Und weswegen raten Sie mir bei diesem Anhänger ganz besonders davon ab, ihn zu tragen?«

Mirandas Neugier war einfach zu groß, um nicht nachzufragen, so unangenehm Louis ihr auch war.

In dem Augenblick kam Giles von einer kurzen Unterredung mit Stephen zurück.

»Ich sehe Sie dann bei der Auktion, Miss Godfrey!«, sagte Louis und gab ihr den Anhänger, als habe dieses eigenartige Gespräch gar nicht stattgefunden.

Mirandas Bedürfnis nach frischer Luft war vergangen. Sie kehrte in die Schmuckabteilung zurück, den Anhänger in der Hand. Sie wusste nicht, ob sie ihn wieder anlegen sollte. Ob sie wollte oder nicht, sie konnte Louis' Bemerkung nicht einfach abtun. Vielleicht hatte sie ja sogar geahnt, dass es mit dem Anhänger etwas Besonderes auf sich hatte. In Benares war er ihr sofort ins Auge gefallen, und sie hatte ihn nicht vergessen können. Andererseits spürte sie nichts Böses oder Dunkles von ihm ausgehen. Genau das jedoch schien Louis anzudeuten. Aber dann, beruhigte sie sich, hatte er wohl bewusst etwas mysteriös getan, zweifellos, um Eindruck zu schinden. Außerdem, wie kam sie darauf, einen Mann, der einen Fez trug, ernst zu nehmen?

Als Miranda am Abend nach Hause fuhr, hatte sie den Anhänger mehrmals angelgt und wieder abgenommen, ohne sich entscheiden zu können, ob sie sich anders fühlte, wenn sie ihn trug. Sobald sie zur Haustür hereinkam, nahm sie ihn wieder ab und legte ihn auf den Couchtisch. Dann zog sie die Schuhe aus, schmerzhaft spitze Prada-Kreationen, die sie heiß liebte, die sich aber nicht für größere Strecken eigneten. Stöhnend ließ sie sich aufs weiche Sofa sinken. Morgen New York, Sonntag zurück. Zum ersten Mal kam es ihr verrückt vor. Miranda merkte, dass ihre Gedanken zu den Tagen schweiften, bevor sie sich vom scheinbaren Glamour des Auktionsgeschäfts hatte verführen lassen. Eine Weile hatte es ihr großen Spaß gemacht, antiken Schmuck zu verkaufen, aber dann hatte es sie frustriert, nicht auch für den Einkauf der Ware und die Leitung des Geschäfts verantwortlich zu sein.

Auf dem Sofatisch lag *Die indische Prinzessin*. Miranda griff nach dem Buch und lehnte sich mit einem Seufzer der Erleichterung ins Sofapolster zurück. Zu ihrer Überraschung ging das erste Kapitel nicht mit der Geschichte Sarasvatis in Indien weiter (hatte Susana ihr nicht gesagt, dass eine Konkubine des Maharadschas so geheißen hatte?), sondern mit der Tochter eines Fischers in London.

Sie war die Tochter eines Fischers, klein und flachshaarig, und sie verbrachte ihren Tag immer am Flussufer und wartete, dass die Boote hereinkamen. Zum ersten Mal sah sie ihn, als er allein am Fluss entlangging. Seine Haut war dunkel, und um den Hals trug er Perlen, was für sie bedeutete, dass er ein ganz besonderer Mensch sein musste. Und da sie eine kecke kleine Irin war, ging sie schnurstracks auf ihn zu und fragte: »Wer sind Sie, Sir?«

Bald hatten die beiden sich angefreundet, denn er war einsam; die anderen Menschen in London fürchteten sich vor sei-

ner dunklen Haut und gingen ihm aus dem Weg. Er war auf einer geheimen und heiligen Mission in London, so geheim und heilig, dass er nicht einmal der Tochter eines Fischers davon erzählen konnte, obwohl sie seine einzige Freundin war. Er konnte ja nicht ahnen, dass es ihr Spaß machte, jeden, der ihr gefiel, zu beobachten und ihm zu folgen, sei's ein Zigeuner, ein Bote oder eine Dame. Sie war ein richtiger Springinsfeld und sah kein Unrecht darin, und auf diese Art erfuhr sie vieles über die Menschen von London.

Das Mädchen kam zu dem Ergebnis, dass der Inder königlichen Geblüts sein musste, denn am Ende eines jeden Tages ging er in eines der prächtigen Häuser am Hyde Park, das, wie sie herausfand, einem indischen Prinzen gehörte.

Als das Mädchen ihren indischen Prinzen zum zweiten Mal sah, trieb sie sich mit einer Rasselbande zerlumpter Kinder herum, die kein Zuhause hatten. Sie spielten am Fluss mit einer Steinschleuder; einen anderen Zeitvertreib kannten sie nicht. Von da an saß der Inder viele Stunden mit ihr am Fluss und erzählte ihr von seinem Heimatland und der Frau, die er liebte. Zwar sagte er nicht, dass sie eine Prinzessin war, aber das Mädchen wusste es trotzdem, denn sie lebte in einem Palast und trug nur Kleider in der Farbe Goldgelb. Sie war wunderschön und hatte von den Göttern einen besonderen Schatz bekommen, einen seltenen Diamanten von der Art, wie niemand glaubte, es könne ihn wirklich geben. Und wer immer diesen Diamanten hütete, so erzählte der Inder dem Springinsfeld, stand unter dem besonderen Schutz der Götter.

»Und kommt der direkt in den Himmel?«, fragte das Mädchen. Nichts wünschte es sehnlicher, als dort zu sein, wo doch seine ganze Familie schon war.

»Aber natürlich«, sagte der Inder.

Es klopfte an der hinteren Tür. Widerwillig stand Miranda vom Sofa auf. Es war Tash, Rufus im Schlepptau, mit einer Kiste voll Radieschen aus Richards Garten.

»Ich habe gesehen, wie du nach Hause gekommen bist, und

da du bestimmt bald wieder wegfährst, dachte ich mir, dass ich dir ein paar Vorräte bringe. Ich weiß, du kochst nicht oft, aber vielleicht für einen Salat? Und wir haben so viel, dass ich einfach nicht mehr weiß, wohin damit.« Tash folgte Miranda ins Wohnzimmer und ließ sich zu einem Glas Wein überreden. Rufus lief ihnen hinterher, wild mit den Händen fuchtelnd auf der Suche nach etwas zum Spielen.

»Nein, Rufus«, sagte Miranda. Seine Augen waren aufgeleuchtet, als er ihren Schlüsselbund und das Handy auf dem Flurtisch liegen sah.

Tash packte ihren Sohn und nahm ihn auf den Arm, damit er keinen Unfug anstellen konnte. »Ich habe dich seit Ewigkeiten nicht mehr gesehen – bist du wieder durch die Welt gedüst?«

»Oh ja. Ich habe mit Fürsten diniert und Diamanten gekauft.«

»Ich wünschte, ich könnte dir sagen, dass ich dich beneide, aber ehrlich gesagt macht es mir mehr Spaß, die Küche zu streichen.«

Miranda seufzte müde. »Ach, Tash, das würde mir im Moment auch mehr Spaß machen!«

»Hast du vielleicht Lust, dir in Notting Hill ein bisschen morbiden Schmuck anzugucken? Ich wollte am Samstag ...«

»Das geht nicht – ich fliege morgen früh nach New York. Eigentlich wollte ich am Wochenende meine Eltern besuchen. Die habe ich seit Weihnachten nicht mehr gesehen.«

»Warum suchst du dir keinen netten Job in einem Laden, dann kannst du den ganzen Tag rumsitzen, Pralinen in dich hineinstopfen und Schundromane lesen!«

»Das habe ich doch schon mal probiert.«

»Ja, und dann musstest du unbedingt in der Bond Street arbeiten und mit Leuten zu tun haben, die markante Doppelnamen und viel zu viel Geld haben, stimmt's? Ich rede von einem geistlosen Job in einem zweitklassigen Kuriositätengeschäft. Au! Rufus!« Der kleine Junge versuchte mit grimmiger Entschlossenheit, sich aus dem Griff seiner Mutter zu befreien.

»Lass ihn los, Tash, bevor er dir wehtut.«

Tash warf einen prüfenden Blick auf den Boden und die Umgebung des Couchtischs. Als sie sich überzeugt hatte, dass nichts herumlag, was Rufus kaputtmachen könnte, setzte sie ihn auf dem Boden ab und ließ sich neben Miranda auf der Couch nieder.

»Und wie wär's mit einer Kuratorenstelle? Du hast doch mal gesagt, dass dir das auch gefallen würde.«

»Um als Kuratorin erfolgreich zu sein, müsste ich genauso viel arbeiten wie jetzt, Tash. Aber alles andere würde mich auch langweilen, das ist das Problem. Ehrlich gesagt, bevor du gekommen bist, habe ich genau darüber nachgedacht. Ich glaube, der perfekte Job wäre, ein eigenes Schmuckgeschäft in Notting Hill zu haben ...«

»Wunderbar! Und bis dahin musst du endlich anfangen, dich gegen Kenneth zu wehren, wenn er von dir verlangt, am Wochenende um die Welt zu fliegen ... Rufus! Nein!« Aber es war zu spät.

Während die beiden Frauen sich unterhielten, war es dem Kleinen gelungen, sich Mirandas Haarbild-Anhänger zu angeln. Als seine Mutter aufschrie, ließ er ihn vor Schreck fallen. Sie hörten einen Knacks. Miranda sprang auf und bückte sich nach dem Schmuckstück. Zu spät. Ihre schlimmste Befürchtung hatte sich bewahrheitet – die Glasabdeckung hatte einen Sprung bekommen.

»Ach, Miranda – ist es kaputt? O nein, das tut mir so Leid, ich weiß, was es dir bedeutet. Ich hätte besser auf ihn aufpassen sollen ...«

Tash war so geknickt, dass Miranda ihre eigene Traurigkeit verbarg. Natürlich konnte sie das Glas ersetzen lassen, aber dann würde der Anhänger kein Original mehr sein.

»Mach dir keine Sorgen, es ist nur das Glas. Ich lasse ein neues machen. Einer der Juweliere, die ich in New York sowieso besuchen muss, ist Spezialist im Reparieren von altem Schmuck.«

Tash ging wenig später, denn Rufus spürte, dass er in Ungnade gefallen war, und weinte so laut, dass kein richtiges Gespräch mehr möglich war.

Als die beiden fort waren, suchte Miranda nach ihrer Sammlung von Speisekarten diverser Lieferdienste, dann kehrte sie mit dem Telefon und einer halben Flasche Wein zum Sofa zurück und griff wieder nach Sarah O'Reillys Roman.

XV

Benares, 17. Oktober 1878

Lieber John,

es bekümmerte mich, von Sarah zu hören, dass Ihr Zustand sich nicht gebessert hat, und Ihr Brief bestätigte das noch. Wenn Sie weiterhin von Kopfweh geplagt werden, versuchen Sie doch einmal, grobes braunes Papier in starkem Apfelessig zu tränken und es sich in den Nacken zu legen, oder ein Tuch, das Sie in ein Ringelblumen-Destillat getaucht haben. Und fragen Sie Mrs Vesper in Kensington, sie hat einen Almanach ihrer Großmutter, in dem großartige Rezepturen für Kräuterheilmittel stehen. Überhaupt würde sie sich sehr freuen, Sie einmal zu sehen, denn sie ist jetzt allein in dem großen, alten Haus, und sie sprach immer aufs Wärmste von Ihnen.

Es ist wunderbar, Sarah in Benares bei mir zu haben, und sie ist von den vielen Eindrücken derart berauscht, dass es mir vorkommt, als wäre auch ich zum ersten Mal hier. Doch schon versucht sie, mich zu überreden, im Frühjahr mit ihr nach London zurückzufahren, und kann nicht verstehen, dass mir dieses Land immer mehr ans Herz wächst. Um ehrlich zu sein, kann ich's auch nicht gut erklären und denke mir nur, dass vielleicht doch etwas Wahres ist an dem Volksglauben, dem zufolge Benares der Wohnort der Götter ist. Wenn ich früh am Tag ans Flussufer gehe, wo die großen weißen Steinsockel, die Ghats genannt werden, golden im ersten Sonnenlicht erstrahlen, bin ich davon überzeugt, dass dies ein heiliger Ort ist. Allüberall halten die Menschen von morgens bis abends Andacht, ob sie nun im heiligen Wasser des Ganges baden oder ihren Göttern, die sie in den Statuen und Tempeln personifiziert sehen, Blumen oder Essen darbringen. Die Hindus nehmen kein Fleisch zu sich (eine Sitte, die ich übernommen habe), denn sie bringen es nicht über sich, ein Lebewesen zu verzehren, das einmal Augen hatte, mit denen es sie sehen konnte, und Beine, auf denen es laufen konnte.

Mittlerweile hat Sarah den Palast von oben bis unten erkundet, und zwar mit Sarasvati als Führerin. Die beiden sind etwa gleichen Alters, und Sarasvati ist noch immer begierig, was es über englische Damen zu erfahren gibt, denn sie glaubt, dass die Maharani sie eines Tages nach London mitnehmen wird. Ich persönlich halte das nicht für wahrscheinlich, aber es schadet nicht, sie in dem Traum zu belassen.

Es ist seltsam, dass Sie in Ihrem Brief die Morde erwähnen; bis vor wenigen Wochen hatte ich die schreckliche Zeit mehr oder minder vergessen. Dann kam der Vorabend der Abreise meines Freundes Govinda. Er ist unterwegs nach Norden, nach Nepal und von dort weiter nach Tibet, wo er den Rest seiner Tage verbringen will. Ziel seiner Pilgerfahrt ist ein Kloster auf der Hochebene. Er sagt, die Welt sei zu lästig geworden, er sei es leid, sich vor ihr wappnen zu müssen.

Bevor er aufbrach, erzählte Govinda mir das, was ich jetzt Ihnen erzähle. Wir trafen uns häufig im Sommerhaus im Garten des Maharadschas, zuerst zufällig, aber als ich merkte, dass er sich zu bestimmten Zeiten stets dort aufhielt, ging ich häufig zu ihm, denn seine Gesellschaft bereitete mir Freude. Bei unserem letzten Treffen wusste ich sofort, dass er mir etwas Wichtiges erzählen wollte. Ich hoffe, dass diese Geschichte Ihrem armen Kopf wenigstens etwas Ruhe schenkt, John, erklärt sie doch einige der mysteriösen Umstände in jenen dunklen Tagen des Jahres 1864.

Ich weiß noch, dass Sie mir damals sagten, Sie würden den indischen Jungen Vikram verdächtigen, doch als auch er ermordet wurde, wussten Sie nicht, wer nun der Täter gewesen sein sollte. Es ist verständlich, daraus zu schließen, dass Vikram der falsche Verdächtige gewesen war, und dass die

Person, die ihn ermordete, auch Herbert Peasey und Joshua Finkelstein tötete.

Aber nach allem, was Govinda mir sagte, hatten Sie doch Recht, es war in der Tat Vikram, der Peasey und Finkelstein tötete, wenn auch mit der Hilfe eines Zweiten, der, so mutmaßte Govinda, Priester-Joe gewesen war, obwohl ihn das selbst verwunderte, weil er sich nicht vorstellen konnte, welche Beweggründe der Einfältige haben sollte. Vielleicht war es Geld, aber Sie sagten selbst, dass Priester-Joe bei seiner Verhaftung keinen Penny bei sich hatte, und nichts deutete darauf hin, dass er in der Zeit mehr als üblich ausgab.

Natürlich fragte ich Govinda, weshalb er Vikram misstraute, und er erklärte, er habe ihn von Anfang an in Verdacht gehabt, weil Vikram auch zur Leibwache des Maharadschas gehörte und auf demselben Schiff wie Lady Herbert und die Diamanten nach London reiste. Govinda wusste auch, dass Vikram Sarasvatis Bann erlegen war.

Wissen Sie, John, es steckt eine faszinierende Geschichte hinter den neun Diamanten des Geschmeides, zu dem Sie die Zeichnung sahen. Der rote Stein in der Mitte, den Govinda den »neunten Stein« nannte, ist so selten, dass kein zweiter Diamant von dieser Farbe zu existieren scheint. Der Maharadscha von Benares glaubte, dass mittels dieses Schmuckstücks jede Facette seines Lebens prächtiger sein und insbesondere, dass ihm der höchste Preis geschenkt werde, die Unsterblichkeit der Götter. Als Sarasvati durch Vikram erfuhr, dass der rote Stein, den sie begehrte, nicht nur den Palast, sondern gar Indien überhaupt verlassen sollte, war sie außer sich vor Zorn. Vikram wie auch Govinda waren eigens ausgebildet, die Fürstenfamilie und ihre Schätze zu verteidigen, aber Vikram war, laut Govinda, ehedem auch ein Thuggee gewesen. Sicher haben Sie von diesen Männern gehört, die berüchtigten Verbrecher, die zum Töten keine gefährlichere Waffe benötigen denn ein Taschentuch. Angeblich wurden die Thuggees vor einigen Jahren von dem britischen Offizier William Sleeman ausgemerzt, doch die Bergpässe werden nach wie vor von diesen

Diebes- und Mordbanden bewacht. Zu Sarasvatis Glück war Vikram auch ihr ergeben und hoffte, eines Tages ihr Herz zu gewinnen. Als er die Gelegenheit dazu sah – nämlich, indem er Lady Herbert folgte und sicherstellte, dass der kostbare rote Diamant nach Benares zurückkehrte –, zögerte er natürlich nicht. Gleichzeitig beschäftigte auch den Maharadscha die Sicherheit seiner Diamanten und er beauftragte Govinda, Lady Herbert zu begleiten und bei ihr zu bleiben, bis das Navaratna angefertigt war und ihm, wie Lady Herbert versprach, binnen eines Jahres ausgehändigt wurde.

Zunächst versuchte Vikram zu verhindern, dass die Diamanten das Land überhaupt verließen. Auf Sarasvatis Anweisung hin griff er mit einigen Thuggees eines Nachts in den Bergen außerhalb von Benares Lady Herberts Reisegruppe an. Dabei wurde ihr Mann Charles auf grauenvollste und brutalste Art vor ihren Augen ermordet: Als er sich weigerte, die Diamanten herauszugeben (die in Lady Herberts Unterbekleidung versteckt waren), wurden ihm Kopf und Arme abgeschnitten. Und damit nicht genug, diese Körperteile wurden gestohlen. Govinda erzählte mir, dass die Thuggees ihrer Herrin, der Göttin Kali, diese geraubten Teile als Opfer darbieten, und in der Tat, die Göttin, von der ich zahlreiche Statuen gesehen habe, trägt stets einen Gürtel aus Menschenarmen und eine Halskette aus Schädeln.

Als ich das hörte, fiel mir wieder ein, dass Lady Herbert nie über den Tod ihres Mannes sprechen wollte, und ich hatte schon damals vermutet, dass ihn ein grausiges Los ereilt hatte. Überraschend ist, dass sie dieser Tragödie zum Trotz mit den Diamanten die weite Reise nach England antreten wollte. Allerdings brauchte Govinda mir nicht eigens zu sagen, wie sehr Cynthia farbige Diamanten liebte, dass sie praktisch von ihnen besessen war und unbedingt dieses Navaratna angefertigt sehen wollte. Wissen Sie, sie war abergläubisch und war, wie der Maharadscha, überzeugt, dass das Amulett ihr ermöglichen würde, die Mächte der Götter anzurufen. Ich weiß noch, einmal sagte sie mir, Diamanten lockten die Geistwesen an!

Das alles erklärt, weshalb Govinda Vikram in London im Auge behielt und wusste, dass er den Mord an Herbert Peasey und Joshua Finkelstein begangen hatte, auch wenn er dieses Wissen nicht der Polizei mitteilte, weil die Diamanten über die Temple Pier illegal nach England gekommen waren und er lediglich sicherstellen sollte, dass sie dem Maharadscha zurückgegeben würden. Stattdessen beschloss er, das Gesetz in die eigene Hand zu nehmen. Als Finkelstein ermordet wurde, traf Govinda rechtzeitig ein, um zu verhindern, dass Vikram das Navaratna an sich nehmen konnte. Und nun kommt der faszinierendste Teil der Geschichte, und Sie werden es kaum glauben, denn ich konnte es anfangs auch nicht. Erinnern Sie sich, dass Sie zwei Zeichnungen fanden? Eine meines Anhängers – das in Gold gefasste Haarbild auf Jett – und eine für ein Hindu-Amulett aus Diamanten. Nun, das waren die Skizzen für Finkelsteins offizielle Auftragsbücher, aber daneben gab es eine dritte, die Govinda an dem Morgen aus Finkelsteins Laden mitnahm, an dem er meinen Anhänger abholte. Er gab die Zeichnung an Lady Herbert zurück, die sie mit ihren legalen Urkunden in ihrem Safe aufbewahrte. Ich bitte Sie, gehen Sie zu Herbert House und fragen Sie ihre Schwägerin, Miss Herbert, ob Sie ihre Dokumente einsehen dürfen. Dann, John, verspreche ich Ihnen, dass Ihr Rätsel gelöst sein wird und Sie genau wissen, was mit dem Schmuckstück geschehen ist.

An jenem Abend in Devil's Acre folgte Govinda unauffällig Vikram in der Absicht, ihn zu töten, denn ihm war klar geworden, dass Vikram mittlerweile selbst von dem Schmuckstück besessen war. Govinda hatte ihn von hinten gepackt, als ein Stein aus einer Schleuder Vikram am Kopf traf und ihm das Bewusstsein raubte. Govinda sah nicht, wer den Stein geschleudert hatte, meinte aber, er habe eher ihm selbst als Vikram gegolten, da er zu Boden gestoßen wurde, gerade als der Stein Vikram traf. Ich kann aber nach wie vor nicht glauben, dass tatsächlich Priester-Joe Vikrams Gehilfe gewesen sein soll.

Und das erinnert mich: Sarah gab mir zu verstehen, dass

auch sie etwas über die Morde weiß und dies aus rätselhaften Gründen in ihr Buch *Die indische Prinzessin* eingewoben hat. Wenn Sie und ich das nächste Mal korrespondieren, kenne ich vielleicht die Einzelheiten, denn Sarah hat mehrere Exemplare mitgebracht. Es war sehr freundlich von Septimus Harding, seinen Einfluss geltend zu machen, auf dass Sarahs Roman verlegt wurde, denn nur wenige Londoner Verlage behandeln das Manuskript einer Schriftstellerin mit Respekt, und Sarah weigert sich ja, unter einem anderem Namen denn ihrem eigenen zu erscheinen.

Ich muss nun zu einem Ende kommen, denn mittags trifft ein Zug ein, der Post aus London mitbringt und, wie ich hoffe, auch einige Ausgaben des *London Mercury*. Der Zug fährt heute Abend nach Bombay zurück und trifft rechtzeitig dort ein, um das Schiff zu erreichen, das kommende Woche nach England fährt.

Es ist mein Herzenswunsch, dass diese Zeilen Sie bei besserer Gesundheit vorfinden mögen, und ich freue mich auf Ihren nächsten Brief.

In Freundschaft,
Lily Korechnya

Susana faltete die Blätter sorgsam wieder zusammen. Es war offensichtlich, dass der Brief nie abgeschickt worden war, und sie kannte auch den Grund dafür: Mit im Umschlag lag ein Zeitungsausschnitt, ein Nachruf auf Inspektor John Lark. Vermutlich hatte er in einer der *Mercury*-Ausgaben gestanden, die Lily mit ihrer Post aus England erwartete.

Sie schaute auf den Tisch. Mittlerweile lagen dort nur noch die Briefe aus der Hutschachtel, alle anderen Rechercheunterlagen hatte sie beiseite geräumt. Das sprach Bände – die Tischfläche spiegelte immer auch ihr Innenleben wider. Was dort lag, beschäftigte sie auch gedanklich, seien es farbige Post-it-Sticker mit einem Zitat oder einer Idee, Bücher mit zahlreichen Einmerkern, Seiten mit flüchtigen Notizen oder verworfene Rohfassungen für die ersten Kapitel. Jetzt waren der Tisch und ihr Kopf mit der Geschichte und dem Leben Lily Korechnyas und Sarah O'Reillys angefüllt, und in der Hutschachtel lag praktisch nichts mehr, das sie nicht bereits gelesen oder zumindest überflogen hatte. Neben Dutzenden von Briefen und Zeitungsausschnitten waren das zahlreiche Schriftstücke, bei denen es sich um Haushaltsabrechnungen handelte oder um Unterlagen zu Renovierungsarbeiten am Haus in Kensington, an die Notizen auf braunem Papier geheftet waren. Darauf standen in sorgfältiger Handschrift nähere Erläuterungen. Susana vermutete, dass sie von Martha Vesper stammten, und sie belegten – wie auch andere Unterlagen –, dass Lily mehrere Jahre in Benares verbracht hatte, während ihre Haushälterin und Sarah das Anwesen in London verwalteten.

In den vergangenen zwei Tagen hatte Susana das Haus kaum verlassen, hatte weder das Telefon beantwortet noch zurückgerufen, wenn Leute ihr eine Nachricht auf Band hinterließen. Einer davon war Louis, der ihr wieder vorschlug, sich zu treffen. Solange sie die Briefe las, wollte sie die Welt vor der Tür ausschließen. In die Realität würde sie bald genug zurückkehren müssen. Schon am kommenden Vormittag hatte sie einen Termin mit ihrer Lektorin, die sich mit ihr über den Fortschritt des Projekts unterhalten wollte. Susana war noch nicht sicher, was sie ihr sagen wollte – ob sie gleich mit der Wahrheit herausrücken und erklären sollte, dass sie mit ihrem Buch eine völlig andere Richtung einschlug, oder ob sie warten sollte, bis sie genau wusste, wohin diese neue Richtung führte.

Susana stand auf und reckte sich. Dabei warf sie einen Blick auf die Uhr über dem Kaminsims. Es war später, als sie gedacht hatte, draußen im Garten war es noch so hell. Die Tage wurden merklich länger, immerhin war es fast Ende Mai. Ihr Kopf war müde, ihre Gedanken kreisten um nichts anderes als die Briefe, die sie gelesen hatte. Die einzige Abhilfe gegen diese Endlosschleife im Gehirn war Ablenkung. Vielleicht sollte sie ins Kino gehen oder eine alte Freundin hier in der Nähe besuchen. Oder sie konnte Louis' Anruf beantworten. Seine letzte

Nachricht klang, als wollte er über etwas Bestimmtes mit ihr sprechen, und sie vermutete, dass Louis aller Exzentrik zum Trotz sehr viel wusste. Schließlich konnte sie Männern nicht ewig ausweichen aus Angst, die könnten sie wiedersehen wollen.

Louis' Telefon klingelte mehrmals, ohne dass jemand antwortete, und Susana wollte gerade halb erleichtert auflegen, als der Hörer doch abgenommen wurde. Er sei im Atelier gewesen, erklärte er. Er klang begeistert, dass sie anrief, und fragte, wie sie mit dem Schreiben vorankomme. Zu ihrer eigenen Überraschung gestand Susana, dass ihr Gehirn ein einziger Knoten sei, sie sich verloren fühle und nicht glaube, zu einem Gespräch über ihre Arbeit mit ihm imstande zu sein.

»Wenn Ihnen der Kopf brummt, dann gibt es nur ein Heilmittel – dummes Zeug reden, gut essen und guten Wein trinken. Für all das kann ich sorgen.«

»Das klingt besser als braunes Papier und Essig.«

»Kein Vergleich. Gestatten Sie, dass ich Ihnen meinen Wagen schicke? Das ist schneller und einfacher als jedes andere Transportmittel.«

Susana wollte ablehnen, aber ihr fiel keine Ausrede ein, die nicht lahm klingen würde. Außerdem, wenn sie nicht mit Louis reden wollte, hätte sie ihn nicht anrufen dürfen.

Zum Glück war der Wagen, den Louis schickte, keine gestreckte Limousine, sondern ein schlichter nachtblauer Mercedes, dessen Fahrer sich als netter junger Mann entpuppte. Anfangs war Susana lediglich überrascht über ihr impulsives Verhalten, das für sie eher untypisch war, doch je näher sie dem Stadtteil Hampstead kamen, desto nervöser wurde sie. Das Haus, vor dem sie abgesetzt wurde, war eine wunderschöne Villa im Regencystil mit einem Säuleneingang und einer beschlagenen Holztür. Es war von der Straße zurückgesetzt und fast verborgen hinter einer hohen Steinmauer und schmiedeeisernen Toren, die sich per Fernbedienung öffneten. Die grandiose Pracht des Hauses trug nicht zu Susanas Beruhigung bei.

Louis, angetan mit einem lilafarbenen Seidenkaftan, öffnete ihr selbst die Tür. »Susana. Kommen Sie doch rein.«

Er führte sie durch den Eingangsbereich mit schwarzweißem Marmorboden an einer breiten, geschwungenen Treppe vorbei.

»Wie sind Sie an meine Telefonnummer gekommen?«

»Ah. Also, ich habe Ihr letztes Buch aufgestöbert, in dem natürlich eine Kurzbiografie der Autorin steht, und daher wusste ich, dass Sie in Greenwich leben. Und in Greenwich gibt es laut Telefonauskunft keine andere Person namens S. Harris als Sie. Ich hoffe, es stört Sie nicht, dass ich Sie wiedersehen wollte. Was Sie da über das weibliche Denken im 19. Jahrhundert schreiben, ist einfach spannend. Ich habe seit langem kein Fachbuch gelesen, das mir so viel Spaß gemacht hat.«

»Schön, dass Ihnen *Die Schrift und die Dame* gefallen hat. Das brachte mich überhaupt erst auf die Idee für mein jetziges Buch.«

»Das sich um viktorianische Frauen in Indien dreht, wenn ich mich recht erinnere?«

»Ja. Meiner Lektorin gefallen immer Ideen, die etwas abwegig sind.«

Sie waren in einem Salon mit tiefroten Wänden angekommen, an denen eine verblüffende Gemäldegalerie hing. Susana fühlte sich an Lilys Beschreibung von Lady Herberts Salon erinnert.

»Viele davon habe ich geerbt«, sagte Louis, als er ihren staunenden Blick bemerkte. »Aber noch mehr habe ich selbst gesammelt. Wie Sie interessiere ich mich vor allem für das Werk weniger bekannter Bohemiens des 19. Jahrhunderts – in meinem Fall Maler. Zu der Zeit kamen so viele junge Künstler nach London, um vom freien Markt zu profitieren, vom großen Publikum und der noch neuen Kaufkraft der Mittelschicht.«

»Haben Sie je von Franz Korechnya gehört?«, fragte Susana.

»Aber ja. Ich habe sogar zwei Gemälde von ihm und überlege mir, ein drittes zu kaufen, das demnächst versteigert wird. Glauben Sie an das Schicksal, Susana?«

Die Frage kam so unerwartet, dass Susana keine Antwort einfiel.

»Aber zuerst muss ich Ihnen einen Drink anbieten, sonst glauben Sie noch, ich hätte Sie unter falschen Versprechungen hergelockt. Gin Tonic?«

Sie nickte. »Ob ich an das Schicksal glaube? Sagen wir so: Ich war oft genug in Indien, um Fatalismus zu verstehen, obwohl er mir nicht zur zweiten Natur geworden ist. Warum fragen Sie?«

»Als ich Sie das erste Mal sah, ahnte ich, dass es eine bedeutsame Begegnung war. Und als Sie mir dann erzählten, dass Sie über Lily Korechnya recherchieren, sah ich meine Vermutung bestätigt. Wussten Sie übrigens, dass Ihr Name, Susana, auf Hebräisch Lilie bedeutet?«

Susana schauderte. »Nein, das wusste ich nicht. Sie hatten schon vorher von Lily gehört?«

»Neben den vielen Gemälden, die Sie hier sehen, habe ich auch kartonweise Unterlagen geerbt, die einer wohlhabenden viktorianischen Ahnin namens Cynthia Herbert gehörten. Sie beauftragte 1864 Lily Korechnya, ihre Schmucksammlung zu katalogisieren.«

»Ach, Cynthia Herbert ...« Die Gedanken wirbelten Susana durch den Kopf, aber Louis bemerkte gar nicht, dass sie ihren Satz nicht beendete.

»In den Herbert-Unterlagen findet sich eine Zeichnung von genau dem Schmuckstück, von dem ich Ihnen in Indien erzählte – das Diamanten-Navaratna.«

»Aber ... ich habe gerade erst heute Nachmittag darüber gelesen. In einem Brief, den Lily dem Polizisten schrieb, der in irgendwelchen Mordfällen ermittelte. Und da steht, wenn er die Zeichnung findet, würde er wissen, was mit dem Schmuckstück passiert ist!« Sie spürte, dass sie eine Gänsehaut bekam. »Und wo das Amulett heute ist – hat man das je herausgefunden?«

Statt einer Antwort ging Louis zu einem antiken chinesischen Lacksekretär. Als er zurückkam, hielt er eine dünne Ledermappe in der Hand. Daraus holte er einen Plastikumschlag hervor und legte ihn vor Susana auf den Tisch. Sie betrachtete die Zeichnung. Darauf waren zwei Anhänger von etwa gleicher Größe zu sehen; einer bestand aus acht kreisförmig angeordneten farbigen Steinen mit einem neunten, roten, in der Mitte, der andere war aus Jett gearbeitet, in den neun Löcher gebohrt waren. Darüber waren Zeichnungen von Lilien, die mit Stiften befestigt werden sollten – auf den Steinen und auf dem Jett. Die einmalige Konstruktion wurde von schwerem Gold und einem Glasdeckel umhüllt. Es war eine geniale Zeichnung.

»Also kehrte das Navaratna unter Lilys Anhänger verborgen nach Indien zurück!«

»Und dort ist es immer noch«, sagte Louis.

»Aber dann ist die Frage doch: Wo ist der Anhänger?«

»Haben Sie mal von Anton Mesmer gehört?« Louis' Erwiderung verblüffte sie.

»Vage – war das nicht ein Scharlatan, der lilafarbene Roben trug?« Sobald Susana das gesagt hatte, wurde ihr bewusst, dass Louis eine lilafarbene Robe trug. »Nicht, dass ich etwas gegen lilafarbene Roben hätte, selbstverständlich nicht …«

Sie war erleichtert, als Louis lachte. »Lila schwingt in hoher Frequenz. Ich finde das anregend. Mesmer lebte im 18. Jahrhundert, er war ein Naturwissenschaftler und entdeckte die Elektrobiologie.«

»Ja, ich weiß, dass viele Schriftsteller des 19. Jahrhunderts – Elizabeth Barrett Browning, Tennyson und Dickens, aber auch andere – Mesmeristen und Spiritisten waren und glaubten, dass der Spiritismus wegen des menschlichen Energiefelds, wegen der Aura, glaubhaft sei.«

Louis nickte. »Wenn es um den menschlichen Körper tatsächlich ein Energiefeld gibt, das nach dem Tod weiterlebt, dann ist natürlich das der Kontaktpunkt zwischen der physikalischen und der geistigen Welt.«

»Wirklich?« Susana blieb skeptisch. Sie wollte nicht in Erwägung ziehen müssen, dass sie mit Dan in Kontakt treten könnte.

»Es gab einen berühmten sowjetischen Elektriker namens Kirlian, der eine Methode entwickelte, um das Energiefeld zu fotografieren, das Menschen und Pflanzen umgibt und auch einige unbelebte Stoffe, wie zum Beispiel Schmuck. Wie schade, dass die Möglichkeit noch nicht existierte, als die vielen Frauen, die im 19. Jahrhundert Geistmedien waren, von selbst ernannten Wissenschaftlern untersucht wurden.«

»Aber wenn Sie an die Situation der Frauen im 19. Jahrhundert hier in England denken, dann war der Spiritismus doch nur einer von vielen anderen längst vergessenen Faktoren bei ihrem Streben nach Unabhängigkeit. Frauen, die stark waren, hatten es schwer, gesellschaftlich akzeptiert zu werden, und als Geistmedien konnten sie sich noch am ehesten den herkömmlichen Geschlechtsvorgaben entziehen. Und nach allem, was ich gelesen habe, schrieb die spiritistische Presse auch über frauenspezifische Themen ... Aber lassen wir den Feminismus mal beiseite, glauben Sie wirklich, dass es möglich ist, mit den Toten in Verbindung zu treten?«

Es herrschte Stille, während Louis sie mit demselben unverwandten Blick betrachtete wie damals im Kalitempel. Susana wünschte sich, sie hätte die Frage nicht gestellt.

Nach einer Weile sagte er: »Ja. Aber für einige Menschen geht das mit Träumen und Erinnerungen und – mit immerwährender Liebe.«

Susana konnte es nicht ertragen, noch länger bei diesem Thema zu bleiben, und lenkte ab. »Frauen können sich viel einfacher zurücknehmen als Männer und viel leichter ihre eigenen Bedürfnisse ignorieren – schließlich tun wir das seit Jahrhunderten. Was mediale Begabung angeht, war das vermutlich die beste Voraussetzung für Geistbesessenheit.«

»Oder vielleicht waren den Geistern Frauen einfach lieber«, meinte Louis. »Was absolut nachvollziehbar wäre.«

»Ich würde wirklich gerne wissen, was mit Lilys Anhänger

und dem Navaratna passiert ist. Wahrscheinlich war es das Beste, die Diamanten zu verstecken, denn offenbar waren sie auf die eine oder andere Art für den Tod von mindestens vier Menschen verantwortlich.« Sie erzählte Louis, was sie aus Lilys Briefen und im Zeitungsarchiv über die Morde in den 1860er Jahren erfahren hatte und von der Szene im Kalitempel in Benares, als der Schmuck abhanden kam.

Louis nickte, als hätte er derlei bereits geahnt. »Es ist gut möglich, dass Franz Lily vor dem Einfluss der Steine schützte, weil sie seine Haare bei sich trug. Und was Sarasvatis Verhalten im Kalitempel betrifft – dazu fällt mir einiges ein. Aber möchten Sie vorher nicht mein Atelier sehen?«

Als Susana zögerte, lachte Louis auf. »Keine Sorge, meine Verführungskünste setze ich nur bei jungen Männern ein. Kommen Sie, es ist gleich nebenan.«

Etwas verlegen folgte Susana ihm durch eine Tür, die in einen zweiten, nicht minder großen Raum führte. Hier waren keine Gemälde zu sehen, sondern Statuen und Schnitzereien, manche überlebensgroß, andere sehr klein. Sie waren aus Stein, Marmor oder Holz und mehr oder minder stark renovierungsbedürftig. »An einigen Stücken arbeitet zur Zeit ein Restaurator. Kommen Sie, der Garten Kashis wartet auf Sie.«

»Der Garten Kashis« war ein Vorzimmer, das man durch eine Falttür betrat, und die Statuen, die hier standen, waren ausschließlich hinduistisch. Susana erkannte mehrere Gottheiten, darunter auch Kali, Louis' neueste Anschaffung. Wie die anderen Skulpturen wurde die schwarze Göttin, die mindestens einen Meter achtzig hoch war, von unten angestrahlt. Susana trat näher und sah ihr ins Gesicht. Direkt zwischen den Augen war ein Stein eingelassen, der im Licht so intensiv funkelte, dass sie wusste, es konnte nur ein Diamant sein.

»Es ist bekannt, dass Kali Menschen in den Wahnsinn treiben kann«, sagte Louis leise. »Und ich könnte mir vorstellen, dass genau das mit Sarasvati passiert ist. In Südindien lernte ich einmal einen Mann kennen, der für eine Hilfsorganisation arbeitete und kurz zuvor in einer Strafanstalt für Frauen gewesen war. Dort sah er eine junge Frau in Einzelhaft, die offenbar in Trance war. Er sagte, sie wiegte sich hin und her und hätte unablässig etwas halb gesungen, halb rezitiert. Das stellte sich später als eine Beschwörung der Göttin Kali heraus. Er hörte auch ihre traurige Geschichte: Sie war verheiratet gewesen und hatte zwei kleine Kinder, aber dann war sie dem Bann der Göttin erlegen und begann, sie anzubeten und sie um mediale Kräfte zu bitten. Eines Abends brachte sie dann ihren Mann und ihre beiden Kinder um – sie zerlegte sie mit dem Küchenmesser.« Louis stellte sich neben Susana und berührte den Stein auf Kalis Stirn. »Der Diamant in ihrem dritten Auge soll sie gnädig stimmen, obwohl es heißt, dass Kali sich nur durch einen roten Diamanten besänftigen lässt. Es ist gut möglich, dass Sarasvati spürte, dass Lily den roten Diamanten bei sich hatte, und sich im Tempel deswegen so verhielt. Und wo der Diamant jetzt ist und was mit ihm passiert – das wird sich in Kürze alles aufklären, davon bin ich überzeugt …«

Susana sah abrupt zu ihm. »Sie wissen also, wo der Anhänger ist?«

Louis nickte. »Ich weiß genau, wo er ist.«

XVI

*M*iranda ließ sich in den rissigen Vinylsitz des Taxis fallen und fragte sich erschöpft, wie oft sie sich wohl schon durch eine fremde Stadt hatte fahren lassen. Auf den Bürgersteigen von Harlem ging es quirliger zu als nur wenige Straßenzüge weiter südlich, das Leben war lauter und bunter. Hier waren die Hochhäuser und Geschäfte zwar ein bisschen schäbig, aber die Atmosphäre hatte etwas sehr Lebendiges und Umtriebiges, sodass selbst Downtown-Manhattan mit seiner hektischen Aktivität im Vergleich dazu relativ gesittet wirkte.

Als das Taxi neben einer Reihe von Bars und Wettbüros an einer Ampel warten musste, bemerkte Miranda eine Frau mit einer dicken Schicht Schminke im Gesicht und einem Lederrock, der kaum den Ansatz ihrer fülligen Oberschenkel bedeckte. Sie schrie auf einen Mann ein, der in einer Tür stand. Er war etwas kleiner als sie, auch wenn seine Afrokrause ihn um einige Zentimeter größer machte, als er in Wirklichkeit war. Die Fingernägel der Frau waren goldfarben lackiert und so lang, dass sie selbst aus der Entfernung wie Dolche blitzten, als die Frau wild gestikulierte. Der Mann – ein Freier, vermutete Miranda – ging achselzuckend davon; offenbar wollte er die Straße bei der Ampel überqueren. Gerade als er die Bürgersteigkante erreichte und nur eine Armlänge von Miranda entfernt war, tauchte ein Rowdy mit glänzender Glatze und Armen so dick wie die Oberschenkel der goldfarben lackierten Frau auf, packte den Mann am Kragen und schleuderte ihn gegen das Taxi. Der Fahrer fluchte, die Ampel sprang auf Grün, der Wagen fuhr an. Entsetzt drehte Miranda sich um und sah, wie die Frau ihre Hand in die Hosentasche des Manns steckte und noch immer schreiend ein paar Geldscheine herauszog. Die Passanten gingen ungerührt weiter, ohne auf das Handgemenge zu achten.

Als Miranda ihr Ziel im nördlichen Manhattan erreichte, hatte sie ihren Schreck genügend überwunden, um die Veränderung in ihrer Umgebung wahrzunehmen. Gerade fuhr das Taxi durch ein hohes schmiedeeisernes Portal, und vor ihr stand ein idealtypisches Kloster aus dem 15. Jahrhundert mit Blick auf den Hudson River. Fast kam es Miranda vor, als hätte sie eine Zeitreise gemacht, denn das Cloisters Museum, das zum Teil tatsächlich aus Bruchsteinen mittelalterlicher französischer Klöster erbaut war, wirkte nach der Fahrt durch Harlem umso surrealer. Hier arbeitete der Juwelier, den sie am allerliebsten mochte. Eigentlich war Rudy Weinberg Kurator und Spezialist für Schmuck des Mittelalters, doch sein Sohn betrieb an der Fifth Avenue ein Geschäft, in dem er hochwertiges antikes Gold verkaufte, und Rudy nahm für ausgewählte Kunden gelegentlich Reparaturarbeiten vor.

An der Nordseite des Museums lag ein ummauerter Garten, der alten Klostergärten nachempfunden war. Diesen Platz hatte Miranda mit Rudy als Treffpunkt vereinbart. Sie setzte sich auf eine Steinbank in die Sonne, sah zwischen den Bäumen das Wasser glitzern und atmete tief durch. Danach fühlte sie sich derart befreit, dass sie sich fragte, ob sie in den letzten zwei Tagen überhaupt einmal richtig Luft geholt hatte.

Plötzlich musste sie an die Zugfahrt vom Flughafen nach Benares denken, als sie vom Wahnsinn ihres Alltags räumlich weit genug entfernt war, um auch geistig davon abzurücken. In solchen Momenten sah sie sich, wie vermutlich die anderen sie sahen, Leute wie Tash und vielleicht auch Susana. An dem Abend, als Susana zum Essen kam und Miranda ihr erzählte, dass gerade ein Makler aus Genf angerufen habe, hatte Susana ihr einen eindringlichen Blick zugeworfen, als wollte sie sagen: »Und was bringt das für dich?« Diese Frage hatte Miranda sich schon lange nicht mehr gestellt. Sie hatte immer gedacht, dass sie einmal, wenn sie mehr Zeit hatte, sich hinsetzen und genau überlegen würde, welche Richtung ihr Leben nahm und wie sie sich die Zukunft vorstellte. Sie spielte mit dem Anhänger, der sie immer begleitete und jetzt in einem Satinbeutel in der Innentasche ihrer Handtasche steckte. Sie verließ sich darauf, dass Rudy eine antike Glasabdeckung haben würde, die genau auf den Anhänger passte, aber sie wusste, wie dumm es war, sich solchen Hoffnungen hinzugeben. Zumindest hatte Rudy einen riesigen Wandschrank voll »Ersatzteile«, endlose Reihen kleiner Schubladen mit Goldscharnieren und Miniaturschlössern, Ringen, Medaillondeckeln, Schließen und altem Glas.

Miranda freute sich darauf, Rudy zu sehen. Meist brachte er sie zum Lachen, und am Ende ihres zweiten Tages in Manhattan, an dem sie noch immer keine Diamanten aufgetrieben hatte, brauchte sie dringend Aufheiterung.

Die New Yorker Diamantenhändler bildeten das Herz des amerikanischen Schmuckgeschäfts, das den drittgrößten Industriezweig in den USA darstellte. In der Juweliermeile an der 47th Street zwischen der Fifth und Sixth Avenue herrschte derartige Hochspannung, dass Miranda immer das Gefühl hatte, unter dem Bürgersteig müsste elektrischer Strom fließen. Dort waren neben Englisch auch Hebräisch, Japanisch und Urdu übliche Umgangssprachen, die Kauflustigen von der Fifth Avenue schlenderten vorbei, bestaunten die in den Schaufenstern ausliegenden Diamanten oder beobachteten die Schleifer, die an ihren Scheiben saßen und bei der Arbeit hebräische Lieder sangen. Als Miranda vor vier Jahren zum ersten Mal in die 47th Street gekommen war, hatten die millionenteuren Edelsteine sie nicht minder überwältigt als die Basare und Arkaden, in denen chassidische Juden in Gehröcken und schwarzen Hüten ihr mit gelassenem Selbstbewusstsein Urkunden zeigten, die sie als Mitglieder des Diamond Dealers Club auswiesen. Zu dem Club gehörten ausschließlich angesehene Händler, die sich verpflichteten, ihr Wort zu halten, andernfalls drohte ihnen der Ausschluss. Hier lernte Miranda, dass es zwischen Diamantenhändlern einen Ehrenkodex gab und dass ein Diamant, der vom GIA, dem gemmologischen Institut Amerikas, graduiert und zertifiziert worden war, rund zweitausend Dollar mehr erbrachte als ein Stein, der nicht auf diese Art bewertet worden war. Mittlerweile war Miranda hier bekannt, und sie ihrerseits hatte die eigentliche Bedeutung der jiddischen Wörter »schmaltz« und »schmuck« gelernt.

Heute hatte sie Mazel & Brocha aufgesucht, die Händler der Händler. Die hatte sie sich bis zuletzt aufgehoben, denn wenn jemand in New York einen Fancy hatte, der nicht schon für Sotheby's oder Christie's in der Schweiz bestimmt war, dann Mazel & Brocha.

»Ach, Miranda!«, hatte der Händler gesagt und bekümmert den Kopf geschüttelt. »Hätten Sie mich das doch früher wissen lassen! Ich hatte einen blauen Fünfzehnkaräter, wirklich, einen blauen Fünfzehnkaräter!, der letzte Woche versteigert wurde. Wunderschön, einfach wunderschön, aquamarinblau, makellos, wirklich makellos!« Dann hatte er sich gesetzt, sich den Schweiß von der Stirn gewischt, den Kragen geöffnet und auf den Stuhl neben sich gedeutet. »Es ist eine schlechte Zeit für Diamanten«, sagte er dann vertraulich. »Sie sollten die Auktion auf nächstes Jahr verschieben.«

»Dafür ist es zu spät. Der Katalog geht am Montag in Druck.«

Mit einem tiefen Seufzen schüttelte er wieder den Kopf.

Miranda runzelte die Stirn. »Was meinen Sie damit, dass es eine schlechte Zeit für Diamanten ist – gibt es bei De Beers Probleme?«

»Bei De Beers gibt's nie Probleme, die sind ein mächtiges Kartell. Wenn der Handel zurückgeht – und dieses Jahr ist er um eine Milliarde Dollar zurückgegangen –, dann nur, weil De Beers Angebot und Nachfrage bewusst steuert.«

»Ich habe gehört, dass der Markt in Russland und Kanada größer wird ...«

»Ja, aber es sind die Planeten – die Planeten beherrschen

Edelsteine. Venus steuert das Verlangen der Menschen nach Diamanten, aber es will ja niemand auf mich hören.«

Als Miranda im Garten des Cloisters über dieses Gespräch nachdachte, fiel ihr ein, dass Mr Patel ihr in Benares dasselbe gesagt hatte. Es erstaunte sie, dass derart viele intelligente Menschen offenbar wirklich glaubten, dass es zwischen Edelsteinen und dem Kosmos eine Verbindung gäbe.

In dem Moment klingelte ihr Handy. Mit einem Ruck kehrte sie in die Realität zurück. Die Verbindung war sehr schlecht, sie konnte nur das wenigste von dem verstehen, was der Anrufer am anderen Ende sagte. Miranda glaubte, dass es Susana war, aber die Stimme klang viel angeregter, als sie es sonst von ihr kannte. Noch merkwürdiger war, dass die Person nach allem, was Miranda ausmachen konnte, von einem Haarbild-Anhänger sprach (dabei hatten sie und Susana seit Mirandas Rückkehr aus Genf gar nicht miteinander geredet) und auch von Diamanten. Schließlich erklärte Miranda langsam und laut, dass die Verbindung zu schlecht war und sie später zurückrufen würde. Sie hoffe nur, dass Susana – wenn sie es denn war – sie besser verstehen konnte.

Kaum hatte sie den Anruf beendet, erschien Rudys massige Gestalt im Eingang zum Garten. Er war ein gewaltiger Mensch, sowohl von seinem Körperbau als auch von seiner Persönlichkeit her, und seine Stimme dröhnte über die Kräuter und die Miniaturobstbäume hinweg.

»Miranda! Willkommen in New York!« Er drückte sie so fest, dass er ihr fast die Luft abschnürte. »Komm, lass uns einen Kaffee trinken gehen. Ist das ein rein privater Besuch, oder schwirrt in dem hübschen Kopf wieder ein großartiger Plan herum?«

»Beides«, gestand Miranda.

Im gotischen Café des Museums erzählte Rudy ihr vom Baby seines Sohns und vom Bypass, den seine Frau kürzlich bekommen hatte, seiner Ansicht nach wegen der vielen Sahne, die sie in ihren Kaffee schüttete, und der Donuts, die sie allzu sehr liebte. »Früher hatte sie nie einen solchen Hintern – bevor ich sie heiratete, war sie so schlank wie du. Wenn du also deine Figur behalten willst, darfst du nie heiraten!«

»Da besteht nicht die mindeste Gefahr, Rudy.«

»Also, das wundert mich wirklich. Kindchen, was machst du bloß aus deinem Leben? Hör auf, so viel zu arbeiten, und such dir einen netten Jungen. Besser noch, such dir einen netten jüdischen Jungen, aber sag mir vorher, wie er heißt, dann überprüfe ich seine Familie.«

Miranda lachte. »Gerade hast du mir doch geraten, nicht zu heiraten!«

»Das ist kein Grund – was weiß ich denn schon. Du solltest dich verlieben und Kinder bekommen, sonst vergeudest du dein Leben. Also, was führt dich in diese abgelegene Ecke der Welt?«

Miranda holte das gefütterte Satintäschchen mit dem Anhänger hervor und reichte ihn ihm. »Das hat jetzt nichts mit dem Auktionshaus zu tun, Rudy – auch wenn ich hier bin, um Diamanten zu kaufen –, das ist rein privat. Das ist die neueste Errungenschaft in meiner Sammlung, und leider ist sie einem Zweijährigen in die Hände geraten. Da siehst du mal, was passiert, wenn Kinder losgelassen werden.«

Rudy grinste und schwieg einen Augenblick, um den Anhänger mit fachkundigem Blick zu untersuchen. »Ein ungewöhnliches Stück. Das Gold ist gute Qualität, das Design ist etwas ungewöhnlich. Fast, als wäre es ein Medaillon ohne Deckel.« Rudy hielt den Anhänger prüfend in der Hand. »Er fühlt sich schwerer an, als ich erwarten würde. Ich würde sagen, er ist aus einem anderen Schmuck hergestellt worden. Du weißt ja, das wurde bei Trauerschmuck oft gemacht.«

Miranda nickte. Im 19. Jahrhundert war der Tod etwas so Alltägliches, dass ein Trauerschmuckstück gelegentlich mehrmals umgearbeitet wurde. Vielleicht war die Oberseite des ursprünglichen Anhängers durch eine neue ersetzt worden.

»Was die Glasabdeckung angeht, da könnte ich in der Werkstatt etwas Passendes haben. Wann fliegst du zurück?«

»Sonntag früh.«

»Gut. Überlass das mir. Ich rufe dich an, sobald ich weiß, ob ich ein Ersatzglas habe. Wenn nicht, lasse ich eins anfertigen. Das sollte möglich sein, bevor du wieder fährst.«

Erleichtert gab Miranda ihm einen Kuss auf die Wange.

»Wow. Der Anhänger liegt dir sehr am Herzen, stimmt's? Klar, ich kann den Reiz sehen, sehr romantisch, ungewöhnliches Design, aber hat er auch einen sentimentalen Wert?«

Miranda schüttelte den Kopf. »Nein. Er gefällt mir einfach, weiter nichts.«

Rudy kniff die Augen zusammen, als überlegte er, ob sie damit wirklich die Wahrheit sagte.

»Hmmm. Also, Mädel, ich muss los. Wir haben ein paar neue Klunker gekauft, und die sind gerade reingekommen – Schmuck einer Edelfrau aus dem neunten Jahrhundert, von einer Ausgrabung. Ich melde mich bei dir, in Ordnung?«

Als Miranda am Samstagmorgen aufwachte, blieb sie im Bett liegen und sah zur Decke hinauf. Trotz ihrer Ahnung, dass sie mit leeren Händen nach London zurückfahren und die Auktion ein Flop werden würde, war sie guter Dinge. Jetzt konnte sie nur noch warten. Die Händler, die sie aufgesucht hatte, würden bei ihren Kunden und anderen Händlern nachfragen, mit denen sie regelmäßig Geschäfte machten, und am Abend würde sie wissen, ob sie etwas Neues gefunden hatten. Miranda ging nicht davon aus, etwas zu bekommen, aber zumindest wurde ihr Anhänger repariert.

Eigentlich sollte sie Kenneth anrufen und ihn vorwarnen, dass er nichts erwarten sollte. Aber an diesem Tag war ihr alles egal. Es war nicht ihre Schuld, dass es auf dem offenen Markt einfach keine exklusiven Diamanten gab. Plötzlich wurde sie wieder wütend auf Kenneth, weil er sie in diese Lage brachte und weil er ihr das Gefühl gab, nicht zu genügen. Andererseits konnte niemand ihr irgendein Gefühl geben, wenn sie es nicht selbst zuließ. Aufgerüttelt von dieser Erkenntnis, setzte Miranda sich mit einem Ruck auf. Es bedeutete, dass sie sich die ganzen Befürchtungen und den ganzen Druck selbst machte und Kenneth das nur geschickt ausnutzte.

Plötzlich fühlte sie sich regelrecht beschwingt. Am Abend zuvor war sie auf dem Weg zum Plaza Hotel die Fifth Avenue entlang an all ihren Lieblingsgeschäften vorbeigegangen und hatte selbst bei Macy's keinen einzigen Blick in die Schaufenster geworfen. Dass sie an diesem Vormittag Lust hatte zu shoppen, war ein sicheres Zeichen, dass ihre Lebenslust wieder erwachte. Und wenn die Auktion das Ansehen von Hanovers nicht steigerte und auch nicht viel Geld einbrachte – sei's drum. Wen kümmerte es, wenn Kenneth sie nicht mehr für eine Überfliegerin hielt? Was sie brauchte, war ein Paar neuer Schuhe. Und ein Urlaub.

Miranda schlüpfte in einen kurzen Leinenrock, eine weiße Baumwollbluse und ein Paar bequemer Sandalen mit niedrigem Absatz. Dazu Sonnenbrille und Einkaufstasche, und sie war für ihren Stadttag gerüstet. In New York war es schon um etliche Grad wärmer als in London, und unvermittelt hatte sie das Gefühl, im Urlaub zu sein. Sie versuchte sich zu erinnern, wann sie das letzte Mal wirklich Urlaub gemacht hatte. Im vorigen Sommer hatte sie nach Griechenland fahren wollen, und dann im Herbst nach Spanien, aber beide Male war ihr die Arbeit dazwischengekommen. Der letzte richtige »Urlaub«, den sie gehabt hatte, war, als sie einem Mann, den sie bei einer Diamantenbörse kennen gelernt hatte, nach Australien nachgeflogen war. Es war eine spontane Entscheidung gewesen, die sie gleich nach ihrer Ankunft in Sydney bereute. Er hatte eine Wohnung im Viertel Bondi, direkt am Bondi Beach, wo er frühmorgens gern surfen ging. Nicht dass die Voraussetzungen für eine Beziehung schlecht waren, sie waren so gut, dass Miranda Angst bekommen hatte. Sie wollte den Job, um den sie so hart gekämpft hatte, nicht aufgeben, und sie wollte nicht von einem Mann abhängig sein. Den Heiratsantrag (ausgesprochen am Ende der zweiten Woche), damit sie nach Sydney emigrieren und legal dort leben und arbeiten könnte, hatte sie abgelehnt. Eine Woche später war sie in Tränen aufgelöst nach Hause geflogen.

Gerade, als sie das Hotelzimmer verlassen wollte, fiel ihr

ein, dass sie Susana noch nicht zurückgerufen hatte. Die Vermittlung stellte sie durch, und sie hinterließ eine Nachricht, erklärte, dass sie Susana – falls sie angerufen hatte – wegen der schlechten Verbindung nicht habe verstehen können und sie am nächsten Tag wieder in London sein werde.

Das Plaza Hotel lag am Central Park, und an einem sonnigen Samstagvormittag führten dort Leute ihre Hunde spazieren, einen Pappbecher mit Kaffee in der Hand, muskulöse junge Frauen joggten, und dürre Teenager sausten auf Skateboards und Rollerblades die Wege entlang. Miranda ging in die entgegengesetzte Richtung und schlenderte an Van Cleef & Arpels, Emanuel Ungaro und Prada vorbei, ohne mit der Wimper zu zucken. Bei Saks geriet sie ins Wanken. Was sie wirklich brauchte, waren Schuhe, die elegant aussahen, ihre Füße aber nicht malträtierten. Obwohl sie wusste, dass »nur mal schauen« bei ihr nicht klappte, musste sie doch in das Geschäft gehen. Wer Saks an der Fifth Avenue betrat, bekam das Gefühl, als könnte eine neue Garderobe sein gesamtes Leben verändern. Miranda hatte gerade eine verführerisch weiche schwarze Wildlederhose in der Hand, als ihr Handy klingelte. Es war Rudy.

»Hallo, Süße. Ich glaube, du solltest mal schleunigst herkommen. Das Ding ist noch ungewöhnlicher, als ich gedacht habe.« Rudy saß in der Werkstatt, die zum Geschäft seines Sohnes gehörte, nur wenige Blocks von Saks entfernt. Mit einem letzten sehnsüchtigen Blick auf die Hose (perfekt für den Winter in London und superschick zu ihrem schwarzen Wildledermantel) trat Miranda wieder auf die Straße hinaus.

Weinberg's Antique Gold lag ganz in der Nähe der 47th Street, nicht weit vom Zentrum des Diamantenviertels entfernt. Miranda ging an den funkelnden Auslagen von Tiffany vorbei, doch vor dem Fenster von Cartier blieb sie stehen. Es war, als würde sie in den Sternenhimmel blicken. Im Fenster lagen ausschließlich farbige Diamanten. Fancys wurden immer beliebter, vor allem dank der einfallsreichen Marketingstrategie der australischen Argyle-Mine, die ihre »intensiv pink« Steine mittlerweile »Rot« nannte und verschiedene Brauntöne als »Champagner« oder »Cognac« anbot. Seit ein Pink von drei Karat von Argyle über eine halbe Million Dollar eingebracht hatte, schoss sich der Weltmarkt zunehmend auf Fancys ein.

Rudys Sohn sprach gerade mit einem Kunden, warf Miranda aber ein breites Lächeln zu und bedeutete dem Wachmann, sie in den hinteren Teil des Geschäfts einzulassen. Dort saß Rudy in einer Lederschürze über eine Werkbank gebeugt, auf der Nase eine Brille, die seine Augen ins Groteske vergrößerte. Sobald Miranda hereinkam, nahm er sie ab. Miranda sah sofort, dass seine Wangen gerötet waren und seine Augen fiebrig glänzten.

»Ist alles in Ordnung mit dir, Rudy?«

»Alles in Ordnung? Aber ja, ja, in bester Ordnung. Dir wird's gleich genauso gehen. Schau dir das mal an.«

Erwartungsvoll stellte Miranda sich zu ihm an die Werkbank. Die gesprungene Glasabdeckung war entfernt worden, sodass das Haarbild und der Jett freilagen. Unter der zentralen Lilie schimmerte etwas Rotes.

»Als das Glas zerbrach, muss sich das Haarbild ein bisschen verschoben haben, es hat sich abgesenkt. Als ich die Abdeckung wegnahm, hat es sich noch mehr verschoben. Ich hab's nicht berührt – das wollte ich nicht tun ohne dein Einverständnis, aber unter der Lilie ist ein Stein, und ich bin mir ziemlich sicher, dass es ein ganz besonderer ist und dass unter den anderen acht Lilien auch Steine sind.«

Einen Moment starrte Miranda nur sprachlos auf den Anhänger. Vielleicht war das der Grund, warum sie sich zu ihm hingezogen gefühlt hatte, warum sie das Gefühl gehabt hatte, dass er etwas ganz Besonderes war. Der Stein, der unter dem kunstvoll verflochtenen Haar lag, spiegelte das Licht auf eine Art, die ihr den Atem nahm.

»Denkst du dasselbe wie ich, was der rote Stein ist, Rudy?«

»Ich glaube schon.«

»Unter den Umständen müssen wir die Lilien wohl wegnehmen.«

»Genau das habe ich gehofft, von dir zu hören.«

Die Lilie ließ sich erstaunlich leicht entfernen, sie war lediglich mit einem kleinen Stift im Jett befestigt. Als der rote Stein freilag, stieß Rudy einen langen, leisen Pfiff aus, nahm die Brille ab und ersetzte sie durch ein Okular.

»Wenn mich nicht alles täuscht, ist das ein Diamant. Der letzte rote Diamant ging bei der Versteigerung für eineinhalb Millionen pro Karat weg. Der hier ist zwischen zwei und drei Karat. Süße, du bist reich!«

Miranda konnte nur ungläubig den Kopf schütteln. Sie griff nach Rudys Pinzette und entfernte eine weitere Lilie, unter der ein exquisit geschliffener grüner Diamant in der Farbe von Peridot zum Vorschein kam. Unter der nächsten Lilie lag ein blauer Diamant, die nächste verbarg einen gelben, dann kam ein brauner ...

Als alle Haarbilder entfernt waren, lagen acht weitere erlesen geschliffene farbige Diamanten frei, alle etwa in der Größe des roten.

»Ich vermute, wenn wir den Jett entfernen, liegt darunter ein völlig anderes Schmuckstück. Das Haarbild und der Jett waren nur Fassade.«

Mirandas Aufregung war nicht so groß wie Rudys. Sie wusste, dass der Anhänger eigentlich gar nicht ihr gehörte. Sie hatte ihn noch nicht bezahlt, und selbst wenn – Ravi hätte ihn ihr nie überlassen, wenn er geahnt hätte, dass unter den Lilien Diamanten lagen.

»Jetzt sag doch was! Soll ich den Jett wegnehmen oder nicht?«

Auf Mirandas Nicken hin hob Rudy den schwarzen Stein von der Goldeinfassung. Es war verständlich, dass die Viktorianer Trauerschmuck oft aus Jett anfertigten, denn es war ein »unsterblicher« natürlicher Stoff, versteinertes Harz, das in bester Qualität nur an der Küste von Yorkshire vorkam.

Als der Jett entfernt war, lag, wie Rudy vermutet hatte, ein völlig anderes Schmuckstück vor ihnen. Miranda schnappte nach Luft, so beeindruckt war sie. Die neun farbigen Diamanten waren in einer Scheibe aus massivem Gold gefasst, jeweils umgeben von winzigen gravierten Sanskritzeichen. Ein Navaratna aus Diamanten.

XVII

Kensington, 3. April 1879

Liebe Lily,

nur wenige Tage nachdem wir im Wohnsitz des Maharadschas am Hyde Park gewesen waren, erzählte Gerard mir die schreckliche Nachricht. Seit ich ihm berichtete, dass Vikram und Sarasvati deiner Ansicht nach näher miteinander bekannt waren, war er sehr neugierig auf sie. Du musst wissen, seit kurzem ermittelt Gerard alle Fälle, die mit Opiumhandel zu tun haben, und er vermutet, dass das Haus des Maharadschas nach wie vor eine Zuflucht für die indischen Schmuggler in London darstellt. Er und Lark wussten, dass Vikram dort wohnte, als er in London war.

Ich hatte mir schon gedacht, dass Sarasvati von London enttäuscht sein würde und die Stadt sie langweilte, auch die englischen Damen, von denen sie sich so viel erwartet hatte. Ihr Aufenthalt hier war eine einzige Abfolge von Teegesellschaften und leerem Geplapper der Damen und Herren der besseren Gesellschaft, die dem Maharadscha ihre Aufwartung machen. Die ihrerseits waren sicher enttäuscht, dass der Fürst in diesem Jahr in Begleitung einer wunderschönen Konkubine reiste und mithin seltener nach ihrer Gesellschaft verlangte.

Ich schlug ihr vor, eine Ausfahrt durch den Park zu machen (damit sie die englische Dame in ihrem natürlichen Lebensraum erleben konnte). Keine Angst, es ist mir nicht zur Gewohnheit geworden, mich während der Saison im Freien zu ergehen, damit mein Kostüm begutachtet und über mein Gewerbe getuschelt werden kann. Vielleicht trage ich beim nächsten Mal sogar meine Hosen, um sicherzugehen, dass ich nicht irrtümlicherweise für eine achtbare Dame der Gesellschaft gehalten werde.

Ich gebe zu, ich hatte ebenso wie Gerard einen anderen Grund als bloße Höflichkeit, allein mit Sarasvati reden zu wollen. Es ging mir darum, sie nach ihren Erinnerungen an den Tag damals im Kalitempel zu fragen, als du deinen Anhänger verloren hast. Zuerst sah sie mich an, als wisse sie nichts von dem Vorfall, aber als ich ihr den Anhänger beschrieb, verriet mir ihre Miene, dass sie sich doch erinnerte. Dann huschte ein Schatten über ihre Augen, sie senkte den Blick, und einen Moment war ich überzeugt, dass sie die Schuldige war, Lily. Dann sagte sie, es sei nicht sie gewesen, sondern Govinda, der dir den Schmuck abnahm, und dass sie gesehen habe, wie er den Verschluss an deinem Hals löste, als er sich im Tempel über dich beugte, um dich wieder zu Sinnen zu bringen.

Schließlich stellte Gerard ihr seine Fragen, und ich glaube, das machte ihr große Angst, nachdem zuvor ja ich in sie gedrungen war. Sie leugnete, Vikram zu kennen, erkundigte sich aber wenige Sekunden später, was aus ihm geworden sei. Es war, als würde da ein Mensch mit zwei Persönlichkeiten kämpfen, Lily. In einem Moment war ihr Gesichtsausdruck unschuldig, im nächsten finster wie der einer Teufelin. Gerard fragte sie auch, ob sie je eine Sammlung von neun farbigen Diamanten gesehen habe, die früher dem Maharadscha gehört hätten, und da wurde sie unversehens sehr garstig. »Was wissen Sie denn schon von meinem Diamanten?«, fauchte sie und sah Gerard an, als wollte sie ihm gleich die Augen auskratzen. »Er hat ihn doch genommen, oder nicht? Vikram hat meinen Diamanten gestohlen! Er hat mir versprochen, ihn mir zurückzubringen – wenn ich Vikram finde, bringe ich ihn um!«

In dem Moment begegneten wir Dr. White nebst Gemahlin, und du kannst dir vorstellen, wie Mrs White Sarasvatis gelben Sari von Kopf bis Fuß beäugte, bevor sie das Gespräch mit ihrem Sturzbach an Geplapper an sich riss. Ich weiß kaum noch, was sie sagte, denn ich beobachtete die ganze Zeit nur

Sarasvati, die im Handumdrehen wieder zu einem lieben, verletzlichen Persönchen geworden war. Ein höchst erstaunlicher Anblick. Dr. White sprach allerdings unter vier Augen kurz mit mir. Er macht sich Sorgen um deine Gesundheit, doch davon später mehr.

Fast sofort im Anschluss daran kehrten wir zum Haus des Maharadschas zurück, und unterwegs erzählte mir Sarasvati, mittlerweile fast scheu geworden, wie sie zur Konkubine des Maharadschas wurde. Es ist eine ungemein spannende Geschichte, aber mehr sage ich dir hier nicht, denn ich habe angefangen, alles aufzuschreiben. Der Fürst war mit einer leeren Ginflasche zu Füßen im Sessel eingeschlafen.

Sarasvati verschwand in ihren Räumen und überließ es uns selbst, zur Haustür zurückzufinden. Danach sah ich sie nicht wieder. Ihre Leiche, nur in einen transparenten Schleier gehüllt, war schon kalt, als eine Bedienstete sie am nächsten Tag fand. Das Personal sagte, sie habe die ganze Nacht bis zum Wahnsinn getanzt und Opium genommen, während der Maharadscha im Salon schlief. Gerard erzählte, das Personal habe weder das Verhalten des Fürsten noch das Sarasvatis in irgendeiner Weise ungewöhnlich gefunden. Offenbar vertreiben sich indische Adelige die Zeit in London auf ebendiese Art. Vielleicht, weil die Londoner Gesellschaft die »Polofürsten« für märchenhaft exotisch hält und sie das Gefühl haben, diesem Ruf gerecht werden zu müssen.

Wie ich hörte, war der Fürst am Boden zerstört und machte sich schwere Vorwürfe. Offenbar sprach er uns auch eine ständige Einladung nach Benares aus, aber ich könnte die Seereise kein zweites Mal ertragen. Angeblich ist die Suez-Route weitaus besser und die modernen Schiffe viel komfortabler, aber ich bin eine Landratte und fühle mich auf einem Schiff allzu eingeengt. Außerdem bieten die grünen Felder und die Straßen von Kensington einen viel schöneren Anblick als der endlos weite graue Ozean. Gerard meint, dass die großen Passagierschiffe in nicht allzu ferner Zukunft von Dampfturbinen angetrieben werden, wodurch die Reise nach Indien kaum länger dauern wird als gegenwärtig die Überquerung des Atlantiks nach New York. Das könnte mich vielleicht bewegen, ein zweites Mal zur See zu fahren, doch das liegt noch einige Jahre in der Zukunft, und ich hoffe, dass du, im Gegensatz zu mir, bis dahin deine Meinung änderst und doch nach London zurückkommst.

Und nun zu meiner Unterredung mit Dr. White, der sich Sorgen macht, weil du dich nicht vollständig von der Malaria erholt hattest, als er dich das letzte Mal in London sah, und dass du dir nicht genügend Ruhe gönnst. Ich weiß, du gibst wenig auf das Gerede von Doktoren, und im Allgemeinen stimme ich dir zu, dass die Mediziner es am liebsten sähen, wenn Frauen von morgens bis abends ruhten und keinem gefährlicheren Zeitvertreib nachgingen als Handarbeiten und Krocket. Aber in diesem Fall bin ich doch einer Meinung mit Dr. White. Mrs Vesper bittet mich, dir auch ihre Sorgen ob deiner Gesundheit auszurichten und zu sagen, dass es ihrem »Gefühl« nach unabdingbar ist, dass du sobald wie möglich nach London kommst. Du siehst also, Lily, wir haben uns verschworen, um dich zu bewegen, im Sommer bei uns zu sein.

Du sagtest einmal, die Wochen auf See seien eine Inspiration für dich, und ich weiß, dass du stunden- und tagelang mit Kiel und Papier in deiner Kabine sitzen kannst. Das ist das einzige Argument, Lily, das ich anführen kann und das dich überreden könnte wiederzukommen, wenn auch nur für die Dauer der Regenzeit. Hätte ich kürzlich Gerards Heiratsantrag angenommen, hätte ich ein besseres Argument, aber ich brachte es nicht über mich. Er ist ein guter, liebenswerter Mensch, und trotzdem, ich wäre eine Ehefrau, und eine solche zu werden, dazu kann ich mich nicht durchringen. Außerdem, wäre ich verheiratet, müsste ich auch achtbar werden und könnte nicht mehr Frauen vom Schlage einer Mrs White schockieren, indem ich mich ohne Anstandsdame mit einem Mann, dem ich nicht angetraut bin, in der Öffentlichkeit zeige.

Ich weiß, dass du Benares liebst und dass der Maharadscha dir mittlerweile deine eigenen Gemächer mit Blick auf den Fluss gegeben hat, aber bald wird es sehr feucht werden im Palast, und Dr. White sagt, dass Feuchtigkeit für deinen geschwächten Zustand das Abträglichste ist. Außerdem wird es hier sonnig und warm sein, während es in Indien regnet. Auf den Wiesen blühen schon die Gänseblumen und der Hahnenfuß, und in Kensington die Narzissen, und auch Marthas Kräutergarten grünt aufs Schönste.

Mit dem Schreiben habe ich einen gewissen Erfolg, und gelegentlich bilde ich mir ein, wäre ich nicht so starrköpfig und würde bei der Namensnennung einer Geschlechtsverwandlung zustimmen, würde ich noch einige Verleger mehr finden, die meine Artikel drucken wollten. Ich bin Mr Harding unendlich dankbar, dass er bis zu seinem Tod die Kolumne *Ein Paar Blaustrümpfe* im *London Mercury* veröffentlichte. Der neue Herausgeber hält nichts von Frauenemanzipation und beklagt die viele Aufmerksamkeit, die den Fahrradfahrerinnen und Hosenträgerinnen in der Presse geschenkt wird, denn seiner Ansicht nach ist das ein unziemliches Verhalten und nicht würdig, in Worte gesetzt zu werden!

Und da mir seine Vorstellungen nicht behagen, werde ich wohl bald beim *Guardian* vorstellig werden. Ich kann mich nicht überwinden, mich in den Kreis derer einzureihen, die für *Pears* oder selbst für das *Englishwoman's Journal* schreiben. Manchmal überlege ich mir, einen zweiten Roman zu schreiben, da die *Woman's Weekly* Fortsetzungsromane von Frauen verlegt, aber dann verstoße ich den Gedanken schnell wieder. *Die indische Prinzessin* nahm so viel von meinem Denken und meiner Zeit in Anspruch, dass ich George Eliots düstere Stimmungen gut begreifen kann. Ich sehe die Welt lieber, wie sie ist, anstatt für unsere kurze Dauer auf Erden in einer Welt meiner Fantasie zu leben. Allerdings habe ich angefangen, einen längeren Prolog zur nächsten Ausgabe der *Indischen Prinzessin* zu schreiben, die bald in Druck gehen soll. Er ist noch nicht so weit fertig, dass ich ihn dir schicken könnte, aber wenn du ihn liest, wirst du feststellen, dass es kein Märchen ist, sondern ein gutes Vorwort zur *Indischen Prinzessin.* Komm bald nach Hause, Lily, bitte.

In ewiger Liebe und Freundschaft,

Sarah

Es war fast zehn Uhr abends, und Susana hatte den ganzen Tag gelesen. Meistens versuchte sie, sonntags nicht zu arbeiten, aber es war ihr unmöglich gewesen, sich von den Briefen loszureißen. Jetzt hatte sie den ganzen Inhalt der Hutschachtel gesichtet, es gab keine Briefe mehr, die sie noch lesen konnte, und sie empfand eine gewisse Leere. Immerhin hatte sie mittlerweile genügend Stoff, um den neuen Ausgangspunkt ihres Buchs zu rechtfertigen. Die Besprechung mit ihrer Lektorin war gut verlaufen, sie hatte freie Hand bekommen, die Geschichte Lily Korechnyas zu erzählen. Trotzdem, jetzt würde sie nichts mehr über Lilys und Sarahs Leben erfahren und wohl auch nie wissen, ob Lily tatsächlich nach London zurückgekehrt war. Dass die Hutschachtel im Palast geblieben war, deutete nicht darauf hin. Und was das Rätsel mit den Morden betraf – wer war denn Vikrams »Gehilfe« gewesen? Wer hatte seine Opfer mit der Steinschleuder betäubt, damit er sie anschließend erwürgen konnte? Dieselbe Person hatte – vielleicht unbeabsichtigt – Vikram selbst verletzt. Als einzige Lektüre blieb ihr noch *Die indische Prinzessin.* Vielleicht würde sie da erfahren, was Sarah wusste oder zu wissen glaubte. Hätte sie geahnt, dass sie in dem Roman Hinweise auf das Geheimnis finden würde, das Lily Korechnya umrankte, hätte sie ihn sofort gelesen und nicht erst Miranda gegeben. Sie bezweifelte, dass ihre Freundin überhaupt die Zeit zum Lesen gefunden hatte.

Das Telefon läutete. Erschreckt fuhr sie zusammen. Wer sollte um diese Zeit anrufen? Hoffentlich nicht Louis. Als sie ihn neulich abends verließ, hatte sie sich große Sorgen gemacht, dass Miranda etwas zustoßen könnte, so irrational und abergläubisch das auch sein mochte. Sie überlegte, den Anruf auf Band auflaufen zu lassen, wie meist, wenn sie beim Schreiben saß und sich nicht von alltäglichen Belangen und

Gesprächen ablenken lassen wollte. Sarah O'Reilly hatte eine kluge Entscheidung getroffen, kein zweites Buch zu schreiben. Sie schien eine lebhafte Frau gewesen zu sein, der das einsame Arbeiten nicht gut bekam.

Susana nahm den Hörer ab, gerade bevor der Anrufbeantworter ansprang.

»Hallo, hier ist Miranda. Ich bin eben nach Hause gekommen.«

»Hallo. Ich bin wirklich erleichtert, dass du dich meldest. Wie war's in New York?"

»Das erzähle ich dir lieber persönlich. Hast du morgen Zeit zum Mittagessen? Hast du gesagt, du wärst erleichtert? Warum denn das?«

»Ich möchte dir etwas sehr Seltsames erzählen, aber das kann bis morgen warten.«

»Das klingt ja spannend! Apropos spannend – und das hört sich jetzt vielleicht komisch an, aber ist im Futter der Hutschachtel, die Mr Ravi dir gegeben hat, ein Fach für Handschuhe?«

»Aufgefallen ist mir nichts, aber das Futter ist sehr lose, und ich habe die Schachtel nicht gründlich untersucht – warum?«

»Ach, nur etwas, das ich in Sarah O'Reillys Buch gelesen habe – ich weiß, es klingt dumm, aber eine der Figuren hat alles sehr Persönliche, was sie schrieb, im Futter einer Hutschachtel verborgen, und ich dachte mir, vielleicht ...«

Susana spürte, wie sich ihr die Härchen im Nacken aufstellten. »Du hast *Die indische Prinzessin* gelesen?«

»Ja, auf dem Rückflug von New York habe ich's ausgelesen. Literarisch ist es nicht besonders anspruchsvoll, aber unterhaltsam, und die Handlung ist packend.«

Susana war so gespannt, die Hutschachtel zu untersuchen, dass sie für nichts anderes mehr Ohren hatte.

»Das musst du mir alles erzählen, wenn wir uns morgen sehen ...«

»Jetzt überlasse ich dich deinem Glück! Wenn du etwas findest, ruf mich an, zwei Stunden bin ich bestimmt noch auf. Sonst sehen wir uns morgen um eins bei Hanovers.«

In ihrer Eile, zur Hutschachtel unter dem Tisch zu gelangen, wäre Susana beinahe über einen Bücherstapel am Boden gestolpert, und beim Aufrichten stieß sie sich den Kopf an der Tischkante an. Dann strich Susana vorsichtig über das verblasste blaue Satinfutter, das in kleine Fältchen gelegt war, um sich der runden Form anzupassen. Zwischen dem Futter und dem Lederdeckel war tatsächlich etwas, aber es fühlte sich wie eine Art Wattierung an. Ein Handschuhfach gab es auch, aber das war offensichtlich leer. Erst als Susana die Hand ein zweites Mal in die Tasche steckte und langsam die gesamte Innenseite abtastete, entdeckte sie ein Loch, einen Schlitz im Satin, der gerade groß genug war, dass ihre Hand – und gefaltete Schriftstücke – hineinpasste. Wenig später zog sie drei dünne Bündel hervor.

Das erste enthielt Blätter von feinem Büttenpapier, die mit einer unbeholfenen Schrift beschrieben waren sowie mit einzelnen Buchstaben; da hatte jemand eindeutig das Schreiben geübt. Ganz oben stand auf allen drei Blättern der Anfang eines Briefes, dem die Mühe der Schreiberin anzusehen war:

Liebe Lily Korechnya,
es ist komisch in London ohne Sie, und der Winter ist arg kalt.

Liebe Lily Korechnya,
der Palast des Maharadschas scheint großartig zu sein, und seinen Tiger würde ich nur zu gern sehen.

Liebe Lily Korechnya,
dies ist der allererste Brief, den ich je schreibe.

Susana erkannte die Schrift als Sarahs – ihre ersten Versuche, Lily nach Indien zu schreiben. Die Sprache deutete darauf hin, dass sie noch recht jung war. Auch auf der Rückseite dieser unvollendeten Briefe hatte Sarah das Schreiben geübt. Es sah aus, als habe sie mühsam Zeitungsannoncen abgeschrieben und dabei viele Kleckser gemacht. Offenbar war die Hutschachtel einmal in Sarahs Obhut gewesen, und sie hatte das Papier zur späteren Verwendung aufgehoben.

Das nächste Bündel enthielt Briefe, die unverkennbar von Lily stammten. Susana faltete den ersten auf und begann zu lesen.

Mein Geliebter,

schließlich habe ich mich überwunden, den Ort aufzusuchen, an dem deine Gegenwart noch verweilt. Es ist erstaunlich, nicht wahr – meine Sehnsucht nach dir ist so groß, dass sie mir an Leib und Seele wehtut, und doch konnte ich die vergangenen drei Monate nicht den Raum betreten, in dem ich dich finden würde.

Susana atmete tief durch, Tränen stiegen ihr in die Augen. Wie der Brief, den sie in der Ausgabe von *Die indische Prinzessin* gefunden hatte, war er nach dem Tod Franz Korechnyas geschrieben worden und schilderte die unvollendeten Leinwände, die an den Wänden seines Ateliers in Kensington lehnten, wie elend es Lily ohne ihn gegangen und wie sie in der Obhut Martha Vespers langsam wieder zu Kräften gekommen war. Auch wenn Lily seit langer Zeit wieder bei ihrem Mann war, hatte Susana das Gefühl, dass sie ihre Privatsphäre verletzte. Beim Weiterlesen bat sie Lily im Geiste um Entschuldigung.

Später im Brief schilderte Lily ihre Begegnung mit Cynthia Herbert, die ihr offenbar das Navaratna aus Diamanten gezeigt hatte. Lily sinnierte auch über ihre Ansicht, dass Diamanten Geistwesen anlockten. Ganz am Schluss schrieb sie:

Könntest du durch einen Diamanten zu mir zurückgeholt werden, Geliebter? Ach, wäre es nur möglich.

Es war Mitternacht. So versucht Susana auch war weiterzulesen, entschlossen faltete sie den Brief zusammen und steckte ihn zum Bündel zurück, dann schaltete sie die Schreibtischlampe aus. Wenn sie noch einen Brief las, würde sie wieder in Lilys Welt eintauchen und die ganze Nacht wach bleiben. Aber jetzt hatte sie etwas, worauf sie sich freuen konnte. Offenbar war ihre Verbindung mit Lily und Sarah doch noch nicht zu Ende. Diese Vorstellung ließ sie beim Einschlafen lächeln. Ihr letzter Gedanke galt dem, was Lady Herbert über die Diamanten und das Anlocken von Geistwesen gesagt hatte, und dass Lily Korechnya, als sie im Kalitempel ihren Mann zu sehen glaubte, versteckt unter ihrem Trauerschmuck das Diamantenamulett getragen hatte.

XVIII

Der Tag fing schlecht an, noch bevor Miranda überhaupt aufwachte. Sie träumte, dass die Tests, die Rudy beim GIA mit den farbigen Diamanten hatte anstellen lassen, sie allesamt als Fälschungen auswiesen.

In Wirklichkeit hatte Rudy, sobald das Amulett vor ihnen lag, einen befreundeten Mitarbeiter beim Gemmologischen Institut angerufen, auch wenn es außerhalb der üblichen Geschäftszeiten war. Es lag mitten im Diamantenviertel, also gingen sie zu Fuß dorthin, das Amulett in ein weiches Tuch gewickelt, in eine Samtschachtel gebettet und in Rudys Aktentasche verstaut.

Es dauerte nicht lange, bis die Steine auf Echtheit geprüft und graduiert waren. Mit großen Augen reichte der Labortechniker ihnen das Amulett zurück.

»Die sind wirklich echt. Viele Rote kriegen wir hier nicht zu sehen«, sagte er und schüttelte ungläubig den Kopf.

Als Miranda bewusst wurde, was im GIA tatsächlich passiert war, stand sie auf, erschöpft aber doch erleichtert, dass sie die Hiobsbotschaft nur geträumt hatte. Sie war später dran als sonst, aber da sie erst zu vorgerückter Stunde nach Hause gekommen war, fand sie das nur recht und billig. Vermutlich stünde ihr sogar ein ganzer Urlaubstag zu, immerhin hatte sie das Wochenende durchgearbeitet, aber neun Tage vor einer großen Auktion kam das nicht in Frage.

Die Fahrgäste in der U-Bahn kamen ihr an diesem Tag besonders grau und verdrossen vor, und als sie bei der Bond Street Station wieder im Tageslicht stand, hatte sie das Gefühl, als hinge der Himmel noch tiefer und sei noch dunkler als sonst.

Vielleicht spiegelte das auch nur ihre Stimmung wider. Kenneth wusste noch nicht, dass sie in New York keine Diamanten gefunden hatte. Und was das Amulett betraf – es handelte sich bestimmt um das legendäre Diamanten-Navaratna, von dem Miranda gelesen und das Ravi als Legende abgetan hatte. Sie musste versuchen, ihn zu erreichen. Vermutlich war er noch in der Schweiz. Wenn es wirklich ein heiliges Schmuckstück war, würde Ravi die Steine bestimmt nicht trennen wollen, also bestand nicht die mindeste Hoffnung, dass der rote Diamant zur Auktion kam. Zu wissen, dass sie einen der seltensten Steine der Welt in der Hand hielt, dass genau er die Auktion vor dem drohenden Fiasko bewahren konnte, sie ihn aber nicht zur Versteigerung anbieten durfte, trieb Miranda an den Rand der Verzweiflung. Nur ein Gedanke bewahrte sie davor, den Mut völlig sinken zu lassen: Rudy hatte sie vor ihrem Abflug nach einem vertrauenswürdigen Londoner Händler gefragt, der sich mit antikem Schmuck auskannte, weil er und sein Sohn sich nach einem Partner in Großbritannien umsahen. Als sie ihm von ihrem Plan erzählte, eventuell ein eigenes Geschäft zu eröffnen, hatte Rudy begeistert erklärt, er würde sie jederzeit unterstützen und sie solle es ihn wissen lassen, sobald sie eine Entscheidung getroffen habe.

Als Miranda zur Arbeit kam, richtete Charlotte ihr aus, dass Kenneth sie sofort sprechen wolle. Außerdem habe ein Mr Ravi für sie angerufen. »Er hat keine Nummer hinterlassen, aber er meinte, er würde es noch einmal probieren. Ist das der Mann mit den Diamanten?«

»Genau der. Vermutlich will er den Preis für den Haarbild-Anhänger verhandeln, den er mir geschickt hat …« Jetzt war nicht die Zeit, Charlotte von ihrer Entdeckung zu erzählen.

»Er war sehr liebenswürdig. Vielleicht will er dich zum Essen einladen!«

»Das ist höchst unwahrscheinlich, Charlotte, und ich würde sowieso nicht annehmen.«

»Aber warum denn nicht?« Charlotte sah sie entgeistert an.

»Er ist nicht mein Typ. Zu glatt. Wie ist das Wetter beim Direktor?«

»Ich habe ihn heute noch nicht gesehen, aber irgendetwas ist mit dem Transport der Pinks von der Argyle-Mine schief gelaufen, und seinem Tonfall nach zu urteilen ist die Fliege völlig vom Kurs abgeraten.«

»Großartig. Das hat mir gerade noch gefehlt.«

»Was dir fehlt, ist ein Urlaub, Süße. Ich rate dir, jetzt einen zu buchen, dann brauchst du nach der Auktion bloß noch in den Flieger zu steigen und die Augen zu schließen.«

»Und wenn ich sie wieder aufmache, wird mir klar, dass das alles nur ein schlechter Traum war.«

»Genau«, lachte Charlotte.

»Ich habe keine Zeit, mich um einen Urlaub zu kümmern. Der Katalog muss jetzt wirklich in Druck, ob er nun etwas Interessantes bietet oder nicht.«

»Ich habe ihn für morgen früh angekündigt. Verstehe ich es richtig, dass nichts Neues dazukommt?«

Miranda schüttelte verzweifelt den Kopf. »Angeblich ist es eine schlechte Zeit für Diamanten.«

»Ach du liebes bisschen. Wie wär's, wenn ich dir einen Urlaub buche?«

»Wohin?«

»Ach, ich finde schon etwas Ruhiges und Exotisches für dich. Weißt du, ich habe da so meine Kontakte ... Es könnte eine Überraschung sein!«

»Du meinst, du buchst einfach etwas für mich? Ich weiß nicht recht ...«

»Lass es dir durch den Kopf gehen. Ich brauche nur ein paar Leute anzurufen – so was schüttele ich aus dem Handgelenk. Weißt du, ich habe mir überlegt, ein Reisebüro aufzumachen – du könntest meine erste Kundin sein!«

»Mir wär's lieber, wenn du mir einen Job anbieten würdest. Ich werde wirklich darüber nachdenken, Charlotte. Vielen Dank für das Angebot, das ist sehr lieb von dir. Und jetzt sollte ich wohl mal gehen und Asche auf mein Haupt streuen.«

Kenneth telefonierte gerade, als Miranda anklopfte und sein Büro betrat. Er schaute auf und warf ihr ein kurzes grimmiges Lächeln zu, bevor er sich umdrehte und zum Fenster hinaussah. Miranda spürte Unmut in sich aufsteigen. Es würde sie Mühe kosten, ruhig zu bleiben, das spürte sie jetzt schon. Als sie an die viele Arbeit dachte, die sie in diese Auktion investiert hatte, merkte sie, wie ihre Empörung wuchs und ihr Blutdruck stieg. Die Tatsache, dass die Auktion ein Flop werden würde, war nicht ihre Schuld, das konnte sie ruhigen Gewissens sagen. Wenn sie die Gelegenheit dazu erhielt. Je länger Kenneth telefonierte (und sie war überzeugt, dass er das Gespräch über Gebühr ausdehnte, um sie warten zu lassen), umso mehr Groll stieg in ihr auf, die vielen Abende und Wochenenden, an denen sie aus Pflichtbewusstsein gearbeitet hatte, die Urlaube, auf die sie verzichtet hatte ...

»Guten Nachmittag, Miranda«, sagte Kenneth, nachdem er das schnurlose Telefon aufgelegt und einen fast unmerklichen Blick auf seine Armbanduhr geworfen hatte.

Anstatt seine Begrüßung zu erwidern, nickte Miranda nur knapp. »Wenn du darauf anspielst, dass ich nicht zur üblichen Zeit zur Arbeit erscheine, möchte ich dich daran erinnern, dass ich gestern erst am späten Abend aus New York zurückgekommen bin.«

»Keine falschen Schlussfolgerungen, Miranda. Ich würde nicht im Traum daran denken, deinen Einsatz in Frage zu stellen. Und – wie lief's in New York?"

»Schlecht. Ich habe keine Steine gefunden.«

»Ah.« Kenneths Lippen wurden dünner, seine Augen verengten sich. Die Lippen zeigten, dass er verärgert war, die Augen, dass er im Kopf rasch etwas überschlug.

»Der Katalog ist sehr schmal.«

»Dessen bin ich mir bewusst. Ich habe mein Bestes getan.«

»Natürlich.«

In seinem Tonfall schwang etwas mit, das Mirandas Beherrschung auf eine harte Probe stellte. »Wie du vielleicht weißt, habe ich, seit ich hier arbeite, mehr als nur meine Pflicht getan, Kenneth. Warum also bekomme ich jetzt das eindeutige Gefühl, dass ich dich enttäuscht habe, nur weil die Umstände sich gegen diese alptraumartige Auktion, die du ersonnen hast, verschworen haben? Ist dir eigentlich bewusst, wie wenige Fancys es auf dem freien Markt gibt, ganz zu schweigen von hochkarätigen Fancys?«

»Beruhige dich, Miranda. Du regst dich völlig grundlos auf. Ich habe dich nicht der Inkompetenz bezichtigt ...«

»Nein, nicht offen und nicht direkt. Das tust du einfach durch deine Art zu reden, und die Missbilligung auf deinem Gesicht sagt mir deutlich genug, dass du enttäuscht bist.«

»Natürlich bin ich enttäuscht.«

»Warum sagst du das dann nicht einfach, ohne so herablassend mit mir umzugehen? Mit Roger würdest du nie so reden, stimmt's?«

»Ich gehe auf überhaupt keine besondere Art mit dir um, und schon gar nicht anders als mit Roger. Das ist absurd – ich verstehe überhaupt nicht, was in letzter Zeit in dich gefahren ist. Du bist eindeutig ausgelaugt ...«

»Ja, ich bin ausgelaugt! Weil ich die letzten zwei Monate jede wache Stunde damit verbracht habe, mich um diese verfluchte Auktion zu kümmern!« Bevor Kenneth etwas erwidern konnte, marschierte Miranda zum Büro hinaus. Es bereitete ihr eine gewisse Genugtuung, das letzte Wort gehabt zu haben, aber sie wusste, dass sie den Bogen überspannt hatte. Sie merkte allerdings auch – und das gab ihr zu denken –, dass ihr das völlig gleichgültig war.

»Wenn du magst, kannst du den Urlaub für mich buchen, Charlotte – ich hab's mir überlegt!«, sagte sie, als sie am Schreibtisch der Verwaltungsdirektorin vorbeiging. Sie blieb nicht stehen, denn sie hörte das Telefon auf ihrem Schreibtisch läuten. Es war ein interner Anruf. Sie holte tief Luft und straffte die Schultern, bevor sie zum Hörer griff. Es war die Dame unten am Empfang.

»Eine Susana Harris wartet hier unten auf Sie, Miss Godfrey.«

Es war schon Mittag. Sie hatte völlig vergessen, dass sie sich mit Susana zum Lunch verabredet hatte.

Susana stand im Foyer und betrachtete die Vitrine, in der ein Art-déco-Service von Clarice Cliff ausgestellt war. Sie trug wieder den blauen Jeansrock und die hohen schwarzen Stiefel, dazu eine rote Baumwollbluse mit Stickereiarbeit auf der Brust. Ihre langen schwarzen Locken hingen ihr offen bis fast zur Taille hinab.

»Hallo! Entschuldige, dass ich spät dran bin. Ich bin erst seit einer Stunde hier, aber es war schon ein entsetzlicher Tag … Komm, lass uns irgendwo nett essen gehen, ich lade dich ein. Wie schön, dich zu sehen – du siehst großartig aus.«

»Danke. Und du siehst auch großartig aus, wie immer. Ist alles in Ordnung?«

Miranda verdrehte die Augen. »Wenn ich etwas durcheinander bin, sieh's mir nach. Ich bin heute gestresst.«

»Es wundert mich, dass du in diesem Job nicht ständig gestresst bist«, meinte Susana gelassen.

»Das bin ich ja auch. Aber es gibt guten Stress und schlechten Stress.«

»Und heute war's schlechter Stress?«

»Eindeutig ja. Mit der Auktion sieht's nicht besonders gut aus, und der Direktor ist unzufrieden. Und nicht nur das, ich habe ihn beleidigt und bin vor ein paar Minuten aus seinem Büro hinausgestürmt.«

»Hat er's verdient?«

»Das weiß ich nicht so genau. Ich hoffe schon.«

Sie betraten eins der zahlreichen kleinen Restaurants auf einem Platz hinter der Bond Street, vor dem Chromstühle und -tische standen. Auf Mirandas Empfehlung hin bestellten sie Seebarsch vom Holzkohlengrill mit auf Weinblättern gegrillten Tomaten. »Das ist das Beste, was es hier auf der Speisekarte gibt«, erklärte sie. »Also, was wolltest du mir erzählen?«

»Ich will dir etwas zeigen«, sagte Susana, holte einen Plastikumschlag aus ihrer Aktentasche und reichte ihn Miranda.

»Vielleicht solltest du es nicht auf den Tisch legen, damit's nicht schmutzig wird. Es ist sehr alt.«

Gespannt nahm Miranda einen dicken Papierbogen aus der Schutzhülle und faltete ihn auf. Darauf war eine Zeichnung zu sehen, umgeben von Sanskritzeichen. Als sie erkannte, was die Zeichnung darstellte, blieb ihr der Mund offen stehen – das Navaratna-Amulett und dazu die Anleitungen, es in den Haarbild-Anhänger umzuarbeiten.

»Woher hast du das?«

»Von Louis. Er ist entfernt mit Lady Cynthia Herbert verwandt. Das war die exzentrische Londonerin, die den Maharadscha von Benares kannte und ihn überredete, das Amulett in London anfertigen zu lassen.« Noch während Susana sprach, holte Miranda aus ihrer Tasche eine Samtschatulle und reichte sie ihr. Als Susana sie öffnete, verschlug es ihr die Sprache. Ungläubig bestaunte sie die goldene Scheibe mit den farbigen Diamanten.

»Die Glasabdeckung ist kaputtgegangen, und dadurch sind die Haarlilien ein bisschen verrutscht. Darunter schimmerte dann ein Diamant durch. Ich habe die Steine prüfen lassen – sie sind alle echt.«

»Aber – du hast es doch nicht getragen, oder?«

»Nein, warum?«

»Nur wegen etwas, das Louis sagte. Wahrscheinlich absoluter Humbug. Es ist wirklich überwältigend, nicht?«

Miranda senkte die Stimme. »Rote Diamanten sind sehr, sehr selten. Der kleine Stein kostet Millionen.«

»Hast du keine Angst, ihn einfach so herumzutragen?«

»Doch. Aber ich hätte noch mehr Angst, ihn woanders zu lassen.«

»Und der Haarbild-Anhänger, unter dem das lag – war das der, den du in Ravis Sammlung gesehen hast? Der Trauerschmuck, von dem du mir beim ersten Mal erzählt hast?«

Miranda nickte. »Ravi hat ihn mir geschickt. Ich habe ihn in der Schweiz getroffen und versucht, ihn zu überreden, seine Diamanten in die Auktion zu geben.«

»Mit Erfolg?«

»Nein. Aber wie ist Lilys Anhänger beim Schmuck des Maharadschas gelandet?«

»Lily berichtet in ihren Briefen, dass er ihr gestohlen wurde, und zwar von einem Wachposten des Maharadschas, ein Mann, den sie mochte und dem sie vertraute. Vielleicht nahm er ihn ihr weg, weil er glaubte, dass die Diamanten zu gefährlich waren. Gestern Abend fand ich noch ein paar Briefe im Futter der Hutschachtel …«

»Mein Gott! Wie konnte ich das nur vergessen! Und …?«

»Und ich habe noch einen Brief von Lily an ihren toten Mann gelesen, Franz Korechnya …«

»Franz Korechnya. Ich wusste doch, dass ich den Namen schon einmal gehört hatte! Von ihm hängt bei Hanovers ein Bild. Wie seltsam. Aber wenn ich's mir recht überlege, hat Ravi mir gesagt, dass er vor ein paar Jahren viele Stücke aus der Kunstsammlung des Maharadschas versteigern ließ, und ich weiß ja, dass er schon früher mit der Gemäldeabteilung bei Hanovers zu tun hatte …«

»Was für ein Bild ist es?«

»Eine Frau mit Lilien im Haar, sehr rätselhaft. Sie ist eindeutig in den Maler verliebt. Es heißt *Die Venus von Waterloo.*«

»Das muss Lily sein! Ich habe immer versucht, mir vorzustellen, wie sie aussieht …«

»Dann musst du sie dir ansehen.«

Nach dem Essen begleitete Susana ihre Freundin zum Auktionshaus, wo sie gemeinsam die *Venus von Waterloo* betrachteten.

Eine Weile schwiegen sie bewegt, bis Susana schließlich sagte: »Jetzt habe ich endlich ein Gesicht zu Lily Korechnya.«

»Fast ist es, als hätte sie nach uns gesucht, nicht?«

Susana sah Miranda ernst an. »Louis hat etwas gesagt, über das Amulett, Miranda. Ich war unschlüssig, ob ich es dir sagen sollte, es klingt dumm …«

»Also, jetzt musst du es mir aber sagen!«

»Er glaubt, dass es eine bestimmte Macht hat, dass es gefährlich ist. Normalerweise würde ich solches Gerede nicht ernst nehmen, aber nach allem, was ich gelesen habe ... vielleicht solltest du es nicht mit dir herumtragen.«

»Aber Lily hat es mit sich herumgetragen, und ihr hat es nicht geschadet, oder?«

Beide schauten wieder zum Gemälde, doch Lily lächelte nur ihr rätselhaftes Lächeln.

»Siehst du, ich glaube nicht, dass Lily Angst hat«, meinte Miranda. »Übrigens, das Gemälde kommt nächsten Monat zur Auktion. Soll ich Stephen bitten, dir den Katalog zu schicken?«

Susana nickte, ohne den Blick von Lilys Porträt zu nehmen. »Obwohl ich sicher gegen Louis bieten müsste. Er hat schon einige von Franz Korechnyas Gemälden. Ach ja, ich wollte dich auch nach Sarah O'Reillys Buch fragen, aber wahrscheinlich hast du jetzt keine Zeit. Ich würde es gerne lesen ...«

»Ich steck's dir in die Post, ja? Und wie wär's, wenn wir uns für kommenden Mittwoch verabreden, gleich nach der Auktion? Dann sollte mein Leben etwas weniger hektisch sein, zumindest für eine Weile.«

Charlotte saß wie üblich an ihrem Schreibtisch, ein Sandwich in der Hand, aber sonst war das Büro verwaist. »Mr Ravi hat noch einmal angerufen. Wirklich sehr reizend. Ich habe ein paar Minuten mit ihm geplaudert. Ach, und Kenneth kam vorbei, als du gerade weg warst, und fragte, ob bei dir alles in Ordnung ist.«

»Wirklich? Und was hast du gesagt?«

»Dass er dir vielleicht eine Gehaltserhöhung vorschlagen soll.«

»Du bist großartig, Charlotte. Hat Mr Ravi dir diesmal seine Nummer dagelassen?«

»Leider nicht. Er sagte, er sei schwer zu erreichen, und er würde es später noch einmal versuchen.«

»Und worüber habt ihr euch unterhalten?«

»Ach, dies und das.« Charlotte biss wieder in ihr Sandwich.

Den ganzen Nachmittag arbeitete Miranda am Katalog, ging noch einmal die Beschreibungen der einzelnen Diamanten durch, überprüfte, dass bei jedem eine kurze historische Abhandlung stand, die dem Stein, soweit möglich, eine romantische oder geheimnisvolle Aura gab. Sie veränderte auch das Layout, damit die spärliche Sammlung etwas reichhaltiger wirkte.

Gerade, als der Katalog zum Drucker gebracht werden sollte, rief die Dame vom Empfang an und sagte, Mr Ravi wolle zu Miss Godfrey.

Mirandas Herz setzte einen Schlag aus, und sie spürte, dass ihre Wangen heiß wurden. »Schicken Sie ihn bitte nach oben«, sagte sie. Als sie den Hörer auflegte, fiel ihr auf, dass ihre Hand zitterte. Sie bat Charlotte, Mr Ravi in das Besprechungszimmer zu bringen, und stürzte zur Toilette. Dort spritzte sie sich kaltes Wasser ins Gesicht, zog die Lippen nach und fuhr sich durchs Haar. Alles nur, sagte sie sich, um sich für einen Kunden präsentabel zu machen.

Ravi saß im Besprechungsraum auf einem der Chromstühle mit Lederpolster, eine zerschlissene Ledertasche zu seinen Füßen. Er trug Jeans, ein offenes Hemd und ein Jackett und sah sehr lässig aus. Als Miranda hereinkam, erhob er sich und streckte ihr eine Hand entgegen.

»Schön, Sie wiederzusehen, Miranda.«

»Ganz meinerseits. Bitte, setzen Sie sich doch.« Miranda konnte seinem Blick nicht begegnen.

Als Ravi lächelte, fragte sie sich, ob er das wohl bemerkt hatte. »Wie kommen Sie mit der Auktion voran?«

»Sehr schlecht. Ich überlege mir, mir einen Job im Reisebüro zu suchen.«

Er lächelte wieder. »Aber ich dachte, Sie mögen Edelsteine.«

»Das war einmal. Sagen Sie – was wissen Sie darüber, dass jetzt angeblich eine schlechte Zeit für Diamanten ist?«

»Ein Hindu würde sagen, dass es das Zeitalter Kalis ist, oder dass es etwas mit Venus zu tun hat. Würde es helfen, wenn ich Ihnen sage, dass ich meine Meinung bezüglich der Diamanten geändert habe?«

Miranda beugte sich vor und sah ihm direkt in die Augen. »Sie meinen, dass Sie sie doch zur Auktion geben?«

»Genau das.«

»Ja, das würde sehr helfen.« Am liebsten hätte sie ihm einen Kuss auf seine immer noch lächelnden Lippen gedrückt.

»Und weshalb haben Sie Ihre Meinung geändert?« Sie versuchte, ruhig zu bleiben, aber das war unmöglich, das überschäumende Gefühl von Freude, das sich in ihr ausbreitete, war zu stark. Jetzt musste auch sie lächeln.

»Ich war zu vorsichtig, und ich finde nicht, dass man das Leben mit allzu großer Vorsicht leben sollte. Außerdem gefällt mir Ihr Stil – Ihr professioneller Stil«, fügte er mit einem weiteren Lächeln hinzu. Er stellte seine Aktentasche auf den Tisch und holte ein wattiertes Seidenetui hervor, in das viele kleine Täschchen genäht waren. Miranda holte ein mit schwarzem Samt ausgelegtes Tablett und stellte es vor ihn auf den Tisch und bewunderte die darauf ausgebreiteten Diamanten.

»Ich hatte vergessen, wie wunderschön sie sind. Hätten Sie etwas dagegen, wenn ich den Direktor hole? Ich glaube, er würde sie gerne sehen.«

Als Ravi nickte, wählte sie Kenneths Durchwahl und bat ihn ruhig, ohne sich ihre Aufregung anmerken zu lassen, ins Besprechungszimmer. Als Kenneth hereinkam, lagen alle Steine auf dem Tablett bereit. Miranda machte die beiden Männer miteinander bekannt und beobachtete dann das Mienenspiel ihres Chefs, als er die Sammlung ausgefallener hochkarätiger Fancys betrachtete.

Sobald sie sich über den geschätzten Verkaufswert, Prämien und Steuern geeinigt hatten, ging Kenneth wieder. Zwei Minuten später klingelte im Besprechungszimmer das Telefon.

»Gut gemacht, Miranda. Ich glaube, du solltest unseren neuen Kunden heute Abend zum Essen ins Ivy einladen. Ich möchte sichergehen, dass er uns erhalten bleibt.«

Da Ravi nur wenige Meter von ihr entfernt saß, konnte Miranda weder widersprechen noch über den Vorschlag diskutieren.

»Der Katalog …«, sagte sie stattdessen.

»Der Katalog geht erst am Mittwoch in Druck. Wir müssen die neuen Steine fotografieren lassen. Schick die Katalogmitarbeiterinnen nach Hause und lass dir von, na, der neuen Sekretärin einen Tisch buchen.«

Seufzend legte Miranda auf.

»Alles in Ordnung?« Ravis Gesichtsausdruck war nicht zu deuten.

»Aber ja. Darf ich Sie als Gast von Hanovers zum Essen einladen?«

Miranda wusste nicht, ob sie mehr enttäuscht oder doch eher erfreut war, als Ravi zustimmte. Sie wollte nach Hause gehen, die Schuhe ausziehen und sich vor den Fernseher setzen … Andererseits hatte sie eigentlich nichts dagegen, den Abend mit Ravi zu verbringen. Und außerdem musste sie ihm erzählen, was es mit dem Anhänger auf sich hatte.

Eineinhalb Stunden später saßen sie sich im prachtvollen Interieur des Ivy gegenüber. Miranda empfand nicht die mindeste Aufregung, nicht wie damals in Genf und nicht einmal wie zuvor im Büro. Vielleicht hatte das etwas mit Ravis Diamanten zu tun, vielleicht gaben sie ihr diese ruhige Selbstsicherheit. Jetzt, da sie die fantastische Sammlung von Steinen hatte, die für sich allein einen Katalog füllen könnten, war alle Last von ihr abgefallen. Oder vielleicht waren es die anderen Diamanten, die diese Wirkung hatten, die neun in ihrer Tasche …

»Sie sehen sehr nachdenklich aus«, sagte Ravi und schenkte ihr ein Glas Wein ein.

»Ich muss Ihnen etwas zeigen.« Sie stellte die schwarze Samtschatulle vor ihn auf den Tisch. Als er sie öffnete und den Anhänger sah, glaubte Miranda zu bemerken, dass er ein wenig blass wurde.

»Das sind alles Diamanten«, sagte sie nach einem Moment.

Ravi nickte, als habe er das bereits vermutet. »Woher kommt das?«

Sie erzählte ihm, wie sie das Navaratna unter dem Anhänger entdeckt hatte. Ravi schüttelte nur ungläubig den Kopf.

»Zum einen kann ich Ihre Ehrlichkeit nicht ganz fassen, dass Sie mir das zurückgeben. Und zum anderen bin ich völlig verblüfft. Ich verstehe nicht, wie dieses Schmuckstück unter dem ... Es ist auf jeden Fall das Diamanten-Navaratna, von dem ich nicht glaubte, dass es existiert ...«

»Wie es dazu kam, dass es unter dem Trauerschmuck versteckt war, kann Susana Harris Ihnen besser erklären als ich. Dieses Schmuckstück ist etwas ganz Besonderes. Seit ich es bei mir habe, bin ich verändert. Vielleicht ein bisschen offener und kühner.« Sobald Miranda das gesagt hatte, kam sie sich töricht vor. Ravis Gesichtsausdruck verriet nicht, ob er das auch so empfand. »Andererseits ist es auch eine Last, aber vielleicht nur, weil ich etwas über seine Geschichte weiß.«

»Es verlangt innere Kraft, sich von einem solchen Schmuck nicht verführen zu lassen«, sagte Ravi und beobachtete sie dabei genau.

»Ich weiß nicht, aber ich habe auf jeden Fall das Gefühl, auf die Probe gestellt zu werden, seit ich an dieser Auktion arbeite. Es heißt ja, dass Diamanten einem zu einem klaren Blick verhelfen. Das ist eine der netteren Eigenschaften, die ihnen nachgesagt werden, und vielleicht habe ich genau den bekommen. Als ich in Benares war und das erste Navaratna-Amulett sah, habe ich mir etwas gewünscht. Ich wünschte mir, den Mut zu haben, meinem Herzen zu folgen. Das ist viel einfacher, wenn man weiß, was man wirklich will, und genau das möchte ich jetzt herausfinden ... vielleicht einfach nur, dass ich ein eigenes Geschäft aufmache. Ja, und was werden Sie jetzt damit machen?«

Miranda war aufgefallen, dass Ravi das Amulett nicht berührt hatte. Als sie ihre Frage stellte, schloss er das Kästchen und schob es über den Tisch zu ihr. »Ich möchte, dass Sie es auseinander nehmen lassen und die Steine verkaufen. Ein Navaratna sollte nicht aus Diamanten gemacht werden.«

Beinahe hätte Miranda aufgelacht, doch bei Ravis ernstem Gesichtsausdruck wurde auch sie ernst. Sie öffnete das Kästchen und sah die Diamanten mit dem prüfenden Blick der Auktionatorin an.

»Die Steine sind alle gleich groß, deswegen würde ich vorschlagen, dass Sie alle bis auf den roten geschlossen verkaufen. Wahrscheinlich wird jemand sie ersteigern, um sich einen Schmuck daraus arbeiten zu lassen. Der rote Diamant ist mehr oder minder unschätzbar, deswegen ist es schwer zu sagen, wie viel er bringen wird. Vielleicht knapp eine Million Pfund pro Karat, und er hat drei Karat.«

Ravi hob eine Augenbraue. »So viel?«

»Das wurde mir zumindest gesagt. Auf jeden Fall genug, um einen Palastflügel zu renovieren!«

»In Indien ist es vermutlich genug, um den ganzen Palast zu renovieren und noch jemanden zu bezahlen, der die Arbeiten beaufsichtigt!«

Miranda hob das Glas. »Darauf trinken wir.«

»Ja«, sagte Ravi, hob ebenfalls das Glas, stieß klingend mit ihr an und lächelte.

XIX

*E*s dauerte eine Weile, bis Susana den Mut fand, den letzten der Briefe, die sie im Futter der Hutschachtel gefunden hatte, zu öffnen. Vielleicht war es gar kein Brief, ermahnte sie sich streng, und wenn doch, gab es keine Garantie, dass er ihr das sagte, was sie so gerne wissen wollte: Wo Lily Korechnya ihr Leben beendet hatte, ob in Benares oder in London.

Seit sie *Die Venus von Waterloo* gesehen hatte, war es ihr allerdings nicht mehr ganz so wichtig, das zu erfahren. Das Gemälde hatte Lily auf ihrer ersten Fahrt nach Indien begleitet und war nach London zurückgekehrt, ebenso wie der Haarbild-Anhänger und die Hutschachtel. Susana hoffte einfach, dass auch Lily nach London zurückgekommen war und ihre Arbeit als Journalistin wieder aufgenommen hatte. Susana hatte zwar keine weiteren Artikel von ihr gefunden, aber sie hatte auch nicht allzu intensiv danach geforscht. Es gab viele andere Zeitungen und Journale, für die Lily oder Sarah geschrieben haben konnten.

Susana schaute wieder auf die Bögen in ihrer Hand. Ihre Finger zitterten ein wenig, als sie sie auffaltete.

7. Mai 1884

Franz, mein Geliebter,

gerade habe ich den Inhalt meiner alten blauen Hutschachtel durchgesehen, und als alle Briefe und anderen Schriftstücke zusammengebündelt und mit einem Band umwickelt waren, fiel mir eine leichte Wölbung im Futter auf. Ich hatte vergessen, dass ich dort die Briefe verwahrte, die ich dir in meinem Kummer schrieb. Und ich entdeckte dort auch einige von Sarahs ersten Schreibversuchen, denn ich überließ ihr die Hutschachtel mitsamt Federkielen, Tinte und Papier, damit sie das Schreiben üben könne, während ich in Indien war.

Denke nur, es sind zwanzig Jahre vergangen, seit ich dir das erste Mal schrieb, damals aus deinem Atelier. Es macht mich traurig, diese Briefe zu lesen und mich zu erinnern, wie düster und gequält mein Geist war ohne dich. Aber jetzt, Franz, auch wenn du nicht mehr jeden Tag bei mir bist, liegt meine Welt nicht im Schatten, und wie könnte sie auch, habe ich doch so viele Tage der vergangenen zwanzig Jahre in der Stadt des Lichts verbracht!

Weißt du noch, wie wir träumten, es könnte einen Ort geben, an dem die Welten des Körpers und des Geists sich begegnen? Und den gibt es, Franz. Hier fühle ich, dass der Tod nur ein Teil des Lebens ist. Hier kennt man nicht die ausgedehnten Riten der Trauer und des Trauerns, nicht die düsteren schwarzen Krinolinen und den geschnitzten Jett. Ebendas verkörpert im Hinduismus die Göttin Kali: Nur wenn wir ohne Angst sind, können wir das Leben wahrhaft leben.

Bald setzt in Benares die Regenzeit ein, und obwohl ich sie hier zu verbringen gedachte (denn dann wird es herrlich ruhig in der Stadt, die staubige Luft ist rein gewaschen), ließ ich mich vom klugen Rat meiner Freunde überzeugen, den Sommer in London zu verbringen. Meine Gesundheit ist ein wenig angegriffen durch die Malaria, die ich mir vor einigen Jahren zuzog, und bei feuchter Luft fällt mir das Atmen schwer. Ich werde nach Benares zurückkehren, sobald ich genesen bin, und lasse wie üblich meine Habseligkeiten in den Räumen, die der Maharadscha mir für meine ausgedehnten Aufenthalte zur Verfügung stellt. Sie sind wunderschön, mit Marmorböden und Decken, an denen sich Seide bauscht, und einem Balkon, der auf den Ganges hinausgeht. Eben von hier schreibe ich dir jetzt, am frühen Morgen meines letzten Tages im Palast. Jeden Moment könnte ich gerufen werden, um mit dem Palankin zum Bahnhof gebracht zu werden, doch diese Minuten will ich mit dir verbringen.

Von hier aus sehe ich viele Bootsmänner auf dem Fluss mit den letzten englischen Passagieren an Bord. Der Blick vom Wasser aus ist gerühmt, und am Morgen herrscht dort reger Verkehr, die Besucher staunen über die prachtvollen Paläste der vielen indischen Fürsten, die die Festtage in Benares verbringen. Ihre Residenzen sind wahrlich ein großartiger Anblick, und ich werde Teil des Panoramas, wie ich hier unter einem roten Seidenschirm auf meinem Balkon sitze.

Von hier sehe ich auch mehrere Bestattungsfeuer, die ebenso leuchten wie die aufgehende Sonne. Der Rauch zieht übers Wasser hinaus, wie der Geist der Toten, und wird eins mit dem Fluss und dem Wind.

Es heißt, dass Kali auch über die Zeremonie der Einäscherung wacht, und wie immer spüre ich die Gegenwart dieser Dame, fürchte sie aber nicht. Bevor mein Freund Govinda in das Königreich Nepal aufbrach, erzählte er mir noch mehr von dieser Göttin. Offenbar glaubt er, dass Sarasvati von Kali »besessen« war, seit sie den roten Diamanten sah. Sie glaubte, er gehöre ihr und würde eines Tages zu ihr zurückkehren. Govinda sagte, dass das Juwel um jeden Preis von ihr – und vom Maharadscha – fern gehalten werden musste, weil ein Navaratna-Amulett mit einem solchen Diamanten in der Mitte nichts als Unglück über einen Menschen bringen würde, der ihn so begehrt, wie sie und der Maharadscha es taten. Doch es besteht keine Gefahr, dass der Fürst ihn je tragen wird, denn er liegt wohl verwahrt an einer Stelle, an der niemand ihn je vermuten würde. Als ich mit dem Maharadscha etwas vertrauter wurde und merkte, dass seine Gesellschaft, wenn er nicht gerade ein Übermaß an Gin genossen hat, durchaus angenehm sein kann, sprachen wir über vielerlei. Er fragte, wie es gekommen sei, dass ich mit Cynthia Herbert befreundet war, und als ich ihm sagte, dass ich sie anlässlich der Katalogisierung ihrer Schmucksammlung kennen gelernt habe, horchte er auf. Einige Tage später bat er mich in seine Gewölbe und erklärte, es gäbe keine Auflistung seiner Schmuckstücke und Edelsteine, und ob ich auf Englisch ein Inventar erstellen könne. Und weißt du, was ich dort entdeckte, Franz? Den Anhänger mit deinem Haar. Er ging also nicht verloren, wie ich geglaubt hatte, sondern liegt im Gewölbe mit dem Schmuck des Maharadschas. Ich fragte nicht, wie er dorthin gekommen sei, und es steht zu vermuten, dass der Maharadscha selbst es nicht weiß. Ich kann mir nur denken, dass Govinda dabei seine Hand im Spiel hatte, und nun weiß ich auch, weshalb er mir abriet, den Anhänger zu tragen, und mir mehrfach nahe legte, ihn in einer Schatulle aufzubewahren. Martha Vesper sagte einmal, die »Schwingungen« vom Haar eines Toten könnten das Los der Lebenden beeinflussen, und ich stelle mir gerne vor, dass du es warst, der mich vor den Diamanten unter meinem Anhänger schützte. Wenn ich das viele Unglück bedenke, das alle befiel, die diese Steine begehrten, fällt es nicht schwer zu glauben, dass der Aberglaube so ganz abwegig nicht ist. Als ich an dem Morgen nach dem Zwischenfall im Tempel erwachte, fühlte ich mich voll Frieden, denn ich hatte dich gesehen, Franz. Und so habe ich beschlossen, dass der Anhänger sicher im Gewölbe verwahrt bleiben soll. Ich kann mir nicht vorstellen, ihn je wieder zu tragen, nicht jetzt, und es erschiene mir auch falsch, ihn in meinem Besitz zu haben. Er liegt unbemerkt inmitten der vielen Schmuckstücke des Maharadschas, und dort soll er bleiben. Ein Hindu würde sagen, dass der rote Diamant zur rechten Zeit – und dies ist das Zeitalter Kalis – der Göttin zurückgegeben wird; vielleicht wird sie dann besänftigt sein.

Ich hatte vergessen, dass in der Hutschachtel auch eine Ausgabe von Sarahs Buch lag, und da musste ich wieder an Ellen und die Vergangenheit denken, denn Sarah hat eine wunderbare Handlung ersonnen. Sie sagte mir, wenn ich *Die indische Prinzessin* gelesen haben würde, verstünde ich, was vor all den Jahren in Devil's Acre passierte und weshalb sie überzeugt war, dass nicht Priester-Joe die Morde begangen hatte. Ich habe in das Buch einen Brief gelegt, den ich dir vor einigen Jahren schrieb. Ich möchte all diese Unterlagen zusammenhalten in der Hoffnung, dass mir bald eine Möglichkeit einfällt, die Geschichte zu erzählen. Es wäre nur richtig, wenn diese Sache eines Tages an die Öffentlichkeit kommt, damit die Seelen von Priester-Joe und Ellen endlich in Frieden ruhen können.

Ich muss fort, eine Bedienstete meldete soeben, dass der Palankin mich erwartet. Ich schreibe bald mehr.

Deine dich liebende

Lily

Susana versuchte sich vorzustellen, was dann wohl passiert war. Während die Bedienstete wartete, hatte Lily die Briefe an Franz zu Sarahs Schreibübungen ins Futter der Hutschachtel gesteckt. Vielleicht hatte sie sich ein letztes Mal umgeschaut, um sicherzugehen, dass sie nichts vergaß, bevor sie durch den Palast ging, vorbei an Wandgemälden, auf denen Göttinnen auf überdimensionalen Schwänen durch den Himmel flogen, vorbei an geschnitzten Möbeln, mit Perlen besetzten Wandbildern und Goldstatuen, und ihre Röcke fegten über den Marmorboden. Vielleicht kam sie an einem Torbogen vorüber, der in den Garten führte, und sah den Tiger ums Sommerhaus schleichen, oder einige der vielen Kinder, die am Seerosenteich spielten.

Lily war nicht nach Indien zurückgekehrt, davon war Susana mittlerweile überzeugt. Sie hatte die Hutschachtel dort gelassen im Glauben, dass sie wiederkommen würde, und war in London gestorben, vermutlich im Haus in Kensington.

Die Behörde, die alle Geburts-, Todes- und Heiratsurkunden aufbewahrte, hatte Susana noch nicht angeschrieben, ohne ganz den Grund dafür zu verstehen. Vielleicht, weil Lily für sie mehr war als eine bloße Urkunde. Sie wollte selbst herausfinden, wo Lily ihr Leben beendet hatte. Vielleicht war sie allzu romantisch, aber die ganzen Monate über hatte sie sich gewünscht, dass Lily Korechnya sich irgendwie zu erkennen geben würde. Und in der Tat, vergangene Woche hatte Lily bei Hanovers ihr Gesicht gezeigt. Das gab Susana neue Hoffnung.

Die ältesten Friedhöfe in der Nähe von Kensington hatte sie

schon besucht, denn mit großer Wahrscheinlichkeit war Lily dort beigesetzt worden. Als sie jetzt mit Lilys letztem Brief an Franz in der Hand dasaß, beschloss sie, Miranda mitzunehmen, wenn sie den Friedhof gefunden hatte, auf dem Lily lag. Sie hatte das merkwürdige Gefühl, dass das Schicksal sie und Miranda zusammengeführt hatte, damit sie etwas lösten, das vor über hundert Jahren ungeklärt geblieben war. Louis würde vermutlich sagen, dass sie erwählt worden seien, dass sie gemeinsam das richtige Wissen und die richtige Persönlichkeit hatten, um die Geister zur Ruhe zu setzen. Mittlerweile war Susana klar, dass Louis harmlos war und lediglich etwas anders gepolt als die meisten anderen Menschen.

Jetzt, nachdem sie Lilys letzten Brief gelesen hatte, stand ihr ihre Aufgabe klar vor Augen: Sie musste die Geschichte erzählen, die zu schreiben Lily nicht mehr die Gelegenheit hatte. Das passte auch sehr gut zum neuen Ansatz ihres Buchs. Und es gab noch etwas, was sie tun wollte – ein Exemplar der zweiten Ausgabe von *Die indische Prinzessin* auftreiben. Zum einen glaubte sie nicht, dass Miranda die Zeit finden würde, ihr das Buch zu schicken, wenn sie sich überhaupt daran erinnerte, und zum anderen wollte sie unbedingt das Vorwort zur zweiten Ausgabe lesen, das, wie Sarah andeutete, einen wichtigen Hinweis enthielt.

Mit einem Gefühl der Erleichterung legte sie den Brief mit den anderen »geheimen« Schriftstücken in sein Versteck zurück. Jetzt war wirklich die Zeit gekommen, mit dem Schreiben anzufangen, und jetzt hatte sie endlich auch das Gefühl, dass sie dazu bereit war und den wahren Sinn ihres Buches gefunden hatte. Viele der Frauen, mit denen sie sich beschäftigt hatte, ob nun Dichterinnen oder Abenteurerinnen, hatten nicht aus finanzieller Notwendigkeit zu schreiben begonnen, sondern aus einem anderen Bedürfnis heraus. Ihre Stimmen waren keine, die mit ihren gedruckten Werken Anerkennung fanden (es sei denn, sie schrieben wie Lily unter einem männlichen Pseudonym), eher wurden sie belächelt, weil sie – höchst undamenhaft – zu denken wagten und ihre Gedanken obendrein noch veröffentlichten. Susana sah damit das Kredo verletzt, das für sie sakrosankt war: Das Recht, sich Ausdruck zu verleihen. Und Frauen beanspruchten dieses Recht nach wie vor nicht für sich. Sie hoffte, dass sie dazu beitragen konnte, das zu ändern, indem sie ihrer eigenen Stimme und auch der Stimme von Frauen wie Lily Korechnya Ausdruck verlieh.

XX

Ein Diamant ist ein Prüfstein, dessen
Leuchtkraft den, der ihn trägt, einer verborgenen
Essenz nah bringt – ein Prüfstein, der
vielleicht den Glanz eines helleren, gleichmäßigeren
Lichts reflektiert.

Ronald Winston

Am Tag der Auktion wachte Miranda in der Morgendämmerung auf und blieb ruhig liegen, bis ein Stoß elektrischer Energie sie aus dem Bett trieb. Eine frische Brise zog durchs offene Schlafzimmerfenster und wehte den Vorhang weit genug in den Raum, dass sie über den Dächern der gegenüberliegenden Häuser den glühenden Himmel sehen konnte. Vom Fenster aus beobachtete sie, wie das strahlende Orange allmählich zu zartem Rosa verblasste.

Mittags würde alles vorbei sein, und Miranda hoffte, Hanovers wenig später verlassen zu können. Sie hatte mit Susana vereinbart, mit ihr zum Friedhof von West Brompton zu fahren, wo offenbar Lily Korechnyas Grab war.

Miranda hatte sich schon seit langem angewöhnt, eine Auktion nur von einer stillen Ecke des Raums aus zu verfolgen. Notwendig war ihre Anwesenheit nicht, denn sobald das erste Stück aufgerufen wurde, war ihre Arbeit getan. Und sobald der Hammer zum letzten Mal fiel, schlüpfte sie hinaus, um sich möglichen Gesprächen zu entziehen. Im Büro ging es nach einer Auktion immer sehr entspannt zu, zu tun gab es kaum etwas.

Als Miranda sich das Gesicht wusch, untersuchte sie ihren Teint. Die Naturkosmetik, die Tash ihr empfohlen hatte, erfüllte leider nicht die Verheißungen von wundersamer Verjüngung. Sie seufzte. Vor einer Woche war sie drauf und dran gewesen, sich einen neuen Job zu suchen, aber als die Auktion dank Ravi in letzter Minute mit einem verblüffenden Coup gerettet worden war, war sie sich nicht mehr so sicher.

Am Tag nach dem Essen mit Ravi war sie als Erstes mit dem Navaratna zum London Diamond Centre in Hatton Garden gefahren, um den Juwelier von Hanovers zu überzeugen, an dem Tag als vordringlichste Aufgabe die Diamanten aus der Fassung zu nehmen. Nachdem er das Amulett untersucht und den roten Diamanten bewundert hatte, meinte er, die Steine müssten sich relativ leicht entfernen lassen. Er würde sie polieren, sagte er, ohne den Blick vom mittleren Diamanten zu nehmen, der unter dem starken Licht verführerisch funkelte. Als Miranda sagte, sie brauche die Steine mittags, runzelte er die Stirn und meinte, es gäbe andere Reparaturarbeiten, die Vorrang hätten. Miranda unterbrach ihn und nannte eine Summe, die das Doppelte des üblichen Satzes betrug. Achselzuckend willigte er ein. Offenbar konnten die anderen Aufträge doch warten.

Kaum war Miranda im Büro, folgte der zweite Coup: Mrs Polasky suchte sie, ihre Diamanten in der Tasche, persönlich bei Hanovers auf. Sie habe es sich anders überlegt. Einen besseren Zeitpunkt hätte sie in Mirandas Augen gar nicht wählen können, denn Roger, der gerade von einer Reise nach Kuala Lumpur zurückgekehrt war, stand bei ihr, um sie über ihren Misserfolg mit Mrs Polasky und ihren Diamanten hinwegzutrösten. Sie sei nun leider einmal alt und exzentrisch, erklärte Roger, und vertraue mit ihren kostbaren Juwelen wohl tatsächlich niemandem als ihm. Wie aufs Stichwort erschien in dem Moment Charlotte (sie hatte offensichtlich mitgehört, was Roger sagte, denn sie unterdrückte nur mit Mühe ein Grinsen) und teilte Miranda mit, dass Mrs Polasky auf sie warte. Die Überraschung und Enttäuschung auf Rogers Gesicht waren ein weiteres Highlight dieses Tages. Ob diese glücklichen Zufälle nicht auch damit zusammenhingen, dass sie das Navaratna nicht mehr bei sich hatte?, fragte Miranda sich. Der Gedanke drängte sich einfach auf.

Sobald die Diamanten im gepanzerten Wagen von Hatton Garden eintrafen, wurden sie zusammen mit den anderen neu akquirierten Steinen fotografiert. Miranda selbst schrieb die Katalogtexte. Die Druckvorlage ging per Eilkurier an den Drucker, bei dem sie kurz vor Geschäftsschluss eintraf.

Diesen Katalog blätterte Miranda in der U-Bahn nun durch. Auf dem weißen Hochglanzcover prangte als große Attraktion der rote Diamant, dessen viele Facetten Tausende von Lichtsternchen zu versprühen schienen. Selbst in zweidimensionaler Form war der Stein ein Objekt der Begierde.

Mirandas Arbeit war getan, die Abläufe des Tages lagen in den Händen der Assistentinnen unter Charlottes Aufsicht. Jetzt hatte sie Zeit, sich um den nächsten Punkt auf ihrer inneren Tagesordnung zu kümmern: ihren Urlaub. Charlotte hatte nichts mehr davon gesagt, ihr eine Überraschungsreise zu buchen, und Miranda war froh darüber, denn die Verwaltungsdirektorin stellte sich unter einem schönen Urlaub einen Swimmingpool, Cocktails und ein Fünfsterneresort vor. Natürlich hatte Miranda nichts gegen Resorts, aber da sie ständig in Spitzenhotels abstieg, wären ihr eine Hütte am Strand (mit Fünfsternebad) und ein Blick auf Sand, Himmel und Meer tausendmal lieber.

Bilder von palmengesäumten Stränden im Kopf, vergaß Miranda völlig, im Flur vor Kenneths Büro leise aufzutreten. In den letzten Tagen war sie ihm bewusst aus dem Weg gegangen und immer auf Zehenspitzen an seinem Zimmer vorbeigeschlichen. Gerade als sie die Tür passierte, wurde sie aufgeschwungen.

»Guten Morgen, Miranda. Hast du eine Minute Zeit?«

Betont warf sie einen Blick auf ihre Uhr, obwohl sie keinen Termin hatte und ihr auch keiner einfallen wollte, den sie als Ausrede anführen könnte. Innerlich stöhnte sie auf. Aber früher oder später würde sie sowieso mit ihm reden müssen, also konnte sie den Stier auch jetzt gleich bei den Hörnern packen.

Sobald die Tür geschlossen war, lächelte Kenneth. Seine Fliege saß absolut gerade. »Ich wollte dir nur sagen, dass du bei dieser Auktion herausragende Arbeit geleistet hast und dass es wohl an der Zeit ist, dir eine Gehaltserhöhung zu geben.«

»Die werde ich nicht ablehnen.«

»Ich wäre dir dankbar, wenn du mit niemandem darüber sprichst, vor allem nicht mit Roger.«

»Ich vermeide nach Kräften jedes Gespräch mit Roger.« Miranda versuchte, ein ausdrucksloses Gesicht aufzusetzen, aber innerlich triumphierte sie – demnächst würde sie mehr verdienen als Roger.

Als sie das Büro des Direktors verließ, fiel Miranda auf, dass die Gehaltserhöhung nicht die erhoffte Wirkung auf ihre Einstellung zur Arbeit hatte. Vielleicht würde das noch kommen, wenn sie erst einmal Urlaub gemacht und sich erholt hatte. Aber wenn sie danach nicht denselben leidenschaftlichen Eifer verspürte, den sie früher gekannt hatte, würde sie sich wirklich nach einem anderen Job umsehen müssen.

»Mr Ravi hat vorhin angerufen«, sagte Charlotte, als Miranda an ihrem Schreibtisch vorbeikam. »Hast du ihm denn nicht deine Privatnummer gegeben?«

»Natürlich nicht! Warum sollte ich?«

»Ach, ich dachte nur«, meinte Charlotte beiläufig.

»Was wollte er?«

»Das hat er nicht gesagt.« Charlotte grinste, was Miranda bewusst ignorierte. Eines wollte sie ganz bestimmt nicht, und das war, sich mit einem Mann einzulassen, der auf einem anderen Kontinent lebte. Da war ihr der australische Händler, dem sie bis nach Sydney gefolgt war, eine Lehre gewesen. Und ebenso hatte sie gelernt, sich Männer vom Leibe zu halten, die sie beruflich kennen lernte. Die führten ein ähnliches Leben wie sie, was bedeutete, dass man nie zusammen in derselben Stadt war. Miranda hatte sich damit abgefunden, Single zu bleiben, solange sie – in Tashs Worten – »wie eine Blöde« arbeitete. Das war eines der Dinge, die sie gründlich überdenken wollte, wenn sie erst einmal in der Sonne lag.

»Auf deinem Schreibtisch sind ein paar Unterlagen, die du durchsehen solltest«, rief Charlotte ihr nach.

Was dort lag, war eine Flugbuchung mit Unterkunft für einen zweiwöchigen Urlaub in Süd-Goa. Als Miranda sich umdrehte, stand eine zufrieden lächelnde Charlotte neben ihr.

»Und? Bevor du gegen Goa wetterst – die Hippieszene beschränkt sich auf den Norden, und ich weiß aus sicherer Quelle, dass es im Süden ruhig ist und wunderschön. Ich dachte mir, dass du bestimmt eine andere Art Hotel willst als die, in der du sonst absteigst, also habe ich etwas anderes gebucht – eine Hütte mit Palmdach. Keine Sorge, es gibt ein Bad, und zwar ein erstklassiges. Außerdem gibt's einen Zentralbereich mit Restaurant, Bar und Massageräumen, und du kannst dort gut Delfine beobachten. Wie klingt das?«

»Das klingt super, Charlotte!« Miranda nahm sie in den Arm und drückte sie fest. Dann setzte sie sich an den Tisch, um die Unterlagen genauer anzusehen. »Wie hast du das gefunden?«

»Ach, also, um ehrlich zu sein, ich habe Mr Ravi gefragt, ob er mir nicht etwas empfehlen kann, und er sagte, dass er um diese Jahreszeit oft nach Goa fährt. Jetzt ist dort offenbar die beste Zeit überhaupt.«

»Du willst mir doch nicht sagen, dass er auch da sein wird?«

»Ich habe ihn nicht gefragt«, antwortete Charlotte und versuchte vergeblich, ein Lächeln zu unterdrücken. »Jetzt muss ich mich aber um hundert andere Dinge kümmern. Wir sehen uns nach der Auktion.« Damit war Charlotte fort, Miranda konnte sich in die Reiseunterlagen vertiefen. Der Flug ging am kommenden Montag.

Eine Stunde später drang immer lauteres Stimmengewirr in den zweiten Stock, das Foyer und der Auktionsraum begannen sich zu füllen. Miranda ging nach unten, um sicherzustellen, dass genügend Kataloge bereitlagen für die Kunden, die nicht auf der Mailingliste standen. Im Foyer stieß sie auf Louis.

»Ich bin von Ihrem Katalog sehr beeindruckt, Miranda, vor

allem von der Titelstory. Und hinter diesem ungewöhnlichen Stein steckt doch bestimmt eine Geschichte, oder nicht?«

»Doch, und was für eine! Es gibt sogar ein Buch darüber, es heißt *Die indische Prinzessin* von Sarah O'Reilly. Mehr möchte ich allerdings nicht dazu sagen, das könnte der Verkäuflichkeit des Steins abträglich sein!«

»Wirklich? Ja, es stimmt, viele Menschen lassen sich in der Tat von Unglücksgeschichten früherer Besitzer abhalten, einen Stein zu kaufen.«

»Aber Sie sind ja nicht abergläubisch, wie ich sehe«, gab Miranda zurück und schaute betont auf den großen weißen Diamanten, den Louis am Mittelfinger trug.

»Das bin ich sehr wohl. Die Sache mit Diamanten ist, man muss wissen, wie man sie einsetzt. Nur wer das weiß, oder wer wirklich unschuldig ist, kann ihre Macht nutzen.«

»Und wie zeigt sich ihre Macht bei Menschen, die unschuldig sind?«

»Das menschliche Energiefeld beeinflusst den Stein oder wird von ihm beeinflusst. Wer innerlich schwach ist, wer dumm oder eitel ist, für den ist ein Diamant ein gefährliches Spielzeug, aber für jemand anderen kann er eine Hilfe sein, zumindest aber schadet er ihm nicht.«

»Besitzen Sie viele Diamanten?«

»Ja, ziemlich viele. Und jetzt bin ich auf der Suche nach einem ganz besonderen Stein, mit dem ich meine neue Kalistatue schmücken kann. Diese Dame braucht im Gegensatz zu Ihnen die Klarheit und das Licht des Diamanten als Gegengewicht zu ihrer dunklen Seite, und sie braucht auch dessen Fähigkeit, Hingabe hervorzurufen. Es heißt ja, dass der Diamant der Stein der Venus ist. Auf Italienisch wird er *Amante de Dio* genannt, was so viel heißt wie …«

»Der Geliebte Gottes, ich weiß.«

»Und genau das wünschen wir uns doch alle, oder nicht?«

»Wenn man ein gläubiger Christ ist …«

»Wörtlich genommen vielleicht«, sagte Louis. Die Heftigkeit, mit der er das sagte, ließ Miranda stutzen. Sie richtete ihren Blick, der bislang durchs Foyer geschweift war, fragend auf ihn.

»Wie meinen Sie das?«

»›Der Geliebte Gottes‹ bedeutet letztlich die Rückkehr des Glaubens. Damit wird der Kreislauf des moralischen und gesellschaftlichen Niedergangs beendet, der bei den Hindus das Zeitalter Kalis genannt wird. Der Glaube lässt uns aufhören, alles kontrollieren zu wollen, und überantwortet uns dem höheren Sein. Das ist auch der Bereich Kalis.«

Miranda verzog das Gesicht. »Und Sie glauben, das kann man erreichen, indem man der Göttin Diamanten darbringt?«

»Einen ganz bestimmten Diamanten, ja. Einen, der einmal ihr gehörte. Und als er ihr fortgenommen wurde, war es, als würde ihr das Herz herausgeschnitten …« In dem Moment trat jemand mit der Frage nach anderen Objekten auf Miranda zu. Louis nickte kurz und verschwand in der Menge, doch vorher warf er ihr noch ein rätselhaftes Lächeln zu.

Im Auktionsraum herrschte fast ein Gedränge, und das war ebenso ungewöhnlich wie die Tatsache, dass Kenneth selbst hinten in einer Ecke stand und die potenziellen Bieter musterte – oder vielmehr ihre Kaufkraft. Die üblichen Verdächtigen waren gekommen: eine ganze Schar arabischer Frauen, die von Kopf bis Fuß vor Juwelen glitzerten, und die beiden griechischen Händler, die selbst im Winter immer Lederslipper ohne Socken trugen und aussahen, als würden sie sich regelmäßig eine Dauerwelle machen lassen. Dann hatten sich die japanischen Geschäftsleute eingestellt, das füllige indische Mutter-Tochter-Gespann in zinnoberrotem und lindgrünem Seidensari, eine Reihe von Sammlern und das wunderschöne französische Pärchen, das in Monte Carlo ein Leben wie aus dem Hochglanzmagazin führte. Aber es waren auch einige neue Gesichter da, was Kenneth, wie Miranda bemerkte, mit Zufriedenheit zur Kenntnis nahm.

In weniger als einer Stunde war die Auktion vorbei. Die Zahl der Makler, die telefonisch Kontakt zu Händlern in verschiedensten Großstädten rund um die Welt hielten, führte dazu, dass die Gebote in die Höhe stiegen, genau wie Miranda es sich erhofft hatte. Ravis Diamanten und Mrs Polaskys Ringsteine waren die große Attraktion, bis das letzte Stück zur Versteigerung kam: der rote Diamant. Es war der einzige Stein, für den Louis bot, und sobald er einstieg, wusste Miranda, dass er ihn um jeden Preis haben wollte. Das Bieten zog sich zehn lange, angespannte Minuten hin, bis nur noch Louis und einer der abwesenden Händler im Rennen waren. Zum Schluss wurde der Auktionator ungeduldig, weil der Händler immer länger zögerte, bevor er sein Gebot erhöhte. Miranda stand nahe genug bei der jungen Maklerin am Telefon, um zu sehen, dass ihr Schweißperlen auf der Oberlippe standen.

Als Louis für dreieinhalb Millionen Pfund den Zuschlag erhielt, sah Miranda zu Kenneth hinüber, der ihrem Blick begegnete und zu lächeln begann. Sie lächelte ebenfalls und verließ den Raum.

Susana wartete nicht im Foyer, und einer Eingebung folgend ging Miranda in den Showroom mit den Gemälden. Dort stand Susana vor dem Porträt Lily Korechnyas, als suche sie nach Inspiration. Als Miranda näher kam, schaute sie auf.

»Ich glaube, ich komme doch nicht zu der Versteigerung. Als ich das Bild letzte Woche sah, dachte ich, dass ich es unbedingt haben will, selbst wenn der ganze Vorschuss für mein Buch draufgeht. Aber Louis hat schon ein paar andere Werke von Franz Korechnya, und ich habe das Gefühl, dass es Lily lieber wäre, wenn die Bilder ihres Mannes zusammenbleiben und von einem Sammler und seinem Kreis geschätzt werden. In einem ihrer Briefe schrieb sie einmal, sie wünschte sich, dass Franz die Anerkennung finden möge, die ihm im Leben versagt blieb.«

»Es war Louis, der den roten Diamanten ersteigert hat«, sagte Miranda. »Ich glaube, er will ihn für seine Kalistatue haben.«

»Natürlich«, sagte Susana, fast wie zu sich selbst. »Es gibt eine alte Legende über das Juwel im Auge der Göttin: Dass es Unglück herbeiführt, wenn es entfernt wird, und Harmonie einkehrt, wenn es zu ihr zurückkehrt. Vielleicht wird das helfen, die Göttin gnädig zu stimmen.«

»In welcher Hinsicht?« Mirandas Neugier war wieder geweckt.

»Lily deutet in ihren Briefen an, dass im Namen Kalis immer wieder Morde durchgeführt wurden, um ihr Opfer darzubringen. Die sollten sie freundlicher stimmen und ihren Zorn verringern darüber, dass ihr der rote Diamant gestohlen worden war.«

In der U-Bahn erzählte Susana weiter von den Morden, die in den 1860er Jahren in London stattgefunden hatten. Das alles klang in Mirandas Ohren so vertraut, dass sie glaubte, schon einmal davon gehört zu haben. Schließlich fiel ihr ein, woher sie die Geschichte kannte.

»Aber das ist ja genau das, was in Sarah O'Reillys Roman steht!«

Susana nickte, als hätte sie das bereits vermutet. »Ich habe die ganze Woche nach einem Exemplar von der zweiten Auflage der *Indischen Prinzessin* gesucht …«

Miranda schlug sich die Hand auf den Mund, als sie sich erinnerte, dass sie Susana das Buch hatte zuschicken wollen.

»Das macht nichts«, beruhigte Susana sie. »Ich hatte nicht damit gerechnet, dass du daran denkst – du hattest anderes zu tun. Heute Morgen rief mich einer der Antiquare aus der Charing Cross Road an, bei dem ich nach einem Exemplar gefragt hatte. Ich habe es auf dem Weg zu dir abgeholt, also hatte ich noch keine Gelegenheit, darin zu lesen. Was passiert denn in dem Buch? Wer ist der Mörder?«

»Ein Inder, der den Diamanten nach London gefolgt ist.«

»Und hat er einen Gehilfen?«, unterbrach Susana.

»Ja, ein kleines Mädchen, das in ihn verliebt ist und gut mit der Steinschleuder umgehen kann.«

»Ellen O'Reilly«, sagte Susana und nickte. Miranda schaute sie verständnislos an.

»Sarah hat *Die indische Prinzessin* als Allegorie geschrieben, um die Morde von 1864 und den Zusammenhang mit dem roten Diamanten zu erklären. Vikram war der Mörder, er hat Sarasvati über alles geliebt, aber er war auch ein Anhänger Kalis. Ellen war seine Komplizin und ihm treu ergeben, weil sie in ihn verliebt war. Ellen muss gesehen haben, wie Govinda sich nachts in Devil's Acre an ihn heranschlich, und wollte ihn mit ihrer Steinschleuder außer Gefecht setzen, hat aber im Gemenge stattdessen Vikram getroffen. Dann ist sie wohl fortgelaufen im Glauben, dass sie Vikram umgebracht hatte, aber der eigentliche Mörder war Govinda.«

Der Zug hielt an der U-Bahn-Station West Brompton, und sie stiegen aus. Auf dem Weg zum Friedhof stückelte Susana weiter die Vergangenheit zusammen. »Das glaubte Ellen bis zu ihrem Tod, und kurz bevor sie starb, hat sie Sarah alles erzählt. Obwohl sie an zwei Morden beteiligt war, war sie nicht wirklich verantwortlich dafür. Sie war jung und sehr dünnhäutig, und es ist tragisch, dass sie starb im Glauben, dass sie nicht nur für Joes Tod verantwortlich war, sondern auch für den ihres geliebten Prinzen.«

Miranda hatte ihr genau zugehört. »Das ist unglaublich. Es klingt, als hättest du das Buch gelesen. Aber da gibt es noch eine Schlussszene im Roman, in der das Mädchen ihrer Schwester – die ja wohl auf Sarah beruht – anvertraut, dass sie jetzt noch mehr sterben und in den Himmel kommen will, nicht nur, um ihre Mutter und ihren Vater wiederzusehen, sondern auch, damit sie ihrem indischen Prinzen und Priester-Joe alles erklären kann. Das Mädchen glaubt nämlich, dass es Gott mehr darum geht, ob man versucht, gut zu sein, als dass alles unbedingt gut ausgeht. Deswegen weiß sie auch, dass Joe auch in den Himmel gekommen ist, obwohl er ein Dieb war.«

Miranda folgte Susana einen grasüberwachsenen Pfad entlang, der sie an imposanten schwarzen Marmorgräbern und schlichten Grabsteinen vorbeiführte. Steinerne Engel lächelten glückselig auf sie herab, Vögel zwitscherten, überall blühten

Blumen. Schließlich blieb Susana vor einem eleganten Stein aus weißem Marmor stehen. Darauf stand:

Lily Korechnya
geboren 1836, gestorben 1886
Lass grünes Gras dort wachsen,
Benetzt von Tau und Regen,
Und wenn du willst, gedenke,
Und wenn du willst, vergiss.

Daneben stand ein weiterer weißer Grabstein:

Sarah O'Reilly
geboren 1850, gestorben 1921
Und wenn ich träum im Zwielicht,
Das nicht kommt und nicht vergeht,
Mag sein, dass ich gedenke,
Mag sein, dass ich vergesse.

Susana holte ihre Ausgabe der *Indischen Prinzessin* aus der Tasche. »Ich wette, Sarah wäre stolz darauf, dass man ihr Buch noch immer kaufen kann. Diese Ausgabe ist leicht überarbeitet, und vor allem enthält sie ein langes Vorwort, das Sarah Jahre später hinzufügte und das bestimmt interessant für dich ist. Soll ich's dir vorlesen?«

Miranda nickte. Gemeinsam nahmen sie auf dem Gras zwischen den beiden Grabsteinen Platz.

Wenn Sarasvati nachts im Fluss badete, wünschte sie sich sehnlichst, einmal den scharfen Rand eines Kristalls unter der Fußsohle zu spüren. Das nächtliche Bad im Fluss nahm sie immer, wenn Venus aufging, denn das war die beste Zeit, einen Diamanten zu finden. Sie wusste, ein kleiner Stein konnte eine arme Familie zu Wohlstand bringen, wenn sie wagte, ihn zu behalten. Sarasvati überlegte, wie es möglich wäre, einen Kristall zu verstecken, mit ihm nach Benares zu gehen und ihn einem Edelsteinhändler zu verkaufen. Dann würden sie und ihre Familie ihren Reis aus goldenen Schüsseln essen, und sie würde parfümiertes Öl auflegen und aus Seide gewebte Saris tragen. Dann endlich wäre sie jemand.

Niemand war unten am Fluss, als Sarasvati zum Ufer ging. Das schlammige seichte Wasser trieb träge mit der Strömung, in der sich sacht das Schilf wiegte. Die Fluss-Wallahs waren in ihr Dorf zurückgekehrt, um eine Schale Reis zu essen und sich von ihren Frauen Nelkenöl auf den schmerzenden Rücken reiben zu lassen. Jeden Tag jeder Woche verbrachten sie damit, hinabzutauchen und den Grund abzusuchen. Das starke Sonnenlicht drang kaum durch das trübe grüne Wasser, um ihnen den Weg zu weisen. Ihre Gesichter waren nicht zu unterscheiden von dem Schlick, der sie umgab, bis auf die aufgeblasenen Wangen, die sie wie Pufferfische wirken ließen, denn sie mussten den Atem anhalten, bis ihnen die Lunge schmerzte. Es waren einfache Männer, die wussten, dass die Götter und Göttinnen aus Indras Palast im Wind tanzten und im Fluss sangen und lachten. Und wenn die Fluss-Wallahs einen Kristall fanden, glaubten sie, dass die Götter ihnen geneigt waren.

Der Saum von Sarasvatis gelbem Sari trieb in der Strömung, sie versank bis zu den silbernen Fußkettchen im schwarzen Schlick, als sie tiefer ins dunkle Wasser watete. Als es ihr bis zur Taille reichte und die Spitzen ihres dichten Haars nass wurden, blieb sie still stehen und legte den Kopf in den Nacken, um die Mondsichel und die blitzenden Sterne zu sehen.

Sarasvati hatte den Wasserlauf schon als Kind betrachtet, vom Hochland oberhalb des dahinschlängelnden Flusses, wo es Höhlen gab. Von dort wirkten die Fluss-Wallahs wie Schwärme von Wasserwespen mit ihren dünnen Dotis und Turbanen als weiße Streifen auf sonnengeschwärzter Haut. Hundert Männer, die den Schlamm des Flussbetts aufwühlten, bis ihre knochigen Knie und Ellbogen von Rissen zerschunden und ihre Fingernägel weich und brüchig waren.

Zwischen dem weichen angeschwemmten Schlick spürte

Sarasvati Steine unter ihren Füßen, träge geworden durch ihr schläfriges Dasein, zufrieden, in ihre Schlammdecke gehüllt zu träumen.

Die Sohlen von Sarasvatis Füßen waren ebenso empfindsam wie ihre Fingerspitzen und spürten die von der Strömung und dem Sand gerundeten Formen, doch nach Steinen suchte sie nicht. Sie wusste, wie sich die scharfe Kontur von Kristallen anfühlte, mehr als einmal war sie mit den Fingern über einen Fund im Taucherkorb ihres Vaters gefahren, und sein nasses Gesicht hatte vor Stolz gestrahlt, denn wie alle Dorfbewohner glaubte er, dass Diamanten sich ihren Hüter selbst erwählen. Sarasvati glitt mit den Füßen über die Steine, entfernte sich weiter vom Ufer, bis ihr Sari ganz durchnässt war und die grobe gelbe Baumwolle schwer um sie wogte. Sie löste das Ende der Stoffbahn, mit dem der Sari befestigt war, und ließ ihn sich von der kühlen Strömung vom Leib wickeln. Bis zu diesem Tag hatte sie es nie gewagt, nackt zu baden, doch heute war sie furchtlos. Die Strömung saugte an ihren Hüften und ihrem Bauch und zwischen ihren bloßen Beinen und zog am Stoff, sodass sie ihn sich um die Taille binden musste, damit die Flussgöttin ihn nicht fortspülte.

Dann spürte Sarasvati eine scharfe Kante unter ihrem Fuß, und sie tauchte. Als sie wieder an die Oberfläche kam und sich das Haar und das Wasser aus den Augen schüttelte, sah der Steinbrocken auf ihrer hellen Handfläche schwarz aus. Sie schloss sie um den Stein zur Faust und schwamm aufs Ufer zu, bis ihre Knie vom Flussbett aufgeschürft wurden.

Am Ufer band sie den schweren Stoff los und breitete ihn auf dem warmen Boden zum Trocknen aus. Dann saß sie da, öffnete die Faust und hielt den Stein ins Mondlicht. Sie hatte ihn so fest umklammert, dass er ihr die Handfläche aufgeschnitten hatte, und zuerst glaubte sie, ihr Blut sei über den kleinen Kristall geflossen, der aus dem dunklen Brocken hervorragte, denn selbst im fahlen Mondlicht glühte er so rot wie das Blut, das ihr über die Finger rann.

Sarasvatis Vater und seine Nachbarn, die alle als Fluss-Wal-

lahs ihr Brot verdienten, waren uneins, was der Stein nun sei. Der eine meinte, es sei ein Rubin, der andere, ein Granat. Sarasvatis Vater hingegen erklärte, es könne nur ein Diamant sein. Er hatte gehört, dass es rote Diamanten gab, auch wenn sie so selten waren wie Regentropfen in der Wüste Radschastan.

Also suchte er den Priester des Dorfs auf, der sich schon zum Schlafen in seine Hütte gelegt hatte. Aber seine Frau weckte ihn, als Sarasvatis Vater mit dem roten Kristall zu ihm kam. Der Priester war der Älteste im Dorf, und der Weiseste. Er nahm den Stein und trug ihn, gefolgt von Sarasvatis Vater, zur Hütte hinaus. Dort warteten die Nachbarn zusammen mit Sarasvati und sahen zu, wie der Priester die Sterne betrachtete. Er starrte so lange empor, dass die Versammelten es bald müde wurden, den Kopf zu verdrehen, und stattdessen lieber den alten Mann beobachteten. Sie bemerkten, wie still er geworden war, und dass er den Stein mit ausgestrecktem Arm auf der flachen Hand ins Mondlicht hielt. Sie konnten nichts von seiner Furcht wissen, dass dieser Stein die Sammlung des Maharadschas vervollständigen würde.

Unter dem Blick der Venus, der Herrin der Diamanten, brannte der kleine Kristall im dunklen Gestein heiß wie glühende Kohle und verschoss Pfeile feurigen Lichts aus seiner Tiefe, als falle ein Sonnenstrahl auf ihn. Der Priester nickte und winkte einen der Fluss-Wallahs zu sich. »Hol mir aus dem Tempel einen Diamanten.« Dort wurden die anderen Steine aufbewahrt, bis sie vom Eintreiber des Maharadschas abgeholt wurden. Als der Mann wiederkehrte, nahm der Priester den zweiten Stein, viel größer als der erste. Nun hielt er einen Kristall in jeder Hand. Sarasvati, ihr Vater und die Nachbarn umringten ihn. »Nur ein Diamant kann einen Diamanten schneiden«, sagte der Priester. Er fuhr mit der schärfsten Kante des roten Steins über die glatte Oberfläche des weißen Kristalls und ritzte eine dünne Linie hinein. »Seht ihr?«, sagte er und lachte dann wie ein Kind, das mit einer Feder gekitzelt wird. Schließlich war der rote Diamant der seltenste überhaupt, der begehrteste und mächtigste aller Steine, und der Priester konnte nicht glauben, dass er sich einer Frau dargeboten hatte.

Nachdem der Priester den roten Diamanten in den Tempel gebracht hatte, konnte er sich nicht wieder schlafen legen, sondern blieb im Gebet meditierend unter dem Sternenhimmel sitzen, bis er wusste, wie er in dieser misslichen Angelegenheit handeln sollte. Er hatte nie geglaubt, dass ein Stein dieser Farbe gefunden und des Maharadschas Sammlung von farbigen Steinen wirklich auf neun steigen würde. Neun Diamanten, neun Planeten und neun Gottheiten. Das Navaratna. Wenn der Maharadscha wirklich ein Navaratna nur aus Diamanten und nicht aus den traditionellen, weniger mächtigen Edelsteinen machte, würden durch das Amulett die Energien der Götter freigesetzt. In den falschen Händen stellte das eine Gefahr dar, womöglich eine tödliche. So kam der Priester zu dem Beschluss, dass der Maharadscha nichts von dem Diamanten erfahren durfte. Er musste unter dem Schutz der Göttin Kali verborgen werden.

Es gab nur eine Stelle, wo der Stein mehr Gutes als Böses bewirken konnte. Die Kalistatue im Dorftempel hatte zwischen den Augen eine Vertiefung. Ihr drittes Auge, und dort steckte immer ein Diamant, um der Göttin einen klaren Blick zu geben. Die Vertiefung war groß genug, um den roten Stein darin zu verbergen und den üblichen Diamanten obendrein aufzunehmen. Nun würde Kali sicherlich auf ihn und sein Dorf herablächeln, und so schlief er schließlich doch in Frieden.

Aber Sarasvati fand keinen Schlaf. Jahrelang hatte sie den Nachthimmel abgesucht und sich in den Monaten, wenn das harte Funkeln der Venus zu sehen war, davongestohlen, immer in ihrem gelben Sari, weil sie hoffte, der Fluss könnte sie für die Göttin halten, nach der sie benannt war, und ihr Juwelen schenken. Nun war ihr nicht nur ein Diamant geschenkt worden, sondern einer in der Farbe von Blut. Noch lag er im Tempel, wo er in Sicherheit war, aber bald würden die Wa-

chen des Maharadschas die Steine abholen und sie zum Palast in Benares bringen.

Über den Dorftempel herrschte die Furcht einflößende Göttin Kali. Sie war hässlich und übellaunig, und selbst die anderen Götter fürchteten sich vor ihrer schaurigen Gestalt. Ihre Kleidung war liederlich, ihr Haar lang und wirr, ihr Gürtel bestand aus abgehackten Armen und ihre Kette aus Schädeln. Kinderköpfe bildeten ihre Ohrringe. Meist stand ein Kali geweihter Tempel fernab von Siedlungen, denn die Göttin wurde vor allem von Stammesvölkern verehrt, doch hier bewachte sie die Diamanten, und sie waren in der Tat noch nie gestohlen worden, so große Angst hatten selbst die wildesten Banditen vor ihr. Sarasvati würde nie wagen, den roten Diamanten zu stehlen, obwohl er sie zu sich gelockt hatte. Auch jetzt fühlte sie, wie er sie zu sich rief. Da sie nicht schlafen konnte, ging sie in den Tempel und entdeckte, dass der Priester den roten Diamanten nicht zu den anderen gelegt hatte. Sie glaubte, er wolle ihn für sich behalten.

Sarasvati erwachte, als die Sonne aufging. Im Traum hatte Kali ihr aufgetragen, nach Benares zu gehen, in die Stadt des Lichts, wo alle Maharadschas das kommende Diwali in ihren Palästen an den Ufern des heiligen Ganges feiern würden. Während Diwali, dem Lichterfest, suchte Lakshmi, die Glücksgöttin, alle Haushalte auf, die ihr den Weg mit Kerzen und Laternen erleuchteten, und stellte sicher, dass es ihnen im kommenden Jahr an nichts mangelte. Für eine Tänzerin von Sarasvatis Geschmeidigkeit und Anmut war es ein Leichtes, während Diwali eine Anstellung zu finden, und sicher könnte sie auch die Gunst des Maharadschas gewinnen, wenn sie ihm seinen Herzenswunsch darbrachte – den neunten Stein.

Als Susana das Buch schloss, schwiegen beide einen Moment. Schließlich seufzte Miranda. »Na, dann hoffen wir, dass Kali sich freut, wenn sie ihren roten Diamanten zurückbekommt.«

»Bestimmt. Jede Frau würde sich doch geschmeichelt fühlen, den seltensten Diamanten der Welt geschenkt zu bekommen.«

»Ich nicht«, widersprach Miranda. »Ich bin froh, ihn los zu sein. Aber ist es nicht seltsam, dass etwas so Kleines und Schönes derart viel Unheil, Tod und Verderben bringen kann?«

Susana nickte. »Und dass ausgerechnet Louis, ein Nachkomme von Cynthia Herbert, den Stein wieder in Kalis drittes Auge setzt, strapaziert den Zufall doch etwas sehr, oder?«

»Ich weiß nicht, ob ich noch an Zufall glaube«, meinte Miranda. »Überleg dir doch nur, wie wir uns kennen gelernt haben. Wir waren beide in Indien in derselben Stadt, um die Vergangenheit zu erforschen, und haben beide Dinge gefunden, die von Lily Korechnya stammen.«

Sie betrachteten die Grabsteine. »Ich hoffe, dass Lily und Sarah jetzt in Ruhe schlafen können«, fügte sie hinzu.

»Noch nicht ganz«, sagte Susana. »Lilys Arbeit muss noch etwas mehr Anerkennung finden.«

Dann erhoben sie sich, warfen einen letzten Blick auf die beiden Gräber und gingen durch den Friedhof zum Eingang zurück. Ihr Gespräch wandte sich irdischeren Themen zu.

»Ich dachte, du kannst Indien nicht leiden!« Susana lachte, als Miranda ihr von ihren Urlaubsplänen erzählte.

»Bei manchen Ängsten wird man einfach gezwungen, sich ihnen zu stellen«, antwortete sie verlegen. »Und was ist mit deinem Buch? Wirst du den ganzen Sommer über schreiben?«

»Ja. Und wenn ich fertig bin, ist Lily unsterblich.«

»Ach, ich denke, das ist sie doch jetzt schon, oder?«

»Doch«, pflichtete Susana bei. »Das ist sie.«

… Gebt Acht, ihr alle, die ihr meine Macht gering schätzt, und hört den Geschichten zu, den Geschichten von verfluchten Diamanten, die zu großer Schönheit geschliffen wurden und deretwegen ganze Königreiche fielen. Es gibt viele solcher Steine und viele solcher Geschichten. Es heißt, ich hätte Bannsprüche und Verwünschungen ausgesprochen, denn dort, wo das blendende Licht des Diamanten hinfällt, herrscht zugleich der tiefste, dunkelste Schatten.

Ihr findet mich in Menschenblut und Menschenknochen, ich erleuchte die Sterne – ist es also verwunderlich, dass die Energie der Planeten und der Götter freigesetzt wird, wenn ich mit Menschen in Berührung komme?

Durch mein hohes Alter liegen Wissen und Weisheit in den Geschichten, und meine unübertroffene Schönheit betört und weckt ein Verlangen, dem nur wenige widerstehen können. Ohne das bin ich machtlos. Nur das Verlangen nach mir flößt mir Leben ein, und das Handeln, zu dem dieses Verlangen führt, bestimmt mein Schicksal, denn Handeln ohne Verlangen hat kein Schicksal.

Danksagung

Die Geschichte des *neunten Diamanten* nahm zum ersten Mal Gestalt an, als ich mich mit meiner Schwester Kirsten, einer Goldschmiedin, und meinem Bruder Cowan unterhielt. Cowan hat mir als Erster von einem Navaratna erzählt, und später war er mit mir zusammen in Indien.

Ich danke Keith Penton für die Erklärungen zum Auktionshandel und Morag Irwin fürs Zuhören und die Überzeugung, dass man den Zauber überall entdecken kann.

Richenda Todd danke ich für ihre Fragen, Anregungen und Korrekturen.

Mein größter Dank gilt meiner Agentin Kate Hordern, die diesen Roman wie auch den vorherigen (*Der geheime Faden*) vom ersten Gedanken an begleitet hat und deren Ideen, Unterstützung und Freundschaft unschätzbar sind.